ZHARA

Hüter der Morgenröte

S. Jae-Jones

Zhara

Hüter der Morgenröte

Aus dem Englischen
von Alexandra Ernst

arsEdition

Bibliografische Information der Deutschen Nationalbibliothek
Die Deutsche Nationalbibliothek verzeichnet diese Publikation in der Deutschen Nationalbibliografie; detaillierte bibliografische Daten sind im Internet über http://dnb.d-nb.de abrufbar.

Du möchtest noch mehr von uns kennenlernen?

Die amerikanische Originalausgabe erschien 2023 unter dem Titel »Guardians of Dawn. Zhara« bei Wednesday Books, einem Imprint der St. Martin's Publishing Group

Friedrichstraße 9, D-80801 München
arsedition.de/service

Übersetzung: Alexandra Ernst
Lektorat: Jana Ronte
Covergestaltung: Grafisches Atelier arsEdition
unter Verwendung einer Illustration von Sija Hong
Kapitel- und Absatzvignette: Biljana / Adobe Stock
Satz: Uhl + Massopust, Aalen

978-3-8458-5912-5

www.arsedition.de

MIX
Papier | Fördert gute Waldnutzung
FSC® C014496
FSC www.fsc.org

FÜR ALLE BESTIES, DIE FANFICTION
IN DER BADEWANNE LESEN,
ANSTATT IHRE MATHEHAUSAUFGABEN
ZU MACHEN.

Sommer, Herbst, Winter, Frühling –
Hüter, erhebt euch, Gerechtigkeit, sing!
Wenn Tiyok wieder zum Leben erwacht,
kommen Dunkelheit und Chaos an die Macht.
Feuer, Holz, Sturm und Flut,
wehrt ab Krieg, Kampf, Tod und Blut.
Sommer, Herbst, Winter, Frühling –
Hüter, erhebt euch, Gerechtigkeit, sing!

TRADITIONELLES KINDERLIED
IM REICH DES MORGENS

Teil I

DER KLASSIKER DER TAUSEND ZEICHEN

Und im zweitausendsechshundertsiebenundvierzigsten Jahr der Mugung-Dynastie verfluchten die Unsterblichen den Kaiser, der von Magie befallen war, und verwandelten ihn in ein Scheusal. Der Gommun Kang, der im Reich des Morgens als Warlord bekannt war, kam mit seiner Goldenen Horde aus dem Norden geritten und tötete alle Magier – auch wenn sie nur verdächtigt wurden, magiekundig zu sein –, um das Land von einer Seuche zu befreien. Sämtliche Werkzeuge der Magier wurden verbrannt: Pinsel, Tuschestab und Siegel. Und jeder Bürger, der in der Sprache der Blumen bewandert war, landete ebenfalls auf dem Scheiterhaufen, zusammen mit den Büchern über Magie. Seitdem befiehlt der Kaiser von Gommun jedes Jahr, Städte und Dörfer und Provinzen zu reinigen, damit die Flammen der Magie sich nie wieder zu einem derart bedrohlichen Flächenbrand ausbreiten konnten.

AUS DEN *ANNALEN DES GROSSEN BÄREN*

Kapitel 1

Die Miete war fällig, Ratten hatten sich über den Reis hergemacht und Zhara hatte gerade einen Beutel Salz in die Cremefüllung fallen lassen.

»Mutter der Dämonen!«, fluchte sie und versuchte vergeblich, das überschüssige Salz mit den Fingern aus der Rührschüssel zu klauben. Geschlagenes Ei und Mehl kleckerten über ein offenes Buch, das auf der Arbeitsfläche lag, und Zhara heulte auf, während sie hektisch mit ihrem Ärmel über die Schweinerei wischte. »Nein, nein, nein, nein, nein, nein«, stöhnte sie und tupfte an den Flecken. »Meister Cao wird mich umbringen.«

Auf den Vorratsregalen über ihr saß ein kleiner, zerzauster roter Kater und schnaubte belustigt.

»Sei still, Sajah«, sagte Zhara gereizt, während sie versuchte, die Buchseite zu glätten. Seit vielen Jahren durfte sich Zhara von dem kleinen Buchhändler unten in den Gruben so viele Bücher ausleihen, wie sie wollte, vorausgesetzt, sie gab alle in tadellosem Zustand wieder zurück. »*Die Maid, die vom Tod geliebt wurde*«, sagte sie klagend und wischte den Bucheinband ab. »Und heute kommt der nächste Band raus.«

Die Maid, die vom Tod geliebt wurde war die beliebteste romantische Buchreihe im Reich des Morgens – so begehrt, dass Meister Cao und seine Schreiber kaum die Nachfrage bedienen konnten, sobald ein neuer Band erschien. Jeder Schreiber konnte nur eine begrenzte Anzahl Bücher mit der Hand abschreiben, und jede kleine, billig gebundene Kopie war so viel wert wie eine Prachtausgabe. Nichts, was sich Zhara leisten konnte.

Prrrrt, sagte der Kater. Das winzige Glöckchen um seinen Hals klingelte, als er von seinem erhöhten Sitz heruntersprang und an dem Münzbeutel, der um ihre Hüfte gebunden war, schnupperte.

»Ich weiß, ich weiß.« Zhara wog den Beutel in ihrer Hand. In letzter Zeit war das Geld knapp, weil alles für Astrologen, Kosmetiker, Schneider und Kuppler ausgegeben wurde, in der Hoffnung, für Zharas kleine Schwester Suzhan eine gute Partie zu ergattern. Fast das gesamte Gehalt, das Zhara als Apothekengehilfin verdiente, verschwand in dem stetig wachsenden Berg an Schulden, und doch schaffte sie es jeden Monat, ein paar Münzen für sich selbst und ihre kleine Sammlung an gebrauchten Liebesromanen abzuzweigen. Nur so viel, dass sie sich hin und wieder eine kleine Freude machen konnte.

Nicht so viel, dass ihre Stiefmutter Verdacht schöpfte.

Zhara zählte die Münzen und schaute auf ihre fadenscheinigen Leinenschuhe, die neben der Küchentür standen. Sie brauchte dringend ein neues Paar, aber andererseits konnte sie auch die Nähte selbst reparieren und stattdessen Meister Cao bezahlen. Ein neues Buch kostete mehr als zwei Paar Schuhe von dem Schuster unten am Hafen. Lesen war Luxus, und zwar ein Luxus, den sie sich nur selten leisten konnte.

Miau, sagte Sajah und klopfte mit der Pfote an die Schale mit der versalzenen Cremefüllung.

»Verdammt«, rief Zhara erschrocken. »Die Cremebrötchen!« Sie hatte gehofft, dass sie Suzhan dazu bringen konnte, etwas zu essen – irgendetwas –, bevor sie später an diesem Vormittag bei der Kupplerin ihren zukünftigen Ehemann kennenlernen würde. Die Nervosität verdarb ihrer Schwester den Appetit, dabei brauchte Suzhan all ihre Kraft.

Sie brauchten Suzhans Kraft.

»Vielleicht kann man die Creme noch retten.« Zhara tauchte einen Finger in die Mischung und probierte. Sie musste würgen. »Keine Chance.« Sie hustete.

Niang, sagte der Kater und putzte sich gründlich die Schnurrhaare.

Verzweifelt ließ Zhara ihren Blick über die dürftigen Zutaten ihres Vorratsregals gleiten. Es war noch zu früh, die Läden hatten noch nicht geöffnet, und außer zwei verschrumpelten Zwiebeln, einem Bund getrockneter Pfefferschoten, einer Flasche mit Öl zum Kochen, einem Krug mit Paste aus fermentierten schwarzen Bohnen und einem undichten Gefäß mit Sojasoße war nichts mehr übrig. Und obwohl Zhara über die alchemistische Fähigkeit verfügte, aus einer Mahlzeit zwei oder drei oder sogar fünf Mahlzeiten zu machen, hatte ihre Kreativität Grenzen. »Ich kann zaubern«, murmelte sie, »aber ich kann keine Wunder wirken. Obwohl …« Sie verstummte und schaute zu der Holztafel an der Wand über dem Herd. Darauf stand der Name *Jin Zhanlong.*

Miau, warnte Sajah.

Ein schwaches Glühen schimmerte an der Stelle, an der Zharas Haut die Schale berührte. Die eindringliche Stimme ihres Vaters klang ihr noch in den Ohren. *Sei brav, kleines Elstermädchen. Sei brav und sei ehrlich.*

»Nur eine kleine Magie, Baba«, sagte sie zu der Todestafel von Jin Zhanlong. »So klein, dass niemand sie bemerken wird.«

Miau, sagte Sajah noch einmal, aber Zhara ignorierte ihn, schloss die Augen und fand das Licht in ihrem Inneren. Sie hatte sich ihre Magie immer als eine stetige Flamme vorgestellt, die in ihr und in der Welt, die sie umgab, brannte. Jetzt zum Beispiel in dieser Küche. Elemente waren Zutaten, mit denen man spielen konnte, wie Teig zwischen ihren Händen. Zhara hielt die Luft an, konzentrierte sich und ließ ihre Magie in die Schale in ihrer Hand strömen, wie Hitze in einen Topf mit Wasser.

Ein plötzlicher, heller Lichtstrahl erschreckte sie, sodass sie beinahe die Schale fallen gelassen hätte. Aber Zhara fing sie auf und stellte sie vorsichtig auf die Arbeitsplatte. Sie tauchte ihren Finger noch einmal in die Mischung und leckte ihn vorsichtig kostend ab.

Süß.

»Tja«, murmelte sie mit einem zufriedenen Lächeln. »Vielleicht kann ich doch hin und wieder ein kleines Wunder wirken.«

Der Kater schniefte.

»Also wirklich«, protestierte Zhara. »Wenn man bedenkt, dass ich keine Ahnung habe, wie Magie eigentlich funktioniert, war das doch ganz schön beeindruckend, finde ich.« Sie ließ die Creme aus geschlagenen Eiern, Milch, Zucker und Reisstärke auf dem Herd stocken. »Als würde man ohne Rezept kochen!«

Früher hatte es Bücher mit Rezepten im Reich des Morgens gegeben – Bücher mit Zaubersprüchen –, aber genau wie ihr Vater und alle anderen Magier im Land waren sie in den Flammen, die dem Gerechten Krieg gefolgt waren, ausgelöscht worden. Magier zu sein war nicht nur selten – es war auch gefährlich. Nicht nur, weil jemand sie bei dem Falkner verraten konnte, sondern auch wegen des Schadens, den sie versehentlich mit ihrer Macht anrichten konnte.

Versehentlich angerichtet *hatte*.

Nachdem die Creme angedickt war, zog Zhara den Topf vom Herd und griff nach der Teigkugel, die sie beiseitegelegt hatte, teilte sie in handtellergroße Stücke und rollte sie zu dünnen Scheiben aus. Sajah schmiegte sein Köpfchen an ihren Arm und schnurrte vielsagend.

»Das ist nicht für dich«, sagte sie und löffelte Creme in die Mitte jeder Scheibe. »Wir haben ja kaum genug für uns zu essen, geschweige denn für einen Streuner.«

Der Kater schaute sie böse an und schlug mit ausgefahrenen Krallen nach ihren Fingerknöcheln.

»Aiyo!«, zischte Zhara. Mit einer geschickten Drehung ihrer Finger schloss Zhara die Teigtaschen und setzte sie in den Dampfkorb. »Du hast wenigstens noch eine andere Zuflucht.« Katzen waren dem Wächtertier von Zanhei, dem Löwen des Südens, heilig, und es brachte Unglück, sie abzuweisen. »Anders als wir anderen«, setzte sie leise hinzu und betrachtete die Todestafel ihres Vaters.

»Sajah ist kein Streuner, Nene«, sagte eine Stimme hinter ihr. »Er gehört zur Familie.«

Zhara drehte sich um. Ihre Stiefschwester stand in der Küchentür. »Suzhan!«, rief sie, eilte zu ihr und nahm die Hand des Mädchens. »Ich habe dich gar nicht kommen hören.«

»Ich habe meinen Stock oben gelassen«, sagte Suzhan mit einem ironischen Unterton. »Ich wollte Mama nicht mit dem Klopfen wecken.« Ihre Augen wurden unsicher. »Du weißt ja, wie sie ist, wenn sie so spät aus der Taverne nach Hause kommt.«

In der Tat, das wusste Zhara. Die beiden waren schon oft mit blauen Flecken aufgewacht, die auf die schlechte Laune ihrer Mutter zurückzuführen waren. »Du bist früh auf, Mimi«, sagte sie stattdessen, holte den niedrigen Schemel aus der Ecke und stellte ihn vor ihre Schwester. »Es dämmert erst in etwa einer Stunde.«

»Ich konnte nicht schlafen. Zu nervös.« Suzhan tastete nach dem Schemel, verfehlte ihn und warf stattdessen einen Stapel mit Büchern neben Zharas Bett um. »Was ist das?«

»Ach … nichts«, sagte Zhara schnell und schob die Bücher unter ihr Bett. »Nur ein paar Notizen für Lehrerin Hu.«

Ihre Schwester grinste, als sie sich auf den Schemel setzte. »Du meinst wohl eher *Das Mädchen mit der toten Liebe*, Nene.«

»*Die Maid, die vom Tod geliebt wurde*«, verbesserte Zhara mit leichtem Trotz in der Stimme. »Ich meine«, stammelte sie dann, während Panik in ihr aufstieg, »ich … weiß gar nicht, wovon du r-redest.«

Suzhan lachte. »Du bist eine schrecklich schlechte Lügnerin«, sagte sie. »Deine Zunge verrät dich jedes Mal.«

Schamesröte erhitzte Zharas Wangen. »Sag's nicht Madame«, bat sie und schob die Bücher wieder zu einem ordentlichen Stapel zusammen. »Bitte.«

Suzhan wirkte gekränkt. »Ich würde dich nie an Mama verraten«, sagte sie. »Das weißt du genau.«

Zharas Blick fiel auf die verblassenden Striemen auf den Waden und Schienbeinen ihrer Schwester, wie die Zwillinge auf ihren eigenen Beinen. »Ich weiß«, sagte sie weich, aber es war schwer, angesichts der kapriziösen Grausamkeit der Zweiten Ehefrau Geheimnisse zu bewahren. Zhara räusperte sich und hob den Deckel des Dampfkorbs ab, um die Teigtaschen zu überprüfen. »Übrigens«, sagte sie, »ich habe Frühstück gemacht. Hast du Hunger?«

Suzhan schüttelte den Kopf. »Ich kann garantiert nichts essen«, sagte sie und rieb sich über den Bauch. »Mein Magen ist völlig verkrampft.«

»Du solltest trotzdem einen Happen probieren«, drängte Zhara. »Es bringt Pech, eine neue Unternehmung mit einem leeren Magen zu wagen, nicht wahr?«

»Das stimmt.« Suzhan schlang die Arme fester um ihre Körpermitte. »Ich muss bloß ständig daran denken, was passiert, wenn Lord Chan beschließt, die Hochzeit abzusagen.«

Alle bisherigen Versuche, Suzhan zu verheiraten, waren gescheitert. »Ich bin sicher, dass alles gut geht«, sagte Zhara mit einer Überzeugung in der Stimme, die sie nicht empfand.

»Meinst du?« Suzhan hob den Blick zum Gesicht ihrer Schwester. Ihre Pupillen flackerten über Zharas Miene, als ob sie dort Halt suchen würde. »Was, wenn Lord Chan mich sieht und mich« – sie deutete auf ihre Augen – »für beschädigte Ware hält?«

Reue und Schuldgefühle fraßen sich wie ein Lauffeuer durch Zhara. Ihre kleine Schwester war schon immer kurzsichtig gewesen, aber keine Brille – egal wie stark – konnte die Trübheit ihrer Augen ausgleichen. Jetzt nicht mehr. Nicht nach dem, was Zhara getan hatte. Magie ließ ihre Hände schwach leuchten, als ob die Erinnerung an ihren Fehler eine Spur in ihrer Haut zurückgelassen hätte. »D-das ist nicht deine Schuld, Mimi«, sagte sie und versteckte ihre Hände hinter dem Rücken. »Du bist nicht beschädigt.«

Suzhans Lippen wurden schmal. »Die Leute behaupten es aber.«

Obwohl ihre Schwester ihren Gesichtsausdruck nicht sehen konnte, hielt Zhara den Blick immer noch abgewandt. »Lord Chan weiß von deiner Blindheit und will dich trotzdem heiraten«, sagte sie leise, während sie den Dampfkorb vom Herd nahm und die Teigtaschen zum Abkühlen auf einen Teller setzte. »Das sollte dich doch beruhigen.«

»Meinst du?« Nervös zupfte Suzhan an ihrer Unterlippe, und ihre Augen zuckten jetzt wilder als zuvor hin und her. »Was für ein Mann entscheidet sich für ein Mädchen wie mich, besonders einer, der so reich und mächtig ist?«

Zhara zuckte zusammen, weil sie das Echo der ätzenden Bemerkung ihrer Stiefmutter in der Stimme ihrer Schwester wahrnahm. »Ein guter Mann«, sagte sie und wollte, dass ihre Worte wahr wären. »Ein freundlicher Mann.«

»Glaubst du das wirklich?« Suzhan klang skeptisch.

»Natürlich glaube ich das.« Zhara stellte den Teller mit den Teigtaschen vor ihre Schwester. »Hier, Mimi. Dein Lieblingsessen.«

Suzhan schnüffelte anerkennend. »Ooooh, Nene«, sagte sie strahlend, »Cremebrötchen?«

»Ja.« Zhara lächelte. »Iss auf.«

Das ließ sich ihre Schwester nicht zweimal sagen. Suzhan nahm das erste Brötchen und biss herzhaft hinein, wobei sie die Augen genießerisch schloss, ehe sie sich den Rest schmecken ließ. Das Brötchen war mit drei Bissen verzehrt und das nächste noch schneller. »Die schmecken köstlich«, sagte sie mit Hamsterbacken.

Dass ihre Schwester einen solchen Appetit entwickelte, wärmte Zharas Herz. »Mach langsam, Mimi«, lachte sie, »sonst bekommst du noch Schluckauf.«

Suzhan hielt mitten im Kauen inne. »Oh«, sagte sie, schluckte und legte dann das halb aufgegessene Brötchen auf den Teller. »Dann sollte ich wohl besser nicht weiteressen.«

»Was?«, fragte Zhara verblüfft. »Warum denn nicht?«

Suzhan zog die Schultern hoch. »Mama meint, ich muss aufpassen, was ich esse«, sagte sie mit kaum hörbarer Stimme. »Kein Mann will eine dumme Riesenfrau.«

Empörung schoss in Zhara hoch und befeuerte sie. »Du bist weder dumm noch eine Riesenfrau«, sagte sie heftig. Ihre Schwester war viel zu dünn, was man unschwer an ihren knochigen Hand- und Fußgelenken erkennen konnte, die aus ihrer zu kleinen Kleidung herausragten. Mit ihren dreizehn Jahren schoss Suzhan schneller in die Höhe als ein Bambusstängel im Monsunregen, und sie litt schrecklich unter Muskelschmerzen und Heißhungerattacken. »Du bist einfach nur groß, Mimi.«

»Na ja.« Suzhan zupfte wieder an ihrer Lippe. »Sie sagt auch, dass kein Mann ein Mädchen heiraten will, das doppelt so groß ist wie er.«

»Moordreck«, schnaubte Zhara. »Madame ist groß, und sie war verheiratet. Sogar zweimal.«

»Ja, aber Mama ist wunderschön«, sagte Suzhan düster. »Und ich bin … nun, ich bin es nicht.« Als unscheinbare Tochter einer hübschen Mutter war sich Suzhan schmerzhaft ihrer wenig anziehenden Erscheinung bewusst. Die Zweite Ehefrau war in ihrer Jugend eine der Fünf Schönsten des Südens gewesen, und die Symmetrie ihres Gesichts war von Malern und Dichtern gleichermaßen gepriesen worden.

Zhara holte ein paar Mal tief Luft, um ihre Wut – und ihre Magie – im Zaum zu halten. Ihre Handflächen juckten, und das Verlangen, mit ihrer Gabe einfach etwas zu *tun*, war überwältigend. Was nutzten ihr magische Fähigkeiten, wenn sie damit nicht jenen helfen konnte, die sie liebte? Doch dann dachte sie an das letzte Mal, als sie ihre Macht eingesetzt hatte, um Suzhan zu helfen. Das war gründlich schiefgegangen.

»He«, sagte Suzhan plötzlich und blickte in Zharas Richtung. »Was ist das für ein Licht?«

Zhara schaute nach unten und sah, dass ihre Hände in ein rosiges Leuchten getaucht waren. Dieses Licht – dieses Glühen – war eins der Merkmale ihrer Magie, die sie nicht unter Kontrolle hatte. »Oh«, sagte sie und schob ihre Hände in die Schürzentasche. »Wahrscheinlich nur die aufgehende Sonne. Ich sollte mich an die Arbeit machen.«

»Aber die Trommeln haben doch noch gar nicht den Tagesanbruch verkündet.« Suzhan runzelte die Stirn, und ihr unsteter Blick lag immer noch auf dem gedämpften Schimmer in Zharas Schürze. »Bist du sicher?«

»Ganz sicher.« Schweiß bildete sich an Zharas Haaransatz, obwohl der Spätfrühlingsmorgen noch angenehm kühl war. »Iss auf, Mimi«, sagte sie und drückte ihrer Schwester ein Cremebrötchen an die Lippen. »Ich muss los.«

»Aber ich … Aiyo!« Überrascht wich Suzhan zurück. Ein glühend rotes Mal blieb auf ihrer Unterlippe zurück, fast wie eine Brandwunde. Genau da, wo Zharas Finger sie berührt hatte. »Etwas hat mich gestochen!«

Einen Herzschlag lang befürchtete Zhara, dass sie es wieder getan hätte, dass sie ihre Schwester wieder irgendwie schlimm verletzt hätte, aber das Mal auf Suzhans Lippe verblasste bereits wieder. »Oh«, sagte sie und legte rasch das Brötchen wieder auf den Teller. Dieser Stich – ihre magische Berührung – war das zweite Merkmal ihrer Macht, das sie nicht kontrollieren konnte. »V-vielleicht solltest du abwarten, bis die Brötchen abgekühlt sind, b-bevor du den Rest isst.«

Ihre Schwester verengte die Augen. »Deine Zunge verrät dich schon wieder. Was ist los?«

In diesem Moment erklangt von den Wachtürmen der Stadt ein Trommelwirbel, der den Tagesanbruch verkündete. »Es … es tut mir leid, Mimi«, sagte Zhara hastig. »Ich m-muss gehen. Du kommst allein wieder nach oben?«

»Ja.« Suzhan legte den Kopf schräg. »Ist wirklich alles in Ordnung?«

»Natürlich«, sagte Zhara, wobei sie ihre Stimme zum Gehorsam zwang. »Wir sehen uns heute Abend, ja?« Sie stopfte ihr Exemplar von *Die Maid, die vom Tod geliebt wurde* in ihren Arbeitsbeutel, den sie sich über die Schulter warf. »Viel Glück, Mimi. Iss auf!«

Sie fühlte den besorgten, unsteten Blick ihrer Schwester auf ihrem Rücken, als sie über den Innenhof lief. »Für das Glück, das wir brauchen, wäre eine ganze Wagenladung voll Cremebrötchen nötig«, murmelte Suzhan. »Stimmt's, Sajah?«

Der Kater gab keine Antwort.

Zhara war schon fast am Tor des Innenhofs, als ihr der scharfe, fast ätzende Geruch von billigem Blumenparfüm in die Nase drang.

»Kind«, kam eine körperlose Stimme aus einer Ecke, »einen Moment bitte.«

Zhara wirbelte herum. Die Zweite Ehefrau stand unter dem Blauregen. Ein elegantes, aber fadenscheiniges Gewand umhüllte ihren gertenschlanken Körper. Zharas Stiefmutter war sonst nie so früh wach; wie die Königin der Nacht, deren Blüten sich nur in tiefster Dunkelheit öffnen, welkte die Zweite Ehefrau in der Morgendämmerung dahin, nachdem sie am Abend zuvor in den Tavernen und Teehäusern von Zanhei zu voller Pracht erblüht war. Angst überkam Zhara, und ihr brach kalter Schweiß aus.

»N-natürlich, Madame«, sagte sie mit einer Verbeugung und drückte ihren Beutel gegen die Brust. »Wie kann ich Madame d-dienen?«

Die Zweite Ehefrau lehnte sich gegen die Wand des Innenhofs und verschränkte die Arme vor der Brust. Ihr Gesichtsausdruck war unergründlich. »Ich will nichts von dir«, sagte sie. Der Gestank nach schalem Reiswein hing im Dunst des frühen Morgens. »Ich will dich nur warnen.«

»W-warnen?«

Die Zweite Ehefrau trat näher und musterte ihre Stieftochter mit verkniffenem Gesicht. Aus der Nähe konnte Zhara die blutunterlaufenen Augen und die roten Adern auf Nase und Wangen sehen, die auf den übermäßigen Genuss von Alkohol hinwiesen. »Gib acht«, sagte die Zweite Ehefrau mit schnapsgeschwängertem Atem zu Zhara. »Man sagt, die Falken seien in Zanhei eingeflogen.«

Eine ganz andere Art von Schrecken durchdrang sie. »Die F-Friedensstifter des W-Warlords?«, fragte sie. Plötzlich war Zhara wieder zehn Jahre alt und versteckte sich in der Kleidertruhe ihrer

Stiefmutter, während die Falken ihren Vater wegschleppten. »W-warum?«

Es verging eine ganze Weile, ehe die Zweite Ehefrau antwortete. »Es gibt Gerüchte«, sagte sie leise, »über Monster im Sumpf.«

»Monster?«

Der Ausdruck im Gesicht ihrer Stiefmutter wurde hart und grub Falten des Alters und der Sorge tiefer ein. »Scheusale.«

Zhara erstarrte. Sie war erst ein Baby gewesen, als der Gerechte Krieg begann, aber sie war alt genug, um sich an die Geschichten über Magier zu erinnern, die sich in Monster verwandelten – widerwärtige, unheimliche und unnatürliche Kreaturen, die den Geist verwirrten und das Fleisch verzehrten. Alt genug, um sich an die Schmähungen zu erinnern, die ihren Eltern gefolgt waren, wohin sie auch flohen, den Schergen des Warlords immer nur zwei Schritte voraus. Magier waren eine Verhöhnung der Vernunft. Eine Anomalie. Scheusale. Galle stieg Zhara in den Mund, so bitter wie Geister.

»Die Augen eines Falken sind scharf«, sagte die Zweite Ehefrau leise und tippte leicht mit ihrem Fächer auf Zharas Handgelenk. Das verräterische Glühen der Magie war im frühen Morgenlicht immer noch sichtbar. »Also sei vorsichtig.«

Sie hatte schon viel festere Schläge auf ihr Handgelenk ertragen müssen, und doch spürte Zhara angesichts der für sie untypischen Fürsorge ihrer Stiefmutter brennende Tränen hinter ihren Wimpern.

»Das werde ich, Madame«, hauchte sie und zog ihre Ärmel über ihre Hände.

Die Zweite Ehefrau öffnete ihren Fächer und wedelte damit planlos vor ihrem Gesicht herum. »Die Welt da draußen ist gefährlich, Jin Zhara«, sagte sie. »Denk immer daran, was dein Vater dir gesagt hat, verstanden?«

»Sei brav und sei ehrlich«, flüsterte Zhara.

»Richtig.« Ihre Stiefmutter lächelte, aber dieses Lächeln war so warm wie die Wintersonne. »Sei brav, es sei denn, du hast vergessen, wer dich all die Jahre beschützt hat.«

Es war die Zweite Ehefrau gewesen, die Zhara an jenem Tag, als Jin Zhanlong weggebracht worden war, vor den Friedensstiftern des Warlords versteckt hatte. Sie hatte das kleine Mädchen unter vielen Schichten von Gewändern und anderen Kleidungsstücken vergraben, bis die Gefahr vorbei war. Zharas Stiefmutter war die Einzige, die über ihre Magie Bescheid wusste, die Einzige, die ihr Geheimnis bewahrte, die Einzige, die sie beschützte.

»Ich werde es nie vergessen«, sagte Zhara mit einer Verbeugung. »Ich stehe in Madames Schuld, in mehr als einer Hinsicht. Meine Dankbarkeit kennt keine Grenzen.«

»Ausgezeichnet.« Die Zweite Ehefrau schloss ihren Fächer mit einem scharfen Knall. »Sei heute Abend pünktlich«, sagte sie und zog ihr Gewand enger um ihre schlanke Gestalt. »Mir steht der Sinn danach, die Verlobung meiner Tochter mit einem köstlichen Abendessen zu feiern. Ich denke da an …« Sie schürzte ihre vollen Lippen. »… geschmorte Rippenstücke vom Rind nach azureischer Art. Was hältst du davon, Jin Zhara?«

Zhara schluckte. »Rindfleisch ist teuer, Madame«, sagte sie. »Aber wären auch gekochte Schweinerippchen akzeptabel?«

Die Zweite Ehefrau verengte die Augen. Ihr Blick zuckte zu dem Buch, das aus Zharas Beutel ragte. »Wenn es sein muss«, sagte sie kühl. »Obwohl ich sagen muss, dass ich ziemlich enttäuscht bin.« Die Stimme der Zweiten Ehefrau war sachlich, weder grausam noch liebenswürdig, und es war genau diese Ungewissheit, die Zhara Angst machte.

»Ich … ich werde sehen, was ich tun kann«, stammelte Zhara. Sie dachte an die Creme, die sie vor kaum einer Stunde von salzig in süß verwandelt hatte, und ihre Magie flackerte wie zur Antwort auf. Ihre Stiefmutter blickte nach unten auf Zharas Hände, die ihre Finger zusammenkrümmte, um das Licht zu verbergen.

»Braves Mädchen.« Die Augen der Zweiten Ehefrau glitzerten. »Ich freue mich schon auf das Festmahl heute Abend. Ich bin so begeistert von deinen Kochkünsten, Kind.«

Zhara zuckte zusammen. »Ich tue m-mein B-Bestes, Madame.« Sie senkte den Blick und verbeugte sich.

Eine ganze Weile sagte die Zweite Ehefrau nichts, und Zhara fühlte die stechende Intensität des Blicks ihrer Stiefmutter auf ihrem Nacken wie einen Sonnenbrand. Der Augenblick dehnte sich zwischen ihnen aus und wuchs ins Unerträgliche, ehe die Spannung durch ein erschöpftes Gähnen der Zweiten Ehefrau gebrochen wurde.

»So, nun ab mit dir«, sagte sie. Mit diesen Worten war Zhara entlassen, und die Zweite Ehefrau wandte sich nach oben, wo ihr Schlafgemach lag. »Ich vertraue darauf, dass du mich nicht im Stich lässt.« Sie blieb stehen und warf einen Blick über ihre Schulter. »Denn du bist doch ein braves Mädchen.« Lässige Bosheit mischte sich in ihre Worte. »Nicht wahr, Jin Zhara?«

Kapitel 2

Der Himmel wandelte sich eben erst von Grau in Rosa, aber bereits jetzt war die Lotusbrücke voller Menschen. Zhara bahnte sich ihren Weg von der Stadt hinunter in die Gruben. Es waren ungewöhnlich viele Leute unterwegs, und Zhara fragte sich, ob irgendwo ein Fest stattfand. Ein großer Teil der Völker jenseits des Glänzenden Meeres lebte in dem sumpfigen Tiefland vor der Stadt – Buri, Malang, Cham, Tuong – und alle hatten ihre eigenen Götter und somit auch ihre eigenen heiligen Feste und Feiertage im Reich des Morgens. Es hätte sie nicht überrascht, wenn es sich um ein Fest für einen ihrer vielen Untergötter handeln würde.

Offiziell lautete der Name der Siedlung auf der anderen Seite des Großen Kanals Zanhei-Hafen, aber seit Menschengedenken wurde sie »die Gruben« genannt. Sie war viel älter als die ummauerte Stadt jenseits des Kanals und bereits vor Jahrhunderten von Siedlern und Auswanderern aus allen Ecken des Reichs und darüber hinaus bewohnt gewesen. Sie alle hatten ihre kulinarischen Eigenheiten in das Ewige Flussdelta mitgebracht, ebenso ihre Kleidung und ihre Bräuche, und daraus das Handelszentrum der südlichen Provinzen gemacht. Im Mittelpunkt der unzähligen Wasserwege stand der Tempel der Unsterblichen, umringt von dem ältesten überdachten Markt des Reichs, wo sich sowohl Meister Caos Buchladen als auch Lehrerin Hus Apotheke befanden.

»Hoi, Mädchen!«, riefen die Ladenbesitzer und Hafenarbeiter ihr nach. »Komm her und frühstücke etwas mit uns!«

Die verlockenden Düfte von gebratenen roten Chilis, Estragon, Knoblauch, rotem Pfeffer, Kreuzkümmel, Koriander, Tamarinde, frischem Basilikum und Zitronengras zogen durch die Luft, während die Straßenhändler ihre tragbaren Grills und Garküchen auf den Booten in den Kanälen aufstellten, die den Markt kreuzten. Jedes schwimmende Restaurant prahlte mit einer eigenen Spezialität: breite, flache Eiernudeln in schwarzer Bohnensoße, gegarter Fisch in Bananenblättern, Eintopf aus Krabben und Flusskrebsen mit Reis – Gerichte aus jeder nur denkbaren Kultur.

»Ein andermal!«, antwortete sie bedauernd. Heute wie an jedem anderen Tag waren ihre Taschen so leer wie ihr Magen.

Aber Gucken kostete ja nichts. Sie ging immer weiter ins Zentrum des Markts und blieb schließlich vor Meister Caos Buchladen stehen, um sehnsüchtig die Tische im Schaufenster zu betrachten, auf denen sich die neuesten Ausgaben stapelten: die eben erst erschienene Fortsetzung von *Die Maid, die vom Tod geliebt wurde.* Eine große Menge hatte sich bereits vor den noch geschlossenen Türen versammelt, und Zhara wurde von den Passanten hin und her geschoben.

»He!«, quietschte sie, als ihr ein groß gewachsener Student im schwarz-weißen Gewand der Universität auf den Fuß trat. Zhara fühlte, wie die letzte Naht, die ihre Sohle zusammenhielt, nachgab. So viel zu ihrem Vorhaben, den Kauf neuer Schuhe noch aufzuschieben. »Pass doch auf, wo du mit deinen Riesenlatschen hintrittst, du Gelehrter!«

Der Student drehte sich um und verbeugte sich hastig und ein wenig ungeschickt, während er gleichzeitig selbst über besagte Riesenlatschen stolperte. »Verzeihung, Verzeihung, tausendmal Verzeihung.« Der Gestank von altem Schweiß und Reiswein waberte aus seinem Gewand, und Zhara fragte sich, ob er angetrunken war. Studenten der Universität kamen regelmäßig in die

Gruben, um die vielen Freuden der Blütenstadt zu genießen, ehe sie im Morgengrauen wieder heimwärts torkelten. »Ich habe nur nicht damit gerechnet, so vielen Menschen vor dem Buchladen zu begegnen.«

»Bist du auch wegen *Die Maid, die vom Tod geliebt wurde* hier?«, fragte Zhara einigermaßen überrascht. Sie hätte nicht gedacht, dass sich Studenten der Universität an Liebesromanen ergötzten.

»Wegen *was?*« Der Blick des Studenten zuckte immer wieder zu ein paar Nordmännern hin, die ein Stück entfernt standen und mit ihren knielangen Wollkitteln und den Lederstiefeln in der feuchten Frühlingsluft des Südens irgendwie fehl am Platz wirkten.

»*Die Maid, die …*« Zhara verstummte, als der Student sie anschaute, weil sie mit einem Mal bemerkte, wie gut er aussah. Scharf geschnittene Wangenknochen und ein Schmollmund, eingerahmt von einem kantigen Kinn, während seine großen, runden Hundeaugen von einer kräftigen Nase getragen wurden, die ein kleines bisschen zu groß für sein Gesicht war.

»*Die Maid, die* … was?« Der Student starrte sie fragend an.

Zhara hüstelte und fühlte ein Kichern wie Blubberbläschen im Hals hochsteigen. Oh nein. Das Hübsche-Leute-Kichern. Sie widerstand dem Impuls, die Hände vor den Mund zu schlagen. »Der nächste Band von *Die Maid, die vom Tod geliebt wurde*«, stieß sie hervor.

»Was ist das?«, fragte der Student.

»Ach, nur die populärste Liebesroman-Reihe der letzten Jahre«, erklang eine aufgeregte Stimme hinter Zharas Schulter. Der Student erschrak, als Madame Hong, die Muschelverkäuferin, neben ihm auftauchte, die den vorherigen Band von *Die Maid, die vom Tod geliebt wurde* an ihren Busen drückte. »Man sagt, dass Meister Cao und seine Schreiber die ganze Nacht lang Kopien angefertigt, aber nur dreihundert Exemplare geschafft haben.«

»So wenige?«, fragte Zhara entsetzt. »Beim letzten Mal waren es vierhundertfünfzig.«

»Ja, aber ich habe gehört, dass etliche seiner Schreiber letzte Nacht verschwanden.«

»Sie verschwanden?«, wiederholte der Student. »Aber wohin denn?« Sein Blick zuckte immer wieder in Richtung der Nordmänner und seine Hand wanderte zu dem kleinen Anhänger an einem Band um seinen Hals. Die Nordmänner trugen ihre Haare nach der Mode der Steppe, an den Seiten rasiert und den Rest mit Perlen und Federn zu einem langen Zopf geflochten. Zwei Messer mit langen Klingen lagen über Kreuz auf ihren Rücken – ein Anblick, bei dem sich Zharas Nackenhaare aufstellten. Nur Edelleuten und den Friedensstiftern des Warlords war im Reich des Morgens das Tragen von Waffen erlaubt.

»Wer weiß?« Madame Hong zuckte mit den Schultern. »Seine Schreiber halten nie lange durch. Wahrscheinlich haben sie sich aus dem Staub gemacht, weil sie Krämpfe in den Händen bekamen oder so etwas Ähnliches.« Sie verdrehte die Augen. »Wenn ihr mich fragt, macht dieser kleine Buchhändler das mit Absicht, um den Preis in die Höhe zu treiben.«

»Das bezweifle ich, Tantchen«, lachte Zhara. »Der Buchhandel ist kein Saisongeschäft; Bücher kommen und gehen nicht wie die Gezeiten.«

»Tja, das ergibt immer noch mehr Sinn als die Gerüchte, die ich gehört habe.« Die Muschelverkäuferin grinste.

»Und was für Gerüchte wären das?«, fragte der Student und spielte mit dem Anhänger um seinen Hals. Er war klein und rund und hatte ein Loch in der Mitte, wie eine Münze.

Die Fischhändlerin senkte die Stimme, sodass sich der Student vorbeugen musste, um sie zu verstehen. »Dass der Buchhändler im Keller seines Ladens irgendwelche Schmuggelware lagert.«

Zhara schüttelte den Kopf. »Im Sumpf gibt es keine Keller, Tantchen.«

»Ich sage nur, was ich gehört habe«, verteidigte sich Madame Hong. »Ständig verschwinden Schreiber, innerhalb und außerhalb dieses Ladens, und der Mann leidet unter chronischem Personalmangel. Was für eine andere Schlussfolgerung soll man da ziehen?«

»Personalmangel, hm?« Zhara überlegte. »Meinst du, dass Meister Cao nach Mitarbeitern sucht? Ein bisschen Geld extra könnte ich gut gebrauchen.«

»Erzähl keine Märchen.« Die Muschelverkäuferin schlug ihr spielerisch auf den Arm. »Du willst ja bloß als Erste wissen, wie es mit Kleiner Flamme und ihrem übernatürlichen Liebhaber weitergeht. Ich durchschaue dich, Kind.«

»Das wäre die einzige Möglichkeit, die Fortsetzung zu lesen. Leisten kann ich sie mir nicht.« Zhara seufzte und dachte an das verschmierte Buch in ihrem Beutel. »Es sei denn, du leihst mir dein Exemplar, Tantchen.« Sie zwinkerte der Fischfrau zu. »Bitte?«

»Mach, dass du wegkommst«, sagte die Muschelverkäuferin und schob sie gutmütig ein Stück von sich weg. »Ich weiß, wie du mit deinen Büchern umgehst. Überall Brandflecken und Rußschmiere, weil du beim Lesen vor dem offenen Feuer einschläfst.«

Zhara stolperte über ihren kaputten Schuh und prallte geradewegs gegen eine breite, muskulöse Brust. Einer der Nordmänner, ein kleiner, stämmiger Mann. »Verzeihung, Verzeihung, tausendmal Verz…« Die Worte gefroren ihr in der Kehle.

Ein Tuch aus weißer Seide mit einem gestickten Muster aus schwarzen Flügeln am Rand, flatterte am linken Arm des Nordmanns. Die Goldene Horde des Warlords bestand aus den Elitekriegern des Nordens, die in fünf Schwärme eingeteilt waren: die Roten, die Weißen, die Blauen, die Grünen und die Gelben, von denen sich jeder auf eine bestimmte Kunst in militärischer Strategie und Waffenkunde spezialisiert hatte. Aber es gab auch noch einen inoffiziellen sechsten Schwarm, die Schwarzen, die Augen und Ohren des Warlords im ganzen Reich.

Auch bekannt als »die Falken«.

»Hast du gesehen, wo der Student hinging, mit dem du gesprochen hast?«, fragte der stämmige Nordmann in seinem ausdruckslosen Akzent.

»Der S-S-Student?« Zhara wirbelte herum, gleichermaßen erleichtert und überrascht, dass sie nicht das Zielobjekt der Friedensstifter des Warlords war. Sie entdeckte den Studenten, der sich inmitten einer Menge von hoffnungsvollen Lesern duckte, die vor Meister Caos Laden warteten, und bemüht war, mit seiner markanten Größe nicht aufzufallen. Ihre Blicke trafen sich, und Zhara schaute betont zur Seite. »N-n-nein, ich habe nichts gesehen«, sagte sie. »Ich b-bitte um Verzeihung, Exzellenz.«

Der Falke grunzte und musterte sie und Madame Hong mit einem langen, harten Blick, ehe er sich abwandte.

»Wo schwarze Schwingen sich versammeln, trifft man auf schwarze Herzen«, murmelte die Fischhändlerin. »Ein böses Omen.« Sie schaute zum Tempel der Unsterblichen, dessen hohes, abgestuftes Tor bereits aus weiter Ferne zu sehen war. »Es geht wohl wieder los.« Die Muschelverkäuferin fuhr mit der Fingerspitze über ihr Herz und malte ein Zeichen, das Zhara nicht kannte.

»Was geht wieder los, Tantchen?«

Aber Madame Hong gab keine Antwort.

Es dauerte, bis sich Zhara durch die Menge vor Meister Caos Buchladen gekämpft hatte, um zur Apotheke zu gelangen. Sie war unverzeihlich spät dran, aber Lehrerin Hu fiel das nicht auf. Manchmal wunderte sie sich, warum die alte Kräuterkundlerin sie überhaupt eingestellt hatte, gab es doch kaum genug Arbeit für die Apothekerin selbst. Die meiste Zeit saß Zhara hinter dem Tresen und las Liebesromane, während Lehrerin Hu kam und ging.

»Li Ami und ihr Vater sind schon lange fort«, kam Meister Caos Stimme aus einer dunklen Gasse. »Das Mädchen hat in den letzten sechs Monaten nicht mehr in meinem Laden gearbeitet.«

Zu ihrer Überraschung entdeckte Zhara den gut aussehenden Studenten, der auf Händen und Knien vor dem Buchhändler kauerte, die Stirn ehrerbietig in den Schmutz der Straße gedrückt.

»Dann könntest du – Meister Cao – könnte Meister Cao mir wenigstens sagen, wohin sie gegangen sind?« Der Student hockte sich auf seine Fersen und fasste an den Anhänger um seinen Hals.

»Nein.« Der Buchhändler war merkwürdig kurz angebunden. »Das kann ich nicht.«

»Kann er nicht – oder will er nicht?«

Meister Cao schwieg.

»Wenn der Buchhändler mir nicht sagen kann, wohin Li Er-Shuan und seine Tochter gegangen sind«, sagte der Student, riss sich den Anhänger vom Hals und drückte ihn voller Verzweiflung in Meister Caos Handfläche, »dann kann er mir vielleicht sagen, wo ich die Hüter der Morgenröte finde?«

Genau in diesem Moment fing der Buchhändler Zharas Blick ein und erstarrte. Sie duckte sich hinter eine Säule und fühlte sich ganz elend, weil sie gelauscht hatte. Es ging sie nichts an, aber trotzdem war sie neugierig. Die Hüter der Morgenröte waren ein Märchen, legendäre Elementarwesen und Gefährten des Sonnenstrahlkriegers, der Tiyok besiegt hatte, die Mutter der Zehntausend Dämonen, indem er sie in einem Reich weit unter der Erde eingeschlossen hatte.

»Ah«, sagte Meister Cao. »Ich verstehe. Und warum suchst du nach den Hütern der Morgenröte?«

»Ich … ich habe einen kleinen Bruder«, sagte der Student mit stockender, zögernder Stimme. »Einen kleinen Bruder mit … einer Gabe.«

Etwas an der Art, wie er das Wort »Gabe« aussprach, ließ Zhara aufhorchen. Die Neugier siegte, und sie spähte um die Säule. Meister Cao betrachtete den Anhänger in seiner Hand und gab ihn dann dem Studenten zurück. »Dann habe ich ein Buch, das dich interessieren könnte.«

»Ein Buch?« Der Student wirkte verwirrt. »Was für ein Buch?«

»Ein Elementarbuch«, antwortete Meister Cao, »voller geheimer Sprachen und Codes. Codes, die – wenn sie richtig entschlüsselt werden – dir vielleicht helfen, zu finden, wonach du suchst.«

»Eine Karte?«, mutmaßte der Student hoffnungsvoll.

Der Buchhändler warf einen weiteren Blick in Zharas Richtung. »Sei vorsichtig«, sagte er mit gesenkter Stimme. »Die Wände haben Ohren.«

»Hä?« Der Student warf einen Blick über die Schulter und entdeckte Zhara.

Schuldbewusst wich Zhara zurück und ging zur Apotheke. Auf dem Weg über den Markt fiel ihr auf, dass deutlich mehr Falken unterwegs waren als sonst. An jeder Ecke flatterten braune und weiße Federn, die zwischen den strengen Haarknoten oder den kahlgeschorenen Schädeln der Südländer auffielen. Etwas klingelte leise über ihrem Kopf. Ein ungewöhnlich rötlicher Raubvogel mit einer Glocke um den Hals schaute von seinem Aussichtsplatz auf einem Ladendach zu ihr hinunter. Sein durchdringender goldener Blick war bohrend und scharf. Ein merkwürdiges Kribbeln kroch zwischen ihre Schulterblätter, und sie konnte sich des Gefühls nicht erwehren, dass sie verfolgt wurde. Aus dem Augenwinkel nahm sie das beharrliche Flappen und Flattern von Stoff wahr, der mal auftauchte, dann wieder verschwand. Zhara beschleunigte ihre Schritte und rannte los …

… geradewegs gegen eine sehr breite, sehr feste Brust. Ihr Beutel flog in hohem Bogen durch die Luft, während sie zu Boden fiel, und verstreute seinen Inhalt in alle Richtungen.

»Verzeihung, Verzeihung, tausendmal Verzeihung!« Es war der große, gut aussehende Student, der jetzt auf allen vieren herumkroch und ihre Sachen einsammelte. »Aber ich musste dich einholen, bevor du mir entwischen konntest.«

Plötzlich erkannte sie, dass die Farbe seines Gewandes zu dem flatternden Stoff passte, den sie auf ihrem Weg über den Markt bemerkt hatte. »Das warst du?«, fragte sie, halb geschmeichelt, halb verärgert durch seine Aufmerksamkeit. »Warum bist du mir gefolgt?«

»Weil ich dir etwas geben will«, sagte der Student mit ernster Miene und wollte den Knoten an seinem Gürtel lösen.

»Whoa – nicht so schnell«, sagte Zhara. »Diese Art von Mädchen bin ich nicht, Gelehrter. Oder« – sie zwinkerte ihm zu – »du musst mir zumindest vorher etwas zu essen kaufen.«

»Hä?« Eine verwirrte Falte bildete sich zwischen den dunklen Augenbrauen, die gleich darauf einem Ausdruck beschämter Verlegenheit wich. »Oh nein, nein, nein, nein, ich bin auch nicht diese Art Junge.« Er lachte nervös und seine Wangen färbten sich rosa. Der Student zog ein schmales Buch aus seiner Schärpe und reichte es Zhara mit einer Verbeugung. »Hier, bitte.«

Sie runzelte die Stirn. »Was ist das?«

»Ein Exemplar dieses wirklich populären Liebesromans«, antwortete der Student. »*Die Dame, die einen Dämon heiratet.*«

Es dauerte einen Moment, ehe Zhara klar wurde, dass er

Die Maid, die vom Tod geliebt wurde meinte. Sie war sprachlos. »Aber … warum schenkst du mir das?«

Der Student blinzelte. »Weil … weil du es gerne haben wolltest?« Als Zhara sein Geschenk nicht sofort annahm, fuhr er unsicher fort. »Du sagtest … du sagtest, dass du das Buch nur lesen könntest, wenn du für Meister Cao arbeiten würdest.« Er ließ die Hände sinken. »Möchtest du es denn nicht?«

Sie fühlte das Hübsche-Leute-Kichern in ihrer Kehle aufsteigen, presste die Lippen zusammen und schluckte es hinunter. »Ich … doch, natürlich«, stammelte sie. »V-vielen Dank.«

Der Student lächelte so strahlend, dass es Zhara den Atem verschlug. Grübchen. Er hatte Grübchen. Warum nur hatte er Grübchen? Sie fing an, unkontrolliert zu kichern, und wandte sich ab, um seinem Blick zu entkommen.

»He!« In einiger Entfernung stand ein Falke und stieß mit seinem langen Messer drohend in ihre Richtung. »Ihr da! Was habt ihr da?«

Entsetzen zuckte durch Zharas Körper und entflammte das Feuer ihrer Macht. Oh nein! Nein! Sie zog an ihren Ärmeln, um das verräterische magische Glühen ihrer Hände zu verstecken, fühlte, wie sich die Nähte ihrer zu engen Tunika über ihrer Brust und ihren Schultern spannten. Sie schaute sich in der schmalen Gasse nach einem Fluchtweg um und überlegte fieberhaft, ob sie einfach loslaufen oder unschuldig tun sollte.

»Ach, nur einen Liebesroman, Exzellenz«, sagte der Student. Er hielt das schmale Büchlein hoch, sodass der Falke es sehen konnte.

Der Friedensstifter verengte die Augen. »*Der Klassiker der Tausend Zeichen*«, las er laut vor. »Klingt nicht sonderlich romantisch, finde ich.« Er wandte sich Zhara zu und legte den Kopf leicht schräg, wobei er das schwache Glühen fixierte, das durch den Stoff ihrer Ärmel drang. »Zeig mir doch mal deine Hände …«

Ein Klingeln und ein durchdringender Schrei zerrissen die Luft, als der große rötliche Vogel, den Zhara eben noch gesehen hatte, im Sturzflug auf den Falken zuraste und mit seinen Krallen dessen Gesicht attackierte. Dann flog er wieder zum nächsten Dach hinauf, von wo aus er sie mit seinem goldenen Blick fixierte, als ob er ihr sagen wollte, sie sollte verschwinden.

»Komm schon!«, schrie der Student und packte ihr Handgelenk. »Nichts wie weg!«

Das brauchte er ihr nicht zweimal zu sagen. Sie humpelte, so schnell es ihr sich auflösender Schuh erlaubte, hinter ihm her. Die Passanten und Verkäufer sprangen kreischend zur Seite, als die beiden vorbeistürmten.

»Wir müssen«, keuchte der Student, »uns verstecken!«

Vor ihnen auf der Straße saß eine kleine rote Katze und starrte Zhara entgegen, ehe sie flink in einer schmalen Spalte zwischen zwei Häusern verschwand. Zhara riskierte einen Blick über die Schulter; der Falke befand sich noch ein ganzes Stück hinter ihnen. Er taumelte und wischte sich das Blut von den Augen. »Hier entlang!«, keuchte sie und warf sich in die Spalte, in der die Katze verschwunden war.

Die Lücke war kaum breit genug für die Schultern des Studenten. Die beiden schafften es, sich einander gegenüberstehend in die Spalte zu schieben, sodass sie mit den Rücken gegen die Hauswände und mit verhedderten Beinen dastanden. Ihre Oberkörper berührten sich fast bei jedem ihrer flachen und schnellen Atemzüge. Zhara stand ganz starr und steif und schloss die Augen, während sie versuchte, sich nicht gegen den Studenten zu lehnen. Der Geruch nach Reiswein, der seinem Gewand entströmte, kroch ihr in die Nase, doch zu ihrer Überraschung roch seine Haut nach Jasmin und Ylang-Ylang-Seife.

Oh nein.

Das Kichern.

Zhara verlagerte ihr Gewicht, und ihre Beine streiften seine. Der Student stieß ein leises, überraschtes Geräusch aus, bevor er schnell die Lippen wieder zusammenpresste.

Außerhalb ihres Verstecks kam das *Klink-Klink* der Falkenstiefel immer näher. Zharas Angst wurde mit jedem Schritt stärker – genau wie ihre Magie. Sie saugte scharf den Atem ein und bemühte sich, so viel Platz zwischen sich und den Studenten zu bringen, wie nur irgend möglich. Wenn ihre Haut seine berührte, wenn er durch ihre Macht verbrannt wurde …

»Wer ist da?« Der Falke hatte ihr Versteck fast erreicht.

Der Student legte ihr die Hand auf den Mund. Zharas Augen wurden groß, als ihre Magie durch sie hindurchfuhr, aber trotz des Hautkontakts schien er nichts zu merken. Ihr Puls stotterte und stockte – und nicht nur aus Angst –, während sie die Luft anhielt. In der Gasse vor ihrem Versteck hörte man das metallische Schaben, als ein Messer aus der Scheide gezogen wurde.

»Was ist hier los?«

Einem impulsiven Gedanken folgend, schlang Zhara die Hände um den Nacken des Studenten und zog sein Gesicht zu sich herunter, wobei sie ihre Köpfe so neigte, dass sie aussahen wie ein Liebespaar bei einer verstohlenen Umarmung. Der Student quietschte auf, halb aus Protest, halb aus Eifer, während seine Hände erst hilflos über ihrem Kopf herumwedelten, bevor sie sich auf die Wand hinter ihr legten.

Der Falke stieß einen angewiderten Laut aus. »Turteltauben«, murmelte er. »Sucht euch ein Zimmer, ihr beiden.«

Zhara fühlte das hämmernde Herz des Studenten an ihrem Brustkorb, schnell und im Gleichklang mit ihrem eigenen. Erst als das schwächer werdende *Klink-Klink* der Stiefel bewies, dass sich der Falke entfernte, entspannten sich die falschen Turteltauben.

»Ähem … ähm … ah … ähm … danke«, stammelte der Student und schob sich seitlich aus der Häuserspalte. »Dass du so … ähm … schnell reagiert hast.« Sein Gesicht und Nacken waren knallrot und glühten fast so hell wie die Magie in ihren Adern.

Zhara räusperte sich. »Gern geschehen«, sagte sie mit belegter Stimme und versuchte vergeblich, das Kichern zu unterdrücken.

Der Student hüstelte. »Also«, sagte er und griff wieder in seine Schärpe. »Bevor wir so rüde unterbrochen wurden«, fuhr er fort und zog ein leicht zerfleddertes Buch heraus, »wollte ich dir gerade ein Geschenk machen.«

Sie lachte, als sie ihm das Buch aus der Hand nahm. »Das ist doch hoffentlich nicht *Geschichten aus dem Tiefen Tal*, oder doch?«, neckte sie ihn. »Ich möchte nur ungern von den Friedensstiftern des Warlords verhaftet werden, weil sich dieses Buch in meinem Besitz befindet.«

Der Student blinzelte verwirrt. »Ist das Poesie?«

Zhara biss sich auf die Innenseite ihrer Wange. »Pornografie.«

»Was?« Verdattert riss er den Kopf hoch und seine runden Augen wurden vor Panik noch runder. »Ich würde doch nicht … ich habe nie … ich meine, das ist ganz und gar …«

Sie schmunzelte. »Du bist anscheinend sehr unschuldig für jemanden, der riecht, als hätte er die Nacht in einem Weinfass verbracht.«

»Ich trinke nicht!«, empörte sich der Student. Dann hob er verstohlen den Ärmel an seine Nase, schnüffelte und verzog das Gesicht. »Ich bin allergisch gegen Alkohol.«

Skeptisch beäugte Zhara sein fleckiges Gewand. »Wirklich?«

»Wirklich!«, ereiferte sich der Student. »Alle Männer in meiner Familie werden sofort pflaumenrot, wenn sie auch nur einen Schluck Alkohol trinken. Ich bin vollkommen abstinent, allein schon aus Eitelkeit. Und natürlich aus gesundheitlichen Gründen«, setzte er dann hinzu. »Aber hauptsächlich aus Eitelkeit.«

»Ach?« Zhara machte ein paar Schritte auf ihn zu und musste das Lachen unterdrücken, als der Student hastig zurückwich. »Du bist nämlich gerade knallrot, Meister Pflaumenblüte.«

Der Student drückte seine Hände gegen die Wand hinter sich und hüstelte wieder. »Na ja … ähm … also, das …« Er räusperte sich. »Das liegt nur an deiner berauschenden Gegenwart und hat rein gar nichts mit Alkohol zu tun, das versichere ich dir.« Er versuchte es mit einem neckischen Zwinkern, was ihm völlig misslang, aber allein schon der Versuch entlockte ihr ein Lächeln. Wenn er nicht so unglaublich gut aussehen würde, hätte sie ihn als süß bezeichnet.

»Ach, tatsächlich?« Sie schaute durch ihre Wimpern zu Meister Pflaumenblüte hoch und zupfte an seinem Kragen. »Dann wirke ich also stärker als Reiswein oder Brandy?« Sie grinste, woraufhin er über den Saum seines Gewandes stolperte.

»Das war Absicht«, behauptete er schnell und schüttelte sein Gewand aus. »Mir ist nur ein bisschen … ähm … schwindelig.«

»Vielleicht bist du doch betrunken, Meister Pflaumenblüte«, sagte Zhara und tippte ihm leicht gegen die Brust. »Komm mit zu Lehrerin Hus Apotheke, und ich verspreche dir, dass ich das passende Heilmittel für dein Problem finden werde. Na ja, deine Unschuld kann ich nicht heilen, fürchte ich«, setzte sie schelmisch hinzu. »Dazu musst du zu den Blumen der Blütenstadt gehen.«

Das Rot auf den Wangen des Studenten wurde noch intensiver. »Ich –«

Die Trommeln von den Wachtürmen der Stadt jenseits des Flusses verkündeten die erste Stunde des Tages.

»Mutter der Dämonen«, fluchte er. »Ich komme zu spät.« Er wandte sich zu Zhara und verbeugte sich, wobei er zum letzten

Mal sein Grübchen zeigte. »Leb wohl, Miss Brandy. Nochmals danke, dass du mein Leben gerettet hast.«

Erst als er fort war, merkte Zhara, dass sie – schon wieder – das falsche Buch in der Hand hielt.

»Ach, Meister Pflaumenblüte.« Sie strich mit der Hand über den leicht welligen Einband des *Klassikers der Tausend Zeichen.* Es sah aus wie eines dieser billigen Pamphlete mit pornografischer Poesie, die an der Universität von Zanhei von Student zu Student gereicht wurden. »Ein billiges Buch mit schlüpfrigen Gedichten, vermute ich.«

Zhara schlug das Buch auf – und sofort wieder zu. In Windeseile hatte sie es mit zitternden Händen in ihre Tunika gestopft.

Auf den Seiten stand eine Sprache, die sie nicht lesen konnte, aber sehr wohl erkannte. Glyphen, Logogramme, komplizierte Zeichen – die Sprache der Blumen. Zhara verstand jetzt, warum Meister Pflaumenblüte nicht gewollt hatte, dass das Buch in die Hände des Falken fiel. *Der Klassiker der Tausend Zeichen* war kein Gedichtband.

Es war ein Buch über Magie.

Kapitel 3

Han hasste den Geruch von Alkohol.

Besonders, weil er keinen Tropfen anrührte.

Aber gerade jetzt, gefangen in einem Abflussschacht, aus dem sein Hinterteil unten herausragte – noch dazu in der Residenz der Frauen –, hätte er etwas Hochprozentiges vertragen können. »Ich … verstehe … nicht … wie … das … passieren … konnte«, grunzte Han und versuchte mit aller Macht, sich aus dem Kanal zu befreien. »Ich könnte schwören, dass der Schacht beim letzten Mal noch breiter war.«

Obwohl er vermutlich ein Stück gewachsen war, seit er als kleiner Junge zuletzt hier durchgekrabbelt war. Besonders an den Schultern, die in der Öffnung feststeckten, weil sie einfach zu breit waren. »Da tut man etwas für seine Muskeln, und das hat man nun davon«, brummte Han. »Gefangen in einem Abflussrohr, bis mich der Kanzler entdeckt.« Er überlegte kurz. »Oder bis ich sterbe.« Er war nicht sicher, was schlimmer war.

Han hob den Blick gen Himmel. »Also schön, ich habe meine Lektion gelernt!«, rief er. »Eitelkeit ist vergebliche Liebesmüh. Wenn du jetzt bitte jemanden schicken würdest, der mich hier rausholt, dann verspreche ich, dass ich nicht mehr so viel Zeit damit verbringen werde, meinen beeindruckenden Körper zu trainieren.«

Stille. Han seufzte. Onkel Li, der frühere Hofastrologe, behauptete, dass der Thronerbe im Haus des Zweiten Unsterblichen Wesens geboren worden war, das über plötzliche Veränderungen herrschte, über merkwürdige Ideen und wankelmütiges Glück. Besagtes Unsterbliches Wesen hockte vermutlich jetzt irgendwo im Himmel und lachte sich schlapp über Hans missliche Lage. Han wackelte prüfend mit den Hüften und fragte sich, ob er auf dem gleichen Weg herausrobben konnte, den er gekommen war.

»Die ganze harte Arbeit, und keiner ist da unten, der den Anblick meines Hinterns wertschätzt«, jammerte er.

»Das würde ich nicht sagen, Euer Gnaden«, ertönte eine helle, belustigte Stimme hinter ihm. »Tatsächlich ist hier jemand, der sich sehr an diesem Anblick erfreut.«

Han schlug sich den Kopf an dem Gitter an. »Xu?«

»Wer sonst?« Han konnte sich sehr gut das Grinsen vorstellen, das jetzt auf dem tadellos geschminkten Gesicht seines Lieblingsmenschen lag. »Die Antwort auf alle Gebete des Thronerben.«

»Na toll. Würdest du mich jetzt bitte hier rausholen, bevor jemand noch meinen Vater holt. Oder – schlimmer noch – deinen.« Xus Vater war der Kanzler und Regent von Zanhei, während sich Fürst Wonhu in Trauer befand.

Hans Vater trauerte bereits seit sechs Jahren.

»Der Thronerbe wird mir also erlauben, meine Hände auf seine erhabene Person zu legen?«, keuchte Xu in gespieltem Entsetzen auf. »Was würde sein Vater dazu sagen? Was würde *mein* Vater dazu sagen?«

»Xu, ich *befehle* dir, deine Hände auf meine erhabene Person – und wenn nötig auch auf meinen außerordentlich attraktiven Hintern – zu legen und mir aus dem Abflussschacht zu helfen, bevor der Kanzler auftaucht und mir besagten Hintern versohlt.«

»Also schön.« Xu packte Hans Fußgelenke und machte sich bereit. »Auf drei?«

»Auf drei«, bestätigte Han. »Eins ... zwei ... drei!«

Mit einem kräftigen Ruck und einem reißenden Geräusch wurde Han befreit. Ein Schrei ertönte, als Hans Hinterkopf mit Xus Nase kollidierte und beide mit einem vernehmlichen *Rums!* auf dem Boden aufschlugen. Xu lag auf den Pflastersteinen des Innenhofs, alle viere von sich gestreckt, und stöhnte theatralisch, einen Ärmel über das Gesicht gelegt.

»Oh nein«, ertönte es unter dem Ärmel. »Ich glaube, da ist etwas kaputtgegangen.«

»Was ist kaputt?«, fragte Han. »Bist du verletzt?«

Xu griff unter sich und holte den Fächer hervor, der in zwei Hälften zerbrochen war und nur noch von einem seidenen Faden zusammengehalten wurde. »Der war aus Wulin-Seide!« Xus Stimme war klagend.

Han verdrehte die Augen. »Du hast *fünf* Fächer aus Wulin-Seide, du eitler Pfau«, sagte er, während er Xu auf die Füße half. Er schaute sich zur Halle der Irdischen Freuden um, ob irgendjemand den Lärm bemerkt hatte. Der Innenhof war leer, und aus dem Palast drang das schläfrige Murmeln der Dienstmädchen und Lakaien, die gerade ihre Arbeit aufnahmen.

»Tja, nun habe ich nur noch *vier* Fächer aus Wulin-Seide«, schmollte Xu. »Vier ist keine gute Zahl. Sie bringt Unglück.« Xu klopfte sich das Gewand ab, straffte die Schultern und machte ein würdevolles Gesicht. »So. Würde Seine Gnaden mir jetzt bitte erklären, was er im Innenhof der Frauenresidenz zu suchen hat und« – Xu schnüffelte – »warum er riecht, als ob er die ganze Nacht in der Gosse geschlafen hätte?«

Han schenkte seinem Lieblingsmenschen ein – wie er hoffte – entwaffnendes Lächeln. Er hatte schon vor langer Zeit erkannt, wie wirkungsvoll er seine Grübchen beim schönen Geschlecht einsetzen konnte, und Xu war der schönste Mensch der Welt.

»Nichts. Ich bin nur auf einer meiner Laufrunden um den Palast herum ausgerutscht.« Er joggte auf der Stelle, um seine Behauptung zu unterstreichen.

Unglücklicherweise war Xu auch der klügste Mensch der Welt. »Also wirklich, Seine Gnaden war doch nicht etwa so dämlich, sich ohne mich aus dem Palast zu schleichen, oder?« Erwartungsvoll verschränkte Xu die Arme vor der Brust. »Und sich dann durch die Halle der Irdischen Freuden wieder hineinzustehlen, weil ihn ansonsten die Wachen am Vordereingang erkannt hätten?«

Han ließ den Kopf hängen. »Doch«, murmelte er verlegen. Der scharfe, saure Gestank von fremdem Schweiß stieg auf, als er ergeben die Arme hob.

Xu rümpfte die Nase und zog eine Grimasse. »Was ist mit den Kleidern Seiner Gnaden passiert?«

»Na ja … also die hier habe ich mir von einem schlafenden Studenten im Universitätsviertel ausgeborgt.«

»Seine Gnaden hat *was?*«, fragte Xu entgeistert. »Warum?«

»Damit mich niemand erkennt«, sagte Han stolz. »Keine Sorge, ich habe dem Studenten meine eigenen Sachen dagelassen. Ein gerechter Tausch, findest du nicht?«

Xu wusste offenbar nicht, ob Lachen oder Weinen angebracht war. »Seiner Gnaden ist doch bewusst, dass niemand weiß, wie er aussieht, oder? Offiziell hat der Thronerbe noch nie den Palast verlassen.«

Han blinzelte. »Oh. Das hatte ich ganz vergessen.«

Sein Lieblingsmensch schlug die Hände vor das Gesicht. »Manchmal«, murmelte Xu, »bezweifle ich, dass es mir gelingen wird, meinen Prinzen bis zum Alter der Volljährigkeit durchzubringen.«

»Ach, keine Sorge«, sagte Han fröhlich. »Es dauert ja nur noch sechs Monate, dann bin ich achtzehn.«

Xu schüttelte den Kopf. »Wenn Seine Gnaden eine verfrühte Tour zu den Freuden der Blütenstadt unternehmen möchte, dann könnte er mich einfach bitten, Anstandsdame zu spielen.« Xu verengte die Augen. »Aber das ist nicht der Grund, warum er den Palast verlassen hat, nicht wahr?«

»Nein«, gab Han zu.

Xu seufzte. »Geht es um Li Er-Shuan und die Hüter der Morgenröte?«, fragte er.

Han betastete den Anhänger, der an einer Schnur um seinen Hals hing. »Ja.«

Es dauerte eine ganze Weile, dann sagte Xu leise: »Oh Han.«

Han wandte sich ab. Es war nicht die Vertraulichkeit, mit der Xu gesprochen hatte, sondern das Mitleid, das ihn kränkte. »Ich bin so nah dran, Xu«, sagte er. »Ich bin so nah, ich kann es fast schmecken.«

»Es ist sechs Jahre her, mein Prinz«, sagte sein Lieblingsmensch sanft. »Sechs Jahre ist eine lange Zeit, wenn man nach etwas sucht, das vielleicht gar nicht existiert.«

Sechs Jahre war es her, dass man Hans Mutter vor den Scharfrichter des Warlords gezerrt und auf dem Scheiterhaufen verbrannt hatte – im Hof des Palastes, in dem er lebte. Sechs Jahre, seit er ihr versprochen hatte, dass er seinen kleinen Bruder unter allen Umständen beschützen würde. Sechs Jahre, seit die Fürstengemahlin ihm eine Münze in die Hand gedrückt und ihm gesagt hatte, er müsse die Hüter der Morgenröte finden, eine Geheimgesellschaft, die sich für die Befreiung der Magier einsetzte, zu denen seine Mutter und Onkel Li gehört hatten.

»Die Hüter der Morgenröte existieren«, beharrte Han und hielt seinem Lieblingsmenschen den Anhänger hin. »Meister Cao hat die Kette meiner Mutter erkannt.« Auf den ersten Blick sah der Anhänger aus wie irgendeine Münze, nur mit einem runden Loch in der Mitte statt eines eckigen. Und auf jeder Seite verlief rings um das Loch ein Muster aus kreisförmigen Flammen, die eine Sonne bildeten, statt der Bärenklauen auf den Münzen aus der imperialen Prägeanstalt des Warlords.

Xu wirkte nicht überzeugt. »Wer ist Meister Cao?«

»Ein Buchhändler in den Gruben.« Han zog das Buch aus seinem Gürtel. »Cousine Ami hat in dem Buchladen gearbeitet, bevor sie und Onkel Li verschwanden. Der Buchhändler weiß etwas über die Hüter.« Er reichte Xu das Buch. »Das hat er mir gegeben.« Han biss sich auf die Lippe. »Er meinte, es sei ein …« Er runzelte die Stirn. »Ein Elementarbuch für geheime Sprachen und Codes.«

Hans Lieblingsmensch zog die Augenbrauen hoch. »*Die Maid, die vom Tod geliebt wurde?*«, fragte Xu verwirrt.

»Was?« Han riss Xu das Buch wieder aus der Hand und schlug die erste Seite auf. Er las: »*Es war einmal ein kleines Mädchen, das im Wald für einen kleinen Jungen musizierte* – oh nein. Oh nein, oh nein, oh nein!« Panisch schaute er Xu an. »Miss Brandy!«

Xus fein säuberlich nachgezogene Augenbrauen schossen in die Höhe. »Miss Brandy?«

Doch noch bevor Han antworten konnte, durchschnitten ein Schrei und das Klirren von zerbrechendem Porzellan die Luft. Eine Dienstmagd, die ihre Runden drehte, hatte Han und Xu im Gebüsch entdeckt. »Eindringlinge!«, keuchte sie entsetzt. »Männer in der Halle der Irdischen Freuden!«

»Also entschuldige mal!«, sagte Xu gereizt und stemmte die Hände in die Hüften. »Wen nennst du hier einen Mann?«

Han wartete nicht auf die Erwiderung der Dienstmagd. Er stopfte *Die Maid, die vom Tod geliebt wurde* wieder in seine Schärpe und rannte auf *Liebesflucht* zu, einen alten Myrtenstrauch, der in der südwestlichen Ecke des Innenhofs wuchs. Irgendwo in der Ferne schlug ein Gong Alarm. Als er näher kam, sah er, dass er nicht der einzige Eindringling in der Halle der Irdischen Freuden war, der vom Gong aufgeschreckt worden war. Etliche schuldbewusste Wachmänner und eine Handvoll blasierte Küchengehilfen tauchten aus den Gemächern auf und rannten alle zu dem armen, spindeldürren und geplagten Myrtenstrauch. Vor Han kletterte ein kleiner, drahtiger junger Mann die mitgenommenen Äste hoch, während ein untersetzter Soldat, der keinen Dienst hatte, hinter ihm wartete.

»Das kannst du vergessen«, murmelte Han zu sich selbst. »Ich glaub's ja nicht, dass man hier Schlange stehen muss, um zu entkommen!«

Er schaute zu den Mauern, die den Innenhof umgaben. Die obere Kante war aus dem Stand nicht zu erreichen. Wenn er genug Anlauf nahm, war er vielleicht in der Lage, hochzuspringen und sich über die Mauer zu ziehen, ohne *Liebesflucht* erklimmen zu müssen. Hinter ihm wurden die Rufe der fürstlichen Leibwache lauter.

»Das ist der Moment der Wahrheit«, sagte er und krempelte die Ärmel hoch. »Dieses ganze Muskeltraining muss doch für etwas gut gewesen sein.«

Er trat einige Schritte zurück, rannte los und sprang. Die Oberkante der Mauer war breiter, als er gedacht hatte, und seine Finger krallten nach irgendeinem Halt. Aber Han schaffte es, sich lange genug festzuhalten, um seine Füße sicher auf den unebenen Mauersteinen abzustellen, zog sich hoch und schob sich Stückchen für Stückchen auf dem Bauch weiter. Dann schwang er unelegant die Beine auf die andere Seite und ließ sich fallen. Er landete flach auf dem Rücken.

Han schloss die Augen und gönnte sich einen Moment Ruhe, um wieder zu Atem zu kommen.

»So so«, ertönte eine seidenweiche Stimme. »Was haben wir denn hier?«

Han schlug die Augen auf. Der Schatten eines Flügelhuts fiel auf ihn, während grüner, mit Kranichen bestickter Seidenstoff flüsternd seinen Arm streifte. Ein Anhänger aus hellgrüner Jade in Form eines breitmäuligen Froschs, auf dem ein lachender Affe saß, baumelte an einer roten Perlenschnur über seinem Gesicht. Das Siegel des Regenten. Nur *ein* Palastbeamter trug ein solches Siegel.

Der Kanzler.

»Guten Morgen, Euer Eminenz«, sagte Han und klappte die Augen wieder zu.

»Die Halle der Irdischen Freuden?«, donnerte Fürst Wonhu von seinem Thron auf dem Podest. »Was hast du dir dabei gedacht?«

Han kniete vor seinem Vater in der Halle der Himmlischen Weisheit, in der traditionellen und angemessenen Haltung des Bedauerns, nachdem der Kanzler ihn ohne Umschweife am Kragen gepackt und hierher geschleift hatte. Es war eine Haltung, in der er sich oft wiederfand, wenn auch nur selten mit den versammelten Kabinettsministern als Publikum. Zwei Schreiber saßen hinter dem erhabenen Podest, teilweise durch einen leicht durchsichtigen Wandschirm verborgen, die Pinsel und Tuschefässer bereit. Han wusste nicht genau, ob er empört oder geschmeichelt sein sollte, dass seine Missetaten in den Annalen der Regierung seines Vaters niedergeschrieben werden sollten.

»Du hast einen heiligen Bereich besudelt!« Fürst Wonhu ging vor seinem Thron auf und ab. Sein Gesicht hatte die gleiche Farbe angenommen wie sein übergroßes, scharlachrotes Hofgewand. Hans Vater war noch nie ein besonders stattlicher Mann gewesen, aber seit Trauer und Krankheit seinen Körper aushöhlten, wirkte er noch kleiner. »Ein Mann! In der Residenz der Frauen! Kennst du keine Scham?«

Han hatte die Stirn in einer Geste unterwürfiger Reue auf den Boden gepresst. Auf dem Podest neben seinem Vater stand der Kanzler, dessen feuchte, hervorquellende Augen mit ihrem üblichen leeren, ruhigen Blick auf den Thronerben blickten. Als Regent von Zanhei hatte der Kanzler während Fürst Wonhus Trauerzeit die Herrschaft über alle weltlichen Belange der Provinz inne. Nicht einmal der Erbe des Throns stand über dem Regenten – oder zumindest so lange nicht, bis Han mit achtzehn Jahren die Volljährigkeit erreicht hatte. Noch sechs Monate, sagte er sich. Nur noch sechs Monate.

»Hattest du ein Stelldichein?«, fragte Fürst Wonhu. »Antworte!«

Han hob den Kopf und stotterte: »Ein Ste-Stelldichein?«

»Eine Tändelei«, half ihm sein Vater auf die Sprünge. »Eine Affäre. Ein Rendezvous. Eine Liebschaft.« Er bedachte Han mit einem stählernen Blick. »Brauchst du ein Wörterbuch, mein Sohn?«

Aus den Reihen der Minister erklang ein Husten.

»Nein, nein«, sagte Han schnell. Seine Ohren glühten feuerrot. »Ich weiß, was das heißt. Es ist nur so, dass ich … nun, es ist mir nie in den Sinn gekommen, dass …« Er verstummte.

Wieder hustete jemand, und diesmal glaubte Han, das Wort »Jungfrau« zu vernehmen.

»Du wirst mich nicht so respektlos ansprechen«, sagte Fürst Wonhu streng. »In dieser Halle sind wir Fürst und Erbe, nicht Vater und Sohn.«

»Auch das sind wir kaum noch«, murmelte Han. »Nicht seit Mamas Tod.«

Stille senkte sich über den Saal. Vor sechs Jahren war die Fürstengemahlin von dem Falkner wegen Hochverrats hingerichtet worden, weil sie mit Magiern gemeinsame Sache gemacht hatte. Sowohl ihr Name als auch jede Erwähnung ihrer Person waren verboten, und die Bodendielen knarrten, als eine Welle aus Unbehagen durch das Meer aus ministerialem Grün lief. Der Tod der Fürstengemahlin war der Grund, warum Fürst Wonhu seinen Thron aufgegeben hatte, der Grund, warum er seiner Verantwortung als Vater nicht mehr nachkam und den Kanzler zum Regenten ernannt hatte.

»Wenn Ihr gestattet, mein Fürst«, meldete sich der Kanzler von seinem Platz unterhalb des Throns aus zu Wort. »Vielleicht kann eine neutrale Stimme die Wogen glätten.«

Han schnaubte. Der Regent seines Vaters war ungefähr so neutral wie die Azurinseln im Osten – die keine Gelegenheit verstreichen ließen, Unruhe zu stiften. Nur noch sechs Monate, dachte er. Noch sechs Monate.

Fürst Wonhu nickte. »Sprecht.«

Der Kanzler verbeugte sich. »Euer Hoheit ist zu gnädig.« Er richtete sich auf und wandte sich an die versammelten Minister. »Nun, was sollen wir also mit dem Thronerben tun? Welche Lektion können wir diesem vom rechten Weg abgekommenen jungen Mann zuteilwerden lassen, damit er Weisheit und Reife erlangen möge?«

Ein Gemurmel erhob sich unter den Ministern, die mit den Füßen scharrten und kicherten. Han wünschte, er könnte aufstehen und ihnen mit hocherhobenem Haupt entgegenblicken – immerhin kannte er diese Männer schon sein Leben lang –, aber er durfte sich erst erheben, wenn ihm sein Vater oder der Kanzler die Erlaubnis dazu gaben.

»Hausarrest?« *Das klingt nach dem Beamten Deng*, dachte Han angesichts der schwachen Stimme. Der nervöse, kaninchengleiche Steuerminister.

»Das haben wir schon versucht. Mehrmals.« Diese Stimme konnte Han nicht einordnen. »Der berüchtigte Affenprinz schafft es doch immer wieder, sich aus dem Hausarrest zu befreien. Was ist mit körperlicher Arbeit? Die Sümpfe vor der Stadt müssen trockengelegt werden, während wir die Trinkwasserbrunnen fertigbauen.«

»Meine Herren«, tönte da eine tiefe, melodiöse Stimme. Quan, der Minister für Kultur. »Ist es nicht eine geeignete Maßnahme für einen Mann, sich seiner Verfehlungen bewusst zu werden und an der Schande zu wachsen? Der Erbe des Throns soll eine Entschuldigung schreiben und sie der Versammlung laut vorlesen.«

»Poesie? Ist das eine Strafe für den Thronerben oder für uns?«

Die ganze Halle der Himmlischen Weisheit schmunzelte. Han schmollte. So schlecht waren seine Gedichte nun auch nicht.

»Ich habe eine Idee.«

Alle Köpfe wandten sich dem hinteren Bereich der Halle der Himmlischen Weisheit zu, wo General Hong in einer Ecke stand. Er fiel auf, weil er kein höfisches Gewand trug. Obwohl er Kriegsminister war, verschmähte General Hong alle äußeren Symbole seines Amts und zog Zweckmäßigkeit der Etikette vor. Es wurde gemunkelt, dass er seine Rüstung niemals auszog und sogar in voller Kriegskleidung ins Badehaus ging.

»Ich sage, wir schicken den Thronerben zu einem meiner Außenposten im westlichen Grenzgebiet«, verkündete der General. »Ein paar Monate Einsatz mit meinen Soldaten und der imperialen Armee gegen den Widerstand würden Wunder wirken.«

»Widerstand?« Fürst Wonhu horchte auf. »Was für Widerstand?«

»Es ist eigentlich nichts … noch nicht«, sagte der Kriegsminister leise. »Meine Späher behaupten, dass die Clans und Stämme dort draußen das Banner des vierflügeligen Drachen gehisst haben.«

Alle in der Halle der Himmlischen Weisheit sogen scharf die Luft ein. Han zermarterte sich das Gehirn und versuchte, sich an die Bedeutung des vierflügeligen Drachen zu erinnern. Xu, stets bewandert in allen geschichtlichen Fragen, würde Bescheid wissen.

»Diese Standarte hat man seit dem Ende des Gerechten Kriegs nicht mehr gesehen!«, rief der Beamte Quan aus.

»Ja«, sagte General Hong mit schwerer Stimme. »Die Kriegsflagge der entthronten Mugung-Dynastie. Sympathisanten der Magier.«

Sympathisanten der Magier. Han wurde ganz still und widerstand dem Verlangen, den Sonnenanhänger seiner Mutter zu umklammern. Die Hüter der Morgenröte waren irgendwo da draußen. Es *musste* sie einfach geben. Wenn er sie nur finden könnte, dann wäre sein kleiner Bruder in Sicherheit.

Versprich mir, kleiner Lemur, hatte seine Mutter gesagt, bevor sie starb. Bevor sie ermordet wurde. *Versprich mir, dass du Anyang beschützt.*

»Willst du damit andeuten, General«, sagte Fürst Wonhu leise, »dass du meinen Sohn an die Westfront schicken würdest, um einen Aufstand zu unterdrücken?«

Ein Streit brach unter den Ministern aus, die das Für und Wider verschiedener Strafen abwägten. Han schaukelte auf dem Boden hin und her, in dem Versuch, das Blut in seinen Beinen wieder zum Zirkulieren zu bringen. Die Haltung unterwürfiger Reue war hart für die Knie.

Nach einer Weile ließ sich der Kanzler wieder vernehmen. »Meine Freunde!«, rief er und klatschte in die Hände. »Ich danke euch allen für eure Vorschläge. Wenn ich jetzt meine eigene Lösung in die Runde werfen dürfte ...« Er wandte sich zu Fürst Wonhu, der ihm mit einem Nicken die Erlaubnis zu sprechen erteilte. »Ich habe einen ... Antrag im Sinn.«

Ein paar der Minister kratzten sich unter ihren Flügelhüten den Kopf. »Fahrt fort, Euer Eminenz«, sagte der Beamte Deng.

Ein leises Lächeln überzog den breiten Mund des Kanzlers. »Der Erbe des Throns wurde dabei erwischt, als er in die Halle der Irdischen Freuden eindrang«, sagte er. »Aber es ist nur natürlich, dass ein Junge neugierig ist, dass er die irdischen Freuden genießen möchte, die ihm verboten sind.«

»Oh ho ho«, schmunzelte der Minister für Kultur. »Ich ahne, was Seine Eminenz vorhat, und ich möchte der Erste sein, der ihm dazu viel Glück wünscht!«

»Was?«, fragte Han, der nicht mehr länger an sich halten konnte. »Worüber reden wir hier eigentlich?«

»Über eine Heirat.« Die Augen des Kanzlers glitzerten. »Man sagt, dass die Ehe aus Jungen Männer macht.«

»Dann muss Seine Eminenz ein vierfacher Mann sein«, murmelte einer der niederen Bürokraten. »Ich höre, es sind Glückwünsche zu seiner vierten Eheschließung angebracht.«

Han betrachtete das Gesicht des Kanzlers und fragte sich, was seine Frauen so anziehend an ihm fanden, dass sie ihn geheiratet hatten. Lord Chan war kein alter Mann, aber drei Frauen innerhalb der letzten zehn Jahre geheiratet und begraben zu haben, kam Han irgendwie maßlos vor. Xus Mutter war bei der Geburt gestorben, und jede Stiefmutter, die folgte, war Xu altersmäßig immer näher gekommen.

»Wir versuchen doch seit Jahren, den Thronerben zu verheiraten«, sagte der Minister für Kultur. »Aber niemand will ihn. Es gab das Angebot aus dem Haus Durumi. Und aus dem Haus Haitun. Alle ohne Erklärung zurückgezogen, nachdem die Mädchen zu Besuch hier waren.«

Han gestattete sich ein kleines zufriedenes Lächeln. Es war nicht einfach gewesen, die jeweiligen Abneigungen der potenziellen Bräute herauszufinden, aber er hatte dafür gesorgt, dass Xu in den Tavernen und Teehäusern der Stadt alle möglichen Lügen über den Thronerben verbreitete. Das Mädchen aus dem Haus Durumi hatte eine empfindliche Nase, weshalb er so tat, als hätte er eine schlechte Verdauung und einen noch schlechteren Atem. Das Mädchen aus dem Haus Haitun war eitel, und Xu behauptete, dass der Erbe des Throns ein fliehendes Kinn und Segelohren hatte und dass aus seiner Nase Haare wuchsen.

»Mir sind die mangelhaften romantischen Züge des Thronerben wohl bewusst«, sagte der Kanzler, griff in seinen Ärmel und zog eine Schriftrolle heraus. »Aber wir haben ein Angebot für die Hand Seiner Gnaden erhalten, und diesmal können wir wohl nicht ablehnen. Selbst wenn wir wollten.«

Han fiel das Grinsen aus dem Gesicht. Er hatte den Verdacht, dass dieses Verlobungsangebot keine spontane Idee war, sondern von langer Hand geplant, wofür die selbstgefällige Miene des Kanzlers sprach. Ihm dämmerte, dass der Regent auf die perfekte Gelegenheit gewartet hatte, die Sache auf den Tisch zu bringen. Ein kaltes, ungutes Gefühl bemächtigte sich Hans Magengrube.

Fürst Wonhu richtete sich auf seinem Thron auf. »Von wem ist das Angebot?«

Der Kanzler verbeugte sich. »Wenn Ihr gestattet, Euer Hoheit«, sagte er und öffnete die Schriftrolle. Hans Vater nickte müde. »Wir werden mit dem Angebot einer Eheschließung mit Prinzessin Yulana geehrt, Erste Tochter des Gommun Kang, Kaiser des Reichs des Morgens und« – ein triumphierendes Lächeln überzog seine schleimigen Lippen – »die über alles geliebte Enkelin des Warlords.«

Kapitel 4

Über der Ladentür tönte hohl eine Glocke, als Zhara eilig die Apotheke betrat. »Tut mir leid, dass ich zu spät komme, Tantchen«, keuchte sie. »Ich …«

Zu ihrer Überraschung war Lehrerin Hu nicht allein. Großmutter Meng, eine der Matriarchinnen des Buri-Volks, saß auf einem Schemel auf der anderen Seite des Tresens, gegenüber der Kräuterkundlerin, die knotigen Hände um den Kopf ihres Rattanstocks gekrümmt. Die Buri kamen nicht oft nach Zanhei herein, sondern blieben in ihren schwimmenden Dörfern im Sumpf unter sich, aber Großmutter Meng wurde von zwei jüngeren Mitgliedern ihres Clans begleitet – eine Mutter und ihr Kind vermutlich, denn beide trugen die gleichen roten Perlenarmbänder.

»Ich verstehe nicht«, sagte Lehrerin Hu gerade. Die Apothekerin war eine kleine, drahtige Frau mittleren Alters, mit eisengrauen Haaren, die sie in einen strengen Haarknoten im Nacken zusammengefasst hatte. »Willst du damit sagen, dass es keine Gekrönten Farnfiedelköpfe auf dem Mount Zanhei gibt oder dass deine Leute nicht hochsteigen, um sie zu suchen?«

»Beides«, sagte Großmutter Meng. Die Perlen an ihrem gemusterten blauen Kopfschmuck klackerten gegeneinander, als sie eine frustrierte Geste machte. Ihr Clan verdiente seinen Lebensunterhalt hauptsächlich mit dem Sammeln von Kräutern und anderen essbaren Dingen an den Hängen des flussaufwärts gelegenen Vulkans, und sie hatten schon lange vor Zharas Anstellung in der

Apotheke Geschäfte mit Lehrerin Hu gemacht. »Ich sage dir, es ist nicht mehr sicher dort oben für meine Leute. Schlechte Luft. Schlechte Energie. Schlechtes Ki. Der Berg ist erwacht, und er ist zornig.«

Zhara fing an, den Laden zu säubern, und räumte still die halb ausgetrunkenen Teetassen und die halb aufgegessenen Mahlzeiten der vergangenen Stunden weg. Lehrerin Hu war vermutlich die brillanteste Kräuterkundlerin der südlichen Provinzen, aber Ordnung war nicht ihre Stärke.

»Erwacht?« Die Apothekerin runzelte die Stirn, zog ihre Brille ab und ließ sie an einer Schnur aus Topas-Perlen um ihren Hals baumeln. »Du meinst … aktiv?«

»Ich meine *erwacht*«, sagte Großmutter Meng gereizt. »Ich weiß, dass ihr Leute aus der Stadt eure Unsterblichen und ihre Häuser der Vernunft verehrt, aber die Welt besteht nicht nur aus Logik und Ordnung. Weißt du nicht mehr, was in dem Jahr ohne Sommer geschah?«

Zhara sortierte die losen Blätter und die herumliegenden Notizbücher so unauffällig sie konnte und räumte die verschiedenen Mittel und Zutaten in die Schubladen der Schränke. Sie entdeckte einen Schemel unter einem Haufen alter Rezepte und bot den beiden jüngeren Gästen, die hinter Großmutter Meng standen, einen Platz an. Die Frau zuckte zusammen und wich mit großen, ängstlichen Augen zurück.

»Trotz meines Aussehens war ich vor einem Jahrtausend noch nicht am Leben. Also nein«, erwiderte die Apothekerin trocken. »Aber die Geschichtsannalen erzählen, dass der Mount Zanhei im Jahr ohne Sommer zum letzten Mal ausgebrochen ist und das Reich des Morgens unter einer Aschewolke begrub, die so dicht war, dass sie die Sonne erlöschen ließ und die Erde in einen endlosen Winter hüllte.«

Die Buri-Matriarchin schüttelte den Kopf, woraufhin die Perlenschnüre um ihr Gesicht wirbelten. »Unser Volk hat andere Geschichten.«

Lehrerin Hu zog die Augenbrauen hoch. »Zum Beispiel?«

»Tiyok«, flüsterte das Kind hinter Großmutter Meng.

Die Frau packte das Kind an den Schultern. »Du sollst nicht fluchen; das ist unhöflich.«

»Bitte verzeiht den beiden ihr ungebührliches Verhalten«, sagte die Buri-Matriarchin und verzog leicht den Mund. »Das ist Dieu, meine Enkelin, und ihr Sohn Thanh.«

Dieu umfasste ihren Sohn mit den Armen. »Entschuldige dich bei Lehrerin Hu für den schlimmen Ausdruck, Thanh.«

Zhara schenkte dem Jungen ein aufmunterndes Lächeln. »Meinst du die Mutter der Zehntausend Dämonen?«, fragte sie mit freundlicher Stimme, doch seine Mutter zog ihn von ihr weg. »Die von dem Sonnenstrahlkrieger und den Hütern der Morgenröte besiegt wurde?«

Thanh richtete den Blick auf sie und Zhara erschrak. In seinen Augen lag eine beunruhigende Leere – nicht der träge Ausdruck eines gelangweilten Kindes, sondern ein beängstigender Abgrund. Seine Hohlheit kratzte an Zhara, und ihre Magie rührte sich. Unbehaglich und unruhig. Sie hatte das nagende Gefühl, von etwas Unsichtbarem beobachtet zu werden, als ob ein anderes Bewusstsein sie aus den Tiefen der dunklen, dunklen Augen des kleinen Jungen anstarrte.

»Das ist meine Assistentin, Jin Zhara«, stellte Lehrerin Hu sie vor.

»Sie ist klug, deine Assistentin.« Großmutter Meng tippte anerkennend mit dem Stock gegen Zharas Füße. »Sie kennt die alten Geschichten.«

Aber jeder kannte die Legende des Sonnenstrahlkriegers und der Hüter der Morgenröte. Es war der Schöpfungsmythos des

Reichs des Morgens und die Lieblingsgeschichte aller fahrenden Schauspieltruppen, von der Westgrenze bis zu den Azurinseln. Erst diesen Sommer hatte Zhara eine solche Aufführung der Bangtan-Brüder in den Gruben gesehen. Noch Wochen danach redeten die Leute von nichts anderem.

Dann dachte sie an die seltsame Szene, die sie vor dem Buchladen zwischen Meister Pflaumenblüte und Meister Cao miterlebt hatte. *Könnt Ihr mir vielleicht sagen, wo ich die Hüter der Morgenröte finde?*

»Ich bin mir nicht sicher, was die Mutter der Zehntausend Dämonen damit zu tun hat … oder mit *irgendetwas*«, sagte Lehrerin Hu und verschränkte die Arme vor der Brust. »Tatsache ist und bleibt, dass ich Gekrönte Farnfiedelköpfe für meine Tinkturen brauche, und sie wachsen nur an den Hängen des Vulkans.«

»Hast du nicht gehört, was ich gesagt habe?«, gab Großmutter Meng genervt zurück. »Es gibt keine. Pflanzen vertrocknen und sterben, Fische verrotten in den Flüssen, und Vögel und andere Tiere verstummen an den Hängen des Mount Zanhei.«

Die Apothekerin tippte sich nachdenklich gegen das Kinn. »Eine Art Seuche vielleicht?«

»Möglich«, brummte die alte Frau. »Wenn du die Dinge so betrachten willst: Ja«, nickte sie, wobei die Perlen an ihrem Kopfschmuck vor und zurück baumelten. »Eine Seuche, die das Ki von allem verdirbt, womit sie in Berührung kommt – Pflanzen, Tiere, Menschen.«

»Menschen?«, wiederholte Lehrerin Hu überrascht. »Was meinst du damit?«

Hinter der Buri-Matriarchin scharrte Dieu nervös mit den Füßen und spielte mit dem roten Perlenarmband an ihrem Handgelenk. »Großmutter«, sagte sie mit leiser, flehender Stimme. »Nicht.«

Aber die alte Frau ignorierte sie. »Unsere Lieben verschwinden in den Höhlen rings um den Mount Zanhei«, sagte sie, »und jene, die zurückkommen« – hier deutete sie niedergeschlagen auf ihren Urenkel – »sind verändert.«

»Verändert?« Die Apothekerin runzelte die Stirn. »Inwiefern?«

Einen Augenblick schien Großmutter Meng ratlos zu sein, dann winkte sie Thanh zu sich. »Komm her, Junge«, sagte sie. »Ich möchte, dass die Apothekerin einen Blick auf dich wirft.«

»Aber ich bin keine Heilerin«, wehrte Lehrerin Hu ab. »Ich bin Kräuterkundlerin.«

»Ich kenne niemanden in der Stadt, der einen so klugen Kopf hat wie du«, gab die alte Frau zurück. »Komm schon, Junge.«

Die Apothekerin tastete nach ihrer Brille und setzte sie auf ihre Nasenspitze. »Wonach soll ich suchen?«, fragte sie und kam hinter dem Tresen hervor, um sich das Kind anzuschauen.

Großmutter Meng zögerte. »Er ist einer von denen, die verändert zurückkamen«, sagte sie leise. »Thanh war ein fröhliches Kind«, fuhr sie traurig fort. »Strahlende Augen, immer ein Lachen auf den Lippen, leicht aus der Fassung zu bringen. Und jetzt …«

Dieu unterdrückte ein Schluchzen.

»Was ist geschehen?« Lehrerin Hu nahm sanft das Handgelenk des Jungen und maß seinen Puls zwischen ihren Fingern.

Die Buri-Matriarchin zwirbelte ihren Stock in der Hand hin und her wie einen Bohrer. »Wir wissen es nicht genau. Von den fünf Kindern, die an jenem Tag zum Spielen in den Sumpf gingen, kamen nur drei zurück. Nur Thanh kann noch sprechen, aber er will uns nichts sagen.«

»In den Sumpf?«, fragte die Apothekerin. »Nicht am Mount Zanhei?«

»Nein, aber es ist dieselbe Krankheit wie bei den anderen, die vom Berg zurückkehrten«, sagte Großmutter Meng. »Dieselbe … Trübung des Geistes.«

»Was ist mit den anderen Kindern?« Lehrerin Hu öffnete vorsichtig Thanhs Mund, um seine Zunge zu betrachten. Der Junge leistete keinen Widerstand, aber seine Bewegungen waren leblos, wie eine Puppe, die von einer unsichtbaren Hand gelenkt wurde. »Diejenigen, die mit ihm zurückkamen?«

»Auch verändert, auch … getrübt«, sagte Großmutter Meng grimmig. »Sie sind wie wandelnde Tote, die Augen leer und der Geist nur eine hohle Hülle.«

Dieu vergrub das Gesicht in den Händen, und ihre Schultern zuckten unter ihrem Schluchzen. Eine unbehagliche Stille legte sich über die Apotheke, während die junge Frau weinte. Großmutter Meng und Lehrerin Hu rangen um ihre Fassung, während Thanh gleichgültig blieb.

Zhara räusperte sich. »Möchte … möchte die junge Dame vielleicht etwas Tee?«

Nach einem kurzen Moment schniefte Dieu und nickte dann.

»Könnte es«, murmelte Lehrerin Hu, während sie den Jungen untersuchte, »die alte Seuche sein?« Plötzlich kam ihr ein Gedanke und sie kramte auf dem Tresen herum. »Zhara«, sagte sie ärgerlich, »wo ist mein Notizbuch? Warum musst du die Dinge immer dahin räumen, wo ich sie nicht finde?«

»Tut mir leid, Tantchen, tut mir leid!« Zhara kehrte dem Tee, den sie zubereitete, den Rücken, und holte das Notizbuch vom Schreibtisch.

»Und die Vermissten?«, fuhr die Apothekerin fort, während sie ihre Beobachtungen niederschrieb. »Gibt es irgendwelche Hinweise auf ihren Verbleib?«

»Keine.« Die Buri-Matriarchin sackte auf ihrem Schemel zusammen. Mit einem Mal wirkte sie sehr alt und zerbrechlich.

»Deshalb habe ich gehofft, du könntest Thanh behandeln, damit er uns sagt, wo sie sind.«

Lehrerin Hu klappte ihr Notizbuch zu. Eine tiefe Sorgenfalte grub sich zwischen ihre Augenbrauen. »Ich weiß nicht, was ich dir sagen soll, Großmutter Meng«, seufzte sie. »Er hat kein Fieber und sein Hals ist nicht entzündet. Sein Puls ist ein bisschen langsam für sein Alter, aber nicht besorgniserregend.« Die Apothekerin stand auf und setzte ihre Brille ab. »Körperlich gesehen ist alles in Ordnung.«

»Natürlich ist alles in Ordnung!«, brach es aus Dieu heraus, die aufsprang. »Es ist alles bestens! Er ist ein ganz normaler Junge.« Ihre Augen zuckten von links nach rechts. »Ist er!«

»Ich habe nie das Gegenteil behauptet«, sagte Lehrerin Hu freundlich. »Es sei denn … Gibt es etwas, dass du mir nicht gesagt hast, junge Dame?«

»Nein, nein«, versicherte Dieu schnell. »Wir haben nichts zu verbergen.« Aber sie konnte der Apothekerin dabei nicht in die Augen sehen und spielte hektisch mit ihrem Perlenarmband. Zhara verengte die Augen und betrachtete die junge Mutter genau, während sie den Tee einschenkte.

»Hmm.« Lehrerin Hu schickte den Jungen wieder zu seiner Mutter, die ihn in die Arme nahm. »Ich sehe nicht, wie ich Thanh behandeln könnte. Seine gedrückte Stimmung könnte an irgendeiner Blockade im Meridian des Jungen liegen. Wenn ihr wollt, kann ich euch einen Akupunkteur empfehlen.«

»Ich glaube nicht, dass der Junge durch die Künste des Sechsten Unsterblichen Wesens geheilt werden kann«, murmelte Großmutter Meng. »Es ist kein medizinisches Problem, sondern ein magisches.«

»Großmutter!«, rief Dieu.

Klirr!

Die Teekanne zersprang auf dem Boden in tausend Stücke. »Verzeihung, Verzeihung, tausendmal Verzeihung!« Zharas Hände zitterten, während sie die Scherben einsammelte.

»Sei vorsichtig, Großmutter Meng«, sagte Lehrerin Hu mit gesenkter Stimme. »Der Falkner hat überall in der Stadt Augen und Ohren.«

»Also würdest du mich an die Schergen des Warlords verraten?«, fragte die alte Frau höhnisch.

Die Apothekerin schüttelte den Kopf. »Natürlich nicht«, sagte sie mit schwerer Stimme. »Du weißt besser als sonst jemand, wie wenig Liebe ich für die Falken empfinde.«

Zhara stutzte. Sie hatte noch nie gehört, dass ihre Mentorin sich zu Magie geäußert hätte – weder positiv noch negativ noch sonst irgendwie. Sie holte den Besen hinter dem Tresen hervor und fing an, langsam die kleinen Splitter zusammenzufegen, wobei sie aufmerksam lauschte. Voller Hoffnung.

Großmutter Meng schloss die Augen. »Die Welt ist aus dem Gleichgewicht«, sagte sie. »Und wenn die Balance zwischen Ordnung und Chaos aufhört zu existieren, verwüsten Dämonen das Land.«

Dieu keuchte auf und verstärkte ihre Umarmung um Thanh. »Dämonen?« Der Junge wurde allmählich unruhig.

»Gewiss nicht«, sagte Lehrerin Hu skeptisch. »Solche Scheusale wurden seit dem Gerechten Krieg nicht mehr im Reich des Morgens gesehen.«

»Es ist nur eine Frage der Zeit«, sagte die Buri-Matriarchin düster. »Das Risiko der Besessenheit existiert, solange es Magier gibt, die sich in Monster verwandeln können.«

Der Besen in Zharas Händen flackerte auf, und für den Bruchteil einer Sekunde hielt sie ein rostiges Schwert zwischen den Fingern. Sie hätte es beinahe fallengelassen, als es sich flackernd wieder in einen Besen verwandelte. Sie stellte den Besen weg und schob die Hände in ihre Ärmel.

»Aber nicht alle Magier verwandeln sich in Monster, nicht wahr?«, sagte Dieu ängstlich. Thanh wehrte sich gegen die Umarmung seiner Mutter und zappelte so lange, bis sie ihn losließ. »Einige … erholen sich wieder, richtig?«

Lehrerin Hu und Großmutter Meng wechselten einen Blick. »Gegen Besessenheit gibt es kein Heilmittel«, sagte die Apothekerin. »Wenn es das gäbe, hätten wir nicht Krieg geführt.«

»Natürlich gibt es ein Heilmittel«, versetzte die alte Matriarchin. »Es steht doch in allen Geschichten. In dem Krieg gegen Tiyok verwandelte der Hüter des Feuers alle Monster im Land zurück in Magier.«

»Oh Großmutter Meng.« Die Kräuterkundlerin seufzte. Achtlos warf sie ihre Notizen auf den Tresen und rieb sich die Augen. »Es gibt Magie – und es gibt Märchen.«

Schweigen senkte sich über den Laden. Das einzige Geräusch war das leise Kratzen, das von Thanh ausging, der mit irgendetwas auf dem Boden spielte. Erschrocken sah Zhara, dass es ein kleines Messer war, mit dem die Apothekerin getrocknete Wurzeln und Kräuter zerkleinerte. Rasch ging sie zu ihm und versuchte, ihm das Messer aus der Hand zu nehmen.

»Nein, nein«, sagte sie freundlich. »Das ist kein Spielzeug.« Thanh bleckte die Zähne und umklammerte mit seiner Hand ihre Finger, um sie wegzubiegen.

Die Welt wurde weiß.

Bei seiner Berührung raste ein Alarmsignal über die Ki-Pfade in Zharas Körper, aber es war nicht Angst, die ihre Magie erweckte. Es war Erkennen. Ein plötzliches Gefühl von Vertrautheit durchflutete sie, eine Woge von Eindrücken, die sowohl gewohnt als auch furchterregend war. Die Berührung des Jungen war wie eine

Sprache, die sie instinktiv verstand, ein Freund unter Fremden. Sie kannte diese Berührung, würde sie überall erkennen.

Thanh war ein Magier.

Der Junge war ein Magier, aber irgendetwas stimmte mit ihm nicht. Seine Berührung war bösartig. Seine Berührung war vergiftet. Es war, als ob seine Seele kein Teil der Fäden war, die alles auf der Welt miteinander verbanden, denn es hatte den Anschein, als ob in ihm nichts Lebendiges steckte. Stattdessen hielt etwas Unbekanntes, etwas Unmenschliches ihre Hand fest, während die Verderbtheit langsam von seiner Seele zu ihrer wanderte.

Ihre Magie loderte auf.

Eine Welle aus Macht strömte durch ihre Hände in den Körper des Jungen hinein und erleuchtete die Ki-Pfade entlang seines Meridians. Es war, als ob sie die Linien aus Energie durch seine Arme und Beine fließen sehen konnte. Aber was eine helle und reine Macht hätte sein sollen, war befleckt und verdorben. Thanh zischte vor Schmerz, als ihre Magie durch die Dunkelheit brannte, und entwand sich ihrem Griff. Dann brach er zusammen und seine Augen rollten nach hinten.

»Thanh!«, schrie Dieu und warf sich auf ihren Sohn, der von Krämpfen geschüttelt wurde. Sie funkelte Zhara an. »Was hast du mit ihm gemacht?«

»N-nichts!« Zhara stolperte rückwärts. Kalter Schweiß brach an ihrem Haaransatz aus. »Ich habe gar nichts gemacht!« Das Bild von Suzhan zuckte in ihrer Erinnerung auf, wie sich ihre Schwester vor vielen Jahren in den gleichen Krämpfen gewunden hatte. Zhara schlug die Hände vor den Mund und unterdrückte ein Schluchzen. Hatte sie den Jungen ebenfalls mit ihrer Magie verletzt?

»Schh, schh«, gurrte die Apothekerin und kniete sich neben Dieu. »Lass ihm Platz zum Atmen.« Sanft löste Lehrerin Hu Dieus

Arme von Thans Hals und legte seinen Kopf auf ihre Beine. Sogleich hörten seine Glieder auf zu zucken und die Verkrampfung seiner Muskeln löste sich. »Er hat jetzt Fieber«, sagte die Kräuterkundlerin stirnrunzelnd. Sie legte ihren Handrücken auf seine Stirn. »Vermutlich hat das den Anfall ausgelöst.«

Dieu drehte sich zu Zhara um. »Sie hat etwas mit ihm gemacht«, sagte sie und deutete anklagend mit dem Finger. »Sie ist ein Monster!«

Zhara zuckte zusammen und dachte an die blicklosen Augen ihrer Schwester. »Es … es tut mir leid«, sagte sie und trat hilflos einen Schritt nach vorn. »Ich weiß auch nicht, was passiert ist …«

»Bleib weg von ihm!« Dieu nahm den mittlerweile schlafenden Thanh in die Arme und versuchte, ihn sich auf den Rücken zu hieven. »Hilf mir, Großmutter«, bat sie die Buri-Matriarchin.

Die alte Frau stützte sich schwer auf ihren Stock und stemmte sich auf die Füße. »Ich glaube, wir müssen jetzt gehen«, sagte sie bedauernd.

Lehrerin Hu öffnete und schloss einige Schubladen, holte verschiedene Kräuter und Pulver heraus und faltete sie in Papiertütchen. »Hier«, sagte sie und reichte sie Großmutter Meng. »Gegen das Fieber des Jungen. Und für dich«, sagte sie, zögerte kurz und reichte Dieu dann eine kleine Bronzemünze mit einem kreisrunden Loch in der Mitte, die sie aus einem kleinen Geldbeutel an ihrem Gürtel gezogen hatte. »Nimm das. Wenn ihr, du oder dein Sohn, Hilfe braucht, zeig dies Meister Cao hier in der Stadt.«

Dieu presste die Lippen zusammen. Nach einem kurzen Moment nahm sie die Münze mit einer leichten Verbeugung an.

Thanh, der auf dem Rücken seiner Mutter hockte, rührte sich. Als Großmutter Meng und Dieu aus dem Laden gingen, fing er Zharas Blick ein. Seine Augen waren nicht länger leer und stumpf. Jetzt lag ein merkwürdiger Ausdruck auf seinem Gesicht, und seine Züge wurden von einem Bewusstsein belebt, das vorher nicht da gewesen war – von etwas, das viel älter und viel weniger menschlich war als der kleine Junge, der er zu sein schien.

Es gibt Gerüchte über Monster im Sumpf.

Zharas Nackenhaare richteten sich auf.

Kapitel 5

Die Nacht war angebrochen, sein Bruder war verschwunden und Han musste unbedingt wissen, wie es mit der *Maid, die vom Teufel geliebt wurde* weiterging.

»Dieses Ende ist eine Frechheit!«, brüllte er und warf den dünnen kleinen Band quer durch sein Gemach.

Nach der niederschmetternden Audienz bei seinem Vater und dem Kanzler hatte man Han ohne Pomp und Prunk in sein Quartier geleitet, wo er gefälligst zu bleiben hatte, ohne Besuch und ohne Zeitvertreib. Obwohl er nicht besonders viel vom Lesen hielt, entschloss er sich, es mit der *Dame, die einen Dämon heiratete* oder wie immer der Schinken auch hieß, zu versuchen, nur um die Zeit totzuschlagen. Ein paar Stunden später hatte er das ganze Buch in einem Rutsch durchgelesen und litt Höllenqualen mit Kleiner Flamme, die sich jetzt entschlossen hatte, die Braut des Death Lord zu werden, um das Leben ihrer Schwester zu retten. Er hatte das brennende Verlangen, mit irgendjemandem über diesen Cliffhanger zu reden, aber die Wachen vor seiner Tür hatten kein Interesse an Gesprächen, die aus mehr als zwei Silben bestanden.

Da er sonst nichts zu tun hatte, stellte sich Han neben sein Bett und macht Hock-Übungen, wobei er nach Kräften versuchte, die Unruhe auszuschwitzen, die seinen Geist beherrschte. Er könnte vielleicht an seinem jüngsten Gedicht arbeiten, aber seit letzter Woche hatte er das Interesse an dem Thema verloren – Liegestütze – und verspürte keine Lust mehr, die Verse zu vollenden.

Andererseits hatte er eine Idee für ein Akrostichon über Miss Brandy, das ihn nicht mehr losließ.

»Miss«, murmelte er und fühlte das Brennen in der Innenseite seiner Oberschenkel. »Miss … misstrauisch … missbilligen … Missetäter … argh!«

Han fiel zu Boden und blieb auf dem Rücken liegen. Er starrte zur Decke hoch. Es war fast Mitternacht, und immer noch keine Nachricht von Xu über den Verbleib seines kleinen Bruders. Erst gestern hatte Anyangs letztes Kindermädchen gekündigt, und schon machte sein kleiner Bruder wieder Ärger.

Die Sache mit Anyangs Kindermädchen war ein Rätsel, das weder er noch Xu lösen konnten. Allein letzten Monat waren sechs gekommen – und wieder gegangen. Keine von ihnen hatte es länger als eine Woche ausgehalten, ehe sie von Angst erfüllt aus dem Gemach des Zweiten Erben geflohen waren. Von schwebenden Vasen wurde gefaselt, von merkwürdigen Geräuschen und unerklärlichen Flecken. Im Palast würde es spuken, erzählte man sich. Han versuchte erst gar nicht, diese Mutmaßungen zu entkräften. Er bezahlte die Mädchen nur großzügig und schickte sie dann weg.

Alle, die ihn gut kannten, wussten, dass Anyang ein entzückender kleiner Junge war, der viel Zuneigung zu geben hatte und den es nach Liebe hungerte. Aber für alle anderen war der Zweite Erbe ein unberechenbares, unstetes Kind, das regelmäßig unvorhersehbare und zerstörerische Anfälle bekam. Diese Ausbrüche ließen sich nicht beherrschen, behaupteten die Kindermädchen, ehe sie das Handtuch warfen. Das Kind war besessen.

Eine Behauptung, die viel näher an der Wahrheit lag, als es wünschenswert war.

Han ließ sich auf sein Bett fallen, vergrub das Gesicht in den Kissen und schrie.

Manchmal war die Last seiner Verantwortung unerträglich – wie ein Berg aus Angst, der ihm die Rippen zerquetschte. Er versuchte, nicht allzu viel darüber nachzudenken. Tatsache war, dass er versuchte, überhaupt nicht viel zu denken. Denken führte dazu, dass er sich Sorgen machte, was in Panik ausartete, und das Letzte, was Anyang brauchte, war ein großer Bruder, der den Kopf verlor. Ihre Mutter war tot und ihr Vater gefangen in seiner Trauer, und Han war der einzige Mensch, der Anyang vor den Schergen des Warlords beschützen konnte.

Er rollte sich auf den Rücken und legte einen Arm über seine Augen. Es war schon spät, und er sollte eigentlich schlafen, aber er bekam den triumphalen Gesichtsausdruck des Kanzlers einfach nicht aus dem Sinn. Seit Jahren spielte er Katz und Maus mit dem Regenten seines Vaters und war bislang allen Versuchen entgangen, die ihn in den Hafen der Ehe bugsieren sollten. Aber Han wusste, dass Prinzessin Yulana ein Fallstrick war, aus dem er sich nicht so leicht befreien konnte. Als Enkelin des Gommun Kang war Prinzessin Yulana eine politisch zu mächtige Partie, um sie abzulehnen. Und als Enkelin des Mannes, der den Magiern den Krieg erklärt hatte, war sie gleichzeitig auch die gefährlichste, die man akzeptieren konnte.

Kratz, kratz, kratz.

Stirnrunzelnd setzte Han sich auf. Eine Maus? Eine Ratte?

Kratz, kratz, kratz. »Gogo?« Vom Fenster erklang eine leise Stimme. »Lass mich rein!«

Han sprang auf und schob den Riegel zurück. »Anyang?« Er blickte nach unten und sah, dass sein kleiner Bruder genau unter dem Fenstersims kauerte und sich vor den Wachen versteckte, die vor dem Palast patrouillierten. »Was machst du da? Und wo warst du die ganze Zeit?«

»Gogo«, wisperte Anyang, »ich … ich weiß es nicht.« Er wandte sich mit angsterfülltem Gesicht seinem Bruder zu und hielt die Hände hoch, damit Han sie sehen konnte. Seine Handflächen glühten leicht in der Dunkelheit, als ob Knochen und Blut aus Feuer bestehen würden.

Alarmiert beugte sich Han aus dem Fenster, packte seinen Bruder unter den Achseln und hob den kleinen Jungen in sein Zimmer. Dann schlug er schnell die Fensterläden zu. »Was ist geschehen?«, fragte er. »Bist du verletzt?«

Anyang schüttelte den Kopf. »Ich glaube …« Er schluckte. »Ich glaube, ich hatte einen bösen Traum.«

Han blinzelte. »Einen bösen Traum?«, wiederholte er ungläubig. Sein kleiner Bruder war von oben bis unten verdreckt, das fürstliche Gewand mit Schlamm bespritzt und zerrissen, als ob er sich geprügelt hätte. Han fuhr mit den Händen sanft über Anyangs Körper, aber der Junge schien äußerlich unversehrt zu sein. »Bist du sicher?«

»Ich glaube schon«, sagte sein Bruder mit zitternder Stimme. »Der Froschdämon war da.«

Seit dem Tod der Fürstengemahlin litt Anyang unter den Schrecken der Nacht. Seine Träume waren voller Monster und anderer schrecklicher Kreaturen, aber die schlimmste Heimsuchung war eine Gestalt, die er Froschdämon nannte. Der Froschdämon tauchte immer wieder in den Alpträumen des Jungen auf – ein furchterregendes Wesen aus Nichts und Leere, das nur von Han verjagt werden konnte, oder von einer Kerze, die die ganze Nacht brennen musste. Han hatte im Laufe unzähliger durchwachter Nächte gelernt, dass die Erscheinung des Monsters unterschiedlich war – manchmal tauchte es als Frosch auf, manchmal trug es ein Fell aus Schlangen am Körper und hatte den Schwanz eines Skorpions. Aber egal in welcher Gestalt, der gruselige Spuk wollte immer nur das eine: Anyangs Magie stehlen und verschlingen.

»Er war *da?*« Han runzelte erneut die Stirn. »Wo warst du?«

Es dauerte einen Moment, bis Anyang antwortete. »Im Garten der Meditation.«

»Hast du dich da den ganzen Tag lang versteckt?« Die Sorge ließ Hans Stimme schrill werden. »Was hast du da gemacht?«

Anyang betrachtete seine Fußspitzen. »Mit Yao gespielt.«

»Yao? Wer ist Yao?«

»Ein Küchenjunge«, sagte Anyang. »Und … mein Freund.«

»Dein Freund?« Jetzt fuhr Angst wie Eis durch Hans Knochen. »Didi … du hast doch nicht …?« Er schlang seine tauben Finger um die Arme seines Bruders. »Bitte sag mir, dass du diesem Jungen nichts erzählt hast – über … über …«

»Meine Magie?«

Han zuckte zusammen.

»Doch, hab ich.«

»Anyang!«

»Aber nur, weil er auch ein Magier ist!«, sagte der Junge trotzig.

Han taumelte rückwärts. »Was?«, hauchte er. Eine seltsame Mischung aus Neugier, Erleichterung, Hochgefühl und Angst kreiselte in seiner Brust. Konnten dieser Küchenjunge und seine Eltern womöglich zu den Hütern der Morgenröte gehören? Oder wussten vielleicht, wo man die Hüter finden konnte? Und warum hatte sein kleiner Bruder nicht schon früher davon erzählt? »Woher … woher wusstest du, dass …?« *Dass du ihm vertrauen kannst?*, wollte er sagen.

Anyang zuckte mit den Schultern. »Ich wusste es einfach.« Er streckte seine kleine, glühende Hand aus, und Han ergriff sie. »Er fühlt sich wie du an, Gogo«, sagte der Junge leise. »Sicher.«

»Weiß sonst noch jemand Bescheid?«, fragte Han. »Über Yao, meine ich.« Er zupfte an den wenigen Haaren, die auf seinem Kinn sprossen. »Seine Eltern?«, setzte er voller Hoffnung hinzu. Jemand, mit dem er reden konnte, dem er sich anvertrauen konnte.

Anyang runzelte die Stirn und schob nachdenklich die Unterlippe vor. »Ich weiß nicht.«

»Vielleicht könnte ich dann mit Yao reden«, sagte Han verzweifelt. »Könntest du ein Treffen verabreden?«

Anyang blinzelte ein paarmal schnell. Tränen quollen aus seinen Augen und hinterließen helle Spuren in seinem schmutzigen Gesicht. »Ach, Gogo«, sagte er mit zitternder Stimme, »ich glaube, das geht nicht.«

»Du könntest ihm sagen, dass ich ihm nichts Böses will ...«

Der Junge schüttelte den Kopf. »Er ist weg, Gogo. Er ist weg, und es ist meine Schuld.«

Han erstarrte, als seine Sorge mit einem Schlag wieder Besitz von ihm nahm. »Was meinst du mit ›weg‹?«, fragte er gepresst. »Was ist geschehen?«

»Yao und ich haben den ganzen Tag lang im Garten der Meditation Fangen gespielt. Irgendwann bin ich müde geworden und habe mich hingelegt«, sagte Anyang schniefend. »Yao sollte Wache stehen, falls jemand den Kanzler holt und ich Ärger kriege, weil ich den Unterricht geschwänzt habe.«

Trotz der Angst, die ihm den Atem raubte, musste Han unwillkürlich lächeln, als ihn nostalgische Erinnerungen überkamen. Wie oft waren er und Xu in Schwierigkeiten geraten, weil sie sich vor dem Lernen gedrückt hatten!

»Ich habe vom Froschdämon geträumt.« Anyang schlang die Arme um seinen Körper und wiegte sich leicht vor und zurück. »Es war ... böse.«

»Inwiefern?«, fragte Han sanft.

»Normalerweise, wenn ich vom Froschdämon träume, sitzt er neben mir und verlangt, ich solle ihm meine Magie geben. Wenn ich Nein sage, versucht er, durch meine Brust an meine Magie zu kommen und sie herauszuziehen. Das tut weh«, sagte Anyang und presste seine schmutzige Hand gegen die Brust. »Es tut immer weh.«

Han sagte nichts. Die durchdringenden Schreie, mit denen sein kleiner Bruder den Palast in den frühen Morgenstunden aus dem Schlaf riss, waren der Beweis für seine Qualen.

»Aber diesmal«, fuhr Anyang fort, »sagte der Froschdämon, dass er nicht … dass er nicht länger warten könne. Und er … er …« Seine Stimme brach und er fing an, hemmungslos zu schluchzen. »Er hat meine Rippen aufgebrochen und versucht, in mich hineinzukriechen.«

Han wusste nicht, was ihn mehr schmerzte: die Tränen seines Bruders oder die Tatsache, dass er ihm nicht helfen konnte. Er fiel auf die Knie und zog Anyang in seine Arme. Er wollte ihn beschützen, fühlte sich aber auch unbehaglich.

»Ich habe geschrien und geschrien … und dann« – Anyang schluchzte erneut – »hat Yao den Froschdämon von mir weggezogen.«

Han schaute seinem Bruder ins Gesicht. »In deinem Traum?«

Anyang runzelte verwirrt die Stirn. »Ich … ich bin nicht sicher«, sagte er einigermaßen überrascht. »Als der Froschdämon ihn sah, hat er gezischt und gesagt, dass er für den Moment mit Yao vorliebnehmen würde. Dann sind die beiden verschwunden, und als ich die Augen aufschlug, war es dunkel – und Yao war weg.«

»Weg?«

Anyang nickte und wischte sich mit der Hand über die Augen. »Ich glaube … ich glaube, der Froschdämon hat ihn geholt.« Er hob sein mit Tränen, Rotz und Dreck verschmiertes Gesicht zu seinem Bruder empor. »Und alles ist meine Schuld!«

Wahrscheinlich war der Küchenjunge einfach nach Hause gegangen, aber Han sagte nichts. »Morgen«, sagte er stattdessen, »morgen suchen wir nach deinem Freund.«

Anyang entspannte sich. »Danke, Gogo«, sagte er. »Er ist ungefähr so alt wie ich, mit einem großen lila Mal hier.« Er deutete auf sein Schlüsselbein. Dann musste er so herzhaft gähnen, dass es aussah, als würde sein Gesicht in zwei Hälften reißen. »Kann ich heute Nacht hierbleiben?«

Han schenkte ihm ein schiefes Lächeln. »Na gut, Didi«, sagte er sanft. »Aber zuerst machen wir dich mal sauber.«

Er half seinem Bruder, die schmutzigen Sachen auszuziehen, und wusch ihm Gesicht und Hände mit einem nassen Tuch. Dann gab er ihm ein sauberes Nachthemd. Schließlich kletterten die beiden in Hans Bett, das auf einem kleinen Podest stand. Anyang kuschelte sich in Hans Armbeuge. Han versuchte, seinen Bruder nicht am Einschlafen zu hindern, aber er musste sich etwas bewegen. In den südlichen Provinzen kehrte der Sommer früh ein und die Nächte waren bereits jetzt unangenehm heiß. Han schwitzte.

»Rutsch mal«, brummte der kleine Junge. »Ich fall ja noch raus.«

Han gehorchte und machte Anyang Platz.

»Mehr«, murrte Anyang. »Du bist zu groß, Gogo.«

»Wessen Bett ist das eigentlich?«, beklagte sich Han.

Er fühlte, wie sich die Lippen seines Bruders an seiner Schulter zu einem Lächeln verzogen. »Das ist schön«, murmelte Anyang schläfrig. »Wie früher, als Mama noch lebte und wir bei ihr im Bett schlafen durften.«

»Daran erinnerst du dich?« Anyang war erst vier Jahre alt gewesen, als ihre Mutter starb.

Der Junge nickte. »Manchmal schleiche ich mich in ihr altes Haus und schlafe in ihrem Bett.«

»Wirklich? Warum?«

Er zuckte mit den Schultern. »Das ist ein gutes Versteck.«

Das stimmte vermutlich. Nach dem Tod seiner Frau hatte Fürst Wonhu ihr Haus – Friedliche Eleganz – verschließen und die Fenster verbarrikadieren lassen, womit er das Anwesen dem Verfall preisgab. Sein Vater hatte die Erinnerung an ihre Mutter aufgegeben, so wie er seine beiden Söhne im Stich gelassen hatte.

»Hast du keine Angst, Didi?«, fragte Han leise.

»Wovor?«, gab Anyang verschlafen zurück. Seine Wimpern flatterten, als sich seine Lider schlossen.

Han zog den Sonnenanhänger unter seinem Hemd hervor und betrachtete ihn. »Geister«, flüsterte er.

Er selbst hatte seit der Hinrichtung der Fürstengemahlin keinen Fuß mehr in das Haus gesetzt. Die Säle und Gänge von Friedliche Eleganz bargen zu viele Erinnerungen. In den guten saß er zu Füßen seiner Mutter, während sie einen ihrer Söhne in Poesie unterwies und den anderen in Zaubersprüchen. Anyang war damals erst ungefähr drei Jahre alt gewesen – zu klein, um mit Tusche und Pinsel mehr zu bewerkstelligen als Kleckserei –, aber Han erinnerte sich daran, wie seine Mutter ihre Hand um Anyangs pummelige Fäuste legte und schrieb und dabei durch ihre Magie schwebende Tuscheblasen und flatternde Glühwürmchen aus Papier durch die Luft fliegen oder einfach nur die Windspiele vor dem Fenster tanzen und singen ließ.

Es gab nur eine einzige böse Erinnerung.

Der Tag, an dem die Falken die Fürstengemahlin aus ihren wunderschönen, eleganten Gemächern gezerrt und sie vor dem Volk als Verräterin gebrandmarkt hatten, als Monster und Magierin. Der Kanzler hatte den Thronerben und seinen Bruder gezwungen, neben ihrem Vater zu stehen und zuzusehen, wie ihre Mutter auf den Scheiterhaufen gezerrt wurde. Mit offenen Augen und zusammengebissenen Zähnen hatten sie miterleben müssen, wie ihre Schmerzensschreie durch Zanhei hallten. Han musste stark sein, für Anyang, musste eine tapfere Haltung bewahren, weil sein kleiner Bruder außer ihm niemanden mehr hatte. Seit ihrem Tod waren Han und sein Bruder zu Waisen geworden. Ihre Mutter hatten sie an die Flammen verloren, ihren Vater an seine Trauer.

Versprich mir, kleiner Lemur. Versprich mir, dass du Anyang beschützt.

Er schaute seinen kleinen Bruder an, der jetzt friedlich neben ihm schlief. Er drückte Anyang enger an sich, und einen Moment lang wurde durch das Gewicht des kleinen, schlafenden Körpers die Last der Sorgen und Ängste in seinem Inneren leichter. Solange Anyang in Sicherheit und am Leben war, hatte er einen Grund, um weiterzukämpfen.

Denn er war müde. So furchtbar müde.

Jedes Jahr, jeder Tag, jede Stunde, die vergingen, wog die Last, das Geheimnis seines Bruders zu bewahren, schwerer und schwerer auf seinen Schultern. Xu wusste Bescheid, aber Xu war das einzige Kind des Kanzlers. Xus Stellung im Palast war in vielerlei Hinsicht mindestens so gefährlich wie die von Anyang – immer hin- und herwechselnd zwischen den männlichen und den weiblichen Bereichen des Hoflebens, beidem zugehörig und doch keinem. Sie alle – Han, Xu und Anyang – traten Wasser, kämpften darum, oben zu bleiben. Am Leben zu bleiben. Han brauchte unbedingt Hilfe.

Er studierte das Sonnenmuster auf der Vorderseite des Anhängers in seiner Hand. Das eingravierte Motiv war fast völlig verblasst, weil er die Münze so oft zwischen seinen Fingern gerieben hatte. Die Hüter der Morgenröte. Eine Geheimgesellschaft von Magiern und jenen, die mit ihnen sympathisierten. Vielleicht jagte er nur einem Märchen nach, wie Xu behauptete.

Aber die Hüter gab es wirklich. Er hielt den Beweis in seiner Hand.

Han seufzte und ließ den Anhänger los. Dann schaute er zu

dem Buch, das er auf den Boden geworfen hatte. *Die Maid, die vom Tod geliebt wurde.* Er fragte sich, ob Miss Brandy bereits bemerkt hatte, dass ihre Bücher vertauscht waren. Hoffentlich nicht. Wenn sie die Bedeutung des *Klassikers der Zehntausend Zeichen* herausfand … Nun ja. Hoffentlich nicht.

»Ach Mama«, murmelte er. »Ich habe dir ein Versprechen gegeben und ich halte es, so gut ich kann.« Han schob den Anhänger wieder unter sein Hemd. »Aber es ist so schwer.«

Beim Klang seiner Stimme rührte sich Anyang. »Gogo?«, fragte er mit rauer Stimme.

»Entschuldige, Didi«, sagte Han leise. »Schlaf weiter.«

Sein kleiner Bruder nickte und drehte sich um. Aber nach einer kurzen Weile rollte er sich wieder zu Han und blickte ihm ins Gesicht. »Ich kann nicht«, klagte Anyang und trat unruhig die Bettdecke weg. »Ich bin nicht mehr müde.«

Han drehte sich weg, vergrub sein Gesicht im Kissen und stöhnte. »Ich schaffe das nicht mehr, Didi«, murmelte er in das Kissen. Dann hob er den Kopf. »Schlaf weiter oder geh in dein eigenes Zimmer.«

»Nein!« Anyang klammerte sich an seinen Arm. »Ich bin brav, ich versprech's. Aber … kannst du mir vielleicht eine Geschichte erzählen?«

Das Erste, was Han einfiel, war *Die Maid, die vom Tod geliebt wurde.* Eine unterhaltsame Geschichte, aber kaum geeignet für einen Zehnjährigen, der dabei einschlafen sollte. »Wie wär's stattdessen mit einem Gutenachtlied?«, schlug er vor.

Sein Bruder zuckte mit den Schultern. »Wie du willst.«

Han räusperte sich. »*Sommer, Herbst, Winter, Frühling*«, sang er leise. »*Hüter, erhebt euch, Gerechtigkeit, sing!*«

Anyang schloss die Augen. Seine Atmung wurde langsamer.

»*Wenn Tiyok wieder zum Leben erwacht*«, fuhr Han fort, und

auch seine Stimme wurde undeutlich, als der Schlaf ihn übermannte, »*kommen Dunkelheit und Chaos an die Macht.*«

Leises Schnarchen erklang von der Seite, auf der sein Bruder lag.

»*Feuer, Holz, Sturm und Flut, wehrt ab Krieg, Kampf, Tod und Blut.*« Han schloss die Augen und ließ die letzten Zeilen des Lieds in die Nachtluft schweben.

Sommer, Herbst, Winter, Frühling –
Hüter, erhebt euch, Gerechtigkeit, sing!

Kapitel 6

Das Treffen mit Lord Chan war nicht gut verlaufen.

Der erste Beweis dafür war ihre Schwester, die in der Ecke saß und weinte. Ihr linkes Auge war geschwollen, und zwar nicht nur von Tränen.

Der zweite Beweis war die Zweite Ehefrau, die mit steinerner Miene an dem niedrigen Tisch in der Mitte des Raums saß, die Hände gefaltet, wie ein Richter, der sein Urteil verkündet.

Der dritte – und besorgniserregendste – Beweis war die offene Flasche mit Reiswein, die vor ihr stand.

»Wo warst du, Jin Zhara?« Die Stimme der Zweiten Ehefrau war ruhig, kühl und gelassen, aber in ihren Augen flackerten zornige Blitze – eine eindeutige Warnung.

»Verzeihung, Verzeihung, tausendmal Verzeihung.« Zhara schleppte die große Platte durch die Tür. Darauf standen Schalen mit dampfendem, frisch gekochtem Reis und die geschmorten Rippenstücke nach azureischer Art. Sie hatte ihren Stolz heruntergeschluckt und Lehrerin Hu am Ende ihres Arbeitstages um einen Lohnvorschuss gebeten, um das teure Fleisch kaufen zu können, und dennoch bestand das Gericht zu einem Großteil aus Tarowurzeln und Rettich. Die Rippchen zuzubereiten hatte länger gedauert als gedacht, und Zhara war stolz auf das Festmahl, das sie zubereitet hatte. Aber als sie jetzt die Teller und Platten vor ihrer Stiefmutter abstellte, in dieser düsteren und sauren Luft, wirkte das Gericht eher wie ein Leichenschmaus.

Zhara verbeugte sich und zog sich zurück, wobei sie sich auf einen Tadel der Zweiten Ehefrau gefasst machte.

Doch nichts dergleichen geschah. »Bleib«, sagte ihre Stiefmutter und deutete auf den Platz vor ihr. »Iss.«

Zhara warf einen schnellen Blick zu Suzhan, dann auf den Tisch. Es gab nur zwei gedeckte Plätze, und keiner war für sie bestimmt. »M-Madame?«

»Ich habe das Gefühl, dass wir nicht genug miteinander reden«, fuhr die Zweite Ehefrau seidenglatt fort. »Stimmt's, Jin Zhara?« Sie verengte die Augen. »Setz dich.«

Zhara gehorchte mit einer weiteren Verbeugung und kniete auf der schäbigen Matte am anderen Ende des Tischs. Sie hielt ihre gefalteten Hände im Schoß, während die Zweite Ehefrau nach ihren Essstäbchen griff und ein Stück Fleisch nahm.

»Köstlich.« Die Zweite Ehefrau tupfte sich mit einer Serviette geziert die Mundwinkel ab. »Du bist wirklich eine begabte Köchin, Kind.«

Zhara zuckte zusammen. Sie hatte sich immer die Anerkennung ihrer Stiefmutter gewünscht. Anerkennung und Akzeptanz. Zuneigung. Aber das Lob der Zweiten Ehefrau war mit Gift garniert, und Zhara machte sich für den Schmerz bereit, der sie erwartete. »Ich … ich lebe, um zu dienen, Madame«, flüsterte sie.

»Was für ein braves Mädchen.« Ihre Stiefmutter verzog den Mund zu einem Lächeln, aber die Ränder waren scharf. »Du wirst eines Tages einem glücklichen Mann eine wunderbare Ehefrau sein.« Ihre Augen glitten zu ihrer Tochter, die in der Ecke kauerte. »Wie denkst du darüber, mein Juwel?«

Die Worte bohrten tief, aber es war der ekelhaft süße Ton, der bis zu den Knochen drang. Hitze schoss in Zharas Wangen, während sie sich bemühte, den Blick gesenkt und ihre Hände ruhig zu halten – nur nichts tun, was ihre Stiefmutter erzürnen könnte! Magie knisterte in ihren Handflächen, und sie rieb sie verstohlen unter dem Tisch an dem Stoff ihrer Hosen.

»Nun?« Immer noch lächelte die Zweite Ehefrau. »Warum antwortest du nicht, mein Liebling? Oder bist du nicht nur blind, sondern auch blöd?«

Suzhan atmete ein paar Mal erstickt ein und aus. »Ja, Mama«, sagte sie mit belegter Stimme.

»Ja – was?«

Zhara hielt den Atem an, als ihre Schwester den Kopf hob und ihre Augen blicklos über die Szene zuckten. »Ja«, sagte sie leise, aber deutlich, »ich glaube, dass Nene eines Tages eine wunderbare Ehefrau wird.«

»Hmmm.« Die Zweite Ehefrau wandte sich wieder ihrer Mahlzeit zu. Die Antwort ihrer Tochter stellte sie nicht zufrieden, aber gleichzeitig konnte sie keinen Fehler daran finden. »Du«, sagte sie gereizt und deutete mit dem Essstäbchen auf Zhara. »Warum isst du nicht?«

Zhara nahm eifrig ihre eigenen Essstäbchen auf und schob sich ein paar kleine Happen Reis in den Mund, der in ihrer Kehle verklumpte. An vielen Abenden war sie mit einem Bauch, so hohl wie eine Trommel, zu Bett gegangen, aber heute hätte sie den Hunger vorgezogen.

»Also, sag mir, Jin Zhara«, fuhr die Zweite Ehefrau mit freundlichem Ton fort, während ihre Stimme schleppend wurde vom Weingenuss, »was sind für dich die wichtigsten Eigenschaften einer Ehefrau?«

Das war gefährliches Terrain. Zhara wusste, dass sie sich behutsam vortasten musste. »F-Fleiß, Pf-Pflichtgefühl und T-Treue zur Familie, Madame«, sagte sie.

Die Zweite Ehefrau betrachtete sie aus rot geränderten Augen.

»Und was genau versteht man unter T-T-Treue zur Familie, Jin Zhara?«, schnaubte sie.

Suzhan gab ein leises, verzweifeltes Hicksen von sich. Zhara hielt den Blick auf ihre Reisschale gerichtet.

»Könnte es zum Beispiel so etwas wie Gehorsam seinen Eltern gegenüber bedeuten?«, fragte ihre Stiefmutter mit harter Stimme.

Zhara schluckte. »Ja, Madame«, antwortete sie vorsichtig.

»Selbst wenn das, was man von dir verlangt, dir nicht …« Die Lippen der Zweiten Ehefrau kräuselten sich verächtlich. »… zusagt?«

Suzhan schluchzte noch lauter. Zhara legte ihre Essstäbchen auf den Tisch und schloss die Augen. »Ja, Madame.«

»Weil sie es am besten wissen?«

»Ja, M-Madame.«

»Ich kann dich nicht hören, Jin Zhara.«

Hilflos schaute Zhara zu ihrer jüngeren Schwester. »Ja, Madame«, antwortete sie mit klarer Stimme.

»Gut.« Die Augen der Zweiten Ehefrau wurden klein und gemein. »Also, du bist ein braves Mädchen, Jin Zhara. Du würdest doch alles tun, um deiner Familie zu helfen, nicht wahr? Besonders, wenn unser Glück davon abhängt.«

Zhara nickte. Sprechen konnte sie nicht.

»Und wenn du schon ein Versprechen gegeben hättest?«, fuhr ihre Stiefmutter fort. »Würdest du es brechen, nur weil dir die Situation nicht *zusagt?*«

Eine böse Vorahnung zog Zharas Magen zusammen. Sie schaute zu der bläulichen Schwellung auf der Wange ihrer Schwester und begriff, dass Suzhan ihren Verehrer abgelehnt hatte. Sie schloss die Augen.

»Antworte mir.« Die Stimme der Zweiten Ehefrau war scharf.

»N-nein, Madame.« Zhara wäre am liebsten durch den Holzboden in ihrer Küche verschwunden und hätte sich in dem Ruß und der Asche ihres Herdfeuers versteckt, als zu ertragen, was als Nächstes kam – nämlich gezwungen zu werden, sich gegen ihre Schwester zu stellen, die Höllenqualen litt.

»Natürlich haben wir alle unser Päckchen zu tragen.« Die Zweite Ehefrau goss sich Reiswein in eine Teetasse und schob sie über den Tisch zu ihrer Stieftochter. »Wir schultern schon lange das Geschick dieser Familie, nicht wahr, Jin Zhara?« Sie hob ihre eigene Tasse mit Wein. »Trink.«

Zhara hob schnell ihre Tasse hoch und prostete ihrer Stiefmutter zu. Sie beobachtete die Zweite Ehefrau, die den Alkohol mit einem Zug austrank. Dann wandte sie sich ab und presste ihre Lippen zusammen, während sie den Rand ihrer Tasse berührte und so tat, als würde sie trinken.

»Es ist doch nicht zu viel verlangt, dass meine Tochter – mein eigen Fleisch und Blut – diese Last mit uns teilt, oder?« Die Zweite Ehefrau richtete ihren Blick ausschließlich auf Zhara, nicht auf Suzhan. »Oder … Kinder?«

Kinder. Zharas Herz setzte einen Schlag aus und stolperte dann wieder los. Hoffnung und Selbsthass flatterten gleichermaßen durch ihren Brustkorb. Sie schaute unverwandt die volle Tasse in ihrer Hand an. »N-nein, Madame«, sagte sie leise.

Suzhan wimmerte ebenfalls bestätigend in ihrer Ecke.

»Gut.« Die Zweite Ehefrau schenkte sich nach und neigte dann die Flasche mit dem Reiswein über Zharas Tasse. »Warum trinkst du nicht?« Ihre Lippen verzogen sich zu einem schmalen, bösartigen Lächeln. »Komm schon, Kind. Runter damit!«

Zharas Magen drehte sich um. Sie hatte noch nie Alkohol getrunken, aber sie war bestens vertraut mit dem süßlich sauren Gestank von Erbrochenem, das sie regelmäßig aufwischen musste, wenn ihre Stiefmutter die Nacht durchgezecht hatte – was regelmäßig geschah. Magie erhob sich zusammen mit der Galle in ihrer Kehle, und die Porzellantasse zwischen ihren Fingern wurde warm und weich. Schnell schüttete Zhara den Inhalt in ihren Mund und schluckte den Wein zusammen mit der Magie hinunter.

Nicht Wein. Wasser. Zhara hustete überrascht, als sie die leere Teetasse abstellte. Ihre Handflächen prickelten. Sie widerstand dem Verlangen, ihre Hände zu betrachten, und versteckte sie stattdessen unter dem Tisch.

»Man sagt, der erste Schluck sei der härteste«, sagte die Zweite Ehefrau tröstend und schenkte ihrer Stieftochter noch mehr Wein ein. »Unglücklicherweise wird der Geschmack mit der Zeit nicht weicher, aber alles andere ringsum schon.« Sie kicherte, und ihre Haltung war mit einem Mal locker, freundlich und vertraulich, während sie sich mit einem verschwörerischen Lächeln über den Tisch beugte. »Trink aus«, wiederholte sie. Die Zweite Ehefrau goss Zhara den letzten Schluck Alkohol ein, wobei sie die Tropfen stirnrunzelnd aus der Flasche schüttelte.

Zhara schlang ihre Hände wieder um ihre Tasse, aber die Magie schien sich zurückgezogen zu haben. Der erste Schluck war wirklich hart, und der Wein, der durch ihre Kehle glitt, schmeckte wie Feuer. Sie hustete und tupfte sich die Tränen ab, die ihr über die Wangen liefen, wobei sie ein Würgen unterdrücken musste. Hunger vermischte sich mit dem Schnaps in ihrem Magen, und ihr wurde leicht übel.

»Du isst ja gar nicht.« Zhara schaute auf und sah, dass ihre Stiefmutter sie mit einem kleinen Lächeln betrachtete. Ihre rot geränderten Augen waren glasig und grausam.

»Ich … ich habe keinen Hunger, Madame.«

»Nein? Ich auch nicht. Wie schade,« – die Zweite Ehefrau deutete auf die Mahlzeit auf dem Tisch – »dass all das nun auf den Müll wandert.«

Suzhan hob den Kopf. Zhara sah die Geister des nagenden Hungers in den Schatten unter ihren Wangen und entlang ihres scharfkantigen Schlüsselbeins. »Madame«, sagte sie unsicher. »Es gibt keinen Grund, warum …«

»Das Essen hält sich nicht.« Die Zweite Ehefrau nahm die Platte und ging zu dem Fenster, das auf die Straße hinausging. »Wir können es genauso gut hinauswerfen.« Sie fing den Blick ihrer Stieftochter ein. Das bösartige Grinsen hing immer noch an ihren Lippen.

»Nein, wartet!« Zhara sprang auf. »Ich … ich …« Sie fing Suzhans flehenden Blick ein, sah ihr kaum merkliches Kopfschütteln. Es würde für sie beide nur noch schlimmer werden, wenn Zhara widersprach, wenn sie für ihre Schwester um etwas bat. Sie wusste es, und sie hasste es. Zhara neigte den Kopf und kehrte auf ihren Platz zurück. »Es tut mir leid, Madame.«

Die Zweite Ehefrau beobachtete die stumme Zwiesprache ihrer Töchter, und ihr Grinsen wurde breiter. »Also hast du doch Hunger, Jin Zhara?«, fragte sie mit süßer Stimme. Sie stellte die Platte wieder auf den Tisch, direkt vor ihre Stieftochter. »Iss auf.« Die Zweite Ehefrau schob ihr die Essstäbchen zu. »Mach schon. Wir haben nichts dagegen, nicht wahr, Suzhan?« Sie schaute zu ihrer Tochter in der Ecke. »Nicht wahr, mein Juwel?«

Suzhan schluckte die Tränen hinunter. »Nein, Mama«, sagte sie. Ihre Worte waren von Hunger durchtränkt. Unter der Schwellung auf ihrer Wange war kaum genug Fleisch, um die Knochen ihres Gesichts auszufüllen. »Iss nur, Nene«, sagte sie mit dünner, gepresster Stimme. »Mir geht's gut. Ganz ehrlich.«

Zhara nahm langsam die Essstäbchen und stocherte in den Rippchen. Die Zweite Ehefrau beobachtete sie die ganze Zeit mit diesem kalten, grausamen Lächeln, während sie widerstrebend einen Bissen nach dem anderen in ihren Mund steckte. Das

Fleisch war fettig und schmeckte nach Schuld, während sie es hinunterschluckte.

Es war schon lange nach Mitternacht, als das leise *Tap-Tap-Tap* von Suzhans Stock die Treppe herunterkam und Zhara weckte.

»Nene?«

Beim Klang von Suzhans Stimme setzte sich Zhara aufrecht auf ihren Strohsack vor dem Herd und wedelte hustend eine Aschewolke vor ihrem Gesicht weg. Sie war vor dem Feuer eingeschlafen, während sie versucht hatte, aus dem *Klassiker der Zehntausend Zeichen* schlau zu werden. Das Buch über Magie lag aufgeschlagen auf ihrem Kissen neben dem schlafenden Sajah, die Seiten fleckig von Asche und Sabber. »Mimi?«, krächzte sie, stand auf und umarmte ihre Schwester.

Suzhan zuckte zusammen und zischte.

»Habe ich dir wehgetan?«, fragte Zhara besorgt und berührte vorsichtig die Schwellung auf der Wange ihrer Schwester. »Hat Madame …?« Sie beendete den Satz nicht.

»Mir geht's gut«, sagte Suzhan und schob die Hand ihrer Schwester weg. »Du hast mich nur überrascht.«

Zögernd kehrte Zhara zum Herd zurück und entzündete einen Holzspan, den sie in den Ofen hielt, um das Feuer wieder in Gang zu bringen und den Brei warm zu machen, den sie aus den Resten des Abendessens zubereitet hatte. »Du musst am Verhungern sein«, sagte sie und zog einen kleinen, runden Klapptisch aus der Ecke. Dann stellte sie eine Schale mit Congee vor ihre Schwester. »Ich weiß, es ist nicht viel«, sagte sie entschuldigend.

»Es ist besser als nichts«, entgegnete Suzhan leise. »Danke, Nene.« Sie schaufelte sich eine große Portion in den Mund und zuckte dann zusammen, als die Bewegung ihres Kiefers an ihrer geschwollenen Wange zog.

Zhara machte ein Tuch nass und drückte es auf die Prellung. »Das sieht schlimm aus, Mimi«, sagte sie und zischte mitfühlend. Im Feuerschein war die Schwellung ein riesiges Spinnennetz, das eine Seite von Suzhans Gesicht bedeckte, durchfurcht von schwarzen und roten Streifen.

»Ich habe schon Schlimmeres ausgehalten.«

Das hatten sie beide. Die längst verheilten Narben auf Zharas Rücken und Beinen zogen sich zusammen, genau wie die verkrampften Muskeln von Suzhans Wange, während sie kaute und schluckte, kaute und schluckte. Zhara schwieg und ließ Suzhan in Ruhe essen. Sie würde von selbst anfangen zu reden, wenn sie bereit war.

Suzhan schlürfte den letzten Rest Congee aus der Schale, die sie dann mit einem zufriedenen Schmatzen auf den Tisch stellte. »Das war köstlich, Nene«, sagte sie. »Danke.«

Ein Brei aus den traurigen Überbleibseln eines Festmahls. »Es ist bestimmt nicht das, was du wolltest, Mimi«, sagte Zhara bedauernd.

»Was ich will, spielt keine Rolle«, sagte Suzhan bitter. »Das war schon immer so und wird auch so bleiben. Niemand kümmert es, was ich will.« Sie ließ die Schultern hängen und sah plötzlich alt aus, viel älter als dreizehn. Ihr ganzes Gesicht schien sich hinter die Knochen zurückzuziehen. »Du willst wahrscheinlich wissen, was heute passiert ist.«

Zhara räumte die Schale weg und stellte den Klapptisch zur Seite. »Nur, wenn du es mir erzählen willst«, sagte sie und nahm den Topf mit dem Congee vom Herd.

»Ich weiß … ich weiß, dass ich alle enttäuscht habe«, sagte Suzhan mit zitternder Stimme. Auf der Strohmatratze klingelte es, als Sajah erwachte und sich schüttelte. Dann trippelte er zu dem Mädchen und rieb sich tröstend an ihren Beinen. »Lord Chan war – ist – unsere letzte und einzige Hoffnung, uns vor der Schuldknechtschaft zu bewahren.« Suzhan hob den Kater hoch und vergrub ihr Gesicht in seinem Fell. »Oder vor noch Schlimmerem.«

Zhara schrubbte wortlos das Geschirr. Ihr ganzes Leben mit der Zweiten Ehefrau bestand aus Verpflichtung, aber die Schuld gegenüber ihrer Stiefmutter konnte sie nie tilgen. Doch Suzhan hatte recht; alles konnte noch viel schlimmer werden. Magie wärmte ihre Hände und tauchte die Küche in ein weiches Licht.

»Ich hatte solche Angst vor dem Treffen«, flüsterte Suzhan. »Ich hatte Angst, dass mein Gemahl grausam oder grob oder unfreundlich sein würde. Auf dem Weg ins Pfingstrosen-Teehaus habe ich erfahren, dass ich seine vierte Braut sein würde.«

»Seine vierte?«, wiederholte Zhara verblüfft.

Ihre Schwester nickte. »Während Mama und der Kuppler nebenan die letzten Details besprachen, habe ich gehört, wie die Dienstboten über Lord Chan redeten.« Ihre Lippen zuckten. »Manche Leute denken, dass Blinde nicht nur nicht sehen, sondern auch nicht hören können«, sagte sie trocken. »Und dann werden sie unvorsichtig.«

Zhara hatte beinahe Angst zu fragen. »Was haben sie gesagt?«

»Dass alle meine drei Vorgängerinnen unter mysteriösen Umständen ums Leben gekommen sind.«

Zharas Nackenhaare stellten sich auf. Sajahs Kopf ruckte hoch, und er musterte Suzhan beunruhigt, während seine Schwanzspitze hin und her zuckte. »Unter … mysteriösen Umständen?«

Suzhan zupfte nervös an dem Fell auf Sajahs Kopf, der fauchte und vor Missbehagen schmale Augen bekam, aber keine Anstalten machte, sich aus ihrem wenig zärtlichen Griff zu befreien. »Ich hatte zu viel Angst, um nachzufragen«, sagte sie mit so leiser

Stimme, dass Zhara die Ohren spitzen musste, um sie zu verstehen. »Weißt du, wie man ihn nennt?« Sie lachte grimmig. »Den Schwarzen Witwer.«

Zhara zuckte zusammen. »Es gibt bestimmt eine ganz einfache Erklärung für …«

»Für den unerwarteten Tod von drei Ehefrauen?«, beendete Suzhan voller Verachtung den Satz. »Lord Chan ist entweder vom Pech verfolgt oder sehr achtlos.« Sie wandte ihren trüben Blick dem flackernden Feuer zu. »Wenn es Ersteres gewesen wäre, hätte ich Ja gesagt. Der Himmel weiß, dass wir das Geld brauchen«, sagte sie. »Aber in dem Moment, in dem ich meinen zukünftigen Gemahl kennenlernte, wusste ich, dass es Letzteres ist.«

»Wieso?«

Es dauerte eine ganze Weile, ehe Suzhan antwortete. »Grausam oder unfreundlich zu sein, ist eine Sache«, sagte sie leise. »Aber eine ganz andere ist es, vollkommen leer zu sein.«

»Leer?« Zhara runzelte die Stirn. »Was meinst du damit?«

Ihre Schwester starrte in die Dunkelheit. »Ohne jedes Gefühl«, sagte sie schließlich. »Seelenlos.« Sie zupfte an einem Fingernagel, der bis aufs Fleisch heruntergeknabbert war. »Es gibt Menschen«, sagte Suzhan, »die sind tot, obwohl sie leben.«

Darauf wusste Zhara nichts zu erwidern. Es gab keine Worte, mit denen sie ihre Schwester trösten konnte, keine Hoffnung, keine Ermutigung. Magie flackerte in ihren Adern, ein weit entferntes Aufblitzen vor dem Sturm. »Du solltest wieder nach oben gehen«, murmelte sie, »bevor Madame merkt, dass du weg bist.«

»Mama ist sturzbesoffen«, erklärte Suzhan sachlich. »Nicht einmal die Rückkehr von Tiyok und den Zehntausend Dämonen könnte sie jetzt aufwecken. Sie streckte die Hände aus und tastete nach dem Arm ihrer Schwester. »Lass mich heute Nacht hierbleiben, Nene«, bettelte sie. »Sie wird es nicht erfahren.«

Zhara wusste, dass sie als die ältere Schwester verantwortungsvoll sein und Suzhan nach oben schicken müsste, ehe die Zweite Ehefrau entdeckte, dass ihre Tochter nicht in ihrem Bett war. Aber beim Anblick der ungeweinten Tränen ihrer Schwester schmolz Zharas Entschlossenheit dahin und sie seufzte.

»Also gut«, sagte sie, »aber vor dem Morgengrauen gehst du nach oben.«

»Versprochen«, sagte Suzhan eifrig und stieg zu ihrer Schwester ins Bett. »He!« Sie zog ein etwas zerknittertes Buch unter sich hervor. »Was ist das?«

Der Klassiker der Zehntausend Zeichen. Zhara nahm ihrer Schwester das Buch über Magie rasch aus der Hand und schob es unter ihr Kissen. »N-nichts«, sagte sie. »Bloß ein Liebesroman.«

Suzhan schmunzelte. »Hast du es geschafft, ein Exemplar des neuesten Bandes von *Das Mädchen, dessen Liebhaber starb* zu ergattern?«

»Was?« Zhara blinzelte verwirrt.

»Ich mache nur Spaß, Nene«, sagte ihre Schwester. »Ich weiß, dass es *Die Maid, die vom Tod geliebt wurde* heißt.«

Das Gesicht von Meister Pflaumenblüte tauchte vor ihrem inneren Auge auf, und das Hübsche-Leute-Kichern kehrte zurück. »Oh.« Sie lachte, weil ihr bewusst wurde, dass ihre Begegnung erst ein paar Stunden zurücklag. »Nein, leider nicht.«

»Sehr schade.« Suzhan kuschelte sich tiefer in die Strohmatratze und zog Sajah, der sich in ihren Armen zusammengerollt hatte, enger an sich. »Ich weiß, dass du wegen des letzten Cliffhangers ganz verzweifelt warst.« Sie gähnte. »Liest du mir was vor?«

Zhara schob den *Klassiker der Zehntausend Zeichen* noch weiter unter ihr Kissen. »Es ist zu dunkel zum Lesen, Mimi.«

»Oh.« Suzhan blinzelte. »Manchmal denke ich nicht an so was. Das macht nichts.« Sie lächelte und schloss die Augen. »Dann sing mir ein Schlaflied, Nene«, bat sie, während ihre Worte durch den heranziehenden Schlaf langsam und weich wurden.

»Du weißt doch, dass ich nicht singen kann.« Zhara legte sich neben ihre Schwester. »Außerdem bist du die Musikalische von uns, Mimi.« Als ihr Vater noch am Leben war und sie Geld gehabt hatten, hatte Suzhan Zitherunterricht genommen. Der Lehrer hatte sie sogar besonders talentiert genannt und empfohlen, dass man das Mädchen an die Akademie in Jingxi schicke. Aber dieser Traum war wie so viele andere im Abgrund der Schulden verschwunden.

»Bei Musik geht es nicht nur um Noten«, sagte Suzhan. »Es geht um Gefühl.« Ihre Finger zupften an unsichtbaren Saiten, denn die Erinnerung an die Melodien, die sie einst gespielt hatte, wohnte noch immer in ihren Händen. »Sing, Nene. Oder wenn du nicht singen willst, erzähle mir eine Geschichte.«

Zhara rückte näher, trotz der Hitze des Feuers in ihrem Rücken. Sajah löste sich aus Suzhans Umarmung und legte sich den Mädchen zu Füßen. Sein tiefes Schnurren vibrierte tröstend in ihren Knochen. »Ich kenne nur Liebesgeschichten, und die magst du nicht.«

»Ganz egal«, murmelte Suzhan. »Ich mag einfach den Klang deiner Stimme.« Sie gähnte. »Erzähl mir noch mal von den liebenden Elstern.«

Die Schläfrigkeit legte sich auch über Zharas Augen, über ihre Lippen, ihre Zähne und ihre Zunge. »Vor langer, langer Zeit«, begann sie, »bevor Vernunft und Ordnung das Land regierten, verliebte sich ein Feenprinz in die Tochter eines Holzfällers.«

Ihre Schwester war eingeschlafen, lange bevor Zhara den Höhepunkt der Geschichte erreichte, als die Götter in tiefschwarzer Nacht den Fluss der Sterne entfesselten, um die unglücklichen Liebenden für immer zu trennen. Nur in der Nacht der Sieben, wenn der Elstern-Stern zwischen ihren Konstellationen auftaucht und eine Brücke über den himmlischen Fluss spannt, sind der Feenprinz und die Tochter des Holzfällers wieder vereint, und das Land frohlockt über ihre Liebe. Die Geschichte der liebenden Elstern hatte einen besonderen Platz in Zharas Herz, denn sie war in der Nacht der Sieben geboren, und ihr Vater hatte sie sein kleines Elstermädchen genannt – der Stern, der aus der unmöglichen Liebe zwischen einem Magier und einem Mädchen von jenseits des Glänzenden Meers geboren worden war.

Und wie im Märchen hatte die Liebe ihrer Eltern in einer Tragödie geendet.

Trotz ihrer Müdigkeit war der Schlaf wie ein fernes Ufer, das sie nicht erreichen konnte. Die Erschöpfung riss den letzten Rest der Mauer nieder, die Zhara um ihr ängstliches Herz gebaut hatte, und überschüttete sie mit der Welle aus Angst und Sorge, die sich den ganzen Tag lang dahinter aufgestaut hatte. Die Falken, der kleine Magier-Junge, Monster, Suzhans Heirat, die drohende Schuldknechtschaft … all das schlug wieder und wieder auf sie ein, wie Brandungswellen, jede höher als die letzte. Nicht einmal die Gegenwart ihrer Schwester oder Sajahs Gewicht auf ihren Füßen konnte die aufsteigende Panik eindämmen, und Zhara warf sich ruhelos und aufgewühlt hin und her.

Ihre Finger stießen gegen den *Klassiker der Zehntausend Zeichen* unter ihrem Kissen.

Eine etwas zu große Nase, anbetungswürdige Grübchen und riesige, runde Augen erschienen wieder vor Zharas innerem Auge, und erneut musste sie unkontrolliert kichern. Suzhan bewegte sich neben ihr im Schlaf, und sie schlug die Hand vor den Mund, in dem vergeblichen Versuch, ein Lachen zu unterdrücken.

Meister Pflaumenblüte. Sie erinnerte sich an den Duft seiner Haut nach Jasmin und Ylang-Ylang-Seife, als sie dicht aneinandergepresst in der schmalen Gasse gestanden hatten, an den Schlag seines Herzens an ihrer Brust, während sie darauf warteten, dass die Falken vorbeigingen. Bis jetzt hatte sie es nicht zugelassen, über ihre Begegnung auf dem Markt nachzudenken, hatte gewartet, um diese Erinnerung zu genießen, wie das Drachenbart-Bonbon, das sie sich für einen besonderen Moment aufgehoben hatte.

Zum ersten Mal an diesem Tag gestattete sich Zhara, das Gefühl zu analysieren, das diesen Jungen betraf, den sie heute auf dem Markt kennengelernt hatte. Es war sowohl aufregend als auch zart, belebend und erschreckend zugleich. Wärme umhüllte ihr Herz, ein Glühen legte sich über ihren Körper und ihre Haut wie Magie. Es fühlte sich wirklich wie Magie an. Es fühlte sich an wie …

Hoffnung.

Der Grund, warum Meister Pflaumenblüte nicht gewollte hatte, dass die Falken ihn mit dem *Klassiker der Zehntausend Zeichen* erwischen, war, dass es sich um ein Buch über Magie handelte. Meister Cao hatte Meister Pflaumenblüte ein Zauberbuch gegeben. Und er hatte es getan, weil Meister Pflaumenblütes kleiner Bruder eine … Gabe hatte.

Eine Gabe.

Zhara setzte sich auf.

Meister Pflaumenblütes kleiner Bruder war ein Magier. Und wenn sein kleiner Bruder ein Magier war, dann bedeutete das, dass Meister Pflaumenblüte …

Ein Verbündeter war.

»Nene?«, murmelte Suzhan. »Ist alles gut?«

Zhara rutschte wieder unter die Decke. »Ja, Mimi«, sagte sie leise. »Es wird alles wieder gut werden.«

Als die Welle aus Angst abebbte, wurde sie vom Schlaf abgelöst. Hoffnung füllte die tiefen Senken ihrer Seele wie Wasser einen Brunnen. Zum ersten Mal seit langer Zeit freute sich Zhara auf das Morgen, statt den Anbruch des neuen Tages zu fürchten.

Kapitel 7

Magier waren echte Geheimniskrämer, fand Zhara.

»*Der Himmel war schwarz, die Erde gelb*«, las sie laut und fuhr mit dem Finger die erste Zeile des *Klassikers der Zehntausend Zeichen* entlang, während sie zum tausendsten Mal versuchte, die Bedeutung zu begreifen. »*Das Universum weit und endlos.*«

Lehrerin Hu hatte den Laden wieder einmal früh verlassen und war zu einer ihrer geheimnisvollen Erledigungen aufgebrochen, sodass Zhara die Apotheke allein führen musste. Normalerweise hätte sie die Gelegenheit genutzt, um einen ihrer zahlreichen Liebesromane zu lesen, aber stattdessen hatte sie den ganzen Nachmittag mit dem Versuch zugebracht, aus dem *Klassiker der Zehntausend Zeichen* schlau zu werden.

Soweit sie es verstand, war der *Klassiker der Zehntausend Zeichen* eine Art Elementarbuch für die Sprache der Blumen, die Schreibweise, mit der Magier ihre Geschichten und Zaubersprüche dokumentierten. Was sie nicht verstand, war die Sprache selbst. Magier schienen kein Alphabet zu benutzen; jedes Wort wurde offenbar durch ein eigenes Logogramm ausgedrückt, das aus einer komplexen Ansammlung von Linien und Strichen bestand. Wenn das tatsächlich der Fall war, musste ein Magier ein paar Hundert Zeichen kennen, um einen einzigen Gedanken aufzuschreiben – mehrere Tausend, wenn man mehr als eine Handvoll Zaubersprüche erklären wollte.

»So eine unpraktische Art von Magie!«, brummte Zhara, während sie die Seiten durchblätterte. Sie hatte nur ein paar vage Erinnerungen daran, wie ihr Vater Zauber webte; ihre früheste Kindheit hatte sie in einem Bauerndorf ein ganzes Stück außerhalb von Zanhei verbracht, wo ihr Vater weit und breit der einzige Magier war. Für sie war Magie das Scharren von Füßen auf der Türschwelle vor ihrem Haus. Das Klingeln der Glocke, das einen Besucher ankündigte. Das leise Murmeln und die Bitten um Regen, um eine gute Ernte und Heilung von allem Möglichen, angefangen bei Fieber bis zu einem gebrochenen Herzen. Die Bezahlung in Naturalien oder Geld. Die Hände ihres Vaters, die eine lackierte Dose aus Palisanderholz öffnete. Darin lag auf einem Bett aus Seide ein Anhänger aus einem lavendelfarbenen Quarz, graviert mit einem Sonnenmuster, eine violette Tuschestange und ein Pinsel. Die Utensilien eines Magiers.

Diese Utensilien waren verloren, zu Asche verbrannt, genau wie der Leichnam ihres Vaters.

Zhara zeichnete die ersten vier Zeichen des *Klassikers der Zehntausend Zeichen* auf den Tresen der Apotheke und stellte sich vor, wie dabei Magie wie Tusche aus ihren Fingerspitzen floss. »Himmel, Erde, schwarz, gelb«, sagte sie – und dann keuchte sie erschrocken auf, als schimmernde, roségoldene Buchstaben Spuren aus Licht auf der Holzplatte hinterließen. Mit hämmerndem Herzen hielt sie die Luft an, während das Licht verblasste.

Nichts geschah.

Zhara kam sich ausgesprochen dumm vor und betrachtete ihre Hände, wobei sie sich fragte, was sie falsch gemacht hatte. Linien aus Feuer überzogen immer noch ihre Handflächen, aber die Magie blieb unter ihrer Haut. Sie erinnerte sich an den Pinsel und den Tuschestab, die an dem Gürtel ihres Vaters gehangen hatten, wenn er seiner Arbeit nachging, und dachte dann wieder über die seltsamen Glyphen und Zeichen auf den Seiten vor ihr nach.

Bei ihrer Magie hatte sie noch nie etwas aufschreiben müssen; für sie war Magie eine Sache des Willens, nicht der Schrift. Aber vielleicht würde ihr die Sprache der Blumen helfen, ihre Macht zu kanalisieren und zu kontrollieren. Zhara rieb ihre Handflächen aneinander, dachte an Suzhan, an die versalzene Creme, die sie wieder süß gemacht hatte, und an den Reiswein, der zu Wasser geworden war. Flammen erblühten in ihren Händen wie ein Blumenstrauß, strahlend und schön.

Die Glocke über der Tür der Apotheke klingelte.

Panisch klatschte Zhara in die Hände und löschte die Flammen aus. Dann verbeugte sie sich nervös. »Willkommen, geehrter Kunde, willkommen – oh, Großmutter Meng«, sagte sie und fühlte sich ein wenig erleichtert. »Lehrerin Hu hat nicht erwähnt, dass die Buri heute kommen würden.«

»Wo ist die Kräuterfrau?«, fragte die Buri-Matriarchin brüsk. Ohne Umschweife stapfte sie in die Apotheke. Sie war allein. Die Buri kamen fast nie einzeln in die Stadt, und eine Person von der Bedeutung einer Großmutter Meng würde ganz bestimmt niemals ohne ein Familienmitglied als Begleitung irgendwohin gehen.

»Leider ist Lehrerin Hu fortgegangen und kommt heute auch nicht wieder«, sagte Zhara und eilte zu der alten Frau. »Aber vielleicht kann ich behilflich sein.«

»Dich will ich nicht«, fuhr Großmutter Meng sie an und machte eine ungeduldige Handbewegung. »Ich brauche Lehrerin Hu.«

Zhara zuckte zusammen, legte die Handrücken an die Stirn und verbeugte sich tief. »Ich bitte um Verzeihung«, flüsterte sie. »Ich wollte Großmutter Meng nicht beleidigen.«

»Ach, reiß dich zusammen, Kind.« Überrascht blickte Zhara auf, während die Buri-Matriarchin seufzend den Kopf schüttelte. »Ich wollte dich nicht anfahren, es ist nur …« Sie rang die knorrigen Hände, die ihren Stock hielten. »Thanh und Dieu sind verschwunden, und das ist nur die Schuld dieser vermaledeiten Kräuterfrau.«

Der Magier-Junge und seine Mutter. Geistesabwesend rieb sich Zhara die Arme, als versuchte sie, die Erinnerung an jenes Gefühl loszuwerden, das Thanhs verdrehtes Ki in ihr ausgelöst hatte – das Gefühl von etwas Klebrigem, Fauligem, von etwas Falschem. »Sie sind verschwunden?«

Großmutter Meng nickte. »Seit einer Woche hat sie keiner mehr gesehen.« Wieder und wieder fuhr sie mit den Fingern über das glatt polierte Holz des Stockknaufs. »Ich dachte … Ich hatte gehofft … dass die Apothekerin wüsste, wo sie sind.«

Zhara schüttelte den Kopf. »Es tut mir leid«, sagte sie bedauernd, »ich habe weder Thanh noch Dieu gesehen, seit sie zuletzt hier waren.«

Bei diesen Worten sackte die Buri-Matriarchin buchstäblich in sich zusammen, und Zhara rannte los, um einen Stuhl zu holen, bevor die alte Frau zu Boden sinken konnte. Ihre dunkle Haut unter den Perlen ihres mitternachtsblauen Kopfschmucks war aschfahl geworden, und ihre Augen waren geschwollen und gerötet vor lauter Sorge. »Dieses dumme Mädchen«, murmelte Großmutter Meng zu sich selbst. »Was hat sie bloß mit meinem Urenkel angestellt?«

»Lehrerin Hu?«, fragte Zhara verwirrt.

»Dieu«, sagte die alte Frau wütend. »Sie war schon immer eine gedankenlose Person. Zappelig und nervös wie ein Kaninchen. Und jetzt sind sie und der Junge weggerannt, geradewegs in die Klauen des nächsten Falken. Ich hätte …« Großmutter Meng drehte abrupt den Kopf, und die Perlen klackten, während sie sich Tränen des Zorns von den Wangen wischte. »Ich hätte sie besser unterweisen sollen«, beendete sie leise ihren Satz.

Zhara wusste nicht, was sie sagen sollte. Tröstende Worte wären nutzlos und nichtig angesichts der Angst und der Trauer der Buri-Matriarchin, und eine Berührung wäre ihr zu intim und beinahe impertinent vorgekommen. Sie hätte der alten Frau Tee angeboten, aber sie hatte vergessen, die zerbrochene Teekanne zu ersetzen. »Hätten wir nicht davon gehört, wenn die Falken jemanden verhaftet hätten?«, gab sie vorsichtig zu bedenken.

»Stimmt«, sagte Großmutter Meng düster. »Als die Friedensstifter des Warlords das letzte Mal durch den Süden gefegt sind, brannten überall die Scheiterhaufen.«

Zhara zuckte zusammen. Sie erinnerte sich an die Feuer in den Sumpfgebieten vor der Stadtmauer, an den Rauch, die Schreie, den Gestank. »Dann sind Thanh und seine Mutter vielleicht einfach nur weggelaufen«, sagte sie und hoffte, dass ihre Stimme beruhigend klang.

»Und wohin?« Die alte Frau trommelte mit ihrem Stock einen unruhigen Rhythmus auf den Boden – *rat-a-tat-tat.* »Und warum? Ich glaube nicht, dass meine dumme Enkelin so viel Grips hat und diese verdammten Rebellen suchen geht, die sich die Hüter der Morgenröte nennen.«

Zuerst dachte Zhara, sie hätte die alte Frau nicht richtig verstanden. »Die Hüter der Morgenröte?«, wiederholte sie. »Wie die … Elementargefährten des Sonnenstrahlkriegers? Die Hüter von Feuer, Holz, Wind und Wasser?«

Die Buri-Matriarchin schnaubte höhnisch. »Wenigstens scheinst du einen gescheiten Kopf auf deinen Schultern zu haben«, sagte sie. »Wobei ich vermute, dass auch du diesen Gerüchten über eine geheime Widerstandsbewegung der Magier keinen Glauben schenkst, oder?«

Die Härchen auf Zharas Armen stellten sich hoch, als die Magie auf ihre Haut sprang. »Eine geheime Widerstandsbewegung der Magier?«, fragte sie und gab sich alle Mühe, ihre Stimme nicht allzu aufgeregt klingen zu lassen. Plötzlich ergab Meister Pflaumenblütes Bitte an Meister Cao einen Sinn. *Dann kann er mir vielleicht sagen, wo ich die Hüter der Morgenröte finde?* Sie unterdrückte ein Aufkeuchen, als ihr klar wurde, dass Meister Cao selbst etwas über Magie wissen musste, denn schließlich kam der *Klassiker der Zehntausend Zeichen* von ihm. »N-nein, ich habe noch nie etwas von ihnen gehört.«

Großmutter Meng verengte misstrauisch die Augen. Gleichzeitig griff sie in ihren Ausschnitt und holte einen Anhänger an einer Schnur heraus. Sie zog die Schnur über ihren Kopf und schob Zhara den Anhänger in die Hand. »Weißt du irgendwas darüber?«, fragte sie.

Zhara betrachtete den Anhänger. »Was ist das?« Auf den ersten Blick sah er aus wie eine Münze mit einem kreisrunden Loch in der Mitte statt des üblichen Vierecks, geprägt mit dem Muster einer strahlenden Sonne. »Eine Art Geldstück?«

»Woher soll ich das wissen«, versetzte Großmutter Meng gereizt. »Deine Lehrerin Hu hat sie meiner wankelmütigen Enkelin gegeben, als wir das letzte Mal hier waren. Sie solle sie einem Verkäufer von schmutzigen Zeitschriften geben oder so ähnlich.« Sie stieß einen angewiderten Laut aus, der tief aus ihrer Kehle kam. »Und ich dachte, dass diese Apothekerin Verstand in ihrem Kopf hätte«, brummte sie. »Wie man sich irren kann.«

Zhara betrachtete wieder den Anhänger. Das Bild der strahlenden Sonne war ihr vertraut; sie hatte es bestimmt schon einmal gesehen, aber sie konnte sich nicht an den Anlass erinnern. Aus irgendeinem Grund kam ihr das Bild ihres Vaters in den Sinn, wie er das lackierte Kästchen aus Palisanderholz öffnete, aber dieses Kästchen war mit Elstern und gefleckten Hirschen verziert gewesen, nicht mit der Sonnenscheibe.

Dann fiel es ihr ein.

Das lavendelfarbene Quarzsiegel, das Jin Zhanlong als einen kaiserlichen Magier der letzten Dynastie auswies. Die strahlende Sonne war ein Symbol der Mugungs, der Familie, die ausgelöscht worden war, als der Warlord den Sonnenthron eroberte.

Sie sog scharf den Atem ein, als sich die Magie in ihr erhob. Die Erkenntnis befeuerte ihre Macht. Der Bronzeanhänger in ihrer Hand veränderte sich und bestand mit einem Mal aus Knochen. Erschrocken ließ sie die Münze fallen, die mit einem dumpfen Klacken auf den Boden prallte. Als Zhara sie aufhob, sah sie, dass es keine Metallmünze mehr war, sondern ein Knopf aus Elfenbein. Schweißperlen bildeten sich an ihrer Haarlinie, während sie verzweifelt versuchte, den Anhänger wieder zurückzuverwandeln, ohne dass die Buri-Matriarchin etwas merkte.

»K-könnten die Hüter der Morgenröte tatsächlich existieren?«, flüsterte Zhara. Ihre Magie flackerte und wogte in ihr, angefacht durch den Wind der Vorahnung und eine gehörige Portion Angst. In ihrer Handfläche fühlte sie, wie die Münze ständig die Gestalt wechselte, von Bronze zu Knochen. Die Möglichkeit, dass noch andere Magier im Reich des Morgens lebten, dass es vielleicht welche gab, die der Säuberungsaktion des Warlords nach dem Gerechten Krieg entgangen waren, gab Zhara … Hoffnung.

Einen Moment lang dachte sie, dass Großmutter Meng ihre Frage schroff als Wunschdenken abtun würde. Immerhin war die Vorstellung von einer Geheimgesellschaft rebellischer Magier einfach lächerlich. Aber die Buri-Matriarchin schürzte nachdenklich die Lippen, und ihre blassen Augen wurden weich und mitfühlend, als sie das Licht betrachtete, das von Zharas Händen ausging.

»Wenn es die Hüter der Morgenröte wirklich gibt«, sagte die alte Frau, »dann erfüllen sie ihre Aufgabe sehr schlecht.«

»Ihre Aufgabe?«, fragte Zhara.

Großmutter Meng hielt ihrem Blick stand. »Jene zu beschützen, die verfolgt werden«, sagte sie leise, »und den Thronräuber aus dem Norden zu verjagen.«

Zhara schlug die Hand vor den Mund. »Das ist Hochverrat, Großmutter Meng.«

Die alte Frau zuckte mit den Schultern. »Vielleicht ist es genau das, was die Welt momentan braucht. Um meines Urenkels willen.« Sie streckte die welke, wettergegerbte Hand aus und legte sie auf Zharas Arm. Zhara hielt die Luft an, aber genau wie bei Meister Pflaumenblüte schien ihre Magie die Buri-Matriarchin weder zu stechen noch zu verbrennen. »Und um deinetwillen.«

Zhara öffnete die Hand. Der Anhänger – jetzt wieder aus Bronze – lag auf ihrer Handfläche.

»Behalte ihn«, sagte Großmutter Meng und schloss Zharas Finger wieder über der Münze. Ihr Lächeln war warm, aber ihre Augen blickten traurig. »Wer weiß? Vielleicht bekommst du die Gelegenheit, ihn zu benutzen, und findest heraus, ob diese Hüter wirklich existieren.«

»Aber was ist mit Thanh? Und Dieu? Brauchen sie die Münze nicht? Was, wenn sie zurückkommen?«

Die alte Frau schüttelte den Kopf, und die Perlen ihres Kopfschmucks klackerten klagend um ihr Gesicht. »Wo immer meine Enkelin und ihr Sohn hingegangen sind«, murmelte sie, »ich fürchte, wir können ihnen nicht mehr helfen.«

Kapitel 8

Glücklicherweise hatte der Porträtmaler Talent.

Viel Talent.

Zu viel.

Han starrte mürrisch auf die Tuschezeichnung seines Gesichts und hasste die Tatsache, wie genau Meister Kong nicht nur seine Züge eingefangen hatte, sondern auch das Ki, das sie lebendig machte. Das Gesicht, das ihm von der Seidenrolle entgegenblickte, hatte einen kantigen Kiefer und strahlte einen starken Willen aus, mit großen, durchdringenden Augen, einer markanten Nase und einem gutmütigen Blick. Wenn er das Porträt betrachtete, war es, als ob er gleichzeitig in die Gesichter seiner Mutter und seines Vaters blickte. Die Augen und der Mund seiner Mutter wurden ergänzt durch die Nase und den Kiefer seines Vaters, sowohl vertraut wie auch fremdartig zugleich. Er sah gut aus, erkannte Han überrascht – und ein wenig stolz. Natürlich hatte er immer gewusst, dass man ihn für ansehnlich hielt, aber er hatte angenommen, dass seine Attraktivität hauptsächlich seinem Titel entsprang, nicht seinem tatsächlichen Aussehen. Zum ersten Mal fragte sich Han, ob ihn so die anderen sahen – als eine Mischung aus Attributen, die sich zu einem angenehmen Ganzen zusammenfügten.

Er fragte sich, ob Miss Brandy ihn so gesehen hatte.

»Außerordentlich«, sagte Xu und erhob sich von dem Sofa, um das Gemälde genauer zu betrachten. »Meister Kong ist wahrlich ein Künstler mit dem Pinsel. Die Ähnlichkeit ist fast unheimlich.

Jetzt kann Seine Gnaden kaum noch unerkannt durch die Straßen gehen.«

Han schaute seinen Lieblingsmenschen stirnrunzelnd an, der den Fächer aufklappte, um den missmutigen Blick abzuwehren.

»Oooh, sieh doch, mein Prinz«, fuhr Xu fort, »Meister Kong hat sogar die zornigen Grübchen Seiner Gnaden eingefangen.«

Besagte zornige Grübchen vertieften sich, als Han den Kiefer verkrampfte. »Sehr beeindruckend«, sagte er steif.

»Ich hoffe, Seine Gnaden ist zufrieden mit dem Ergebnis«, sagte der Künstler nervös und säuberte mit einem weichen Lappen seine Pinsel. »Fürst Wonhu hat verlangt, dass sein Sohn möglichst schmeichelhaft und akkurat porträtiert werden solle.«

Han lächelte, aber es geriet mehr zu einer Grimasse. »Du bist über alle Maßen begabt, Meister Kong«, presste er durch die zusammengebissenen Zähne hervor. »Ganz ehrlich.«

Der Künstler wirkte erleichtert. »Seine Gnaden ist zu gütig«, sagte er mit einer Verbeugung. »Ich wäre sehr dankbar, wenn der Thronerbe mich dem Kanzler empfehlen würde.«

Han seufzte, während er zusah, wie Meister Kong und seine Assistenten das Porträt vorsichtig wegbrachten. »Wie lange noch, bis die Verlobung offiziell verkündet wird?« Wie es die Tradition von Zanhei verlangte, hatte sein Vater Hans Porträt in Auftrag gegeben, damit es zusammen mit der Nachricht von seiner Verlobung mit Prinzessin Yulana überall in der Stadt verteilt werden konnte. *Wie lange noch, bis die Tage meiner Anonymität vorbei sind?*, wollte er fragen, aber er hütete seine Zunge. Niemand wusste, wie der Thronerbe aussah, weil der Thronerbe offiziell niemals den Palast verlassen hatte. Aber schon bald würden neue Kleider nicht mehr länger als Verkleidung ausreichen, wenn Han sich heimlich aus dem Palast schleichen wollte.

Falls er jemals wieder heimlich aus dem Palast kommen sollte.

»Es wird ein paar Tage dauern, bis meine Assistenten genügend Kopien angefertigt haben, damit sie in der Stadt ausgehängt werden können«, antwortete Meister Kong. »Aber keine Sorge, mein Prinz: Sie werden fertig sein, ehe Prinzessin Yulana nächste Woche eintrifft.«

Han und Xu wechselten einen verdatterten Blick. »Was?«, fragte Han. »So bald schon?«

Eine Reise von der nördlichen Hauptstadt Urghud nach Zanhei dauerte mindestens zwei Monate – oder länger, wenn man die bevorstehende Regenzeit bedachte. Seine Braut konnte unmöglich so schnell in Zanhei eintreffen, es sei denn, Prinzessin Yulana und ihr Gefolge reisten mit magischer Geschwindigkeit – oder aber ihre Heirat war schon viel früher arrangiert worden, als man ihn glauben machen wollte.

»Ja, Euer Gnaden«, sagte Meister Kong, dessen Blick von Hans Zornesgrübchen zu seiner gerunzelten Stirn zuckte. »Prinzessin Yulana wird rechtzeitig zur Nacht der Sieben eintreffen, und ich glaube, Seine Eminenz, der Kanzler, hat die Absicht, sie auf dem Maskenball formell den Bürgern von Zanhei vorzustellen.«

Die Nacht der Sieben war Zanheis berühmtestes Fest, und Reisende aus dem ganzen Reich des Morgens strömten in die südliche Hauptstadt, um die Feierlichkeiten für die liebenden Elstern mitzuerleben, die eine ganze Woche dauerten. Es gab Jahrmärkte, Wunschlaternen, Tänze und Festivitäten, die in einem Maskenball und einem Feuerwerk im Palast gipfelten. Han liebte die Nacht der Sieben. Zumindest bis jetzt.

»Wie romantisch!«, gurrte Xu und klatschte aufgeregt in die Hände. Beim Anblick von Hans wütendem Gesicht wurden aus dem Händeklatschen wedelnde Bewegungen, die Meister Kong und seine Gehilfen zur Tür scheuchten. »Ausgezeichnete Arbeit«, trällerte Xu, »wie immer, Meister Kong. Tadellos. Fantastisch. Absolut herausragend. Hab vielen Dank für deine Zeit und deine Mühe.« Xu gelang es, den Künstler und seine Assistenten aus den Gemächern des Thronerben zu bugsieren, ehe Han an die Decke ging.

»Bei der Mutter der Dämonen!«, brach es aus Han heraus. Er zerrte und riss an den unzähligen Schnüren und Knöpfen seines prinzlichen Gewandes. Der steife, gestärkte Kragen seiner königsblauen Robe schnitt ihm in den Hals, und er hätte am liebsten alle äußeren Zeichen seines Titels aus dem Fenster geworfen. »Man hat mich reingelegt!«

Xu stieß einen ergebenen Seufzer aus und schloss die große, doppelflügelige Holztür hinter Meister Kong. »Als Erbe des Throns von Zanhei hat Seine Gnaden doch schon immer gewusst, dass er aus politischen Gründen würde heiraten müssen, nicht aus Zuneigung.« Xus Stimme war sanft.

»Ich weiß«, knurrte Han und kämpfte mit einem der vielen Knoten, die sein Gewand zusammenhielten. »Aber ich hätte es früher erfahren sollen.« Er runzelte die Stirn, während er an der Schnur zerrte, die sich nur noch fester zusammenzuziehen schien.

»Ich glaube, mein Vater hat begriffen, dass Seine Gnaden in Sachen Heiratskandidatinnen so lange wie möglich im Dunkeln gelassen werden muss«, sagte Xu mit freundlicher Stimme, »wenn man bedenkt, wie seine anderen Verlobungen endeten.«

Han grunzte frustriert und packte die etlichen Meter Seide, die ihn umgaben, in dem Versuch, alle sieben Schichten seines fürstlichen Gewandes auf einmal über den Kopf zu ziehen. »Hilf mir hier raus«, bellte er, »bevor ich den ganzen Kram noch in Stücke reiße.«

»Wie mein Prinz befiehlt«, schnurrte Xu. Geschickte Finger lösten die vielen Hundert Befestigungen des Gewandes im Nu. »Ich dachte schon, er würde nie fragen.«

Sein Lieblingsmensch versuchte, ihn aufzumuntern, aber Han hockte in einer Grube der Verzweiflung, die so tief war, dass er sich nicht herausgraben konnte. Ein überwältigendes Gefühl von Hilflosigkeit überkam ihn, als er an sein Schicksal dachte – und an das von Anyang. Prinzessin Yulana war die Enkelin des Warlords. Der Warlord hatte Krieg geführt, um das Land von den Magiern zu säubern. Der Zweite Erbe war ein Magier. Und wenn die Enkelin des Warlords das herausfand …

Han packte seinen Kopfschmuck und schleuderte ihn quer durch den Raum. Als Zugabe verpasste er noch den Gewändern, die sich wie eine Pfütze zu seinen Füßen ausbreiteten, einen festen Fußtritt.

»Euer Gnaden«, sagte Xu leise.

In der Stimme seines Lieblingsmenschen lag nur Traurigkeit, kein Tadel, und das veranlasste Han schließlich, die misshandelten Kleider aufzuheben und auf sein Bett zu legen. Er wusste, dass er die Lakaien rufen konnte, die vor der Tür warteten, damit sie die prächtigen Roben mit dem Respekt und der Sorgfalt wegräumten, die ihnen gebührten. Aber er hatte tagelang seine prinzliche Maske nicht mehr abgelegt; er wollte eine Weile einfach nur Han sein. Ein siebzehnjähriger Junge, den man gegen seinen Willen mit der Enkelin jener Person verheiratete, die alles zerstören konnte, was ihm noch geblieben war.

Er setzte sich auf das Bett und vergrub den Kopf in den Händen. »Was soll ich nur machen?« Die Münze mit dem Sonnenmotiv rutschte aus dem Ausschnitt seines Unterhemds und baumelte unter seiner Nase. Er griff danach und spielte mit dem Anhänger, fühlte die vertraute Form, die sich in seine Handfläche drückte. »Gibt es irgendeine Möglichkeit, diese Verlobung … abzusagen?«

»Ich glaube nicht«, antwortete Xu bedauernd. »Das gesamte Reich des Morgens würde Seine Gnaden für wahnsinnig halten, wenn er die Hand der Enkelin des Kaisers abweisen würde – für wahnsinnig ... oder Schlimmeres.«

»Was könnte schlimmer als Wahnsinn sein ... oh.« Magie. Natürlich. »Du willst also damit sagen, dass ich uns verraten würde, wenn ich mich weigere, Prinzessin Yulana zu heiraten?« Han zwickte sich in den Nasenrücken, um den Kopfschmerz zu vertreiben, der sich festzusetzen drohte. »Ich hasse das. Warum kann ich nicht offen sagen, dass es einfach nicht ... passt.«

»Seine Gnaden hat immer gewusst, dass er aus politischen Gründen würde heiraten müssen, nicht aus ...«

»... Zuneigung«, beendete Han den Satz. Er seufzte. »Ich weiß.« Ungebeten tauchte das Bild von Miss Brandy in seiner Erinnerung auf, oder besser gesagt, ihr Lachen, mit dem sie ihn wegen seiner geröteten Wangen geneckt hatte. Obwohl er es niemals jemandem gegenüber eingestehen würde, stellte er sich ihr Gesicht vor, wenn er in *Die Maid, die vom Tod geliebt wurde* las, und sich selbst als den dunklen, gut aussehenden, geheimnisvollen Helden. Als Erbe des Throns von Zanhei hatte Han niemals viel für Romantik übriggehabt – seine Eltern hatten einander geliebt, aber diese Liebe hatte letzten Endes keine Rolle gespielt. Sein Vater hatte trotzdem mitangesehen, wie seine geliebte Frau von den Flammen verzehrt wurde, und nichts unternommen, um sie zu retten. Aber zum ersten Mal in seinem Leben fragte sich Han, wie es wohl wäre, mit jemandem verheiratet zu sein, den er ... mochte. Jemanden, den er wiedersehen wollte. Immer wieder. Und wieder. Den er besser kennenlernen wollte. Besser. Und immer besser.

»Wir könnten natürlich versuchen, die Prinzessin dazu zu bringen, die Verlobung selbst abzusagen«, schlug Xu vor. »Das hat ja schon ein paar Mal funktioniert.«

Han schnaubte. »Wenn sie all die wenig schmeichelhaften Gerüchte über mich gehört hat und mich trotzdem heiraten will, dann hat sie entweder kein Rückgrat oder einen stärkeren Willen, als wir für möglich gehalten hätten.« Er runzelte die Stirn. »Ich weiß nicht, was von beidem schlimmer wäre.«

Xu seufzte und strich vorsichtig die Falten aus Hans fürstlichen Gewändern. »Nun, wenn Seine Gnaden Prinzessin Yulana keinen Attentäter auf den Hals schicken will – wovon ich dringend abraten möchte, einen Attentäter anzuheuern ist ein bürokratischer Alptraum – dann wäre es vielleicht einfacher, die Hüter der Morgenröte aufzuspüren und herauszufinden, ob sie etwas tun können in Bezug auf den Zweiten Erben und seine … Anfälle.«

Han warf Xu einen scharfen Blick zu. »Woher weißt du über das Anheuern von Attentätern Bescheid?«

Xu gab keine Antwort, sondern faltete weiterhin mit einem leisen Lächeln auf den Lippen die kostbaren Gewänder zusammen.

»Tja, wenn du irgendeinen Vorschlag hast, wo wir mit der Suche anfangen sollten, ich bin ganz Ohr«, sagte Han.

Xu schüttelte den Kopf. »Ich weiß auch nicht, wie man die Hüter der Morgenröte finden kann, aber ich glaube, wir können mit etwas anfangen, das leichter ist … und Seiner Gnaden wahrscheinlich sogar Vergnügen bereiten wird.«

Han setzte sich auf. »Was denn?«

Xu ging zu dem Schrank, in dem sich die Unterwäsche des Thronerben befand, und kramte darin herum, bis er ein zerfleddertes Buch gefunden hatte. »Ich schlage einen Austausch vor.«

»He!« Han machte einen Satz vorwärts. »Wie hast du das gefunden?«

»Also bitte«, sagte Xu voller Verachtung. »Ich kenne Seine Gnaden schon, seit wir beide als Babys in den Armen unserer Mütter lagen, und ich weiß, dass er – wie alle Jungen seines Alters – keinerlei Fantasie besitzt, wenn es darum geht, etwas zu verstecken, was nicht gefunden werden soll. Obwohl …« Ein Grinsen überzog

Xus Gesicht. »Ich muss zugeben, dass dies das erste Mal ist, dass ich erlebe, wie ein Junge einen Liebesroman versteckt und nicht *Geschichten aus dem Tiefen Tal.*«

Han riss Xu *Die Maid, die vom Tod geliebt wurde* aus der Hand. »Es ist nicht bloß *irgendein* Liebesroman«, sagte er empört. »Es ist eine Geschichte über selbstsüchtige und selbstlose Liebe.«

»Und gestohlene Küsse im Mondenschein.« Xu fächelte mit dem Fächer und klimperte mit den Wimpern. »Das dürfen wir keinesfalls vergessen.«

»Sie haben sich noch gar nicht geküsst«, murmelte Han. Dann runzelte er die Stirn. »Aber das ist nicht wichtig.« Schmollend verschränkte er die Arme vor dem Körper. »Du meintest, dein Plan würde mir gefallen.«

»Ja«, antwortete Xu ohne Umschweife. »Denn es geht zum einen darum, sich aus dem Palast zu schleichen – natürlich in Verkleidung –, und zum anderen« – wieder klimperten die Wimpern – »um ein Wiedersehen mit Miss Brandy.«

Han rutschte vor Aufregung von seinem Platz. »Miss Brandy?«, quietschte er, ehe er sich räusperte und zusammenriss. »Wieso das?«

»Natürlich, um das Buch Seiner Gnaden zurückzuholen, den *Klassiker der Zehntausend Zeichen.*«

Er fühlte einen merkwürdigen Stich bei dem Gedanken, seinen geliebten Liebesroman hergeben zu müssen, bevor ihm klar wurde, dass er sich ja ein neues Exemplar kaufen konnte. Und auch alle anderen Bände der Reihe. Und alles, was Jae Hyun sonst noch so geschrieben hatte. Hans Stimmung hob sich erst und sackte dann wieder nach unten. »Vorausgesetzt, sie hat es noch«, sagte er. »Und vorausgesetzt, sie hat es nicht ... keine Ahnung ... den Falken ausgehändigt oder so etwas.«

»Das bezweifle ich, mein Prinz«, sagte Xu. »Wenn diese geheimnisvolle Dame den Friedensstiftern des Warlords ein Buch über Magie übergeben hätte, hätten wir mittlerweile davon erfahren. Die Neuigkeiten, dass jemand immer noch Bücher über Zauberei vervielfältigt, ist keine Kleinigkeit, über die man einfach so hinweggehen könnte. Nein«, setzte Xu hinzu. »Es ist viel wahrscheinlicher, dass sie es behalten oder zerstört hat.«

»Und was, wenn sie es zerstört hat?«

Xu zuckte mit den Schultern. »Dann hat sie es zerstört. Aber dann wissen wir wenigstens, dass wir ihr vertrauen können.«

Verstehen machte sich auf Hans Gesicht breit. »Weil sie uns nicht an die Schergen des Warlords verraten hat.«

Xu neigte den Kopf. »So ist es, mein Prinz.«

Hans Laune hob sich wieder. »Also schön«, sagte er eifrig. »Wann geht's los?«

Xu runzelte die Stirn. »Sobald wir eine Möglichkeit gefunden haben, Seine Gnaden aus dem Palast zu schaffen, ohne dass jemand ihn erkennt. In ein paar Tagen werden diese Porträts überall in der Stadt hängen, und dann ist es zu spät.«

Han betrachtete seine Ausgabe von *Die Maid, die vom Tod geliebt wurde,* die Xu immer noch in den Händen hielt. »Wegen der Verkleidung … da habe ich vielleicht eine Idee.«

Kapitel 9

An den Tagen, die auf den Besuch von Großmutter Meng in der Apotheke folgten, hatte Zhara keine Gelegenheit, Lehrerin Hu nach den Hütern der Morgenröte zu fragen. Sie wusste auch nicht genau, wie sie das Thema überhaupt ansprechen sollte. Aber wenn die Apothekerin tatsächlich in eine geheime, magische Widerstandsbewegung verwickelt war, würde das ihre häufige unbegründete Abwesenheit erklären. Zhara war es fast peinlich, dass sie sich nie über die Arbeitszeit von Lehrerin Hu gewundert hatte, aber sie hatte die Privatsphäre der Kräuterkundlerin akzeptiert, denn Lehrerin Hu respektierte auch ihre. Es war diese Diskretion, mehr noch als das Gehalt, die Zhara dazu bewegt hatte, den Job anzunehmen. Diskretion war nicht so gut wie Sicherheit, aber es reichte, um zu überleben.

Sei brav, hatte die Zweite Ehefrau gesagt, *es sei denn, du hast vergessen, wer dich all die Jahre beschützt hat.*

So lange sich Zhara erinnern konnte, hatte ihre Stiefmutter sie vor den Gesetzen des Warlords bewahrt. In den Monaten nach Jin Zhanlongs Tod hatte die Zweite Ehefrau ausgesagt, dass sie keine Ahnung von der Magie ihres Gemahls gehabt hatte, und dass seine kleine Tochter, Jin Zhara, zusammen mit ihrer Mutter im Gerechten Krieg gestorben war. Soweit es die offiziellen Aufzeichnungen betraf, war Jin Zhara tot. Jin Zhara war gestorben, damit Jin Zhara leben konnte.

Sie wusste nicht, warum ihre Stiefmutter ihr das Leben gerettet hatte. Sie hatte sich nie getraut, danach zu fragen, weil sie nicht sicher war, ob sie die Antwort wissen wollte. Als die Falken kamen und Jin Zhanlong wegschleppten, war die Zweite Ehefrau ahnungslos gewesen, dass das kleine Mädchen, das sie in ihrer Kleidertruhe versteckte, auch eine Magierin war. Damals. Erst als Zhara aus Versehen die Teerosen im Garten in Brand gesteckt hatte, war ihrer Stiefmutter klar geworden, was sie in ihr Zuhause geholt hatte. Als sie noch ein Zuhause mit einem Garten gehabt hatten. Bevor die Schuldeneintreiber kamen.

Die Zweite Ehefrau hätte ihre Stieftochter der Justiz des Warlords ausliefern können. Der Oberste Falke, auch bekannt als der Falkner, hatte die Tribunale, die die Prozesse und Urteilsverkündungen der angeklagten Magier überwachten, noch nicht aufgelöst, und jede Woche saßen mindestens eine oder zwei Personen vor Gericht. Manche waren Kinder, die noch jünger waren als Zhara, und alle wurden auf dem Scheiterhaufen verbrannt. Aber die Zweite Ehefrau hatte sie nie verraten.

Und diese Schuld konnte Zhara nie tilgen. So sehr Zhara Lehrerin Hu respektierte und bewunderte, die ihr eine Anstellung in der Apotheke gegeben hatte, als sie sonst nirgends aufgenommen wurde, besaß die Kräuterkundlerin doch nicht diese Art von Vertrauen.

Trommeln verkündeten die Stunde des Sonnenuntergangs. Ein weiterer Tag, ein weiterer Abend allein im Laden. Aber das störte Zhara nicht; sie liebte es, die Apotheke aufzuräumen und abzuschließen. Danach schlenderte sie noch über den Markt und schaute sich die wunderschönen und teuren Waren an, die zum bevorstehenden Fest der Nacht der Sieben präsentiert wurden. Dann stellte sie sich vor, was sie tragen würde, wenn sie jemals zum Maskenball in den Palast eingeladen werden würde – stellte sich vor, wie sie in der romantischsten Nacht des Jahres mit Meister Pflaumenblüte tanzte.

Sie wusste, dass es dumm war, von einem Jungen zu schwärmen, dessen Namen sie nicht einmal kannte, aber Kostüme waren teuer und Träume kosteten nichts.

Sie blieb vor einem Geschäft stehen und bewunderte ein Paar Slipper aus weißem Satin. Die zierlichen Glasperlen an den Schuhspitzen funkelten in der untergehenden Sonne wie Sternenlicht auf Wasser, und die Seiten waren mit einem Muster aus hellrosa und gelben Seerosen bestickt. Das Futter bestand aus rotem Samt, und Zhara konnte nur davon träumen, wie sich ein solch luxuriöser Stoff an ihren Füßen anfühlen würde. Es wäre bestimmt so, als würde man auf Wolken gehen. Sie schaute auf ihre eigenen Schuhe, wo der kleine Zeh bereits durch das fadenscheinige Leinen lugte, und seufzte.

»Wer anfasst, muss auch kaufen«, tönte eine Stimme aus dem Inneren des Ladens. Ein missmutiger, verschlafen wirkender Händler tauchte aus den Schatten auf. »Ansonsten scher dich weg.«

»Wie viel?«, fragte sie. Sie wusste, dass sie sich die Schuhe nicht leisten konnte, aber das war ihr egal.

Der Händler musterte ihre schäbige Tunika und die abgewetzten Hosen, die mehrmals geflickten Nähte an ihren Schultern und Ärmeln und die ausgefransten Säume an ihren zu kurzen Hosenbeinen. Zhara wand sich unter seinem Blick. Sie wusste, wie sich der Stoff über ihrer Brust und ihren Achseln spannte und Falten schlug, seit ihre Rundungen deutlicher geworden waren.

»Zu viel für deinesgleichen«, sagte der Händler hochnäsig. »Jetzt mach, dass du wegkommst.«

Zhara errötete, drehte sich auf dem Absatz um und eilte davon, als ob sie der Scham davonlaufen könnte, die ihr auf den Fersen folgte. Sie ließ den Bereich mit den teuren Waren hinter sich und fand sich im religiösen Viertel wieder, wo sich eine große

Menge auf dem Platz vor dem Tempel der Unsterblichen versammelt hatte. Jemand in einer lila Tunika und dem Federhut eines fürstlichen Ausrufers stand auf der Plattform, flankiert von zwei Falken. Sie hielten einen kleinen Messinggong in die Höhe und schlugen mit einem Klöppel darauf, damit sich alle auf dem Platz versammelten.

»Eine Bekanntmachung, eine Bekanntmachung, eine offizielle Verkündigung!«, ließ sich der Ausrufer vernehmen. »Kommt alle her und lauscht den Worten unseres Herrschers, Fürst Wonhu!«

Angst packte Zharas Nacken, und sie fragte sich, ob sie nun Zeugin der ersten Verhaftung eines Magiers werden würde, seit die Falken in der Stadt aufgetaucht waren. Ihre Hände fuhren unwillkürlich zu dem *Klassiker der Zehntausend Zeichen*, der in ihrer Schärpe steckte, und ihre Augen zuckten hin und her, auf der Suche nach einem Fluchtweg.

Der fürstliche Ausrufer zog mit einer wichtigtuerischen Bewegung eine Schriftrolle aus seiner Schärpe. »*Bürger von Zanhei*«, las er laut mit einer sonoren Stimme vor. »*Hiermit wird verkündet, dass dem Haus von Wonhu eine große Ehre zuteilwurde. Eine Heiratsverbindung mit dem Gommun Kang wurde angeboten, dem Clan des Großen Bären aus dem Norden, dem unser geschätzter und erhabener Kaiser abstammt – möge seine Herrschaft zehntausend Jahre dauern.*«

Überraschtes Murmeln erhob sich aus dem Publikum. Zhara blieb stehen. Trotz der Anwesenheit der Falken auf der Plattform wollte sie mehr erfahren. Sie wusste, dass sie nicht allzu lange bleiben sollte, aber seit der Hinrichtung der Fürstengemahlin hatte es keine öffentliche Bekanntmachung der Herrscherfamilie mehr gegeben. Sechs Jahre lang hatte man von Fürst Wonhu nichts mehr gesehen oder gehört; er hatte die Regentschaft seinem Kanzler überlassen.

»*Aus diesem Grund*«, fuhr der Ausrufer fort, »*befiehlt Fürst Wonhu, dass sich die Stadt auf die Ankunft von Prinzessin Yulana vorbereiten möge, der geliebten Enkelin des Warlords. Fegt die Straßen, säubert die Hauswände und dekoriert Fenster und Türen, um diese freudige Nachricht zu feiern.*« Mit ausladenden Bewegungen rollte der Ausrufer das Pergament wieder zusammen und wartete auf den Jubel.

Vereinzelt erklang Applaus aus der Menge, halbherzig und eher zaghaft. Die Falken starrten mit unbewegten Mienen stur geradeaus, aber der Ausrufer wirkte enttäuscht. »Na kommt schon«, drängte er. »Das könnt ihr doch besser, immerhin ist das ein wichtiges Ereignis.« Er legte die Hand an sein Ohr, und das Publikum gehorchte mit einigen wenig begeisterten Jubelrufen.

»Wofür hält sich dieser Ausrufer?«, murmelte jemand neben Zhara, eine groß gewachsene, scheinbar noch junge Person mit einem spitzen Hut. »Für einen von den Bangtan-Brüdern?«

Der Ausrufer zog eine weitere Pergamentrolle aus dem Gürtel, die ein bisschen zerknittert aussah. »Ich habe ein Porträt des Thronerben!«, schrie er.

Die Aussicht, einen Blick auf das Gesicht ihres zukünftigen Herrschers werfen zu können, verlieh der Menge neue Energie. »Gib her!«, rief jemand. »Zeig uns das Gesicht, das tausend Mädchen in Angst und Schrecken versetzt hat!«

»Ich habe gehört, ihm fehlen Zähne!«, schrie jemand anderes.

»Ich habe gehört, dass sein Atem nach Zwiebeln stinkt!«

»Und er wäscht sich angeblich nie die Füße!«

»Und wechselt auch nie die Unterhosen!«

Raues Gelächter ertönte aus den Reihen der Zuschauer, die sich mit wenig schmeichelhaften Anekdoten über den Thronerben von Zanhei überboten, die in der Blumenstadt kursierten. Der Ausrufer wirkte empört und hielt dann demonstrativ das Pergament vor sich hin. Die Menge schob sich eifrig nach vorn, wobei Zhara von allen Seiten gedrückt wurde. Sie verrenkte sich den Hals und stellte sich auf die Zehenspitzen, in der Hoffnung, über die Köpfe hinwegblicken zu können, aber sie war zu klein.

»He!«, sagte jemand ungläubig. »Der Thronerbe sieht ja richtig gut aus!«

Die Person, die neben Zhara stand, schnaubte. »Jeder gute Porträtmaler weiß doch, wie man die vorteilhaften Seiten eines Prinzen hervorhebt und die weniger schmeichelhaften verbirgt.«

Sie grinste Zhara von der Seite her an, und Zhara, die den Blick einfing, lachte. Die Kleidung ihres Gegenübers war ziemlich dick für das milde Wetter, fand Zhara: ein dunkelblaues, knielanges Oberteil aus Wolle, Hosen mit regenbogenfarbenen Aufschlägen, Lederstiefel und dieser wunderliche Hut. Aber noch ungewöhnlicher als der Hut waren die zotteligen roten Haarsträhnen, die unter der Krempe hervorlugten. Zhara hatte noch nie jemanden gesehen, dessen Haare die Farbe von Blut hatten.

»Der Thronerbe ist zwar ganz hübsch«, sagte eine andere Person wegwerfend, »aber die Bangtan-Brüder sind mir trotzdem immer noch lieber, besonders derjenige, der immer die romantischen Heldenrollen spielt.«

Zhara hopste immer wieder hoch und mühte sich ab, einen Blick auf das Porträt des Thronerben zu werfen. Die Neugier brachte sie fast um, und sie hätte zu gerne gewusst, ob der Prinz so aussah wie die Königssöhne in ihren Romanzen immer beschrieben wurden.

»Soll ich dir sagen, wie der Thronerbe aussieht, kleiner Lemming?« Zhara schaute die Person mit dem spitzen Hut an, die sie interessiert musterte. Sie sprach mit dem ausdruckslosen, schnodderigen Akzent der nördlichen Steppen, was inmitten der musikalischen Töne des Südens irgendwie charmant klang. »Ich würde dich ja hochheben, aber wo ich herkomme, gilt es als unhöflich, Hand an eine Dame zu legen, ehe man besser mit ihr bekannt ist.« Der Rotschopf schenkte ihr ein schelmisches Zwinkern, und Zhara bemerkte die rosigen Sommersprossen, die seine gebräunten Wangen und den Nasenrücken sprenkelten.

Oh nein. Schon wieder stieg das Hübsche-Leute-Kichern in Zhara hoch und schnürte ihr die Luft ab. »Schon gut.« Sie hustete und fühlte, wie ihr Gesicht vor Verlegenheit heiß wurde. »Ich schaue es mir an, wenn die Leute weg sind.«

Aber es sah nicht so aus, als ob die Menge sich so bald auflösen würde, im Gegenteil: Immer mehr Menschen kamen hinzu. Schweiß durchtränkte Zharas Tunika am Rücken, von dem Gedränge und von der feuchten Luft, aber der eingemummelte Rotschopf aus dem Norden schien merkwürdig unberührt von der Hitze.

Oder den Menschen.

Oder … allem ringsum.

Jemand stieß von hinten gegen Zhara, und sie stolperte zu Boden. Instinktiv streckte sie die Hände aus und packte den Rotschopf am Handgelenk, um einen Sturz zu vermeiden.

Das Gefühl hallte tief in ihr wider, wie ein Gong. Erschrocken starrten Zhara und ihr Gegenüber einander an. Ein wortloser Schock raste zwischen ihnen hin und her, wie ein Gespräch.

»Du …«, hauchte Zhara. Unter ihren Händen konnte sie die Magie des Rotschopfs fühlen, vertraut und fremd zugleich. Sie musste an den Moment denken, als Thanh in der Apotheke ihre Hand genommen hatte, als sie die Linien aus Macht gespürt hatte, die entlang der Meridian-Linien des Jungen flossen. Aber diesmal war es anders: Hier gab es keine Haut, keine Adern, keinen Körper, in dem Magie steckte – was sie anfasste, *bestand* aus Magie, war von Kopf bis Fuß eine *Manifestation* von Magie.

»Du … du kannst mich *spüren?*«, fragte der Rotschopf, die Augen groß vor Angst und Hoffnung. »Aber … aber ich bin doch nicht einmal dort!«

»Dort?« Zhara schaute auf ihre Finger, die immer noch das Handgelenk umfassten. »Du meinst wohl … hier, oder?« Entsetzt wurde ihr klar, dass sie bei dem Rotschopf keinen Puls spürte … dass sie – wenn auch nur ganz schwach – durch seinen Körper hindurch den Boden sehen konnte. Zhara blickte hoch. Die Konturen des Gesichts waren kaum merklich verschwommen, und die Ränder undeutlich und transparent. »Was bist du?«, flüsterte sie. »Bist du ein Geist?«

»Nein.« Der Nicht-Geist versuchte, sich aus ihrem Griff zu winden, und verengte die Augen. »Wer bist *du?*«, fragte er. »Was für eine Art von Magier bist du?«

Das Wort *Magier* ließ die Menge ringsum verstummen, als hätte man eine Decke aus Schweigen ausgebreitet. Die Falken auf der Plattform drehten ihre Köpfe in Zharas Richtung.

»Bei Gommuns Klauen«, murmelte der Rotschopf. »Sie haben mich entdeckt.«

Leise Schreie und erschrockenes Aufkeuchen kräuselten sich durch die Zuschauer, während sich die Friedensstifter des Warlords ihren Weg zum Ursprung der Störung bahnten. Magie strömte durch Zharas Hände, aber statt den Rotschopf zu verbrennen, schien sich seine Gestalt nur noch deutlicher zu manifestieren.

»Lass mich los«, zischte der Nicht-Geist. »Lass mich los, oder wir stecken beide in Schwierigkeiten.« Verzweifelt schaute er über Zharas Kopf zu den braun-weißen Federbüschen, die auf sie zuflatterten.

Nur mit Mühe löste Zhara ihre Hände und wich zurück. Und von einer Sekunde auf die andere war der Rotschopf verschwunden, begleitet von überraschten Aufschreien.

»Monster!«

In der Ferne waren noch mehr Schreie zu hören – diesmal vor Schmerz – als die Falken die Menschen brutal zur Seite stießen, um zu der Stelle zu gelangen, wo der Rotschopf gestanden hatte.

Wo Zhara immer noch stand.

Sie musste fliehen.

Zhara drehte sich um und benutzte die Ellbogen, um zu den Kanälen zu gelangen, aber es waren einfach zu viele Menschen, die ihr den Weg versperrten. Sie ließ alle Vorsicht fahren und legte ihre Hände auf den Nächststehenden, der daraufhin überrascht aufschrie, als die Magie auf seiner Haut brannte.

»Monster!«

Ihr blieb keine Zeit zum Nachdenken, keine Zeit für Reue. Sie berührte Rücken, Schultern, Ellbogen und schwamm so schnell sie nur konnte durch die Menge, ohne zurückzublicken, ohne Atem zu holen.

Sie war zu lange geblieben.

Und man würde sie erwischen.

Kapitel 10

Die Schatten dehnten sich nur langsam aus, aber Zhara lief die Zeit davon.

Der Himmel im Westen wechselte die Farbe, von Gold über Violett zu Indigoblau, während die Sonne hinter dem Horizont versank. Zhara rannte durch die Straßen des überdachten Markts zur Lotusbrücke, in der Hoffnung, hinter die Stadtmauern zu kommen, ehe die Trommeln auf dem Wachturm den Einbruch der Nacht verkündeten. Waren die Tore von Zanhei erst geschlossen, kam man nur noch mit Bargeld oder einem offiziellen Pass hinein, wovon Zhara weder das eine noch das andere besaß. Die Zweite Ehefrau würde sie bestimmt bestrafen, wenn sie nicht rechtzeitig zu Hause war, um das Abendessen zu kochen.

Aber im Augenblick saßen ihr größere Probleme im Nacken.

Im Fahrwasser der Verwirrung und des Chaos, die auf das plötzliche Verschwinden des rothaarigen Nicht-Geists gefolgt waren, hatte Zhara in dem Gedränge untertauchen können. Ausnahmsweise war sie dankbar für ihre nichtssagende Erscheinung und ihre ärmliche Kleidung – die verblassten Farben ihrer fadenscheinigen Tunika und ihrer Hose verschmolzen buchstäblich mit den staubigen Gebäuden in den Gruben. Aber überall suchten die Falken nach einem entlaufenen Magier, durchkämmten die Straßen der Stadt wie bedrohliche, schwarz geflügelte Raubvögel, immer nach Magie Ausschau haltend.

Die Zhara so gut es ging unterdrückte.

Ein schwaches, aber hartnäckiges Glühen drang zwischen den Fingern ihrer geballten Fäuste hindurch, ein Glühen, das immer heller wurde, je weiter die Abenddämmerung fortschritt. Zhara blickte sich nervös in den dunkler werdenden Schatten um. Über ihr kreiste ein großer und ungewöhnlicher Vogel, dessen blutrotes Gefieder von der heranziehenden Nacht lila gefärbt wurde. Ein Sprichwort besagte, dass die Sonne viele Geheimnisse offenlegte, aber in ihrem Fall war es die Dunkelheit, die sie verraten würde. Zhara huschte durch die leeren und stillen Straßen des Marktes zur Lotusbrücke, wobei sie nur langsam vorankam, weil sie immer wieder Umwege machen und anderen Passanten ausweichen musste.

Bumm, bumm, bumm, bumm!

Die Trommeln auf dem Wachturm verkündeten den Einbruch der Nacht.

Wieder ließ Zhara alle Vorsicht fahren und lief schneller, wobei sie ständig über ihre sich auflösenden Schuhe stolperte. Zu ihrer Überraschung und Verzweiflung drängte sich am Eingang zur Lotusbrücke eine große Menschenmenge. Die Brücke – der Weg aus den Gruben, hinein nach Zanhei – wirkte an diesem Abend wie ein Flaschenhals.

»Was soll das?«, rief eine Stimme. »Lasst uns durch!«

»Gib mir deine Hand«, ertönte eine zweite Stimme mit den flachen Vokalen des nördlichen Akzents. »Niemand kommt in die Stadt, dessen Hand wir nicht angefasst haben.«

Zhara erstarrte. Zwei Falken standen am Eingang zur Lotusbrücke. Die aufgeplusterten Frisuren waren über die Köpfe der Bewohner von Zanhei hinweg deutlich sichtbar. Genervt von der vergeblichen Jagd, hatten sie vor dem Stadttor eine Falle ausgelegt. Zharas Blick zuckte über die Menge hinweg und dann hinunter zum Kanal. Abends und nachts fuhren schwarz-weiße Gondeln durch die Kanäle zwischen Lotussperre und Blumenstadt und brachten Passagiere in das Vergnügungsviertel. Sie überlegte, ob sie zu den Docks gehen und einen anderen Weg nach Hause suchen sollte.

»Aber warum denn?«, ertönte eine frustrierte Stimme. »Wir sind doch Menschen, schaut uns an! Keine Schuppen, kein Fell, keine Reißzähne. Wir können keine Magier sein; wir sind keine Monster!«

»Genau!« Ein Chor aus Stimmen erhob sich. »Warum vergeudet ihr eure Zeit mit anständigen, aufrechten Bürgern? Geht runter ins Sumpfland und holt euch die Scheusale, die dort bei den Schlammleuten wohnen!«

Schlammleute. Die Buri, die Malang, die Cham, die Tuong und sogar ein paar aus dem Volk von Zharas Mutter aus dem südlichen Archipel bevölkerten das Sumpfland flussaufwärts. Immigranten. Geflüchtete. Die Armen, die Ungebildeten, die Verstoßenen. Unwillkürlich zupfte sie an ihren zu kurzen Ärmeln, in dem vergeblichen Versuch, ihre sonnengebräunte und von der Arbeit raue Haut zu verstecken.

»Ein Monster kann sich leicht zwischen Menschen verstecken«, erwiderte ein anderer Falke, »indem es die Augen der Rechtschaffenen durch Schönheit verschleiert. Nur durch die Berührung« – hier hob er eine Hand hoch über die Köpfe der Menge – »können wir das Übel erkennen.«

»Durch Berührung?«, wiederholte jemand. »Wie denn?«

»Sie brennt«, sagte der Falke ernst. »Die Haut von Magiern brennt.«

Zhara riskierte einen Blick auf ihre Hände. Feurige Linien zogen sich über ihre Handflächen, und sie presste sie schnell zusammen, um das Licht auszulöschen.

»He.« Neben ihr sog eine gut gekleidete Person in einem grünen Brokatgewand scharf den Atem ein. »Was ist das?«

Einer nach dem anderen drehten sich die Köpfe zu ihr hin. »Was? Hast du was gesehen? Ist da was?«

Langsam wich Zhara zurück, während sie mit aller Macht versuchte, ihre Magie zu unterdrücken und verschwinden zu lassen. Doch stattdessen fühlte sie, wie ihr die Kontrolle über ihre Macht entglitt.

»Da.« Die gut gekleidete Person in grünem Brokat deutete anklagend auf Zhara. »Die Haut.«

Ein schriller Schrei zerriss die Luft, als ein scharlachroter Schemen durch die Menge schoss und alle mit dem Schlagen seiner riesigen Schwingen vertrieb. Der rötliche Vogel mit dem Glöckchen um den Hals. Er richtete seinen goldenen Blick auf Zhara und kreischte, als ob er sie zur Flucht auffordern wollte.

Sie gehorchte.

Aufgebrachte und verwirrte Schreie gellten durch die Menge, als das Chaos losbrach. Zhara schoss nach links, dann nach rechts, hielt ihre verräterischen Hände dicht am Körper, streckte sie nicht einmal dann aus, wenn sie aus dem Gleichgewicht zu geraten drohte, aus lauter Angst, dass eine zufällige Berührung sie verraten würde. Über ihr flog der Vogel hierhin und dahin, leitete sie erst durch eine Gasse, dann durch eine andere, ehe er aus ihrem Blickfeld verschwand. Sie wagte nicht, sich umzudrehen, um zu sehen, ob irgendjemand ihr folgte. Ihr Ziel war es nur, mit jedem Schritt so viel Abstand wie möglich zwischen sich und die Gefahr zu bringen.

Keuchend taumelte Zhara durch eine verlassene Straße. Hinter ihr klangen die Geräusche der Menge gedämpft und weit entfernt, aber das Klatschen ihrer Leinenschuhe durch Pfützen mit fauligem Flusswasser hallte laut von den Hauswänden wider. Sie blieb stehen, um zu Atem zu kommen und ihre Umgebung in Augenschein zu nehmen.

Eine Sackgasse.

Es war noch nicht vollständig dunkel geworden, doch die Schatten ballten sich in diesem Teil der Gruben zusammen. Kein Licht schien in den Fenstern der Gebäude entlang der Straße, und die Sterne über ihr wurden vom feuchten Dunst des späten Frühlings verschleiert. Sie kannte sich in diesem Teil der Stadt nicht aus und wusste nicht, wie sie wieder zurückkommen konnte. Zhara hatte sich verlaufen; auch ihre Magie ließ sie im Stich. Alles war kalt und dunkel.

Ein Zwitschern. Ein leiser Schrei. Ein Rascheln. Ein Flüstern.

Zhara.

Ihr gefror das Blut. Am anderen Ende der Straße glühte ein Augenpaar, erleuchtet von einem Phantomlicht, das sie nicht sehen konnte. In diesem Moment spürte sie eine Gegenwart, einen Atem, der die Luft verdichtete.

Sie war nicht allein.

»W-wer ist da?« Sie dachte an den rothaarigen Nicht-Geist und fragte sich, ob er ihr irgendwie gefolgt war. »Zeig dich!«

Zhara zuckte zusammen, als etwas Kleines und Pelziges über ihre Füße huschte. Ratten. Bloß Ratten. Ihr Herz hüpfte und stotterte, sowohl vor Erleichterung als auch aus Ekel. Sie erschauderte, als ihr klar wurde, dass es in dieser Sackgasse von Ratten vermutlich wimmelte – weggeworfene Fischköpfe, verfaultes Gemüse und anderer, modriger Müll lagen überall herum. Die Luft stank nach Abfall und nach noch etwas anderem – ein merkwürdig scharfer, fast süßer Geruch. Zhara unterdrückte die Panik und überlegte, dass sie hinter den Restaurants entlang des Kanals sein musste, der zum Vergnügungsviertel führte. Die Stadttore waren geschlossen, aber vielleicht schaffte sie es zurück zur Lotussperre und konnte einen anderen Weg finden.

»Eins nach dem anderen«, murmelte sie. »Eins nach dem

anderen.« Die Augen am Ende der Straße waren verschwunden. »Das hast du dir bloß eingebildet.«

Zhara.

Das Flüstern der Ratten schien lauter zu werden, als sie weiterging. »Einfach nicht drauf achten«, befahl sie sich selbst. »Du bist überspannt, Jin Zhara, das ist alles.«

Mit jedem Schritt wurde der ekelhaft süße Geruch stärker. Sie hielt sich die Nase zu, aber auch dadurch ließ sich der Gestank nicht abhalten. Der faulige Geruch erreichte sie nicht mehr nur durch ihre physischen Sinne, sondern auch darüber hinaus.

Hilf … mir …

Erschrocken stolperte Zhara und fiel bäuchlings in eine Pfütze mit schleimigem Flusswasser. Diesmal wusste sie, dass sie sich die Stimme, die zu ihr sprach, die sie um Hilfe bat, nicht eingebildet hatte. »W-wer ist da?«, rief sie mit zitternder Stimme.

Plötzlich erklang das Klimpern eines kleinen Glöckchens, und dann tauchten mit einem Mal zwei golden leuchtende Augen vor ihr auf. *Niang.*

»Sajah?«, sagte Zhara ungläubig.

Niang, erwiderte der rote Kater. Er schrubbelte seinen Kopf tröstend an ihrem Gesicht, ehe er ihr mit der Pfote auf das Ohr schlug. *Niang*, befahl er.

»Aiyo!«, beschwerte sie sich. »Wofür war das denn?«

»Zhara …«

Diesmal war die Stimme direkt neben ihr. Zhara rappelte sich schnell auf und wich gegen die Hauswand zurück. Ein Kopf mit zotteligen Haaren und hohlen, gehetzten Augen spähte hinter einem Müllfass hervor, und dann tauchte ein kleiner, brauner, drahtiger Körper auf, mit Schmutz bedeckt und stinkend. Ein Kind, erkannte sie. Ein Kind, das die schmutzigen und zerrissenen Überreste einer einstmals blau-weiß gemusterten Tunika trug.

Ein Muster, das sie kannte: Mitglieder des Meng-Clans trugen diese Tuniken.

»Thanh?«, hauchte sie. Sie dachte an die Buri-Matriarchin, die an diesem Nachmittag in die Apotheke von Lehrerin Hu gestürmt war, außer sich vor Angst, ihre Enkelin und ihr Urenkel könnten von den Falken verschleppt worden sein. »Bist du das?«

Der Junge nickte. »Hilf mir«, flüsterte er. Seine Stimme war dünn und ausgezehrt, als ob er die Worte nur mit äußerster Mühe herausbekommen würde. »Bitte.«

Die Erleichterung ließ Zhara erschlaffen. »Ich helfe dir«, sagte sie und streckte die Hand aus. »Bringen wir dich erst mal heim. Deine Urgroßmutter macht sich schreckliche Sorgen um dich.« Sie kniete sich vor ihn und versuchte, in der Dunkelheit zu erkennen, ob er verletzt war. »Was ist passiert? Wo ist deine Mutter?«

Thanh spielte mit den roten Perlen seines Armbands, während seine eingesunkenen Augen ins Leere starrten. »Mama«, sagte er rau. »Mama. Mama.«

Ihr Herz wurde schwer. Der Junge war offensichtlich schwer traumatisiert und brauchte Hilfe, die sie ihm nicht geben konnte. War er von den Friedensstiftern des Warlords gefangen genommen worden und dann geflohen? Zhara streckte die Arme aus und wollte Thanh umarmen, als ein roter Blitz vorbeischoss, kratzend und fauchend und vor Angst schreiend.

»Sajah!«, rief Zhara und versuchte, den um sich schlagenden und völlig außer Rand und Band geratenen Kater zu packen. Thanh zischte vor Schmerz und zog den Arm zurück, den er daraufhin mit dem anderen umfasste.

»Bist du verletzt?« Zhara schaffte es, Sajah wegzuziehen, ehe er noch mehr Unheil anrichtete. »Lass mal sehen …«

»Nein!« Die Wucht der Kinderstimme ließ sie zurückweichen. »Mama«, krächzte Thanh. »Ich will meine Mama.«

Dieu. »Ich weiß«, sagte Zhara gepresst. »Es tut mir leid.« Vorsichtig rückte sie näher, um den Jungen nicht zu erschrecken. »Ich bin nicht deine Mutter. Aber ich bin jemand, der dir helfen kann. Komm, ich bringe dich zu deiner …«

»Nein!« Thanhs Ausbruch war diesmal sogar noch heftiger. »Sie haben sie weggebracht.« In der Dunkelheit konnte Zhara das Weiße rings um seine Pupillen erkennen. »Die Falken.«

Zharas Nackenhaare stellten sich auf. »Wohin, Thanh?«, wisperte sie, ohne zu wissen, ob der Junge ihr eine Antwort geben konnte. »Weißt du, wohin die Falken deine Mutter gebracht haben?«

Zitternd kauerte sich der Junge zusammen und schlang die dünnen Ärmchen um sich, als ob er seinen eigenen Körper stillhalten wollte. Eine plötzliche Ruhe kam über ihn, und er ließ sich zu Boden sinken, wobei Arme und Beine schlaff wurden. »Dahin, wo die Mutter der Dämonen schläft«, murmelte er. »Um auf das Ende der Welt zu warten.«

Zhara runzelte die Stirn. Thanhs Stimme hatte nicht wie die eines kleinen Jungen geklungen, sondern tiefer, flacher und irgendwie – formell. Angst schlich sich in ihre Kehle, als sie sich an den Eindruck erinnerte, dass ein anderes Wesen sie aus seinen Augen anblickte. »Was soll d-das h-heißen?«

Der Junge antwortete nicht. Stattdessen rollten seine Augen nach hinten und seine Glieder verkrampften sich. Mit einem Schrei sprang Zahra auf, wollte sich umdrehen und wegrennen. Aber das konnte sie nicht. Er war ein Kind und hatte sie um Hilfe gebeten. Sie konnte ihn nicht im Stich lassen.

Aus dem Nichts sprang Sajah auf den Jungen. Er heulte und fauchte und kreischte. Thanh schrie auf und zuckte unkontrolliert, während er nach dem Kater griff. Er erwischte Sajah am Schwanz und schleuderte ihn mit aller Macht gegen die Hauswand. Eine Flutwelle aus Ratten schwappte hinter den Fässern hervor und raste auf Thanh zu, als ob sie ihn mit ihren zappelnden und zuckenden Leibern erdrücken wollten. Zhara hörte ihre knabbernden und beißenden Zähne, das Reißen von Fleisch. Ihr wurde übel.

»Thanh!« Sie griff durch die Masse der Nager und packte den Jungen an der Schulter.

Magie loderte durch ihren Körper, als sie ihn berührte, und dieses Gefühl von Fäulnis und Verfall, von Übel und Falschheit kehrte zurück. Sogleich legten sich Thanhs Krämpfe und er öffnete mit einem wissenden Lächeln die Augen. Zhara wich zurück. Während er vorher gehetzt und hohl gewirkt hatte, war er jetzt prall und … verhungert. Eine unmenschliche Intelligenz starrte sie aus jenen dunklen Augen an, und die Gesichtszüge des Jungen bewegten sich und glitten über die Knochen seines Schädels, als ob jemand anderes Thanhs Haut anprobieren würde.

»Hüterin des Feuers«, sagte der Junge und leckte sich über die Lippen. Aber es war nicht der Junge; die Stimme hatte sich verdoppelt, als ob eine zweite, tiefere Stimme sich seiner Kehle, seiner Zähne und seiner Zunge bediente. »Da bist du ja. Ich erkenne deine Berührung.«

Zhara wich langsam noch weiter zurück. »Thanh?«

Der Junge kicherte, aber es war ein Geräusch, das einer viel älteren Wesenheit als einem Kind von zehn Jahren entsprang. Das Geräusch erschreckte Zhara bis ins Mark, und sie stolperte, weil sie so schnell wie möglich aus dieser feuchten, engen Gasse entkommen wollte. Ein Glöckchen klingelte, als Sajah sich erhob und an Zharas Seite trat. Er schien plötzlich viel größer geworden zu sein, und in seinem gesträubten Fell zuckten Blitze.

»Hüterin des Feuers«, sagte Thanh noch einmal. »Bist du zusammen mit der großen Meisterin in diese Welt zurückgekehrt?«

»Ich verstehe nicht, was du da redest«, sagte Zhara hilflos. »Wer ist die große Meisterin? Wer ist die Hüterin des Feuers?«

»Das wirst du schon bald herausfinden.« Das Ding in Thanhs Gesicht grinste. »Kleines Hüter-Mädchen. Wie wenig sie doch weiß.«

Die Hand des Jungen schoss vor, packte eine Ratte und brach ihr das Rückgrat. Sofort sackten alle anderen Ratten leblos zu Boden, als ob auch ihnen das Rückgrat gebrochen worden wäre. Zhara schüttelte es. Thanh warf ihr einen gelassenen Blick zu; in seinen Augen lag keinerlei Gefühl. Darin stand eine Leere, wie in den glasigen, blicklosen Augen der Ratte, doch untermalt von diesem unheimlichen, unmenschlichen Grinsen.

Sie hätte weglaufen sollen. Sie hätte schreien sollen. Sie hätte um Hilfe rufen sollen.

Aber sie tat nichts dergleichen, während Thanh das tote Nagetier an seine Brust drückte. Es war die Geste, mit der ein kleines Kind zum Trost ein geliebtes Spielzeug in die Arme nahm, und Zhara zögerte. Was immer – wer auch immer – er war, Thanh war auch ein Kind. Ein Magier-Kind, ein Monster-Kind … genau wie sie selbst. Sie konnte ihn nicht seinem Schicksal überlassen. Sie konnte ihn nicht den Raubvögeln des Warlords zum Fraß vorwerfen. Großmutter Meng würde ihr niemals verzeihen.

Sie würde sich selbst niemals verzeihen.

»Thanh«, sagte sie mit trockenem Mund. »Thanh, bitte …«

Doch das Kind sagte nichts, sondern streichelte nur den leblosen Kadaver der Ratte. Das Tier fing an zu zucken und zu tanzen, als ob es von einer Million Moskitos gestochen werden würde. Ein saugendes Geräusch, als würde die Luft ringsum durch einen Atemzug eingezogen, füllte Zharas Ohren und ließ sie knacken. Die Ratte quiekte, und Thanh warf das Tier auf den Rücken. Es zuckte und ruckte, seine Bewegungen waren steif und unnatürlich, als ob es von einer unsichtbaren Hand gelenkt werden würde. Es drehte sich auf den Bauch und kroch – sprang – auf Zharas Füße zu. Das Tier war immer noch tot, die Augen glasig und leer, der zerbrochene Körper auf eine schreckliche Art verdreht.

»Was …?«, presste Zhara hervor. »Wie …?«

Der Junge schrie auf und verkrampfte sich vor Schmerzen. Gelenke knackten und Bänder rissen, als sich Thanh auf dem Boden wand. Seine Haut schlug Blasen, die Knochen in seiner Wirbelsäule dehnten sich, wuchsen und verlängerten sich zu Stacheln. Die Blasen auf seinen Armen und seinem Rücken verwandelten sich erst in Pusteln, dann in Augen, in winzige schwarze Löcher, die seine Haut sprenkelten wie die Unterseite eines Lotus-Samens. Der Kiefer des Jungen renkte sich aus und wurde länger, und Zähne ragten hervor, als der Mund aufklappte. Die Nasenlöcher wurden zu Schlitzen und schoben sich in seinem Gesicht nach oben bis auf die Stirn, während die Augen sich vorwölbten und nach unten glitten. Als Thanh sich ihr zuwandte, zog sich sein Mund in einem grotesken Grinsen auseinander, immer weiter und weiter, und entblößte Reihen um Reihen nadelspitzer, scharfer Zähne.

Zhara stand wie angewurzelt da. Sie verstand jetzt, warum der Warlord so viel Angst vor ihrer Art hatte, warum das Reich einen Krieg gegen die Magie geführt hatte, warum die Falken immer noch das Land nach Magiern absuchten.

Denn obwohl die Kreatur, die vor ihr stand, einmal ein Magier gewesen sein mochte, war sie nicht länger menschlich.

Sie war ein Monster.

Kapitel 11

Im Nachhinein stellte sich heraus, dass die Verkleidung einer Priesterin von Do nicht Hans beste Idee gewesen war.

»Das sieht so lächerlich aus!«, sagte Xu.

Leider ließ sich dagegen nichts sagen. Das weiße, alles verhüllende Gewand, der breitkrempige Hut und der bodenlange schwarze Schleier war Han in den angenehm kühlen Gemächern des Palastes als perfekte Möglichkeit erschienen, sich unbemerkt in die Stadt zu schleichen. Aber draußen, in dem feuchten Dunst des südlichen Frühlings, hätte er sich am liebsten alles vom Leib gerissen.

»Ist mir egal«, sagte Han störrisch und gab sich alle Mühe, nicht auf den Saum seines Gewandes zu treten. Die Feuchtigkeit klebte an den unzähligen Lagen aus Seide und Chiffon und beschwerte die Stoffe, sodass sie sich in seinen Armen und Beinen verhedderten. »So erkennt mich wenigstens niemand.« Aus dem Augenwinkel sah er ein weiteres Plakat an der Wand, das seine Verlobung mit Prinzessin Yulana verkündete. Meister Kongs Gehilfen waren sehr fleißig gewesen und hatten genügend Kopien seines Porträts angefertigt, um es in der ganzen Stadt auszuhängen, obwohl die Kopien nicht immer akkurat waren. Dieses hier wies nicht einmal seine Zornesgrübchen auf.

»Seine Gnaden erkennen? Vermutlich nicht«, stimmte Xu zu. »Aber ich würde das hier« – ein amüsierter Blick musterte Hans keuchende und sich abmühende Gestalt von oben bis unten – »nicht unbedingt unauffällig nennen.«

Sein Lieblingsmensch hatte recht. Ein hörbares Schweigen folgte den beiden, während ihnen etliche Leute verwirrte oder ängstliche Blicke zuwarfen. Priesterinnen von Do verließen nur selten ihre Einsiedelei in den Bergen, außer bei zwei Gelegenheiten: um zu helfen, Leben in die Welt zu bringen, und um einer sterbenden Seele den Übergang zu erleichtern. Viele Menschen hielten den Anblick der langen, fließenden weißen Robe und des dichten Schleiers für ein böses Omen, weil man sie meistens dann sah, wenn sie die Alten und Kranken ins Jenseits geleiteten. Obwohl man sagte, dass sie heilende Hände hätten, gab es ebenfalls Gerüchte, die besagten, dass sie mit diesen Händen auch töten konnten.

Zumindest hatte Han es so in *Die Maid, die vom Tod geliebt wurde* gelesen.

»Na, du hattest ja auch keine bessere Idee, also müssen wir uns jetzt wohl oder übel mit der Todesnonne abfinden«, sagte er gereizt. »Ich kann es nicht riskieren, mein Gesicht zu zeigen, nicht nach … na ja, du weißt schon.« Er deutete zu einem weiteren Verlobungsplakat. Das Gesicht auf diesem Porträt schien nur aus Nase zu bestehen, und Han betastete, peinlich berührt ob der Größe, unwillkürlich seinen Nasenrücken.

»Ich *hatte* einen besseren Vorschlag, mein Prinz«, entgegnete Xu leise seufzend – ausnahmsweise ungeschminkt und ohne die üblichen Accessoires, dafür gekleidet wie eine Person von Adel: in ein langes, schmal geschnittenes Oberteil über weiten Hosen und Stiefeln, den Gürtel auf den Hüften sitzend, die Haare in einen einfachen, hohen Knoten zusammengefasst, elegant, und doch unauffällig. Xu hatte es wieder einmal geschafft, einen ganz eigenen Stil zu entwickeln, mit einem scharlachroten Stirnband, einer Perlenkette mit einer Pfauenfeder am Gürtel und einem Hauch Karmesinrot auf den Lippen. »Ich habe vorgeschlagen, dass ich das Mädchen aufsuche und Seiner Gnaden all das erspare.« Mit dem Fächer deutete Xu in Hans Richtung.

»Ich musste mitkommen«, widersprach Han. »Nur ich weiß doch, wie sie aussieht.«

Xu kräuselte leicht die Mundwinkel. »Und wie sieht sie aus?«

»Hübsch.« Das Wort war heraus, bevor Han es wieder herunterschlucken konnte. Trotz der erstickenden Hitze, die unter seinem Kostüm herrschte, war er plötzlich sehr dankbar für den Schleier, der seine roten Wangen verbarg.

»Hübsch?« Xu klappte den Fächer auf und wedelte ihn aufgeregt. »Oooh, und ich dachte, Seine Gnaden hätte Angst vor Frauen.«

»Ich habe keine Angst vor Frauen!«, quietschte Han. Dann hustete er. »Einige von ihnen sind einfach nur ein bisschen … viel.« Han dachte an die Damen bei Hof und ihre Zofen, deren Gesichter ihren liebenswürdigen Ausdruck gegen einen Raubtierblick eintauschten, sobald er sich sehen ließ. Ihren Hunger nach seinem Titel konnten sie kaum hinter ihrem eleganten Make-up und den teuren Fächern verstecken. Körperliche wie auch geistige Geschicklichkeit waren gefordert, um ausgelegte Heiratsfallen zu umgehen. »Außerdem«, sagte er, »kommen wir schneller voran, wenn ich dabei bin.«

Xu beäugte die Sonne, die auf dem Rand des Horizonts balancierte. Nicht mehr lange, und die Wachtürme würden den Sonnenuntergang verkünden und die Stadttore schließen. »Ist das so, mein Prinz?« Xus Ton war nachsichtig. »Wir haben praktisch jede Apotheke zwischen dem Palast und den Gruben aufgesucht, weil er sich nicht an den Namen des Ladens erinnern kann, in dem sie arbeitet. Oder« – ein listiges Lächeln begleitete die Worte – »hat Seine Gnaden darauf bestanden mitzukommen, weil er Miss Brandy wiedersehen will?« Xu kräuselte die Nase und wedelte mit den Händen vor dem Gesicht. »Puh, ist das etwa *Sandelholz?*«

»Warum, riecht es nicht gut?«, fragte Han besorgt. Er hob den Kragen seines Gewandes und schnüffelte daran. Ein bisschen verschwitzt vielleicht, besonders unter dem dicken Schleier, aber er hatte nicht den Eindruck, dass er stank.

Xu schürzte missbilligend die Lippen. »Sandelholz ist kein so angenehmer Duft, wie Jungen es oft glauben, mein Prinz, besonders, wenn es in Unmengen aufgetragen wird.«

»Ich habe gehört, dass Mädchen es mögen«, sagte Han zu seiner Verteidigung.

»Wirklich?« Xu verschränkte die Arme. »Wer behauptet so etwas?«

Han murmelte eine Antwort.

»Wie war das bitte?«

»Ich habe es in *Die Maid, die vom Tod geliebt wurde* gelesen«, sagte er und spielte nervös mit dem Sonnenanhänger um seinen Hals. »Der Held duftet nach Sandelholz und Winterfeuerrauch, und die Heldin liebt den Geruch, auch wenn sie nicht zugeben kann, dass sie ihn liebt.«

Xu stöhnte. »Ich kann nicht fassen, dass ich das jetzt sagen muss, aber ... Seine Gnaden sollte nicht alles glauben, was er so in Büchern liest.« Dann legte Xu den Kopf schräg und spähte durch den dichten, schwarzen Schleierstoff, in der Absicht, den Ausdruck auf Hans Gesicht zu erkennen. »Moment mal ... soll das etwa heißen, dass Seine Gnaden Sandelholzparfüm aufgelegt hat, um ... um einem Mädchen zu gefallen?« Xu presste die Hände an die Brust und seufzte theatralisch. »Mein kleiner Prinz ist erwachsen und zum Mann geworden.« Ein gezierter Finger wischte eine Träne aus dem Auge. »Ich weiß nicht, ob ich frohlocken oder weinen soll!«

Han gab keine Antwort, sondern beschleunigte nur seine Schritte und versuchte, seiner Verlegenheit davonzulaufen. Bislang hatte er kaum einen Gedanken an Romantik oder Anziehung verschwendet. Als Prinz spielte es keine Rolle, wen er liebte, sondern nur, wer seine Angetraute war – ihre Abstammung, ihr Reichtum, ihr Status. Natürlich hatte die Tatsache, dass man der Thronerbe war, noch niemanden davon abgehalten, weniger »offizielle« Beziehungen einzugehen, und Han war sich sicher, dass er dank der unzähligen Indiskretionen seiner Vorfahren überall in den Provinzen unbekannte Verwandte hatte. Aber diese Art von Beziehung hatte ihn ebenfalls noch nie interessiert. Doch sobald er an Miss Brandy dachte, strömte eine merkwürdige, kribbelnde Wärme in seinen Magen.

Und jedes Mal, wenn er an einer kleinen weiblichen Person mit tief gebräunter Haut und welligen Haaren vorbeikam, tat dieser Magen vor Erregung einen kleinen Hüpfer, selbst wenn seine Augen auf den ersten Blick erkannten, dass sie es nicht war. Sie waren alle zu alt, zu dünn, zu groß, zu jung, und obwohl einige von ihnen ziemlich hübsch waren, raubte ihm keine davon den Atem, wie es Miss Brandy getan hatte, als er sie zum ersten Mal vor dem Laden des Buchhändlers hatte stehen sehen. Ihre dunklen Augen hatten geglänzt wie polierte Kohlenstücke, und ihr Blick, mit dem sie gierig die Bücher auf den Tischen betrachtet hatte, war strahlend und intensiv gewesen, als ob sie sie mit den Augen verschlingen wollte. Ihr Gesicht war bei all dem Verlangen so lebendig gewesen, und zum ersten Mal in seinem Leben hatte Han begriffen, was Sehnsucht bedeutete. Sich etwas wünschen. Dergleichen hatte er nie kennengelernt; er wusste nur, wie es war, etwas *nicht* zu wollen. Verlangen bedeutete Leben, und bis zu diesem Moment hatte er nicht erkannt, dass er lediglich *über*lebte.

Deshalb hatte er ihr ein Exemplar von *Die Maid, die vom Tod geliebt wurde* gekauft. Er hatte ihr etwas geben wollen, was sie sich wünschte, um sie … glücklich zu machen. Lebhaft. Dank ihrer Lebhaftigkeit hatte sich Han selbst lebendiger gefühlt, als ob er ausnahmsweise mehr tun würde als zu überleben. Als ob er erblühen würde.

In der Ferne erklangen Trommelschläge. Die Stunde des Sonnenuntergangs. Die meisten Kunden hatten die Läden verlassen, und lediglich einige Nachzügler und die Händler, die ihre Türen abschlossen, waren noch unterwegs.

»Mein Prinz«, sagte Xu bedauernd, »wir sollten umkehren. An der Stadtwache vorbeizukommen, wenn die Tore geschlossen sind, wird noch schwieriger werden, als sich aus dem Palast zu schleichen, trotz der Verkleidung.«

Das war natürlich richtig, aber Han wollte unbedingt noch bleiben und weiter nach Miss Brandy suchen. Teilweise, weil er nicht in den Palast zurückwollte, in die Welt drohender Vermählungen und magischer kleiner Brüder, aber hauptsächlich, weil er sich dieses Gefühl erwartungsvoller Erregung bewahren wollte. Zum ersten Mal seit Langem war es, als ob er sich auf etwas Zukünftiges freuen könnte, anstatt die Gegenwart abzuwehren. In seiner Brust schwebte eine federleichte Blase, die sich ausdehnte, wenn er an Miss Brandy dachte. Sie fühlte sich warm an. Angenehm. Sie fühlte sich an wie … Hoffnung.

Oder vielleicht hatte er auch bloß Hunger. Die Köche an den Kanälen zwischen dem Markt und dem Vergnügungsviertel entzündeten die Feuer, weil sich in Kürze die Kundschaft einstellen würde, und der Geruch nach fettigem und frittiertem Essen zog durch die Luft.

»Ai-yah, was ist das denn?«, grummelte Xu. Vor ihnen hatte sich eine große Menschenmenge versammelt, die sämtliche Straßen in alle Richtungen verstopfte. Xu stellte sich auf die Zehenspitzen und verrenkte sich den Hals, um zu sehen, was da los war. »Sieht so aus, als ob irgendwas – oder jemand – die Lotusbrücke blockiert.«

»Dann gehen wir doch was essen, bevor wir in den Palast zurückkehren«, schlug Han vor. »Die Palastküche wird schon geschlossen haben, wenn wir heimkommen.«

»Was ist mit der Sperrstunde?«, fragte Xu.

Han schaute zu den Laternen, die das Wasser zwischen dem überdachten Markt und dem Vergnügungsviertel erleuchteten. »Viele Leute gehen nach Einbruch der Dunkelheit in der Stadt ein und aus«, sagte er und deutete auf die schwarz-weißen Gondeln, die Kunden von Zanhei in die Blumenstadt brachten. »Wir können uns mitnehmen lassen, nicht wahr?«

Xu zog die Augenbrauen hoch. »Habe ich richtig gehört? Mein lieber, süßer, unschuldiger Prinz schlägt vor, dass wir die Nacht in den Armen einer der unzähligen Blüten der Blumenstadt verbringen?«

»Was?«, stotterte Han. »N-nein!« Er schaute zu den Booten, die flussabwärts in Richtung der Teehäuser und Tavernen fuhren, alle in dieselbe Richtung. »Ich dachte nur …« Er verstummte, als ihm klar wurde, dass keine Boote in die entgegengesetzte Richtung fuhren, zurück in die Stadt. Mit aufsteigender Panik begriff er, dass man zwar in die Blumenstadt hineingelangen konnte, aber erst nach Tagesanbruch wieder heraus.

Sein Lieblingsmensch schüttelte den Kopf. »Die Imbissläden am Kanal haben bestimmt schon geöffnet«, sagte Xu und klopfte ihm auf die Schulter. »Na kommt, ich kenne ein Lokal, wo man die besten geschmorten Garnelen in ganz Zanhei bekommt.«

Gut gelaunt durch die Aussicht auf die leckeren Meeresfrüchte führte Xu sie zum Hafen, wo eine Reihe von Restaurants die Straßen gegenüber dem Kanal säumte, hinter dem das Vergnügungsviertel lag. Aber als sie näher kamen, war alles dunkel und verschlossen und an den Tischen saßen keine Gäste.

»Seltsam«, murmelte Xu. »Die sollten doch längst geöffnet haben.« Hinter den Lamellen eines geschlossenen Fensters schien sich etwas zu bewegen. Xu schaute hindurch. »Ratten.«

»Ja genau, ein richtiger Rattendreck ist das«, brummte Han und rieb sich den Bauch. »Ich bin am Verhungern.«

»Nein. *Ratten.*«

Mit zitternder Hand hob Xu den Fächer und deutete auf eine seltsame, sich windende Masse in einiger Entfernung. Ein leises Kratzen und Quieken war zu hören und wurde mit jedem Moment lauter. Han verengte die Augen und versuchte zu verstehen, was er hörte und sah.

Xu hatte recht.

Da waren Ratten.

Viele, viele, *sehr* viele Ratten.

»Argh!« Han machte einen Satz rückwärts und presste sich gegen die Hauswand, als eine Flut aus Nagern auf ihn zuströmte. Zu seinem Entsetzen sah er, dass einige der Ratten in keinem guten Zustand waren – einigen fehlten Glieder, aus anderen waren Fleischstücke herausgerissen, wieder andere hatten überhaupt keine Köpfe mehr –, und doch bewegten sie sich zuckend und zappelnd auf eine steife und unnatürliche Art vorwärts. Hunderte runde und glänzende Augen blickten ihn an, Tausende gefletschter Zähne glänzten im Mondlicht. Und sie kamen immer näher. Und näher. Es war kein Ende der Flut in Sicht.

»Mein Prinz!«, rief Xu vom Dach aus. »Hier rauf!«

Han zögerte nur einen winzigen Moment und wägte ab, was ihm mehr Angst machte: die Höhe oder die Ratten. Dann wickelten sich schuppige, fleischige, wurmartige Rattenschwänze um seine Knöchel und Schienbeine – und er sprang nach oben, wobei er zusammenzuckte, als er versehentlich einen Nager zertrat. Das fleischige Quatschen und das Knacken des Körpers drehten ihm den Magen um. Wenigstens hatte er jetzt keinen Hunger mehr.

»Was … *ist* das?«, fragte Xu schwach und schaute die Straße entlang.

Eine humpelnde, zuckende, torkelnde Gestalt kam auf sie zu. Es war zu dunkel, um viel zu erkennen, aber Han wusste, dass dies kein Mensch war. Seine Nackenhaare stellten sich auf, während sein Verstand zu verarbeiten suchte, was er da sah.

Ein Monster.

Kapitel 12

Reißzähne, von denen der Sabber tropfte. Glühende Augen. Glieder und Finger und Klauen, wo sie nicht hingehörten. Eine Haut voller Löcher in tiefe Abgründe, winzige Nadelstiche überall in der immer noch viel zu menschlichen Gestalt. Fliegen. Käfer. Krankheiten. Moder. Der Schrecken war unaussprechlich, und Han wusste nicht, wo er hinsehen sollte. Neben ihm stöhnte Xu auf und versteckte das Gesicht hinter dem Fächer.

Das Monster drehte das Gesicht – den Kopf? die Augen? – zu dem Geräusch hin, und die Schlitze in seinem Kopf weiteten sich, als es tief Atem holte. Xu stöhnte noch einmal, als das Scheusal schnüffelte und auf sie zugetorkelt kam. Han schob Xu weiter das Dach hinauf und riss sich seinen Hut, seinen Schleier und sein Gewand herunter.

»Geh!«, schrie er Xu zu. »Ich halte es auf!«

»Hast du den Verstand verloren?«, schrie Xu zurück und ließ jegliche Etikette fahren. »Du hast zwar einen ganz ansehnlichen Körper, mein Prinz, aber *dafür* bist du nicht gemacht!«

Han musste zustimmen. Er trainierte eher des Aussehens wegen, als um Kraft aufzubauen. Er suchte nach einer Waffe, nach irgendeiner Waffe, und entschied sich schließlich für eine lose Dachschindel. Sie war schwerer, als er gedacht hatte, aber nicht annähernd so schwer, wie es nötig gewesen wäre angesichts der Größe des Monsters, das auf sie zukam. Als das Untier einen Satz nach vorn machte, schleuderte er die Schindel so kraftvoll wie er konnte gegen das, was er für den Kopf der Kreatur hielt. Er hatte gut gezielt, und die Schindel landete mit einem festen *Wump!* direkt zwischen den beiden entsetzlichen Löchern, die vielleicht Augen waren. Es war schwer zu sagen, es gab so viele davon. So viele Löcher.

Langsam, aber stetig, wie Leichen in einen Sumpf, sanken die zerbrochenen Stücke der Dachschindel in das Fleisch des Monsters ein und wurden von ihm absorbiert. Während es Steingut und Glasur und Mörtel schluckte, platzten danach an den jeweiligen Stellen ölige schwarze Blasen auf. Jede Blase blinzelte ein paar Mal, und Han erkannte, dass es weitere Augen waren. Er hätte sich am liebsten übergeben. Er zerrte eine zweite Schindel vom Dach und wollte sie gerade werfen, als eine Stimme aufschrie:

»Thanh!«

Sowohl das Monster als auch Han drehten sich zu dieser Stimme um. »Miss Brandy?«, keuchte er auf. Er war offenbar tatsächlich unter dem Stern des Zweiten Unsterblichen Wesens geboren: Nachdem er einen ganzen Tag lang nach ihr gesucht hatte, traf er sie ausgerechnet in diesem Moment. In Gegenwart eines Monsters. Vermutlich in den letzten Augenblicken ihrer beider Leben.

»*Das* ist Miss Brandy?« Xu hob den Blick zum Himmel. »Das ist wirklich eine verdrehte Art von glücklichem Zufall, mein Prinz.«

»Thanh!«, rief das Mädchen wieder zu dem Monster. »Bitte! Du kannst dagegen ankämpfen!«

»Irre ich mich«, murmelte Xu, »oder leuchtet sie tatsächlich?«

Han rieb sich die Augen. Es war mittlerweile fast völlig dunkel geworden, und in den tiefen Schatten schien Miss Brandys Haut von den Strahlen einer unsichtbaren Sonne beschienen zu werden. Han starrte sie gebannt an. Sie glühte wie der Rand einer Kerzenflamme, umgeben von einem Kranz aus Licht, wie eine von den himmlischen Maiden in den Märchen, die seine Mutter ihm immer vorgelesen hatte.

Das Biest schnüffelte und schlug mit den riesigen Klauen auf den Boden, wobei es tiefe Furchen in den Pflastersteinen hinterließ. Einen Augenblick lang trat eine Art Bedauern oder Verzweiflung in die unzähligen Augen, und Han erschauderte vor Abscheu über die Menschlichkeit, die darin lag.

Dann senkte das Monster den Kopf und machte sich zum Angriff bereit.

»Komm mit, Xu!«, schrie Han, der auf einmal keine Angst vor der Höhe mehr hatte und vom Dach sprang. »Wir müssen ihr helfen!«

»Wie kommst du darauf, dass ich die Art von Mensch bin, die zu der Gefahr *hinläuft* statt von ihr weg?«, versetzte Xu.

Han packte einen Stuhl von einem der Straßenlokale, ein wackeliges Ding aus gehärtetem Bambus, rannte zu Miss Brandy und warf sich zwischen sie und die Kreatur. Er schlug mit dem Stuhl auf die Schlitze der Rückenwirbel ein. Die Stuhlbeine bogen sich und brachen dann unter der Wucht. Das Wesen schüttelte das … Kopf-Ding, als wollte es eine Fliege verscheuchen, und stieß ein Brüllen aus. Es erhob sich auf die Hinterbeine und fuhr die Krallen aus. Miss Brandy machte einen Satz rückwärts, stürzte und schrie auf. Han streckte die Hand aus und zog sie wieder hoch.

»Lauf!«, rief er ihr nach, als sie davonhumpelte. »Ich lenke es ab!«

Er duckte sich erst links, dann rechts unter den Hieben des Monsters weg und war dankbar für all die Geschicklichkeitsübungen. Holzbalken zerbarsten hinter ihm, als die Klauen des Wesens durch Gebäude und Vordächer fuhren. Splitter und Steinbrocken explodierten in alle Richtungen, und Han duckte sich wieder, um zu verhindern, dass er getroffen wurde. Er stolperte über einen vorstehenden Balken und fiel zu Boden. Er rappelte sich auf und krümmte sich dann sofort, weil ein entsetzlicher Schmerz seine Körpermitte durchzog.

Bumm! Über ihm krachte etwas, und Han bedeckte schützend den Kopf mit den Händen, als Schutt auf ihn niederregnete. Das Monster brüllte, und er rollte sich zusammen, schloss die Augen und wartete auf das Ende. Wenigstens würde es ein sensationelles Ende sein. Durch ein Monster zu sterben war unvergesslich.

Aber der tödliche Schlag blieb aus. Stattdessen hörte er ein wildes Jaulen, als eine kleine rote Katze aus dem Nichts angeflogen kam und mit ihren Krallen die vielen Augen des Monsters bearbeitete. Die Kreatur zuckte zusammen und heulte vor Schmerz, während sie die kleine Katzengestalt zur Seite fegte.

»Sajah?« Miss Brandy rannte zu der Katze, die auf dem Pflaster lag, und kniete sich neben sie. »Sajah!« Abgelenkt durch den kleinen Körper am Boden bemerkte sie nicht, wie sich das Untier von hinten immer schneller näherte.

Han sprang auf und stöhnte, als ein stechender Schmerz durch seine Rippen zog. Er musste etwas tun. Irgendetwas. Er entdeckte einen großen Holzbalken mit gesplitterten und spitzen Enden auf dem Boden. Wie einen Speer wuchtete er den Balken auf die Schulter, stemmte die Füße breitbeinig in den Boden und legte das Gewicht auf seinen hinteren Fuß. »He!«, schrie er. »Bleib weg von ihr!« Dann hob er den behelfsmäßigen Speer hoch über seinen Kopf und schleuderte ihn mit aller Kraft auf die Kreatur.

Harmlos prallte er von dessen Seite ab.

Tja, nun wusste er, dass er Speerwerfen in seine Trainingsroutine aufnehmen musste. Falls er je wieder Gelegenheit zum Training haben würde. Nichtsdestotrotz hatte das Wurfgeschoss die gewünschte Wirkung, und das Biest hob den Kopf, um *ihn* anzuschauen, und nicht Miss Brandy. Triumphierend riss er den Arm hoch, bis ihm klar wurde, dass er versäumt hatte, darüber nachzudenken, wie er aus dieser Situation wieder herauskam. Langsam wich er zurück, als die Kreatur den Kopf senkte und Anstalten machte, ihn anzugreifen.

Hinter seiner Schulter gellte ein schriller Schrei, der immer lauter und lauter wurde, bis eine schlanke Gestalt an ihm vorbeischoss, den Hals des Monsters umfasste und sich auf dessen Schultern und Rücken schwang.

»Lauft weg, mein Prinz, lauft weg!«, schrie Xu und stach mit den Streben des Fächers immer wieder in die Augen der Kreatur.

Han brauchte keinen weiteren Ansporn. Er ignorierte den Schmerz in seiner Seite, setzte seine langen Beine in Bewegung und rannte in Deckung, während das Untier um sich schlug und qualvoll brüllte. Xu klammerte sich an das Monster und blendete es, so gut es ging. Doch irgendwann wurde Xu in hohem Bogen abgeworfen und prallte mit voller Wucht gegen Han.

»Thanh!« Am anderen Ende der Straße kam Miss Brandy taumelnd auf die Füße. »Lass sie in Ruhe!«

Und mit einer Geste ihrer Hände ging die Welt in Flammen auf.

Han wich vor der plötzlichen, sengenden Hitze zurück, genau wie die Kreatur. Als er wieder klar sehen konnte, erkannte er, dass Miss Brandy nicht mehr glühte – sie stand in Flammen. Nein, sie *bestand* aus Flammen. Sie war ein ätherisches Wesen aus Licht und Feuer, ein Flammenmeer in Gestalt eines Mädchens, das den Arm des Monsters umklammerte, dessen Haut unter ihrer Berührung Blasen schlug. »Es tut mir leid«, schluchzte sie. »Es tut mir so leid.«

Vor Schmerzen brüllend schüttelte die Kreatur sie ab und sie wurde ein Stück zurückgeschleudert. Das Licht flackerte und wurde schwächer, während Miss Brandy ständig ihre Gestalt wechselte, von Mädchen zu Flamme, Flamme zu Mädchen, und darum kämpfte, nicht das Bewusstsein zu verlieren. Das Monster richtete seine unzähligen Augen auf das Mädchen und stürmte auf sie zu, wobei es rücksichtslos durch Wände und Schutt brach.

Han schaute sich verzweifelt nach etwas um, womit er die Kreatur aufhalten konnte. Ein Stück weit entfernt lehnte eine abgebrochene Steinsäule an einem eingestürzten Vordach. Sie war groß. Schwer. Vielleicht sogar schwer genug, um ein Monster zu stoppen.

»Miss Brandy!«, schrie er. »Da entlang!« Er deutete zu dem Vordach und beschrieb mit Gesten die herunterfallende Säule. Dann rannte er auf die geborstenen Balken zu und kletterte auf das Dach, um sich gegen die Steinsäule zu stemmen, wobei er den Blick in die Tiefe vermied. »Xu, hilf mir mal!«

Mit Mühe rappelte sich Miss Brandy auf, sah, was Han vorhatte, und kroch zur Seite.

Xu stieg neben Han auf das Dach, und gemeinsam stemmten sie ihr Gewicht gegen die Säule, schoben, stießen, hofften und beteten.

»Jetzt!«, schrie Miss Brandy. »Jetzt!«

Han und Xu gaben alles, was sie an Kraft besaßen.

Langsam, viel zu langsam, begann die Säule, sich zu bewegen.

»Komm schon«, stieß Han durch die zusammengepressten Zähne hervor.

Er packte Xus Hand und sprang rückwärts, als die Säule nachgab. Die Zeit schien stillzustehen, während sie zusahen, wie das Monster immer näher und näher kam und die Säule immer schneller und schneller fiel, bis …

Krach!

Das Gebäude, auf dem er und sein Lieblingsmensch standen, brach zusammen, und sie stürzten zu Boden. Jenseits des Trümmerhaufens gab es eine riesige Explosion, und Steine flogen in die Höhe, die überall Staub aufwirbelten. Han bedeckte Mund und Nase mit dem Ärmel seines Untergewandes und würgte, während ihm der Dreck in die Augen geweht wurde. Hustend lauschte er auf das schwere Atmen des Monsters. Er hörte ein Gurgeln, ein Stöhnen, einen langen, rasselnden Seufzer – und dann …

Ein unvorstellbar heller Lichtblitz.

Gefolgt von Stille.

Es dauerte eine halbe Ewigkeit, bis Han und Xu sich rührten, aus den Ruinen des Gebäudes befreiten und auf die Straße taumelten.

»Ist es tot?«, fragte Xu krächzend.

Han wischte sich die tränenden Augen, blinzelte und versuchte vergeblich, etwas zu erkennen. Staub und Rauch hingen wie dicker Nebel in der Luft und das Mondlicht warf seltsame, unwirkliche Schatten. Seine Ohren klingelten von dem Krachen und Getöse des Kampfs, aber in der Straße war es totenstill.

»Ich … ich glaube schon«, sagte er rau.

»Gut.« Xu tauchte wie ein Geist neben ihm auf, von Kopf bis Fuß weiß bepudert. »Ist Miss Brandy verletzt?«

Irgendwo in der Ferne glaubte Han, das Läuten eines Glöckchens zu hören. Er schüttelte den Kopf und versuchte, das Klingeln aus seinen Ohren zu vertreiben.

»Ich weiß es nicht.« Am liebsten hätte er sich einfach zu Boden fallen lassen, denn er fühlte sich vollkommen knochenlos, während sich jeder Schmerz, jeder Kratzer, jede Wunde mit einem Mal bemerkbar machte. Er rieb sich die Arme und bemerkte etwas Klebriges. Blut. An seinem Unterarm befand sich ein langer Schnitt. »Sehen wir nach.«

Vorsichtig bahnten sie sich ihren Weg zu der Säule. Asche und Rauch erschwerten die Sicht und dämpften das Licht des aufgehenden Mondes. Aber als sie zu der heruntergefallenen Säule kamen, war keine Spur des Monsters zu sehen.

»Wo ist es hin?«, fragte Xu erstaunt. Es gab keinen Körper, kein Geräusch, bis auf dieses leise Klingeln, das von den Häuserruinen widerhallte.

»Ist das … eine Glocke?«, fragte Xu.

»Ich bin nicht sicher.« Han mühte sich durch den Schutt. Er humpelte, während er alles nach Miss Brandy absuchte. »Aber ich glaube, es kommt von da drüben.« Er deutete zum anderen Ende der Straße und folgte dem Klang, der lauter und lauter wurde.

Stöhnend schleppte sich Xu hinterher. Plötzlich tauchten zwei glühende Punkte vor ihnen auf. Han kreischte schrill auf und stolperte rückwärts über einen zerbrochenen Pflasterstein.

»Was ist los?«, fragte Xu. »Ist es das Monster?«

Die glühenden Punkte flackerten kurz auf, und dann tauchte eine kleine rote Katze aus dem Dunst auf und klopfte beharrlich mit den Pfoten auf Hans Füße. Es war dieselbe, die das Monster attackiert hatte, und das Klingeln kam von einem kleinen Glöckchen, das an einem Band um den Hals des Tiers hing. »Nein, es ist bloß eine Katze«, sagte Han, der sich sehr dumm vorkam. Die Katze legte den Kopf schräg und fletschte die Zähne, sodass es aussah, als würde sie spöttisch grinsen. »Ja, ja, sehr brav, du warst sehr tapfer«, sagte er. »Jetzt geh weg.« Er war allergisch gegen Katzenhaare.

Die Katze schniefte hochnäsig und wandte sich Xu zu.

»Hallo, du kleiner Löwe«, sagte Xu und streckte die Hand aus, um die Katze hinter den Ohren zu kraulen. »Wo kommst du denn her?« Das Tier schnurrte und wickelte sich um Xus Beine.

Han schnaubte gereizt. »Lass doch. Das ist bloß einer von den Tausenden von Streunern von Zanhei, die überall um Futter betteln.« Er kam wieder auf die Füße und klopfte sich ab. Die Straßen waren leer. Nichts war zu hören, nichts zu sehen. »Komm schon, wir müssen Miss Brandy finden und nachsehen, ob es ihr gut geht.«

»Du weißt nicht zufällig, wo Miss Brandy steckt, oder, du hübsches Tier?«, gurrte Xu, streichelte das zerzauste Fell und spielte mit dem Glöckchen um den Hals der Katze. »Vermutlich kennst du diese Straßen besser als sonst jemand.«

»Das ist eine Katze, kein Hund«, sagte Han ausdruckslos. »Die würde uns nicht helfen, selbst wenn sie dich verstünde.«

Das Tier wandte sich mit einem bitterbösen Blick zu Han. Dann schaute es bewundernd zu Xu, blinzelte auffordernd und sauste dann wieder in den Nebel.

»Siehst du?« Han nieste. »Widerwärtiger kleiner Teufel.« Er nieste wieder.

Nach einem Moment tauchte die Katze wieder auf. Sie starrte sie an, während der Schwanz ungeduldig hin und her peitschte. Dann drehte sie sich um und verschwand wieder in den Schatten. Gleich darauf kehrte sie stirnrunzelnd zurück.

»Ich glaube, sie will, dass wir ihr folgen«, sagte Xu unsicher.

Die Katze nickte.

Han blinzelte. »Hat diese Katze gerade … *genickt?*«

Die Katze warf ihm einen genervten Blick zu und schaute dann wieder zu Xu.

»Also«, ließ sich Hans Lieblingsmensch vernehmen, »bei allem, was ich heute erlebt habe, kommt mir eine ungewöhnlich intelligente Katze irgendwie völlig normal vor.« Die Katze nickte wieder, und Xu folgte ihr in den Nebel. »Kommt, mein Prinz, oder habt Ihr einen besseren Plan?«

Die Katze führte sie durch hoch aufgeschichtete Steine und Schutt, und es dauerte nicht lange, da stießen sie auf eine kleine Gestalt, die zusammengekrümmt auf dem Boden lag.

»Miss Brandy!« Han kletterte über zerbrochene Balken und Backsteine, um zu ihr zu kommen. Aber dann sah er, dass es gar nicht Miss Brandy war; es war ein kleiner Junge, ungefähr zehn Jahre alt. Er lag auf der Seite in der Mitte eines Kraters der Zerstörung und schien … zu schlafen. Die Hände, leicht zu Fäusten geballt, zuckten im Traum, während das stetige Heben und Senken seiner Brust Han bewies, dass der Junge nicht tot war. Langsam und vorsichtig nahm er ihn in die Arme, und die schweren, schlaffen Glieder erinnerten ihn an Anyang, wenn er ihn ins Bett trug, nachdem Alpträume seinen kleinen Bruder in Hans Gemächer getrieben hatten.

»Mein Prinz!«, hallte Xus Stimme durch die Nacht. »Hier drüben!«

Er folgte dem Klang der Stimme und sah Xu bei der schlaffen Gestalt eines Mädchens am Boden knien, neben ihm die Katze. Eine kalte Angst machte sich in seinem Magen breit und zog wie Eis durch seine Adern. »Ist sie …?«

»Sie lebt«, sagte Xu und blickte auf. »Aber ich weiß nicht, wie schlimm sie verletzt ist. – Wer ist *das?*«

»Ich weiß es nicht.« Han schaute zu dem Kind in seinen Armen, das sich rührte und zu murmeln begann. »Aber er braucht einen Heiler.«

»Ich denke, da kann ich helfen.«

Han und Xu wirbelten herum und spähten durch den Dunst nach dem Ursprung der Stimme. Zwei runde, schimmernde Punkte tauchten rechts von ihnen auf, als das Mondlicht sich auf einer Brille spiegelte. In den wogenden Asche- und Rauchwolken stand eine plumpe Gestalt. Dann verschwand die Spiegelung auf den Brillengläsern, als ihre Trägerin vortrat.

»Ich bin Lehrerin Hu«, sagte die Frau mit der Brille. »Die Hüter der Morgenröte sind gekommen, um euch zur Seite zu stehen.«

Teil 2

Die Hüter der Morgenröte

Kapitel 13

Das Erste, was Zhara bei ihrem Erwachen wahrnahm, war der Geruch. Erdig, feucht und irgendwie nach Pilzen, als ob sie auf dem Grund eines Brunnens liegen würde.

Das Zweite war etwas Warmes, Pelziges an ihrer Seite, das klingelte, als es sich bewegte.

Und das Dritte waren bohrende Kopfschmerzen.

Hüterin des Feuers …

Stöhnend öffnete sie die Augen. Es war völlig dunkel. Sie zuckte zusammen und bekam Angst, weil sie nicht wusste, wo sie war, ob sie verletzt war – oder vielleicht sogar tot.

»Schh, schh«, kam eine beruhigende Stimme. Eine schwielige Hand, die leicht nach Kampfer und Kamille roch, legte sich auf ihre Stirn. Ein vertrauter Geruch, den sie erkannte: der Geruch von Lehrerin Hu. Sofort kam eine Ruhe über Zhara und sie entspannte sich, als ein nasses Tuch von ihren Augen genommen wurde. Vor ihrem Gesicht baumelte eine Brille an einer Kette aus Topasperlen, während ihre Umgebung ringsum Konturen annahm. »Du solltest dich nicht anstrengen.«

»Tantchen?«, krächzte sie. Ihre Stimme war rau, als wäre sie eingerostet. Etwas Weiches kitzelte an ihren Fingern, und als sie nach unten blickte, sah sie eine kleine rote Katze, die sich an ihre Hüfte kuschelte. »Sajah?« Der Kater miaute zur Begrüßung. »Wie …?«

»Schh«, sagte die Apothekerin wieder und legte das nasse Tuch in eine Schale mit frischem, kaltem Wasser, die neben ihr auf dem Boden stand. »Immer langsam. Du hast einiges durchgemacht.«

Zhara blinzelte, während ihr Verstand nach Kräften versuchte, die Lücken zu füllen, die in den vergangenen … Minuten? Stunden? Tagen? … entstanden waren. Dann blickte sie sich um. »Wo bin ich?«

»Bei den Hütern der Morgenröte.« Lehrerin Hu wollte Zhara das feuchte Tuch wieder auf die Stirn legen. »In Sicherheit. Zumindest für den Augenblick.«

»Die … Hüter der Morgenröte?« In ihrem Kopf drehte sich alles, während sie benommen versuchte, die Bedeutung der Worte, die sie gehört hatte, aber nicht verstand, zu verarbeiten. Elementarkrieger. Großmutter Meng. Geheimgesellschaften. »Wer …? Was …?« Stöhnend setzte sie sich auf, woraufhin ein rasender Schmerz durch ihre Schläfen zuckte, während sie versuchte, ihre sich überschlagenden Gedanken zu sortieren.

»Halt still!«, befahl Lehrerin Hu und schob sie sanft wieder nach hinten. »Glücklicherweise hast du anscheinend keine ernsthaften körperlichen Verletzungen davongetragen, aber deine magische Energie hat einiges einstecken müssen, und es dauert eine Weile, bis du deine Kräfte wiedererlangt hast.«

Die Hüter der Morgenröte, hatte die Buri-Matriarchin gesagt und ihr eine Münze mit einem Sonnensymbol gegeben. Dann das geflüsterte Gespräch zwischen Meister Pflaumenblüte und dem Buchhändler auf dem Markt. Eine unheimliche Stimme: *Hüterin des Feuers, da bist du ja …*

»Die Hüter der Morgenröte!«, schrie Zhara.

»Ja, das sagte ich doch gerade«, erklärte Lehrerin Hu mit einem Anflug von Ungeduld. »Jetzt beruhige dich, Kind, und ruh dich aus.«

Trotz der Warnung der Apothekerin setzte sich Zhara auf, um

ihre Umgebung besser erkennen zu können. »Was ist das hier für ein Ort?« Sie lag in einem kleinen, fensterlosen Raum, der aus festgeklopfter Erde bestand. Der feuchte, leicht modrige Geruch schien von den Regalen in der Ecke zu kommen, wo stockfleckige Bücher und schimmelige Schriftrollen unbestimmter Herkunft aufgestapelt waren. Ein Bündel aus schmutzigen Lumpen lag in der anderen Ecke auf einer schmalen Matratze, die offenbar mit Pferdehaar gefüllt war.

»Der Keller von Meister Caos Buchladen«, antwortete Lehrerin Hu. »Die anderen sind oben.«

Also hatte Madame Hong, die Muschelhändlerin, doch recht; es gab tatsächlich einen Keller unter Meister Caos Buchladen. Zhara hätte gelacht, wenn ihr Kopf nicht so wehgetan hätte. »Die anderen?«, fragte sie stattdessen. »Wer sind die anderen?«

»Die beiden Jugendlichen, die bei dir waren. Nummer eins ist schlank und gut gekleidet, Nummer zwei groß und gut aussehend, mit vielen Grübchen.«

Bruchstückhaft begann Zhara, sich an die Ereignisse zu erinnern. Da war jemand auf einem Dach und warf etwas auf … Aber ihre Erinnerung war nicht vollständig und die Bilder in ihrem Kopf waren verschwommen. »Meister Pflaumenblüte?«

»Das ist bestimmt der mit den Grübchen. Er fragt ständig nach dir.« Lehrerin Hu gab es auf, Zhara zum Hinlegen zu bewegen, und ging zu dem Bündel aus Lumpen auf der anderen Seite des Raums. »Ich wusste gar nicht, dass du einen Verehrer hast, Kind.«

Zhara wurde rot. »Er ist nicht mein Verehrer, Tantchen. Er ist …« Sie verstummte, weil ihr klar wurde, dass sie zwar Tag und Nacht von ihm geträumt hatte, aber im Grunde genommen rein gar nichts über Meister Pflaumenblüte wusste. Sie kannte nicht einmal seinen richtigen Namen. »… ein Fremder«, sagte sie. »Ein sehr netter Fremder.« Sie dachte an sein Lächeln, als er ihr die Ausgabe von *Die Maid, die vom Tod geliebt wurde* geschenkt hatte – ein Lächeln, das nichts weiter als Belohnung verlangte als ihr eigenes Lächeln.

»Ich kenne nicht viele Menschen, die ihr Leben für einen Fremden riskieren würden«, bemerkte Lehrerin Hu. »Dieser junge Mann muss wirklich *sehr* nett sein. Du solltest ihn heiraten.« Die Kräuterkundlerin benetzte zwei saubere Leinenstreifen mit Wasser und legte sie auf das Lumpenbündel. Zhara blickte erstaunt hin. Lehrerin Hu umsorgte keinen Haufen mit Schmutzwäsche, sondern ein Kind.

Ein Buri-Kind.

Hüterin des Feuers … da bist du ja … Ich erkenne deine Berührung …

Das undeutliche Bild in ihrem Kopf wurde scharf – sabbernde, rasiermesserscharfe Zähne, Blasen werfende Haut und unzählige ölige Augen, wo vorher ein verängstigter kleiner Junge gewesen war. Flammen überall, ringsum, in ihr drin, und das Feuer ihrer Magie, das zu einem Flächenbrand wurde, den sie nicht kontrollieren konnte.

»Thanh!«, rief sie, woraufhin Sajah erschrocken erwachte. Mühevoll stand Zhara auf und taumelte zu der Matratze, auf der das Kind lag. »Geht es ihm gut?« Sie erinnerte sich an den blendenden Blitz, der aus ihren Händen geschossen war, als sie ihn berührte, und das Bild von Suzhans blicklosen Augen tauchte in ihrem Geist auf. »Ist er … unversehrt?«

Lehrerin Hu nickte. »Im Moment schläft er«, sagte sie. »Er ist vollkommen gesund, soweit ich das feststellen kann, sowohl physisch als auch magisch. Er ist nur erschöpft.«

Langsam und zögernd legte Zhara ihre Hand auf Thanhs Wange. Und spürte sofort diese Verbindung, die tiefer ging als Blut und Knochen, die Gewissheit, dass sie beide Magier waren.

Aber diesmal war die Magie schwach und rein, und die Meridian-Linien aus Macht flossen ohne jede Spur von Dunkelheit oder Verderbtheit durch seinen Körper. Nichts mehr war übrig von Fäulnis oder Gift. Der Junge rührte sich, aber er wachte nicht auf.

»Es ist fort«, murmelte sie.

Die Apothekerin musterte sie neugierig. »Was ist fort?«

Zhara zog ihre Hand von Thanhs Wange und hockte sich nach hinten auf ihre Fersen. »Seine Magie war … befleckt«, sagte sie, unsicher, ob sie die richtigen Worte fand. Sie wusste so wenig über die Prozesse oder die Geschichte oder auch das Vokabular der Magie, dass sie kaum erklären oder beschreiben konnte, was geschehen war. »Ich habe es das erste Mal gespürt, als er mit Großmutter Meng in den Laden kam«, fuhr sie langsam fort. »Als er meine Hand griff.« Sie rieb ihre Handflächen an ihrem Bein, und Sajah biss spielerisch nach ihren Fingern. »Ich wusste damals noch nicht, dass Magier einander auf diese Weise erkennen können. Durch Berührung, meine ich.«

Lehrerin Hu lächelte. »Es ist das Chaos in unserem Blut, das uns zueinanderzieht.«

»In *unserem* Blut?« Zhara musterte ihre Mentorin aus schmalen Augen. »Bist du auch eine Magierin, Tantchen?« Sie wusste nicht, ob die Enthüllung sie kränkte oder erleichterte.

»Ach nein.« Das Lächeln der Apothekerin wurde traurig. »Aber mein Bruder war ein Magier. Er und ich hatten beide Chaos im Blut, aber ich besitze nicht die Fähigkeit, die Leere zu steuern.« Sie schnaubte. »Ich bin das, was man eine Anti-Magierin nennt.«

»Eine Anti-Magierin?« Zhara begriff gar nichts mehr.

Lehrerin Hu streckte Zhara die Hand entgegen. Sie schob ihre Hand in die der Kräuterfrau und keuchte auf, als dieses markdurchdringende Gefühl des Erkennens zwischen ihnen aufstieg. »Fühlst du das?«, fragte die Apothekerin. »Diese Resonanz zwischen uns, wie zwei Saiten einer Zither, die gemeinsam gezupft werden?«

Suzhan hätte erklären können, was das bedeutete, aber Zhara hatte keine Ahnung. Aber als sie sich entspannte und dieses Gefühl, das zwischen ihr und der Kräuterkundlerin hin- und hersprang, erforschte, erkannte sie, dass ihre Magie durch die Berührung von Lehrerin Hu ein Echo warf und verstärkt wurde. »Ja«, sagte sie einigermaßen überrascht.

»Das ist die Leere.« Die Apothekerin zog ihre Hand zurück, und das Gefühl verblasste. »Der Raum zwischen der Materie, das Chaos zwischen der Ordnung, der Ort der Möglichkeiten.«

Zhara hatte Magie nie als eine Lücke betrachtet oder als den Raum zwischen Dingen. Jedes Mal, wenn sie über ihre Gabe nachdachte, stellte sie sich eine Macht außerhalb ihres Wesens vor oder vielleicht eine Kraft, die ihre eigene ergänzte. Ein Feuer, keine Leere. Vielleicht war das der Grund, warum ihre Versuche, Magie zu weben, so unberechenbar und chaotisch waren. Vielleicht hatte sie einfach nur das Prinzip missverstanden und falsch angewendet. »Das ist Magie?«

»Na ja«, sagte Lehrerin Hu ausweichend. »Magie ist nicht so sehr eine Sache an sich, sondern etwas, das Magier *tun*. Magie ist Bewegung. Magie ist Veränderung. Wie Wasser, das zu Eis gefriert, Holz, das zu Asche verbrennt, Erde, aus der Metall wird. Die Leere ist das, was Magier steuern, um diese Veränderung zu bewirken.« Die Apothekerin blickte auf ihre Hände hinunter. »Ich kann diese Veränderung weder hervorbringen noch kann ich selbst davon beeinflusst werden.«

»Was bedeutet das?«

Die Kräuterkundlerin lächelte. »Das bedeutet, dass ich keine Magie bewirken kann und dass Magie bei mir selbst nicht wirkt. Daher Anti-Magierin. Die meisten Anti-Magier stammen aus

Magierfamilien, musst du wissen.« Ihr Gesichtsausdruck wurde grimmig. »Vielleicht ist das der Grund, warum so viele von uns sich den Hütern der Morgenröte angeschlossen haben«, sagte sie düster. »Denn viele von uns haben geliebte Menschen an die Grausamkeit des Warlords verloren.«

Die Wunde war immer noch offen. »Wen hast du verloren?«, fragte Zhara leise.

Lehrerin Hu kräuselte humorlos die Lippen. »Meinen Bruder«, sagte sie. »Wir haben in Fanwe gelebt, einem winzigen Dorf in der Provinz Jingxi, das es nicht mehr gibt. Meine Familie hatte sich auf das Heilen spezialisiert, und mein Bruder verbrachte fast sein ganzes Leben damit, heilende Zauber zu studieren.« Der Blick der Apothekerin wanderte in die Ferne und wurde weich. »Wir haben zusammengearbeitet, haben Medizin und Magie miteinander verbunden, um unsere Patienten zu behandeln.« Ihr Mund verzog sich zu einem schmalen Strich und ihr Blick wurde hart. »Dann kam der Krieg. Und die Scheiterhaufen.« Sie wandte das Gesicht von Zhara ab. »Es waren die Hüter der Morgenröte, die mir geholfen haben, nach Zanhei zu fliehen, wo die Falken dann meinen Bruder erwischten.«

Die Namen und Orte waren anders, aber die Geschichte war die gleiche wie Zharas eigene. »Das tut mir leid, Tantchen«, flüsterte sie. »Die Falken haben meinen Vater geholt, als ich zehn Jahre alt war.«

In dem Blick der Kräuterkundlerin lag Mitgefühl. »Ich weiß.«

»Du weißt?« Trauer und Schock nahmen Zharas Kehle in eine Art Würgegriff. »Was meinst du damit – du weißt? Wie …? Wann …?«

Lehrerin Hu wandte den Blick ab. »Deine Mutter und dein Vater waren diejenigen, die mir zur Flucht verholfen haben«, sagte sie leise. »Auch sie waren Hüter der Morgenröte.«

Zhara konnte die Spitzen ihrer Finger und ihrer Nase nicht mehr fühlen – als ob ihre Seele sich losgerissen und nichts als Taubheit zurückgelassen hätte.

»Nachdem Jin Zhanlong gestorben war, habe ich versucht, dich zu mir zu holen«, fuhr Lehrerin Hu fort. Sie ging zum Ofen, um nach der Glut zu sehen. »Aber da hatte dich schon deine böse Stiefmutter in den Klauen.« Die Apothekerin verzog angewidert das Gesicht, als sie Wasser aus einem Krug in einen Topf goss, den sie dann auf den Ofen stellte, um Tee zu kochen. »Und ich war durch einen Eid gebunden, die Existenz der Hüter der Morgenröte nur denjenigen zu enthüllen, die Hilfe brauchten.«

»Die Zweite Ehefrau ist nicht böse«, sagte Zhara automatisch. »Wirklich nicht!«, beharrte sie, als sie Lehrerin Hus ungläubiges Gesicht sah. »Sie war da, als ich sie brauchte«, flüsterte Zhara. »Sie hat mich vor den Gesetzen des Warlords beschützt.«

Lehrerin Hu war nicht überzeugt. »Die Hüter der Morgenröte hätten dich beschützen sollen. Wir können dich *jetzt* beschützen«, sagte sie und durchstöberte verschiedene Schubladen auf der Suche nach Tee. »Wir könnten einen Zufluchtsort für dich finden, wie für so viele andere.«

Zhara schüttelte den Kopf. »Ich schulde der Zweiten Ehefrau mein Leben.«

»Du schuldest dieser Frau gar nichts«, sagte die Apothekerin ernst.

Nicht? *Sei brav und sei ehrlich.* Ein braves Mädchen würde niemals vergessen, was sie anderen verdankte, oder die Fehler, die sie wieder gutzumachen hatte. Suzhans blicklose Augen und ihre geschwollene Wange fielen ihr wieder ein. »Ich kann da nicht weg, Tantchen«, sagte Zhara leise. »Nicht, solange ich noch gebraucht werde.«

Lehrerin Hu stieß frustriert die Luft aus. »Nun, es ist deine

Entscheidung«, brummte sie, zog einen niedrigen Klapptisch aus der Ecke und stellte ihn auf den Boden zwischen sich und Zhara. »Aber jetzt musst du mir schwören, dass du niemals jemandem verraten wirst, dass es die Hüter der Morgenröte gibt, oder ich verfrachte dich mit der nächsten Karawane in das westliche Grenzgebiet, darauf kannst du dich verlassen.«

Zhara runzelte die Stirn. »Was genau sind die Hüter der Morgenröte? Großmutter Meng meinte, ihr seid eine geheime magische Widerstandsbewegung.«

»Wir sind mehr eine Geheimgesellschaft als eine Widerstandsbewegung«, leierte die Kräuterkundlerin herunter, als ob sie dies schon viele Male zuvor gesagt hätte. »Letzteres klingt, als würden wir auf eine Art Aufstand hinarbeiten.«

Zhara dachte an den Sonnenanhänger, in den das Symbol der früheren, abgesetzten Mugung-Dynastie geprägt war. »Und das tut ihr nicht?«

Lehrerin Hu schnaubte abfällig. »Ganz bestimmt nicht. Die Hüter der Morgenröte sind keine politische Organisation. Wir bewahren altes Wissen und helfen Menschen. Wir stellen Gelder bereit, Pflege, Unterstützung und helfen gefährdeten Personen bei der Flucht. Magier, Anti-Magier oder alle, die dafür sind, dass Magier ihre Freiheit zurückbekommen.

»Also ich weiß nicht, Tantchen«, sagte Zhara zweifelnd. »Für mich klingt das doch sehr nach einer politischen Organisation.«

Die Apothekerin stöhnte. »Diese Sichtweise wird durch die Zeit geprägt, in der wir leben, nehme ich an. Die bloße Existenz von Magie ist ein Politikum.« Sie schüttelte den Kopf. »Aber das oberste Ziel der Hüter der Morgenröte war von Anfang an, zu bewahren und zu beschützen, nicht Tyrannen zu stürzen. Egal, was manche von uns behaupten.«

Zhara zog die Augenbrauen hoch. »Was soll das heißen?«

Lehrerin Hu warf ihr einen strengen Blick zu. »Das soll dich nicht kümmern. Ich will nicht, dass du dich mit irgendwelchen revolutionären Wirrköpfen einlässt, hörst du? Wir sind hier, um dir zu helfen, nicht um dich umzubringen. Ich habe genug Blutvergießen gesehen; mir reicht es für dieses Leben und für das nächste.« Die Kräuterkundlerin holte ein Teeservice und stellte es auf den Tisch. Sie warf etliche Handvoll Oolong in die Kanne und goss kochendes Wasser auf die Blätter. »Und jetzt trink.«

Zhara nahm die Tasse mit beiden Händen. Sie nippte und musste einen Schmerzenslaut unterdrücken, weil der kochend heiße Tee ihre Zunge verbrannte. Wie üblich hatte die Apothekerin sich nicht die Mühe gemacht, die Wassertemperatur zu prüfen, bevor sie den Tee aufgoss; das Gebräu war bitter und brannte und war viel zu heiß. Zhara hustete und stellte die Tasse ab.

Auf der anderen Seite des Raums rührte sich Thanh im Schlaf. »Mama«, murmelte der Junge. Die Kräuterfrau ging zu dem Kind.

»Was ist mit der Mutter des Jungen geschehen?«, fragte Lehrerin Hu und wischte Thanh den Schweiß von der Stirn.

»Offensichtlich haben die Falken sie geholt«, sagte Zhara. »Ich habe ihn allein in einer Gasse entdeckt, als er … als er …« Jedes Mal, wenn die Erinnerung an vergangene Nacht auftauchte, wich ihr Geist instinktiv zurück, als ob er sie vor dem Schrecken beschützen wollte. Die wogende und rollende Masse von Rattenkörpern und Rattenschwänzen, das gurgelnde Quieken und Murmeln, die Stimme, die sie »Hüterin des Feuers« genannt hatte …

»Als er die Kontrolle über seine Magie verlor?« Die Apothekerin betrachtete Zhara durch den Schildpattrahmen ihrer Brille. Ihre Augen hinter den Gläsern waren groß und rund, wie die einer Eule. »In seinem Alter zeigen Kinder oft die ersten Anzeichen von magischen Fähigkeiten, obwohl selten auf eine derart spektakuläre Weise. Das war eine ziemliche Schweinerei, die Meister Cao beseitigen musste.«

Zhara starrte auf den Bodensatz in ihrer Tasse. Ihr inneres Auge sah verschwommen, und das Einzige, woran sie sich klar und deutlich erinnerte, war dieses gleißende Licht, das die Dunkelheit wegbrannte. »Ist es das, was geschehen ist?«, murmelte sie. »Verwandelt man sich in ein Monster, wenn man die Kontrolle über seine Magie verliert?« Sie dachte an die chaotische Natur ihrer eigenen Macht, ihre Unfähigkeit, sie so zu kanalisieren, dass sie ihrem Willen folgte, und bekam Angst.

»Ein Monster?« Lehrerin Hu zog die Augenbrauen hoch. »Nun, wenn Magieschaffende unvorsichtig sind, können Menschen verletzt werden oder Dinge beschädigt werden, aber sie deswegen Monster zu nennen, ist doch ein bisschen übertrieben, findest du nicht?«

Zhara schüttelte den Kopf. »Nein«, flüsterte sie und zuckte zusammen, als das Bild der unzähligen öligen Augen, die sich wie Blasen in einer aufgedunsenen Haut erhoben, in ihrer Erinnerung schärfer wurde. »Ich meine, sie verwandeln sich wirklich in Monster. Sein Anblick war einfach« – sie schluckte und zwang das Wort über ihre Lippen – »widerwärtig.«

Das Wort fiel wie ein Hammerschlag auf den Boden zwischen ihnen. Sie hörte die Stimme der Zweiten Ehefrau in ihrem Kopf. *Es gibt Gerüchte über Monster im Sumpf.*

Es dauerte lange, bis Lehrerin Hu etwas sagte. »Es geschieht erneut«, murmelte sie. Ihr Gesicht war ausgemergelt, die Lippen blass.

Zhara blickte auf. »Was geschieht erneut, Tantchen?«

Die Apothekerin tupfte weiterhin die Stirn des Jungen ab, anscheinend hauptsächlich, um Zharas fragendem Blick auszuweichen. »Die Seuche«, sagte sie leise.

»Seuche?« Zhara dachte an die Dunkelheit auf Thanhs Magie, wie Male einer Krankheit, und sie erinnerte sich an das Gespräch zwischen Großmutter Meng und Lehrerin Hu über das Verschwinden der Gekrönten Farnfiedelköpfe. »Was für eine Seuche?«

Die Kräuterkundlerin strich die Decke über dem schlafenden Jungen glatt und stand auf. »Wie alt bist du doch gleich, Kind?«

»In der Nacht der Sieben werde ich siebzehn«, antwortete Zhara.

»Also zu jung, um dich zu erinnern.« Lehrerin Hu räumte das Teeservice vom Tisch. »Zu jung, um dich an eine Welt zu erinnern, in der Magie so normal war wie das Atmen, und auch daran, wie sich alles während der Seuche veränderte.« Sie schüttelte den Kopf. »Niemand weiß, wie es anfing«, sagte sie. Ihre Augen blickten auf einen Punkt vor ihr. »Oder warum. Aber vor zwanzig Jahren verwandelten sich die Magier überall im Reich des Morgens plötzlich in Monster, und der erste Magier, dem dies widerfuhr, war … der letzte Mugung-Kaiser.«

Zhara nickte. Jedes Schulkind in Zanhei wusste, dass die Verwandlung des Mugung-Kaisers in ein Monster der Beginn des Gerechten Krieges war. Der Warlord kam mit seiner Horde aus dem Norden herbeigeritten, um den Herrscher zum Wohle des Reichs mit dem Schwert zu erschlagen, ehe er sich selbst als den neuen Gommun-Kaiser auf den Sonnenthron setzte. Ehe er dieses Schwert auch gegen alle anderen Magier im Reich richtete.

»Es fing mit einer Art Antriebslosigkeit an«, fuhr Lehrerin Hu fort. »Eine merkwürdige Wandlung des Temperaments. Dann, ganz plötzlich, ohne Vorwarnung, wuchsen den von der Seuche Befallenen Schuppen, Klauen, Reißzähne. Und Flügel.« Sie schloss die Augen und setzte die Brille ab, sodass sie an der Schnur an ihrem Hals baumelte. »Ehe wir uns versahen, machte sich eine

Meute von Scheusalen daran, das Land und seine Bevölkerung zu zerstören.« Sie schaute Zhara an, und in ihrem Blick lag eine böse Vorahnung. »Und ich fürchte, es geschieht wieder.«

Zhara drehte die Teetasse in ihren Händen hin und her, ohne daraus zu trinken. »Gibt es«, fragte sie mit rauer Stimme, »eine Möglichkeit, die Seuche aufzuhalten?«

»Man sagt, ein Quäntchen Vorsorge ist mehr wert als eine Flasche Heilmittel.« Die Apothekerin schaute zu dem schlafenden Thanh hinunter. »Ich muss in den Sumpf und herausfinden, was diese seltsame Seuche auslöst.«

Zhara setzte sich auf. »Ich begleite dich, Tantchen.«

»Du?« Lehrerin Hu schaute sie missbilligend an. »Warum?«

»Weil ich die Seuche fühlen kann«, sagte Zhara und hielt ihre Hände vor den Körper. »Und … weil ich sie offenbar heilen kann.«

In den Augen der Apothekerin lag Mitleid. »Für die Scheusale gibt es keine Heilung, Kind.«

Aber Thanhs Existenz – wie er da gesund, wohlbehalten und menschlich lag – deutete auf das Gegenteil hin. Zhara schüttelte den Kopf. »Trotzdem kann ich dir nützlich sein, Tantchen. Ich bin eine Magierin. Lass mich helfen, wie immer ich auch kann.«

Lehrerin Hu schwieg. »Es wird gefährlich werden«, sagte sie schließlich. »Mir wäre es lieber, du wärst in Sicherheit.«

Sicherheit. Für Zhara war das Gefühl von Sicherheit so beunruhigend wie der Geruch nach billigem Blumenparfüm: der Geruch in der Kleidertruhe ihrer Stiefmutter, als sie sich zwischen Stoffbahnen versteckte und sich der saure Geschmack der Angst in ihrem Mund ausbreitete. »Werde ich jemals in Sicherheit sein«, sagte sie, mehr zu sich selbst als zu der Apothekerin, »solange die Welt nicht sicher ist?«

»Wahrscheinlich nicht«, sagte Lehrerin Hu nüchtern. »Aber es gibt nichts, was du dagegen tun könntest, außer zu überleben.«

Überleben. Damit kannte Zhara sich aus. Überleben war die Küche, in der sie schlief, der Raum, in dem die Todestafel ihres Vaters hing, der Schemel ihrer Schwester in der Ecke, die billigen Liebesromane, ihre mit Asche bedeckte Strohmatratze neben dem Herd. Aber die Welt war größer als das, was nicht zuletzt die Existenz des *Klassikers der Zehntausend Zeichen* bewies. Erst durch eine zufällige Begegnung mit einem errötenden Jungen auf dem Markt hatte sie begriffen, dass Überleben und Leben nicht dasselbe waren.

»Die Welt ist gefährlich«, sagte Zhara leise. »Und ich will nicht bloß *über*leben; ich will *leben*.«

Kapitel 14

Han fand heraus, dass Magie kitzelte.

»Hör auf zu zappeln«, fuhr Meister Cao ihn an und legte zum dritten Mal eine heilende Glyphe auf Hans Arm. Han hatte sprachlos zugesehen, wie der kleine Buchhändler das Gleiche bei Xus Verletzungen getan hatte: weiche Pinselstriche, die Spuren aus lavendelfarbenem Licht erzeugten, und Wundränder schlossen sich wie durch Zauberhand. Sein Lieblingsmensch hatte sich bereits vollständig von dem Kampf mit dem Monster erholt und zeigte keinerlei körperliche Anzeichen des Schreckens mehr, den sie beide erlebt hatten.

Doch der Ausdruck in Xus Augen blieb gehetzt.

»Sitz still!« Meister Cao packte Hans Handgelenk und drückte seinen Pinsel ein bisschen fester gegen die Schrammen, die seinen Arm übersäten.

»Aber es juckt«, beklagte sich Han. Er sah zu, wie der Schnitt auf seinem Arm erst heilte und dann wieder aufging. »Warum funktioniert der Zauber bei mir nicht?«

»Ich weiß es nicht«, sagte der Buchhändler gereizt. Er war erschöpft und schlecht gelaunt. Meister Cao hatte einige Stunden damit verbracht, den Schaden und die Zerstörung durch die Schlacht mit dem Monster wieder zu beseitigen. Han und Xu hatten staunend zugesehen, als Schutt und Trümmer sich dank des Zaubers aus lavendelfarbenen Pinselstrichen selbst aufräumten, wie sich Wände reparierten, Mauerrisse schlossen und verschwanden. »Aber anscheinend müssen wir es auf die altmodische Art machen. Du da«, sagte er und deutete auf Xu, wobei er den glasigen Blick von Hans Lieblingsmenschen ignorierte. »Hinter dem Tresen steht eine Holzkiste, in dessen Deckel Mörser und Stößel eingraviert sind. Bring sie her, damit wir diesen jungen Mann hier verbinden können.«

Xu tat wie geheißen, sah zu, wie der Buchhändler ungeschickt versuchte, Hans Wunden zu reinigen, und meldete sich schließlich zu Wort: »Darf ich?« Sanft nahm Xu dem Buchhändler die Verbände aus der Hand. »Ich glaube, ich habe hierbei mehr Erfahrung, Meister Cao. Ich habe mein ganzes Leben damit verbracht, meinen P– … meinen Freund zu beschützen und zu verarzten.«

»Nur zu.« Der Buchhändler überließ Xu die Versorgung von Hans Wunden.

»Wer Magie wirken kann, muss wohl nicht lernen, die Dinge auf die altmodische Weise zu tun«, bemerkte Xu, reinigte mit sicheren Bewegungen den Schnitt auf Hans Arm und verband ihn schließlich.

»Oh, ich war schon früher für nichts zu gebrauchen, außer zum Bücher lesen, noch bevor ich wusste, dass ich ein Magier bin«, gab Meister Cao trocken zurück. »Aber ich hatte Glück; die Bücher haben mich gerettet, als meine Magie sich bemerkbar machte.«

»Der *Klassiker der Zehntausend Zeichen?*«, fragte Han und dachte an das Elementarbuch über die Sprache der Blumen, das er von dem Buchhändler bekommen hatte.

»Nein.« Meister Cao lächelte. »Romane.« Er deutete auf die Regale ringsum, in denen Bücher mit Titeln wie *Der Wandernde Mönch* und *Im Auge des Sturms* standen. »Abenteuergeschichten. Ich habe oft geträumt, ein Held zu werden wie die, über die ich las – die über Wolken flogen und der Welt Gerechtigkeit brachten. Ich hatte Gaben, genau wie sie.« Der Buchhändler hob die Hände und lachte. »Aber anders als ihre sind meine nicht der Rede wert.«

Han setzte sich auf. Er erkannte die Zärtlichkeit in Meister Caos Stimme – es war dieselbe Zuneigung und Erregung, die er bei der Lektüre von *Die Maid, die vom Tod geliebt wurde* empfunden hatte. »Was ist mit Liebesromanen?«, fragte er. »Mochten Sie die auch?«

Der Buchhändler schmunzelte. »Als Junge nicht«, sagte er. »Aber mittlerweile habe ich sie zu schätzen gelernt.« Seine Augen blitzten. »Hast du ein Lieblingsbuch?«

»*Die Maid, die vom Tod geliebt wurde*«, schoss es aus Han heraus.

»Oh ja, Bücher aus dieser Feder sind sehr beliebt«, nickte Meister Cao. »Und es gibt viele davon.« Er deutete auf den Vorratsraum am Ende des Buchladens, wo Lehrerin Hu, Miss Brandy und der Junge durch eine Falltür im Boden nach unten verschwunden waren. Han war überrascht, dass ein Gebäude, das so dicht am Kanal stand, überhaupt einen Keller besaß, aber Meister Cao erklärte, auch hierbei sei Magie im Spiel. In die hölzernen Pfosten und den Boden aus festgetretener Erde waren Zauber gewebt, die das Wasser des Flusses abwehrten. »Da hinten stehen einige Titel, für die ich und meine Kopisten noch keine Zeit hatten.« Er verzog das Gesicht. »Ich habe in letzter Zeit Probleme mit dem Personal.«

»Probleme mit dem Personal?«, wiederholte Xu. »Wieso?«

Meister Cao seufzte. »Der Buchladen ist teilweise eine Tarnung für die Hüter der Morgenröte«, sagte er. »Und die Leute, die für mich arbeiten, sind Mitglieder der Organisation, die mir helfen, überall in der Stadt Magier aufzuspüren und ihnen die Flucht zu ermöglichen.«

Also hatte das Fischweib recht, dachte Han. Der Buchhändler war tatsächlich eine Art Schmuggler.

»Die Flucht?«, wiederholte er und dachte dabei an Onkel Li und Cousine Ami. »Wohin?«

Meister Cao musterte ihn mit einem wissenden Blick. »Das sage ich dir nicht, Kind«, gab er zurück. »Um ihrer Sicherheit willen. Und deiner.«

»Ist das der Grund für den Personalmangel, weil alle Magier in Sicherheit gebracht wurden?«, fragte Xu.

»Nein.« Meister Cao schüttelte den Kopf. »Wenn es nur so wäre. Nein, etliche von ihnen sind in den vergangenen Wochen verschwunden, und keiner weiß, wohin. Oder warum.«

Xu biss sich auf die Lippe. »Die Falken?«

»Das bezweifle ich.« Geistesabwesend spielte der Buchhändler mit der geflochtenen Schnur um seine Taille. »Dann wären überall in der Stadt Bekanntmachungen ausgehängt worden.«

Han zupfte an dem Verband um seinen Arm. »Waren alle, die verschwunden sind, Magier?« Er dachte an den Freund seines Bruders, den Küchenjungen Yao.

»Sieht ganz so aus.« Meister Cao seufzte wieder. »Wie auch immer, geh nur hin und schau dir die Liebesromane an, junger Mann. Du kannst dir ausleihen, was dir gefällt, vorausgesetzt natürlich, du gibst die Bücher in tadellosem Zustand zurück.«

Han sprang auf und zuckte zusammen, als sich die Wunde bei der Bewegung wieder öffnete.

»He!«, rief Xu. »Immer langsam!«

Aber Han ignorierte die Warnung und fuhr mit den Fingern ehrfürchtig über die Stapel mit den Manuskripten, auf der Suche nach Titeln, die ihn interessierten.

»Ich muss dich warnen«, sagte Meister Cao. »Das ist alles ein heilloses Durcheinander. Oh, und pass auch auf das Regal auf. Es ist alt und wackelig, weil es so oft verschoben wurde.«

Hocherfreut setzte sich Han neben einen Haufen mit Büchern hinter dem Tresen und blätterte sie durch.

»*Der Perlenfluss*«, las er laut. »*Der Eroberer des Biberbergs.*«

Von der anderen Seite des Ladens ließ Xu ein Schnauben hören.

»*Stab und Stecken*«, fuhr Han fort. »*Eine Abhandlung über die Freuden der Totemverehrung.*« Er schlug die erste Seite auf. »Das hört sich irgendwie nicht nach einem Liebesroman an … ooooooh.« Schnell schlug er das Buch zu, während Xu hemmungslos zu kichern begann. »Hör auf«, sagte er, während sich Hitze in seinem Gesicht ausbreitete.

In diesem peinlichen Augenblick fing der Boden unter ihm an zu beben und zu wackeln. Han schrie auf, als er auf alle viere geworfen wurde.

»Beweg dich!«, tönte eine gedämpfte Stimme durch die Falltür. »Ich kann die Luke nicht aufmachen, wenn du draufsitzt.«

Erschrocken warf sich Han zur Seite und zuckte wieder zusammen, als die Schulternähte an dem geliehenen Gewand aufplatzten. Meister Cao hatte ihm netterweise ein Kleidungsstück geliehen, da er sich die Verkleidung als Priesterin von Do während des Kampfs vom Leib gerissen hatte. Unglücklicherweise war er viel größer als der Buchhändler, und Meister Caos Gewand reichte ihm kaum bis unter die Knie.

Die Falltür öffnete sich, und ein herzförmiges Gesicht mit zarten Zügen tauchte auf, umgeben von einer Mähne dunkler, ungebändigter Haare.

»Miss Brandy!«, kiekste Han überrascht. Er rappelte sich auf und zog an dem Saum von Meister Caos Gewand, um sicherzugehen, dass alles ordentlich bedeckt war. Dann lehnte er sich gegen das wackelige alte Bücherregal und gab sich alle Mühe, charmant zu wirken. Elegant. Gebildet. »Schön, dass du noch unter uns weilst«, sagte er, wobei er seine Stimme um einige Oktaven tiefer als seinen normalen Tonfall schaltete – in der Hoffnung, kühl und geringschätzig zu klingen. Das war der Ton, den der Held in *Die Maid, die vom Tod geliebt wurde* meistens auflegte.

Sie musterte ihn mit unergründlichem Gesichtsausdruck. »Was

ist mit deiner Stimme los, Meister Pflaumenblüte? Hast du dich erkältet?«

Auf der anderen Seite des Ladens kicherte Xu, und Han spürte, wie seine Wangen noch heißer wurden. »Mir geht's gut.« Er hustete. »Nur ... ähm, ein leichtes Kratzen im Hals.«

Das Regal, an das er sich lehnte, gab plötzlich unter seinem Gewicht nach, woraufhin ein Stapel Bücher zu Boden rutschte. Voller Panik machte er einen Satz nach vorn, um den Stapel wieder aufzurichten, als er mit dem Fuß auf einem losen Blatt Papier ausrutschte. Woraufhin er gegen ein anderes Regal prallte, das zu Boden stürzte und ihn unter einer Lawine aus Büchern begrub. Etwas klingelte, und er nieste.

Er musste schielen, weil sich etwas ganz dicht vor seinem Gesicht befand, und sah schließlich die lachenden goldenen Augen von Miss Brandys roter Katze direkt unter seiner Nase. »Das war's«, sagte er stöhnend. »Tiefer kann man nicht mehr sinken. Begraben unter den Trümmern meiner Würde und einer dämonischen Katze.« Han nieste wieder.

»Sajah«, sagte sie tadelnd, aber Han konnte das Lächeln in ihrer Stimme hören. »Sei lieb.«

Der Kater schnüffelte, drehte sich um und wickelte sich dann um Miss Brandys Knöchel, wobei er Han demonstrativ sein Hinterteil entgegenreckte. Han stöhnte noch einmal, versuchte, sich unter den Büchern und dem Regal hervorzukämpfen, und Miss Brandy beugte sich vor, um ihm ihre Hand anzubieten.

Als sich ihre Hände berührten, regte sich etwas tief in seinen Knochen und in seinem Blut – die Note einer Melodie oder ein Klang, ein Gefühl, das voller Erkennen widerhallte. Miss Brandys Berührung fühlte sich an wie ein Sommerabend im Garten der Meditation, wie die Wärme in seinen Gliedern nach einer Trainingseinheit im Übungshof, wie der Kopf seines kleinen Bruders, der schlafend an seiner Schulter lag. Han kämpfte gegen das widersprüchliche Verlangen an, seine Hand zurückzuziehen oder sich auf dieses Wohlbehagen einzulassen. Miss Brandys Augen wurden groß, ehe sie schnell zurückwich und scheu zur Seite blickte.

»H-hallo«, sagte Han mit einem dümmlichen Grinsen auf dem Gesicht.

Sie lächelte. »Hallo«, sagte sie.

Etliche Augenblicke sagte niemand etwas, während alle Augen – menschliche und tierische – zwischen den beiden hin- und herblickten, in Erwartung, dass entweder Han oder Miss Brandy etwas sagen würde. Xu und Sajah wechselten einen Blick, ehe sich Xu mit einem gequälten Seufzer erhob.

»Bitte entschuldige die entsetzlichen Manieren meines Freundes, meine Liebe«, sagte Xu zu Miss Brandy und verbeugte sich respektvoll, den Oberkörper an der Hüfte abgeknickt und die Hände ehrerbietig vor die Brust haltend. »Bitte erlaube mir, dass ich uns vorstelle: Ich bin Chan Xuhei, und dieser Trottel« – Xu wies mit einer leichten Kopfbewegung zu Han – »ist Won…«

»… Li«, warf Han schnell ein, den Nachnamen seiner Mutter. Wonhu war der Nachname der Herrscherfamilie von Zanhei, und er wollte nicht, dass seine wahre Identität bekannt wurde. Es gab keinen Grund, den Hof – oder Anyang – ins Spiel zu bringen, zumindest nicht im Moment. »Ich heiße Li Han.«

Miss Brandy neigte leicht den Kopf. »Jin Zhara«, erwiderte sie. »Ich freue mich, euch beide kennenzulernen.«

»Wenn ihr damit fertig seid«, tönte eine körperlose Stimme aus dem Keller, »könnten wir uns vielleicht dem ziemlich großen Problem widmen, vor dem wir stehen.« Eine leicht korpulente, bebrillte Person kletterte durch die Falltür nach oben – *die Apothekerin, Lehrerin Yu oder Wu oder so was Ähnliches,* dachte Han und versuchte, sich an den richtigen Namen zu erinnern.

»Alles in Ordnung, Lehrerin Hu?«, fragte der Buchhändler. »Ist irgendetwas mit dem Jungen?«

»Wenn du mich so fragst«, antwortete die Apothekerin, »ja, es ist was mit dem Jungen: Offenbar hat er sich heute Abend in ein Monster verwandelt – und auch wieder zurück in einen Jungen.«

Alle Farbe wich aus Meister Caos Wangen und sein Gesicht wurde aschfahl. »Nein«, sagte er mit gequälter Stimme. »Das … kann nicht sein.«

Xu räusperte sich. »Nun, ich fürchte, wir haben uns die Verletzungen nicht zugezogen, weil wir so ungeschickt waren und von einem Haus gefallen sind. Es ist eher so, dass ein Haus *auf uns* fiel. Auf uns *geworfen* wurde, wenn man es genau nimmt. Von einem riesigen, entsetzlichen Monster aus Tausenden von Ratten und mit zehntausend Augen.« Xu schauderte vor Abscheu. »Mein Körper mag geheilt sein, aber mein Geist wird sich nie wieder erholen. Ich werde noch wochenlang Alpträume haben.«

Der Buchhändler schüttelte den Kopf. »Nein«, wiederholte er. »Nein. Wenn solche Scheusale unter uns wandeln, dann heißt das … dann heißt das …«

»Sag es nicht«, fuhr Lehrerin Hu ihn gereizt an. »Sprich es nicht aus.«

»… Dämonen«, beendete Meister Cao seinen Satz in kaum hörbarem Flüsterton. Seine nussbraunen Augen waren rund vor Angst.

»Dämonen?«, wiederholte Han verblüfft und dachte an Anyangs gebrochene Stimme, als er von dem Froschdämon erzählte, der ihn in seinen Träumen heimsuchte. »Aber die gibt es doch nicht wirklich … oder?«

»Natürlich nicht«, schnaubte Lehrerin Hu. »Religion ist eine Sache, aber Dämonen? Dämonen sind einfach nur das, womit wir die dunkle Seite der menschlichen Natur erklären, wenn wir nicht selbst für unsere Taten die Verantwortung übernehmen wollen.«

Der Buchhändler verschränkte die Arme vor der Brust. »Du würdest nicht so leichtfertig die Existenz von Dämonen abtun, wenn du selbst von einem besessen sein könntest.« Meister Caos Gesichtsausdruck verdunkelte sich. »Besessenheit ist ein Schicksal, schlimmer als der Tod.«

Die Apothekerin schnaubte wieder verächtlich. »Und woher willst du das wissen? Warst du schon einmal besessen?«

»Nein«, sagte der Buchhändler leise. »Aber mein Bruder. Ich musste ihn mit eigenen Händen niederstrecken, als er sich in ein Monster verwandelte.«

Stille legte sich über den Buchladen, und Han rutschte unbehaglich auf seinem Platz hin und her. *Wenn ich vom Froschdämon träume, sitzt er neben mir und verlangt, ich solle ihm meine Magie geben.* »Gibt es«, fragte er vorsichtig, »verschiedene Arten von Dämonen?«

Meister Cao warf ihm einen scharfen Blick zu. »Was meinst du, Junge?«

Han schaute zu Xu, doch sein Lieblingsmensch ließ sich nichts anmerken. »Mein Bruder«, sagte er langsam, »spricht manchmal von einem Froschdämon, der ihn im Schlaf heimsucht.«

Xu verkrampfte sich, sagte aber nichts. Bei Hans Worten erstarrte der Buchhändler.

»Der Froschdämon von Gift und Pestilenz«, murmelte er. »Der erste König von Tiyok?«

»Nicht *das* schon wieder«, stöhnte Lehrerin Hu.

»Der erste König von Tiyok?«, wiederholte Miss Brandy nachdenklich. »Gibt es in den alten Geschichten nicht vier Könige von Tiyok?«

Meister Cao warf ihr einen anerkennenden Blick zu. »Richtig. Laut dem *Lied von Ordnung und Chaos* gibt es vier hochrangige Generäle im Reich des Chaos: den Froschdämon von Gift und

Pestilenz, den Heuschreckendämon der Hungersnot, den Mottendämon der Zwietracht und den namenlosen König von Tiyok, genannt ›der Uralte‹. Diese Generäle kämpften gegen die Hüter der Morgenröte, während der Sonnenstrahlkrieger die Mutter der Dämonen niederrang, ehe sie gefangen genommen und ihr Kerker mit dem Stern des Lichts versiegelt wurde.«

Han glaubte sich dunkel an einen Teil dieser Geschichte zu erinnern, die im vergangenen Sommer von den Bangtan-Brüdern aufgeführt worden war, obwohl er mehr auf die Actionszenen geachtet hatte als auf den Inhalt. Aber selbst wenn das alles stimmte, würde er doch wissen, wenn Anyang von einem mächtigen Dämon heimgesucht wurde. Oder?

»Woran erkennt man Besessenheit?«, fragte er. Er dachte an die unkontrollierten Magieausbrüche seines Bruders, das plötzliche Aufbrausen seiner Macht, die ein halbes Dutzend Kindermädchen in panische Flucht geschlagen hatte. *Er hat meine Rippen aufgebrochen und versucht, in mich hineinzukriechen.* »Und was löst sie aus?«

»Die Zeichen für eine *fehlgeleitete Magie*«, erklärte Lehrerin Hu mit einem bösen Blick zu Meister Cao, »sind Antriebslosigkeit, Veränderungen im Verhalten, Gereiztheit. Was den Grund angeht … nun, den kennen wir immer noch nicht.«

»Die Apothekerin denkt, dass die Verwandlung eine Sache der Medizin ist, und nicht der Magie«, sagte der Buchhändler zornig. »Abgesehen davon, dass sich die infizierten Magier tatsächlich in Monster verwandeln.« Meister Cao seufzte und schüttelte den Kopf. »Die Wahrheit ist, dass wir sehr wenig über Dämonen wissen. Und das Wenige, was uns bekannt ist, stammt aus dem *Lied von Ordnung und Chaos*, ein uraltes Buch über Kosmologie und Dämonologie, aber das Original ging vor Jahrhunderten verloren.«

»Ich dachte, es gäbe immer noch ein Exemplar.« Lehrerin Hu runzelte die Stirn.

»Es *gab*«, sagte der Buchhändler niedergeschlagen, »ein Exemplar, das unsere Gelehrten und Historiker begonnen hatten, mithilfe von Archiven und alten Quellen zu rekonstruieren, aber dieses Exemplar verschwand vor sechs Monaten mit Li Er-Shuan und seiner Tochter.«

»Onkel Li!«, rief Han aus.

Apothekerin und Buchhändler drehten ruckartig die Köpfe und betrachteten ihn. »*Onkel* Li?«, wiederholte Meister Cao interessiert. »Du hast nicht erwähnt, dass du mit ihm verwandt bist.«

»Ich, ähm …« Han fühlte einen warnenden Stich in seiner Seite – das hintere Ende von Xus zerbrochenem Fächer drückte sich in seine Rippen. »Er und seine Tochter sind entfernte Verwandte von mir. Sehr entfernt«, setzte er hinzu, als Xu ihn wieder stach.

Meister Caos Miene hellte sich auf. »Ah, ist das der Grund, warum du mich gefragt hast, wo sie sind?« Ein Schatten zog über sein Gesicht. »Ami war ein kluges Mädchen«, sagte er. »Ihr Vater war ein bisschen seltsam und hat sich nicht sonderlich gut um sie gekümmert. Er war brillant, aber seltsam.«

»Ja, ich weiß.« *Piks.* »Meister«, setzte Han höflich hinzu, rieb sich die Seite und funkelte Xu böse an. »Ami und ich kannten uns schon als Kinder.«

Eine Falte bildete sich auf der Stirn des Buchhändlers. »Ich dachte, Li Ami lebte als Kind mit ihrem Vater im Palast.«

»Ich … ähm … ja.« Han hüstelte. »Meine Eltern arbeiten auch im Palast.«

Meister Cao wirkte nachdenklich. »Tun sie es immer noch?«

»Nicht«, warnte Lehrerin Hu.

»Aber wir könnten ein paar Augen und Ohren im Palast gut gebrauchen«, hielt der Buchhändler dagegen. »Die Neuigkeiten über die Verlobung des Thronerben mit Prinzessin Yulana hat uns völlig unvorbereitet getroffen.«

Genau wie den Thronerben selbst, dachte Han bitter.

»Womit wäre den Hütern der Morgenröte geholfen?«, fragte Xu unverbindlich.

»Nun ...« Meister Cao zupfte an seiner Unterlippe. »Wenn jemand Li Er-Shuans Notizen zu dem *Lied von Ordnung und Chaos* finden könnte, wäre das für unsere Organisation ein großer Gewinn. Er arbeitete zusammen mit seiner Tochter und Huang Jiyi, einer anderen Gelehrten der Magie, an der Rekonstruktion des Textes.«

»Warum glaubt Meister Cao, dass im Palast etwas zu finden ist?«, fragte Zhara. »Dieser Li Er-Shuan hat doch bestimmt alle Beweise zerstört, die ihn mit Magie in Verbindung bringen könnten.« Sie hatte während des Gesprächs geschwiegen und mit großen, runden Augen versucht, all die vielen neuen Informationen zu verarbeiten. Han sah, dass der rote Teufel von einem Kater auf ihrem Schoß döste. Jetzt öffnete er ein goldenes Auge und blickte Han verächtlich an, ehe er es wieder zuklappte. Han nieste.

Xu räusperte sich. »Wenn das den Wächtern der Morgenröte helfen würde, könnte ich der Organisation vielleicht von Nutzen sein.« Ein kurzer Seitenblick auf Han, dann: »Ich wohne nämlich im Palast.«

»Wir beide wohnen im Palast.« Han erwiderte das leichte Kopfschütteln seines Lieblingsmenschen mit einem weiteren bösen Blick. Wenn es nach Xu ging, würde Han die ganze Zeit nur im Palast bleiben, weit weg von jeglicher Gefahr, bis er seine Volljährigkeit erreicht hatte. Aber er konnte den Gedanken nicht ertragen, selbst in Sicherheit zu sein, während Anyangs Leben in Gefahr war. Nicht, wenn er irgendetwas tun konnte.

»Ihr seid bloß Kinder«, sagte Lehrerin Hu und blickte von Han zu Xu und schließlich zu Zhara.

»Das waren wir auch, als das alles begann«, sagte Meister Cao leise.

Über den Raum hinweg fing Han Zharas Blick ein. Er erinnerte sich an den Ausdruck von Sehnsucht in ihren Augen, als sie die Bücher vor dem Buchladen betrachtet hatte, und an die Erkenntnis, dass es so viel mehr gab, für das man leben konnte. »Meine Mutter«, sagte er langsam, »war eine Magierin. Als die Falken sie wegschleppten, nahm sie mir das Versprechen ab, meinen kleinen Bruder vor den Gesetzen des Warlords zu beschützen.« Er schaute Zhara unverwandt an und sprach weiter: »Und erst jetzt ist mir klargeworden, dass überleben nicht dasselbe ist wie leben.«

Ihre Augen glänzten im Kerzenlicht. »Wir wollen *leben*, nicht bloß überleben«, sagte sie leise.

Ein Schauder durchlief Han und belebte ihn von Kopf bis Fuß mit einem prickelnden Gefühl. *Wir*.

Lehrerin Hu und Meister Cao wechselten einen Blick. Die Apothekerin schüttelte den Kopf, aber der Buchhändler schien mit ihrer Ablehnung nicht einverstanden zu sein.

»Sie sind nur Kinder«, wiederholte Lehrerin Hu.

»Sie mögen jetzt noch Kinder sein«, sagte Meister Cao, »aber nicht mehr lange.« Seine Miene war grimmig. »Im Krieg gibt es keine Kinder.«

Lehrerin Hu wirkte traurig. »Noch sind wir nicht im Krieg.«

Meister Cao schloss die Augen. »Der Krieg hat nie geendet.«

Die Apothekerin betrachtete die glänzenden, eifrigen Gesichter jener, die sie Kinder genannt hatte, und hielt ihre Blicke eine ganze Weile fest. »Also schön«, sagte sie schließlich mit ernster Stimme. »Willkommen bei den Hütern der Morgenröte.«

Kapitel 15

Diese verdammten fürstlichen Gewänder waren viel zu dick für das südliche Klima, dachte Han, der fühlte, wie ihm Schweißtropfen über seine Koteletten in einen der drei gestärkten Leinenkrägen liefen, die er als Teil seiner Hoftracht trug. Sieben Lagen aus Baumwolle, Seide und Seidenbrokat waren schon an einem normalen Tag einfach zu viel, und erst recht an dem Tag, an dem der Thronerbe offiziell seiner Braut vorgestellt werden sollte. Han wusste nicht genau, wie viel Schweiß unter seinem Kopfschmuck der Hitze geschuldet war, und wie viel davon dem Stress.

Denn heute traf Prinzessin Yulana ein.

Und es half auch kein bisschen, dass er oben an der Treppe zur Halle der Himmlischen Weisheit in der Sonne stehen musste. Han hatte nie darüber nachgedacht, wie weit der Thronsaal vom Haupttor entfernt war – bis heute, da er warten musste, bis die Prozession aus dem Norden ihn erreicht hatte. Zwei Baldachinträger rechts und links von ihm hielten zwei Stöcke in der Hand, an denen eine mit Fransen versehene Beschattung befestigt war, um die unbarmherzige Hitze ein wenig abzuhalten, was aber nur wenig half. Die Luftfeuchtigkeit war heute besonders hoch und lag wie eine dicke, klebrige Decke über dem Unendlichen Fluss, so ähnlich wie ein Leinentuch über einem Korb mit dampfenden Taro-Brötchen. Obwohl ihm Diener von allen Seiten Luft zufächelten, kam er sich vor wie in einem Backofen. Als würde er ersticken. Han verlagerte sein Gewicht von einem Fuß auf den anderen und wünschte sich, er könnte sich wenigstens hinsetzen.

Ein plötzlicher Fanfarenstoß kündigte das Erscheinen der Prozession aus dem Norden an. Der Schreck überzog Han zusätzlich mit einer Schicht aus kaltem, nervösem Schweiß, und er war mit einem Mal dankbar für die vielen Lagen Stoff zwischen seinen Achselhöhlen und der Außenwelt. Während er darauf wartete, seine zukünftige Ehefrau zu begrüßen, dröhnten Trommelschläge im Innenhof, die so laut waren, dass sie beinahe das Hämmern seines Herzens übertönten.

Die Strecke vom Tor bis zur Halle der Himmlischen Weisheit war lang und die Warterei quälend. Han fielen immer wieder die Augen zu, und die baumelnden Perlen an seinem Kopfschmuck klapperten, wenn er den Kopf dann erschrocken hochriss. Wäre Xu bei ihm, wäre er wahrscheinlich ständig mit dem Fächer gepikst worden, um ihn wachzuhalten, aber Xu war aufgrund seines Rangs nicht für würdig erachtet worden, bei der Begrüßung einer fremdländischen Abordnung neben dem Thronerben zu stehen. Außerdem hielt sein Lieblingsmensch wahrscheinlich gerade ein Nickerchen und erholte sich von seinen nächtlichen Abenteuern mit den Hütern der Morgenröte.

Han hätte gerne dasselbe getan.

Angstschweiß überzog seine Handflächen mit einem glitschigen Film, als die Erinnerung an das Monster, gegen das er gekämpft hatte, zurückkehrte. Han erschauderte, und die Perlen an seinem Kopf tanzten mitfühlend. Dieses Scheusal, dieses … Ding war nur ein kleiner Junge gewesen, ein Junge im Alter seines Bruders, und die Vorstellung, dass Anyang dasselbe widerfahren könnte, erfüllte ihn mit Furcht. Er wünschte, er könnte Miss Brandy – Zhara – in den Palast bringen, damit sie bei seinem kleinen Bruder dieselbe Magie anwandte wie bei dem Buri-Kind.

Zhara.

Während seine zukünftige Gemahlin den langsamen, unerträglichen Marsch vom Tor zur Halle zurücklegte, dachte Han an Zhara und fragte sich unwillkürlich, wie seine Verlobte im Vergleich mit ihr war. Die bösartige Vormittagssonne hämmerte auf seinen Kopfschmuck ein, während eine ganz andere Hitze seinen Nacken hinaufzog, als er an Zharas Lächeln dachte. Er hatte schon früher schöne Frauen gesehen – der Palast war voll mit schönen Frauen –, aber keine einzige von ihnen hatte auf ihn diese Wirkung gehabt wie Miss Brandy. Ihre Anwesenheit stellte merkwürdige Dinge mit ihm an. Seine Beine wurden weich, sein Inneres schmolz dahin und seine Zunge und Lippen verloren jegliche Koordination, während sein Blut schier überzusprudeln drohte und ihm schwindelig wurde.

Ein Kichern zog in seiner Kehle hoch, und er drängte es mit einem Hicksen wieder nach unten.

Noch eins.

Und noch eins.

Oh nein.

Er spürte den missbilligenden Blick des Kanzlers, der hinter ihm stand. Prinzessin Yulanas Gefolge war noch ein gutes Stück weit entfernt. Vielleicht konnte er den Schluckauf herunterschlucken, bevor sie ankam.

Durch die Trommeln konnte Han das *Klipp-klapp* der Hufe auf den Pflastersteinen des Innenhofs hören. Vor ihm, immer noch einige Tore weit entfernt, sah er einen kleinen, gedrungenen Reiter auf einem schwarzen Pferd an der Spitze der Prozession, gefolgt von einem Fahnenträger mit einem riesigen scharlachroten Banner, auf dem das Emblem des Gommun Kang prangte: ein schwarzer Bär inmitten eines Rings aus Dornen. Er kniff die Augen zusammen und hielt Ausschau nach der Sänfte, in der seine Braut reiste, sah sie aber nirgends. Er widerstand dem Instinkt, mit der Hand die Augen zu beschatten, denn der Thronerbe durfte in der Öffentlichkeit keine Regung zeigen. Er musste die ganze Zeit still, ernst und bewegungslos wie eine Statue sein.

Ein Prinz zu sein war lächerlich.

»Denkt daran, Euer Gnaden«, murmelte der Kanzler an seiner Schulter, »nicht verbeugen, wenn die Prinzessin eintrifft. Seine Gnaden muss die rechte Faust gegen die Brust schlagen, direkt über seinem Herzen.«

»Ich – *hicks* – weiß«, sagte Han etwas gereizt. »Manch… – *hicks* – …mal passe ich – *hicks* – auf, wenn mir – *hicks* – etwas ge… – *hicks* – …sagt wird.« Reumütig rieb er sich die Brust.

Als die Prozession durch das letzte Tor in den inneren Palasthof einritt, verbeugten sich die versammelten Minister und Beamten tief, eine Welle aus Grün, Blau und Lila, je nach Rang. Auch die Diener neben Han verbeugten sich vor der heranrückenden Delegation aus dem Norden, und nur der Kanzler blieb aufrecht stehen, denn er trug den Titel eines Regenten.

Mittlerweile konnte man das Gesicht des Reiters erkennen, genau wie das kleinere Banner, das unter dem Großen Bären flatterte: ein goldenes Tuch mit fünf Streifen – weiß, rot, blau, grün und gelb. Der Reiter an der Spitze der Prozession musste ein bedeutender Krieger sein, denn sonst saß niemand auf einem Pferd – ein kräftiges, gedrungenes Tier mit roten Fransen am Zaumzeug. Auf der Schulter des Reiters saß ein unscheinbarer, braun-weiß gefleckter Falke, der bemerkenswert zahm erschien, gemessen an der Tatsache, dass er weder eine Haube trug, noch angebunden war. Die Rüstung des Reiters war viel beeindruckender als die schlichten, aber praktischen Leder-Brustpanzer und Armschienen des Gefolges, obwohl sie deutlich einfacher war als die zeremonielle Rüstung aus Metallplatten, die Han gelegentlich an seinem Vater gesehen hatte. Der lederne Brustpanzer war mit einem Muster aus goldenen Dornen verziert, und die Nieten und Schnallen an den Gurten bestanden aus reinem Gold statt aus Messing. Anstelle einer Rundmütze aus Leder trug der Reiter einen spitzen, goldenen Helm über einem Visier aus goldenen Kettengliedern. Eine lange weiße Feder wehte von dem Helm herab – von welchem Vogel die Feder stammte, konnte Han nicht zuordnen. Der Reiter war viel jünger, als er es von einem bedeutenden Krieger erwartet hätte.

»Euer Gnaden«, zischte der Kanzler.

Han schoss dem Regenten einen Blick aus dem Augenwinkel zu. »Was?«

»Die Prinzessin«, sagte der Kanzler in einem scharfen Flüsterton, »reitet an der Spitze der Kolonne. Euer Gnaden muss sie begrüßen – *jetzt.*«

»Sie – *hicks* – *was?*«

Die Trommeln verklangen, als Prinzessin Yulana den Fuß der Treppe zur Halle der Himmlischen Weisheit erreichte und abstieg. Der Falke auf ihrer Schulter flatterte nicht einmal mit den Flügeln, als sie zu Boden sprang und mit einem erwartungsvollen Blick zu Han hinaufschaute. Er setzte zu einer Verbeugung an, ehe er sich daran erinnerte, dass er sie auf die Art des Nordens begrüßen musste. Mit einem weiteren Hicksen schlug er seine rechte Faust gegen die Brust. Die Prinzessin erwiderte die Geste und stand eine Weile unbehaglich da, bis sich eine schlanke Person in den Gewändern eines Schamanen aus den Reihen des Gefolges löste, zu ihr trat und ihr etwas ins Ohr flüsterte. Sie erschrak, dann verschränkte sie die Hände vor der Brust und verbeugte sich nach Art des Südens. Der Schamane stupste sie an, woraufhin sie den Helm abnahm. Ihr Haar war an den Seiten rasiert und zu einem langen Zopf geflochten, der wie bei einem Steppenkrieger über ihren

Rücken fiel, aber das Erstaunlichste daran war nicht der männliche Stil ihrer Frisur, sondern die Farbe ihres Haars: Es war rot.

»Jetzt, Euer Gnaden«, raunte der Kanzler Han zu.

Han zuckte zusammen und verbeugte sich ebenfalls, wobei seine Bewegungen genauso steif waren wie die seiner Verlobten. Er räusperte sich, um seine einstudierte Begrüßungsrede zu halten, und breitete dabei die Arme aus. »Will… – *hicks* – willkommen, geehrte Gäste«, quiekte er, »Wonhu – *hicks* – Han vom La… – *hicks* – …chenden Affen grüßt mit – *hicks* – freudigem H… – *hicks* – Herzen die Abge… – *hicks* – …sandten des Gommun – *hicks* – Kang.«

Sein Hicksen hallte im Palasthof wider, beinahe genauso laut wie die Trommeln, die Prinzessin Yulanas Ankunft verkündet hatten. Han spürte, wie der Kanzler hinter ihm vor Verlegenheit kochte, und konnte sich ein kleines, zufriedenes Lächeln nicht verkneifen. Nachdem er seinen Teil an Formalitäten erledigt hatte, schob er seine Hände in die Ärmel.

Der Regent trat vor und übernahm stellvertretend die Rolle von Hans Vater. »Willkommen, Hoheit, und geschätzte Gäste«, rief der Kanzler, aber seine ölige, glatte Stimme trug nicht besonders weit. »Das Haus Wonhu fühlt sich geehrt durch die Anwesenheit der Ersten Tochter und Enkelin des Gommun Kang.«

Hinter den ausgebreiteten Armen versuchte Han, die Prinzessin besser zu erkennen. Seine zukünftige Gemahlin war groß und muskulös, was nicht sonderlich überraschte, angesichts der Leichtigkeit, mit der sie auf ihrem Pferd in den Palast eingeritten war. Die Erbin des Gommun Kang war keine zarte Blume, die in einer Sänfte durch die Gegend getragen wurde; kein Wunder, dass Han vergeblich danach Ausschau gehalten hatte. Zu ihrer zeremoniellen Rüstung gehörte auch ein Schwert, das sie an der Hüfte gegürtet hatte, und die Art, wie sie entspannt die Hand auf dem Griff ruhen ließ, deutete darauf hin, dass sie im Umgang mit Waffen genauso geübt war wie im Umgang mit Pferden.

»Und die zukünftige Große Kang der Zehntausend Familien fühlt sich geehrt durch eure Einladung«, erwiderte der Schamane neben der Prinzessin. Anders als die restlichen Mitglieder der Delegation trug diese Person keine Rüstung, sondern ein schlichtes, himmelblaues Gewand, das mit einer mit Fransen besetzten Schnur an der Taille zusammengehalten wurde. Die bis zum Boden reichenden Ärmelsäume bestanden aus vielfarbigen Stoffstreifen: rot, weiß, gelb, grün und königsblau. Eine spitze Mütze mit baumelnden Schnüren aus blauen und weißen Perlen saß auf dem Kopf, und an einem Seil an der Hüfte hing eine kleine Kürbisflasche und ein Gong aus Messing. Eine Art Priester, vermutete Han.

»Die zukünftige Große Kang?«, wiederholte der Kanzler verwirrt, und zum ersten Mal hörte Han Fassungslosigkeit und Unsicherheit in der Stimme des Mannes. »Aber das war so nicht abgesprochen …« Er riss sich zusammen und schenkte seinen Gästen ein dünnes Lächeln, das nur aus Zähnen und kaum aus Lippen bestand. »Ach, nicht so wichtig. Darüber können wir bei ein paar Erfrischungen reden.«

»Natürlich«, sagte der Schamane gelassen. Auf ein Kopfnicken hin traten Mitglieder der Delegation vor, beladen mit Paketen und Truhen, in denen sich Gastgeschenke befanden. Als die Prinzessin nur reglos dastand, räusperte sich der Schamane diskret. Die Prinzessin zuckte zusammen und verbeugte sich noch einmal steif.

»Als Dank für die Gastfreundschaft des Thronerben«, sagte sie ausdruckslos, »möchte ich einige Schätze meines Volkes als Tribut überreichen.«

Han unterdrückte ein Gähnen und einen gelangweilten Seufzer. Die Präsentation der Geschenke würde eine halbe Ewigkeit dauern, und er hätte alles darum gegeben, sich hinsetzen zu können. Und noch lieber hätte er sich um das Bankett im Pavillon der Ernsten Ruhe gedrückt, wo die beiden zögernden Brautleute einander in einer sogenannten informellen Umgebung besser kennenlernen sollten. Als ob man ein gemeinsames Essen in einem Garten, umgeben von fünfundzwanzig vertrauten Ratgebern und Gefolgsleuten informell nennen könnte.

Sein Blick glitt zu Prinzessin Yulana, die genauso gelangweilt wirkte wie er. Er musterte unauffällig ihr Gesicht. Aus der Entfernung war es nicht leicht zu entscheiden, ob sie attraktiv war oder nicht, aber Han dachte, dass sie die Art von Mädchen war, die man gut aussehend nannte anstatt hübsch. Sie hatte ein eher kantiges, fast maskulines Gesicht, und trotz der Rüstung, die sie mit Stolz trug, machte sie einen freundlichen Eindruck. Er bemerkte belustigt, dass der Vogel auf ihrer Schulter den gleichen Gesichtsausdruck trug wie seine Herrin, so wie die Damen bei Hof und ihre hängebackigen Schoßhunde, die einander mit den Jahren immer ähnlicher wurden. Der Falke hatte ungewöhnliche Augen: Sie waren blau – vielleicht war er blind und wirkte deshalb so zahm.

»Wir danken dem Gommun Kang für die großzügigen Geschenke«, erklärte der Kanzler, nachdem alle Kisten und Truhen und Pakete geöffnet worden waren. »Nun«, sagte er anschließend, »die Prinzessin hat einen weiten Weg hinter sich und ist gewiss müde. Wir haben im Pavillon der Ernsten Ruhe einen Imbiss vorbereitet, der Euer Hoheit hoffentlich erfrischen wird.« Er klatschte in die Hände, woraufhin ein paar Zofen aus der Halle der Irdischen Freuden traten. »Diese Dienerinnen werden die Prinzessin in ihre Gemächer begleiten, nachdem der Thronerbe es für angebracht gehalten hat, uns zu entlassen.«

Eifrig hob Han die Hände, als die Prinzessin das Wort ergriff.

»Ich würde die Zeit lieber in der Bibliothek verbringen, wenn ihr nichts dagegen habt«, sagte sie rundheraus. »Ich habe schon viel über die Sammlung an Schriften in Zanhei gehört.« Prinzessin Yulana sprach völlig unverblümt mit dem Kanzler, und die Unhöflichkeit ihres Verhaltens erschien dem Kanzler wohl wie ein Schlag ins Gesicht. Han grinste. Vielleicht würden er und seine Verlobte doch gut miteinander auskommen.

»Ich verstehe«, sagte der Kanzler, und seine feuchten Lippen verzogen sich zu einer froschähnlichen Grimasse. »Uns war nicht klar, dass Euer Hoheit nicht nur eine Kriegerin, sondern auch eine Gelehrte ist. Sie muss nur sagen, was sie begehrt, und wir werden ihr die Schriften umgehend in ihr Zimmer bringen lassen.«

Prinzessin Yulana zuckte mit den Schultern. »Ich würde die Schriften lieber selber durchsehen«, sagte sie. »Man weiß ja nie, was für interessante Dinge man entdeckt.«

Han runzelte die Stirn. Er fand es merkwürdig, dass die Enkelin des Warlords als Allererstes nach ihrer langen Reise von Urghud nach Zanhei ausgerechnet die Bibliothek zu sehen wünschte. Mehr als merkwürdig – verdächtig. Kalte Angst ergriff seine Eingeweide, als ihm klar wurde, dass auch er nach einem Buch suchte. Nach einem ganz speziellen Buch.

Der Kanzler schien verwirrt zu sein, doch er streckte die Hände aus und verbeugte sich. »Aber gewiss doch, Euer Hoheit«, sagte er. »Wir können die Einzelheiten bei dem Imbiss besprechen.«

»Großartig«, sagte sie. Ihr Blick glitt zu Han, und selbst aus der Entfernung konnte er sehen, dass ihre Augen scharf und intelligent waren. Unter ihrem und dem Zwillingsblick des Falken auf ihrer Schulter kam er sich seltsam entblößt vor. Er schaute zum Kanzler, der ihm bedeutete, die Versammlung aufzuheben.

Erneut hob er die Hände. »Gehen wir hinein«, sagte er, erleichtert darüber, dass sich sein Schluckauf endlich verzogen zu haben schien. »Ich hoffe, die Gommun-Krieger werden die Gastfreundschaft von Zanhei in Anspruch nehmen.« Er erinnerte sich noch rechtzeitig daran, sich wieder mit der rechten Faust gegen die Brust zu schlagen. »Verehrte Dame«, sagte er zu der Prinzessin.

Sie erwiderte den Gruß. Der Falke auf ihrer Schulter pickte an ihrem Ohr.

»Wir akzeptieren die Gastfreundschaft von Euer ... Seiner Gnaden«, sagte sie steif. Dann, einen Herzschlag zu spät, verbeugte sie sich, wobei sie die Hände in einer falschen Stellung vor den Körper hielt. »Ich freue mich darauf, mit Euch ... ihm im Pavillon der Ernsten Ruhe zu speisen.«

Han fühlte, wie sich seine Lippen zu dem Anflug eines Lächelns verzogen. »Ich mich – *hicks* – auch.«

Verdammt.

Kapitel 16

Zhara wartete am Löwentempel im Sumpf und versuchte, sich mit einem Stock so gut es ging den Schlamm von den Schuhen zu kratzen. Die Straßen im Tiefland waren kaum Straßen zu nennen, es waren eher Ochsenpfade, und mehr als einmal war sie bis zu den Knöcheln in einer Masse eingesunken, von der sie hoffte, dass es bloß Morast war.

Sie und Lehrerin Hu hatten sich mit Großmutter Meng etwas außerhalb der Buri-Siedlung verabredet, die in dem Feuchtgebiet etwa eine Meile flussaufwärts von Zanhei lag. Die Apothekerin hatte Zhara vorgeschickt, weil sie noch ein paar Patienten im Laden versorgen musste und nicht wollte, dass die Buri-Matriarchin warten musste. Großmutter Meng sollte sie am Löwentempel treffen, einem Schrein am Straßenrand, wo die Reisenden ihren verschiedenen Göttern huldigen konnten.

Zhara war als Erste angekommen. Sie betrachtete den bescheidenen kleinen Stupa, der ringsum von halb verbrannten Räucherstäbchen, Blumen, Lebensmitteln und Opferpapier übersät war. Der Löwentempel war älter als Zanhei, erbaut zu Ehren eines unbekannten, längst vergessenen Gottes der Sümpfe. Welche Reliquie der Stupa auch enthalten haben mochte, sie war nicht mehr vorhanden. An ihrer Stelle brannte die ewige Flamme der Wahrheit. Zanhei, wie auch die anderen südlichen Provinzen des Reichs, verehrten die sechs Unsterblichen, himmlische Wesen, die jeweils über ein eigenes Haus der Vernunft herrschten: Sprache,

Astronomie, Kampfkunst, Musik, Mathematik und Medizin. Ihre Symbole waren auf das Fundament des Löwentempels gemalt: der Pinsel des Yuo, der Kompass von Tendi, Wus Schwert, die Flöte von Omhak, eine Waage für Shua und Mörser und Stößel für Lo.

Zhara runzelte die Stirn, als ihr ein siebtes, ein mit roter Farbe gemaltes unbekanntes Symbol neben den anderen auffiel: ein Kreis mit einem Punkt in der Mitte. Es erinnerte sie an die Form des Sonnenanhängers, den die Hüter der Morgenröte verteilten. Neugierig fuhr sie mit dem Finger über das Zeichen. Die Farbe war noch feucht.

»Ho, Jin Zhara.« Sie blickte hoch und sah Großmutter Meng auf der Straße auf sich zukommen. Sie stützte sich humpelnd auf den Arm eines Jugendlichen und hob grüßend die Hand. »Ich dachte, Lehrerin Hu wäre bei dir.«

»Sie kommt bald, hoffe ich«, sagte Zhara. »Sie musste noch den Laden abschließen. Wie geht es Thanh?« Die Apothekerin hatte den Jungen am Tag zuvor zu seinen Leuten gebracht, nachdem er sich vollständig erholt hatte.

»Gut«, sagte die Buri-Matriarchin. »Er ist wieder genauso fröhlich wie früher.« Sie runzelte die Stirn. »Er sagt, dass er sich an nichts erinnert, was vermutlich ein Segen ist.« Sie seufzte und wandte sich dem Jungen an ihrer Seite zu. »Das ist Kam, einer meiner vielen anderen Urenkel.« Kam grüßte Zhara mit einem erhobenen Arm, und sie erwiderte den Gruß. »Er wird uns zeigen, wo die Kinder gespielt haben, bevor sie sich … veränderten.«

»Wo war das?«, fragte sie.

»Am Brunnen«, antwortete Kam. »Die Stadt hat vor ein paar Monaten einen neuen graben lassen, aber wir benutzen ihn kaum.«

»Was ihr Stadtleute baut, taugt nichts«, brummte Großmutter Meng und deutete auf die löchrigen Straßen ringsum. »Nichts davon ist von Dauer.« Mit ihrem Stock klopfte sie gegen das Fundament des Löwentempels. »Nur die alten Mauern überdauern die Zeit. Bah«, spuckte sie aus und starrte missbilligend auf die Symbole, die auf den Sockel des Tempels gemalt waren. »Schau dir diesen Unfug an. Lasst eure Götter gefälligst in euren eigenen Tempeln in der Stadt!«

»Weiß Großmutter Meng, was das hier bedeutet?«, fragte Zhara und deutete auf das letzte Symbol, den Kreis mit dem Punkt in der Mitte. »Es sieht neu aus.«

»Ah«, sagte die Buri-Matriarchin. »Das ist Maras Zeichen.«

»Mara?«, wiederholte Kam. »Ist das nicht der Name des ersten Scheusals?«

Großmutter Meng versetzte ihrem Urenkel einen Schlag mit dem Handrücken. »Du wirst in der Gegenwart von Stadtleuten nicht den Namen des Siebten Unsterblichen Wesens beschmutzen«, sagte sie streng.

»Des siebten?«, fragte Zhara. »Aber ich dachte, es gäbe nur sechs Häuser der Vernunft.« Sie zählte an ihren Fingern ab, angefangen mit ihrem Daumen: »Sprache, Astronomie, Kampfkunst, Musik, Mathematik und Medizin.«

Die Buri-Matriarchin betrachtete sie mit einem Ausdruck, der an Mitleid grenzte. »Ihr bringt eure Götter in unser Land, zwingt unsere Kinder dazu, sie anzubeten, und doch wisst ihr so wenig über sie«, sagte sie und schüttelte traurig den Kopf. »Magie. Magie ist das siebte Haus der Vernunft.« Die alte Frau klopfte wieder auf den Sockel des Stupas, während sie auf die Symbole zeigte. »Yuo, Tendi, Wu, Omhak, Shua, Lo, und das letzte und jüngste der Unsterblichen: Mara.«

»Ich habe noch nie von einer Gottheit namens Mara gehört«, wunderte sich Zhara. »Was ist mit ihren Anhängern geschehen?«

»Der Warlord kam, das ist geschehen«, sagte Großmutter Meng mit grimmiger Stimme. »Der alte Bär hat alle Beweise für die Existenz des Siebten Unsterblichen Wesens vernichtet, zusammen mit allen anderen Hinweisen auf Magie, die er finden konnte, nachdem er sich selbst als Kaiser des Reichs des Morgens auf den Sonnenthron gesetzt hatte.«

Kams Blick nach zu urteilen versuchte er immer noch, die ganze Sache zu begreifen. »Also … war Mara nicht das erste Scheusal?«

Die alte Frau scharrte mit den Füßen. »Na ja«, sagte sie ausweichend. »Mara war nicht *nicht* das erste Scheusal. Jedenfalls, wenn man den Legenden glaubt.«

Zhara zog die Augenbrauen hoch.

Die alte Frau seufzte. »Also schön«, sagte sie widerstrebend. »Mara war tatsächlich das erste Scheusal. Aber das ist keine Geschichte, die Magier gerne erzählen.« Sie schaute zu der Himmelskuppel hinauf. Hier draußen im Sumpf, ohne die Lichter der Stadt, die sie ausblendeten, leuchteten die Sterne größer und heller. »Man sagt, dass alle Kinder, die im Haus des Siebten Unsterblichen Wesens geboren werden, gesegnet sind – oder verflucht –, mit einem Fuß im Reich der Ordnung und mit dem anderen im Reich des Chaos zu stehen. Dass Magier, wie Mara, die Kinder von Tiyok sind, der Mutter der Zehntausend Dämonen.«

Zhara erstarrte. »Dann … sind Magier also teilweise dämonisch?« Ihre Magie flackerte protestierend auf.

»Du kennst doch die Geschichte, wie diese Welt entstanden ist, oder?«, fragte die alte Frau.

»Natürlich.« Jedes Kind im Reich des Morgens wusste über den Ursprung des Kosmos Bescheid. Wie Do, wo alles beginnt und endet, Jun und Yan erschuf, die Verkörperungen von Ordnung und Chaos. Wie Jun und Yan zusammen Licht und Dunkelheit hervorbrachten, Materie und Antimaterie, Vernunft und Wahnsinn, und die Menschen, gefangen zwischen allem. Ordnung und Chaos in einem einzigen Wesen. Auf ewig im Gleichgewicht.

»Als die Welt erschaffen wurde«, fuhr die alte Frau fort, kämpften der Himmel und der Abgrund um die Seele der Menschheit. Die Unsterblichen und die Geistwesen auf der einen Seite, Tiyok und ihre zehntausend Dämonen auf der anderen. Ineinander verschlungen in einem ewigen Kampf wollten eine Fee und ein Dämon Frieden zwischen ihnen stiften, indem sie sich in Liebe vereinigten. Aus dieser Verbindung entstand Mara, die, wie die Menschheit selbst, aus Ordnung und Chaos geboren wurde.«

Zhara runzelte die Stirn. »Wenn Mara von einer Fee und einem Dämon abstammt«, sagte sie langsam, »warum ist sie dann ein Scheusal?«

»Weil ihre Existenz der Ordnung zuwiderläuft«, sagte die alte Frau. »Weil sie dadurch zu etwas Unheimlichem wird. Zu etwas, das es nicht geben dürfte.« Sie schaute die Straße entlang. »Ah, da ist ja Lehrerin Hu.«

Nachdem sich die Apothekerin zu ihnen gesellt hatte, gingen die vier gemeinsam vom Löwentempel in die Buri-Siedlung. Zelte sprossen wie Lotusblumen entlang des Unendlichen Flusses, je näher sie dem Tiefland kamen. Das Flüchtlingsviertel der Gruben lag weiter flussaufwärts, entlang des Feuchtgebiets, wo das Land noch nicht trockengelegt worden war, um menschliche Ansiedlungen problemlos zu ermöglichen. Stelzenhäuser scharten sich am Ufer zusammen wie Störche, spindeldürre Beine, die hastig zusammengezimmerte, wackelige Körper aus Flechtwerk und Lehm trugen. Das Abendlied der Zikaden, die im Delta lebten, wogte ringsum wie Ebbe und Flut, während die Fischer und ihre zahmen Kormorane mit langen Stecken ihre Rattanboote nach einem Arbeitstag auf dem Wasser nach Hause steuerten.

Als die Schilfhäuser in Sicht kamen, prickelte Zharas Magie entlang der Ki-Pfade ihres Körpers. Es war, als ob sich eine Falte in dem glatten Stoff des Universums bilden würde, wie Wasser, das aus einer Felsspalte fließt, und der Fels war das Dorf vor ihnen. Das Sumpfland ging allmählich in Pfade aus festgetretener Erde über, und der Geruch nach Feuchtigkeit und Salz wich dem Duft von würzigen Schmorgerichten.

»Da«, sagte Kam und deutete auf ein Stelzenhaus am Ende der Straße, etwas abseits von den anderen Gebäuden. »Das ist das Krankenhaus, wo die anderen … ähm … kranken Kinder sind.«

»Sehen wir sie uns an, ehe wir zu dem Brunnen gehen«, schlug Lehrerin Hu vor.

»Also schön«, sagte Großmutter Meng. »Aber wir sollten nicht zu lange bleiben.«

Im Näherkommen spürte Zhara die schneller werdenden Strömungen des Universums, wie ein Strudel, der in einen Abgrund kreiselt. Ein Druck bildete sich in ihren Ohren, und eine unheimliche Stille legte sich über die vier Menschen. Selbst die Zikaden schwiegen; die einzigen Geräusche waren das leise Murmeln des Flusses in der Ferne und das sanfte Zischen des Schilfs, das im Frühlingswind tanzte.

»Da sind wir.« Kam schob die gewebte Schilfmatte zur Seite, die den Eingang bedeckte. Zhara lauschte auf Atemgeräusche, während sie die klapprige Bambusleiter zum Krankenhaus hinaufstieg. Nichts. Keine leisen Stimmen. Nur das Hämmern ihres schnell schlagenden Herzens, während sie selbst die Matte beiseiteschob und Großmutter Meng und Kam folgte.

»Zieht die Schuhe aus!«, bellte die alte Frau. »Wir sind vielleicht bloß Bauerntölpel, aber wir sind keine Barbaren!«

Das Erste, was Zhara auffiel, war der Geruch. Es war stickig und heiß im Krankenhaus, und in der Luft lag der vertraute Geruch nach Menschen. Schweiß, Tränen, unverdautes Essen und fettige Haare, aber darunter lauerte ein merkwürdiger, ekelhaft süßlicher Gestank, den sie nicht einordnen konnte.

Das Zweite waren die Körper.

Zunächst hatte sie nicht erkannt, wie viele es waren, weil sie das, was sie auf dem Boden sah, für leere Matratzen mit Deckenrollen darauf gehalten hatte. Erst als sie bemerkte, dass die Decken sich bewegten, wurde ihr klar, dass kleine, braune Körper darunter lagen. Hier und da saßen Erwachsene neben den Betten der Kinder. Eltern, vermutete sie, oder andere Angehörige.

»Es sind jetzt viel mehr davon befallen als zuvor«, sagte Lehrerin Hu leise.

Großmutter Meng nickte. »Zwei von der letzten Jagdexpedition, die gestern vom Mount Zanhei zurückgekehrt ist, und einer, der vom Spielen am Brunnen flussaufwärts kam. Der Rest ...« Sie beschrieb mit ihrem Stock eine ausholende Bewegung. »... sind Erwachsene. Sie sind schon seit Wochen so.«

»Warum hat die Regierung den Brunnen anlegen lassen?«, fragte Zhara.

»Das Grundwasser im Sumpf ist zum Trinken nicht geeignet«, erklärte Großmutter Meng. »Früher haben wir unser Wasser aus den Brunnen in der Nähe der Gruben geholt.«

Zhara war fassungslos. »Von so weit her?«

Großmutter Meng nickte. »Vor ein paar Monaten begann die Regierung mit dem Bau eines Brunnens viel näher am Tiefland, der erst vor Kurzem fertiggestellt wurde. Vor etwa drei Wochen, glaube ich.« Das Gesicht der Matriarchin verzog sich vor Zorn. »Es war ihnen egal, als unsere Leute anfingen zu verschwinden. Den Beamten war nur wichtig, dass es genügend Arbeitskräfte gab, um diesen nutzlosen Brunnen zu bauen.«

Lehrerin Hu räusperte sich nach einem Moment. »Wo kommt das Wasser für diesen Brunnen her?«

»Von den Quellen oben in der Nähe von Alt-Changxi«, antwortete Kam.

Die Apothekerin machte sich Notizen. »Und wann begann diese Seuche eure Leute zu befallen?«

Großmutter Meng runzelte die Stirn. »Vor etwa drei Wochen.« Ihre Augen wurden groß. »Glaubst du, dass ein Zusammenhang besteht?«

»Könnte sein«, sagte die Apothekerin unbestimmt. »Alt-Changxi befindet sich am Fuß des Mount Zanhei. Zhara«, sagte sie und wandte sich an ihre Assistentin, »würdest du bitte die Patienten untersuchen, um festzustellen, ob sie an derselben … Krankheit leiden, die du bei Thanh gespürt hast?«

»Ja, Tantchen.« Nervös wischte sich Zhara ihre schweißnassen Hände an ihrer Tunika ab und näherte sich dem ersten Krankenbett. »Darf ich?«, fragte sie die Eltern. Sie gaben ihre Erlaubnis, und Zhara kniete sich neben das Kind und legte ihm die Hand auf die Wange.

Wie bei Thanh reagierte ihre Magie sofort auf die Gegenwart eines anderen Magiers, aber jetzt war sie besser in der Lage zu unterscheiden, was Magie war und was nicht. Magie war Heimat, Vertrautheit, Trost; die Seuche fühlte sich … verdorben an. Tot. Mit blicklosem Blick verfolgte Zhara die Meridian-Linien durch den Körper des Kindes, sah, wie dieselbe Dunkelheit, dieselbe Leere das Licht in seinem Inneren trübte. Sie zog ihre Hand weg und ging zum nächsten Patienten, dann zum nächsten und so weiter. Nachdem sie alle untersucht hatte, kehrte sie zu Lehrerin Hu zurück und nickte bestätigend.

»Also gut«, sagte die Kräuterkundlerin, »sehen wir uns diesen Brunnen an.«

Der Brunnen war mehr als eine Wegstunde entfernt, und als sie dort ankamen, war es bereits dunkel geworden. Lehrerin Hu hatte Feuerstein und Stahl in ihrem Beutel, aber die Vegetation war zu feucht, um einen Span oder gar eine Fackel zu entzünden. Und so trotteten die Apothekerin und Zhara hinter Großmutter Meng und Kam her, denen die Dunkelheit anscheinend nichts ausmachte.

»Es ist gut, dass du mitgekommen bist, Zhara«, murmelte Lehrerin Hu. »Ich hatte vor, an dem Brunnen ein paar Tests zu machen, aber das hat überhaupt keinen Sinn, wenn man die Hand nicht vor den Augen sehen kann.«

Eine nadeldünne Mondsichel und die unzähligen Sterne spendeten nur einen ganz schwachen Schein. In der Nähe des Horizonts konnte Zhara am Himmel das silbrige Band des Schimmernden Flusses ausmachen, und instinktiv suchte sie in den Sternen rechts und links davon nach denen, die den Feenprinzen und die Tochter des Holzfällers repräsentierten. In einer Woche würden sie in der Nacht der Sieben ihre Wiedervereinigung feiern.

»Wir sind da«, sagte Kam und deutete voraus. »Der Brunnen.«

Es war ein großer, hässlicher Bau, der wie ein Ungetüm auf dem Sumpf thronte. Auf den ersten Blick sah er eher aus wie ein Tempel als wie ein Brunnen, erbaut aus Kalkstein, der wahrscheinlich aus einem Steinbruch weiter flussaufwärts stammte. Vier riesige Säulen erhoben sich von einem flachen Fundament, jede mit einer anderen Art Wächtertier verziert. Anfangs dachte Zhara, dass es sich um die traditionellen vier Tiere aus dem Reich des Morgens handeln würde – den Löwen des Südens, das Einhorn des Westens, den Adler des Nordens und den Drachen des Ostens. Aber bei näherer Betrachtung schienen es ganz andere Kreaturen zu sein. Ein … Frosch? Eine Art Motte? Ein Wolf? Die letzte Gestalt war nicht zu erkennen, weder als Mensch, noch als Tier. Es schien eine schreckliche und schreckenerregende Chimäre zu sein, die aussah, als würde sie sich in der Dunkelheit ständig bewegen und verändern.

In der Mitte des Gebäudes war ein Wasserbecken in das flache Fundament eingelassen, vollkommen rund und vollkommen still. Die glatte, glasige Oberfläche spiegelte den Himmel wider, und einen Moment lang wurde Zhara schwindelig, als ob sich die Welt auf den Kopf gestellt hätte. Sie wusste nicht mehr, ob sie nach unten ins Wasser oder nach oben in den Himmel blickte. Dann blinzelte sie, und die Welt war wieder so, wie sie sein sollte.

»Das ist bizarr«, bemerkte Lehrerin Hu und setzte sich an den Rand des Beckens. »Das sieht eher nach einem rituellen Bad aus, und nicht wie ein Brunnen.« Die Apothekerin holte ein paar kleine Fläschchen aus Keramik aus ihrem Beutel, die mit Korken verschlossen waren, und füllte sie mit Wasserproben von unterschiedlichen Stellen und Tiefen des Beckens.

»Trink das nicht«, warnte Großmutter Meng, als Lehrerin Hu das Gesicht ganz nah an die Wasseroberfläche brachte.

Aber die Kräuterkundlerin ignorierte die Buri-Matriarchin, tauchte einen Holzbecher in den Brunnen und nippte daran. Die anderen hielten den Atem an und warteten darauf, dass Lehrerin Hu in Ohnmacht fiel oder sich irgendwie veränderte. Aber als nach einigen Augenblicken nichts passierte, runzelte die Apothekerin die Stirn und trank noch einen Schluck.

»Es ist nicht vergiftet, zumindest kann ich nichts entdecken«, sagte Lehrerin Hu. »Im Gegenteil, ich würde sagen, das ist das süßeste Wasser, das ich je getrunken habe. Zhara, komm her, Kind, und sag mir, was du denkst. Wenn das Wasser auf magische Weise beschmutzt ist, müsstest du es merken.«

Zhara war außerhalb der Säulenhalle stehen geblieben. Sie wollte nicht an diesen wachsamen, andersweltlichen Augen der steinernen Ungeheuer vorbei. Ein Schauder durchlief sie, als sie das Brunnengebäude betrat. Ihr war plötzlich kalt, als ob sie in eisiges Wasser gesprungen wäre.

Großmutter Meng und Kam waren zu der Apothekerin an den Rand des Beckens getreten, tauchten ihre gewölbten Hände in das Wasser und kosteten es. »Es ist gut«, sagte die alte Frau überrascht. »Weniger mineralisch, als ich dachte, wenn man bedenkt, dass es von den Hängen des Mount Zanhei stammt.«

»Es schmeckt nicht nach Erde«, setzte Kam hinzu, »oder abgestanden wie aus anderen Brunnen weiter draußen im Sumpf.«

Zhara folgte ihrem Beispiel und tauchte ihre Finger ins Wasser. Dann riss sie die Hand erschrocken zurück.

»Was ist?«, fragte Kam angstvoll.

Stirnrunzelnd tauchte sie wieder die Hand in das Becken und bewegte sie ein bisschen hin und her. »Das ist kein Wasser«, sagte sie langsam.

»Was meinst du damit, es sei kein Wasser?«, fragte Großmutter Meng verwirrt.

Zhara schüttelte frustriert den Kopf, weil ihr die Worte fehlten, um zu beschreiben, was sie fühlte. »Es ist … einfach kein Wasser«, sagte sie. »Es ist so wenig Wasser wie die Farbe Rot eine Ente ist.« Zögernd ließ sie einen Tropfen der Flüssigkeit auf ihre Zunge fallen. Wieder wurde sie von dem Gefühl – der Überzeugung – überwältigt, dass das, was den Brunnen anfüllte, kein Wasser war, sondern etwas anderes, das flüssig geworden war.

Sie spürte Lehrerin Hus Blick auf ihrem Gesicht. »Vielleicht«, sagte die Apothekerin langsam, »können wir Nicht-Magier nur die physische Existenz dieser Flüssigkeit wahrnehmen. Aber für Magier … gibt es womöglich noch eine andere Dimension.«

Scharf sog Zhara den Atem ein, als sie begriff. »Das Wasser wurde verwandelt«, sagte sie. »Wie Thanhs Ki, bevor er … bevor er zu einem Scheusal wurde. Nicht mehr menschlich, sondern etwas anderes.« Sie blickte in die Gesichter der Menschen an ihrer Seite. »Etwas … Dämonisches.«

Stille senkte sich über den Sumpf, als ob die ganze Welt den Atem anhielt.

»Ist das überhaupt möglich?«, fragte Lehrerin Hu im Flüsterton.

»Ich weiß nicht«, flüsterte Zhara zurück. Sie schaute nach Nordwesten, wo die kahle Silhouette des Vulkans die Landschaft überragte, gekrönt von seinem typischen Ring aus Wolken. »Aber ich glaube, wir müssen zur Quelle, um der Sache auf den Grund zu gehen.«

Kapitel 17

Es hätte Zhara beunruhigen sollen, wie leicht es war, sich nach Einbruch der Nacht wieder in die Stadt zu schleichen, aber sie beklagte sich nicht. Lehrerin Hu hatte ihr den Spalt in der südwestlichen Stadtmauer gezeigt, von dem die Nachtwache nichts wusste und der durch eine Azaleenhecke vor unwissenden Blicken verborgen war. Beide waren mühelos hindurchgegangen, hatten sich mit wenigen Worten voneinander verabschiedet und eilten nach Hause, um noch so viel Schlaf wie möglich zu bekommen, bevor der neue Tag anbrach.

Die Straßen lagen still und dunkel da. Die Laternen an den oberen Balkonen der Häuser waren bereits gelöscht. Das Licht der dünnen Mondsichel warf einen blasssilbernen Schein über das Pflaster, und Zhara musste aufpassen, wo sie hintrat. Ihre Schuhe hatten wieder begonnen sich aufzulösen, und sie würde sie flicken müssen, wenn sie nach Hause kam. Sie gähnte. Oder gleich morgen früh.

Als sie in ihre Straße einbog, ergossen sich fröhliches Lachen und Gesprächsfetzen von der Taverne an der Ecke in die Nacht. Zhara machte normalerweise nach Einbruch der Dunkelheit einen weiten Bogen um die Taverne, hauptsächlich um der Zweiten Ehefrau nicht in die Arme zu laufen, obwohl sie gelegentlich auch amouröse und schlüpfrige Angebote der angetrunkenen Nachbarn abwehren musste.

»Und wen haben wir denn hier?«, ertönte eine leichte, liebliche Stimme. Zharas Nackenhaare stellten sich auf.

Die Zweite Ehefrau.

Mit hämmerndem Herzen versteckte sich Zhara hinter einem Baum.

»Ein Freund«, antwortete eine zweite Stimme, schrill, zischend und merkwürdig vertraut, obwohl Zhara sie nicht einordnen konnte. Sie glaubte, sie erst vor Kurzem gehört zu haben. Irgendwo in der Dunkelheit, im Verborgenen, wo es feucht war …

»Tatsächlich?«, gab die Zweite Ehefrau kokett und unverblümt zurück. »Warum habe ich dich dann noch nie gesehen?«

»Die Dame mag mich nicht kennen«, sagte der Fremde, »aber sie kennt meinen Gebieter.«

»Und wer ist dein Gebieter?«

»Lord Chan.«

Es dauerte eine Weile, bis die Zweite Ehefrau reagierte. »Treib keine Scherze mit mir, du kleiner Gnom«, sagte sie beißend. »Warum sollte Lord Chan dich zu mir schicken? Besonders nachdem meine dumme, kurzsichtige Suzhan sich geweigert hat, ihn zu heiraten.«

Zhara saugte unwillkürlich die Luft ein und schlug dann schnell die Hände vor den Mund.

»Weil«, sagte der Fremde, »sich die Dinge geändert haben.«

Die Zweite Ehefrau schnaubte höhnisch. »Von allen verfügbaren Töchtern in Zanhei will dein Herr ausgerechnet meine heiraten. Meine! Ein armer, einfacher, unansehnlicher Klotz von einem Mädchen. Noch dazu blind! Völlig nutzlos.«

Zorn kochte durch Zharas Adern, und jeder Muskel und Nerv in ihr spannte sich an. Suzhan war so viel mehr als nur ihr Äußeres, ihre Armut, ihre Behinderung. Sie war ein Mädchen mit einem außergewöhnlichen musikalischen Talent, sie war freundlich, lieb, loyal. Jeder könnte sich glücklich schätzen, sie zur Frau zu bekommen.

»Die Blindheit kümmert meinen Gebieter nicht«, sagte der Fremde. »Deine Tochter hat andere … Vorzüge.«

Die Zweite Ehefrau schnaubte noch einmal. »Was für Vorzüge? Ihr Stiefvater hat uns keine zwei Münzen hinterlassen.«

In dem Moment kam aus der Taverne eine laute, grölende Gruppe, deren angeheiterte Rufe von den Dachschindeln widerhallten, und die Erwiderung des Fremden ging in dem Lärm unter. Zhara reckte sich, um den Rest des Gesprächs mitzubekommen.

»… bring sie zu …«

»… das andere Mädchen …«

»… warum sie …?«

»… weil sie eine Magi…«

Mittlerweile war die Gruppe über Zhara gestolpert, und zwar buchstäblich. »Na, was ham wir denn hier?«, lallte der Erste und blies ihr eine Bier- und Kotzefahne ins Gesicht. Zhara hustete und versuchte, das Würgen zu unterdrücken. »So'n hübsches Mädel mitten in der Nacht?«

»Ist vielleicht nicht hübsch und noch nicht mal ein Mädel«, sagte einer seiner Gefährten.

»Egal«, meinte der Erste. »Im Sturm ist jeder Hafen recht, was?«

In ihren Handflächen kribbelte die Magie, aber die brauchte Zhara nicht, um mit diesen armen, betrunkenen Kerlen fertigzuwerden. Ein gut platzierter Tritt war genauso wirkungsvoll wie Magie, wenn nicht noch besser. Sie trat dem einen, der sie in die Ecke drängen wollen, blitzschnell auf den Spann, hieb ihm den Ellbogen in den Magen und rannte los. Während sie ihr Hoftor öffnete und eintrat, hörte sie hinter sich das Gelächter und den Spott, mit dem die Freunde den Unglücklichen überhäuften. Zhara schaute über die Schulter, um sicherzugehen, dass ihr niemand folgte.

Sajah begrüßte sie mit einem brummelnden Schnurren, als sie in die Küche kam und ins Bett kroch. Ihre Augenlider klappten zu, obwohl sie noch über das Gespräch zwischen der Zweiten Ehefrau und diesem geheimnisvollen Freund von Lord Chan nachdenken wollte. Aber die Ereignisse des Tages holten sie ein, drückten sie nieder, und im nächsten Moment war Zhara eingeschlafen.

Das Dröhnen der Stadtglocken schreckte Zhara am nächsten Morgen auf. Sonnenlicht strömte durch das Küchenfenster, und wegen des hellen Lichts zunächst orientierungslos, legte sie die Hand über die Augen. Normalerweise war es viel dunkler, wenn sie aufstand.

Die Erkenntnis, dass sie verschlafen hatte, setzte erst einen Moment später ein, und instinktiv sprang sie aus dem Bett und tastete nach den zusammengefalteten Kleidern auf dem Schemel neben ihrer Matratze. Die Zweite Ehefrau erwartete jeden Moment das Frühstück. Mit verschlafenen Augen und immer noch todmüde, schob Zhara ein Bein in ihre Hose, dann das andere, und erst, als sie bereits die Tunika anhatte und die Schärpe an ihrer Hüfte zubinden wollte, merkte sie, dass sie die Hose falschherum angezogen hatte.

Congee. Es würde Congee zum Frühstück geben. Zhara hatte noch einen Rest Reis, der noch nicht schlecht geworden war. Sie goss ein paar Kellen voll Wasser in den Wok und setzte ihn auf den Herdring. Dann schürte sie die Kohlen im Ofen, um die Glut anzufachen. Mit einem Löffel kratzte sie den leicht angebrannten und kalten Reis aus dem Boden des Topfs und klatschte ihn in den Wok. Schließlich setzte sie den Deckel auf, damit es schneller kochte. In der Zwischenzeit holte sie einen zweiten Topf und gab ein halbes Dutzend Eier hinein, aus denen sie Tee-Eier zubereiten wollte.

»Ah, gut, du bist wach.«

Zhara erschrak und hätte sich beinahe verbrüht, als eine groß gewachsene, schlanke Gestalt auf der Türschwelle erschien. Sajah, der hoch oben auf einem Vorratsregal saß, fauchte den Eindringling an: die Zweite Ehefrau.

»M-Madame«, stammelte Zhara, faltete hastig die Hände vor dem Körper und verbeugte sich. »Ich dachte nicht, dass Ihr schon so früh auf seid. Ich … ich werde mich mit dem Frühstück beeilen.«

»Immer mit der Ruhe.« Ihre Stiefmutter wedelte mit der Hand und trat in die Küche. Die langen, dunklen Haare der Zweiten Ehefrau waren locker im Nacken zusammengebunden, und Zhara konnte durch die fadenscheinige Seide ihres Morgenmantels hindurch den Innenhof hinter ihr sehen. »Ich wollte mich nur für mein Benehmen letztens entschuldigen. An dem Abend, nachdem wir von unserem Treffen mit Lord Chan zurückgekehrt waren.«

Zhara zuckte zusammen. »D-das ist nicht nötig, Madame.« Sie wusste nicht genau, was sie mehr verblüffte: dass sich ihre Stiefmutter entschuldigte oder … dass es ihr offenbar ernst damit war. Dankbarkeit und Misstrauen schlangen sich um ihren Magen und drückten wie ein Gürtel. Fragmente eines Gesprächs zuckten durch ihre Erinnerung, und Zhara glaubte sich an zwei Stimmen zu erinnern, die leise miteinander stritten, doch der Gedanke löste sich auf, bevor sie ihn zu fassen bekam.

Die Zweite Ehefrau kniff die Augen zusammen. »Um Himmels willen, Kind, warum ist es hier so dunkel? Zünde doch ein paar Kerzen an, meine Liebe.«

Zhara arbeitete normalerweise bei noch schlechterer Beleuchtung. Das Licht, das jetzt durch das kleine Küchenfenster fiel, war im Vergleich dazu beinahe gleißend hell. »Ich … ich habe in der Küche keine Kerzen, Madame.«

»Ach nein?« Ihre Stiefmutter zog scharf eine Augenbraue hoch. »Warum nicht?«

»Weil … weil mir das Feuer im Herd n-normalerweise ausreicht.«

Die Zweite Ehefrau seufzte. »Ganz ehrlich, Kind, es kränkt mich, dass du glaubst, ich würde dir ein paar Kerzen als Beleuchtung bei deiner Arbeit missgönnen. Du kannst dir nachher welche aus der Kommode nehmen, wenn du möchtest.«

»J-ja, Madame.«

Ihre Stiefmutter rauschte an ihr vorbei und setzte sich neben den Ofen. Von Nahem konnte Zhara die Kissenfalten an der Wange der Zweiten Ehefrau erkennen und dass Kragen und Säume ihres seidenen Morgenmantels bereits reichlich ausgefranst waren. Ihre dunklen Augen waren geschwollen von Schlaf und zu viel Reiswein. Und mit einer Art Schock sah sie graue Strähnen an den Schläfen ihrer Stiefmutter glänzen und Falten um ihren Mund – ohne Make-up, ohne die glamouröse Rüstung, in die sie sich täglich hüllte, sah man der Zweiten Ehefrau ihr Alter allmählich an.

»Aber nun zu etwas anderem. Ich wollte mit dir reden, bevor du zur Arbeit gehst, Jin Zhara.«

Sie verkrampfte sich. Sie wusste, dass sie dem veränderten Verhalten der Zweiten Ehefrau nicht trauen durfte; die Tendenz ihrer Stiefmutter zur Boshaftigkeit lag stets auf der Lauer. Wie Zharas Magie. »N-natürlich, Madame«, sagte sie panisch, als sie das schwache rosige Glühen ihrer Magie durch ihre Handlinien schimmern sah. Sie faltete die Hände noch fester zusammen und verharrte in ihrer Verbeugung.

»Ach, nun komm schon wieder hoch«, sagte die Zweite Ehefrau. »Mir tut ja der Rücken weh, wenn ich dich so gekrümmt dastehen sehe.«

»Ja, Madame.« Zhara richtete sich auf und ließ die Hände an

sich herunterfallen. »Darf ich … darf ich weiter das Frühstück zubereiten, während Madame spricht?« Die Eier wurden von dem kochenden Wasser ratternd im Topf hin und her geworfen. Zhara zog sie von dem Herdring.

Die Zweite Ehefrau gähnte und wedelte nachlässig mit der Hand. »Natürlich«, sagte sie. »Ich bleibe nicht lange, ich wollte dich nur um einen Gefallen bitten.«

Zhara, die gerade die hart gekochten Eier mit kaltem Wasser abschreckte, hielt in ihrer Bewegung inne. »Natürlich, Madame«, sagte sie dann, ehe sie vorsichtig die Schalen aufbrach und die Eier dann wieder in den Topf legte.

»Es geht um Suzhan.«

Zhara füllte frisches Wasser aus der Zisterne in den Topf, gab schwarze Teeblätter, Zimt, Orangenschalen, scharfen Pfeffer, Fenchelsamen und Sternanis dazu, sowie etwas Sojasoße. »Was ist mit Suzhan, Madame?«, fragte sie vorsichtig und stellte den Topf wieder auf den Herdring.

Ihre Stiefmutter schüttelte den Kopf. »Ich liebe mein Juwel von Herzen«, sagte sie, »aber manchmal macht mich Suzhans Starrsinn rasend.« Sie schenkte Zhara ein wehmütiges, wässriges Lächeln. »Und ich fürchte, dass ich mein Temperament noch nie gut zügeln konnte. Ein sehr unvorteilhafter Charakterzug, ich weiß.«

Zhara dachte an den Bluterguss auf Suzhans Wange. Sie holte ein paar Frühlingszwiebeln aus der Kühlkammer und fing an, sie mit heftigen Bewegungen zu zerkleinern. Unter ihren Händen wurde der Holzgriff des Messers erst warm und elastisch, ehe sich das Messer in eine Lauchstange verwandelte. Erschrocken ließ sie den Lauch los, der – nun wieder ein Messer – klappernd auf das Schneidebrett fiel.

»Alles in Ordnung, Kind?« Die Stimme der Zweiten Ehefrau

war honigsüß und hilfsbereit. »Du hast dich doch nicht etwa geschnitten, oder? Lass mal sehen.« Sie stand auf und griff nach Zharas Hand.

»Mir geht's gut, Madame.« Nur mit großer Mühe gelang es Zhara, ihre Magie so weit zu unterdrücken, dass sie ihre Stiefmutter nicht verletzte.

Die Zweite Ehefrau studierte ausgiebig Zharas Hand. »Du bist ein braves Mädchen, Jin Zhara.« Mit einer besänftigenden Geste strich ihre Stiefmutter leicht mit den Fingern über Zharas arbeitsraue Haut. »Ich wünschte, Suzhan wäre genauso brav wie ihre große Schwester, was diese ganze Heiratsangelegenheit betrifft, aber meine Tochter weigert sich, die Sache auch nur einen Moment lang aus meinem Blickwinkel zu betrachten. Besonders weil Lord Chan gewillt ist, über ihre jugendliche … Launenhaftigkeit hinwegzugehen und sein Angebot zu erneuern.«

»Zu erneuern?« Etwas kitzelte an Zharas Bewusstsein, ein beharrliches Nagen an ihren Gedanken, eine Aufforderung, sich an etwas zu erinnern – aber an was? Die fürsorgliche Berührung ihrer Stiefmutter lenkte sie so sehr ab, dass sie nicht mehr klar denken konnte.

»Ja.« Die Zweite Ehefrau strich weiter über Zharas Schwielen. »Lord Chan ist kein unvernünftiger Mann. Er hat um ein weiteres Treffen gebeten, und ich möchte, dass du uns diesmal begleitest. – Aiyo!«

Ein schrilles Klimpern begleitete einen staubig roten Blitz, der durch die Küche fuhr, zischte und fauchte und der Zweiten Ehefrau die Beine zerkratzte.

»Sajah!«, rief Zhara und bückte sich, um den Kater auf den Arm zu nehmen, aber er schlüpfte ihr aus den Händen und attackierte weiter Zharas Stiefmutter.

»Was ist das für ein widerliches Ding?« Die Zweite Ehefrau versetzte Sajah einen kurzen, scharfen Tritt, sodass der Kater gegen den Ofen flog. »Du«, befahl sie, an Zhara gewandt, »hol einen Besen und scheuche dieses flohverseuchte Vieh aus dem Haus.«

Zögernd holte Zhara den Besen aus der Ecke, aber der Kater hatte sich schon in den Schatten verzogen. Erleichtert stellte sie den Besen wieder neben den Ofen. Sie hörte, wie hinter ihr der Topf mit den Tee-Eiern überkochte, weshalb sie sich rasch entschuldigte, um ihn vom Herdring zu nehmen.

»Abscheulich«, schniefte die Zweite Ehefrau. »Sorge dafür, dass diese Kreatur nicht wiederkommt. Stell dir nur vor, was für Krankheiten das Vieh einschleppen könnte. Und noch dazu dort, wo unser Essen zubereitet wird.«

»Ja, Madame. Ich bitte tausendmal um Vergebung«, sagte Zhara und verbeugte sich wieder und wieder. Sie dachte daran, dass Katzen dem Löwen des Südens heilig waren, dass man von ihnen behauptete, sie würden die Pest vertreiben, nicht Krankheiten verbreiten. Sie nahm sich vor, später in den Löwentempel zu gehen und als Buße ein Opfer zu bringen.

Die Zweite Ehefrau reckte das Kinn in die Höhe und begann, in der Küche auf und ab zu gehen. »Nun«, sagte sie, »bevor wir so rüde unterbrochen wurden, wollte ich dich bitten, dass du Suzhan zu dem nächsten Treffen mit Lord Chan, das in einem Teehaus stattfinden wird, begleitest.«

Nun, da sie von der betörenden Berührung ihrer Stiefmutter befreit war, kehrte in Zhara die Erinnerung an dieses merkwürdige Gespräch zwischen der Zweiten Ehefrau und einem seltsam vertraut wirkenden Fremden schlagartig zurück. »Bitte vergebt mir, Madame«, sagte sie langsam, »aber warum ich?«

»Wie ich schon sagte, ich liebe mein Juwel«, sagte ihre Stiefmutter, und ihre ernste Fassade bekam einen Riss, »aber sie vertraut mir nicht. Und da kommst du ins Spiel, meine Liebe. Du musst sie überzeugen, zuzustimmen. Das wirst du doch für mich tun, nicht wahr? Du bist doch mein braves Mädchen, Jin Zhara.«

Aber Suzhan hatte diesen Mann nicht heiraten wollen. Sie hatte sich vor ihm gefürchtet. Der Wunsch, ihrer Stiefmutter zu gefallen, kämpfte mit dem Bedürfnis, ihre Schwester zu beschützen. Zhara wusste, dass sie versuchen musste, für Suzhan einzustehen, auch wenn ihre Entschlossenheit angesichts der seidenweichen Freundlichkeit der Zweiten Ehefrau dahinschmolz.

»Madame«, sagte sie vorsichtig, »was weiß Madame über den zukünftigen Gemahl ihrer Tochter?«

Ihre Stiefmutter schien überrascht zu sein. »Was ich dir bereits gesagt habe. Dass er sehr reich und sehr mächtig ist. Das ist alles, was wir wissen müssen.«

Zhara biss sich auf die Lippe. »Es gibt … unschöne Gerüchte über Lord Chans Vergangenheit, Madame.«

»Oh?« Die Zweite Ehefrau war still geworden.

»Es heißt«, setzte Zhara vorsichtig an, »dass er in einigen Teilen von Zanhei unter einem anderen Namen bekannt ist.« Als ihre Stiefmutter ihr nicht befahl zu schweigen, fuhr sie fort. »Der Schwarze Witwer.«

»Der Schwarze Witwer?« Die Zweite Ehefrau lachte. »Wie komisch.«

»Er hat schon oft geheiratet und all seine Frauen begraben, Madame.«

»Sicher nichts weiter als böswilliges Gerede, verbreitet von abgewiesenen Heiratskandidatinnen.« Ihre Stiefmutter schniefte leicht. »Ach, Jin Zhara«, sagte sie, und ihre Stimme war beinahe … freundlich, »ich weiß, dass du dir Sorgen um Suzhan machst. Und auch darüber, was mit dir passieren wird, nicht wahr? Wo wirst du hingehen, wenn sie verheiratet ist? Was wirst du tun?«

Zhara schaute zu der Zweiten Ehefrau auf. Der sanfte, beinahe intime Ton ihrer Stiefmutter traf sie völlig unvorbereitet. »Ich … ich …«, stammelte sie. Sie hatte noch nie wirklich über ihre Zukunft nachgedacht. Das Bedürfnis nach Sicherheit, nach Überleben, hatte Zhara nie weiter als bis zur nächsten Mahlzeit denken lassen, bis zur nächsten Gelegenheit, an Geld zu kommen, bis zum nächsten Sonnenaufgang. *Sei brav und sei ehrlich*, hatte ihr Vater gesagt. Es war die einzige Art zu leben, die sie kannte – dafür zu sorgen, dass ihre Stiefmutter zufrieden war.

»Ich sehe, dass dir dieser Gedanke noch gar nicht gekommen ist«, sagte die Zweite Ehefrau mitfühlend.

»N-nein, Madame.«

»Nun«, sagte ihre Stiefmutter mit weicher, besänftigender Stimme, fast … verführerisch, »wenn Suzhan heiratet, braucht sie in ihrem neuen Leben als Gemahlin eines Palastbeamten eine Zofe, und wer wäre besser geeignet, für sie zu sorgen, als diejenige, die sie besser als jede andere auf der Welt kennt?«

Zhara war sprachlos. »I-ich?«

Deine Tochter hat andere … Vorzüge.

»Ja, du.« Die Zweite Ehefrau trat näher. Ihre große, elegante Silhouette war so schlank und kerzengerade wie eine Klinge. Schweiß brach an Zharas Haaransatz aus, während sie auf den Armen eine Gänsehaut bekam. Sie war ihrer Stiefmutter noch nie so nahe gewesen, und diese Tatsache war sowohl erschreckend als auch berauschend. »Immerhin gehörst du zur Familie, Jin Zhara.«

Die Worte trafen sie in die Rippen und sie konnte kaum noch atmen. Die Zwillingsschlangen Dankbarkeit und Misstrauen wanden sich hektisch in ihrem Magen, kämpften miteinander um die Vorherrschaft. Zhara wusste nicht, was sie denken sollte. Sie wusste nicht, was sie fühlen sollte. Sie wartete auf den Haken im Köder ihrer Stiefmutter, der sich in ihr Fleisch bohren würde.

»W-was ist mit Madame?«, fragte Zhara. »Wer wird sich um sie kümmern?«

Das Lächeln der Zweiten Ehefrau war sowohl gewinnend als auch gerissen. »Wie rücksichtsvoll von dir, an deine arme alte Mutter zu denken«, sagte sie, und da war er: der Haken in Zharas Herz, der an der Schnur zerrte. »Aber ich werde zurechtkommen. Suzhans zukünftiger Ehemann war bereits jetzt sehr großzügig. Schau her.« Sie zog ein Silbernugget aus ihrem Ärmel und legte es auf die Arbeitsplatte. »Kauf dir etwas Schönes«, sagte sie. »Vielleicht neue Schuhe. Neue Kleider. Immerhin« – ihre Stiefmutter betrachtete sie von oben bis unten – »brauchst du etwas Anständiges zum Anziehen für das Treffen im Teehaus.«

Mit zitternden Fingern nahm Zhara das Silbernugget. Es war mehr wert, als sie in drei Monaten bei Lehrerin Hu verdiente.

»Siehst du?«, sagte die Zweite Ehefrau. »Ich werde zurechtkommen, wie ich gesagt habe.«

Die Stadttrommeln verkündeten die späte Morgenstunde. »Madame«, sagte Zhara erschrocken. »Ich muss zur Arbeit …«

Ihre Stiefmutter winkte mit der Hand. »Geh schon«, sagte sie. »Wir wollen doch nicht, dass du zu spät kommst. Ich werde das Frühstück fertig machen.« Zhara zögerte, aber die Zweite Ehefrau schob sie in Richtung Tür. »Los doch.«

Sie verbeugte sich, während sie eilig die Schürze ablegte und an den Haken neben der Tür hängte.

»Zhara.« Das Morgenlicht ließ die Falten aus dem Gesicht der Zweiten Ehefrau und die grauen Strähnen aus ihrem Haar verschwimmen, aber ihr Ausdruck hatte sich versteinert – ihre Augen glitzerten wie Obsidianscherben und ihre Lippen waren ein gemeißelter Spalt. »Fleiß, Pflichtgefühl und Treue zur Familie. Das war es doch, was du gesagt hast, nicht wahr?«

Es war keine Frage. »Ja, Madame«, antwortete Zhara.

»Gut.« Die Zweite Ehefrau krempelte die Ärmel ihres Morgenmantels hoch und holte Frühstücksschalen aus dem Regal. »Sieh zu, dass du das nicht vergisst. Denn«, fuhr sie mit süßer Stimme fort, »ein braves Mädchen würde doch nicht ihre arme alte Mutter enttäuschen, nicht wahr?«

Kapitel 18

Wonhu Han, der Thronerbe von Zanhei, war ein junger Mann mit vielen Talenten – Fechten, Bogenschießen, Reiten, Poesie –, aber Einbruch gehörte nicht dazu.

»Mutter der Dämonen«, murmelte er und stach sich zum siebten Mal mit einer Haarnadel. »In den Kriminalromanen hört sich das immer so leicht an.«

Das bronzene Vorhängeschloss vor Onkel Lis Tür hatte die Form eines Löwen. Sein weit aufgerissenes Maul war das Schlüsselloch und der Körper bestand aus Kombinationsrädern. Der einzige Schlüssel befand sich im Gemach des Kanzlers, und da er die Zahlenkombination zu den Räumen von Onkel Li nicht kannte, hatte Han entschieden, das Schloss aufzubrechen. Die Früchte seiner Arbeit bestanden aus einer Handvoll verbogener Haarnadeln, einer tiefen Stichwunde in seinem Daumenballen und mehreren unterdrückten Wutschreien.

»Ich glaube, ich könnte dabei behilflich sein, mein Prinz.« Han drehte sich um und sah Xu hinter sich stehen, die rot geschminkten Lippen zu einem süffisanten Grinsen verzogen. An einer Kette vor Hans Nase baumelte ein Schlüssel. »Sucht Seine Gnaden vielleicht den?«

»Xu!« Han sprang auf und zuckte zusammen, als er in eine Haarnadel trat. »Wie bist du an den Schlüssel gekommen?«

»Ich habe ihn im Büro meines Vaters gefunden.« Xu trat vor und schob den Schlüssel ins Schloss. Mit einer leichten Drehung des Handgelenks und einem Klicken fiel das Vorhängeschloss von der Tür. »Es hat Vorteile, das einzige Kind des Kanzlers zu sein. Nicht viele, aber ein paar.«

»Also schön«, sagte Han und schob die Tür zu Li Er-Shuans Gemach auf. »Sehen wir mal nach, ob wir etwas für Huang Jiyi finden können.«

Die Hüter der Morgenröte hatten ihm eine Botschaft zukommen lassen, dass sie sich am Morgen mit Huang Jiyi treffen würden. Meister Cao hatte erklärt, Huang Jiyi – eine der gelehrten Personen, die zusammen mit Onkel Li an der Rekonstruktion des *Lieds von Ordnung und Chaos* gearbeitet hatten – würde Gedichte verfassen, im Vergnügungsviertel in einem Teehaus namens Blauregenhof leben und habe sie alle zu einem Dichterabend eingeladen, um ihre Erkenntnisse miteinander zu teilen. Han war ziemlich aufgeregt, einen echten Poeten kennenzulernen; vielleicht sollte er ein paar eigene Werke mitnehmen.

Dazu musste er natürlich erst in Onkel Lis Quartier, um nachzusehen, ob dieser irgendetwas von Interesse zurückgelassen hatte.

Onkel Lis Gemächer sahen genauso aus wie damals, als er sie zuletzt betreten hatte, kurz bevor seine Mutter von den Falken verhaftet worden war. Der Schreibtisch war mit losen Blättern, ungewaschenen Pinseln und Tuschetöpfen bedeckt, sowie mit etlichen, halb zerbröselten Resten von Tuschestangen, die im Laufe der Zeit ausgetrocknet und gerissen waren. Eine dicke Staubschicht bedeckte alles – die Vorhänge, das Bettzeug, die Möbel, die leeren Regale.

»Für einen Astrologen«, bemerkte Xu, »hatte Li Er-Shuan ziemlich wenige Nachschlagewerke oder Fachliteratur.«

»Onkel Li war schon immer ein bisschen komisch«, sagte Han. »Exzentrisch hat ihn meine Mutter immer genannt.«

Li Er-Shuan war ein merkwürdiger Fixpunkt im Palast gewesen, ein dünner, drahtiger Mann in einem viel zu großen Gewand und mit eulenartigen Brillengläsern, der viele Jahre als Astrologe für die Fürstengemahlin gearbeitet hatte. Onkel Li war im Grunde genommen der Cousin seiner Mutter gewesen, ein Überbleibsel aus ihrem früheren Leben als Kurtisane im Vergnügungsviertel, bevor sie Fürst Wonhu geheiratet hatte. Als Astrologe besaß Li Er-Shuan nur wenig Talent, und man hatte sich im Palast ständig über sein bizarres Verhalten und seine überdrehten Launen lustig gemacht. Aber die Fürstengemahlin hatte ihn gegen alle Anfeindungen beschützt und Han erzählt, dass es Bande gab, die man nicht zerreißen konnte.

Wie die Bande des Blutes und der Magie.

Han schaute sich um. An den Wänden standen flache Schränke aus Holz. Ein Esstisch. Zwei Holzstühle ohne Kissen und auf dem Boden ein Strategiespiel. Ein einfaches Futonbett. Aber keine Regale, keine Bücher. Keine Notizen. Kein Hinweis darauf, wohin Onkel Li verschwunden sein mochte.

Xu ging zu einem Schrank und fing an, alle möglichen Schubladen aufzuziehen. »Ich weiß nicht, wo Li Er-Shuan hingegangen ist, aber er ist offenbar überhastet aufgebrochen.« Die Kleiderschränke und Kommoden waren voll mit Kleidern, gebügelt und ordentlich gefaltet, und in den Schubladen lagen saubere Socken und Unterwäsche.

»Warum sollte jemand mit seinen Büchern fliehen, aber all seine Kleider zurücklassen?«, überlegte Han.

»Ich glaube nicht, dass er das getan hat«, sagte Xu. »Er konnte unmöglich alles mitnehmen, wenn er tatsächlich überstürzt aufgebrochen ist. Und wenn er ein Mitglied der Hüter der Morgenröte war, wie Meister Cao gesagt hat, dann hatte er vermutlich alles versteckt, was mit Magie zu tun hat.«

Han öffnete die Deckel von den Kassetten. Onkel Li hatte wenig von Wert besessen, aber auch dieses Wenige hatte er zurückgelassen, zusammen mit Dingen, die sentimentale Bedeutung zu haben schienen. Emaillierte Broschen, mit Schmucksteinen besetzte Gürtelschnallen und selbst ein Fächer aus Wulin-Seide lagen unberührt in einem Kasten und setzten Staub an. Ein Seidengemälde, das seine Frau und die drei Töchter zeigte, hing immer noch an der Wand. Die jüngste Tochter, Ami, die etwa in seinem Alter war, kannte er. Meister Cao hatte sie klug genannt, aber in seiner Erinnerung war sie ein stilles Mäuschen, die ihrem Vater bei Schreibarbeiten half. Er ging zu Li Er-Shuans Schreibtisch.

Onkel Lis Arbeitsplatz war ein einziges Durcheinander aus Notizen und Zetteln. Han fuhr mit den Fingern über ein Blatt nach dem anderen mit halb fertig gedachten Ideen. Die Tusche war rissig und verblasst. Die Worte schienen hastig niedergeschrieben worden zu sein, wirr und unsinnig, dunkle und gequälte Gedanken.

Vor zwanzig Jahren, ein Ritual, schiefgelaufen. Eine Beschwörung?
Dämonen. Alpträume. Gift. Infektion.
Hüter. Hüter. Sie ist eine Hüterin. Ich muss sie beschützen.

Während Han die Papiere zusammenschob, rutschte etwas aus dem Stapel und fiel auf den Schreibtisch. Stirnrunzelnd hob er den Gegenstand auf – eine kleine, braun-weiß gesprenkelte Feder mit einer Perle am Schaft.

Ein angstvolles Kribbeln zog seinen Nacken hoch.

»Xu«, sagte er leise. »Sieh mal.«

Sein Lieblingsmensch betrachtete die Feder mit einem Stirnrunzeln. »Das sieht aus wie ein Teil von einem Kopfschmuck.« Und dann, mit einem entsetzten Ausdruck in den Augen: »Falken.«

»Sie waren hier«, sagte Han grimmig. »Und zwar erst kürzlich. Das ist eins der wenigen Dinge, die nicht mit Staub bedeckt sind.« Sein Herz wurde schwer. »Glaubst du, dass sie Onkel Lis Notizen über das *Lied von Ordnung und Chaos* in die Finger bekommen haben?«

Xu schaute sich im Zimmer um. »Ich denke nicht. Davon hätten wir gehört. Jedes Jahr wird eine Liste von allen verbotenen Büchern veröffentlicht, die konfisziert und zerstört wurden, und das *Lied von Ordnung und Chaos* stand noch nie drauf.« Bei Hans verblüfftem Gesichtsausdruck schüttelte Xu verzweifelt den Kopf. »Hat denn Seine Gnaden überhaupt keine Ahnung davon, was in seiner Stadt vorgeht?«

»Nein«, sagte Han unverblümt. »Warum sollte ich, wenn ich doch dich habe?«

Xu schüttelte wieder den Kopf. »Nein, ich glaube nicht, dass die Falken das Buch haben. Trotz seiner … exzentrischen Ader wäre Li Er-Shuan kaum so dumm gewesen, belastendes Material einfach so herumliegen zu lassen. Viel wahrscheinlicher ist, dass er es irgendwo versteckt hat, und zwar dort, wo es alle sehen können.« Xu blieb abrupt stehen. »Oh. Oh nein.«

Han blickte schnell auf. »Was ist?«

»Wenn Seine Gnaden ein Buch vor aller Augen verstecken wollte, wo wäre das wohl?«

Han verengte die Augen. »Zwischen anderen Büchern vermutlich. Wieso?«

»Und abgesehen von der Universität, wo würde Seine Gnaden in Zanhei ein Exemplar jedes einzelnen Buchs finden, einschließlich der verbotenen, die aber nicht verbrannt wurden?« Xu wandte den Blick weg von Onkel Lis Schreibtisch, hin zu dem Gang vor der Tür, zu den Archiven, die jenseits dieses Gangs lagen. »Ein Ort, der so mühelos zugänglich ist, dass Li Er-Shuan, ein Astrologe und

Historiker im Palast, es gar nicht nötig hatte, seine persönliche Sammlung in seinem Gemach aufzubewahren?«

Han verstand gar nichts mehr. »Drück dich bitte etwas deutlicher aus.«

Xu stöhnte und warf die Hände hoch, unfähig, noch länger die Etikette zu wahren. »Die Palastbibliothek, du Trottel!« Die Hände vor das Gesicht schlagend, lag Verzweiflung in Xus Stimme. »Manchmal, mein Prinz, fürchte ich um Zanheis Zukunft.«

»Ich nicht«, sagte Han fröhlich. »Ich habe doch dich.«

Zu Hans Überraschung traf er in der Bibliothek auf eine ihm bekannte rothaarige Person, die interessiert die Regale durchforstete.

»Euer … Euer Hoheit!«, stammelte er. »Was tut die Prinzessin hier? War sie nicht erst gestern in der Bibliothek?« Er dachte an ihre ungewöhnliche Bitte, direkt nach ihrer Ankunft hierhergebracht zu werden. »Hat Ihre Hoheit … ähm … gefunden, wonach sie suchte?«

Prinzessin Yulana schüchterte ihn ein, ob mit oder ohne Rüstung. Sie trug eine lange, einfache Tunika aus gelber Seide und lederne Hosen – die typische Kleidung ihres Volkes. Obwohl sie sich in einem Gebäude aufhielt, hatte sie immer noch ihre Stiefel an und hinterließ Schmutzspuren auf dem blank polierten Holzboden. Auf ihrer Schulter saß wie immer der Falke mit den beunruhigend blauen Augen. Han fragte sich, ob der Vogel bei ihr im Bett schlief, auf einem Kissen, wie einige Schoßhunde der Hofdamen. Er verwarf die Vorstellung als lächerlich; viel wahrscheinlicher war, dass die Prinzessin im Stall schlief, irgendwo auf einem Gebälk, neben dem Vogel.

»Ich … ah … habe alles ausgelesen, was ich mir geliehen hatte, und jetzt suche ich nach etwas leichterer Lektüre.« Die Augen der Prinzessin huschten von rechts nach links. »Ihr könnt mir nicht zufällig ein Buch empfehlen?«

Han musterte seine Zukünftige von oben bis unten. Sie kam ihm nicht wie ein Bücherwurm vor, obwohl er wusste, dass er sie nicht nach ihrem Äußeren beurteilen sollte. Trotzdem, ihre Anwesenheit in der Bibliothek beunruhigte ihn, und Misstrauen wälzte seine Eingeweide um wie eine Verdauungsstörung.

»Ein Buch empfehlen? Ich … ähm …« Er zermarterte sich das Hirn nach etwas, das eindrucksvoll oder gebildet klang, etwas, das ein junger Mann von Rang ganz bestimmt lesen und schätzen würde, aber der einzige Titel, der ihm einfiel, war *Die Maid, die vom Tod geliebt wurde.* »Mögt Ihr … Liebesromane?«

»Liebesromane?« Die Prinzessin wirkte belustigt. »Ihr Südländer seid so weich. Nein«, setzte sie dann zögernd hinzu, »ich suche nicht nach einem Liebesroman. Ich hoffte, einen … ähm … seltenen Text zu finden.«

»Weiß die Prinzessin vielleicht, wer den Text verfasst hat?«, fragte Xu hilfsbereit. »Ich bin sicher, dass die Bibliothekare sich mit den Werken hier bestens auskennen.«

Sie runzelte die Stirn. »Ich kann mich nicht mehr genau erinnern. Li Irgendwas. Ich weiß nicht viel mehr über ihn, nur dass er irgendein bekannter Astrologe war.«

Astrologe. Han und Xu wechselten einen panikerfüllten Blick. »Ich wusste gar nicht, dass Ihre Hoheit sich für Astrologie interessiert«, sagte Han.

»Oh, das ist nicht für mich«, sagte die Enkelin des Warlords. »Es ist für Mongke. Ein jüngeres Geschwister meiner Mutter«, sagte sie, und als sie Hans verwirrten Gesichtsausdruck bemerkte, setzte sie hinzu: »Die heilige Person in meinem Gefolge.«

»Ah.« Han erinnerte sich an die schlanke Gestalt in dem bunten Gewand, die bei der Ankunft der Prinzessin neben ihr gestanden und die er für einen Schamanen gehalten hatte. »Tja.« Er räusperte sich. »Und warum interessiert sich diese heilige Person für Astrologie?« *Und warum durchsuchst du die Bibliothek, wenn doch Mongke das Buch haben will?*, hätte er am liebsten gefragt.

Prinzessin Yulana zuckte mit den Schultern. »Schamanenkram, nehme ich an«, sagte sie, allerdings war ihr gleichmütiger Ton nicht sehr überzeugend. »Ich glaube, Mongke will die Mythen der verschiedenen Religionen aus dem Reich des Morgens miteinander vergleichen. Mein Großvater«, sagte sie mit einer leichten Verkrampfung ihres Kiefers, »war unglücklicherweise ziemlich gründlich in der Zerstörung verbotener Texte, deshalb möchte Mongke einen Grundstock des Wissens aufbauen und vielleicht ein bisschen von dem zurückholen, was verlorenging.«

Han war sich nicht sicher, aber er glaubte einen leicht kritischen Unterton gehört zu haben, als sie über die Taten des Warlords während des Gerechten Kriegs sprach. Der Vogel auf Prinzessin Yulanas Schulter flatterte plötzlich mit den Flügeln und schlug seine Federn wie einen Tadel gegen die Seite ihres Kopfs. Sie zuckte zusammen und schaute mit einem verlegenen und zugleich rebellischen Blick zu ihrem gefiederten Gefährten. »Hast ja recht, hast ja recht«, murmelte sie.

Unwillkürlich zog Han die Augenbrauen hoch. Nicht nur, dass seine Braut die Enkelin des Mannes war, der Menschen wie seinem kleinen Bruder den Tod wünschte, sie hatte offensichtlich auch nicht mehr alle Pfeile im Köcher. Han bemerkte, dass Xu genauso verwundert war wie er.

»Na ja, also.« Prinzessin Yulana hüstelte. »Bitte entschuldigt, dass ich eure Zeit beansprucht habe.« Sie nickte erst Xu zu, dann Han. »Euer Gnaden.«

Und noch ehe er sich seinerseits von ihr verabschieden konnte, hatte sie sich schon umgedreht und war gegangen.

Han und Xu verbrachten den Rest des Nachmittags im Archiv der Bibliothek und durchwühlten haufenweise alte Manuskripte, lose Blätter mit Notizen und zerfledderte und bröckelige Pergamente. Die Bibliotheksgehilfen hatten sich zwar gewundert, waren aber sehr glücklich darüber, den Rest des Tages keine Sortierarbeiten mehr leisten zu müssen und den Thronerben und seine rechte Hand ihrer Suche zu überlassen. Es dauerte nicht lange, da war sowohl Han als auch Xu der Grund dafür klar: Es gab eine schier endlose Masse an Büchern, die katalogisiert, repariert oder entsorgt werden mussten, und stündlich kamen mehr hinzu. Han erkannte, dass es vergebliche Mühe war, sie alle durchsehen zu wollen, gerade so, als würde man mit einem Fingerhut Wasser aus einem sinkenden Schiff schöpfen.

Xu hatte schon aufgegeben und lümmelte sich auf dem Boden des Katalogisierungszimmers, neben sich eine Platte mit Drachenfruchtscheiben und geschälten Litschis. Auf der anderen Seite lag ein Stapel mit halb gelesenen Texten.

»*Eine Meditation über die Farbe Braun*«, rief Xu, während Han im Bestandsbuch den Titel suchte. »*Die Vorteile der Katzenhaltung.*« Mit einem Stöhnen sank Xu auf den Rücken. »Und dafür habe ich mein Training sausen lassen.«

Han machte schmale Augen, während er die Inventarliste nach einem der beiden Werke absuchte. »Ich dachte, dir sei eine spitze Zunge lieber als ein spitzes Schwert.«

»Ach, ich weiß nicht«, sagte Xu verschmitzt. »Manchmal genieße ich sogar ein bisschen körperliche Ertüchtigung.«

»Du *hasst* körperliche Ertüchtigung.«

»Das kommt ganz auf den Trainingspartner an«, grinste Xu. »Manchmal ist dieses ganze Grunzen, Grabschen und Schwitzen lustig, finde ich.«

Han seufzte. »Ich glaube, wir drehen uns im Kreis.« Er legte das Bestandsbuch beiseite und rieb sich über das Gesicht. Die Worte verschwammen schon vor seinen Augen. »*Die Vorteile der Katzenhaltung* habe ich schon abgehakt. Das war alles an Büchern.« Enttäuschung und Müdigkeit drückten auf seinen Nasenrücken. »Alles eingetragen.«

»Was ist mit dem Abfall?«, fragte Xu und deutete auf eine große Wanne mit Büchern, die so zerfleddert und zerrissen waren, dass sie mehr oder weniger auseinanderfielen.

»Das hat keinen Sinn. Die werden doch sowieso alle weggeworfen.«

Xu zuckte mit den Schultern. »Wenn ich etwas äußerst Verräterisches und Kompromittierendes verstecken wollte, wäre ein Abfallbehälter doch gar kein so schlechter Ort. Ich glaube nicht, dass der allzu oft geleert wird.«

Han stöhnte. »Na gut. Dann bringen wir es am besten schnell hinter uns.«

Sie schlurften zu der riesigen Holzwanne und begannen den Inhalt durchzusehen. Einige der Bücher in der Wanne konnte man kaum noch Bücher nennen; es waren vielmehr lose Blätter, die von einem dünnen Faden zusammengehalten wurden.

»Warte mal, das hier kenne ich.« Han zog ein Blatt Papier mit dem Motiv einer Sonne in roter Tinte aus einem Stapel und griff nach dem Anhänger an seinem Hals. Obwohl die Gravur auf seinem Medaillon schon ganz abgerieben war, waren beide Motive identisch. Er überflog die Worte, die Teil eines Gedichts zu sein schienen. »*Behütet zwischen deinen rosigen, spitzen Hügeln wan-*

dert mein Geist zum Tal unserer Liebe«, las er laut. »*Ich klopfe an das Tor zu einem verbotenen Garten; mich hungert nach deiner süßen Frucht.*«

Xu hob den Kopf, die Ohren gespitzt. »Ooh, ist das aus *Geschichten aus dem Tiefen Tal?*«

»Meinst du?« Han überflog wieder die Zeilen. »Ich dachte, *Geschichten aus dem Tiefen Tal* sei Pornografie.«

Sein Lieblingsmensch machte den Mund auf und schloss ihn dann wieder mit einem leichten Kopfschütteln. »Schon gut, nicht so wichtig.«

»Sieh mal.« Han hielt Xu das Blatt Papier unter die Nase und deutete auf das Bild der aufgehenden Sonne in roter Tusche. »Das hier kenne ich.«

Xu runzelte die Stirn. »Ich habe dieses Symbol schon mal gesehen.«

»Ja«, sagte Han, zog die Schnur von seinem Hals und reichte sie Xu. »Es ist das Symbol für die Hüter der Morgenröte.«

»Nein«, sagte Xu geistesabwesend, während sich das Stirnrunzeln vertiefte. »Ich habe es woanders gesehen. Vielleicht in einem Buch …« Dann wurde das Gesicht unter dem Make-up plötzlich blass. »Euer Gnaden«, sagte Xu mit rauer Stimme. »Das ist ein Symbol der früheren Dynastie.«

»Von den Mugungs?« Han kratzte sich am Kopf. »Aber ich dachte, sie hätten während des Gerechten Krieges die Standarte des Vierflügeligen Drachen getragen.«

Xu schüttelte den Kopf. »Da hat jemand im Geschichtsunterricht wohl nicht richtig aufgepasst.«

»Stimmt nicht«, protestierte Han. »Bei der Schilderung der Schlachten habe ich sehr wohl aufgepasst.«

Xu seufzte. »Euer Gnaden. Warum sitzt der Kaiser des Reichs auf dem Sonnenthron?«

»Weil … ähm«, setzte Han an, »weil wir im Reich des Morgens leben und die Sonne im Osten aufgeht?«

Die Augen schließend und tief durchatmend, rief Xu das Erste Unsterbliche Wesen an, das über die Gelehrten wachte. »Yuo, gib mir Kraft.« Und dann, an Han gewandt, ganz langsam, wie zu einem begriffsstutzigen Schüler: »Weil der Thron auf den ersten Kaiser des Reichs zurückgeht – auf den Sonnenstrahlkrieger.«

Mit einem genervten Schnauben ließ sich Han auf den Boden plumpsen und bedeckte sein Gesicht mit einem Blatt Papier. Er fühlte sich wieder wie ein Kind, das zu Füßen seines Lehrers sitzt und Werke von verstaubten alten Philosophen und Historikern zitieren muss. Er war nie ein guter Schüler gewesen. Mit dem Schwert in der Hand fühlte er sich viel wohler als mit dem Pinsel. Von allen Fächern, die Han hatte ertragen müssen, hatte er nur die Poesie wirklich gemocht. Teilweise, weil Gedichte kurz waren, aber auch, weil seine Mutter eine Dichterin gewesen war. Er hatte immer noch ein paar Gedichte von ihr auf Schriftrollen an den Wänden seines Gemachs hängen – die wenigen, die er vor der zerstörerischen Trauer seines Vaters hatte retten können.

»Die Mugungs stammen in direkter Linie vom ersten Kaiser ab«, fuhr Xu fort. »Sie waren der Meinung, dass ihnen die Bewahrung des Gleichgewichts zwischen Ordnung und Chaos obliegt, und zwar mit allen Mitteln, einschließlich der Magie.«

»Ja, ja, ich weiß.« Han blies die Wangen auf und stieß dann die Luft aus, wobei er zusah, wie die Worte vor seinen Augen auf und ab flatterten. Das Papier roch merkwürdig, fast nach Zitrone, scharf und säuerlich. In einem Raum, in dem der Geruch nach trockener Tusche und Staub vorherrschte, war dieser Duft auffallend stark. »Aber die Welt geriet aus dem Gleichgewicht, weshalb der Warlord den Thron eroberte, um das Reich von allen Magiern zu säubern. Aber was hat die Mugung-Dynastie mit den Hütern der Morgenröte zu tun?«

»In allen Mythen standen die Hüter der Morgenröte stets treu an der Seite des Sonnenstrahlkriegers«, sagte Xu leise. »Sie hatten nicht nur die Aufgabe, die Mächte der Dunkelheit abzuwehren, sondern auch, das Recht des Sonnenstrahlkriegers auf die Herrschaft zu bewahren.«

Han setzte sich kerzengerade hin. Wie Wasser in eine Quelle sickert, machte sich Verstehen in ihm breit. »Willst du damit sagen, dass unsere Hüter der Morgenröte, diese magische Hilfsorganisation …«

»… gleichzeitig auch Mugung-Loyalisten sein könnten, ja«, beendete Xu mit kaum hörbarer Stimme den Satz.

Ein Summen erfüllte Hans Ohren, ein schrilles Heulen, das so klang, als würde sein Geist immer wieder das Wort *Verrat* flüstern. »Aber das ist doch lächerlich«, sagte er mit trockenem Mund. »Die letzte Mugung-Prinzessin verschwand, als der Warlord den alten Kaiserpalast dem Erdboden gleichmachte. Wenn sie noch lebt und die Hüter der Morgenröte sie auf den Sonnenthron setzen wollen, dann gibt es …«

»… Bürgerkrieg«, wisperte Xu. »Wo sind wir da bloß reingeraten, mein Prinz?«

Han schaute auf die Seite mit der pornografischen Poesie, auf der das Sonnensymbol prangte. Eine Untergrundorganisation, die es sich zur Aufgabe gemacht hatte, die Magier zu befreien. Aber mit welchen Mitteln?

»Euer Gnaden«, sagte Xu, »ich habe noch mehr Seiten gefunden.« Etliche lose Blätter in der Hand haltend, auf denen das Symbol der Mugung-Dynastie gedruckt war, runzelte Xu plötzlich die Stirn und hob die Finger an die Nase. »Bäh! Das riecht ja, als ob Orangenblütenparfüm schlecht geworden wäre. Wie Essig.«

Essig. Eine plötzliche olfaktorische Erinnerung zog Han in die Nase: Er hatte einmal eine Parfümflasche auf dem Frisiertisch seiner Mutter zerbrochen und den Inhalt über ihre Kleidung verschüttet. Aber es war kein Parfüm gewesen, sondern Apfelessig. Die Fürstengemahlin hatte ihm später gezeigt, wie man den Pinsel in die Flüssigkeit tauchte und damit schrieb. Und dann hatten sie gemeinsam zugesehen, wie die Worte von dem Papier verschwanden.

Wie Magie, hatte er gesagt. Es war die einzige Magie, die er je zustande bringen würde.

»Xu«, sagte er. »Du bist ein Genie.« Han hielt die Seite gegen das Fenster, durch das die späte Nachmittagssonne schien. »Unsichtbare Tinte.«

Und dort sah er hinter den Worten des berühmt-berüchtigten Gedichts weitere Zeilen schimmern.

Der Stern des Lichts bindet die Dunkelheit
und das Erbe überlebt.

»Was soll das bedeuten?«, fragte Han und blickte stirnrunzelnd auf die Worte. »Was ist der Stern des Lichts?«

Xu seufzte. »Manchmal, mein Prinz, wäre es ratsam, seine Nase in ein Geschichtsbuch zu stecken anstatt in irgendeine Romanze. Der Stern des Lichts ist das kaiserliche Juwel, von dem behauptet wird, dass der Sonnenstrahlkrieger es in der Schlacht gegen die Mutter der Zehntausend Dämonen eingesetzt hat.«

Ah. Han erinnerte sich an den Höhepunkt der Vorstellung der Bangtan-Brüder im letzten Sommer. »Um sie in dem Abgrund einzuschließen, richtig? Mithilfe der Hüter der Morgenröte?«

»Ja, mein Prinz.«

Stirnrunzelnd las er weiter.

Das Erbe überlebt und erblüht
unter dem Baum der Unsterblichkeit
im Land des äußersten Westens
im Reich des Einhornkönigs.

»Einhornkönig?« Han versuchte, sich an ein Märchen zu erinnern, in dem ein Einhornkönig vorkam, aber ihm fiel nichts ein. »Weißt du, wer der Einhornkönig ist?«

Xu strich sich nachdenklich über das Kinn. »Nein, aber das ›Land des äußersten Westens‹ klingt wie ein Hinweis. Pfui!« Xus Stimme klang unvermittelt angeekelt. »Wie kann es sein, dass ich mich heute Morgen rasiert habe und mir schon wieder Bartstoppeln wachsen?«

»Wirklich?« Han strich sich ebenfalls über das Kinn. Bei ihm wuchsen so wenig Barthaare, dass er sich unwillkürlich fragte, ob es nicht einfacher wäre, sie alle paar Tage auszuzupfen. »Ich bin neidisch.«

Xu schüttelte den Kopf. »Glaubt Seine Gnaden, dass Li Er-Shuan vielleicht in das Land im äußersten Westen geflüchtet ist?« Und dann, mit gesenkter Stimme, für den Fall, dass jemand lauschte: »Zu den Freien Völkern, die dort leben?«

Han betrachtete das Symbol der aufgehenden Sonne am unteren Rand der Seite. »Da könnte man sich schon gut verstecken«, sagte er dann. »Unter den Freien Völkern gibt es Hunderte – wenn nicht Tausende – Clans, und sie sind nur ihrem Schamanenkönig treu ergeben.«

»Dem Qirin Tulku«, sagte Xu. »Ich bin beeindruckt, dass Seine Gnaden sich daran erinnert.«

»Na ja«, sagte Han, »ich bin zwar kein besonders eifriger Schüler, aber so dumm bin ich nun auch wieder nicht.« Er seufzte. »Schauen wir uns die anderen Bücher in der Wanne an, ob wir noch mehr von diesen Notizen finden, die wir morgen Huang Jiyi in den Blauregenhof bringen können.«

»Sofort, mein Prinz.«

Während die beiden den Rest des Abfalls nach weiteren Werken von Li Er-Shuan durchwühlten, fragte sich Han unwillkürlich, was Onkel Li dazu bewogen haben mochte, in die Wildnis im äußersten Westen zu flüchten, statt sich in den Schutz der Hüter der Morgenröte zu begeben. Er umfasste den Sonnenanhänger an seinem Hals mit der Hand.

»Oh Onkel Li«, murmelte er, »wo sind wir da nur reingeraten?«

Kapitel 19

Die Dichter, die Zanheis Vergnügungsviertel mit dem nachtblühenden Jasmin verglichen, hatten entweder noch nie an einer Jasminblüte gerochen oder noch nie bei Tage einen Fuß in die Blumenstadt gesetzt.

Zhara rümpfte die Nase, während sie an den Kanälen entlangging, die mehr nach Fäkalien rochen als nach Parfüm. Sie kam durch Straßen, in denen tropfnasse Wäsche auf Leinen hing und in der Luft der muffige Geruch nach Knoblauch und Moder. Obwohl der überdachte Markt, wo sie arbeitete, nur auf der anderen Seite des Kanals lag, war Zhara noch nie im Vergnügungsviertel gewesen. Die Realität sah ganz anders aus als in ihrer Vorstellung, und sie war ein bisschen enttäuscht.

Die Blumenstadt erwachte zum Leben, wenn die Sonne unterging, hieß es, aber auch jetzt, mitten am Nachmittag, war in den Straßen jede Menge los. Händler, Lieferanten, Botenkinder und andere ganz normale Leute hasteten durch die Gassen und fuhren über die Kanäle, während sie ihre alltäglichen Geschäfte erledigten. Zhara ging an dem Hauptkanal entlang, der von der Innenstadt aus bis zum Vergnügungsviertel führte. Dieser Kanal hieß »Schimmernder Fluss«, sowohl als Hommage an die Geschichte der liebenden Elstern als auch als Anspielung auf die schillernden Poeten, Philosophen und die anderen Vergnügungssuchenden, die mit Barken oder Gondeln eintrafen. Die Fährleute, die diese ehrbaren Zeitgenossen zu ihrem Ziel brachten, nannte man

»Elstern«, nach der Geschichte, aber auch wegen der schwarz-weiß-roten Kleidung, die sie trugen.

Als das wilde Gewirr aus Straßen und Gassen in gerade, respektable Alleen und Flaniermeilen überging, entfaltete sich die Schönheit der Blumenstadt. Es gab elegant proportionierte Teehäuser aus Holz und Stein, die auf den Kanal hinausblickten, geschmackvolle Gärten mit gepflegten blühenden Bäumen und an jeder Ecke und Biegung ein musikalisch murmelndes Wasserspiel. Rote Laternen und Windglocken aus Messing hingen an den Eingängen, und die Schilder über den Türstürzen waren aus Holz geschnitzt und mit Gold beschriftet. Die Hauswände bestanden aus weißem Stein, anstatt aus Lehm wie in den Gruben, und die Dächer waren mit Schindeln gedeckt, nicht mit Stroh. Die mit Laubsägearbeiten verzierten Fenster wiesen komplizierte, durchbrochene Muster auf, die Blätter, Blumen und Knospen darstellten.

Endlich fand Zhara den blühenden Baum, der den Eingang zum Blauregenhof markierte und der gleichzeitig dem Teehaus seinen Namen gab. Die geschmackvoll schwarz und golden bemalten Tore waren geschlossen, aber rechts davon hing eine Glockenschnur. Zhara zog daran, woraufhin ein lieblicher, silberner Ton erklang. Die Tore öffneten sich und ein schöner junger Mensch erschien.

»Wie kann ich helfen?« Es dauerte einen Moment, ehe Zhara erkannte, dass die Person zu den Dienstboten und nicht zu den Kurtisanen gehörte, so graziös waren das Benehmen und die Kleidung. Die Haare waren zu einem einfachen Knoten zusammengefasst, in dem eine hölzerne Haarnadel steckte, verziert mit einem Büschel Blauregenblüten. Das einfache lavendelfarbene Gewand aus Seide und Chiffon war viel schlichter als das einer Edeldame oder Kurtisane, aber gleichzeitig viel edler als alles, was Zhara jemals in ihrem Leben besitzen würde. Sie berührte die Börse an ihrem Gürtel und tastete nach dem Gewicht des Silbernuggets, den sie von der Zweiten Ehefrau bekommen hatte.

»Ich … ähm.« Zhara zog die Sonnenmünze vom Hals, die sie von Lehrerin Hu bekommen hatte, und zeigte sie vor. »Ich möchte zu Huang Jiyi.

»Zur Eisprinzessin?«, fragte die Person mit einem Gesicht, das Missbilligung ausdrückte. »Oh. Die junge Dame ist bestimmt wegen des Dichterabends hier. Einige von ihren Gefährten sind bereits eingetroffen. Ich bitte, mir zu folgen.«

Die Welt hinter den Toren war noch schöner als die elegante Fassade des Gebäudes. Wege aus polierten Holzdielen mit Geländern, in die grazile Muster geschnitten waren, führten um Teiche mit Seerosen und Lotusblumen. Die Wege waren überdacht, wodurch die Grenzen zwischen drinnen und der äußeren Welt der Natur draußen verschwammen. Die Lücken zwischen Pfosten und Geländern rahmten pittoreske Szenen ein wie Fenster, sodass jeder Ausblick im Blauregenhof ein Kunstwerk war.

Zhara wurde durch einen kleinen Innenhof in einen Garten geführt, wo Han und Xu bereits in einem Pavillon saßen, der den Blick auf einen vollkommen runden Teich mit einer spiegelnden Wasserfläche freigab. Meister Pflaumenblütes Gesicht hellte sich auf, als er Zhara kommen sah, und er sprang auf.

»Guten Tag, Miss Brandy!« Er zeigte seine Grübchen in all ihrer Pracht. »Bist du bereit für den Dichterabend? Hast du etwas vorbereitet?«

Xu neben ihm verzog das Gesicht. »Bitte ermutige ihn nicht.«

Zhara schaute Han an, der vor lauter Aufregung und Vorfreude auf seinen Zehenspitzen wippte. »Ich wusste nicht, dass ich irgendetwas vorbereiten sollte«, sagte sie lächelnd. »Ich war noch nie bei einem Dichterabend.«

»Du kannst irgendein Gedicht aufsagen, egal ob von dir oder von jemand anderem, und die Jury wird dann über die Qualität entscheiden«, erklärte Han. »Willst du eins von meinen hören?«

Hinter Hans Rücken vollführte Xu etliche verzweifelte Gesten, die alle Ablehnung erflehten, aber Meister Pflaumenblüte wirkte so glücklich, dass Zhara ihn nicht enttäuschen wollte.

»Also schön«, sagte sie, »tragt mir ein Gedicht vor.« Es war vermutlich schrecklich, aber sie war bereit, einiges auf sich zu nehmen für jemanden, der so gut aussah.

»Wirklich?« Er strahlte begeistert, sodass sich seine Nase vor Entzücken kräuselte. Dann griff er hinter sich und zog eine kleine Rolle aus seiner Schärpe. »Ich habe das gestern Abend als Vorbereitung für heute geschrieben. Ein Akrostichon für … für dich.« Eine dunkle Röte breitete sich von seinem Nacken über seine Wangen aus, und mit einem Mal schüchtern, senkte er den Kopf. Er entrollte das Pergament und las laut vor: »*Miss Brandy* – das ist der Titel.« Er räusperte sich. »*Miss Brandy. Miss – Mysteriöse Jungfrau. Brand – Brandende Wogen. Y – Inbegriff der Schönheit.*« Han strahlte sie erwartungsvoll an, nachdem er geendet hatte.

Zhara presste die Lippen zusammen. »Das … das ist sehr … ähm … einzigartig, Meister Pflaumenblüte.«

Er strahlte noch mehr. »Was meinst du, Xu?«

»Ich meine«, murmelte Xu, »dass Ihr damit alle Ärsche vom Palast bis in die Gruben abwischen könnt.«

»Danke«, sagte Han nickend. Dann runzelte er die Stirn. »Was?«

Zhara kicherte hinter vorgehaltener Hand. »Ich weiß nicht viel über Poesie«, sagte sie, »obwohl ich schon Gedichte gelesen habe.«

»Kannst du dich an irgendwelche Verse erinnern?«, fragte Han und rollte sein Gedicht zusammen.

»*Blüten aus Zwielicht entfalten sich unter bittenden Blicken*«, deklamierte sie mit weicher Stimme, »*und in der Luft liegt Süße und Sandelholzduft, parfümiert mit Frangipani.«* Sie grinste über Hans erstauntes Gesicht. »Ich fand es passend.«

»*Das Kopfkissenbuch von Chen Na!*«, rief Xu aus. »Ich sehe, Miss Brandy hat einen ausgezeichneten Geschmack.«

»Was ist ein Kopfkissenbuch?«, wollte Han wissen.

Xu fing Zharas Blick ein und zwinkerte ihr zu. »Du solltest froh sein, dass du nie Hans *Ode an die physischen Freuden* gehört hast. Das war ein wirklich traumatisches Ereignis in meinem Leben.«

»Tatsächlich?« Sie grinste. »Haben wir einen zweiten Kui-Shung, genannt ›der Lüsterne‹, in unserer Mitte?«

»Wohl eher Kui-Shung, genannt der ›Linkische‹«, gab Xu zurück.

»Wer ist Kui-Shung?« Hans Kopf schwang von rechts nach links, immer von Zhara zu Xu und wieder zurück, wobei er ein ratloses Gesicht machte. »Trainieren diese Leute auch? In meinen Oden geht es ausschließlich um das Vergnügen des Gewichthebens.«

»Ah, da seid ihr ja!« Es war Meister Cao, der in Begleitung einer groß gewachsenen, schlanken Gestalt durch den Innenhof auf sie zukam – eine der Kurtisanen des Blauregenhofs, der Kleidung nach zu urteilen. »Darf ich euch Huang Jiyi vorstellen, eine der renommiertesten Historikerinnen und Gelehrten der Magie.«

Die Kurtisane verbeugte sich, und die Macht ihres Glanzes traf Zhara wie ein Fausthieb. Huang Jiyi hatte den Körperbau einer Tänzerin, gekleidet in ein zartes, blaues Gewand, das aus etlichen Lagen Seide, Brokat und Chiffon bestand, die bei jeder Bewegung wie Wasser schimmerten. Ihr ovales Gesicht war ungeschminkt und vollkommen ohne Verzierung, und ihr tuscheschwarzes Haar trug sie in einem Knoten am Hinterkopf, sodass nichts von der erschreckenden Symmetrie ihrer Züge ablenken konnte. Ein Hauch von Rosenwasser und Neroli – hell und verführerisch – umgab sie.

»Willkommen im Blauregenhof«, sagte die Kurtisane mit einer ziemlich abweisenden Stimme. »Sind alle da?«, fragte sie den Buchhändler. Meister Cao nickte. »Gut, dann lasst uns hineingehen und gleich zur Sache kommen.« Sie drehte sich um und ging ins Teehaus zurück, wobei sie den anderen bedeutete, ihr zu folgen.

»Ihr meint, wir sind gar nicht wegen eines Dichterabends hier?«, fragte Han enttäuscht. »Aber ich habe noch vier weitere Gedichte vorbereitet!«

Die Kurtisane brachte sie in ihr Privatgemach, das aus einer Reihe erstaunlich großer Räume im hinteren Teil des Etablissements bestand. »Meine Herrin verdient gut mit meiner Poesie«, sagte sie erklärend, als sie Zharas überraschtes Gesicht sah. »Deshalb bekomme ich, was immer ich will.«

Meister Cao, Han, Xu und Zhara setzten sich auf die Bodenkissen, die in der Mitte des Raums um einen niedrigen Tisch herum lagen, während ein Mitglied des Personals Teekannen und Teller mit raffiniert geschnittenem Obst präsentierte. Pfirsiche, Aprikosen, riesige Stachelbeeren und sogar Mangos und Drachenfrüchte aus dem südlichen Archipel.

»Also«, sagte Huang Jiyi und ließ sich auf das Kissen neben Zhara plumpsen. Ihre dunklen, intelligenten Augen musterten Zharas Gesicht eingehend, und diese merkte, wie sie unter dem intensiven Blick errötete. »Du bist das Mädchen, das sich einem Scheusal stellte und überlebt hat? Ich bin beeindruckt. Du siehst nicht besonders mächtig aus.«

»He«, mischte sich Han ein, »Xu und ich waren auch dabei.«

»Sei nett, Huang Jiyi«, tadelte Meister Cao.

»Ich dachte, das wäre ich«, gab die Kurtisane zurück. Nur eine kaum merkliche steile Falte zwischen ihren Augenbrauen verriet ihre Verwirrung. »Ich hätte nicht erwartet, dass ein so junger Mensch eine so mächtige Magierin sein könnte.«

Dabei war Huang Jiyi kaum älter als sie selbst. Zhara schätzte die Kurtisane auf etwa einundzwanzig Jahre. »Ich fühle mich geehrt, die Verehrte kennenzulernen«, sagte sie höflich. »Ist sie auch eine Magierin?«

Huang Jiyi schüttelte den Kopf. »Nein. Aber ich stamme aus einer Familie von Magiern. Früher einmal.«

Ihre Wimpern flatterten und ihre Nasenflügel bebten, und Zhara fragte sich, ob die Kurtisane mit den Tränen kämpfte.

»Nun.« Die Kurtisane verschränkte die Arme vor der Brust. »Was hast du für mich?« Ihre Stimme war weder freundlich noch grob, nur merkwürdig kalt und leidenschaftslos, als ob Zhara ein Fremdkörper wäre, den man untersuchen musste. »Meister Cao meint, du hättest interessante magische Beobachtungen gemacht.«

»Lehrerin Hu und ich waren letzte Nacht im Tiefland, um das Phänomen zu erkunden, das die Buri ›Seuche‹ nennen und das ihr Volk befällt.« Zhara holte eine Phiole mit Wasser aus ihrem Beutel und legte sie auf den Tisch. »Und ich habe das hier gefunden.«

Jiyi nahm die Phiole und betrachtete sie neugierig. »Was ist das?«

»Wasser«, sagte Zhara, »befleckt mit einer Art … magischer Essenz. Einer *dämonischen* Essenz vermutlich. Wir haben Proben aus dem Brunnen in der Nähe der Buri-Siedlung entnommen. Der Kanzler hat ihn vor ein paar Monaten bauen lassen, und das Wasser aus diesem Brunnen kommt von den Quellen am Fuß des Mount Zanhei.«

»Mount Zanhei?«, wiederholte die Kurtisane. »Das ist interessant. Den Texten nach zu urteilen, die ich gelesen habe, lag der

Grund für die vulkanische Explosion vor tausend Jahren in einem fehlgeleiteten Ritual. Vielleicht sogar in einer Dämonenbeschwörung.«

»Warum sollte man einen Dämon beschwören wollen?«, fragte Zhara.

Jiyi betrachtete sie einen Moment lang. Zhara wand sich unter dem starren Blick ihrer Augen. »Um mehr Macht zu erlangen«, sagte Jiyi, als ob die Antwort auf der Hand liegen würde.

»Aber Magier können doch bereits die Elemente verändern, um sie ihren Wünschen zu beugen«, sagte Xu. »Was wollen sie noch?«

Die Kurtisane zuckte mit den Schultern. »Magie hat ihre Grenzen«, sagte sie. »Genau wie es Grenzen der Herrschaft über die Natur gibt. Magier können zum Beispiel nicht Wasser aus nichts erschaffen. Sie können Feuchtigkeit aus der Luft ziehen, um sie zu einem Strom aus Wasser zu sammeln. Oder sie können ein Stück Holz nehmen und die Räume zwischen der Materie so verändern, dass eine Flöte daraus entsteht. Aber trotz ihres Zugriffs auf die Leere können Magier nicht den Gesetzen des Universums zuwiderhandeln. Sie können keinen Reis in Juwelen verwandeln, können die Nacht nicht zum Tag machen oder Geld aus der Luft herbeizaubern. Das wäre ein Verstoß gegen die Ordnung und die Vernunft.«

»Moment mal, ich bin verwirrt«, sagte Han.

»Natürlich bist du das«, sagte Jiyi und musterte ihn verächtlich von oben bis unten. »Viele Muskeln, nichts im Kopf. Das sieht man auf den ersten Blick.«

»Jiyi!«, mahnte Meister Cao.

Zhara rutschte unbehaglich auf ihrem Kissen hin und her. Sie dachte an das Salz, das sie in Zucker verwandelt hatte, und an den Wein, der zu Wasser wurde – nach den Regeln der Magie alles Verstöße gegen die Ordnung und die Vernunft.

»Und das ist der Grund, warum Magier einen Dämon beschwören würden?«, fragte Xu. »Um Dinge tun zu können, die gegen die natürliche Ordnung verstoßen?«

Jiyi nickte. »Alles, wozu Magier in der Lage sind, können Menschen auch, aber Magier … nehmen eine Art Abkürzung durch die Leere. Manchmal allerdings will ein Magier mehr. Zum Beispiel jemanden von den Toten zurückholen. Den Geist anderer vernebeln. Es gibt viele Gründe.«

»Aber wenn eine Dämonenbeschwörung jemanden in ein Scheusal verwandelt, warum sollte man so was riskieren?«, fragte Zhara.

Der Gesichtsausdruck der Kurtisane war hart. »Verzweiflung. Unwissenheit. Arroganz. Manche kennen die Konsequenzen nicht. Anderen ist es egal. Wieder andere glauben, dass sie bereit sind, den Preis zu zahlen. Sie irren sich, allesamt.«

Han zupfte an dem dünnen Flaum auf seinem Kinn. »Ich verstehe trotzdem nicht«, sagte er, »warum ein Dämon all das tun kann, und ein Magier nicht.«

»Weil«, sagte die Kurtisane langsam und deutlich, »Dämonen Kreaturen des Chaos sind, Magie aber zählt zu den Häusern der Vernunft und ist daher an dieselben Gesetze gebunden, die den Rest der natürlichen Welt beherrschen. Chaos hat keine Gesetze. Chaos ist grenzenlos.«

Xu aß das letzte Stück Drachenfrucht und kaute nachdenklich. »Also … werden Magier, die von Dämonen besessen sind, selbst zu Kreaturen des Chaos?«

Jiyi schenkte Xu einen Blick voller widerstrebendem Respekt. »Es scheint, dass nicht alle von euch hoffnungslos sind. Das Monster ist zu Materie gewordenes Chaos. Glauben wir.«

Han zog eine Augenbraue hoch. »Glauben wir?«

»Um ehrlich zu sein, gab es noch nie besonders viel Information über Besessene und Scheusale, auch bevor der Warlord alle Bücher über Magie zerstörte«, gestand die Kurtisane. »Soweit ich weiß, existierte nur eins – das *Lied von Ordnung und Chaos.*«

»Das zusammen mit Onkel Li verschwand«, sagte Han und zog eine Lederrolle aus seinem Gürtel. »Aber die Verehrte arbeitete gemeinsam mit ihm an der Rekonstruktion des Textes, nicht wahr? Kann sie sich denn nicht daran erinnern, *woran* sie gearbeitet hat?« Er rollte den Ledereinband auf und enthüllte einzelne Blätter, die scheinbar aus unterschiedlichen Büchern herausgerissen waren. Ein leichter Essiggeruch zog durch die Luft.

Jiyi warf ihm einen bösen Blick zu. »Wenn du es genau wissen willst«, sagte sie, »habe ich hauptsächlich mit Li Er-Shuans Tochter gearbeitet, Li Ami. Sie hat die Notizen ihres Vaters leserlich niedergeschrieben – hat mehr oder weniger seine oft wahnsinnigen Gedanken in eine logische Ordnung gebracht.«

»Also hat die Kurtisane gar nicht direkt am *Lied von Ordnung und Chaos* gearbeitet?«, fragte Han enttäuscht.

Es dauerte einen Moment, ehe Jiyi antwortete. »Nein«, sagte sie zerknirscht, als ob sie diese Einzelheit eigentlich nicht hatte zugeben wollen. »Nicht direkt.«

»Huang Jiyi.« Die Kurtisane wich Meister Caos Blick aus. »Ist das wahr?«

Sie schloss die Augen. »Ja«, sagte sie schließlich.

Han und Xu stöhnten gleichzeitig verzweifelt auf, aber Zhara betrachtete die Kurtisane genau. Unter der brüsken und abweisenden Art spürte sie eine schreckliche Einsamkeit, eine Angst, verlassen zu werden – wieder einmal –, die der Grund für ihre scheinbare Kälte war. »Ich glaube«, sagte Zhara, »dass Huang Jiyi trotzdem die beste Gelehrte für Magie ist, die wir haben.« Sie wandte sich an Meister Cao. »Nicht wahr?«

Die Kurtisane warf Zhara einen Seitenblick zu.

Der Buchhändler seufzte. »Ja, das stimmt«, sagte er. »Sie entstammt einer Familie aus Bannschmieden.«

»Was ist ein Bannschmied?«

»Menschen, die neue Zaubersprüche erschaffen.« Geistesabwesend ließ Jiyi den Rest ihres Tees in der Tasse kreisen. »Wir studieren die Sprache der Blumen, bewahren die Geschichten und Etymologien jedes einzelnen Logogramms, und manchmal« – sie schaute zu Zhara – »erschaffen wir neue.« Die Kurtisane lächelte schief, was die beunruhigende Symmetrie ihrer Gesichtszüge auflockerte und sie mit einem Mal viel nahbarer erscheinen ließ. »Also ja, ich bin die beste Gelehrte für Magie, die die Hüter der Morgenröte haben.« Sie stellte die Teetasse ab und streckte die Hand nach dem Papierstapel auf dem Tisch aus – Li Er-Shuans Notizen. »Schauen wir uns das mal an.«

»Sie sind mit Apfelessig geschrieben«, erklärte Xu. »Wenn man die Seiten ins Licht hält, dann …«

»Meister Cao«, sagte Zhara leise, um die anderen, die sich den Papieren widmeten, nicht zu stören, »glaubt der Buchhändler wirklich, dass wir in dem *Lied von Ordnung und Chaos* mehr über Besessenheit und mögliche Heilungen erfahren?«

»Ja und nein«, erwiderte er. »Wenn wir unsere Mythen und Legenden betrachten, dann starren uns die Antworten bereits ins Gesicht.«

»Wirklich?« Zhara war verblüfft.

Der Buchhändler richtete seine nussbraunen Augen auf sie. Seine Miene war unergründlich. »Ja«, sagte er schlicht, »die Hüter der Morgenröte. Man sagt, dass die Seelen der Gefährten des Sonnenstrahlkriegers wiedergeboren werden, wenn die Welt aus dem Gleichgewicht gerät.«

Hüterin des Feuers … da bist du ja …

Zhara schaute auf ihre Hände, die in ihrem Schoß lagen. Magie knisterte unter ihrer Haut. Sie dachte an das gleißende Licht, das die Verdorbenheit in Thanhs Magie weggebrannt und einen menschlichen Jungen wieder zum Vorschein gebracht hatte, wo zuvor noch ein Monster gewesen war. »Wiedergeboren?«, flüsterte sie. Gehörte diese Macht überhaupt ihr? Oder gehörte sie einer Kreatur des Chaos, die sie in sich trug, wie ein Parasit, der nur darauf wartete, aus ihrem Körper herauszubrechen und jene zu verletzen, die sie liebte, wenn sie sie nicht länger kontrollieren konnte? War dies die Macht, die Suzhan geblendet hatte? War sie selbst auch ein Monster?

»Wartet mal«, unterbrach Jiyi ihre Grübelei. »Wo, sagtest du, kommt dieses Wasser her, Jin Zhara?« Die Kurtisane nahm die Phiole mit dem Brunnenwasser in die Hand.

»Aus dem Sumpfland«, antwortete Zhara. »Aber das Wasser selbst stammt von den Hängen des Mount Zanhei.«

»Hier steht etwas über ein Beschwörungsritual« – Jiyi runzelte die Stirn, während sie versuchte, die Schrift des Astrologen zu entziffern – »etwas, das ich nicht richtig lesen kann, aber ich glaube, es heißt ›größerer Dämon‹.«

Meister Cao durchfuhr ein Schreck. »Größerer Dämon? Ein König von Tiyok?«

»Das Ritual hat angeblich an der Ruhestätte des Hüters des Feuers stattgefunden – dem Mount Zanhei.« Die Kurtisane blickte auf. »In der Nähe der Ruinen von Alt-Changxi.«

»*Hat* stattgefunden?« Xu machte große Augen. »Glaubt die Verehrte, dass tatsächlich jemand versucht hat, einen größeren Dämon zu beschwören?«

»Ich weiß es nicht.« Sie legte die Notizen auf den Tisch und richtete den Blick auf den Buchhändler. »Aber das könnte deine verschwundenen Magier erklären, Meister Cao.«

»Wirklich?« Eifrig und interessiert beugte er sich vor. »Wie das?«

Jiyi verzog das Gesicht. »Das Ritual fordert das Ki von vielen Magiern.« Sie biss sich auf die Lippe. »Allerdings weiß ich nicht, was das bedeutet.«

Der Buchhändler ließ den Kopf hängen. »Nichts Gutes, fürchte ich.«

»Ich werde ein Boot chartern, das uns morgen zu den Ruinen von Alt-Changxi bringt«, sagte die Kurtisane. Sie schaute Zhara an. »Willst du mitkommen?«

»Ich?« Zhara blinzelte. »J-ja. Ja, sehr gerne. Vielen Dank für das Angebot, Verehrte.«

»Wir kommen auch mit!«, sagte Han. »Nicht wahr, Xu?«

Xu grinste, doch das Lächeln erreichte nicht die Augen. »Glaubt die Verehrte wirklich, dass wir auf dem Vulkan Antworten finden werden? Ich bin nicht besonders scharf auf unnötige körperliche Anstrengung …«

»Du musst ja nicht mitkommen«, sagte Jiyi unverblümt. »Obwohl …«, setzte sie mit einem Blick auf Hans breite Schultern hinzu, »ich könnte ein paar Maultiere gebrauchen, die meine Ausrüstung tragen.«

»Ausrüstung?«, fragte Xu. »Wofür?«

»Damit ich Messungen durchführen und Proben nehmen kann, natürlich.« Die Kurtisane schaute zu Zhara. »Du kannst dämonische Essenz spüren, richtig?«

Zhara nickte und wandte den Blick ab. »Was, wenn … was, wenn ich besessen werde?«, fragte sie leise. »Da oben auf dem Vulkan. Was, wenn mich diese Gegend in ein Monster verwandelt?«

Jiyi legte den Kopf schräg. »Du hast das befleckte Wasser im Sumpf berührt, nicht wahr? So hast du überhaupt erst die dämonische Essenz darin festgestellt.«

»Ja.« Macht fuhr durch Zharas Adern, und sie ballte ihre Hände zu Fäusten.

»Ich bezweifle, dass das, was sich auf dem Mount Zanhei befindet, dir etwas anhaben kann«, sagte Jiyi. »Vermutlich ist es eine Frage der Zeit und der Menge – wie lange man wie viel dämonischer Essenz ausgesetzt ist. Diese ›von der Seuche befallenen‹ Kinder haben das Wasser monatelang getrunken, und nur eins von ihnen hat sich in ein Monster verwandelt.«

Die Magie unter Zharas Haut zog sich zurück.

»Es sei denn natürlich«, fuhr die Kurtisane fort, »dass du schon besessen *bist.* In dem Fall glaube ich nicht, dass die Gegenwart eines weiteren Dämons dir noch großartig schaden wird.« Sie legte die Papiere auf den Tisch und verzog das Gesicht, während sie von Zhara zu Han und zu Xu schaute. »Ihr könnt ruhig lachen. Das war ein Witz«, sagte sie hoheitsvoll.

Zhara lächelte dünn.

»Ach, ihr habt ja alle keinen Sinn für Humor.« Jiyi stand auf und betätigte die kleine Triangel, die neben der Tür hing. Jemand vom Hauspersonal erschien vor der Schwelle und verbeugte sich. »Räum ab«, sagte die Kurtisane und deutete auf den Tisch. »Und geh zu Kapitän Shang unten am Hafen. Sag ihm, dass ich sein Boot morgen für eine Fahrt flussaufwärts mieten will.«

»Was ist mit Meister Cao?«, fragte Han und schaute den Buchhändler zögernd an.

»Ich werde in meinem Laden gebraucht«, erklärte der Buchhändler, »aber wenn ihr irgendeinen meiner vermissten Schreiber findet … nun ja.« Er schob die Hände in seine Ärmel. »Hoffen wir mal, dass es sie nicht allzu schlimm erwischt hat.«

Nachdem das Personal die Reste des Obsts abgeräumt und dann mit einer weiteren Verbeugung verschwunden war, wandte sich Jiyi mit einem messerscharfen Grinsen im Gesicht an ihre Gäste.

»Seid morgen bei Tagesanbruch an den Docks«, sagte sie. »Das könnte die denkwürdigste Vergnügungsfahrt eures Lebens werden.«

Kapitel 20

Ohne die Aussicht, am Ziel ihrer Reise Monstern, dämonischer Besessenheit und verschwundenen Magiern zu begegnen, hätte Zhara tatsächlich glauben können, sich auf einer Vergnügungsfahrt zum Mount Zanhei zu befinden. Der Tag war schön und die Luft mild, und der leichte Wind auf dem Wasser vertrieb einen Teil der Feuchtigkeit, die sich weiter flussabwärts über die Stadt gelegt hatte. Sie sah zu, wie die zahmen Kormorane der Fischer tauchten und planschten, wie ihre Flügel Tropfen in die Luft sprühten und Regenbogen über das Wasser malten, und sie gab sich der Fantasie hin, eine junge reiche Edelfrau auf einer Besichtigungstour zu den Ruinen von Alt-Changxi zu sein. Alles war perfekt – das Wetter, die Landschaft, die Menschen.

Na ja, fast alles.

»Bringt mich doch bitte einfach um«, stöhnte Han, der mit dem Oberkörper über der Reling hing. Seine normalerweise rosig glänzende Haut war kränklich grün geworden, und selbst seine Haare schienen schlaff und leblos um sein Gesicht zu hängen. »Das ist schlimmer als damals, als ich Onkel Lis Schnapsschrank geplündert habe und dachte, Himbeerbrandy sei eine Art Fruchtsaft.«

»Kotz dich einfach aus«, sagte Xu fröhlich. »Dann fühlst du dich besser.«

»Ich wünschte, ich könnte es«, stöhnte der Unglückliche. »Aber mein Frühstück hat ja schon etliche Meilen flussabwärts die Fische gefüttert.«

»Eklig«, sagte Xu sanft.

Zhara konnte sich das gequälte Würgen nicht länger anhören. »Warte mal«, sagte sie und ging zu Han. Sie nahm eins seiner Handgelenke und drückte sanft, aber mit leichtem Druck eine Stelle etwa drei Fingerbreit unterhalb seiner Handfläche. »Dieser Meridianpunkt kann gegen Erbrechen helfen. Lehrerin Hu zeigt diesen Punkt oft schwangeren Frauen, die an Morgenübelkeit leiden.«

»Leg dich einfach hin«, sagte Jiyi gereizt, »und gehe uns nicht mit deinen körperlichen Leiden auf die Nerven.«

»Aber was, wenn ich etwas verpasse?«, jammerte er, den Kopf immer noch über die Seite der Barke hängend.

Die Kurtisane tippte Zhara auf die Schulter. »Komm mal mit«, sagte sie und forderte Zhara mit einer leichten Kopfbewegung auf, ihr zu den überdachten Sitzen zu folgen. »Ich habe ein Geschenk für dich.«

»Oooh, ein Geschenk?«, trillerte Xu. »Das wäre doch nicht nötig gewesen!«

Jiyis Augen schossen Pfeile. »Habe ich gesagt, dass es für *dich* ist?«

Xu zog eine Schnute. »Wenn die Verehrte Leckereien mitgebracht hat, dann hoffentlich genug für uns alle.«

Zhara setzte sich auf eins der Kissen in der Mitte des Decks und schaute verdattert drein, als ihr die Kurtisane ein langes, schmales Kästchen aus Ebenholz reichte, das mit einem Muster aus Seerosen bemalt war. Es sah aus wie ein Etui. Erstaunt und mit einer Verbeugung nahm Zhara das Geschenk entgegen. »T-tausend Dank«, stammelte sie. »Ich weiß nicht, womit ich das verdient habe.«

»Ach, hör auf mit dieser falschen Bescheidenheit«, sagte die Kurtisane brüsk. »Das hat nichts mit Freundlichkeit oder Herzensgüte zu tun. Du bist eine Magierin, Jin Zhara, und du solltest die Werkzeuge einer Magierin besitzen.«

»Die Werkzeuge einer Magierin?« Zhara öffnete das Kästchen, in dem auf einem Bett aus dickem, dunkelblauem Samt ein Pinsel lag. Han schleppte sich von der Reling neben Xu und schaute neugierig zu. Verwirrt zog Zhara das Schreibutensil aus dem Kästchen.

»Ein Pinsel?«, fragte Xu.

»Er gehörte meinem Vater«, sagte Jiyi kurz angebunden. »Es war sein bevorzugter Pinsel für Zaubersprüche.«

Der Pinsel war überraschend schwer. Der Griff bestand aus poliertem Mahagoni und die Borsten waren sowohl hart als auch weich. An der Spitze befanden sich leichte Abnutzungserscheinungen. Zhara legte den Pinsel wieder in das Kästchen und schloss den Deckel. »Tausend Dank, Verehrte«, wiederholte sie leise. »Es ist dir bestimmt nicht leichtgefallen, mir den Pinsel deines Vaters zu schenken.«

»Ich habe dir doch gesagt, dass du mit dieser falschen Bescheidenheit aufhören sollst.« Jiyi stieß einen angewiderten Laut aus, während sie sich vorbeugte und den Deckel wieder aufklappte. »Und nenn mich nicht ›Verehrte‹. Das hört sich an, als wäre ich ein glänzendes Juwel in irgendeiner Auslage.« Ihre Miene wurde weich. »Nenn mich einfach Jiyi«, brummte sie. »Das macht es einfacher für uns beide. Und jetzt«, setzte sie hinzu und legte wieder ihr übliches hochmütiges Gesicht auf, »nimm den Pinsel und lass uns an die Arbeit gehen.«

»Arbeit?«, heulte Xu. »Wo wir uns doch gerade so gut amüsieren!«

»Sprich gefälligst nur für dich selbst«, murmelte Han.

»Ihr beiden könnt mit dem weitermachen, was ihr gerade getan habt«, sagte Jiyi und wedelte mit der Hand, als wollte sie eine Fliege verscheuchen. »Ihr seid unwichtig.«

»He!«, protestierte Han. »Wir sind sehr wichtig! Ich bin …« Er schluckte hinunter, was er hatte sagen wollen, und Zhara fragte sich, ob er sich wieder übergeben würde.

»Du bist kein Magier.« Die Kurtisane verschränkte die Arme vor der Brust. »Das hier sind Magier-Angelegenheiten.«

»Du bist auch keine Magierin«, grummelte Xu.

Jiyi warf ihm einen scharfen Blick zu. »Habe ich dir die Erlaubnis gegeben, mich so vertraulich anzusprechen, Chan Xuhei?«

Nach einem leise gemurmelten Fluch erklärte Xu schmollend: »Na gut, ich merke schon, wir sind hier nicht erwünscht.« Und den Arm um Hans Schulter geschlungen: »Komm, mein Pr– … mein Freund. Es wird dir besser gehen, wenn du dich hinlegst.«

Als sie allein waren, ließ sich Jiyi graziös im Schneidersitz nieder, um gleich darauf – als hätte sie sich anders besonnen – ihre Beine neu zu sortieren. Sie hockte sich nun hin wie ein Mann: ein Bein angewinkelt, um den Arm auf dem Knie abzulegen. Sie trug eine einfache Tunika und Hosen, was an ihrer eleganten Gestalt fast wie eine Verkleidung wirkte. Obwohl es unmöglich war, die Schönheit des Mädchens zu übersehen, hatte Zhara den Eindruck, als würde Jiyi sich alle Mühe geben, die anderen vergessen zu lassen, wie atemberaubend sie war.

»Also«, setzte die Kurtisane an, »was weißt du über Magie? Über das Kanalisieren und ihre Wirkung, meine ich.«

Zhara fuhr mit den Fingern leicht den Pinsel entlang. »So gut wie gar nichts«, gab sie zu. »Mein Vater starb, bevor ich alt genug war, zu verstehen, was er mir beibringen wollte.«

»Hmmm«, sagte Jiyi vage, doch Zhara vernahm in diesem Ton bereits das Urteil des anderen Mädchens. »Dann müssen wir wohl ganz von vorne anfangen.« Die Kurtisane gähnte und zog ihre langen, glatten Haare über die Schulter nach vorn, um mit den Enden zu spielen. »Nun«, sagte sie, »warum unterscheiden sich Magier von anderen Menschen?«

Zhara zog die Augenbrauen hoch. »Weil sie der Magie kundig sind?«

»Aber was *ist* Magie?« Als Zhara nicht antworten konnte, stieß Jiyi ein ungeduldiges Schnauben aus. »Also wirklich, ich wusste ja, dass du ungebildet bist, aber eine derartige Ahnungslosigkeit habe ich nicht erwartet.«

Zhara zuckte zusammen. »Tut mir leid«, murmelte sie und drehte den Pinsel zwischen ihren Fingern hin und her.

Jiyi runzelte die Stirn. »Wirst du wohl damit aufhören?«, fuhr sie Zhara an.

Der Pinsel fiel klappernd auf das Deck, und Zhara beeilte sich, ihn aufzuheben, bevor er davonrollen konnte. »Tut mir leid«, wiederholte sie.

»Hör auf, dich ständig zu entschuldigen!«, sagte die Kurtisane unwirsch. »Das nervt.« Als Zhara wieder zusammenfuhr, seufzte Jiyi. »Ich werde dir nicht die Ohren lang ziehen, wenn du eine falsche Antwort gibst, weißt du?«, sagte sie freundlicher.

Zhara senkte den Kopf. »Es tut –« Als sie das Gesicht der Kurtisane sah, brach sie abrupt ab. »Bitte fahr fort«, sagte sie unterwürfig.

Jiyi holte tief Luft. »Was Magier von anderen Menschen unterscheidet, ist ihre Fähigkeit, dem Chaos der Leere eine Form zu verleihen«, sagte sie. »Ein Haus besteht aus Holz, Holz stammt von Bäumen, Bäume wachsen aus Samen und so weiter und so fort, bis wir zu dem kleinsten Element der Materie kommen. Was hält das Universum zusammen? Diese unsichtbare Kraft nennen wir das Chaos der Leere, und Magier haben die einzigartige Fähigkeit, dieses Potenzial zur Wandlung zu beherrschen.«

Zhara hatte ihre Magie immer als eigenständige Macht betrachtet, etwas Aktives, nicht etwas Passives. Ihre Fingerspitzen kribbelten, als hätten schon ihre Gedanken ihre Macht heraufbeschworen. »Magie ist also nichts, was man beherrschen muss?«

»Nicht die Magie, sondern der Magier ist die Waffe, die geschwungen wird«, sagte Jiyi und hob das Kinn, als ob sie von einem Podest aus eine Proklamation verkünden würde. Sie hielt die Pose ein paar Augenblicke lang, aber als Zhara nicht reagierte, wie sie gehofft hatte, stöhnte sie auf. »Aus den *Annalen des Wei Kai-Kriegs?*« Auf Zharas leeren Blick hin schüttelte die Kurtisane den Kopf. »Machen wir weiter. Dein Pinsel«, sagte sie und wies mit dem Kopf auf das Schreibutensil in Zharas Hand, »weißt du, wofür er da ist?«

Zhara zögerte. »Ich vermute mal, dass ›zum Aufschreiben von Zaubersprüchen‹ nicht die richtige Antwort ist, stimmt's?«

Ein kaum merkliches Lächeln umspielte Jiyis Lippen. »Ungebildet, aber nicht hoffnungslos.« Sie deutete auf Zharas Beutel. »Hast du den *Klassiker der Zehntausend Zeichen* dabei?«

Nickend zog Zhara das Elementarbuch aus dem Beutel. Jiyi schlug es auf und deutete auf die ersten Buchstaben. »Was, glaubst du, ist das?«

»Die Sprache der Blumen«, sagte Zhara ausweichend, wobei sie nicht auf das Buch schaute, sondern ins Gesicht der Kurtisane.

»Du hast nicht ›Zaubersprüche‹ gesagt. Gut. Denn das hier«, sagte Jiyi und wedelte mit dem Elementarbuch vor Zharas Gesicht herum, »ist nutzlos, wenn man Zaubersprüche erschaffen will. Magier lernen die Sprache der Blumen nicht, weil Magie nur mit den richtigen Worten funktioniert, der richtigen Betonung oder den richtigen Zeichen. Die Sprache der Blumen hat keine eigene Macht und keine eigene Wirkung.«

Das hatte Zhara nicht erwartet. »Wenn die Sprache der Blumen keine Macht besitzt«, sagte sie, »warum wurden dann während der Reinigung im Gerechten Krieg alle Bücher über Magie verbrannt?«

»Warum zerstört ein Eroberer die Schriften der Eroberten?«,

stellte Jiyi mit grimmiger Stimme eine Gegenfrage. »Lösche ihre Vergangenheit aus, und du nimmst ihnen die Zukunft. Die Bücher über Magie?« Sie fuhr mit den Fingern über den abgewetzten Einband des *Klassikers der Zehntausend Zeichen.* »Mein Vater hat immer gesagt, dass diese Bücher mehr als nur Zaubersprüche enthielten. Sie enthielten Geschichte. Poesie. Kunst.« Ein Muskel am Kiefer der Kurtisane verkrampfte sich, und ihre Augen starrten in die Ferne, in eine Erinnerung, die Zhara nicht sehen konnte. »Magie ist mehr als nur eine Fähigkeit; es war auch eine Kultur. Und der Warlord hat sie uns – mir – genommen.«

Eine alte, aber unverheilte Wunde lag unter Jiyis Worten, und Schmerz pochte durch das Beben in ihrer Stimme. Zhara schaute auf den Pinsel in ihrer Hand. *Er gehörte meinem Vater*, hatte Jiyi gesagt. Wie sie selbst hatte die Kurtisane einen Magier zum Vater gehabt. Und wie sie hatte sie ihn durch den Fanatismus des Warlords verloren.

»Es tut mir leid«, sagte Zhara leise, und diesmal fuhr ihr die Kurtisane nicht über den Mund.

»Wie auch immer.« Jiyi räusperte sich, und Zhara wandte diskret den Blick ab, während sich das andere Mädchen über die nassen Wangen wischte. »Der Pinsel.« Die Kurtisane streckte die Hand aus und legte sie um Zharas Finger, korrigierte den Griff, mit dem sie den Pinsel hielt. »Du fragst dich vielleicht, wozu ein Magier einen Pinsel braucht, wenn die Sprache der Blumen selbst machtlos ist.«

Zhara schwieg und ließ die Kurtisane durch das Weiterreden ihren Schmerz überwinden. Sie kannte nur zu gut das überwältigende Gefühl von Verlust, die alles verschlingende Welle, die alle vernünftigen Gedanken hinwegzuschwemmen drohte. Sie wusste auch, dass es manchmal nur eine Möglichkeit gab, die Trauer zu überwinden: Man musste schwimmen, um zu überleben. Ansonsten ging man unter.

»Was sind Worte?«, fuhr Jiyi fort, ohne eine Antwort zu erwarten. »Was ist die Sprache der Blumen? Nichts als Symbole. Die Darstellung von Tönen oder Silben oder ganzen Sätzen. Von Absichten. Und was ist der Pinsel? Auch er ist ein Symbol, eine Verlängerung deines Arms. Der Teil deines Körpers, der tut. Der erschafft. Der handelt.«

Mittlerweile hatte Zhara völlig den Faden verloren. Als die Kurtisane ihren verwirrten Blick bemerkte, seufzte sie und schüttelte den Kopf.

»Dein Gesichtsausdruck verrät mir, dass du zu denen gehörst, die eher durch die Praxis lernen als durch die Theorie«, sagte Jiyi trocken. »Du würdest viel lieber einfach versuchen, einen Zauber zu erschaffen, nicht wahr?«

Verlegen nickte Zhara.

»Na schön.« Die Kurtisane schlug den *Klassiker der Zehntausend Zeichen* auf und deutete auf die erste Buchstabengruppe. »Fangen wir hier an. Was steht da?«

»*Der Himmel war schwarz, die Erde gelb*«, las Zhara laut vor. Sie hatte praktisch das ganze erste Kapitel auswendig gelernt, als sie versucht hatte, damit zu arbeiten. »*Das Universum weit und endlos.*

Die Kurtisane bedeutete ihr, fortzufahren.

»*Die Sonne und der Mond gingen auf und unter*«, las Zhara weiter. »*Die Sterne und Konstellationen breiteten sich über den Himmel aus.*« Sie schaute zu der Kurtisane hoch. »Ich möchte nicht unhöflich sein«, sagte sie, »aber ich lese bloß die Übersetzung, die unter den Originalzeilen steht. Was soll das bewirken?«

Jiyi schnaubte. »Du nimmst alles zu wörtlich, Jin Zhara.« Sie tippte auf die erste Zeile des *Klassikers der Zehntausend Zeichen.* »Sieh her, die erste Kombination besteht aus vier Zeichen. Was bedeutet das erste?«

Zhara betrachtete die verschwommenen Linien oberhalb der

Fingerspitze der Kurtisane. »Himmel?«, vermutete sie. Jiyis Finger wanderte zum nächsten Zeichen. »Schwarz?«

»Nein.« Die Kurtisane deutete auf das nächste Zeichen. »Das hier bedeutet schwarz. Das zweite Zeichen heißt Erde.« Auf Zharas verunsicherten Blick hin verdrehte sie die Augen. »Bei Übersetzungen gibt es keine Eins-zu-eins-Übertragung. Jedes Zeichen hat für sich genommen eine Bedeutung, aber erst im Zusammenhang mit anderen Zeichen begreifen wir seine volle Bedeutung. So werden Zaubersprüche erschaffen.«

»Ich verstehe«, sagte Zhara, obwohl sie nichts verstand.

Jiyi sackte in sich zusammen. »Jin Zhara«, sagte sie, kam wieder hoch und spreizte ihre Beine. »Warum, denkst du, bin ich die größte Versemeisterin von Zanhei?«

Angesichts der süffisanten Miene der Kurtisane vermutete Zhara, dass Jiyi nicht die eigentliche Antwort hören wollte: dass sie privilegiert war und eine Ausbildung genossen hatte, die den meisten Menschen verwehrt war. »Weil jene, mit denen du dich misst, kleingeistig und fantasielos sind?«

Jiyi grinste. »Da liegst du gar nicht so falsch, aber das ist nicht der Grund.« Sie schlug die Beine übereinander, beugte sich vor und legte das Kinn auf die Hand. »Der Grund ist, dass ich begreife, dass es nicht die Perlen sind, die einer Halskette Schönheit verleihen, sondern die Art, wie die Perlen arrangiert sind.«

Zhara schaute auf die Zeilen mit unentzifferbaren Glyphen auf der Buchseite. »Du willst also damit sagen, dass die Sprache der Blumen eine Sprache der Poesie ist?«

»Poesie?«, rief Han. »Hat da eben jemand Poesie gesagt?«

»Ich dachte, du wärst krank!«, schrie Jiyi ihn an.

»Mir geht es besser, dank eines Ratschlags über Druckpunkte.« Er zwinkerte Zhara zu, in der wieder dieses Kichern aufstieg. Sie senkte den Blick, um der Macht seiner Grübchen zu entgehen.

»Und dank der Tatsache, dass er es endlich geschafft hat, den Rest seines Frühstücks in den Eimer zu entleeren«, setzte Xu hinzu. »Ekelhaft.«

Han machte ein böses Gesicht. »Musst du mich immer so bloßstellen?«

»Würdet ihr beide bitte die Klappe halten?« Jiyi schloss die Augen und massierte ihre Schläfen. »Zhara versucht, etwas über Magie zu lernen, und kann keine Ablenkung gebrauchen.«

»Sie stören nicht«, sagte Zhara freundlich und warf Han einen Seitenblick zu.

»Ich rede von *Ablenkung*«, erklärte die Kurtisane spitz, und Zharas Wangen wurden heiß vor Verlegenheit.

»Ja, nun«, sagte sie hüstelnd. »Die Sprache der Blumen ist also eine Sprache der Poesie?«

»Ja«, sagte Jiyi, »so kann man es ausdrücken. Sie zu übersetzen und zu interpretieren ist eine Kunst, und diese Kunst basiert sowohl darauf, die Nuancen zu bemerken, als auch darauf, dass man alle Zeichen auswendig kennen muss.«

Zhara nickte, allerdings eher aus dem Wunsch heraus, der Kurtisane zu gefallen, als ihr zuzustimmen. Jiyi schloss die Augen und warf die Hände hoch.

»Na schön«, sagte sie gereizt. »Fangen wir mit etwas Einfachem an.« Sie schlug das zweite Kapitel im *Klassiker der Zehntausend Zeichen* auf. »Wie wäre es mit Feuer?«

Nach einer Stunde war Feuer immer noch der einzige Zauber, den Zhara zustande brachte.

Gleich der erste Versuch war ein so durchschlagender Erfolg, dass sie das halbe Deck in Brand steckte. Han und Xu stürzten zur

Reling, warfen die an Ketten hängenden Löscheimer ins Wasser und schütteten den Inhalt dann in die Flammen. Beim Anblick des Feuers kam der Kapitän angerannt und schrie aus voller Kehle, man wolle sein Eigentum zerstören.

»Ich bezahle den Schaden«, winkte Jiyi ab und entließ ihn mit einer eleganten Handbewegung. »Unglaublich«, murmelte sie und betrachtete die rauchenden Brandspuren auf dem Deck. »Ich habe noch nie erlebt, dass jemand so schnell lernt.«

Aber trotz des ermutigenden Beginns versagte Zhara bei jedem anderen Zauber.

»Fühle deinen Weg durch die Leere«, wies Jiyi sie an. »Spüre ihn auf der Spitze deines Pinsels. Kannst du ihn spüren?«

Zhara spürte nichts, obwohl sie es nach besten Kräften versuchte. Sie verstand nicht, was die Kurtisane mit Leere meinte, und da Jiyi selbst keine Magierin war, konnte sie nur darauf zurückgreifen, was andere Magier in ihren Schriften beschrieben hatten.

»Es ist der Raum zwischen der Materie«, sagte Jiyi und stampfte frustriert mit dem Fuß auf. »Ich weiß nicht, wie ich es besser erklären soll. Wie hast du das Feuer hinbekommen?«

Die Wahrheit war, dass Zhara es nicht wusste. Jiyi behauptete, theoretisch würden Magier die Leere in dem Gegenstand finden, den sie in Brand stecken wollen, sich darauf konzentrieren, ihre Absicht durch den Pinsel charakterisieren und das Zeichen für Feuer malen, um Hitze zu erzeugen, indem die Materie so schnell in Bewegung gebracht wird, dass sie erst Reibung und dann Entflammung hervorrief.

Aber so hatte es sich nicht angefühlt, als Zhara den Brand an Deck auslöste. Es gab keine Leere, die sie sich zu eigen machte, keinen Raum zwischen Materie, den sie an der Spitze ihres Pinsels spürte. Es war, als ob Feuer, Hitze und Flammen jenseits ihrer Sinne nur darauf warteten, dass sie danach griff und sie aus dem

Nichts hervorrief. Offenbar war Schöpfung – wie Transformation – ein weiterer Verstoß gegen die natürliche Ordnung.

»Es tut mir leid«, sagte Zhara wieder und wieder, trotz Jiyis immer verzweifelter werdenden Ermahnungen, sich nicht zu entschuldigen. Sie schaute auf ihre Hände, die in der Vormittagssonne schwach glühten, dann ballte sie ihre Finger zu Fäusten und schob sie hinter ihren Rücken, damit die anderen es nicht sahen. »Wahrscheinlich bin ich einfach nur dumm.«

»Sag. Das. Nicht«, knurrte Jiyi. »Ich weiß nicht, ob du dich nur deshalb klein machst, um mein Mitleid zu erregen, oder ob du tatsächlich glaubst, wertlos zu sein. Wie auch immer, es geht mir auf die Nerven!«

»Lass sie in Ruhe«, sagte Han. »Das ist alles völlig neu für sie.«

Zhara schenkte ihm einen Seitenblick und ein scheues Lächeln. Es war noch nie jemand für sie eingestanden. Und schon war es wieder da, dieses Kichern.

Die Kurtisane warf ihm einen ärgerlichen Blick zu. »Wenn sich jemand dafür entschuldigen sollte, ein Dummkopf zu sein, dann der hier«, murmelte sie und wies mit dem Kinn auf Han. »Solltest du nicht an der Universität sein und lernen?« Jiyi verengte die Augen. »Du bist doch ein Student, oder?«

Er hustete. »Der Unterricht … ähm, fällt heute Morgen aus.« Hinter ihm klappte Xu den Fächer auf und verbarg das Gesicht hinter der strahlend bunten Seide.

Jiyi verdrehte die Augen und wandte sich dann wieder an Zhara. »Wir hören wohl für heute besser auf«, brummte sie. »Du bist vermutlich erschöpft. Wir versuchen es ein andermal wieder, wenn du munterer bist.«

Zhara drückte ihre linke Faust in die rechte Handfläche und verbeugte sich. »Tausend Dank, Lehrerin Huang«, sagte sie mit formeller Stimme. »Ich bin dankbar für deine Unterweisung.«

»Das reicht«, wehrte die Kurtisane ab. »Da fühle ich mich ja älter als der Berg von Lo.« Aber sie konnte das kleine, erfreute Lächeln nicht unterdrücken, das sich angesichts der Respektsbezeugung in ihre Mundwinkel schlich.

Zhara erwiderte das Lächeln. »Natürlich, Lehrerin Huang«, sagte sie und stand auf.

Jiyi schnaubte und ging zu Han und Xu, die am Bug des Schiffs standen. Je weiter sie flussaufwärts fuhren, desto mehr veränderte sich die Landschaft. Das Sumpfland im Süden ging zunächst in überschwemmte Reisfelder über, dann in weiche Wiesen und schließlich in Wälder mit kleinen, gedrungenen Bäumen und Sträuchern. Sie näherten sich den Ruinen von Alt-Changxi. Sandbänke wichen felsigen Klippen, und das Wasser verwandelte sich von einer schlammigen, graubraunen Brühe in eine leuchtend smaragdgrüne Fläche, während ihre Barke durch eine schmale Schlucht fuhr, wo rechts und links hohe Kalksteinwände aufragten.

»Wow«, hauchte Zhara. »Das ist ja atemberaubend.«

Neben ihr tauchte eine große, breitschultrige Gestalt auf und räusperte sich. »Das stimmt«, sagte Han, dessen Stimme ein bisschen quäkte. »Ein hübscher Ort für ein romantisches Rendezvous, nicht wahr?«

Zhara musterte ihn misstrauisch und sah, dass sein Blick auf sie gerichtet war, nicht auf die Landschaft. Seine Ohren leuchteten rot im Sonnenlicht. »Ein romantisches Rendezvous?«, fragte sie wie beiläufig.

Er zupfte an seinem Ohrläppchen, das immer röter wurde. »Ja, na ja«, druckste er, »es ist ein hübscher Rahmen.«

»Ein hübscher Rahmen für einen möglichen Tod durch einen Vulkanausbruch«, ließ sich Xu von der anderen Seite der Barke aus vernehmen.

Han schickte einen bösen Blick hinüber. »Du verdirbst einem auch immer die Stimmung, Chan Xuhei!«

Während die Schlucht noch schmaler wurde, toste das Wasser wilder und warf ihre Barke auf den Strudeln hin und her. Zhara stolperte von der Reling weg, geradewegs in Hans Arme. Er stellte sie sicher auf die Füße und wich dann schnell zurück.

»Alles … ähm … in Ordnung?« Die Röte wanderte von seinen Ohren zu seinem Hals, während er den Blick abwandte und betont geradeaus blickte.

»Mir geht's gut, Meister Pflaumenblüte.« Sie grinste, doch dann bemerkte sie seine Hände, die die Reling umklammerten. Seine Fingerknöchel waren weiß. Trotz der Röte, die Ohren und Nacken überzog, war der Rest seines Gesichts blass und eingefallen. »Und dir? Geht es dir gut?«, fragte sie. »Wird dir wieder übel?«

»Nein, alles in Ordnung«, sagte er fröhlich. Er warf ihr ein breites Lächeln zu, was sich in eine panikerfüllte Grimasse verwandelte, während er die Reling noch fester packte. »Ging mir nie besser«, stieß er durch die zusammengepressten Zähne hervor.

Der Fluss wurde nun immer reißender, und Zhara fühlte, wie sich ihr der Magen umdrehte, während ihr Gefährt zum Spielball der Strömung wurde.

»Es wird eine raue Fahrt!«, rief der Kapitän. »Haltet euch besser fest – es dauert nicht lang!«

Vor sich sah sie, wie sich die Schlucht weitete. Ein abgeschiedener See lag vor ihnen, überragt in der Ferne von dem einsamen Gipfel des Mount Zanhei. Zhara stockte der Atem, als ihre Barke bockend und sich bäumend wie ein Wildpferd, das seinen Reiter abzuwerfen versuchte, durch die Schlucht raste. Wasser platschte auf das Deck, das glitschig wurde. Hinter ihr bekam Xu einen Schwall Gischt ab und heulte entsetzt auf.

»Das ist Wulin-Seide!«

Als sie aus der Schlucht auf den See hinausfuhren, beruhigte sich das Wasser sofort. Zhara betrachtete staunend den Anblick, der sich ihnen bot. Der See war viel größer, als er von der Kalksteinschlucht aus gewirkt hatte, und das Wasser schillerte in einem strahlenden Türkisblau, als ob sich in ihm der Himmel einer anderen Welt spiegeln würde. Der See war auf drei Seiten von turmhohen weißen Klippen umgeben, auf denen die Überreste uralter Wachtürme standen, während die vierte zu den aschgrauen Ruinen einer versteinerten Stadt führte, umgeben von einem üppigen, dichten Wald.

»Oh«, murmelte sie.

Der Kapitän steuerte das Boot dichter ans Ufer, und Zhara sah Zeichen von Leben – von menschlichem Leben – inmitten der Ruinen. Die Docks waren sauber und gut gepflegt, und der Hafen war gesäumt mit Ladenfronten und Cafés, wo Souvenirs und etwas zu essen und zu trinken verkauft wurden. Die Szene erinnerte Zhara an den Markt in Zanhei, wo sich die Kundschaft tummelte und mit den Händlern um die Preise schacherte. Ohne den riesigen Vulkan, der im Hintergrund aufragte, hätte sie glauben können, dass Alt-Changxi irgendeine beliebige Stadt im Reich des Morgens war.

»Ich dachte, dieser Ort wäre verlassen«, sagte Han verwirrt, als Arbeiter auf den Kai gelaufen kamen, um beim Anlegen der Barke zu helfen.

»Niemand wohnt hier«, erklärte der Kapitän. »Aber man kann gute Geschäfte mit den Touristen machen, die herkommen, um sich die Ruinen anzuschauen. Und ich weiß, wovon ich spreche«, sagte er trocken. Dann schaute er sich um. »Wo ist die andere junge Dame hin? Ich will mein Geld, bevor ihr alle an Land geht.«

»Du kriegst dein Geld, keine Sorge.« Mit einer großen, ausgebeulten Tasche tauchte Jiyi auf der Treppe auf, die unter Deck führte. »Hier, nimm das«, sagte sie und drückte Han ohne Umschweife die Tasche in die Hand. Er war darauf nicht vorbereitet und ließ die Tasche fallen, die schwer auf dem Boden aufschlug.

»Was bin ich, ein Maultier?«, meckerte er und warf sich dann den Sack mit einem Grunzen über die Schulter. »Was hat die Kurtisane da reingepackt? Steine?«

»Nein, aber in deinem Kopf sind eine Menge Steine«, gab Jiyi zurück, während sie dem Kapitän eine Geldbörse reichte. »In der Tasche sind Bücher und ein paar andere Dinge, damit wir Proben sammeln und sie später untersuchen können.«

Han schüttelte die Tasche, in der es klapperte und schepperte. »Das braucht sie alles? Wofür?«

Jiyi ignorierte ihn und sah zu, wie der Kapitän sein Geld zählte. Zweimal. Nachdem er sich davon überzeugt hatte, dass sie ihm das bezahlt hatte, was ihm zustand, nickte er ernst.

»Sechs Stunden«, sagte er zu der Gruppe. »Seid vor Sonnenuntergang wieder hier. Ich will abfahren, bevor es dunkel wird.«

»Aber wir brauchen mindestens zwei Stunden, um zu Fuß auf den Vulkan und zurück zu gelangen«, sagte Xu unglücklich.

»Sechs Stunden«, wiederholte der Kapitän mit fester Stimme. »Nach Einbruch der Nacht geschehen hier Dinge. Keine guten Dinge.«

Jiyi betrachtete den Mann voller Verachtung. »Du glaubst doch nicht etwa an Geistergeschichten, oder?«

»Was für Geistergeschichten?«, fragte Xu ängstlich.

Der Kapitän blickte grimmig drein. »Man sagt, dass es in den Ruinen spukt, aber es sind nicht die Toten, die mir Sorgen machen.«

Xu schob sich zu Han und versteckte sich hinter dessen breiten Schultern. »Sondern?«

Der Kapitän antwortete nicht gleich, sondern blickte zu dem Wald jenseits von Alt-Changxi. »Monster«, murmelte er.

Zhara wechselte einen Blick mit Jiyi, die kaum merklich den Kopf schüttelte. »Wir sind vor Sonnenuntergang zurück«, sagte die Kurtisane.

Der Kapitän nickte. »Denkt daran, sechs Stunden«, wiederholte er. »Oder ihr seid auf euch allein gestellt.«

Kapitel 21

Unter anderen Umständen wäre ein Besuch in den Ruinen von Alt-Changxi eine ziemlich romantische – wenn auch etwas makabre – Angelegenheit gewesen, fand Han. Die versteinerten Gebäude waren irgendwie pittoresk, und der Weg durch die leeren, gut erhaltenen Straßen verlieh dem ganzen Ausflug etwas Verbotenes, so als würde er selbst nach Einbruch der Nacht in seiner eigenen Stadt herumschleichen. Die Vorstellung, vor einem solchen Hintergrund einem Mädchen einen Kuss zu geben, war ein Traum, von dem Han nicht gewusst hatte, dass er ihn träumte, und immer wieder schaute er zu Zhara hin und fragte sich – voller Hoffnung –, ob sie ähnlich dachte wie er.

»Kannst du nicht ein bisschen schneller gehen?«, schrie Jiyi von der Spitze der Gruppe nach hinten. »Kapitän Shang sagte, wir müssen vor Sonnenuntergang zurück sein.«

»Dann sollte die Kurtisane vielleicht ihre Tasche selbst tragen!«, schrie er zurück. »Mal sehen, wie schnell sie dann noch gehen kann.«

»Hast du nicht gesagt, dass du deinen Körper intensiv trainierst?«, sagte Zhara über die Schulter hinweg und lächelte ihn an.

»Ja, na ja«, sagte er ausweichend. »Das ist aber eher aus ästhetischen Gründen als aus praktischen.«

»Was hat es denn für einen Sinn, einen beeindruckenden Körper zu haben, wenn man ihn nicht auch benutzt?« Xu zwinkerte

Zhara zu, die lachte und den Scherz mit einem leichten Klaps auf die Schulter beantwortete.

»Ich benutze ihn ja!«, empörte sich Han. »Ich schleppe schließlich das Gepäck von Madame Korinthenkacker den Berg hoch, oder nicht?«

»Miss Brandy könnte sich gewiss noch andere Betätigungen für diesen beeindruckenden Körper vorstellen, nicht wahr?«, sagte Xu und stupste Zhara mit dem Ellbogen an, deren Wangen sich in der Vormittagssonne rosig färbten.

»Was?«, fragte Han verwirrt. »Was für andere Betätigungen?«

»Halt die Klappe und spar deinen Atem«, rief Jiyi. »Der Weg wird ab hier noch schwieriger.«

Sie näherten sich der verfallenen Stadtmauer, hinter der die Wildnis lag. Die Mauern waren größer und massiver als die Mauern um Hans Heimatstadt, und er staunte über ihre Bauweise: Sie waren dicker als vier Pferde nebeneinander, wobei im oberen Bereich einige vorwitzige Bäume durch Risse und Spalten wuchsen. Trotz der Zerstörung durch den Vulkanausbruch vor vielen Jahren war das Tor noch intakt. Es war aus Stein gemeißelt, statt aus Holz geschnitten. Neben dem Tor stand nur noch eine Statue, ein Wächtertier, in bemerkenswert gutem Zustand. Ein solches Wesen hatte Han noch nie gesehen: Es war eine fantastische, katzenartige Chimäre, mit der Mähne eines Löwen, dem Schwanz eines Pfaus und zwei kleinen, gebogenen Hörnern auf dem Kopf.

»Der Löwe des Südens«, murmelte Zhara, »der die Bürger vor Seuchen und Pestilenz schützt.«

»Wovor um alles in der Welt hatten die Menschen hier Angst?«, murmelte Xu und musterte die Verteidigungsanlagen der alten Stadt, während sie den Wald betraten. »Keine Mauern, egal wie mächtig, können einen wütenden Vulkan im Zaum halten.«

»Vielleicht hatten sie Angst vor Monstern«, sagte Zhara und

tätschelte dem Wächtertier im Vorbeigehen die Pranke. »Man sagt, dass es in den Wäldern um den Mount Zanhei früher von gefährlichen Bestien, ruhelosen Toten und hungrigen Geistern nur so wimmelte.« Das Licht verschwand, während sie tiefer in den Wald hineingingen; kein Sonnenstrahl drang durch das Blätterdach über ihnen. Han glaubte, ein leises Klingeln zu hören, und als er hochblickte, sah er einen großen Vogel mit rötlichen Federn auf einem Baum in der Nähe hocken. Han nieste ein paar Mal.

»Es waren wahrscheinlich Magier, die zu Monstern wurden«, sagte Jiyi. »Wenn wir recht haben mit unserem Verdacht, dass der Vulkan die Quelle der dämonischen Vergiftung ist, dann wurde Alt-Changxi damals vermutlich von ihnen überrannt. Alle Magier der Stadt wurden wahrscheinlich in die Wildnis verbannt und ihrem Schicksal überlassen.«

»War der Mount Zanhei nicht ursprünglich ein heiliger Ort der Magie?«, fragte Han.

»Und woher willst du das wissen?«, fragte Jiyi verächtlich.

Han wandte den Blick ab. »Meine Mutter war auch Magierin«, sagte er leise. »Und trotz allem, was die Verehrte von mir hält, bin ich kein Idiot.«

Die Kurtisane schwieg, aber Han bildete sich ein, dass ihr Rücken irgendwie reumütig aussah, als sie ihnen voraus durch den Wald ging.

»Der Mount Zanhei war den Magiern heilig?«, hakte Zhara vorsichtig nach.

»Ja.« Han schenkte ihr ein Grübchenlächeln. »Alt-Changxi war einst eine blühende magische Gemeinschaft.« Er registrierte ihren bewundernden Blick und plusterte sich ein bisschen auf. »Der Mount Zanhei ist offensichtlich eine Art Zentrum magischer Energie.«

»Das kann ich bestätigen«, sagte Zhara nachdenklich. Sie legte den Kopf schräg und schaute zu dem nebelverhangenen Gipfel des Vulkans. »Da ist etwas, das … an meinem Ki zieht.« Sie wandte sich zu den anderen. »Fühlt ihr das auch?«

Han, Xu und die Kurtisane wechselten Blicke und schüttelten dann die Köpfe.

»Wie fühlt es sich denn an?«, fragte Jiyi mit Neugier und Sehnsucht in den Augen.

Zhara erschauderte. »Als ob etwas meine Energie und meine Kraft ableitet«, sagte sie. »Es fühlt sich … falsch an.«

»Das ist wahrscheinlich die dämonische Essenz«, sagte die Kurtisane.

»Ist dämonische Essenz überhaupt real?«, fragte Han. »Ist ein Dämon nicht ein Wesen aus reinem Chaos? Wie kann Chaos in der Welt der Ordnung existieren?«

»Er hat also doch ein Hirn in diesem Schädel«, sagte Jiyi neckend. »Und ich dachte, er könnte kaum lesen.«

»He!«, schmollte Han. »Natürlich lese ich! Ich lese … viele Sachen!«

»Was zum Beispiel? *Geschichten aus dem Tiefen Tal?*«

»Haben denn alle außer mir dieses Buch gelesen?« Der Weg führte jetzt steil bergauf, und Han schwitzte vor Anstrengung unter der Last von Jiyis Tasche. »Warum müssen sich alle immer nur über mich lustig machen?«, keuchte er und blieb hinter den anderen zurück.

»Weil du süß bist, wenn du rot wirst.« Zhara wartete, bis er zu ihr aufgeschlossen hatte.

»Süß?« Wieder musste er niesen und sah den roten Vogel auf einem Baum in der Nähe sitzen. Es sah aus, als würde er kichern. Das strahlend scharlachrote Gefieder leuchtete im Licht eines verirrten Sonnenstrahls, der durch das dichte Blätterdach gedrungen war, während er mit den Flügeln schlug. »Ich wäre lieber cool. Kontrolliert. Ein bisschen kaltblütig.«

»Nicht gut aussehend?« Sie lächelte.

»Na ja, das bin ich sowieso, also gilt das nicht.«

Sie lachte und schüttelte den Kopf.

»Was, hältst du mich etwa nicht für gut aussehend?« Plötzlich bekam es Han mit der Angst zu tun, dass all die Versicherungen der Fürstengemahlin und ihrer Zofen, er sei ein hübscher Kerl, nichts weiter als freundliche Lügen gewesen waren. »Meine Mutter hat mir immer gesagt, ich würde gut aussehen.«

Mit tanzenden Augen warf sie ihm einen Seitenblick zu. Er fühlte ein merkwürdiges Ziehen in der Magengegend, als hätte er Seitenstechen, aber an der falschen Stelle. »Deine Mutter hatte recht«, sagte sie schüchtern. »Du siehst gut aus, sehr gut, um genau zu sein.«

Das Wörtchen »sehr« stellte seltsame Dinge in seinem Körper an. Dieser Stich in der Magengrube schmolz zu heißer Lava, die seine Knochen auflöste und seine Hände schlaff und willenlos machte. »Ich … äh … ähm …« Auch seine Lippen waren mit einem Mal merkwürdig gefühllos. »Danke.«

Zhara kicherte. »Aber wir haben gerade über Bücher geredet«, wechselte sie das Thema. »Du wolltest mir sagen, was du am liebsten liest.«

»Oh. Ja, richtig.« Er kratzte sich verlegen den Kopf und lachte unbehaglich. »Na ja, mir hat das Buch gefallen, das ich dir versehentlich bei unserer ersten Begegnung gestohlen habe.«

»*Die Maid, die vom Tod geliebt wurde?*«, fragte sie, und ihre Augen weiteten sich überrascht.

»Ja!«, sagte er. »Das ist so gut! Ich konnte einfach nicht aufhören zu lesen. Wie sich Kleine Flamme dem Todeslord ergeben hat, um das Leben ihrer Schwester zu retten! Und der Todeslord selbst! So charmant, und doch gleichzeitig so furchterregend! Ich meine, ihre Liebe wird sie töten, aber irgendwie will ich auch, dass sie sich endlich küssen!«

Zhara lachte entzückt auf, und der Klang hallte wie eine Glocke durch den Wald. »Also wirklich, Meister Pflaumenblüte«, sagte sie, »ich hätte nie gedacht, dass du Liebesromane magst.«

»Ich auch nicht, um ehrlich zu sein.« Er zuckte mit den Schultern. »Ich hatte stets angenommen, dass Bücher … na ja, du weißt schon, dass sie einen klüger machen und den Charakter festigen und solche Sachen. Ich hatte keine Ahnung, dass sie auch unterhaltsam sein können.«

»Der nächste Band soll kommende Woche erscheinen«, sagte Zhara.

»Ooh, den sollten wir gemeinsam lesen!«

Sie lachte wieder. »Vielleicht«, sagte sie. »Wenn wir ein Exemplar ergattern. Normalerweise leihe ich mir Bücher immer von Meister Cao, wenn die Nachfrage gesunken ist.«

»Ich kaufe dir ein Exemplar«, sagte Han. »Ich schulde dir ja sowieso noch eins.«

Zhara legte ihm leicht die Hand auf die Schulter, woraufhin Han am ganzen Körper Gänsehaut bekam, trotz der schwülen Hitze. »Das ist sehr nett von dir«, sagte sie leise. »Aber du schuldest mir gar nichts, Meister Pflaumenblüte.«

»Dann betrachte es eben als Gefallen an mich selbst.« Er lächelte. »Damit ich mir die Qual erspare, zu warten, bis du es auch gelesen hast und wir darüber reden können.«

Sie erwiderte sein Lächeln, und danach schwiegen sie wieder und sparten ihren Atem für den Aufstieg. Der Weg wurde immer steiler und ihr angestrengtes Keuchen hallte laut durch den Wald. Die Luft unter dem Blätterdach war stickig und drückend und unerträglich heiß, trotz des Schattens, den die Baumkronen warfen. Alles fühlte sich zugeschnürt und abgestorben an, und sie schleppten sich vorwärts, als würden sie durch Kleister waten. Das einzige Anzeichen von Leben – abgesehen von ihrer Vierergruppe – war der rote Vogel, der von Ast zu Ast flatterte, wobei ständig ein kleines Glöckchen um seinen Hals leise klingelte. Vermutlich gehörte der Vogel jemandem. Wieder musste Han niesen.

Bald wurde der Weg ebener, und Han sah den Hang des Mount Zanhei vor sich: felsig, kahl und irgendwie leblos in der wild wuchernden Landschaft. An seinem Fuß lagen etliche Tümpel, aus denen Dampf und Blasen stiegen.

»Was ist das für ein Geruch?«, fragte Xu und holte den Fächer aus der Schärpe.

»Wir nähern uns den heißen Quellen«, sagte Jiyi. »Früher kamen viele Leute zum Baden hierher.«

»Hier gibt es heiße Quellen? Und ich habe meine Badesachen nicht dabei!« Xu tupfte sich geziert mit einem Tuch den Schweiß von der Stirn und fächelte sich gleichzeitig Luft zu. »Ich könnte einen Sprung ins Wasser vertragen.«

»Niemand kommt mit dem Wasser in Berührung«, befahl die Kurtisane streng. »Wir werden lediglich Proben nehmen, um sie mit dem Wasser aus dem Brunnen im Sumpf zu vergleichen. Die Quellen könnten ebenso mit einer dämonischen Essenz belastet sein.«

»Aber schau mich doch an!«, stöhnte Xu und präsentierte ein Taschentuch, an dem Make-up klebte. »Ich sehe doch aus wie ein Untoter!«

Tatsächlich erinnerte Xu an einen lebenden Leichnam, mit verschmiertem Lippenstift, der wie Blutflecken aussah, und verwischtem Kajal, sodass die Augen wirkten wie auf den Bildern von hungrigen Geistern in Anyangs Märchenbüchern. »Stimmt«, sagte Han, während sein Lieblingsmensch vor Verzweiflung in sich zusammensackte. »Du siehst wirklich aus wie –«

»Du siehst gut aus, Xu«, fiel ihm Zhara ins Wort und schoss Han einen warnenden Blick zu. »Ich wische dir das verschmierte Make-up weg, wenn wir am Ziel sind.«

Sie erreichten schließlich die heißen Quellen, drei kleine Becken, umgeben von vulkanischem Gestein, mit einem fantastischen Blick auf die Stadt und den darunterliegenden See. Von diesem erhöhten Standpunkt aus hatte der See eine andere Farbe, als sie es von der Barke aus wahrgenommen hatten: Er schimmerte erschreckend blassgrün, eingerahmt von Aquamarinblau, wo das Wasser auf Land traf. Die Ruinen von Alt-Changxi glänzten silbern in der Sommersonne, wie eine Schmuckschatulle inmitten der dunkelgrünen Jade des Waldes.

»Ich kann verstehen, warum die Menschen zum Baden herkamen«, murmelte Zhara, die am Rand der Vulkanfelsen stand und die Landschaft betrachtete. »Es ist wunderschön.«

»Ja, nichts trägt mehr zum Ambiente eines Ortes bei, als die Aussicht, jeden Moment durch einen Vulkanausbruch eines schrecklichen Todes zu sterben«, sagte Xu trocken und zupfte dann mit einem weinerlichen Gesichtsausdruck an Zharas Ärmel: »Kannst du jetzt bitte mein Make-up richten?«

»*Eine Kerze, die unbenutzt bleibt, ist nichts weiter als Wachs und Docht*«, zitierte Han, stellte Jiyis Tasche ab und lockerte die verkrampften Muskeln in seinem Rücken. »*Ich würde lieber die Flamme entzünden, in der Gewissheit, dass sie erlöschen wird, als auf ewig im Dunkeln zu sitzen.*«

»Aber, Won… Li Han«, sagte Xu erstaunt, »hast du … gerade aus dem Werk eines verehrten Philosophen zitiert?«

»Ja«, strahlte Han. »Das ist von Jae Hyun, auch bekannt für das Werk *Die Maid, die vom Tod geliebt wurde.*«

Zhara kicherte, während sie Xu das Gesicht abwischte. »Siehst du? Bücher können sehr wohl bilden.«

»Seid mal alle ruhig«, befahl Jiyi. »Der Eingang zum Höhlensystem ist ganz hier in der Nähe, und ich kann mich bei dieser ständigen Flirterei selbst kaum denken hören.« Sie schritt das Plateau ab, betrachtete die heißen Quellen und die Umgebung. »Helft mir mal, ja?«

»Wonach sollen wir suchen?«, fragte Han. Die Becken mussten früher einmal ein beliebtes Ausflugsziel gewesen sein, denn man konnte noch Wege erkennen, die rund um die Quellen führten, und an den Seiten waren Bänke in den Stein gehauen. Aber es sah so aus, als ob die Leute heutzutage lieber woanders badeten: Unkraut und das Wetter hatten die hölzernen Wege verrotten lassen, und die steinernen Verzierungen der Bänke waren von der Witterung regelrecht abgeschmirgelt worden. Zhara und Xu untersuchten einen steinernen Pavillon, der etwas abseits stand – eines der wenigen Gebäude, die noch existierten.

»Ich bin nicht sicher«, murmelte Jiyi und fuhr mit der Hand über die Steine, die um ein Wasserbecken herumliefen. »Ich glaube, das sind Felsbilder in der Sprache der Blumen, aber eine ältere Variante. Ich kenne sie nicht so gut.« Sie streckte Han die Hand entgegen, ohne ihn anzusehen. »Gib mir meine Tasche.«

Gehorsam trabte er zu der Stelle, wo er sie abgelegt hatte, und brachte sie der Kurtisane. Jiyi holte ein Buch und etwas Kohle hervor, riss eine Seite heraus und pauste damit die Zeichen auf dem Stein ab. Han umkreiste jedes Becken und hielt nach weiteren Felsbildern Ausschau. »Hier ist noch mehr«, rief er und deutete auf die Steine, während die Kurtisane zu ihm kam.

»Ich glaube, das bedeutet Reinigung«, murmelte Jiyi, mehr zu sich selbst, während sie arbeitete. »Vielleicht eine Art Purifikation? Waren das womöglich rituelle Bäder? Aber was für Rituale?« Wieder streckte sie die Hand aus. »Gib mir ein Gefäß, damit ich eine Wasserprobe entnehmen kann«, verlangte sie.

»Hier drüben!«, rief Zhara vom Pavillon aus. »Ich glaube, ich habe was gefunden!«

Jiyi stopfte die Gegenstände in die Tasche und schob sie dann Han hin. »He«, empörte er sich. »Trag das diesmal gefälligst selbst.«

Sie ignorierte ihn und eilte zu den anderen im Pavillon. »Das ist ein Altar oder eine Art heiliger Ort«, sagte die Kurtisane überrascht, als sie eintrat und die Motive an der Decke und den Säulen betrachtete. »Sieht so aus, als sei dies ein Löwentempel gewesen. Da«, sagte sie und deutete zu einem verblassten Gemälde einer katzenähnlichen Chimäre, die genauso aussah wie das Wächtertier vor dem Tor der alten Stadt unten im Tal. »Ich glaube, das soll den Löwen des Südens darstellen.« Sie fuhr mit den Fingern über die Inschrift unter dem Bild. »*Der Herr über Pelz und Pranke*«, las sie laut vor. »*Der Löwe des Südens kann jede Form und Gestalt annehmen, denn seine Macht – wie die Macht seines Gebietenden – liegt in der Transformation.*«

»Seines Gebietenden?«, wiederholte Zhara und schaute über Jiyis Schulter. »Wer ist d–? Aiyo!« Erschrocken zuckte sie zusammen, als ein Glöckchen ertönte und ein großer, roter Vogel flatternd auf der Brüstung neben ihr landete.

»Ich könnte schwören, dass dieser Vogel uns folgt«, murmelte Xu und warf dem Tier einen bösen Blick zu. »Haben wir ihn nicht schon unten in den Ruinen der alten Stadt gesehen?«

»Diese Vögel sind wahrscheinlich hier in der Gegend heimisch«, sagte Zhara. »Es gibt bestimmt noch mehr davon.«

Besagter Vogel sträubte das Gefieder, als wäre er verärgert. Han versuchte, ihn zu streicheln, aber er stieß einen Schrei aus und hopste zur Seite, wobei er ihn aus goldenen Augen anstarrte. Der Blick kam ihm irgendwie bekannt vor, aber er konnte ihn nicht einordnen. Wieder musste er niesen. Komisch, gegen Vögel war er normalerweise nicht allergisch.

»Aber das waren gar nicht die Schriftzeichen, die ich dir zeigen wollte«, sagte Zhara und zog Jiyi von der Säule weg. »Sondern das hier.« Sie deutete zu Boden, wo auf einer Fliese ein Symbol prangte – ein Kreis, der von einer vertikalen Linie geteilt wurde.

Jiyi legte den Kopf schräg und ging in die Hocke, um besser sehen zu können. »Das ist das Zeichen gegen das böse Auge.« Sie schob ihre Fingerspitzen in die Fugen um die Fliese. »Ich glaube«, sagte sie geistesabwesend, »das ist eine Art Riegel. Vielleicht der Eingang zu den Höhlen.« Sie hielt Han die Hand hin. »Tasche. Ich habe Werkzeuge dabei.«

»Warte mal.« Zhara kniete sich neben die Kurtisane und hob die Hand über das Symbol. »Vielleicht ist es etwas, das nur von Magiekundigen geöffnet werden kann.«

»Das bezweifle ich«, sagte Jiyi stirnrunzelnd.

Zhara zögerte, biss sich auf die Lippe und schob ihre Hände in die Ärmel. Han erkannte ihre Angst, weiterzusprechen, ihren Drang, sich klein zu machen, ergeben, unbedeutend. Verschwunden war der Funke in ihren Augen, und sie sah plötzlich grau aus, als ob sie einen Mantel übergeworfen hätte, der ihr helfen sollte, unsichtbar zu werden.

»Die Verehrte mag eine Gelehrte der Magie sein«, sagte er spitz, »aber Zhara ist die Einzige von uns, die tatsächlich mit Magie gesegnet ist. Ich finde, sie soll sprechen.« Zhara sah ihn an, und er nickte ihr ermutigend zu.

»Das stimmt«, gab Jiyi widerwillig zu. »Bitte entschuldige, Zhara. Fahr fort.«

Zhara schenkte Han ein kleines, dankbares Lächeln. Ihm war schon heiß von dem Marsch hinauf auf den Berg, aber die Hitze, die er jetzt verspürte, war von ganz anderer Art.

»Es fühlt sich an, wie … wie wenn ich mit anderen Magiern in

Berührung komme«, sagte Zhara. »Da ist eine … eine Art Resonanz. Ein Erkennen. Es ist, als ob in den Steinbildern selbst Magie liegen würde.«

Die Kurtisane kräuselte die Nase. »Unbelebte Gegenstände können nicht magisch sein«, sagte sie, wenn auch mit freundlicher Stimme. »Es gibt Geschichten von verzauberten Waffen und dergleichen, aber das sind wirklich und wahrhaftig nur Geschichten. Märchen.«

»Trotzdem«, beharrte Han. »Es schadet doch nichts, es zu versuchen, oder?«

Zhara schaute Jiyi an, die ihre Lippen zusammenpresste und dann leicht nickte. Langsam und unsicher drückt Zhara die Handfläche auf das Symbol und schloss die Augen.

Han hielt den Atem an.

Nichts geschah.

»Zhara«, sagte Jiyi nachsichtig, »dir gelingt ja kaum der einfachste Zauber, deshalb glaube ich nicht, dass … *waaah!*«

Mit einem Knirschen und Rumpeln erzitterte die Erde unter ihren Füßen. Staub und Steine fielen von der Decke des Pavillons und zerplatzten ringsum auf dem Boden. Jiyi streckte die Hände aus, auf der Suche nach Halt, aber Han hielt den Blick unverwandt auf Zhara gerichtet, die immer noch neben der Fliese mit dem Symbol kauerte.

»Der Vulkan bricht aus!«, kreischte Xu und schlug die Hände vor das Gesicht. »Oh, ich wusste, dass dieser Ausflug kein gutes Ende nimmt!«

Zhara riss die Hand von dem Symbol weg und sprang auf. Sie schwankte ein bisschen auf dem zitternden Boden. Han machte einen Satz nach vorn und fing sie auf, während sie gleichzeitig nach hinten wich. Das Symbol schien dort, wo Zhara es berührt hatte, leicht roségolden zu leuchten, und die Fliese glitt nach unten weg. Eine Treppe erschien, die in die Dunkelheit führte. Und sofort hörte das Beben auf.

»Wie … wie hast du das gemacht?« Jiyi kam herbeigeeilt und betrachtete den Eingang mit ehrfürchtigem und ungläubigem Blick. »Hast du einen Zauber gewebt? Wenn ja, welchen? Und wie hast du das ohne Pinsel geschafft?«

Zhara, die neben Han stand, war unnatürlich bleich, ihre normalerweise tiefbraune Haut hatte die Farbe von Asche angenommen. Sie hielt die Hände eng an die Seiten gepresst, die Ellbogen verkrampft, und Han versuchte ihr vorsichtig einen Arm um die Schultern zu legen. Sie zuckte zusammen, und er wich verlegen und zerknirscht zurück.

»Alles in Ordnung?«, fragte er stattdessen.

Nach einer ganzen Weile nickte sie. »Es geht mir gut«, sagte Zhara mit rauer Stimme. »Nur ein bisschen … durcheinander.«

Xu näherte sich vorsichtig dem Loch im Boden und spähte in die Dunkelheit. »Was, glaubt ihr, ist da unten?«

»Das wollen wir herausfinden, deshalb sind wir hier«, sagte Jiyi und rieb sich voller Vorfreude die Hände.

»Ich nicht«, sagte Xu inbrünstig. »Ich bin nur mitgekommen, um sicherzugehen, dass mein Pr– … mein Freund Han seine Volljährigkeit erreicht.«

Jiyi wedelte uninteressiert mit der Hand und umkreiste aufgeregt den Eingang. »Wenn du nicht mitkommen willst, dann mach dich wenigstens hier oben nützlich und hole mir ein paar Wasserproben aus den heißen Quellen«, sagte sie, während sie schon ohne jede Angst ins Ungewisse hinabstieg. »Ich jedenfalls gehe nachsehen.« Nach ein paar Stufen schaute die Kurtisane über ihre Schulter zu Han und Zhara. »Und ihr zwei? Kommt ihr mit oder nicht?«

Kapitel 22

Die Luft unter dem Pavillon stank nach Schwefel. Zhara vergrub ihre Nase diskret in der Ellbogenbeuge und versuchte, nicht zu würgen. Der schweflige Gestank war eine Sache, aber der schwache, kränklich süße Geruch der Verwesung, der darunter lauerte, war noch schlimmer. Ein Geruch wie in den Metzgereien und den Schlachthöfen der Gruben hing schwer über ihr wie eine Todeswolke: der Gestank der Angst. Es war der Geruch von Tieren, die zur Schlachtbank geführt wurden, von Beute, die in den Krallen eines Raubtiers gefangen war, von Magiern, die zur Hinrichtung vor den Falkner gezerrt wurden. Es war der Geruch des Todes, und Zhara stand kurz davor, sich zu übergeben.

»Ist das nicht aufregend?«, fragte Jiyi, die den Gestank entweder überhaupt nicht wahrnahm oder einfach ignorierte. Zhara hatte sie noch nie so energiegeladen, so enthusiastisch, so … jung erlebt. Völlig losgelöst von ihrer Gleichgültigkeit und Verachtung, war die Kurtisane fast wie ein kleines Mädchen, das fröhlich über alle möglichen Dinge plapperte. »Stellt euch vor, was wir alles über die alten Magier erfahren werden! Rituale und Sprüche, die man längst verloren glaubte! Schriftzeichen in der Sprache der Blumen, die wir noch nie zuvor gesehen haben! Vielleicht sogar Bücher!«

»Die Verehrte und ich haben völlig unterschiedliche Auffassungen von aufregend«, murmelte Han mit leicht erstickter Stimme, weil er sich mit der freien Hand die Nase zuhielt. Die andere hatte er gegen die Wand gestemmt, während er abstieg, weil die Stufen uneben und der Weg ziemlich steil war. »Ich jedenfalls finde es nicht besonders spaßig, in die Eingeweide von Tiyok persönlich hinabzusteigen.«

»Tiyok ist kein Ort«, tadelte ihn Jiyi. »Das Reich des Chaos ist ein Zustand.«

Han funkelte die Kurtisane böse an. »Wie auch immer«, sagte er. »Das Herz eines Vulkans kommt mir sowohl tatsächlich als auch im übertragenen Sinne wie Tiyok vor.«

»Oooh, hör sich das einer an!«, gurrte sie. »Ich bin beeindruckt, dass du überhaupt weißt, was ›im übertragenen Sinne‹ heißt.«

»He«, protestierte Han. »Ich habe eine sehr gute Bildung genossen!«

Zhara behielt ihre Hände bei sich, während sie ein paar Schritte hinter ihm ging, und achtete auf ihre Füße und ihr Gleichgewicht. Ihre Handflächen prickelten immer noch nach dem Entriegeln der Luke, und sie machte sich Sorgen darüber, was sie mit ihrer Magie noch alles anrichten könnte. Als sie die Fliese berührt hatte, war es wie bei Thanh gewesen: dieses knochentiefe – seelentiefe – Gefühl des Wiedererkennens, das Gefühl, dass ihre Magie zum Leben erwachte, als würde sie gerufen. Aber wie bei Thanh hatte in dieser Berührung etwas Beunruhigendes gelegen, das Gefühl von etwas Verfaultem, etwas … Verdorbenem. Sie krümmte und streckte ihre Finger und versuchte, sich von diesem anhaftenden Gefühl zu befreien.

»Es wird dunkel«, klagte Han, als sie ein Stück weitergegangen waren. »Ich kann kaum noch etwas sehen. Yah!«, schrie er auf. »Etwas hat mein Bein gestreift!«

»Wahrscheinlich eine Ratte«, sagte die Kurtisane abfällig. »Ich bin sicher, dass es in den Höhlen hier von diesem Ungeziefer nur so wimmelt. Aiyo!«, rief sie überrascht. »Etwas hat in meinen

Knöchel gekniffen.« Sie schaute Zhara an und runzelte die Stirn. »Hast du Licht?«

Zhara schaute unwillkürlich zu ihren Fingerspitzen, von denen sie wusste, dass sie in der Dunkelheit ganz schwach glühten. Glücklicherweise hatte sie die Ärmel ganz nach unten gezogen, sodass nichts zu sehen war. »Habe ich nicht«, murmelte sie. »Hat jemand eine Fackel dabei?«

»Han, gib mir mal meine Tasche«, befahl Jiyi. »Da sind ein paar Fackeln drin.«

»Ich habe deine Tasche nicht«, sagte er verwirrt. »Warum sollte ich?«

»*Argh.*« Die Kurtisane seufzte und verdrehte die Augen. »Na, denn geh und hol sie«, sagte sie ungeduldig.

Han schnaubte verärgert. »Zum letzten Mal: Ich bin *nicht* dein Maulesel«, sagte er bockig. »Hol sie doch selbst!«

»Na schön.« Jiyi drehte sich auf dem Absatz um und ging wieder nach oben. »Du hast Glück, dass ich so gut gelaunt bin.« Zhara dachte, dass sie in der Tat sehr gut gelaunt sein musste, weil sie Han nicht vorwarf, sie so vertraulich angesprochen zu haben. »Geht schon mal weiter«, rief die Kurtisane über die Schulter. »Ich hole euch gleich wieder ein.«

Han verrenkte sich den Hals, als er die Treppe entlang nach unten schaute. »Weitergehen?«, sagte er ratlos. »Wie denn? Hält sie uns für Fledermäuse?«

»Erst ein Maultier, jetzt eine Fledermaus.« Zhara lächelte. »Du bist für sie offenbar eine ganze Menagerie.«

»Scheint so«, sagte er nörgelnd. »Als Menschen betrachtet sie mich ganz bestimmt nicht.« Er erstarrte und fixierte einen Punkt irgendwo unterhalb von ihnen in der Dunkelheit. »Zhara«, sagte er angespannt, »siehst du das?«

Sie versuchte, seinem Blick zu folgen. »Was denn?«

»Da unten«, flüsterte er. »Es sieht so aus wie … Augen, die uns anstarren.«

Zhara spähte in die Dunkelheit, eine Dunkelheit, so schwarz, dass sie völlig undurchdringlich war. Es war die Art von Dunkelheit, die eine Form hatte, Gewicht und Struktur, in der Licht und Leben verschluckt wurden und für immer verloren waren. Ihr brach kalter Angstschweiß aus, als sie fühlte, wie ihre Magie sich unbehaglich zu rühren begann, nervös und furchtsam, wie ein wildes Tier, das fliehen will … oder kämpfen. Macht raste ihre Ki-Pfade entlang und sammelte sich in ihren Handflächen, die anfingen zu jucken und zu prickeln.

»Ich kann nichts sehen«, sagte sie langsam. Plötzlich flackerte vor ihr etwas auf, wie Licht, das sich auf zwei Goldmünzen spiegelte. »Warte mal.«

Dann sah sie es – zwei glühende Augen, brennend rot wie die letzten Funken in einem toten Feuer. Scharf saugte Zhara die Luft ein und griff unwillkürlich nach Hans Hand. Einen Herzschlag zu spät fiel ihr die Magie ein, die unter ihrer Haut lauerte. Aber er drehte ihr ohne Umschweife seine Handinnenfläche entgegen und verschränkte seine Finger mit den ihren. Ihre Berührung machte ihm rein gar nichts aus – eine Berührung, die fast jede andere nichtmagische Person verbrannt hätte, mit der sie in Kontakt gekommen wäre. Sie hielt ganz still und staunte über seine nackte Haut auf ihrer, trotz der Macht, die in ihrer Hand summte und vibrierte.

»Das ist … nur eine optische Täuschung, richtig?«, sagte Han unsicher. »Nur … eine Spiegelung oder so was.«

Die golden glühenden Augen blinzelten – einmal, zweimal – bevor sie verschwanden. Zharas Nackenhaare stellten sich auf. Da unten in der Dunkelheit wartete jemand – etwas – auf sie, und ihr wurde mit einem Schlag bewusst, dass sie es bereits die ganze Zeit gewusst hatte.

Sie waren nicht allein.

»Wir sollten … wir sollten umkehren«, sagte sie unsicher.

»Ja«, beeilte sich Han zu sagen. »Kehren wir um. Macht keinen Sinn, weiterzugehen, ohne …«

Ein scharrendes, knirschendes Geräusch ertönte über ihren Köpfen, und die Wände der Treppe erzitterten. Zhara schaute hinter sich und sah, wie die Steinfliese über ihnen langsam wieder an ihren Platz glitt. »Han!«, schrie sie. »Die Luke!«

Er rannte bereits die Treppe hoch, mit seinen langen Beinen zwei oder drei Stufen auf einmal nehmend. »Jiyi!«, rief er. »Jiyi! Xu! Die Tür!« Er hatte den Ausgang fast erreicht, als die Steinfliese mit einem widerhallenden *Rums!* in ihren Rahmen glitt und sie beide in völliger Dunkelheit standen.

»Jiyi!«, schrie Han und hämmerte mit beiden Fäusten gegen den steinernen Durchgang. »Jiyi, öffne die Luke! Xu!«

»Han?« Zhara ließ sich auf alle viere fallen und kroch langsam auf Händen und Knien die Stufen nach oben. Sie hatte noch nie eine so absolute Dunkelheit erlebt, so leer und unergründlich, wie eine drückende Last. Sie legte sich auf ihr Gesicht wie eine Maske, und Zhara hatte das Gefühl, sie würde ersticken, obwohl sie wusste, dass sie ungehindert atmen konnte. »Han?«

Über ihr hörte sie, wie er gegen die Steinfliese trommelte, die den Ausgang verschloss. »He!«, schrie er. »Lasst uns raus!«

Auf der anderen Seite hörten sie eine gedämpfte Stimme, ob von Jiyi oder Xu, wussten sie nicht.

»Was?«, bellte Han. »Ich kann euch nicht verstehen!«

Hinter sich spürte Zhara die glühenden goldenen Augen. Ihr Blick bohrte sich in sie, verlangte Aufmerksamkeit, ein beharrliches Kribbeln auf ihrem Rücken, auf das sie nicht reagieren wollte. Magie wogte durch ihr Blut, schob und zerrte an ihrer Haut, als ob sie verzweifelt versuchen würde, sich zu befreien, und sie musste sich hinsetzen, um sich zu konzentrieren und ihre Macht im Zaum zu halten. Sie zog die Knie an ihre Brust und schloss die Augen, obwohl es zu dunkel war, um irgendetwas zu sehen. »Ich werde nicht hinsehen, ich werde nicht hinsehen, ich werde nicht hinsehen«, murmelte sie.

Durch ihre geschlossenen Augenlider spürte sie, wie das Wesen näher schlich. Ihre Magie bebte und vibrierte, und die Anstrengung, sie zu unterdrücken, war fast unerträglich. Zhara hoffte, dass Han zu Jiyi und Xu durchdringen und sich die Luke öffnen würde; sie wusste nicht, wie lang sie es noch aushalten konnte. Und sie wusste nicht, was schlimmer war, die Macht, die sich kaum noch eindämmen ließ, oder die goldenen Augen, die am Rand ihrer Sinne lauerten.

Etwas Warmes, Pelziges strich mit einem leisen Klingeln an ihrem Bein entlang.

Eine Stichflamme schoss hoch.

»Zhara!«

Sie schlug die Augen auf – und kniff sie gleich wieder vor der gleißenden Helligkeit zusammen, die sie umgab. Einen Moment lang war sie orientierungslos, hatte keine Ahnung, wo plötzlich das Licht herkam – bis ihr klar wurde, dass *sie* es war. *Sie* war die Quelle des Lichts.

Oder besser gesagt: ihre Hände.

Sie waren in Flammen gehüllt, von den Fingerspitzen bis zu den Handgelenken, als ob ihr Fleisch eine Kerze und ihre Haut der Docht wäre. Sie fühlte die unglaubliche Hitze, während sich das Feuer langsam über ihre Arme bis zu ihrem Körper ausbreitete, aber es tat nicht weh, es brannte nicht. Sie fühlte nur Licht und Leben und Wärme. Zhara dachte an das, was Jiyi auf der Bootsfahrt nach Alt-Changxi zu ihr gesagt hatte, dass Magie sich den Regeln der Natur unterwerfen müsse, weil sie ansonsten ein Verstoß gegen die Ordnung sei. Um Feuer zu erschaffen, musste sie die Absicht dazu haben, musste sich in die Leere begeben, um Materie zu formen. Sie hatte nichts dergleichen getan. Sie hatte nicht die Absicht gehabt, ihre Hände in Brand zu stecken.

Und doch waren ihre Hände und Unterarme zu Fackeln geworden. Ihre Nackenhaare sträubten sich, als ob ihr ein Wind ins Ohr geflüstert hätte.

Verstoß.

»Zhara!« Han kam zu ihr gerannt. »Was ist passiert?«

»Bleib zurück!« Sie reckte ihm ihre brennenden Hände entgegen, und er fiel rückwärts gegen die Stufen, die Augen rund vor Ehrfurcht und Sorge. »Ich will dich nicht verletzen.«

»Immer langsam.« Er hob seine Hände, als wolle er sich ergeben. »Schon gut.«

»Nichts ist gut!« Zhara wollte ihre Hände hinter ihrem Körper verstecken und versengte dabei ihre Kleidung. Obwohl das Feuer auf ihrem Körper sie nicht verbrannte, waren die Flammen echt, und vor lauter Hitze brach ihr der Schweiß aus. Am liebsten hätte sie geschrien, gebrüllt, sie wollte sich hinlegen und alles ungeschehen machen. »Ich bin ein Monster!«

»Du bist kein Monster«, sagte Han leise. Er stand auf und machte einen Schritt vorwärts.

»Bin ich wohl!« Ihre Hände zitterten, woraufhin die Schatten ringsum flackerten und tanzten. »Schau mich doch an!«

»Du zitterst.« Er machte noch einen vorsichtigen Schritt auf sie zu und streckte die Hand aus – diesmal in einer beruhigenden, liebevollen Geste.

»Ich will dir nicht wehtun«, sagte sie noch einmal. »Bitte.«

»Keine Sorge«, sagte er besänftigend. »Es wird alles gut. Niemand wird verletzt werden.«

Zhara stieß ein harsches Lachen aus und wackelte mit den Fingern. »Ach, tatsächlich? Ist dir vielleicht entgangen, dass meine Hände in Flammen stehen?«

Er blieb stehen. »Tut es weh?«, fragte er sanft. »Hast du Schmerzen?«

Ihre Kehle wurde eng und sie schloss die Augen, um die stechenden Tränen zu unterdrücken. Sie könnte ihn mit Leichtigkeit verletzen, ihn verbrennen, ihm Wunden zufügen wie Suzhan vor all den Jahren, und doch stand er einfach nur da und fragte, ob *sie* Schmerzen hatte. Zhara hatte geglaubt, dass nichts ihr mehr wehtun könnte als die Grausamkeit der Zweiten Ehefrau, aber sie hatte sich geirrt. Das Mitgefühl in Hans großen, runden Augen war noch schlimmer.

»Es geht mir gut«, sagte sie und drehte das Gesicht zur Seite. Aber das stimmte nicht; es ging ihr nicht gut. »Bitte. Geh weg. Ich will nicht, dass du mich so siehst. Und auch sonst niemand.«

»Was meinst du?« Seine Stimme klang jetzt näher, aber sie wich nicht zurück. »Wie denn?«

Zhara schloss die Augen. »Eben als Monster.«

»Soweit ich weiß, war dieses ekelhafte Ding mit den Tausenden öligen Augen, das versucht hat, uns umzubringen, ein Monster«, sagte Han leichthin. »Und wenn du nicht etliche Augen unter deinem Kittel und deiner Hose versteckt hast, würde ich sagen, dass wir auf der sicheren Seite sind.«

Unwillkürlich entschlüpfte ihr ein verheultes Kichern. »Ich fürchte, ich kann im Augenblick keine Beweise liefern.« Sie wedelte mit den Händen und klimperte dann mit den Wimpern. »Es sei denn, du willst selbst nachsehen.«

Han räusperte sich, und obwohl die Flammen harte Schatten auf sein Gesicht malten, konnte Zhara erkennen, wie er rot wurde. Sie lachte wieder, und das Feuer, das ihren Körper einhüllte, zog sich zurück und wanderte langsam wieder ihre Arme entlang nach unten zu ihren Handgelenken. Er trat näher, und sie ließ es zu. Er schob seine Hand in Richtung ihres Arms, ohne den Blick von ihrem Gesicht abzuwenden, als ob er um Erlaubnis bat, sie berühren zu dürfen. Sie rührte sich nicht, während er sich ihr immer weiter näherte, ohne vor dem Feuer zurückzuzucken. Zhara biss sich auf die Lippe und hielt die Luft an, als Han langsam, zögernd und sanft seine Finger um ihr Handgelenk schlang.

Die Flammen erloschen.

Die Dunkelheit, die sich in ihre Augen ergoss, war so absolut, dass Zhara rückwärtstaumelte, aber Han verstärkte seinen Griff und zog sie in seine Arme. Sie verkrampfte sich, dann entspannte sie sich, als sie merkte, dass er nicht verletzt war, dass ihn weder das Feuer noch ihre Magie verbrannt hatte. Der Rausch der Magie, der sie erfüllt hatte, zog sich zurück, und eine tiefe Kälte ließ sich in dem Abgrund nieder, der zurückblieb.

»Du … du bist ein Anti-Magier«, sagte sie staunend.

»Ein was?«

»Ein Anti-Magier«, wiederholte Zhara mit zitternder Stimme. »Du hast Magie in dir, aber sie hat keine Wirkung auf dich.«

»Du willst also sagen, dass ich ein nutzloser Magier bin«, sagte Han bestürzt. »Na toll.«

Zhara lachte. Erleichterung und Unglauben brandeten in einer erschöpfenden Welle nach der anderen gegen ihren Körper an, und sie konnte nicht aufhören zu zittern, obwohl sie nicht fror.

Han schlang seine Arme fest um sie. »Es ist alles gut«, sagte er wieder und wieder. »Dir geschieht nichts.«

Zhara vergrub ihr Gesicht in Hans Halsbeuge und ließ sich einfach nur halten, wenn auch nur für einen Augenblick. Das dezente Muster seines seidenen Übergewands lag glatt an ihrer Wange, und in seinen Kleidern hing der schwache Duft nach Sandelholz und Ylang-Ylang und sein eigener jungenhafter Geruch. Er hüstelte und bewegte sich leicht, und Zhara merkte verlegen, dass sie ihre Nase gegen seine Brust rieb.

»Also.« Han räusperte sich. »Es war eigentlich nicht meine Absicht, unsere einzige verfügbare Lichtquelle auszulöschen.«

Zhara kicherte nervös. Obwohl ihre Kraft verblasst war, prickelte ihr ganzer Körper noch von einem Gefühl, das sowohl harmloser als auch gefährlicher war als das Brausen der Magie in ihren Adern. »Tut mir leid«, sagte sie.

»Was denn?«

Zhara konnte sich seinen verwirrten Gesichtsausdruck nur vorstellen, die dichten Augenbrauen zusammengezogen, die Mundwinkel leicht nach unten gebogen. »Na ja, weil … weil ich das Licht ausgemacht habe«, sagte sie. »Und … weil ich eine melodramatische, theatralische Heulsuse bin.«

»Ach, wir alle haben unsere schlechten Tage.« Sie konnte das Lächeln in seiner Stimme hören. »Wir bleiben einfach hier im Dunkeln sitzen und warten, bis Jiyi und Xu mit Werkzeug zurückkommen, um die Luke zu öffnen.«

»Haben sie das gesagt?«

Sie fühlte, wie sich seine Schultern zuckend hoben und senkten. »Ich habe sie nicht genau verstanden. Es klang wie *Keine Sorge, wir holen Hilfe*. Es könnte aber auch *Kleine Woge, hier johlen Pilze* geheißen haben. Vermutlich aber Ersteres. Aiyo!« Han wich erschrocken zurück. »Etwas hat mich geschlagen.« Er nieste.

»Was war es?« Ihr Puls begann zu rasen, aber ihre Magie blieb still. Zhara schaute nach unten und sah, wie wieder die golden glühenden Augen auftauchten.

Niang, sagte eine mürrische Stimme. Eine Stimme, die sie kannte.

»Sajah?«, fragte sie fassungslos. Sie erschrak, als sich etwas Warmes, Pelziges um ihre Beine wickelte, doch dann fing dieses Wesen an zu schnurren und schickte beruhigende Vibrationen in ihren Körper. Sie bückte sich und suchte mit den Fingern nach dem Kater. »Bist du das wirklich?«

Eine kalte kleine Nase prallte gegen ihre Fingerknöchel. *Mrrrau*, kam die Antwort.

»Ist das … dein Kater?« Han nieste.

Sajah fauchte.

»Ja, das hörte sich ganz nach diesem roten Teufel an«, brummte er genervt. »Er hasst mich. *Hatschi!*«

Der Kater löste sich von ihren Beinen und Zhara hörte das leise Trappeln seiner anmutigen Pfoten. Die goldenen Augen tauchten ein paar Stufen weiter unten wieder auf und starrten zu ihr hoch. Dann verschwanden sie wieder, um einige Stufen tiefer erneut aufzublitzen.

»Ich glaube, er will, dass wir ihm folgen«, murmelte sie.

»Was denn – da runter?!«

Eine Pause entstand, in der Han vermutlich mit gekräuselter Nase und schmollendem Mund die Treppe hinunterstarrte und schauderte, während er sich vorstellte, welche Schrecken sie dort möglicherweise erwarteten. Verblüfft wurde Zhara klar, dass sie jedes Detail seines Gesichtsausdrucks kannte, dass er sich so in ihr Bewusstsein eingegraben hatte, dass sie sich sein Bild nach Belieben vor Augen führen konnte. Eine Hitzewelle durchzuckte sie von Kopf bis Fuß und sie fühlte das Blut in ihrem Gesicht pulsieren.

»Ich glaube schon«, sagte sie. Sie war dankbar, dass ihre roten Wangen – und auch der Rest von ihr – im Moment unsichtbar waren.

»Na ja, was sollen wir auch sonst tun, während wir warten«, murmelte er. »Wir können genauso gut beenden, was wir angefangen haben.«

Kapitel 23

Nachdem sie einige Minuten im Stockdunkeln herumgestolpert waren, fragte Han Zhara verlegen, ob sie vielleicht noch einmal die Sache mit den brennenden Händen versuchen könnte.

»Nur, wenn es dir recht ist«, setzte er schnell hinzu. »Und wenn es dir nicht wehtut.«

Sie waren nur langsam, Zentimeter für Zentimeter, vorwärtsgekommen, indem sie beim Abstieg erst vorsichtig jede Stufenkante mit ihren Fußspitzen ertasteten. Am liebsten hätte Han vor lauter Frust mit der Faust gegen die Wand geschlagen. Wenn er nur gewusst hätte, wo genau die Wand war.

»Ich fürchte, ich kann nicht«, sagte Zhara leise.

»Warum nicht?«

Es dauerte eine Weile, ehe sie antwortete: »Ich … ich weiß nicht, wie.«

Han dachte an ihre Angst auf der Treppe, an ihre feste Überzeugung, dass die Magie aus ihr eine Art Monster machte. Und dann dachte er an Anyang. Sein kleiner Bruder hielt sich ebenfalls für ein Monster, weil er glaubte, dass er auf irgendeine Weise seinen einzigen Freund mit seinen unerklärlichen Kräften vertrieben hatte. »Bricht die Magie … einfach so aus dir heraus?«, fragte er vorsichtig, um ihre Gefühle nicht zu verletzen.

»Manchmal.« Er hörte ihre leise schabenden Schritte auf den steinernen Stufen. »Jiyi redet die ganze Zeit über die Leere zwischen der Materie, aber um ehrlich zu sein, hat sich Magie für mich schon immer wie etwas außerhalb meiner Kontrolle angefühlt.« Sie schwieg. »Manchmal bricht sie heraus und verletzt andere.«

»Du kannst dir nicht die Schuld geben für etwas, das du nicht kontrollieren kannst.« Han fühlte, wie sie neben ihm zusammenzuckte, obwohl er sie nicht sehen konnte.

»Trotzdem«, sagte sie. »Ich habe schon Menschen verletzt.«

Der Rest der Geschichte hing unausgesprochen zwischen ihnen, so erdrückend wie die erbarmungslose Dunkelheit. Han hätte sie gern danach gefragt, aber er wollte sie nicht bedrängen. »Es war bestimmt ein Unfall«, sagte er unsicher.

»War es nicht.« Ihre Stimme war ausdruckslos.

Er war verblüfft. Er konnte sich nicht vorstellen, dass die süße kleine Miss Brandy jemandem absichtlich schaden würde. »Du meinst, du *wolltest* die Person verletzen?«

»Nein, natürlich nicht.« Er stellte sich vor, wie sie die Augen schloss und gequält die Stirn runzelte. Er hatte diesen Ausdruck des Bedauerns, der so gar nicht zu ihrer fröhlichen und lebenslustigen Ausstrahlung passte, schon auf ihrem Gesicht gesehen. Und er hatte sich schon öfters gefragt, welche Lebensumstände dazu geführt hatten, dass sie hin und wieder fast instinktiv so unterwürfig und traurig wurde. »Aber es spielt keine Rolle, was ich wollte. Sie wurde verletzt, und es war meine Schuld.«

Ihm wurde bewusst, dass er wenig über sie wusste – und sie über ihn. Sie waren so zurückhaltend und gaben so wenig voneinander preis. Aber Han spürte, dass Zharas Vorsicht damit zu tun hatte, dass sie in ihrem Leben nur Leid und Schmerz erwartete, während er mit seiner Vorsicht verhindern wollte, dass sich andere – sie – vor ihm zurückzogen, wenn sie die Wahrheit erfuhren. Wenn er ihr sagte, wer er war, würde sie ihn dann hassen, weil er sie angelogen hatte? Der Graben zwischen einem Prinzen und einer Apothekengehilfin schien unüberwindbar. Aber wenn er bloß Han war, nur ein Junge, und sie nur ein Mädchen, dann war der Abstand gar nicht so groß. Schuld sickerte kalt und feucht über seinen Nacken.

Dann merkte er, dass etwas von der Decke tropfte. »*Argh!*«

»Was?«, fragte Zhara panisch. »Was ist los?«

Seine Hand, mit der er sich über Nacken und Schultern gestrichen hatte, war nass. Vorsichtig schnüffelte er an seinen Fingern. Sie rochen leicht mineralisch, wie die heißen Quellen an der Oberfläche. »Ich glaube, da tropft Wasser von der Decke.«

Etwas klingelte, und zwei leuchtend goldene Augen tauchten kurz ein paar Stufen unter ihnen auf. Der rote Teufel klappte weit das Maul auf und gähnte, was aussah wie ein Lachen. Er bedachte Sajah mit einem bösen Blick, ehe ihm klar wurde, dass er den Kater tatsächlich sehen konnte, wenn auch nur schwach.

»Zhara«, sagte er zögernd, »bilde ich mir das nur ein oder wird die Dunkelheit … weniger dunkel?«

»Vielleicht.« Sie klang unsicher.

Gleich darauf merkten beide, dass die Schwärze ringsum sich tatsächlich auflöste. Sie wurde dünner, gräulicher. Han konnte undeutliche Formen erkennen – Zharas Haare, ihre Schultern, Arme, Beine. Vor ihnen, wo die Katzenaugen geleuchtet hatten, glaubte er, ein schwaches, unheimliches blaugrünes Schimmern zu sehen. Er konnte immer noch das leise Klingeln des Glöckchens an Sajahs Halsband hören, aber weit entfernt. Und die Augen waren verschwunden.

»Ist das da vorne … Licht?«, fragte Zhara ungläubig.

»Ich … ich glaube schon.« Mittlerweile konnte er die Stufen erkennen, die sie hinuntergingen, und die Wölbung der Wand entlang der gewendelten Treppe. Das blaugrüne Licht wurde mit jedem Schritt heller und verlieh ihrer Umgebung etwas Unwirkliches, als ob sie nicht ins Herz eines feurigen Vulkans absteigen würden, sondern auf den Grund eines jadegrünen Ozeans. Han schaute auf seine Kleidung, deren Muster aus weißen Wolken schwach im Dämmerlicht leuchtete. Der Kater war nirgends zu sehen. Er war genauso schnell verschwunden, wie er gekommen war.

Als sie den Fuß der Treppe erreichten, keuchte Zhara auf.

»Sind das … sind das … Sterne?«, fragte sie und legte den Kopf in den Nacken, um die Decke zu bestaunen.

Sie betraten eine riesige Höhle, die höher und breiter war als die Halle der Himmlischen Weisheit im Palast. Die Quelle der unheimlichen blaugrünen Beleuchtung waren Dutzende – Hunderte – kleiner Lichter, die über ihren Köpfen tanzten, wie Perlenvorhänge aus Himmelsschnüren. Wie Sterne verjagten sie die Schatten und tauchten alles in ein wässriges, unirdisches Licht. Han blickte das Mädchen neben ihm an. Das blaue Licht zeichnete die Züge ihres Gesichts und die Linie ihres Halses mit einem magischen Pinsel nach. Sie sah aus wie eine Fee oder eine Himmelsgestalt aus einer Gutenachtgeschichte seiner Mutter; ein jenseitiges Wesen aus Licht und Dunkelheit.

»Wunderschön«, murmelte Zhara.

»Ja«, flüsterte er, aber er achtete gar nicht auf die Unterwelt-Galaxie über ihren Köpfen.

Ihre Augen leuchteten im Widerschein unzähliger irdischer Sterne. Sie fing seinen Blick ein und lächelte. Ihr Lächeln erleuchtete ihr Gesicht heller als die falsche Galaxie, und er musste den Blick abwenden, weil er sich ertappt fühlte, als wäre er unbekleidet. Stattdessen betrachtete er die Höhle, die viel größer war, als er gedacht hatte, fast so groß wie der Palasthof in Zanhei. Die Decke war etliche Stockwerke hoch und wurde scheinbar von mehreren Säulen aus einem glitzernden Gestein getragen, das wie Juwelen funkelte und glänzte. Die Luft war hier frischer, es roch weniger nach Schwefel als vielmehr nach Feuchtigkeit. Von irgendwoher kam ein tropfendes Geräusch, wie das musikalische Zupfen einer Lautensaite, das in der ganzen Höhle widerhallte.

»Sieh mal«, sagte Zhara und deutete auf die Säule neben ihm. »Da ist etwas eingeritzt. Ich glaube, es ist ein Schriftzeichen in der Sprache der Blumen.« Sie ging näher heran, um es genauer zu untersuchen, und ließ ihre Fingerspitzen über dem Zeichen schweben. »Oh, Jiyi würde alles dafür geben, das hier zu sehen.«

Als sie sich durch die Höhle bewegten, ging der unebene Steinboden in glatte, verdichtete Erde über und weitete sich dann zu einer riesigen offenen Fläche. In der Mitte befand sich ein Kreis aus großen, rechteckigen Steinblöcken, jeder etwa hüfthoch, zu gleichmäßig und kantig, um natürlichen Ursprungs zu sein. Hinter den Steinen, auf der anderen Seite der Höhle, gab es ein Becken, gespeist von dem Wasser, das von den riesigen, von der Höhlendecke herabhängenden Steinzähnen tropfte. Das Becken war umgeben von weiteren blaugrünen Lichtern, die dem Wasser einen ätherischen Schein verliehen.

»Hier herrscht eine seltsame Energie«, murmelte Zhara, als sie sich den Steinblöcken näherten.

»Wirklich?« Han rieb sich die Unterarme, wie um Geister zu verscheuchen, die auf die Idee kommen könnten, sich an ihm festzuklammern. »Ich fühle nichts. Ich finde es nur ein bisschen beängstigend.«

»Es ist schwer zu erklären«, sagte sie, »aber es ist das gleiche Gefühl wie oben, als ich meine Hände auf das Symbol auf der Bodenfliese gelegt habe. Als ob etwas mir meine Magie entziehen würde.«

Er runzelte die Stirn. »Glaubst du, es ist das, was die Besessenheit unten im Tal verursacht?« Er schaute zu dem Becken an der gegenüberliegenden Seite der Höhle. »Was ist damit?«, fragte er und deutete zu dem Wasser. »Du sagtest, dass der Brunnen im Sumpfland mit dämonischer Essenz vergiftet sei.«

Zhara ging an dem Steinkreis vorbei zu dem Becken und tippte vorsichtig die Spitze ihres Ringfingers in das Wasser. Sofort riss sie ihn wieder zurück, als ob sie sich verbrannt hätte. »Das Becken ist nicht der Ursprung«, sagte sie kopfschüttelnd. »Aber das Wasser ist verdorben, genau wie der Brunnen im Sumpf.«

»Verdorben? Du meinst vergiftet?«

Sie zögerte, als müsste sie erst die Worte zusammensuchen, die sie brauchte. »Nicht direkt«, sagte sie langsam. »Es ist eher so, dass die Essenz des Wassers nicht länger Wasser ist.«

Han blinzelte. »Ich bin verwirrt.«

Zhara lachte. »Ich auch, aber anders kann ich es nicht beschreiben.« Sie wedelte mit der Hand in Richtung Becken. »Es stimmt, es sieht aus wie Wasser. Und praktisch ist es auch Wasser. Aber im Herzen, im Kern ist es etwas anderes. Etwas … Dämonisches.«

Er dachte über ihre Worte nach. »Nein, tut mir leid. Immer noch verwirrt.«

Sie lächelte und legte den Kopf schräg. »Das Ziehen an meiner Magie fühlt sich da drüben stärker an«, sagte sie und deutete auf den Kreis aus Granitblöcken. »Es ist fast so, als ob meine Magie aus mir heraus und in die Mitte dieses Steinkreises gesaugt wird.«

Sie gingen zu dem Gebilde im Zentrum der Höhle – zwölf rechteckige Steinblöcke, die in einem strahlenförmigen Kreis angeordnet waren, wie bei einer Windrose. Als sie näherkamen, sah Han in der Mitte einen großen, runden Stein in der verdichteten Erde, der weiß schimmerte, als bestünde er aus Kalkstein oder Marmor.

»Was das wohl ist?« Er fuhr mit der Hand über die Oberkante des nächstgelegenen Steinblocks, der mit etlichen Symbolen verziert war, vermutlich in der Sprache der Blumen. Um die Steine herum hing ein seltsamer Geruch in der Luft – süßlich, aber auch gleichzeitig irgendwie unangenehm.

Zhara trat zu ihm und betrachtete die Steine. »Eine Art Monument vielleicht?« Sie musste husten und hielt sich den Ärmel vor die Nase. »Woher kommt dieser Gestank?«

Er kniete sich neben den Steinblock, um besser sehen zu können. An der Seite, etwa eine Handbreit unterhalb der oberen Kante, befand sich eine Rille. Der ekelhaft süße Geruch wurde stärker, und am stärksten war er direkt an der Rille. »He, ich glaube, man kann das Ding aufmachen«, sagte er. »Ich glaube, diese Steinplatte ist eine Art Deckel.« Er schob seine Fingernägel in die Rille, die gerade breit genug für seine Hände war. »Hilf mir mal.«

Aber sie wich langsam zurück. »Ich will das nicht anfassen.«

»Nein? Warum nicht?«

Zhara deutete auf die Zeichen in der Sprache der Blumen an der Seite der Granitblöcke. »Die Einritzungen. Ich weiß nicht, was meine Berührung auslösen wird.«

»Deine Berührung hat die Luke da oben geöffnet.«

»Ja, schon.« Nervös hob sie die Hände und spielte mit ihren Zopfenden. »Aber mit diesen Zeichen … stimmt irgendwas nicht. Als ich das Symbol auf der Luke berührte, war es nicht nur so, als ob etwas an meiner Magie ziehen würde – es war …« Sie biss sich auf die Lippe. »… als ob jemand mein Ki stehlen würde.«

»Und das ist nicht gut, nehme ich an, oder?« Er hatte nie ein besonders intensives Gespür für sein Ki gehabt. Sein Fechtmeister, Lehrer Kang, redete die ganze Zeit darüber, besonders dann, wenn sie meditierten, anstatt zu kämpfen. Han hasste Meditation.

Sie zog die Augenbrauen hoch. »Nein«, sagte sie. »Es ist wie … wie wenn jemand dir deine Stärke raubt und dich schwach zurücklässt. Nur dass es nicht meine Stärke, sondern meine Lebenskraft ist.« Sie erschauderte. »Hier zwischen diesen Blöcken«, murmelte sie, »habe ich das Gefühl, dass jemand ein Netz über mich geworfen hat, und zwischen den Knoten sind Widerhaken versteckt.« Nachdenklich betrachtete Zhara die Zeichen auf allen Steinblöcken. »Was ist das nur?«, fragte sie. »Auf allen Steinen steht dasselbe Zeichen.« Langsam drehte sie sich im Kreis und zählte. »Insgesamt zwölf.«

»Ich weiß nicht.« Han ging zur Mitte des Kreises, wo der große, runde Stein in der Erde steckte. Jetzt erkannte er, dass er aus weißem Marmor bestand. Han ging in die Hocke und betrachtete ihn gründlich. Auf der glatten Oberfläche prangte dasselbe Symbol wie auf der Luke, durch die sie gekommen waren, zusammen mit unzähligen anderen Zeichen in der Sprache der Blumen, die in einem Kreis angeordnet waren und durch die eine Linie verlief. Wenn Jiyi hier wäre, würde sie wahrscheinlich jedes einzelne abpausen. »Sieh mal«, sagte er. »Dieses Symbol sehe ich ständig. Was das wohl heißt?«

Zhara wollte ihm über die Schulter schauen, zuckte dann aber zusammen und wäre in ihrer Hast, von dem Stein wegzukommen, beinahe hingefallen. »Dieses Ziehen, dieses räuberische Gefühl, das ist dort am stärksten.« Voller Angst betrachtete sie den Marmor. »Da … da ist etwas unter dem Stein«, sagte sie langsam. Dann schüttelte sie den Kopf. »Nein, da ist nichts unter dem Stein.«

Han war ratlos. »Was denn nun? Etwas oder nichts?«

Sie wich zum Rand des Kreises zurück. »Es ist ein Nichts, das man spüren kann«, flüsterte sie. Dann wurden ihre Augen groß vor Staunen. »Es ist … es ist die Leere.«

Er musterte sie besorgt; dieser Unsinn klang wie das Geschwafel eines Wahrsagers oder eines dieser unglücklichen Geisteskranken, die durch die Gruben wanderten. »Ich kann dir nicht folgen«, sagte er vorsichtig.

Zhara nahm seine Hand. Sein ganzer Körper geriet in Schwingungen bei ihrer Berührung, wie ein Jubelschrei, und Han hatte Mühe, seinen Gesichtsausdruck unter Kontrolle zu halten. »Fühlst du das?«, fragte sie.

»J-ja«, kiekste er.

»Diese Resonanz zwischen uns«, sagte sie. »Das Chaos in unserem Blut.«

Chaos war eine hervorragende Beschreibung für das, was gerade in Hans Blut vor sich ging, aber er schluckte schwer und bemühte sich um Haltung. »Ja«, flüsterte er und trat näher. Er fühlte den erbarmungslosen Sog der Anziehungskraft zwischen ihnen und hatte alle Mühe, sich diesem Gefühl nicht hinzugeben und sich lächerlich zu machen.

»Das ist die Leere.«

Das dämpfte seinen Enthusiasmus etwas. »Aber Miss Brandy«, sagte er scherzend, in dem Bemühen, seine Enttäuschung zu verbergen. »Das ist nicht besonders romantisch.«

Sie kicherte. »In der Leere beginnt alle Magie«, wiederholte sie die Erklärung, die sie von der Kurtisane erhalten hatte. »Ein Ort voller Möglichkeiten.« Zhara drehte dem Steingebilde den Rücken zu. Ihr Gesicht war ernst. »Dieser weiße Stein *strahlt das Nichts aus*«, sagte sie einigermaßen überrascht. Dann wurde sie still.

»Was ist los?«

Sie schluckte. »Hat Jiyi nicht gesagt, dass hier auch eine Dämonenbeschwörung durchgeführt wurde?«

Han schaute erst zu dem weißen Stein hinunter, dann zu den Granitblöcken ringsum. »Glaubst du«, sagte er rau, »dass dies der Ort ist, wo die Magier von Changxi früher Dämonen beschworen haben?«

»Vielleicht«, antwortete sie. »Aber was immer dieser Ort auch ist, er zieht magische Energie an, und zwar dorthin.« Sie deutete zu der Marmorplatte vor seinen Füßen, und er machte erschrocken einen Satz zur Seite. »Sie wirbelt um diesen … diesen *Magneten.*« Sie umrundete die Eingravierungen. »Bilde ich mir das nur ein, oder sind diese Zeichen tatsächlich neuer als die anderen?«

Er hatte nicht einmal bemerkt, dass es noch andere Gravierungen innerhalb des durch eine Linie geteilten Kreises auf dem Stein gab. Zhara hatte recht. Der zweigeteilte Kreis sah verwittert und alt aus, als ob Tausende von Händen und Füßen hier entlanggekommen wären, aber gleich innerhalb des Kreises befanden sich weitere Zeichen, deren Linien und Bögen schärfer und sauberer wirkten, als ob sie erst kürzlich angefertigt worden wären.

»Ich glaube, es ist ein Zauber«, sagte sie. Sie stöhnte auf. »Ich wünschte, wir hätten etwas, womit wir die Zeichen für Jiyi abpausen könnten.«

Han betrachtete die Markierungen genauer. »Was meinst du, wofür die sind?«, fragte er Zhara.

Ihr Blick schweifte über die Granitblöcke. »Markierungen für einen Altar?«, mutmaßte sie unsicher. »Haben die Magier früher während ihrer Beschwörungen irgendwelche Opfer gebracht?«

»Da fragst du den Falschen.« Er untersuchte die Rille unterhalb der Oberkante der Steine und war mehr denn je davon überzeugt, dass es Deckel waren, die man öffnen konnte. Neugierig legte Han die Handflächen gegen die Oberseite und schob. Die Steinplatte bewegte sich, aber nicht viel. Sie war schwerer, als er gedacht hatte, und er nahm sich vor, sich beim nächsten Training mit Lehrer Kang nicht vor dem Gewichtheben zu drücken. Grunzend gelang es ihm, die Steinplatte wegzuschieben. Sie prallte mit einem Schlag auf dem Boden auf, der in der ganzen Höhle widerhallte.

Das Erste, was ihm auffiel, war der Geruch. Dieser widerlich süße Gestank war unerträglich, und mit tränenden Augen drückte er den Ärmel vor die Nase.

Das Zweite war der Körper.

»Oh«, sagte Zhara schwach. »Es sind also keine Opfertische oder Altäre.« Schrecken breitete sich auf ihrem Gesicht aus. »Es sind Särge.«

»Tja«, sagte Han mit zitternder Stimme. »Ich glaube, wir haben die vermissten Magier gefunden.«

Kapitel 24

Der Gestank, der aus dem Sarg drang, war entsetzlich – sauer, scharf und süß, alles zugleich. Zhara hustete und drückte ihre Nase gegen ihren Ärmel. Han neben ihr würgte und versuchte, sich nicht zu übergeben, während er sich über den Rand beugte und den Körper untersuchte.

»Sind … sind sie tot?«, fragte sie.

»Sieht ganz so aus«, sagte er grimmig.

Zhara schluckte die Galle hinunter. »Weißt du, was die Todesursache war?«

Er schüttelte den Kopf. »So viele Leichen«, sagte er, immer noch mit zitternder Stimme.

Zhara nahm all ihren Mut zusammen, trat vor und sah selbst nach. In dem offenen Sarg lagen die Überreste von mehreren Leichen in unterschiedlichen Stadien der Verwesung. Der oberste Leichnam trug ein blau-weißes Gewand und ein Armband mit roten Perlen, das sie erkannte. Dieu.

»Oh Thanh«, flüsterte sie, »es tut mir so leid.«

Wie es aussah, war die Mutter des Jungen noch nicht lange tot. Ihr Körper war zwar hager und ausgemergelt, aber immer noch intakt, und die Kleidung sah sauber und frisch aus. Die Frau lag auf dem Rücken in dem Sarg, umgeben von Knochen, die Augen geschlossen und die Hände über der Brust gekreuzt.

»Sie sehen fast so aus, als ob sie schlafen«, sagte Han unbehaglich.

Zhara nickte. Wenn Dieus Haut nicht so grau und trocken gewesen wäre und ihr Mund nicht diesen eingefallenen Eindruck machen würde, hätte man glauben können, dass Thanhs Mutter jeden Moment aufwachen würde.

»Wir sollten … wir sollten etwas sagen«, sagte Han ungeschickt. »Ein Gebet, um ihre Seelen zurück zu Do zu schicken.«

»Die Buri glauben nicht an den Ort des Anfangs und des Endes«, sagte Zhara leise. »Sie glauben an das Große Rad, und daran, dass ihre irdischen Gefäße verbrannt werden müssen, bevor sie in den Kreislauf der Wiedergeburt eintreten können.« Sie betrachtete Dieus Gesicht, das im Tod friedlich wirkte. »Wir sollten ihren Leichnam mitnehmen.«

Han ließ den Blick über die anderen elf Särge in der Höhle schweifen. »Also ich weiß nicht«, sagte er und verzog das Gesicht, »irgendwie bezweifle ich, dass Kapitän Shang glücklich darüber sein würde, wenn wir sein Schiff nutzen, um damit Leichen nach Zanhei zu befördern.«

Dagegen konnte sie nichts sagen. »Also schön«, lenkte sie zögernd ein. »Öffnen wir die restlichen Särge, um nachzusehen, ob wir sie wenigstens identifizieren und ihren Familien Bescheid geben können.«

Han stemmte sich gegen den nächsten Sarg. »Halt die Luft an«, warnte er sie, als der Deckel wegrutschte. In diesem steinernen Kasten roch es nicht ganz so schlimm wie in dem ersten. Alle Leichen waren bereits skelettiert, selbst die oberste.

»Ich … ich glaube, dies war ein Beamter des Palastes«, sagte Han mit erstickter Stimme. Zhara schaute ihm über die Schulter. Das Skelett trug ausgefranste Lumpen, die aus Seide sein mochten. Auf der Brust unter den Händen lagen die Überreste des goldenen, bestickten Wappens des Palasts, und die steife, rechteckige Gürtelschnalle aus Schildpatt, die Teil des offiziellen Ornats war,

war noch intakt. Han fiel auf die Knie und fing an, die Knochen zu durchwühlen.

»Han!«, rief Zhara erschrocken. »Was machst du denn da?«

»Ich suche nach dem persönlichen Siegel«, erwiderte er. »Ich muss wissen, wer das war.«

»Hast du … hast du eine Vermutung?«, fragte sie leise. Aber sie ahnte die Antwort bereits.

Han schloss die Augen. »Ich bin mir nicht sicher«, flüsterte er. »Aber ich fürchte … ich fürchte, das könnte Onkel Li sein.«

Der Cousin seiner Mutter. Der verschwunden war. Der im Besitz des *Lieds von Ordnung und Chaos* war. Zhara legte tröstend die Hand auf Hans Schulter.

»Hilf mir suchen«, bat Han und schaute sie verzweifelt an. »Bitte.«

Zhara beäugte die Zeichen, die in die Deckel und Seiten der Steinsärge eingraviert waren. Es handelte sich eindeutig um Zaubersprüche, mit denen die Energie von den Magiern abgeleitet wurde, und der Gedanke, in einen solchen Sarg hineinzusteigen, kam ihr nicht besonders sicher vor.

Doch gleich darauf stand Han mit einem Jade-Medaillon in der Hand auf. »Es ist nicht Onkel Li«, sagte er, halb erleichtert, halb bedauernd. »Das ist ein Siegel aus dem Innenministerium. Onkel Li war der Astrologe meiner … der Fürstengemahlin.«

Zhara nahm ihm vorsichtig das Medaillon aus der Hand. Der Stein war kühl, aber er war nicht durchzogen von der dämonischen Essenz, wie das Wasser im Höhlenbecken. »Weißt du, wem das gehört hat?«, fragte sie und drehte das Medaillon um. Auf der Rückseite stand der Name Chow Danzhi.

»Nein«, sagte Han. »Aber wenn wir zurückkommen, können Xu und ich die Archive im Ministerium durchsuchen, wann Chow Danzhi verschwand.« Er nahm das Medaillon wieder an sich und steckte es in seine Schärpe. Dann wandte er sich dem Skelett zu. »Ich bitte um Verzeihung, dass ich die Totenruhe gestört habe«, sagte er mit einer Verbeugung.

Zhara schaute ihn von der Seite an und stupste ihn sanft gegen den Ellbogen. »Sprich ein Gebet, um die Seele zu Do zu schicken.«

»Ich?« Er schaute sich um. »Hier?«

»Du hast es doch vorhin selbst vorgeschlagen«, sagte sie. »Bei Dieu.«

Han scharrte mit den Füßen. »Na schön.« Er straffte die Schultern und hielt seine Hände ausgestreckt über das Skelett von Chow Danzhi, wie Zhara es von den Totennonnen bei Begräbnissen kannte. Dann räusperte er sich. »In Do hat alles seinen Anfang, und in Do muss alles enden«, deklamierte er mit förmlicher Stimme. »Der Mensch, geboren aus Ordnung und Chaos, muss in den Kessel des Bewusstseins zurückkehren, um eins mit Do zu werden. Lebwohl, Chow Danzhi, möge dein Geist Frieden finden.«

Er klatschte viermal in die Hände, dann ließen sich beide auf alle viere nieder und drückten die Stirn gegen den Boden, womit sie die Seele zu dem Ort des Anfangs und des Endes schickten. »War das ein richtiges Gebet?«, fragte Zhara, als sie wieder aufstanden.

»Ah … haha …«, sagte Han und rieb sich den Hinterkopf. »Ich habe mir das … gerade eben ausgedacht.«

Zhara lächelte. »Das war wunderschön«, sagte sie ernst. »Wie ein Gedicht.«

»Wirklich?« Er schaute sie überrascht an.

Sie nickte. »Machen wir weiter«, sagte sie. »Vielleicht können wir noch jemandem helfen, Frieden zu finden.«

Im nächsten Sarg lag ein weiteres Mitglied der Buri in einem weit fortgeschrittenerem Stadium der Verwesung als Dieu. Sowohl

Han als auch Zhara drückten hastig die Ärmel gegen die Nase und würgten, als ihnen der Fäulnisgestank ins Gesicht schlug. Zhara wollte sich den Leichnam nicht zu genau anschauen und tadelte sich gleich darauf für ihre Feigheit. Aber die Person ließ sich nicht mehr identifizieren. Das blau-weiße Gewand sah so aus wie das von Dieu, aber sie trug keinen Schmuck und hatte auch sonst nichts bei sich.

Das Skelett im nächsten Sarg trug ebenfalls die Überreste eines kostbaren Gewandes. Gehüllt in Seide, die schon lang in Fetzen zerfallen war, ruhte es auf einem Haufen Knochen. Ein paar Schmuckstücke waren noch übrig – Kordeln aus Türkis und Jade, ein goldener, verzierter Kamm und etliche Ringe an den Fingern. Han und Zhara ließen sich auf Hände und Knie nieder, drückten die Stirn gegen den Boden und sandten auch diese Seele zu Do.

»Ich wünschte, wir würden ihre Namen kennen«, sagte Han besorgt. »Wer weiß, was für hungrige Geister wir freigelassen haben, indem wir diese Gräber öffneten!«

BUMM!

Sie erstarrten und wechselten einen erschrockenen Blick. Ein widerhallender Schlag erschütterte die Höhle, und das Echo prallte hin und her und wurde immer lauter, bis sie nicht mehr wussten, aus welcher Richtung der Ton gekommen war.

»Was war das?«, flüsterte Zhara. Ihre Magie erwachte zum Leben und raste ihre Ki-Pfade entlang bis in ihre Fingerspitzen.

Man sagt, dass es in den Ruinen spukt, hatte Kapitän Shang gesagt. *Aber es sind nicht die Toten, die mir Sorgen machen.*

»Ich weiß es nicht«, flüsterte Han zurück. Seine großen Augen waren riesig vor Angst. Er hob den Blick zur Höhlendecke und presste die Handflächen zusammen. »Oh Löwe des Südens«, sagte er, »bitte beschütze uns vor den gierigen Toten.« Dann nieste er.

Prrrt?

Zwei leuchtende Augen tauchten in den Schatten der glitzernden Steinsäulen auf. »Sajah!«, rief Zhara. »Da bist du ja!«

Der rote Kater kam mit klingelndem Glöckchen auf weichen Pfoten aus der Dunkelheit getapst. »Das war nicht der furchterregende Beschützer, den ich im Sinn hatte, oh Löwe des Südens«, murmelte Han mürrisch.

Sajah knurrte und schlug nach seinen Knöcheln.

Mit angehaltenem Atem lauschte Zhara nach einem weiteren Geräusch in der Dunkelheit, aber sie hörte nichts, außer dem schwachen *Plink, Plink, Plink* von Wasser, das irgendwo heruntertropfte. Nach ein paar Sekunden stieß sie erleichtert die Luft aus. »War wahrscheinlich nichts«, sagte sie, obwohl die Sorge immer noch am Rand ihres Bewusstseins nagte. »Machen wir weiter.«

Sie öffneten die restlichen Särge, in denen weitere Magier lagen. Han und Zhara beteten für jene, deren Religion sie kannten, und notierten sich alles, was ihnen an den Leichen auffiel, um sie später identifizieren zu können.

»Es tut mir leid«, murmelte sie zu jedem Magier, während sie und Han sich respektvoll verbeugten. »Es tut mir leid, dass die Verstorbenen nicht den Abschied bekommen haben, den sie verdient haben.« Die Tränen, die Zhara über das Gesicht liefen, waren Tränen der Trauer, aber auch das Resultat des überwältigenden Gestanks verwesenden Fleischs. »Ich wünschte, wir könnten ihnen Frieden schenken.«

»Wenn wir wieder in Zanhei sind, gehen wir zum Tempel und bitten eine Priesterin von Do, das letzte Ritual zu vollziehen.« Sanft legte Han seine Hand auf ihren unteren Rücken, und sie versuchte, nicht zusammenzuzucken. Schnell nahm er die Hand wieder weg, und sie fühlte die Leere, wo sie seine Berührung gespürt hatte. »Man kann die Gebete sprechen, auch ohne einen Leichnam.«

Dann gelangten sie an den letzten Sarg. Beklommen half Zhara

Han, den Deckel beiseitezuschieben. Sie hatte Angst vor dem, was sie darunter finden würden.

Es war ein Kind.

Sie keuchte auf und schlug die Hand vor den Mund. Tränen brannten in ihren Augen. Wie Dieu schien auch dieses Kind zu schlafen. Eine leichte Röte überzog die Wangen. Das Kind war noch jung, vielleicht in dem Alter, in dem sie gewesen war, als die Falken ihren Vater verschleppten. Wer war es? Gehörte es irgendwo hin? Vermisste jemand dieses Kind, so wie sie sich immer gewünscht hatte, von jemandem vermisst zu werden?

»Ich glaube … ich glaube, das ist der Freund meines Bruders«, sagte Han leise. »Yao. Der Sohn einer Küchenmagd.« Sanft streckte er die Hand aus, drückte leicht den Kopf des Jungen zur Seite und entblößte ein großes, violettes Mal auf dem Schlüsselbein. »Er ist es.« Seine Stimme war schwer.

Das Kind schürzte die Lippen.

»Han«, sagte Zhara und packte ihn am Arm. »Ich glaube … er ist noch am Leben.«

»Ich weiß nicht«, gab Han zweifelnd zurück und betrachtete die über der Brust gefalteten Hände. »Er atmet nicht.« Er beugte sich über den Rand des Sargs und hielt zwei Finger unter die Nase des Kindes. »Warte mal«, sagte er aufgeregt. »Ich glaube, ich fühle Atem!« Sanft schüttelte er den Jungen an den Schultern. »Yao!«, sagte er. »Yao, wach auf!«

Der Junge rührte sich nicht und reagierte auch nicht auf Hans Stimme. Zhara streckte die Hand aus, um seine Finger zu umfassen. »Yao«, rief sie. »Es ist alles gut. Du bist in Sicherheit.«

Erst da erkannte sie, dass etwas ganz und gar nicht stimmte. Die Meridiane des Jungen führten keine Magie mehr, als ob etwas seine Macht vollkommen abgeschöpft hätte. Aber unter dieser Leere gähnte eine noch tiefere Leere.

Chaos.

Verdorbenheit.

Yao schlug die Augen auf und zischte. Zhara sprang zurück und ließ seine Hand fallen, als ein plötzliches Absacken des Luftdrucks in ihren Ohren knackte. Der Junge kroch aus dem Sarg und wand sich dann zuckend und zappelnd auf dem Boden der Höhle. Fell schoss entlang des Rückgrats aus seiner Haut. Es knackte, knallte und knirschte grotesk, während sich die Gestalt des Jungen um das Dreifache vergrößerte.

Zhara stolperte nach hinten und fiel zu Boden.

Ein Scheusal.

Kapitel 25

Was eben noch ein Kind gewesen war, hatte sich in ein Ungeheuer verwandelt, doppelt so groß wie ein erwachsener Mann, mit gekrümmten Beinen und affenlangen Armen, mit hervortretenden, wellenförmig arbeitenden Muskeln. Graues Fell bedeckte das Wesen von Kopf bis Fuß, und die Beine des Jungen wurden zu denen eines Wolfs, mit Pfoten, an denen fußlange Klauen wuchsen. Der Kopf war lang, mit einer Schnauze und riesigen Reißzähnen, die aus seinem Maul ragten, sowie sechs rot glühenden Augen, die auf dem Nasenrücken aufplatzten, sich öffneten und schlossen.

»Zhara!«, schrie Han.

Zhara rappelte sich auf und rannte zu den Säulen, während Yao hinter ihr ein Brüllen ausstieß, das die gesamte Höhle erzittern ließ. Kleine Steine und größere Brocken regneten herab und zerplatzten auf dem Boden zu Staub. In seinen Bewegungen war das Monster tollpatschig, aber dennoch flink, indem es die langen Arme einsetzte, um sich abzustoßen und mit den Beinen weit ausholende Sprünge zu machen. Die Klauen kratzten dabei über den Boden und gruben tiefe Rillen in die Erde.

»Nach links!«, schrie Han. »Links!«

Sie warf sich nach links und stolperte, fiel auf Hände und Knie. Yao sprang auf sie zu, und sie rollte sich zur Seite und entging nur um Haaresbreite den scharfen Klauen.

»Zu mir!« Han stand in der Mitte der Höhle und winkte hektisch mit den Armen. In seiner rechten Hand hielt er etwas, das wie ein uraltes, rostiges Schwert aussah. Zhara sprang auf und rannte mit brennenden Lungen zu ihm hin.

»Wo … um … alles … in der … Welt … hast du … das her?«, keuchte sie und deutete auf das Schwert.

»Ist das wichtig?«, schrie er und stellte sich zwischen sie und das Monster.

»Es lag in einem der Särge.« Er stellte sich der Kreatur entgegen. »Bleib hinter mir!«

Einen kurzen Augenblick zögerte das Monster. Sechs rote Augen starrten sie an und blinzelten gleichzeitig, als hätte es Hans Worte verstanden. Dann warf das Monster den Kopf in den Nacken und brüllte, wobei es ein Maul mit etlichen Reihen rasiermesserscharfer Zähne entblößte.

Han brüllte zurück und hielt das Schwert mit beiden Händen vor den Körper.

Das Monster verstummte verblüfft.

»Ich kann nicht glauben, dass das funktioniert hat«, murmelte Han.

Ein schneidender Lichtblitz traf das Wesen im Gesicht, und es warf mit einem Schmerzensschrei die Arme hoch. Zhara und Han mussten ebenfalls ihre Augen beschatten, während sie versuchten, die Quelle des Lichts ausfindig zu machen.

Mrrrau!

Aus den Schatten kam ein rötlicher Schemen geflogen, der sich fauchend und kratzend auf das Gesicht des Monsters stürzte. Als sich ihre Augen an die Helligkeit gewöhnt hatten, sah Zhara einen Kater, der mit seinen Krallen den Kopf des Monsters bearbeitete.

»Sajah!«

»Zhara! Han!« Zwei Schatten schossen durch den Lichtstrahl,

und als sie sich umdrehte, sah sie Jiyi und Xu die Treppe herunterhasten. Es war ihnen gelungen, die Luke zu öffnen.

»Oh, ihr Unsterblichen, beschützt mich«, stammelte Xu beim Anblick des Monsters. »Ich wusste, es war eine blöde Idee, hierherzukommen.«

»Halt die Klappe und hilf uns!«, schrie Han.

»Womit denn? Mit meinem Fächer?«

Jiyi griff in ihre Tasche und holte zwei Flaschen aus Ton heraus. »Duckt euch!«, rief sie und warf die Flaschen auf das Wesen.

Sie hatte gut gezielt und traf das Monster an der Brust. Die Flaschen zerplatzten und übergossen das Wesen mit einer dunklen, blubbernden und rauchenden Flüssigkeit. Das Ding taumelte rückwärts und heulte vor Schmerz, während die Haut Blasen warf und schwarz wurde. Han machte einen Satz nach vorn und schlug mit der Klinge nach den Beinen, woraufhin das Monster stolperte und hinfiel. Er holte aus, um die Klinge in das Herz des Scheusals zu treiben, aber eine riesige Hand schoss vor und schlug Han mit so viel Wucht zur Seite, dass er quer durch die Höhle flog. Mit einem furchtbaren Schlag landete er an der Felswand und sank dann schlaff und leblos zu Boden.

»Han!«, schrie Zhara und rannte zu ihm. Sie duckte sich unter einem weiteren Schlag des Monsters, kniete sich hin und suchte mit ihren Fingern nach einem Puls. Er stöhnte und rührte sich leicht.

»Mir geht's gut«, stieß er zwischen zusammengepressten Zähnen hervor. »Nur ein bisschen angeschlagen. Hauptsächlich mein Ego.«

»Lass ihn!«, schrie Jiyi. »Konzentriere dich auf das Monster!«

Zhara griff nach dem Schwert, das neben Han zu Boden gefallen war, und hielt es mit zitternden Händen vor sich. Die Waffe war alt, der Stahl schartig und mit Rostflecken übersät.

»Nicht mit dem Schwert, du Dummkopf!« Geschickt wich die Kurtisane den Attacken des Wesens aus und sprang behänd von einer Seite zur anderen. Das Ungeheuer brüllte und hieb mit einer Klaue auf einen der Granitsarkophage, wobei Steine und Knochen in alle Richtungen spritzten. »Mit deiner Magie! Du bist die Einzige von uns, die dieses Ding aufhalten kann!«

Xu rannte zu Zhara, nahm ihr das Schwert aus der Hand und fuchtelte ungeschickt damit herum. »Ich beschütze ihn. Geh!«

Während sie auf das Monster zustürmte, griff sie nach dem Pinsel, der hinten in ihrer Schärpe steckte, und malte dann schnell das Zeichen für Feuer in die Luft.

Nichts geschah.

»Die Leere, die Leere!«, schrie Jiyi verzweifelt. Sie griff nach ihrer Tasche, während das Monster nach ihrem Kopf schlug, und stolperte. Etliche kleine Tongefäße rollten über den Boden, die sie hektisch wieder einzusammeln versuchte. »Greif durch die Leere und forme sie nach deinem Willen!«

Zhara wagte nicht, die Augen zu schließen, um sich zu konzentrieren, und versuchte, sich an die Lektionen zu erinnern, die ihr die Kurtisane auf Kapitän Shangs Boot erteilt hatte. Aber in ihrem Geist war nichts, außer dem unbändigen Schrecken, einer unheiligen Kreatur gegenüberzustehen, deren bloße Existenz jeglicher Vernunft zuwiderlief. Ihre Magie tobte und toste in ihr, und sie wusste nicht, was sie mehr ängstigte: das Monster oder die Unberechenbarkeit ihrer Macht. Der Pinsel fühlte sich winzig an, das Holz dünn und zerbrechlich angesichts der Macht von Tiyok.

»Jiyi!«, schrie Xu, als das Monster sich auf die Kurtisane stürzte, die immer noch nach den Tongefäßen tastete. Reaktionsschnell warf Jiyi dem Wesen eine Handvoll Dreck ins Gesicht, aber sechs durchscheinende Lider glitten nach unten und beschützten die Augen. Das Wesen riss das riesige Maul auf und brüllte noch einmal. Dann sprang es vor und wollte die Kurtisane verschlingen. Doch plötzlich erschien eine große Gestalt vor Jiyi, die sich kopfüber auf das Monster stürzte und es auf die Seite warf.

»Euer Gna- … du Blödmann!«, brüllte Xu. »Wie soll ich dich beschützen, wenn du ständig versuchst, dich umzubringen?«

»Das ist die Rache!«, knurrte Han, nahm einen großen Stein und schlug ihn so oft gegen den Kopf des Wesens, bis es schlaff wurde. »Wobei …«, sagte er und rieb sich die Schulter, »ich hätte nicht gedacht, dass Rache so wehtun kann.«

Jiyi zog ein Seil aus ihrer Tasche und warf Han ein Ende zu. »Das ist die Gelegenheit«, sagte sie. »Fesseln wir es.«

Han schlang sein Ende um das Maul des Monsters und zog es fest, während die Kurtisane Hände und Füße band. Ein Gefühl des Mitleids durchzuckte Zharas Eingeweide. Dieses Monster war einmal ein menschliches Kind gewesen, ein kleiner Junge, dessen einziger Fehler es gewesen war, ein Magier zu sein. Trotz der Schnauze, den Klauen, dem Fell und den sechs Augen, die nur halb offen waren vor Schmerz, sah sie nur den kleinen Jungen in der Uniform eines Palastdieners.

»Zhara!«, schrie Jiyi. »Jetzt!«

Stolpernd trat sie vor, den Pinsel in der Hand haltend. »Was? Was soll ich tun?«

»Keine Ahnung«, sagte die Kurtisane genervt. »Irgendwas. Feuer ist so gut wie jeder andere Zauber.« Das Monster begann, gegen die Fesseln anzukämpfen. »Schnell, bevor es sich befreit!«

Zhara legte die Spitze des Pinsels auf das Fell des Monsters. Ihre Hand zitterte so heftig, dass sie nicht sagen konnte, ob sie das Zeichen richtig schrieb. »Es gibt keine Magie, nur Willen«, murmelte sie und dachte: *Flammen.*

Nichts geschah.

»Ich will euch ja nicht hetzen«, rief Xu aus sicherer Entfernung,

»aber es sieht so aus, als ob das Vieh gerade das Seil um seine Schnauze zerreißen würde.«

Han und Jiyi zogen kräftiger an den Fesseln. »Die Leere!«, schrie die Kurtisane. »Denk an die Leere!«

Aber die Leere hatte keine Bedeutung für Zhara. Ihrer Erfahrung nach war Magie eine positive Kraft, keine negative. Eine Präsenz, nicht die Abwesenheit von etwas. Sie fühlte Magie in ihren Augen, ihrer Haut, ihren Haaren, überall in ihrem Wesen, wo sie drückte und drängte und einen Weg nach draußen suchte. Zögernd hielt sie die Hand über das Wesen. Ein knallendes Geräusch ertönte, als das Seil, mit dem das Ungeheuer gefesselt war, nachgab.

»Zhara«, warnte Han, »wir können es nicht mehr lange bändigen …«

Mit einem Brüllen befreite sich das Monster und schleuderte Han und Jiyi in unterschiedliche Ecken der Höhle. Zhara fiel nach hinten, als sich das Wesen drohend über ihr aufrichtete. Ihre Blicke trafen sich, und obwohl sie wusste, dass es sinnlos war, suchte sie unwillkürlich nach etwas Menschlichem – nach dem Kind – in diesem Blick.

Doch da war nichts, nur die Leere und Tiyok.

Das Monster riss mit einem höhnischen Grinsen das Maul auf.

Mrrrau!

Sajah kam zu ihrer Rettung geeilt und versenkte die Krallen in den roten Augen des Ungeheuers. Dessen Schrei hallte in der Höhle wider und löste einen Regen aus Sand und Kieseln aus. Blind schlug das Monster mit seinen Klauen um sich, erwischte Zhara an der Wange und der Pinsel flog in die Dunkelheit. Sie ließ sich auf alle viere nieder und tastete nach dem Schreibgerät, als Sajah einen Warnschrei ausstieß. Zhara hatte kaum Zeit zu reagieren, als eine riesige Hand neben ihr zu Boden donnerte. Ein weiteres kätzisches Jaulen, noch eine Rolle seitwärts, wieder ein Schlag.

»Zhara!«

Sie hörte Hans Stimme, aber sie sah ihn nicht. Sie sah nichts außer den zu Boden donnernden pelzigen Fäusten, die auf ihren Kopf zielten. Ihre Beine brannten, ihre Lungen brannten, ihr gesamter Körper fühlte sich an, als würde er in Flammen stehen, obwohl das Feuer noch unter ihrer Haut loderte. Sie fühlte, wie ihre Bewegungen langsamer und schwerer wurden …

»Zhara!«

Eine riesige Pranke sauste nieder, und instinktiv riss sie abwehrend die Hände hoch. Zur Seite rollen konnte sie nicht mehr. Ihre Handflächen trafen auf das Handgelenk des Monsters, während die Spitzen der Krallen nur noch eine Haaresbreite von ihrer Kehle entfernt waren.

Ihre Magie explodierte.

Ein Schmerzensgeheul ertönte, als Zhara in Flammen aufging, als Feuer über ihre Haut leckte und ihre Macht sich endlich befreite. Das Monster taumelte rückwärts und krallte sich mit Schmerzensschreien in sein Fell. Zhara schaute zu ihren Händen, wo die Flammen über ihre Haut waberten und die Schatten ringsum zum Tanzen brachten. Aus dem Augenwinkel sah sie Hans Gesicht, mit großen, runden Augen, Xus ungläubiges Starren mit offenem Mund und Jiyis erstaunt hochgezogene Augenbrauen.

»W-wie …?«, krächzte die Kurtisane.

Das Monster erholte sich von seinen Verbrennungen und ging wieder zum Angriff über. Das Fell auf seiner Hand war versengt und rauchte noch, und Zhara konnte es gerade noch vermeiden, von einer seiner Klauen aufgespießt zu werden. Sie duckte sich nach rechts, außerhalb seiner Reichweite und wedelte wild mit den Armen, als ob sie versuchen würde, einen Wolf von den Feldern zu vertreiben. Das Monster knurrte und kauerte sich zusammen, während es auf sie zukroch. Im Licht ihres Feuers sah sie, das zwei der Augen geschlossen waren und bluteten, wo Sajahs Krallen sie getroffen hatten.

»Verbrenn es einfach!«, schrie Xu. »Pack seinen Arm und lass nicht los!«

Zhara machte einen Satz rückwärts, um einem erneuten Prankenhieb zu entgehen. »Versuch du's doch!«, schrie sie zurück.

»Kommt schon!« Han sprang auf und griff nach den Überresten des Seils. »Wir müssen es irgendwie einfangen.«

»Das haben wir schon versucht«, gab Jiyi zurück, »und es hat nicht funktioniert!«

»Da hatte Zhara auch noch nicht ihre magischen Feuerhände«, sagte er und dachte fieberhaft nach. »Da!«, rief er und deutete auf zwei der glitzernden Säulen. »Wir spannen einen Stolperdraht und – *BUMM!* Während das Viech am Boden liegt, kann sie es grillen!«

Jiyi und Xu nahmen Han das Seil aus der Hand und rannten los, um es zwischen die beiden Säulen zu spannen. »Hier rüber!« Xu winkte. »Lock das Monster hier rüber!«

»Ich sag's noch mal«, presste Zhara zwischen zusammengebissenen Zähnen hervor, während sie nach links und rechts auswich, »du kannst es gerne selbst versuchen.« Sie wurde in eine Ecke gedrängt, und wenn sie nicht bald etwas unternahm, dann war sie zwischen der Felswand und dem Monster eingeklemmt. Verzweifelt suchte sie Hans Blick, und er stürzte sich auf das alte Schwert, das Zhara vorhin fallen gelassen hatte.

»Hey!«, brüllte er und klapperte mit der Waffe in Richtung der Kreatur.

Aber das Monster ignorierte ihn und ging weiter auf Zhara zu.

»Hey!«, brüllte Han noch einmal und schleuderte das Schwert wie eine Wurfaxt auf das Monster.

Harmlos prallte es vom Fell des Wesens ab.

Zhara hatte keinen Platz mehr. Hinter ihr war die Höhlenwand, und rechts und links befanden sich große, felsige Auswüchse, die zu hoch waren, um einfach darüber hinwegklettern zu können. Sie bedeckte das Gesicht mit den Händen und fühlte die Hitze des Feuers auf ihren Wangen.

Bimmel, bimmel.

Sajah schlitterte zwischen Zhara und das Monster, zischte und fauchte, sträubte Fell und Schwanz. Zu Zharas Überraschung zögerte das Monster, als ob es vor dem zerzausten kleinen Kater Angst hätte, und wich tollpatschig zurück. Einen kurzen Moment sah es so aus, als würde sich Sajahs Körper kräuseln. Zhara wusste nicht, ob es eine optische Täuschung war oder ein Spiel der Flammen, die ihre Hände einhüllten, aber Sajah schien zu wachsen, und aus seinem Hals wuchs eine dicke, flauschige Mähne, während sich der Schwanz verbreiterte wie der eines Pfaus.

»Zhara! Lauf!«, schrie Han.

Sie duckte sich durch die Lücke zwischen dem Wesen und einem der Felsvorsprünge rechts von ihr, kullerte über den Boden, rappelte sich wieder auf und rannte zu Xu und Jiyi. Hinter ihr brüllte das Monster verwirrt auf, wirbelte herum und torkelte im Halbdunkel hinter ihr her.

»Hier rüber!«, rief Xu.

Zhara spornte ihre Beine zu einer Höchstleistung an und lief zwischen den beiden Säulen durch, wo das Stolperseil noch schlaff am Boden lag. Dann blieb sie stehen, krümmte sich und rang nach Atem.

»Halte dich bereit«, rief Jiyi leise zu Xu, als das Monster den Kopf senkte und mit über den Boden kratzenden Krallen angriff.

Mit einem Brüllen machte das Wesen einen Satz nach vorn und galoppierte auf sie zu.

»Ob das Seil stark genug ist?«, fragte Xu angstvoll.

»Bete zum Glücksstern!«, sagte Jiyi. »Jetzt!«

Die beiden zogen das Seil zwischen sich straff und erwischten das Monster ungefähr an den Knien. Es stolperte und fiel mit einem erderschütternden Aufprall zu Boden. Jiyi sprang auf den Rücken des Ungetüms und brüllte Xu und Han zu, sie sollten ihr helfen.

»Die Arme, die Arme!«, schrie sie. »Haltet die Arme fest!«

Han packte das Monster am Handgelenk und setzte all seine nicht unerhebliche Kraft ein, damit die Krallen keinen weiteren Schaden mehr anrichten konnten. Auf der anderen Seite stand Xu auf einem Felsabsatz und schob breitbeinig mit dem Rücken gegen einen großen Stein. Das schabende Geräusch knirschte in Zharas Ohren. Der Stein löste sich erst langsam und fiel dann auf das andere Handgelenk des Monsters, das knackend und knirschend brach. Das Wesen schrie vor Schmerz auf und wand sich nur noch heftiger.

»Jetzt, Zhara, jetzt!«, schrie Han und klammerte sich mit seinem ganzen Körper an das Handgelenk des Ungeheuers.

Mit ausgestreckten Händen lief sie zu ihm. Das Monster zuckte zusammen, als sie sich näherte, und die restlichen vier Augen blinzelten gegen das Licht. Für einen kurzen Moment hielt Zhara seinen Blick fest, und zum ersten Mal glaubte sie, Angst darin zu sehen. Sie zögerte und dachte an den kleinen Jungen mit dem dunklen Mal auf dem Schlüsselbein. Er hatte sie so angstvoll angeblickt, als er sich verwandelt hatte, und sie fragte sich unwillkürlich, ob er sie immer noch ansah.

»Worauf wartest du noch?«, kreischte Jiyi. »Töte es!«

Mittlerweile war das Monster ganz still geworden, als hätte es sich mit seinem Schicksal abgefunden. Zharas Herz hämmerte ihr bis zum Hals und Mitleid schnürte ihr die Kehle zu. Der kleine

Junge mochte nun ein Monster sein, aber einstmals war er einfach nur ein Magier gewesen. Einer, der Pech gehabt hatte und in den Fängen eines Dämons gelandet war.

»Es tut mir leid«, flüsterte sie. »Es tut mir so leid.«

Und mit einem tiefen Atemzug drückte sie ihre brennenden Hände auf die Brust des Wesens.

Es brüllte vor Schmerz auf, ein Schrei, der in ihren Ohren widerhallte. Die Haut auf der Brust bekam Risse und warf Blasen, aber noch etwas anderes geschah. Als das Fell weggebrannt wurde, befand sich unter der wunden und blutenden Haut kein Fleisch, sondern ein weiterer Körper. Das Monster begann zu schrumpfen, die Klauen zogen sich zurück, die roten Augen verschwanden.

»W-was geht hier vor?«, stammelte Xu.

Wo ihre Handflächen das Monster berührten, fühlte Zhara, wie sich die Magie verband – ihre und die des Monsters. Entlang ihrer Meridian-Linien fühlte sie das Fließen der Macht zwischen ihnen, und die Erinnerung an die Nacht, in der sie gegen Thanh gekämpft hatte, kehrte zurück. Damals hatte sie kaum Kontrolle über das gehabt, was sie tat. Der Drang zu überleben hatte die Magie aus ihr herausgerissen und die Dunkelheit in Thanh zu Licht verwandelt, ein Monster in einen Menschen. Aber jetzt, da sie das Fließen der Energie zwischen sich selbst und dem Ungeheuer sehen konnte, das einmal Yao gewesen war, wusste sie, was sie zu tun hatte. Sie schloss die Augen und brannte die Verdorbenheit aus.

Als sie ihre Hände wegzog, lag ein kleiner, nackter Junge dort, wo das Monster gewesen war.

Aber als sie den Blick hob, betrachteten ihre Freunde sie, als ob *sie* das Monster wäre. Zhara wich zurück und spürte, was die anderen empfanden: Fassungslosigkeit bei Xu, Ungläubigkeit bei Jiyi, und Han … Han anzuschauen wagte sie nicht. Aber sie erahnte das Lächeln auf seinem Gesicht, und genau deshalb hatte sie

Angst, ihn anzusehen, Angst, mehr in dieses Lächeln hineinzulesen als das, was wirklich da war. So konzentrierte sie sich stattdessen auf ihre Hände. Von ihren Fingerspitzen stiegen noch kleine Rauchsäulen auf, und die Linien auf ihrer Handinnenfläche leuchteten schwach rötlich.

»Wie hast du das gemacht?«, wollte Jiyi wissen. »Sag's mir!«

Die Stimme der Kurtisane war harsch, aber nicht verängstigt. Noch nicht jedenfalls. Zhara wusste nicht, wie Jiyi reagieren würde, wenn sie ihr die Wahrheit sagte.

»Ich … ich weiß es nicht«, sagte sie.

Jiyi verengte die Augen. »Du lügst.«

Zhara zuckte zusammen.

»Lass sie in Frieden«, sagte Han leise. Er trat vor, nahm sein Obergewand ab und bedeckte das Kind auf dem Boden damit. Der Junge rührte sich leicht und murmelte etwas, wie im Traum. Auf Hans sanfte Versuche, ihn zu wecken, reagierte er nicht. »Sie hat viel durchgemacht.«

»Wir alle haben viel durchgemacht«, knurrte Jiyi. »Ich will nur wissen, *was genau* wir durchgemacht haben.«

»Wir haben gegen ein Monster gekämpft, reicht das nicht?« Vorsichtig wickelte Han Yao in sein Obergewand und hob ihn auf. »Wir können Fragen beantworten, wenn wir wieder in Zanhei beim Rest der Hüter der Morgenröte sind.«

»Nein.« Die Kurtisane warf ihre Tasche zu Boden, ohne sich darum zu kümmern, was aus den Tonflaschen und dem Rest ihrer Ausrüstung wurde. »Ich muss wissen, wen – oder was – wir zurück in die Stadt bringen. Also sag mir, was geschehen ist, Jin Zhara. Und zwar sofort.«

Zharas Herz wurde schwer. Angst und Enttäuschung umklammerten ihre Kehle und machten ihr das Atmen schwer. All ihre schlimmsten Befürchtungen bewahrheiteten sich: Sie sah das Urteil bereits auf Jiyis wunderschönes Gesicht geschrieben: Monster, stand da, Ungeheuer. »Ich … ich habe einen Jungen von einem Monster in einen Menschen zurückverwandelt.«

»Das habe ich gesehen«, sagte Jiyi eisig. »Aber ich will wissen, *wie* du das gemacht hast.«

Sie biss sich auf die Lippe. »Ich … ich habe die Leere weggebrannt«, stammelte sie. »In dem Jungen, meine ich.«

»Mit Magie«, sagte die Kurtisane skeptisch.

»Ja.« Zhara legte die Hände auf ihren Solarplexus. »Ich … ich fühle meine Gabe als etwas Lebendiges«, flüsterte sie. »Als eine eigenständige Macht, nicht als … als Fähigkeit.« Sie hob den Blick zu Han, der ihr aufmunternd zunickte. »Diese Macht ist wie das Ki eines Lebewesens, nur dass meins … Dinge verändern kann.« Sie dachte an die Cremebrötchen und an den Wein, den sie in Wasser verwandelt hatte. »Ich kann sie verwandeln. Auch« – sie schluckte und schaute zu dem bewusstlosen Kind in Hans Armen – »Monster.«

Jiyi sagte nichts, und Zhara senkte den Blick, weil sie nicht sehen wollte, wie sich der Ausdruck im Gesicht der Kurtisane in Ekel verwandelte. Han nieste, und Sajah tauchte aus der Dunkelheit auf. Der Kater rieb schnurrend sein Gesicht an ihren Schienbeinen.

»Was du mir da erzählst, ist schlichtweg unmöglich, Jin Zhara«, erklärte die Kurtisane mit leiser Stimme. »Es ist ein Verstoß gegen die natürliche Ordnung.«

Monster. Scheusal. Jiyi musste es nicht aussprechen, aber die Worte hingen in der Luft wie der Gestank nach Verwesung und Tod. Zhara wandte das Gesicht ab und schloss die Augen, um die Tränen zurückzuhalten. Das Urteil der Kurtisane schmerzte sie mehr, als sie erwartet hätte. Sie schlang die Arme um ihren Körper und wäre am liebsten mit den Schatten verschmolzen und aus dem Gedächtnis ihrer Freunde verschwunden.

Eine schmale Gestalt trat neben sie und legte tröstend einen Arm um ihre Schultern. Zhara schaute auf. »Ist es wirklich ein Verstoß gegen die natürliche Ordnung?«, fragte Xu. Die Frage war an Jiyi gerichtet. »Wir haben miterlebt, wie ein richtiges, echtes Monster wieder zu einem menschlichen Kind wurde – vor unseren Augen! Wenn das nicht die Wiederherstellung der Ordnung ist, der Sieg über das Chaos, dann weiß ich auch nicht.«

Die Angst, die ihren Brustkorb umklammert hatte, löste sich etwas. Hoffnungsvoll blickte sie auf, und Xu drückte ihr leicht die Schultern. Eine weitere Gestalt trat neben sie – und zuckte erschrocken zusammen, als Sajah fauchte. Han.

»Du weißt nicht alles über Magie, Huang Jiyi«, sagte er. »Du bist vielleicht mit ihr aufgewachsen und hast sie studiert, aber du weißt immer noch nicht, wie es ist – nicht wirklich –, Magie zu besitzen. Du hast selbst zugegeben, dass so viel verloren gegangen ist, besonders wenn es um« – er beschrieb mit einer Armbewegung die Höhle – »so was geht. Wer kann also behaupten, dass das, was Zhara kann, unmöglich ist?«

Es herrschte Stille, und Zhara wagte es, die Kurtisane anzusehen. Jiyis Miene schwankte zwischen Unsicherheit und Angst. Ihre Mundwinkel waren nach unten gezogen, die Lippen zusammengepresst, aber der Blick ihrer Augen war neugierig und weich. Der Abscheu, den Zhara in dem Gesicht ihrer Freundin zu finden befürchtet hatte, war nicht da. Stattdessen eine Art fragende … Sehnsucht. Sie erkannte, dass die Kurtisane überzeugt werden wollte. Jiyi wollte *wissen*, sie wollte nicht verurteilen. Die Kurtisane atmete tief ein und aus, während Zhara die Luft anhielt.

Nach einer Weile schloss Jiyi die Augen und schüttelte leicht den Kopf. »Tja«, sagte sie brüsk, »ich freue mich schon auf die Abhandlung, die ich über die neuen Erkenntnisse in der Magie schreiben werde. Gehen wir.« Sie drehte sich um und ging zu der

Treppe, die wieder in die Außenwelt führte. An der untersten Stufe blieb sie stehen und schaute über ihre Schulter. »Kommst du?«

Die Enge um Zharas Herz verschwand, und ihr Körper wurde mit einer anderen Art Wärme geflutet als die Hitze der Flammen, die sie eben noch eingehüllt hatte. Sie stolperte hinter der Kurtisane her und fühlte sich so hoffnungsvoll wie lange nicht mehr.

»Warte.« Jiyi drehte sich um und streckte Han die Arme entgegen. »Gib mir das Kind. Du und Xu, ihr bleibt hier.«

»Was? Wieso?« Er brachte den Jungen zu Jiyi. Gemeinsam mit Zhara legten sie das Kind über den Rücken der Kurtisane und banden Hans Obergewand um Jiyis Taille, um das Gewicht des Jungen zu stützen.

»Wir müssen ihn vor Sonnenuntergang zu Kapitän Shangs Boot bringen.« Jiyi zog die Ärmel von Hans Kittel fester um ihre schlanke Mitte.

Xu stemmte die Hände in die Hüften. »Und was ist mit uns?«

»Du und dein Freund, ihr bleibt hier und paust die Gravierungen ab.« Die Kurtisane wies mit dem Kinn auf ihre Tasche am Boden neben Xu. »Da drin sind Papier und Kohlestifte.«

»Warum kann Zhara nicht bei uns bleiben?«, beklagte sich Han.

»Weil«, sagte Jiyi ungeduldig, »wir nicht wissen, wie ihre Magie auf die Zaubersprüche wirkt. Ich vermute, es geht um eine Art Dämonenbeschwörung.«

»Und warum kann dann die Verehrte nicht bleiben?«, fragte Xu. »Sie ist die Einzige, die diese blöden Gravierungen entziffern kann.«

»Weil«, sagte die Kurtisane und schob den Jungen auf ihrem Rücken ein Stück höher, »es so ein wunderschöner Tag ist und ich den Ausflug genießen will, solange es noch hell ist. Die Ruinen von Alt-Changxi sind sehr pittoresk, nicht wahr, Jin Zhara?«

Zhara lächelte. »Das stimmt, Huang Jiyi.«

»Na, dann komm.« Die Kurtisane stieg die Treppe hoch. »Und tu uns den Gefallen und bring eine Fackel mit, ja?«

Zhara nahm eine Fackel, warf Han und Xu einen entschuldigenden Blick zu und lief dann ihrer Freundin hinterher. Sie entzündete die Fackel mit ihrer Magie und empfand Stolz und Überraschung, dass ihre Macht nun ihrem Willen gehorchte.

»Großartig«, murmelte Han. »Da war es mir fast lieber, dass sie mich wie ein Maultier behandelte.«

Kapitel 26

Es war Nacht geworden, als sie in den Hafen von Zanhei einliefen. Hans Magen hatte die Fahrt flussabwärts viel besser vertragen als die flussaufwärts, aber vielleicht lag es auch an den Erlebnissen in der Höhle unter dem Vulkan. Ein Kind war zu einem Monster geworden. Offenbar war so ein kleines Ungeheuer ein wirksames Heilmittel gegen Seekrankheit.

Es war das zweite Mal innerhalb von zwei Wochen, dass er etwas so unfassbar Schreckliches erlebt hatte. Er musste wahrhaftig unter dem Stern des Wanderers geboren sein. Han wusste nicht, was er in seinem früheren Leben angestellt hatte, um so etwas durchleben zu müssen, aber es waren wohl schlimme Dinge gewesen.

Kapitän Shang war nicht erfreut, als sie mit einem zusätzlichen Passagier von den Höhlen zurückkehrten, aber seine Klagen verstummten, als Jiyi ihm einen weiteren Umschlag mit Geldscheinen zusteckte. Yao schlief die ganze Heimfahrt über; er schien unversehrt zu sein, obwohl die Hüter der Morgenröte ihn würden untersuchen müssen, um ganz sicher zu sein. Han war froh, dass er seinem Bruder wenigstens eine gute Nachricht überbringen konnte.

»Ich nehme Yao mit mir ins Blauregenhaus«, sagte Jiyi, nachdem sie angelegt hatten. »Wenn ihr wollt, könnt ihr auch bleiben. Es ist schon spät, und der Weg in die Stadt ist lang und mühsam nach der Sperrstunde.

Zhara schüttelte den Kopf. »Ich muss vor Morgengrauen zu Hause sein, um Frühstück für meine Familie zu machen.«

Jiyi verengte die Augen. »Können die das nicht selbst machen?«

Zhara hielt sich an der Reling fest, als sie von Bord ging. Sie humpelte ein bisschen. »Meine Schwester? Nein. Sie ist blind.«

Han eilte zu ihr und bot ihr seinen Arm an. Sie schenkte ihm ein dankbares Lächeln, und wieder verflüssigten sich seine Innereien.

»Hmm«, sagte die Kurtisane und presste die Lippen zusammen. »Na gut. Was ist mit euch beiden?« fragte sie Han und Xu.

Xu gähnte und sagte mit einem kurzen Seitenblick zu Han: »Ich richte mich nach dem, was mein Pr– … mein Freund will.«

Han schaute zu Zhara hinab, die sich immer noch an seinen Arm klammerte. »Ich … ähm … ich bringe Miss Brandy nach Hause«, sagte er. »Ich glaube, sie hat sich bei dem Kampf verletzt.«

Zharas Wimpern flatterten überrascht. »Das hast du bemerkt?«

Er fühlte, wie die Spitzen seiner Ohren rot wurden.

»Also schön«, sagte Xu und zwinkerte Han aufmunternd zu. »Ich helfe Jiyi, Yao zum Blauregenhof zu bringen, und bleibe über Nacht dort.«

»Wir treffen uns bald wieder, um alles zu … besprechen.« Jiyi gähnte. »Ich schicke euch eine Nachricht.« Und mit diesen Worten und ohne eine Verbeugung zum Abschied drehte sie sich um und ging davon.

»Was soll ich jetzt mit dem Jungen machen?«, beklagte sich Xu, der mit Yao auf den Armen dastand. »Soll ich ihn etwa ganz allein tragen?«

Han schlug seinem Lieblingsmenschen auf den Rücken. »Es wird Zeit, mit dem Training anzufangen«, sagte er gut gelaunt.

Xu grunzte, und Han und Zhara halfen dabei, das Gewicht des schlafenden Yao besser zu verteilen. »Ich sollte eine Elster anheuern«, brummte Xu und machte sich auf den Weg zum Vergnügungsviertel.

»Und jetzt zu dir, Miss Brandy«, sagte Han und drehte sich um. Er ging in die Hocke und bot ihr seinen Rücken dar.

Sie starrte ihn verwirrt an. »Was soll das?«

»Klettere hoch.«

»Du willst mich huckepack nehmen?«, sagte Zhara ungläubig. »Ich bin kein Kind, weißt du. Ich kann laufen.«

»Nein, nein, nein«, beharrte Han. »Lass dir von jemandem sagen, der etliche Sportverletzungen davongetragen hat: Du solltest dieses Bein schonen, damit du ihm keinen weiteren – vielleicht sogar dauerhaften – Schaden zufügst.«

Sie musterte ihn skeptisch, doch nach einem kurzen Augenblick kletterte sie zögernd auf seinen Rücken.

»Uff!«, grunzte er, als er aufstand. »Du bist schwerer, als du aussiehst.«

Zhara schlug ihm leicht auf den Hinterkopf.

»Aiyo! Das sollte ein Kompliment sein!«, rief er. »Das bedeutet, dass du viel Muskelmasse hast.«

»Ist das etwas Gutes?«

»Eigentlich schon.« Han verschob leicht ihr Gewicht und schlang seine Arme um ihre Beine. Es wäre einfacher gewesen, sie festzuhalten, wenn er sie an den Oberschenkeln gefasst hätte, aber er zitterte ja jetzt schon wegen des Körperkontakts. Noch mehr, und er würde so weich wie Gelee werden. »So, Miss Brandy. Wohin soll's gehen?«

Han wollte es nicht zugeben, aber er wurde allmählich müde.

Als er Zhara angeboten hatte, sie huckepack nach Hause zu tragen, war ihm nicht klar gewesen, wie weit vom Hafen entfernt sie wohnte, und nach einer Weile bereute er seine Großherzigkeit. Vor einem besonders steilen Hügel blieb er stehen und suchte sich einen besseren Griff um ihre Beine, wobei er sie ein Stück nach vorne zog, damit sie ihn mit ihren Händen nicht strangulierte.

»Und du brauchst ganz bestimmt keine Pause?«, fragte sie ihn zum siebten Mal. »Ich kann problemlos ein Stück allein laufen, weißt du.«

»Alles gut«, keuchte er. »Das ist eine prima Übung für mich. Ich habe in letzter Zeit viel zu wenig Gewichte gestemmt.«

»Wenn du das nur machst, um mich zu beeindrucken, dann kannst du mich jetzt absetzen.«

Han war klar, dass sie ihm einen Ausweg bot, bei dem er das Gesicht wahren konnte, aber sein Stolz gebot ihm, die Konsequenzen seiner Entscheidung zu durchleiden. »Nicht nötig«, presste er zwischen zusammengebissenen Zähnen hervor. »Wie weit noch?«

»Noch ein bisschen.«

Er hörte das Lächeln in ihrer Stimme, aber er ignorierte es. »Das sagst du schon seit einigen Blocks.«

»Ich dachte, du wolltest Gewichte stemmen.«

Er grunzte. »Rede weiter, Miss Brandy. Lenk mich von den Schmerzen ab.« Er stieg die Straße hinauf, und seine Oberschenkel brannten, während er versuchte, ruhige, gleichmäßige Schritte zu machen, um sich nicht noch mehr in Verlegenheit zu bringen.

»Worüber?«

»Egal«, sagte er zwischen zwei Atemzügen. »Dein Lieblingsessen. Den Lebenszyklus von Heuschrecken. Was deiner Meinung nach im nächsten Band von *Die Maid, die vom Tod geliebt wurde* passiert. Irgendwas.«

»Ich weiß nicht.« Sie lachte, wodurch ihr Gewicht in seinen Armen verrutschte. »Was glaubst du denn, was passiert?«

»Der Punkt ist, … dass *du* … reden sollst, … nicht … ich.« Mit kreischendem Bizeps trottete er entschlossen weiter den Hügel hinauf.

»Na gut«, sagte Zhara. »Ich stelle Fragen und du kannst nicken oder den Kopf schütteln. Geht das?«

Han nickte, woraufhin sie eine Weile schweigend weitergingen.

»Ich dachte, … du würdest … Fragen … stellen«, keuchte Han.

»Lass mir Zeit! Ich versuche nachzudenken.«

Han knirschte mit den Zähnen. »Beeil … dich.«

»Na schön, na schön.« Sie überlegte. »Wie ist es, im Palast zu leben? Nein, Moment, das ist keine Ja-Nein-Frage. Entschuldige. Hast du Angst, weil du im Palast lebst?«

Er nickte. *Ja.*

»Wegen deines Bruders?«

Er hatte Angst *um* seinen Bruder. *Ja.*

»Woher weißt du über die Hüter der Morgenröte Bescheid? Nein, warte – tut mir leid. Lass mich überlegen …« Dann: »Hast du Angst, jemand könnte herausfinden, dass dein Bruder ein Magier ist, oder … Schlimmeres?«

Han ging noch einige quälend langsame Schritte weiter, weil er nicht genau wusste, wie er darauf antworten sollte. Er neigte leicht den Kopf zur Seite.

»Du hast Angst, jemand könnte herausfinden, dass dein Bruder ein Magier ist«, mutmaßte Zhara.

Nach ein paar weiteren Schritten nickte Han leicht.

Zhara schwieg einen Moment lang. »Aber du hast auch Angst, dass er zu einem Monster wird«, sagte sie dann leise.

Er atmete tief ein und aus. *Ja.* Dann verlagerte er wieder seinen Griff und ging weiter. Er hatte bislang keine Worte für seine Angst gehabt. Er wusste nur, dass sein Bruder Alpträume von einem Froschdämon hatte. Aber jetzt wusste er, dass es noch viel schlimmer kommen konnte. Verdorbenheit. Besessenheit.

»Ist das der Grund, warum du nach den Hütern der Morgenröte gesucht hast?«

Alles, was er wollte, alles, was er je gewollt hatte, war, Anyang in Sicherheit zu wissen. Es hatte so einfach ausgesehen: Such Hilfe; finde jemanden, der sich um das Problem kümmert. So wie Xu es sein Leben lang für ihn getan hatte. Aber Han wurde allmählich klar, dass gute Absichten nicht ausreichten. Nicht, wenn so viel auf dem Spiel stand.

Ja.

Sie hatten den Hügelkamm erreicht. Nach unten ging es noch steiler, mit Treppen und Geländern, die ins Zentrum des Wohngebiets führten. Han wusste aus Erfahrung, dass der Abstieg noch anstrengender war als der Aufstieg.

»Nicht mehr weit, versprochen«, sagte Zhara. »Aber du kannst mich auch absetzen und dich ausruhen.«

»Mir geht's gut, ich muss nur einen besseren Halt finden«, stieß Han erstickt hervor.

»Setz mich ab, Meister Pflaumenblüte«, befahl sie. »Mach eine Pause.« Sie deutete zu einer niedrigen Steinmauer ein paar Schritte entfernt, die einen bewaldeten Park begrenzte. »Wir können uns dort eine Weile ausruhen, zumindest bis der Nachtwächter kommt.«

Sie rutschte von seinem Rücken herunter, und er schüttelte dankbar die Arme aus. Er war sich nicht sicher, wie lange es dauern würde, bis wieder Gefühl in seine Finger zurückkehren würde. Han fächerte sich mit dem Kragen seiner Tunika – die jetzt schweißnass war – Luft zu und setzte sich vorsichtig neben Zhara, wobei er darauf achtete, einen angemessenen Abstand zu wahren. Was ihm irgendwie dumm vorkam, gemessen an dem Körperkontakt der letzten halben Stunde. Trotzdem.

»Komm her.« Zhara nahm seine Hände und massierte sie, damit das Blut wieder zirkulierte, obwohl er daran zweifelte, wie nützlich es war, dass alles Blut in seinem Körper in sein Gesicht schoss. »Besser?«

»Ja«, quietschte er und hüstelte dann. »Ja«, wiederholte er und machte seine Stimme absichtlich tiefer.

Neben dem Eingang zum Park war die Luft kühl und feucht und roch nach grünen, wachsenden Dingen. Han fühlte, wie die Verkrampfung in seinen Muskeln nachließ. Zhara setzte keinerlei Magie ein, aber trotzdem kribbelte sein ganzer Körper.

Der Hügel, auf dem sie saßen, überblickte den Fluss, hinter dem sie die Lichter der Blumenstadt sehen konnten. Ein kleiner, stetiger Strom von Wunschlaternen schwebte von dem Vergnügungsviertel aus in den Himmel. Die Händler griffen den Festlichkeiten zur Nacht der Sieben vor und verkauften bereits jetzt Wünsche an die Touristen. Zhara betrachtete die Szene am Fuß des Hügels; Sterne und Wünsche spiegelten sich in ihren Augen. Das sanfte Leuchten der Laternen schimmerte warm auf ihrer Haut, und Han dachte daran, wie sie ausgesehen hatte, als sie dem Monster – Yao – in der Höhle unter dem Mount Zanhei gegenübergestanden hatte. Sie war wunderschön und Ehrfurcht gebietend gewesen, aber jetzt machte sie ihm sogar noch mehr Angst. Ein beunruhigend gewöhnliches Mädchen. Das neben einem gewöhnlichen Jungen saß. In einer herrlichen Frühsommernacht in Zanhei.

»Wie schön«, murmelte Zhara.

»Ja«, sagte er mit belegter Stimme.

Sie drehte sich zu ihm um, und er wurde rot. Er kämpfte gegen den Drang an, die Augen abzuwenden, wegzulaufen und sich zu verstecken, und zwang sich, ihrem Blick standzuhalten. Ihre Lippen öffneten sich, und er merkte, wie er zu ihr gezogen wurde, wie ihre Gesichter sich einander näherten wie Magnete. Unvermeidlich.

Dann tauchte das Bild von Prinzessin Yulana vor seinem inneren Auge auf, und er versuchte, den Gedanken an sie wegzuschieben. Die Prinzessin aus dem Norden war die Verlobte des Thronerben und das Problem des Thronerben. Aber er wollte jetzt einfach nur Han sein. Nur Han.

Aber er konnte nicht.

Er wich zurück. Ihm entging nicht der enttäuschte Ausdruck in Zharas Gesicht, und sein Magen drehte sich um vor Schuldgefühlen und Freude.

»Also«, sagte er und räusperte sich. »Während wir hier sitzen, kann ich noch ein paar Fragen beantworten, wenn du das möchtest. Nicht nur Ja-Nein-Fragen.«

Zhara schwieg einen Moment lang und ließ die Beine baumeln. »Ich kenne Meister Pflaumenblüte kaum«, sagte sie leise. Ihre Stimme war mit einem Mal distanziert und formell. »Es wäre nicht angebracht, ihn nach seinem Privatleben zu fragen.«

Die betonte Höflichkeit in ihrer Stimme schmerzte ihn, und ihm wurde klar, dass er sie mit seinem Rückzug von ihrem Beinahe-Kuss gekränkt hatte.

»Nach allem, was wir zusammen erlebt haben, kehrst du nun zu Förmlichkeiten zurück?«, sagte er und bemühte sich um einen scherzhaften Ton. »Immerhin hattest du eben noch deine Beine um meine Taille geschlungen.«

Sie blinzelte. »Ich … w-was?« Selbst in der Dunkelheit sah er, wie ihre Wangen glühten, und das hatte nichts mit Magie zu tun. Zu seiner Überraschung und seiner Freude begann sie zu kichern; es klang wie kleine, helle Blasen, die durch die Luft tanzten.

Er grinste. »Wer ist jetzt das Unschuldslamm?«

Sie schüttelte den Kopf, während aus ihrem Kichern ein Lachen erwuchs. »Ich bin beeindruckt, Meister Pflaumenblüte«, sagte sie, und die Vertrautheit, die Intimität, die Wärme war wieder in ihrer Stimme. »Und ich dachte, du hast Angst vor Mädchen.«

»Warum glauben das bloß alle?«, empörte er sich.

Zhara zog die Augenbrauen hoch. »Wenn *alle* das sagen, tja, nun …«

»Nun mach schon und frag mich was«, sagte Han gereizt. »Bevor ich dich hier mutterseelenallein auf der Mauer sitzen lasse.«

Sie lächelte ihn an. »Na gut.« Zhara wandte ihr Gesicht den Laternen zu, die wie Glühwürmchen über der Blumenstadt tanzten, und wieder sah er diesen sehnsüchtigen Blick auf ihrem Gesicht, genau der gleiche, der sein Herz bei ihrer ersten Begegnung vor Meister Caos Buchladen eingefangen hatte. »Warst du jemals in der Nacht der Sieben auf dem Maskenball im Palast?«

»Ja«, sagte er, unsicher, worauf sie hinauswollte. »Jedes Jahr.«

»Wie ist es da?«, fragte sie leise. »Ich wollte da schon immer mal hin.«

Er zögerte. Die Wahrheit war, dass er von allen Festivitäten in der Nacht der Sieben den Maskenball am wenigsten mochte. Die Traditionen dieser sogenannten romantischsten Nacht des Jahres kamen ihm lächerlich und aufgesetzt vor; seiner Meinung nach dienten sie mehr dem äußeren Schein als dem echten Vergnügen. Es hagelte Heiratsanträge in der Nacht der Sieben, und Liebende durften sich bei Partnertänzen die ganze Nacht in den Armen liegen. Bei näherer Betrachtung konnte Han plötzlich den Reiz daran begreifen; denn er war sich schmerzhaft bewusst, dass ihrer beider Hände auf der Steinmauer ruhten und zwischen seinem kleinen Finger und ihrem kleinen Finger nur wenige Zentimeter lagen.

»Es ist … nett.« Unmerklich schob er seine Hand näher an ihre, sodass sich ihre kleinen Finger ganz leicht berührten. Zhara versteifte sich leicht, zog ihre Hand aber nicht weg.

»Definiere ›nett‹.« Zhara lachte – ein bisschen atemlos. »Na komm, Meister Pflaumenblüte, ich dachte, du wärst ein Poet.«

»Warte kurz, lass mich nachdenken«, sagte Han und geriet ein wenig in Panik. »Ich kann mir die Verse nicht aus dem Ärmel schütteln.«

Sie schmunzelte. »Schon gut«, sagte sie. »Erzähle mir einfach … was du daran am schönsten findest.«

Bislang hatte er gar nichts daran schön gefunden. »Na ja«, sagte er langsam, »es hat nicht unbedingt etwas mit dem Ball zu tun, aber … damals, als meine Mutter noch lebte, hat sie mich und meinen Bruder mitgenommen, in … in den Meditationsgarten der Fürstengemahlin, von wo aus wir uns das Feuerwerk angeschaut haben.« Er schwieg, während die Erinnerung in Wellen gegen ihn anbrandete. »Es gab eine Ecke im Garten, im Nordosten, da stand eine dreistöckige Pagode zur Mondbeobachtung«, fuhr er fort, »und da saßen wir in der Dunkelheit, während Blumen aus buntem Licht auf uns niederregneten wie Sternengischt.« Han schaute hinauf in den Nachthimmel, gesprenkelt mit denselben Konstellationen, die er und Anyang immer mit dem Finger nachgezeichnet hatten, während sie auf ihren Vater warteten. »Und dann, am Ende der Nacht, wenn er mit seinen Pflichten fertig war, hat sich mein Vater davongeschlichen und ist zu uns gekommen. Und dann sind wir alle eingeschlafen. Zusammen.«

Zharas Hand bewegte sich ganz leicht, sodass ihr kleiner Finger über seinem zum Liegen kam. »Oh Han«, sagte sie, »das ist wunderschön.«

Es war das Gefühl ihrer Haut an seiner, das ihn aus seinen Erinnerungen riss. Sein Puls pochte gegen ihren, seine Ohren brannten ob der Kühnheit und dem Zögern, die in dieser einfachen Berührung lagen. »Tja, nun …«, sagte er und räusperte sich. »Was ist mit dir? Warum interessierst du dich so für die Nacht der Sieben?«

Sie schwieg eine ganze Weile, ehe sie antwortete. »Weil«, sagte sie leise, »ich in der Nacht der Sieben geboren wurde.« Zhara schaute zu dem Schimmernden Fluss, diesem milchigen Streifen aus Sternen, der den Himmel wie ein Band aus Staub und Licht durchzog. Rechts und links davon befand sich jeweils ein strahlend heller Stern: der Feenprinz und die Tochter des Holzfällers. »Ich habe noch nie ein Geburtstagsgeschenk bekommen«, murmelte sie. »Oder wenn doch, erinnere ich mich nicht mehr daran. Seit ich ganz klein war, waren mein Vater und ich immer auf der Flucht, deshalb hatten wir nie Zeit, meinen Geburtstag zu feiern. Und so habe ich jede Nacht der Sieben so getan, als wären die Feierlichkeiten im Palast nur für mich.« Sie senkte den Kopf und wirkte verlegen. »Ich weiß, das ist dumm«, sagte sie. »Es tut mir leid, ich …«

»Ich nehme dich mit.«

Überrascht hob Zhara den Kopf. »Was?«

Han nahm ihre Hand. »Ich nehme dich mit zum Fest in der Nacht der Sieben. Ich erkläre die Nacht der Sieben zu deinem Feiertag.«

Wieder zog dieses Gefühl von Nähe, von Anziehung, unaufhaltsam und unwiderstehlich, ihre Gesichter zueinander. Miss Brandys Augen, ihre Lippen, ihre Haut, alles leuchtete im Mondlicht, und Han wollte nichts mehr, als den Abstand zu ihr überwinden, sie berühren, sie küssen.

Ihre Lippen berührten sich, kaum mehr als ein Hauch.

Wärme explodierte in seinen Knochen und entzündete ein Feuerwerk in seinem Inneren, ein Feuerwerk wie das in der Nacht der Sieben: leuchtend, atemberaubend, entsetzlich. Han hielt sich für einen mutigen Menschen, aber jetzt merkte er, dass er zitterte und bebte wie ein Blatt im Wind.

Zhara lachte, als sie sich von ihm löste. »Wer bist du, dass du mir so einfach einen Feiertag widmen kannst – der Thronerbe?«

Die Nennung seines Titels brachte ihn krachend wieder auf den Boden der Tatsachen. Egal, wie sehr er sich wünschte, Han zu sein – einfach nur Han –, so gab es doch vor seinem eigentlichen Ich kein Entkommen. Er zog seine Hand weg. »Ich habe mich genug ausgeruht«, sagte er. »Ich bringe dich jetzt nach Hause.«

Sie gingen schweigend weiter, nur hin und wieder gab Miss Brandy Richtungsanweisungen.

»Hier«, sagte Zhara, als sie um die Ecke in eine kleine Seitenstraße einbogen, die völlig im Dunkeln lag, bis auf eine kleine Kerze, die in einem Fenster im oberen Stockwerk eines schmalen Hauses am Ende der Straße brannte. »Hier wohne ich.«

Han schaute zum ersten Stock des Hauses hoch und glaubte, einen Schatten hinter dem Schirm aus Reispapier, der das Fenster bedeckte, weghuschen zu sehen. »Wartet da oben jemand auf dich?«

»Nein. Ich schlafe in der Küche im Erdgeschoss.« An der Tür blieb Zhara stehen. »Danke«, sagte sie, »für die Huckepackfahrt.«

Er zeigte seine Grübchen, und diesmal war ihre Wirkung auf Zhara nicht zu übersehen. Sie senkte schnell den Blick und konnte ihm nicht in die Augen schauen, plötzlich schüchtern. Unwillkürlich plusterte sich Han ein wenig auf.

»Und du? Kommst du jetzt noch gut nach Hause?«, fragte Zhara.

Er nickte und drehte den Kopf hin und her, um die Nackenmuskeln zu lockern. »Von hier aus ist es nicht weit bis zum Palast.«

»Na dann«, sagte sie, »gute Nacht, Meister Pflaumenblüte.«

Aber es dauerte noch eine ganze Weile, ehe Han es schaffte, sich umzudrehen und nach Hause zu gehen. Als er die Einmündung der Straße erreicht hatte, schaute er über die Schulter zu ihrem Haus. Zhara stand immer noch im Türrahmen und sah ihm nach, wie er sich entfernte und dabei kleiner wurde. Sie hob zum Abschied grüßend die Hand und verschwand dann im Schatten ihres Hauses. Das Herz überquellend vor Hoffnung und Hochgefühl, kamen Han seine Schritte so leicht vor wie seit Langem nicht mehr. Er spürte immer noch ihren Blick auf seinem Rücken, und er war froh, dass endlich jemand den Anblick genoss.

Kapitel 27

Suzhan war schon wach, als Zhara mit dem Frühstückstablett in ihr Zimmer kam.

»Mimi«, sagte sie überrascht. »Wieso bist du so früh auf? Es ist doch noch stockdunkel.« Sie sprach leise; sie hatte erst kürzlich versehentlich die Zweite Ehefrau, die auf der anderen Seite der Abtrennung schlief, aus ihrem berauschten Schlaf geweckt, und die Striemen an ihren Waden waren kaum verheilt.

»Ich konnte nicht schlafen«, sagte Suzhan. Die dunklen Ringe unter ihren geschwollenen Augen bestätigten ihre Worte. Sie wirkte ausgezehrt, aber gleichzeitig seltsam ernst, als ob sie die ganze Nacht lang meditiert hätte und zu einer Erleuchtung gekommen wäre. Sie saß auf ihrem Deckenstapel auf ihrer Seite des Raumteilers – ein einfaches Baumwolllaken, das als Sichtschutz diente –, die Haare offen über den Schultern, die Arme um die Knie geschlungen.

Zhara stellte das Frühstückstablett vor ihrer Schwester ab und zog das Leinentuch weg, das die Speisen warm gehalten hatte – eine Schale mit Congee, beträufelt mit Sojasauce und Sesamöl, dazu fein geschnittene Frühlingszwiebeln und ein Tee-Ei. »Dann iss etwas«, flüsterte sie. »Wenn du etwas im Bauch hast, schläfst du wieder ein.«

Suzhan schüttelte den Kopf. »Mir geht's gut, Nene«, sagte sie, aber ihre Stimme klang seltsam gepresst, als ob sie die Worte, die herauswollten, herunterschluckte. »Ich … ich will nur meine Ruhe haben.«

Diese unerwartete Kränkung traf Zhara, die das Tablett wieder bedeckte. »Na gut, Mimi«, sagte sie. »Ich komme heute spät aus der Apotheke nach Hause, aber ich habe eine Suppe mit Entenfleisch und Lotuswurzeln gekocht, die zum Abendessen aufgewärmt werden kann. Und im Gartopf ist noch Reis.«

Ihre Schwester sagte nichts, sondern schaute nur aus dem Fenster. »Triffst du dich heute mit ihm? Ist das der Grund, warum du so spät kommst?«

Zhara war sprachlos. »Treffen? Mit wem, Mimi?«, fragte sie verwirrt.

»Mit der Person, mit der du dich vergangene Nacht unterhalten hast.«

Eine Kälte drang in ihre Knochen. »Ich … ich weiß nicht, wovon du redest.« Mit plötzlicher Panik fiel ihr auf, dass von der anderen Seite der Abtrennung nicht das übliche leise, gleichmäßige Schnarchen der Zweiten Ehefrau zu hören war.

»Hältst du mich für dumm, Nene?« Obwohl Suzhan nichts sehen konnte, noch dazu in der Dunkelheit, spürte Zhara den Blick ihrer Schwester auf ihrem Gesicht. »Es klang wie ein Junge.«

»Pssst!« Zhara kniete sich vor ihre Schwester und umfasste deren Handgelenke, um sie zu beruhigen. »Was ist mit Madame?«, sagte sie und lauschte in der Stille nach schweren Atemzügen.

»Mama ist nicht da«, sagte Suzhan. »Sie war auch die ganze Nacht weg. Zweifellos kommt sie bald aus der Taverne nach Hause.« Sie legte den Kopf schräg. »Es ist schon gut, Nene, du kannst es mir sagen. Wer war da bei dir?«

All die Angst und der Schreck, die Zhara in sich getragen hatte, sickerten aus ihr heraus wie Wasser aus einem undichten Topf. »Oh.« Das schwindelerregende Gefühl der vergangenen Nacht kehrte mit einem Brausen zurück. Ihr Blut kochte und ihre Lippen kribbelten bei der Erinnerung an den Beinahe-Kuss. Sie wollte so gerne mit ihrer Schwester über das reden, was passiert war, wollte Suzhan alles erzählen. Das Glück drohte in ihr alltägliches Leben überzuschwappen, und sie brauchte jemanden, um sich zu zügeln, damit sie sich nicht vor der ganzen Welt lächerlich machte.

»Ich … er …«, setzte sie an, dann biss sie sich auf die Zunge. Was konnte sie Suzhan erzählen, ohne alles zu verraten? Dass sie sich mit Han getroffen hatte, weil sie mit einer Gruppe von Widerstandskämpfern in Verbindung standen, die sich für die Befreiung der Magier einsetzte? Die Hüter der Morgenröte, Scheusale, Besessenheit, ihre eigene Magie – was konnte sie preisgeben, ohne sich selbst, ihre neuen Freunde und deren Sache in Gefahr zu bringen? Ohne die Beziehung zu ihrer Schwester zu gefährden? Sie hatte ihre Macht so lange geheim gehalten, dass sie nicht wusste, was der größere Verrat war: Suzhans Blindheit oder ihr eigenes Schweigen. »Er … er ist ein … Freund«, sagte sie schließlich.

»Er klang aber nicht so«, sagte Suzhan leise. »Er klang eher wie ein Verehrer.«

Wieder dieses Erröten und Aufflackern der Freude. Zhara presste die Hände an ihre Wangen, fühlte sie warm unter ihren Handflächen, und zwang sich, ruhig zu bleiben. Sie dachte an Han in dem überdachten Markt, dann in der Nacht, als sie gegen das Scheusal gekämpft hatten, das Thanh gewesen war – wie sich die Muskeln auf seinem Nacken und in seinen Armen anspannten, als er Steine und andere Wurfgeschosse auf das Monster geworfen hatte. Die Kraft in seinen Schenkeln, als er den Angriffen auswich, seine breiten Schultern und seine schlanke Taille. Das Gefühl dieser harten Muskeln unter ihrem Körper, als er sie auf seinem Rücken nach Hause getragen hatte. »Nur ein Freund«, wiederholte sie schwach.

Ihre Schwester schloss die Augen. »Läufst du mit ihm weg?«

»Was?« Zhara schlug die Hände vor den Mund, ehe ihr wieder

einfiel, dass die Zweite Ehefrau nicht auf der anderen Seite der Abtrennung lag und lauschte. »Wie kommst du denn *darauf?*«, sagte sie. »Natürlich nicht.«

»Warum nicht?« Suzhans Stimme war merkwürdig, schrill und gleichzeitig gepresst. »Ich an deiner Stelle würde es tun.«

Zhara war fassungslos. »Mimi«, sagte sie, »ich würde dich nie verlassen.«

»Aber vielleicht solltest du das«, flüsterte Suzhan. »Warum solltest du nicht dein Happy End erleben, wie in deinen Liebesromanen, Nene?«

Zhara runzelte die Stirn und versuchte, den merkwürdigen Gesichtsausdruck ihrer Schwester zu entschlüsseln. Erschrocken wurde ihr klar, dass Suzhans Miene nicht mehr länger ein offenes Buch für sie war. »Woher kommt das so plötzlich?«, fragte sie mit einem Kloß im Hals. Wann hatten sie sich so weit voneinander entfernt?

Ihre Schwester wandte den Blick ab. »Lord Chan hat sein Heiratsangebot erneuert«, sagte Suzhan steif.

Unvermittelt zuckte Zharas Hand zu dem Silbernugget in ihrer Tasche. In dem Strudel der Ereignisse um Han und die Hüter der Morgenröte hatte sie das Gespräch mit der Zweiten Ehefrau völlig vergessen.

»Du wusstest es.« Suzhan klang weder traurig noch anklagend, nur resigniert. Die Niedergeschlagenheit in den Worten ihrer Schwester bereitete Zhara ein schlechtes Gewissen.

»Ja, Mimi«, gestand sie. Sie konnte nicht lügen.

Ihre Schwester biss sich auf die Lippe. »Er will dich kennenlernen.«

Zhara sagte nichts.

»Das wusstest du auch.« Suzhan schaute Zhara wieder an und verengte die Augen. »Wann wolltest du mir davon erzählen, Nene?«

»Ich … ich hab's vergessen.« Das war die Wahrheit, aber von ihren Lippen klang es wie eine Lüge.

»Deine Zunge verrät dich«, sagte Suzhan. Sie schloss die Augen und Schmerz verdunkelte ihr Gesicht.

»Es tut mir leid«, flüsterte Zhara. Sie wusste nicht, was sie sonst noch sagen sollte.

»Ich vermute, Lord Chan wittert ein gutes Geschäft«, sagte ihre Schwester bitter. »Zwei für den Preis von einer.«

Deine Tochter hat andere … Vorzüge.

Die Schärfe in Suzhans Ton brannte, aber mehr noch machte Zhara zu schaffen, dass sie ihrer Schwester nicht widersprechen konnte. Geld – der *Mangel* an Geld – beherrschte ihr Leben; dieser Tyrann bestimmte jeden ihrer Schritte, alles, was sie taten. Wenn Suzhan keinen reichen Mann heiratete, würden sie bald auf der Straße stehen und um Essen betteln. Das würde Zhara ihrer Schwester gerne ersparen.

»Lauf weg, Nene«, sagte Suzhan leise. »Lauf mit deinem Nicht-Verehrer weg, solange du noch kannst. Ergreif deine Chance.«

Zhara versuchte sich vorzustellen, wie ihr Leben aussehen würde, wenn sie mit Han durchbrannte, und zu ihrer Überraschung konnte sie es nicht. Noch nicht. Die Zukunft war zu viel, zu groß, und ihr Geist konnte sie nicht erfassen. Sie konnte nur auf kleine Dinge hoffen – ein Blick, eine Berührung, ein Kuss. Es war Zhara nie in den Sinn gekommen, sich im Leben mehr zu erträumen als kleine Vergnügungen; sie war nie in der Lage gewesen, sich weitere Träume zu leisten.

»Nein«, sagte sie kopfschüttelnd, »ich lasse dich niemals im Stich, Mimi. Ich würde nie mein Glück über deins stellen. Niemals. Wenn ich weglaufe, nehme ich dich mit.«

Suzhan schenkte ihr ein weiches Lächeln. »Oh Nene«, sagte sie. »Opfere dich nicht für mich.« Mit blicklosen Augen schaute sie in

Zharas Richtung, nicht sehend und doch durchdringend. »Denn ich würde mein Glück nicht für dich opfern.«

Zhara blinzelte. »Mimi, was …?«

»Wenn ich weglaufe«, fuhr ihre Schwester lauter fort, »dann nach Jingxi. Zur Musikakademie.« Ihre Finger zupften an unsichtbaren Zithersaiten; die Erinnerung an die Musik lebte noch immer in ihren Händen.

Früher hatte Suzhan wie jedes andere Mädchen aus gutem Haus Musikunterricht von den besten Lehrern in Zanhei bekommen. Und anders als die meisten anderen Mädchen aus gutem Haus hatte Suzhan tatsächlich eine Gabe. Ihre letzte Lehrerin hatte behauptet, sie sei gut genug, um auf die Akademie in Jingxi zu gehen, die renommierteste Musikschule im Reich des Morgens. Madame Yifei hatte ein Empfehlungsschreiben an die Akademie geschickt und Suzhan wurde aufgenommen. Aber sie konnten sich das Schulgeld nicht leisten, und von allen Träumen, die sie angesichts ihrer schwindenden Geldmittel und schwindenden Aussichten aufgeben mussten, war dies die größte Enttäuschung für Suzhan gewesen.

»Ich verstehe«, murmelte Zhara, und unerwarteterweise spürte sie einen Stich im Herzen. Sie streckte die Hand aus und strich ihrer Schwester die Haare aus dem Gesicht. »Dann werde ich dir folgen, Mimi. Ich werde mit dir nach Jingxi gehen und mich um dich kümmern.«

Suzhan schob Zharas Hand weg. »Nein, tu das nicht«, sagte sie. »Folge mir nicht, Nene.« Sie schüttelte den Kopf und starrte wütend ins Leere. »Hast du das alles nicht irgendwann mal satt?«

»Was denn?« Zhara hatte fast Angst, diese Frage zu stellen.

»Ein braves Mädchen zu sein.« Ihre Schwester kräuselte die Lippen. »Dich um eine Invalidin zu kümmern.«

»Mimi …«

»Nein.« Suzhans Stimme ließ keinen Widerspruch zu. »Das ist meine Wahrheit. Ich bin eine Invalidin. Und anders als du habe ich mich damit abgefunden.« Ihre Stimme wurde wieder weich. »Aber was ist mit dir, Nene? Was ist *deine* Wahrheit? Was ist *dein* Glück?«

Tränen kitzelten an Zharas Wimpern. »Ich weiß nicht, was mein Glück ist«, sagte sie leise. »Ich weiß nur, dass ich *bei dir* glücklich bin.« Ungebeten tauchte das Bild von Hans Augen, groß und im Mondlicht glänzend, in ihrer Erinnerung auf. *Ich nehme dich mit. Ich nehme dich mit zum Fest in der Nacht der Sieben.*

Suzhan schnaubte. »Das ist nicht deine Wahrheit.«

»Ach?«, gab Zhara belustigt zurück. »Und was ist meine Wahrheit?«

Das Gesicht ihrer Schwester war ernst. »Du willst geliebt werden, Nene.«

Zhara war sprachlos. »Aber ich *werde* geliebt«, sagte sie dann zögernd. »Von dir.« Sie fragte sich, ob das immer noch stimmte.

»Ja«, sagte Suzhan, und es war nicht so sehr das Wort, sondern ihr sachlicher Ton, der Zharas besorgtes Herz beruhigte. »Aber *so* willst du nicht geliebt werden.« Ein kaum merkliches, neckendes Lächeln stahl sich in ihre Mundwinkel. »Du willst so geliebt werden wie Winziges Licht, oder wie immer sie auch heißt. Aus *Das Mädchen, dessen Liebhaber starb.*«

Es dauerte einen Moment, ehe Zhara begriff, was ihre Schwester meinte. »*Die Maid, die vom Tod geliebt wurde*«, verbesserte Zhara. »Und ihr Name ist Kleine Flamme.«

»Ist doch egal.« Suzhan machte eine gleichgültige Handbewegung. »Die Geschichten sind sowieso alle gleich.«

»Sind sie nicht!«

Ihre Schwester blickte sie zweifelnd an.

»Sind sie nicht«, beharrte Zhara.

Suzhan zuckte mit den Schultern. »Die Ausschmückungen unterscheiden sich vielleicht«, sagte sie. »Aber das Ende ist immer das gleiche.«

Dagegen konnte Zhara nichts sagen. »Stimmt«, gab sie zu. »Eine Liebesgeschichte muss ein glückliches Ende haben.«

Suzhan legte den Kopf schräg, als mustere sie ihre Schwester. »Warum magst du Liebesgeschichten so gern, Nene?«

Zhara umfasste mit ihrem Arm Suzhans Schultern und legte den Kopf gegen den ihrer Schwester. »Ich weiß nicht«, sagte sie. »Ich glaube … ich glaube, ich finde die Vorstellung tröstlich, dass Liebe alle Hindernisse und alle Schwierigkeiten überwinden kann. Das gibt mir Hoffnung, dass irgendwann jemand mich …« Sie verstummte.

»Dich – was?«, fragte Suzhan leise.

»… für würdig hält«, beendete Zhara den Satz. Scham kroch mit einem Mal über ihre Haut, und sie widerstand dem Drang, sich wegzudrehen und das Gesicht zu verstecken, obwohl sie wusste, dass ihre Schwester ihren verlegenen Ausdruck nicht sehen konnte.

»Würdig? Wessen würdig, Nene?«

»Einfach nur … würdig. Wertvoll.« Wieder kam ihr das Bild von Hans Augen in den Sinn, weich und sanft und besorgt, wie er in der Höhle unter dem Mount Zanhei seine Hände um ihre flammenden Arme gelegt hatte. In seinen Augen hatte keine Angst gelegen, nur Mitgefühl. Nur Freundlichkeit. »Jemand von Wert.«

»Oh Nene.« Suzhan schwieg eine ganze Weile. »Du möchtest wertgeschätzt werden.« Sie lachte, aber es klang eher sehnsüchtig als heiter. »Du bist wirklich eine unverbesserliche Romantikerin.«

Unbehagen machte sich in Zhara breit. »Bei dir klingt das wie eine chronische Krankheit«, sagte sie mit gespielter Empörung.

Suzhan schnaubte. »Wenn wahnhafte Realitätsferne als chronische Krankheit betrachtet werden kann, gibt es für dich keine Heilung, Nene.«

»Ah.« Zhara nickte. »Vielleicht gibt es wirklich keine Hoffnung mehr für mich. Es stimmt, ich habe immer von einem gut aussehenden Prinzen geträumt, der sich unsterblich in mich verliebt und mich zu seiner Prinzessin macht.«

»Na ja, der Thronerbe ist noch zu haben, also besteht kein Grund, diese Hoffnung aufzugeben.«

»Er ist mit Prinzessin Yulana verlobt, Mimi.«

Suzhan zog die Augenbrauen hoch. »Und wenn schon? Verlobt ist nicht verheiratet.« Sie lächelte. »Du hast noch genug Zeit, ihn für dich zu gewinnen.«

»Ich habe gesagt, dass ich einen *gut aussehenden* Prinzen will«, sagte Zhara ernst. »Wenn man den Porträts Glauben schenken darf, verliert er die Zähne fast so schnell wie die Haare.«

Ihre Schwester brach in schallendes Gelächter aus, genau wie Zhara es beabsichtigt hatte. Die Spannung löste sich auf, ebenso wie die Dunkelheit, die von der über den Horizont aufsteigenden Sonne vertrieben wurde. »Versprich mir, dass du deine Wahrheit leben wirst«, sagte Suzhan. »Denn ich verspreche dir, dass ich meine leben werde.«

Zhara hielt die Hand ihrer Schwester. »Ich verspreche es.«

Kapitel 28

Als Han am nächsten Morgen zum Übungsplatz kam, sah er voller Entsetzen, dass sich eine Menschenmenge dort versammelt hatte. Die Tribüne war mit Schaulustigen voll besetzt, die zusahen, wie Prinzessin Yulana sich ein Gefecht mit dem Hauptmann der Wache lieferte. Sein Fechtlehrer hätte einen Heidenspaß an ihrem Stand und ihrer Handhaltung gehabt – beides war unelegant, um es gelinde auszudrücken. Frauen aus dem Süden wurden nicht in der Kunst des Stahls unterwiesen, aber er hatte gehört, dass die Frauen des Nordens in der Goldenen Horde zusammen mit den Männern in die Schlacht ritten. Han wusste nicht, ob der Hauptmann der Wache sich aus Höflichkeit zurücknahm oder ob er schlichtweg unfähig war – ein beunruhigender Gedanke –, jedenfalls verdrosch sie ihn nach Strich und Faden, während sie selbst sich unter seinen Angriffen duckte, ehe sie ohne Rücksicht wieder vorstieß.

Trotz ihrer ungeschliffenen Technik war nicht zu leugnen, dass Prinzessin Yulana gut war.

Sehr gut.

»Da soll mich doch Wus Schwert treffen«, sagte Xu, trat zu Han an das Geländer und stieß anerkennend die Luft aus. »Sie hat's drauf, nicht wahr?«

»Woher willst *du* das wissen?«, fragte Han. »Du hast doch noch nie ein Schwert in der Hand gehabt.«

»Oh, ich kenne mich mit allen möglichen Schwertern aus,

mein Prinz«, erwiderte Xu kokett und klappte geziert den Fächer auf.

»Aber ich habe dich noch nie auf dem Übungsplatz gesehen.«

Als würde sie ihre Blicke spüren, schaute die Prinzessin aus dem Norden zur Tribüne empor. Xu winkte leicht mit den Fingern, zwinkerte mit einem Auge und fächelte sich schelmisch mit dem Fächer Luft zu. Prinzessin Yulana verdrehte die Augen und warf die roten Haare nach hinten, während sie Xus Zwinkern mit einem zähnefletschenden Grinsen beantwortete. Hans Lieblingsmensch drückte in einer übertriebenen Geste des Schmerzes die Hand gegen die Brust.

»Es gibt viele Schlachten, auf die man sich einlassen kann«, sagte Xu mit einem listigen Lächeln. »Immerhin war Wu nicht nur eine geachtete Kriegerin, sondern auch eine geschickte Liebhaberin.«

»Sie war *was?*« Han blinzelte, ehe er sich daran erinnerte, dass das Dritte Unsterbliche Wesen auch berüchtigt für seine vielen Affären war. »Ach so.« Er fühlte, wie die Spitzen seiner Ohren in der Morgensonne knallrot glühten, als er sich wieder seiner Zukünftigen auf dem Übungsplatz zuwandte. »Tja, Prinzessin Yulana ist wirklich beeindruckend, das muss ich zugeben. Aber sie ist nicht mein Typ.«

Xu schaute zu, wie Prinzessin Yulana eine Reihe von Hieben des Hauptmanns unter dem Jubel des Publikums abwehrte, darunter etliche Dienstmädchen des Palastes. »Ich glaube, Seine Gnaden ist auch nicht *ihr* Typ«, lautete das – gemurmelte – Urteil.

»Also wirklich«, protestierte er. »Man hat mir versichert, dass ich sehr gut aussehe.« Er hatte sich nie großartig um sein Äußeres gekümmert; sein Gesicht war schlicht und ergreifend eine Tatsache, so wie der Sonnenaufgang im Osten. Aber in jüngster Zeit hatte er Anlass, sich darüber Gedanken zu machen, ob andere

Menschen ihn attraktiv fanden oder nicht, und die Vorstellung, dass er auf … auf bestimmte Menschen, denen er gefallen wollte, nicht anziehend wirkte, ängstigte ihn. Er legte die Fingerspitzen an seine Lippen und dachte an den Beinahe-Kuss von vergangener Nacht.

»Seine Gnaden sieht wirklich sehr gut aus«, versicherte ihm Xu und tätschelte beruhigend seine Schulter. »Aber der Thronerbe könnte der schönste Mann im gesamten Reich des Morgens sein, und doch wäre es der Prinzessin egal.«

Han war ratlos. »Was willst du …?« Er sah, wie seine Zukünftige einer Gruppe Zofen, die auf der Galerie neben ihm stand, eine Kusshand zuwarf. Die Mädchen kicherten und versteckten die Gesichter hinter Fächern. »Oh«, sagte er. »*Oh.*«

»Ha!« Die Prinzessin aus dem Norden lieferte sich einen weiteren Schlagabtausch mit dem Hauptmann, ehe sie ihn zu Boden warf und ihm die Spitze ihrer Klinge an die Kehle setzte. Die Zofen jubelten, und anerkennender Applaus hallte von der Tribüne wider.

Hauptmann Yen hob die Hände. »Ich ergebe mich, Euer Hoheit.«

Prinzessin Yulana warf angewidert das Übungsschwert zu Boden. »Ist das alles, was ihr fertigbringt?«, sagte sie zornig. »Ihr seid weich. Ihr Südländer seid einfach zu weich.« Mit der Spitze ihres Lederstiefels stieß sie gegen das Schwert. »Holz«, höhnte sie. »Zu Hause üben wir mit Stahl.«

Ihre unverhohlene Verachtung kränkte Hans Stolz. »Wir Südländer legen Wert auf Sicherheit«, rief er von der Galerie nach unten. »Es ist uns wichtig, dass unsere Soldaten am Leben bleiben, um auf einem echten Schlachtfeld zu kämpfen.«

Die Prinzessin hob den Kopf und schaute ihn an. Rote Locken lugten unter der Krempe ihrer pelzbesetzten Mütze hervor. Sie war nicht gerade hübsch, aber Han musste zugeben, dass ihre ungewöhnlichen Haare und ihre Sommersprossen reizvoll waren. »Wenn Eure Soldaten auf dem Übungsplatz sterben, bevor sie in die Schlacht ziehen können«, erwiderte sie, »dann waren sie nicht wert, unter Eurem Banner zu reiten.«

»Besitzt menschliches Leben keinen Wert?«, forderte er sie heraus.

Prinzessin Yulana hielt seinem Blick stand. Ihre Augen waren hart und dunkel. »Wenn Ihr menschliches Leben wirklich wertschätzen würdet«, sagte sie, »würdet Ihr gar keine Männer in den Krieg schicken.«

Obwohl ihm klar war, dass die Nordleute keinen Wert auf eine formelle Ansprache legten, war ihre Art, mit ihm zu reden, wie ein Schlag ins Gesicht. Als Enkelin des Warlords und Erbin des Gommun Kang war Yulana das bewusst, und doch hatte sie mit voller Absicht gegen die Höflichkeit ihrer südländischen Gastgeber verstoßen. Han hatte nichts gegen eine kleine Unhöflichkeit hier und da, aber das war mehr – es war anmaßend. Sein Blut wurde heiß vor Empörung.

»Na schön«, sagte er. »Was haltet Ihr davon, wenn wir beide uns in einem Kampf messen, Prinzessin? Stahl gegen Stahl.« Nach seiner Begegnung mit den Monstern hatte Han eigentlich Speerwurf üben wollen, aber er würde seine Pläne ändern müssen.

Die Prinzessin hob die Augenbrauen, und ihr Gesicht verzog sich zu einem Ausdruck widerwilligen Interesses. »Ach«, sagte sie, »Ihr glaubt also, Ihr könnt mit Eurem südländischen Getänzel gegen mich ankommen?«

Xu stieß Han den Ellbogen in die Seite. »Was tut Seine Gnaden da?!?«

»Ich zeige ein bisschen südländischen Stolz«, gab er zurück. Dann richtete er sich auf und wandte sich an die Prinzessin des

Nordens. »Die Priesterinnen von Do vollführen Schwerttänze«, sagte er liebenswürdig. »Die Prinzen des Südens tanzen nicht mit ihren Schwertern.« Er hob das Kinn. »Sie töten.«

Aus dem Augenwinkel sah Han, wie Xu sich mit der Hand gegen die Stirn schlug.

Vom Übungsplatz aus betrachtete Prinzessin Yulana ihn mit gerunzelter Stirn und abschätzendem Blick. Dann warf sie den Kopf in den Nacken und lachte. »Ihr seid lustig«, sagte sie überrascht. »Vielleicht wird diese Ehe doch keine Katastrophe werden.«

Han ging die Stufen zu dem mit Sägespänen ausgelegten Gelände hinunter. »Eine Katastrophe?«, wiederholte er und bedeutete einem Pagen, ihm ein Schwert zu bringen.

Sie schnaubte. »Wenn Ihr dachtet, dass diese politische Allianz in einer Liebesheirat endet, seid ihr noch weicher, als ich dachte.«

Der Page kehrte mit Hans Zeremonienschwert zurück, einer wunderschönen, hervorragend geschmiedeten, reich verzierten und gänzlich nutzlosen Waffe. »Nicht das«, sagte er, während die Verlegenheit ihm den Nacken emporkroch. »Hol mir etwas Praktischeres.«

»Hier.« Lehrer Kang, der ihn in der Fechtkunst unterwies, trat vor und bot ihm seine eigene Waffe an, ein leicht schartiges, zweischneidiges Schwert mit einem runden Knauf. »Sie rennt zwar los, wie der Teufel, aber sie setzt hauptsächlich die Schneideflächen des Schwerts ein, nicht die Spitze«, sagte er leise. »Die Prinzessin ist offenbar eher an einen Säbel gewohnt als an ein gerades Schwert. Ein Säbel ist die Waffe eines Reiters.« Sein Lehrer wies mit einer Kopfbewegung auf Hans Rumpf. »Achtet auf Eure Peripherie, aber verliert auch Eure Deckung nicht aus dem Blick.«

Han nahm das Schwert mit beiden Händen von seinem Meister entgegen und merkte zu seinem Schrecken, dass es schwerer war als das hölzerne Übungsschwert und seine Zeremonienwaffe zusammen. Er schwang es ein paar Mal probeweise, um Gewicht und Balance zu testen. Hinter ihm brachte ein anderer Page der Prinzessin ihr eigenes Schwert, das sie geschickt mit einer Hand wirbeln ließ und dabei ihr beeindruckend kräftiges Handgelenk zur Schau stellte. Jetzt, da Han auf dem Übungsplatz stand, fragte er sich, was um alles in der Welt ihn geritten hatte, sie zum Kampf herauszufordern. Er war kein schlechter Schwertkämpfer und auch ziemlich athletisch, aber anders als die Enkelin des Warlords hatte er noch nie in einer echten Schlacht gekämpft. Lehrer Kang klopfte ihm aufmunternd auf die Schulter, die sich plötzlich ohne Polsterung oder Rüstung ziemlich nackt anfühlte.

Er trat in den Ring, packte das Schwert mit der linken Hand und legte die rechte auf den Knauf, zum Zeichen, dass er bereit war. Prinzessin Yulana erwiderte die Geste, und die beiden verbeugten sich voreinander, ehe sie in Position gingen – sie mit der Waffe in der rechten Hand, er in einer Verteidigungshaltung mit beiden Händen am Griff.

»Der Kampf endet, wenn das erste Blut fließt oder ein Kämpfender sich ergibt«, sagte Lehrer Kang. »Sind beide Parteien damit einverstanden?«

Han und die Prinzessin nickten. Erst jetzt, da er sie aus der Nähe sah, wurde ihm bewusst, wie groß und muskulös sie war; sie war fast auf Augenhöhe mit ihm. Er schluckte nervös.

»Dann fangt an.«

Sie stürmte sofort los und erwischte ihn unvorbereitet. Ungeschickt parierte er ihren Angriff, überrascht von ihrer Kraft und Rücksichtslosigkeit. Ihr aggressiver Kampfstil ließ keinen Raum für Überlegung, nur für Reaktion, und all seine Bewegungen kamen ihm grobschlächtig und steif vor. Über ihm auf der Tribüne jubelten die Zuschauer, obwohl er nicht sicher war, wen sie anfeuerten.

»Ist das der berühmte Kampfstil des Südens?«, höhnte Yulana. »Wo ist die Grazie? Wo die Eleganz?«

Seine Ohren brannten vor Gereiztheit, und er wich einem ihrer Hiebe aus, wobei er hören konnte, wie die Schwertklinge an seinem Ohr vorbeipfiff. Er griff ihre ungedeckte Seite an, aber sie war schneller, als er erwartet hatte, und wechselte das Schwert in die andere Hand, um seins abzuwehren.

»Da ist sie«, sagte sie. »Die hübsche Fußarbeit, von der ich so viel gehört habe.«

Er spürte, wie Lehrer Kang ihn von hinten kritisch beobachtete, und von der Tribüne oben wehte ihm Xus Missbilligung buchstäblich entgegen. In sein Bedauern mischte sich Empörung. Han war normalerweise nicht leicht zu reizen, aber beim Anblick des unverschämten Grinsens der Prinzessin sträubten sich ihm die Nackenhaare, obwohl sein Verstand ihm sagte, dass es keinen Grund gab, wütend zu sein.

Mittlerweile hatte er in den Rhythmus des Kampfs hineingefunden. Die Prinzessin überforderte ihren Gegner gern mit einer Reihe von schnellen Attacken, die keine Zeit zum Nachdenken ließen. Sich zu ducken war eine bessere Verteidigung als parieren, weil ihr lange Bewegungen, wie ein Ausfallschritt nach vorne, nicht lagen. Und wenn er ihre Flanke durchbrechen wollte, brauchte er eine bessere Eröffnung, weil sie am liebsten nur draufhaute, was das Zeug hielt.

»Sind alle Nordleute so langsam?«, reizte er sie, als er es wieder geschafft hatte, ihre ungedeckte Seite zu erwischen. »Ich könnte im Kreis um die Prinzessin herumlaufen.«

»Und nur noch schneller müde werden«, gab sie zurück. Auch sie hatte sich in das Duell hineingefunden und stand jetzt gerade außerhalb seiner Reichweite und wartete auf seinen nächsten Zug. Er täuschte eine Linksdrehung an, bevor er dann mit der Schwertspitze gerade nach vorn stieß. Die Prinzessin wehrte den Hieb mühelos ab und schnalzte mit der Zunge. »Ihr seid viel zu leicht zu durchschauen«, sagte sie herablassend. »Man kann Euch Eure Gedanken vom Gesicht ablesen.«

»Und von den Schultern«, hörte er Lehrer Kang an der Seite murmeln. Er schoss seinem Meister einen wütenden Blick zu, während er gleichzeitig die Prinzessin wieder mit einigen schnellen Schlägen angriff.

Nach einer Weile dämmerte ihm, dass die Prinzessin entweder mit ihm spielte oder ihn schonte. Mehr als einmal hätte sie ihn mit einer leichten Drehung ihres Handgelenks verletzen und den Kampf gewinnen können, aber jedes Mal hielt sie inne, sodass er zurückweichen oder parieren konnte. Er wusste nicht, was ihn schlimmer traf: ihre Verachtung oder ihr Mitleid.

»Ihr gebt nicht alles«, sagte er wütend.

»Was denn, wollt ihr etwa unbedingt verwundet werden?«, fragte sie mit einem unbekümmerten Lächeln auf den Lippen. »Mein Onkel wäre bestimmt nicht erfreut, wenn ich aus Versehen meinen zukünftigen Ehemann in einem Freundschaftskampf töten würde.«

»Euer Onkel?« Ihre Klingen trafen klirrend aufeinander und prallten dann wieder voneinander weg. »Ich dachte, seine kaiserliche Majestät hätte die Heirat arrangiert.«

Sie lachte rau. »Nein, mein Onkel brauchte einen passenden Platz, wo er mich abladen konnte, damit ich dem Gommun Kang nicht die Bärenklauen vom Hals reiße.«

Han hatte nur wenig Ahnung von der Politik der nördlichen Provinzen, aber er wusste, dass jeder Anführer eines bedeutenden Clans Kang genannt wurde. Danach war er regelmäßig im Geschichtsunterricht eingeschlafen.

»Ich dachte, den Frauen aus dem Norden wäre alles erlaubt,

was ihnen beliebt«, sagte er und duckte sich unter einer Reihe von Attacken mit der Schwertschneide.

Prinzessin Yulana schnaubte. »Das stimmt«, sagte sie, »solange es dem Kang nützt.«

»Können nicht auch Frauen den Titel eines Kang beanspruchen.«

»Auch das stimmt.« Sie duckte sich, als er die Klinge über ihren Kopf kreisen ließ. »Und das werde ich auch tun.«

»Warum habt ihr dann dieser Heirat überhaupt zugestimmt?«

Ein merkwürdiger Ausdruck trat in Prinzessin Yulanas Gesicht. »Es war der sicherste Hafen, der Mongke eingefallen ist«, murmelte sie. »Wer weiß, was mein Großvater mit mir anstellen würde, wenn er wüsste, was ich wirklich bin.«

Xus Worte fielen ihm ein. *Ich glaube, Seine Gnaden ist auch nicht* ihr *Typ*. Seine Gereiztheit verschwand in einer Woge aus Mitgefühl, und sein Wunsch, ihr auf dem Übungsplatz eine Niederlage zuzufügen, versiegte. »Ich verstehe«, sagte er.

»Tatsächlich?« Zum ersten Mal, seit sie einander kannten, wurden ihre Augen kalt, und Han begriff, dass ihr Ton zuvor nicht anmaßend, sondern unbekümmert gewesen war. »Und was genau versteht ihr, oh Prinz von Zanhei?«

Er zuckte zurück, als die Schneide ihrer Waffe seinen Hals nur um Haaresbreite verfehlte. Zharas Gesicht blitzte vor seinen Augen auf, die Erinnerung an ihre weichen, vollen Lippen, die sich vor Überraschung geöffnet hatten, nachdem er sie fast geküsst hatte. Dieser Beinahe-Kuss war auf einer Lüge aufgebaut gewesen: Zhara wusste nicht, wer er war. Nicht wirklich. Für sie war er Li Han, der Sohn eines Palastbeamten, der einen magischen jüngeren Bruder hatte, den er unbedingt beschützen wollte. Alles hatte mit einer kleinen Unwahrheit begonnen, einem winzigen Samen, harmlos und unbedeutend. Aber jetzt war dieses Samenkorn gekeimt und zu einer allumfassenden Lüge gewachsen, von der er nicht sicher war, ob er sie kontrollieren konnte.

»Ich verstehe vieles«, sagte er leise. »Ich verstehe, wie es ist, jenen, die man liebt, verheimlichen zu müssen, wer man wirklich ist.«

Sie zögerte, und Han packte die Gelegenheit beim Schopf und stieß gegen ihre ungeschützte Seite vor. Yulana sprang fluchend zurück und attackierte zu seiner Linken. Er fiel auf ihre Finte herein, und sie sprang zur anderen Seite, während er nach vorn stolperte, wild um sich schlug und versuchte, ihren nächsten Schlag abzuwehren. Er verlor das Gleichgewicht, fiel auf alle viere und rollte sich auf den Rücken – woraufhin er Yulanas Schwertspitze dicht vor seiner Nasenspitze sah.

»Ha«, sagte sie schwer atmend.

Stöhnend ließ er sein Schwert fallen und hob kapitulierend die Hände. »Ich gebe auf«, brummelte er, während die Zuschauer auf der Tribüne in Applaus ausbrachen.

Ein verwirrter Ausdruck trat in das Gesicht der Prinzessin, und sie schaute an ihrer Seite nach unten. Dann betastete sie einen kleinen Schnitt, wo die äußerste Spitze von Hans Schwert einen Treffer gelandet hatte.

»Ich glaube, bei Euch ist zuerst Blut geflossen«, sagte er und konnte ein selbstzufriedenes Grinsen nicht unterdrücken.

»*Argh*«, sagte sie zerknirscht. »Das war ein schmutziger Trick, mich mit Euren sanften Worten einzulullen.« Sie schnaubte angewidert. »Aber es war meine Schuld, dass ich darauf hereingefallen bin.«

Schulterzuckend setzte er sich auf. »Das war kein Trick«, sagte er. »Ich habe jedes Wort ehrlich gemeint.« Xu kam die Treppe herunter, und Han nickte ihm zu.

Die Prinzessin starrte Han mit ihren scharfen Augen an und suchte in seiner Miene nach einem Zeichen von Unaufrichtigkeit.

»Hmm.« Sie reichte ihm eine Hand, um ihm aufzuhelfen. »Gut gekämpft. Sagen wir, unentschieden?«

»Unentschieden«, bekräftigte er, während sie ihn recht grob auf die Füße riss und ihn beinahe nach vorn wieder umwarf. Xu fing ihn auf, sonst wäre er wahrscheinlich kopfüber in einen Haufen Sandsäcke gefallen.

»Bäh, der Thronerbe ist ganz verschwitzt«, beklagte sich Xu, griff nach einem Baumwolltuch und warf es Han über das Gesicht. »Ich wäre äußerst dankbar, wenn Seine Gnaden sich säubern würde.« Zofen brachten noch mehr Baumwolltücher, die mit Rosenwasser und Patchouli getränkt waren, während der Page Lehrer Kang das Schwert zurückgab.

»Ihr seid nicht das, was ich erwartet habe, Südländer«, sagte die Prinzessin und nahm mit einem Zwinkern ein Handtuch von einem Dienstmädchen entgegen. Das Mädchen wurde knallrot und versteckte kichernd das Gesicht hinter ihrem Tablett.

Han wischte sich rasch das Gesicht ab. »Und was genau hat Ihre Hoheit erwartet?«

Prinzessin Yulana grinste. »Einen weichhäutigen Idioten, der noch nie im Leben einen Finger gerührt hat, nicht einmal, um sich zu ernähren.«

»Ihre Hoheit hat nicht ganz unrecht«, murmelte Xu, nahm ein frisches Tuch und rieb Han die Haut an den Stellen sauber, die er vergessen hatte.

»He!«, protestierte er und nahm Xu das Tuch aus der Hand. »Das kann ich allein. Ich bin nicht völlig hilflos.«

»Ich hatte nur zur Hälfte recht«, sagte Yulana nachdenklich, packte seine Hand und drehte sie um. »Ich dachte, die Haut von allen Edelleuten aus dem Süden sei so weiß und so weich wie gekochte Reisküchlein, aber wie ich sehe, habt Ihr da ein paar ehrlich verdiente Schwielen.«

»Seht ihr«, trumpfte Han auf. »Wir sind gar nicht weich. Wir sind bloß Idioten.«

Die Prinzessin warf den Kopf in den Nacken und lachte aus voller Kehle. Ihr herzhaftes Lachen schallte über den ganzen Übungsplatz. Ein paar von den Wachen warfen ihr verächtliche Blicke zu, als ob der unverhohlene Ausdruck ihres Entzückens ihre empfindsamen Sinne beleidigen würde. Han schaute sich unter den Damen des Hofs um. Die älteren hatten die Lippen zusammengepresst und zogen säuerliche Gesichter, die jüngeren versteckten die aufgesetzten Mienen, auf denen sich Schock und Ekel abwechselten, hinter bunt gefärbten Fächern. Unbehaglich dachte er, dass Prinzessin Yulanas Abneigung gegen Südländer nicht ganz unbegründet war.

»Ihr seid in Ordnung, Prinz Reiskuchen«, sagte die Prinzessin. »Vielleicht wird diese Ehe wirklich keine Katastrophe.«

Für einen kurzen Moment freute sich Han, als ob er einen Sieg errungen hätte, der viel wichtiger war als nur ein Freundschaftsduell, doch dann stach ihn die Erinnerung des Beinah-Kusses mit Zhara tief in den Magen.

In diesem Moment erschien ein Page und flüsterte Xu etwas ins Ohr. Er hielt eine Botschaft in der Hand. Xu nahm sie entgegen, öffnete die kleine Schriftrolle und zerknüllte die Botschaft dann schnell wieder. »Euer Gnaden, eine dringliche Angelegenheit erfordert Eure Aufmerksamkeit.«

»Anyang?«, fragte Han voller Angst. Er hatte weder seinen kleinen Bruder noch Yao gesehen, seit sie vom Mount Zanhei zurückgekehrt waren. Xu schüttelte leicht den Kopf, und die Angst schwächte sich ab.

»Dem Zweiten Erben geht es momentan gut«, sagte Xu. »Dies betrifft die … ähm, Angelegenheit, mit der wir uns in den vergangenen Tagen beschäftigt haben. Insbesondere gestern.«

»Ich verstehe«, sagte er. »Ich komme sofort.« Er entließ den Pagen und wandte sich der Prinzessin zu. »Ich fürchte, ich muss mich entschuldigen, Euer Hoheit.«

Sie runzelte die Stirn. »Stimmt etwas nicht?«, fragte sie. Ihr Blick war viel zu intensiv für seinen Geschmack.

»Nein, alles in Ordnung«, sagte Han beruhigend. »Es ist nur mein kleiner Bruder. Er neigt zu … gelegentlichen Anfällen. Er hat es schwer, seit unsere Mutter tot ist.«

Yulana versteifte sich. »Ah«, sagte sie. »Ich habe gehört, dass die Fürstengemahlin eine Magierin war. Mein Beileid.«

Er musterte sie misstrauisch, da er nicht wusste, ob sie ihm kondolierte, weil seine Mutter tot war oder weil sie als Verräterin starb. »Tja«, sagte er. »Sein Bruder verlobt sich mit der Enkelin des Mannes, der seine Mutter zum Tode verurteilt hat. Keine einfache Sache für ihn.«

Sie verengte die Augen. »Nein, das kann ich mir vorstellen.«

Han fühlte, wie sich seine Wutgrübchen vertieften, und lächelte breit, um sein Unbehagen zu überspielen. Ihr Einvernehmen während des Kampfs war verschwunden, und die Schuld und Sorge, die ihn seit ihrer Verlobung belasteten, kehrten mit voller Wucht zurück. Sie war viel zu neugierig, viel zu wachsam, diese Prinzessin aus dem Norden. Egal, wie sehr er sich wünschte, sie zu mögen – ihr Freund zu sein, sie war und blieb die Enkelin des Warlords, und allein schon ihre Anwesenheit im Palast war wie ein Messer an Anyangs Kehle.

»Bitte verzeiht, Euer Hoheit.« Er verbeugte sich tief aus der Hüfte heraus. »Aber ich muss gehen.« Er drehte sich um und winkte den sauertöpfischen Hofdamen auf der Tribüne zu. »Es gibt bestimmt eine Menge Leute bei Hofe, die euch nur zu gern während meiner Abwesenheit die zahlreichen Sehenswürdigkeiten von Zanhei zeigen werden.« Er winkte eine der älteren Damen zu sich, die den strengsten und unversöhnlichsten Blick aufgelegt hatte, und wies mit einer Kopfbewegung auf die schweißgebadete Prinzessin neben sich. »Wei Tianjin«, sagte er in dem lieblichsten, von giftigem Honig überzogenen Ton, den er zustande brachte, »Prinzessin Yulana benötigt eine Anstandsdame. Als älteste Hofdame des Palasts bist du wohl am besten geeignet, sie zu begleiten und ihr einige der Sehenswürdigkeiten unserer prächtigen Stadt zu zeigen.«

»Natürlich, Euer Gnaden.« Die Matriarchin des Hofs verneigte sich leicht, wobei die goldenen Blumen ihres Kopfschmucks zitterten. »Kommt, meine Dame«, sagte sie zu Prinzessin Yulana mit einem Blick, in dem so viel kaum verhohlene Verachtung lag, dass Han am liebsten applaudiert hätte. »Euer Hoheit sollten sich zunächst waschen.«

Seine Verlobte warf ihm einen säuerlichen Blick zu, während sie aus dem Übungshof geleitet wurde, aber was Han beunruhigte, war nicht ihr böser Blick, sondern das Versprechen auf Rache in ihren Augen.

»Das war's dann wohl mit der Aussicht auf eine harmonische Ehe«, murmelte Xu neben ihm.

Kapitel 29

Die Einladungen zu den Treffen mit Lord Chan und den Hütern der Morgenröte trafen am selben Tag ein, und nicht nur das: Die Treffen sollten exakt am selben Ort und zur selben Zeit stattfinden.

Zhara hatte bei einem Straßenhändler etwas zum Mittagessen geholt, als ein Bote von einer der Tavernen zu ihr gerannt kam und ihr eine Nachricht von der Zweiten Ehefrau brachte. Mit nach Bier und Reiswein stinkendem Atem sagte er schleppend: »Lord Chan bittet um die Ehre von Jin Zharas Anwesenheit im Blauregenhof heute Nachmittag.« Die Hand nach einer Münze ausstreckend, setzte er hinzu: »Gleich nach Beginn der Stunde der langen Schatten.«

In beiden Händen hielt sie Teller mit Schwarze-Bohnen-Nudeln und ein paar Maniokkuchen, die in Bananenblättern eingeschlagen waren. Sie hatte keine Münze, um dem Boten ein Trinkgeld zu geben, und das Silbernugget, das schwer in ihrer Börse lag, bekam er ganz bestimmt nicht. »Tut mir leid, aber ich habe kein Geld«, sagte sie entschuldigend.

»Schon gut, meine Hübsche«, sagte der Bote und beugte sich mit einem lüsternen Grinsen vor. »Ich nehme auch einen Kuss als Bezahlung.« Er schloss die Augen und schürzte die Lippen, und Zhara stach ihn mit ihrer Magie, als er sich ihr näherte. »Aiyo!«, zischte er. »Was war das?«

»Vielleicht eine Feuerwespe«, sagte sie unschuldig. »Sie werden von Vergorenem angezogen, und«, setzte sie boshaft hinzu, »man sagt, dass ihr Gift schmerzhafte Schwellungen an den Genitalien, Unfruchtbarkeit und manchmal sogar den Tod herbeiführt.«

Der Bote hielt japsend die Hände in den Schritt und hastete davon, während Zhara gut gelaunt und selbstzufrieden zur Apotheke zurückging.

»Eine Nachricht für dich«, sagte Lehrerin Hu, ohne aufzublicken, als Zhara eintrat. Mit gerunzelter Stirn schrieb sie eine Liste mit Vorräten, die sie bestellen musste. »Von Huang Jiyi. Sie will sich mit dir und den anderen heute Nachmittag im Blauregenhof treffen, während der Stunde der langen Schatten, um euch das Ergebnis der Proben vom Mount Zanhei mitzuteilen.«

Zhara erstarrte. »Heute Nachmittag?«

»Ja.« Lehrerin Hu schaute sie über den Rand ihrer Brille hinweg an. »Stimmt etwas nicht? Oooh, gib mir das, Kind, ich bin am Verhungern.« Sie griff nach den Schwarze-Bohnen-Nudeln und zog auf der Suche nach Essstäbchen etliche Schubladen auf.

Zhara holte die Stäbchen aus dem Kasten neben dem Rest der kläglichen Kochutensilien. »Ich kann nicht, Tantchen«, sagte sie. »Ich habe schon eine Verabredung … im Blauregenhof.«

Die Apothekerin zog die Augenbrauen hoch. »Eine Verabredung? Was für eine Verabredung?«

Zhara stocherte in ihren Nudeln herum. Ihr war der Appetit vergangen. »Um den zukünftigen Ehemann meiner Schwester kennenzulernen.«

»Du?« Lehrerin Hu hielt mitten im Schlürfen inne. »Warum?«

Ja, warum eigentlich? Sie dachte an den Fremden, der ihr so merkwürdig vertraut vorgekommen war und der mit der Zweiten Ehefrau in den frühen Morgenstunden auf der Straße einen Handel abgeschlossen hatte, und an ihre Stiefmutter, die darauf bestanden hatte, dass Zhara sie und Suzhan zu diesem Treffen begleitete. Ihr Magen drehte sich vor Angst um. *Folge mir nicht,* hatte Suzhan gesagt. *Versprich mir, dass du deine Wahrheit lebst.* Doch das war ein Versprechen, das sich zwar leicht geben ließ, aber kaum zu halten war. »Was ist mit dir, Tantchen?«, fragte sie. »Kannst du nicht an meiner Stelle zu Jiyi gehen?«

Die Kräuterfrau schüttelte den Kopf. »Ich habe Großmutter Meng versprochen, dass ich mir heute die kranken Kinder anschaue«, sagte sie bedauernd. »Ich habe die Wasserproben untersucht, die wir aus dem Brunnen entnommen haben, und suche nach einer Behandlung, wenn nicht gar nach einem Heilmittel für diese Seuche. Es gibt einige Arzneien, die ich gerne ausprobieren möchte.«

Zhara biss sich auf die Lippe. »Was soll ich nur tun?«, flüsterte sie. »Ich muss mich mit diesem Lord Chan treffen.«

»Sonst *was?*« Lehrerin Hu zog stirnrunzelnd ihre Brille ab. »Wird dich deine böse Stiefmutter den Falken übergeben?«

Zhara zuckte zusammen. »Nein«, sagte sie, aber ihre Stimme klang unsicher. »Das würde sie nicht tun.«

»Wirklich nicht?« Als Zhara keine Antwort gab, stieß Lehrerin Hu ein angewidertes Grunzen aus. »Was für eine Mutter hält das Wissen über die Magie ihrer Tochter wie ein Fallbeil über ihren Nacken?«

»So ist es nicht«, beharrte Zhara schwach. »Die Zweite Ehefrau hat mir das Leben gerettet.« Aber diese Behauptung war mit der Zeit dünn und fadenscheinig geworden. »Dank ihr habe ich Kleider am Leib, Essen in meinem Bauch und ein Dach über dem Kopf. Sie hat mir ein Zuhause gegeben, was für sie selbst und ihre leibliche Tochter ein großes Risiko darstellt. Meine Schwester, Suzhan. Eine Waise wie ich darf nicht mehr verlangen, besonders keine magisch begabte Waise. Ich kann ihr nie zurückzahlen, was ich ihr schulde, und deshalb muss ich tun, was ich kann. Kochen, sauber machen, mein Gehalt abgeben, das ich bei dir verdiene, Tantchen.«

»Du arbeitest also wie eine Dienstbotin in ihrem Haushalt«,

stellte Lehrerin Hu fest. »Das ist der Gewinn, den deine Stiefmutter aus diesem Arrangement herausholt, wenn du mich fragst.«

»S-sie k-kümmert sich um mich.« Aber als Zhara die Worte laut ausgesprochen hatte, wusste sie, dass sie eine Lüge waren. Ihre Zunge hatte sie wieder einmal verraten und war über die Wahrheit gestolpert, die in ihrer Kehle feststeckte.

Die Apothekerin betrachtete sie mitfühlend, und aus irgendeinem Grund schmerzte dieses Mitgefühl mehr als das Eingeständnis, dass die Zweite Ehefrau sie nicht liebte. »Jin Zhara«, sagte Lehrerin Hu unwirsch, »hast du mir nicht einmal gesagt, dass du nicht *über*leben willst, sondern *leben?*«

Das hatte sie. Sie hatte nur nicht erwartet, dass Lehrerin Hu ihr die Worte mit einem so freundlichen Blick entgegenschleudern würde. »Aber wo soll ich hin?«, flüsterte Zhara. »Was soll ich tun?«

»Du kannst bei mir bleiben, bis wir eine passendere Unterkunft für dich gefunden haben«, sagte die Kräuterkundlerin. »Oder du kannst Zuflucht im Land des Qirin Tulku suchen, wie die anderen Magier, die von den Hütern der Morgenröte aus Zanhei geschmuggelt wurden.«

»Qirin Tulku?«

»Der Einhornkönig.«

Zhara wusste über den Einhornkönig Bescheid, wie der spirituelle Anführer der verschiedenen Clans, aus denen sich die Freien Völker des Westens zusammensetzten, genannt wurde und der keinem König oder Kaiser, keinem Häuptling oder Herrscher Gefolgschaft geschworen hatte, außer dem Sonnenthron. Im ganzen Reich weigerten sich nach dem Gerechten Krieg lediglich die Freien Völker, den Anspruch des Gommun-Kaisers anzuerkennen, und der Einhornkönig hatte erklärt, dass jede magische Person bei ihm vor den Gesetzen des Warlords Schutz suchen könne.

»Ich dachte, der Einhornkönig sei eine Art Schamane oder Oberpriester«, sagte Zhara, »kein politischer Anführer.«

Lehrerin Hu presste die Lippen zusammen. »Das ist er auch nicht, aber wie ich schon sagte: Wir leben in politischen Zeiten.«

Stille legte sich über die Apotheke, während Zhara über die Möglichkeit eines Lebens ohne die Zweite Ehefrau nachdachte. Ohne Suzhan. *Hast du das alles nicht irgendwann mal satt? – Ein braves Mädchen zu sein.* So lange hatte Zhara geglaubt, dass sie in Sicherheit sein würde, wenn sie sich unterordnete, dass, wenn sie brav war, wenn sie sich gut benahm, die Welt sie so behandeln würde, wie sie behandelt werden wollte. *Sei brav, kleines Elstermädchen*, hatte Jin Zhanlong gesagt. *Sei brav und sei ehrlich.* Sie kannte nur diesen einzigen Weg, um zu überleben. Aber vielleicht hatte sie sich zu sehr auf den ersten Teil des Ratschlags konzentriert, den ihr Vater ihr mit auf den Weg gegeben hatte, und nicht genug auf den zweiten. Vielleicht musste sie – um zu leben – ehrlich sein ihrem eigenen Glück gegenüber.

Was immer das war.

Lehrerin Hu sah zu, wie Zhara lustlos mit ihren Essstäbchen in den Nudeln herumstocherte. »Du musst dich nicht sofort entscheiden«, sagte sie. »Ob du an dem Treffen der Hüter der Morgenröte teilnimmst oder bei deiner Schwester bleibst, ist ganz allein deine Sache. Dein Leben gehört dir.«

Zhara sagte nichts, sondern schob einfach nur weiter ihr Essen auf dem Teller herum. Sie fühlte die Augen der Kräuterfrau auf ihr, nachdenklich, prüfend, mitfühlend. Sie hatte Angst vor dem, was Lehrerin Hu als Nächstes sagen würde.

»Isst du das noch?«, fragte die Apothekerin hoffnungsvoll. »Wenn nicht, ich hätte noch Platz dafür.«

Lehrerin Hu gab ihr den Nachmittag frei, damit Zhara Zeit hatte, ihre Gedanken zu sortieren. Die Apothekerin bestand darauf, dass sie einen Spaziergang unternahm, um einen klaren Kopf zu bekommen, und Zhara ergriff die Gelegenheit und schlenderte auf ihrem Weg zum Blauregenhof durch den Bereich des Marktes, in dem Luxusartikel verkauft wurden.

Der Sonnenanhänger aus Bronze lag schwer um Zharas Hals, während das Silbernugget Herz und Hosentasche nach unten zog. So ging sie an den Ständen vorbei, die Mangos und Gewürze aus dem Königreich der Sindh verkauften, Teppiche und Wandbehänge aus dem Dzungri-Tal und sogar Glasarbeiten von Orten, die noch weiter im Westen lagen. Überall in den südlichen Provinzen waren die Vorbereitungen für die Nacht der Sieben in vollem Gange, was den Handeltreibenden in diesem Teil des Marktes durch den Verkauf von Kostümen und Accessoires an jene, die das Fest zur Vereinigung der liebenden Elstern stilvoll begehen wollten, ein zusätzliches Geschäft bescherte. Die Gerüchte darüber, wer in diesem Jahr Einladungskarten erhalten hatte, verbreiteten sich in den Gruben schnell, und die Buchmacher nahmen Wetten an, wer beim Maskenball im Palast die Rollen des Feenprinzen und der Tochter des Holzfällers spielen würde. Obwohl die Tradition vorschrieb, dass das Los unter allen Unverheirateten der Stadt entscheiden sollte, konnte niemand leugnen, dass im Vorfeld des Festes eine nicht unerhebliche Menge Geld die Besitzer wechselte, denn die Wahl zum begehrtesten Junggesellen und zur liebreizendsten Jungfrau besaß einen genauso bedeutenden politischen Hintergrund wie eine Verbindung zwischen zwei Angehörigen des Adels.

»Es ist ja zu vermuten, dass der Feenprinz und die Tochter des Holzfällers in diesem Jahr von dir und deiner Braut gespielt werden, nicht wahr?«, sagte Zhara zu dem Porträt des Thronerben auf einer der unzähligen Verlobungsankündigungen, die überall in der Öffentlichkeit hingen. Sie blieb stehen und betrachtete kritisch das Bild des zukünftigen Fürsten von Zanhei, jetzt, da ihr keine Menschenmenge mehr den Blick versperrte. Ob es ein gelungenes Porträt war oder nicht, konnte sie nicht sagen: Die Bilder des Thronerben waren so unterschiedlich wie die Künstler, die sie kopiert hatten, obwohl es einige Gemeinsamkeiten zwischen den verschiedenen Varianten gab: Alle hatten runde Augen, eine große Nase und ein kantiges Kinn. Ein gut aussehendes Gesicht, fand sie, wenn auch ein bisschen gewöhnlich. Aber nicht annähernd so gut aussehend wie Meister Pflaumenblüte, obwohl sie zugeben musste, dass er und der Thronerbe sich ein klein wenig ähnlich sahen.

»Seine Gnaden wäre attraktiver, wenn er ein bisschen mehr lächeln würde«, sagte sie zu dem Plakat und dachte daran, wie sich Hans Nase beim Lächeln kräuselte und seine Grübchen zum Vorschein kamen. Sie fragte sich, ob der Thronerbe einen Sinn für Humor besaß. Die Porträts gaben darüber keine Auskunft, denn auf allen blickte er ernst drein, ohne auch nur den Anflug eines Lächelns. Wenn Han sein Versprechen wahr machte und sie in der Nacht der Sieben zum Maskenball in den Palast mitnahm, würde Zhara hoffentlich einen Blick auf den Thronerben werfen können. Sie hatte noch nie einen Prinzen gesehen. Sie ging weiter und bog auf ihrem Weg zur Blumenstadt in den Marktbereich ein, in dem Mode verkauft wurde.

Im Reich des Morgens hatte nun die Zeit der großen Hitze begonnen, und die Straßen des Markts waren ungewöhnlich leer, da sich die Menschen während der heißen Nachmittagsstunden mit kalten Getränken in den Cafés am Kanal abkühlten. Selbst Falken waren seltener unterwegs; die meisten Nordmänner flohen vor der unbarmherzigen Sonne ins Innere der Gebäude, wo sie mit geschlossenen Augen dösten.

Das Glitzern von Glasperlen auf weißen Satinschuhen erregte

Zharas Aufmerksamkeit. Die weißen Slipper mit der rosa-gelben Seerosenstickerei auf der Schuhspitze, die ihr so gut gefallen hatten, waren nicht verkauft worden. Sie tastete nach dem Silbernugget in ihrer Tasche. Sie könnte es tun. Sie könnte die Schuhe kaufen. Sie könnte das Blutgeld von ihrer Stiefmutter nehmen und sich für das Treffen mit Lord Chan neu einkleiden.

Deine Tochter hat andere … Vorzüge.

Zhara wandte sich ab, griff nach dem Sonnenanhänger um ihren Hals – und prallte geradewegs gegen jemanden, der in diesem Moment aus einer Hauswand trat.

»Bei Gommuns Klauen!«, fluchte dieser Jemand. »Wie …?« Bei Zharas Anblick wurden die Augen groß. »Du!«

Zhara erkannte die Haare, bevor sie bemerkte, dass sie in der Lage war, durch die Person die Kanäle auf der anderen Seite zu sehen. Rote Haare, wunderschön und ungewöhnlich. »Du«, hauchte sie. »Der Nicht-Geist.«

Wie durch einen Nebel oder in einem Traum betrachtet, verschwammen im goldenen Licht der Nachmittagssonne die Konturen des Rotschopfs, der sich panikerfüllt umdrehte und fliehen wollte. Zharas Hand schoss vor und packte das Handgelenk.

Ein Ton hallte durch ihren Kopf, eine Vibration des Erkennens, die durch ihren Körper wanderte, durch ihre Magie. Der Rotschopf gehörte zu den Magiern, war aber anders als jeder andere Magier, dem sie zuvor begegnet war. Und dem Ausdruck auf dem Gesicht ihres Gegenübers nach zu urteilen war sie nicht die Einzige, die es spürte.

»Wie …?«, setzten beide gleichzeitig an.

»Du zuerst«, forderte Zhara mit fester Stimme. »Denn ich kann nach wie vor nicht erklären, warum ich dich berühren kann. Ich weiß es nämlich nicht.«

Mit wild hin und her zuckenden Augen sagte der Rotschopf

leise: »Na schön. Aber nicht hier. Irgendwo, wo wir in Ruhe reden können.«

Nickend hakte sich Zhara unter und packte dabei fest das Handgelenk, das sowohl da als auch nicht da war. Der Rotschopf wirkte belustigt.

»Wo ich herkomme, gehen nur Verliebte Arm in Arm«, sagte der Nicht-Geist. »Ich verspreche, ich werde nicht weglaufen.«

»Sei still«, sagte Zhara. Sie zog den Rotschopf zu einer der mit Laternen bestandenen Fußgängerbrücken, die den Markt mit der Blumenstadt verbanden. »Ich gehe kein Risiko ein. Ich habe dich, und ich lasse dich nicht davonkommen.«

»Kluges Mädchen. Es stimmt, ich bin ein guter Fang.« Der Rotschopf zwinkerte ihr zu, und unerwarteterweise stieg in Zhara das Hübsche-Leute-Kichern hoch.

»Alles in Ordnung?«, fragte ihre Beute, wobei der Ton eine andere Sprache sprach als der Gesichtsausdruck.

Zhara funkelte sie an und ging schweigend weiter in Richtung Blauregenhof.

»Wohin bringst du mich?«, fragte der Rotschopf. »Ist das nicht das Vergnügungsviertel?«

»Ja, es gibt jemanden, den du kennenlernen musst«, sagte Zhara, die letzten Endes zu einer Entscheidung gekommen war. »Ihr Name ist Huang Jiyi.«

»Die Eisprinzessin?«

»Du kennst sie?«

»Ich habe von ihr gehört. Sie soll angeblich die schönste Frau in Zanhei sein.« Der Rotschopf grinste und legte die Zungenspitze an die Kante der Schneidezähne. »Und da ich schöne Frauen schätze, würde ich sie gerne mit eigenen Augen sehen.«

»Gut.« Das mit lila Blüten bedeckte Tor des Blauregenhofs kam in Sicht. »Wir sind nämlich da.«

Der übliche Dienstbote brachte Zhara und ihren Gast in einen Ruheraum, wo man ihnen frisch geschnittene Mangos, Drachenfrüchte und einen knackigen weißen Melonenkürbis von den Azurinseln servierte, den Zhara noch nie gegessen hatte und der leicht süßlich und nach Honig schmeckte.

»Madame Huang schläft noch«, flüsterte der Diener. »Sie war die ganze Nacht lang wach und hat sich erst vor Kurzem zur Ruhe begeben.«

»Da, wo ich herkomme, gibt es ein Wort für diese Wesen«, bemerkte der Rotschopf. »Ganshi. Es sind schöne Frauen, die gerne –«

»Ja«, sagte Zhara schnell. »Aber sag ihr, es ist wichtig.«

Der Diener machte ein verängstigtes Gesicht. »Bei allem Respekt«, flüsterte er, »ich würde mich lieber zu Brei schlagen lassen, als Madame Huang nach einer durchwachten Nacht zu wecken.«

»Bitte.« Zhara ließ den Sonnenanhänger vor dem Gesicht des Dieners baumeln. »Es ist wirklich *sehr* wichtig.«

Resigniert, aber nicht weniger furchtsam, kniete sich der Diener hin und berührte mit der Stirn den Boden, ehe er den Raum verließ, um den schlafenden Bären zu wecken.

»Das sieht köstlich aus«, bemerkte der Rotschopf und deutete auf den Melonenkürbis. »Es klingt auch köstlich. So knusprig, so knackig! Ich muss daran denken, sie zu kosten, wenn ich das nächste Mal leibhaftig hier bin.«

»Leibhaftig?«, wiederholte Zhara. »Also bist du nicht wirklich … du weißt schon« – sie deutete auf die durchscheinende Gestalt – »hier?«

»Na ja, ich bin schon hier«, sagte der Nicht-Geist. »Ich bin nur nicht *körperlich* hier. Was du siehst – und offensichtlich auch berühren kannst –, ist eher die Vorstellung von mir als mein physisches Selbst.«

Zhara spießte ein weiteres Stück Melonenkürbis mit einem silbernen Zahnstocher auf. »Das musst du mir erklären.«

»Weißt du, wo ich herkomme, stellen wir uns normalerweise erst vor und trinken etwas zusammen, bevor wir uns unsere tiefsten, intimsten Geheimnisse anvertrauen. Ich mag Kornschnaps am liebsten.«

»Du bist nicht körperlich hier«, bemerkte Zhara. Sie biss in ein Stück Melonenkürbis und registrierte zufrieden den düsteren Blick des Rotschopfs. »Ich heiße übrigens Jin Zhara«, sagte sie kauend.

Der Rotschopf seufzte. »Du kannst mich Yuli nennen.«

»Yu Li?« Zhara schluckte. »Dein Familienname ist Yu?«

»Nein, nur Yuli. Das ist ein Spitzname. Mein Familienname ist … nun sagen wir mal, ich habe einen ziemlich berühmten Großvater und möchte nicht, dass die Leute seinen Namen erfahren, weil es ihr Bild von mir prägen würde.«

Zhara beschloss, nicht weiter nachzufragen. »Also schön, Yuli«, sagte sie. »Was bist du?«

»Ein Mensch.«

Zhara bedeutete ihrem Gegenüber, fortzufahren.

»Eine Magierin.«

»Das weiß ich«, sagte Zhara. »Ich wusste es in dem Moment, in dem ich dich berührt habe. Aber … was für eine Magie ist das? Ist das ein Zauber, den du erschaffen hast?«

Yuli schüttelte den Kopf. »Nein, ich war schon immer … begabt, schon als kleines Mädchen. Meine Macht ist anders, aber das habe ich erst erfahren, nachdem ich andere Magier getroffen hatte. Bei uns zu Hause ist Magie nicht gern gesehen, weißt du.«

»Ja«, sagte Zhara trocken. »Magie ist nirgendwo im Reich des Morgens gern gesehen.«

Das andere Mädchen zuckte zusammen. »Als könnte ich das

vergessen«, murmelte sie. Eine dunkle Wolke legte sich über Yulis Gesicht, und einen Moment lang schien es so, als würde sie verblassen.

»Also«, sagte Zhara schnell, »diese … Vorstellung von dir. Was genau ist das?«

Yuli zuckte mit den Schultern. »Genau das, was ich sage«, erklärte sie. »Im Augenblick befindet sich mein Körper, also mein physischer Teil, in meinem Gemach im Palast und gibt vor, ein Nickerchen zu halten. Aber der Rest von mir – der Teil, der denken kann, mein Verstand, meine Ansichten, meine Magie – das ist der Teil, den du siehst.«

»Im Palast?« Zhara war überrascht. »Gehörst du zum Gefolge von Prinzessin Yulana?« Sie widerstand der Versuchung, Yuli zu fragen, ob sie Han kannte.

»J-ja.« Die Lippen der Rothaarigen wurden schmal. »Zu ihrem Gefolge, das stimmt.«

Zhara war sprachlos. »Aber … ich dachte, dass die Leute aus dem Norden alle …«

»… nicht magisch sind?« Yuli verzog das Gesicht. »Leider stimmt das meistens. Aber ich will das ändern, wenn ich … wenn ich meine Volljährigkeit erreicht habe.«

»Wann wird das sein?«

»Nächstes Jahr. Ich bin siebzehn.«

Zhara zog die Augenbrauen hoch. »Und wie willst du das anstellen? Der Warlord wird dich töten, wenn du dich ihm offen widersetzt.«

Yuli schaute zu ihren Händen, oder dorthin, wo die Vorstellung ihrer Hände auf dem Tisch lag. »Ich genieße einen gewissen Schutz vor dem Warlord«, sagte sie leise. Dann richtete sie mit einem leisen Kopfschütteln den Blick auf Zhara. Ihre Augen waren von einem warmen Braunton, fast wie Kupfer, passend zu ihrem

Haar. »Aber genug von mir«, sagte sie und beugte sich vor. »Was ist mit dir? Wer ist Jin Zhara?«

Obwohl Zhara bewusst war, dass sich die körperliche Yuli weit entfernt irgendwo im Palast befand, kam wieder in ihr dieses Hübsche-Leute-Kichern hoch. Sie nahm sich ein weiteres, großes Stück Melonenkürbis und schluckte sowohl die Frucht als auch das Kichern hinunter.

»Ich …«, sagte Zhara und wusste nicht, was sie antworten sollte. »Ich bin ein ganz gewöhnliches Mädchen«, sagte sie dann. »Nichts Besonderes.«

»Bei den Eiern von Lady Tengri«, sagte Yuli liebenswürdig, »das ist totaler Quatsch. Kein gewöhnliches Mädchen kann Luft in Materie verwandeln.« Sie fuhr mit der Hand über den Teller mit dem geschnittenen Obst und versuchte, sich ein Stück Melonenkürbis zu nehmen. »Konntest du das schon immer?«

Das Wort »verwandeln« reizte etwas in Zharas Unterbewusstsein, zog lockend an der Magie in ihren Adern. »Ich weiß es nicht«, gestand sie ein. »Ich habe nie gelernt, meine Magie richtig einzusetzen. Ich versuche, mich mit Jiyi durch den *Klassiker der Zehntausend Zeichen* zu arbeiten, aber ich bin wohl keine sonderlich gelehrige Schülerin.«

»Niemand hat dir je beigebracht, die Leere zu kanalisieren?«, sagte Yuli mitfühlend. »Was ist mit deinen Eltern? Oder einem nahen Verwandten?«

Zhara schüttelte den Kopf. »Meine Mutter starb an einem Fieber, als ich noch klein war, und mein Vater wurde während der letzten Reinigung von den Falken ergriffen und getötet.«

Yuli hielt inne in ihrem Versuch, ein Stück Obst in ihren Mund zu bekommen. »Tut mir leid«, sagte sie leise. »So viele verlorene Leben«, murmelte sie. »Und alles nur wegen Obaji.«

»Obaji?«

Der Rotschopf schwieg.

»Und, was ist mit dir?«, fragte Zhara nach einem Augenblick. »Hat dich jemand in Magie unterwiesen?«

Sie nickte. »Mongke, das jüngere Geschwister meiner Mutter. Mongke wurde von meinem Großv– … von meinem Elternhaus verbannt«, sagte sie. »Nach außen hin war Mongkes Bigender-Identität der Grund, aber in Wahrheit lag es an der Magie.«

»Mongke ist noch am Leben?«, fragte Zhara überrascht. »Ich dachte, alle Magier des Nordens wären umgebracht worden.«

Yuli verzog den Mund zu einem schiefen Grinsen. »Wie ich schon sagte, meine Familie genießt einigen Schutz vor den Verordnungen des Warlords.«

Zhara betrachtete ihre Gefährtin. Angesichts der edlen Stoffe, aus denen Yulis Kleidung bestand (oder die Vorstellung von Kleidung, die Yuli projizierte), war sie eine Angehörige des Adels. Vielleicht eine Zofe der Prinzessin, der Enkelin des Warlords, wenn sie ein Mitglied der Delegation aus dem Norden war. »Was tust du hier?«, fragte Zhara den Rotschopf. »Im Gefolge der Prinzessin, meine ich. Hast du keine Angst, dass man dir auf die Schliche kommt?«

Yuli zuckte mit den Schultern. »Eigentlich nicht. Was den Grund für meine Anwesenheit in Zanhei angeht …« Sie brach ab, unsicher, wie sie antworten sollte. »Ich suche ein Buch.«

»Ein Buch? Was für ein Buch?«

Das andere Mädchen rutschte unruhig hin und her. »Um ehrlich zu sein, weiß ich es nicht so ganz genau. Mongke ist sich sicher, dass es existiert und dass es sich hier im Süden befindet. Es ist angeblich ein Text über Dämonologie.«

Zhara runzelte die Stirn. »Vielleicht das *Lied von Ordnung und Chaos*?«

»Das ist es!« Yuli war erstaunt. »Woher wusstest du das?«

»Weil«, sagte sie, »wir auch danach suchen.«

Yuli runzelte die Stirn. »Wir?«

Zhara spielte mit dem Sonnenanhänger an ihrem Hals. Obwohl sie der Überzeugung war, dass sie Yuli vertrauen konnte, war sie nicht völlig sicher, ob die Hüter der Morgenröte das auch so sehen würden. »Ein paar Freunde von mir im Palast«, sagte sie ausweichend.

»Im Palast?« Yuli legte den Kopf schräg. »Wie heißen sie? Vielleicht bin ich ihnen schon begegnet.«

»Han und Xu.«

Ein verwirrter Ausdruck trat in das Gesicht des Rotschopfs, aber ehe Yuli etwas sagen konnte, wurden die Türen zum Ruheraum mit einem Ruck geöffnet und schlugen gegen die Wand.

»Meister Cao?«, rief Zhara verdutzt. Auf der anderen Seite der Schwelle stand der kleine Buchhändler mit einer Mischung aus Schrecken und Entsetzen im Gesicht. »Was tut der verehrte Buchhändler hier? Haben die Hüter …« Sie schluckte ihre Worte hinunter, als sie sah, dass der kleine Buchhändler nicht allein gekommen war.

Hinter ihm stand eine schlanke, leicht gekrümmte Gestalt in Grün, flankiert von Suzhan auf der einen und der Zweiten Ehefrau auf der anderen Seite.

»Zhara«, sagte ihre Stiefmutter mit zuckersüßer Stimme. »Wie freundlich von dir, so früh zu erscheinen. Komm und begrüße unseren Gast. Lord Chan, dies ist meine Stieftochter, Jin Zhara. Zhara, dies ist Lord Chan Gobu, der Kanzler und Regent von Zanhei und mein zukünftiger Schwiegersohn.«

Kapitel 30

Zu Hans großer Enttäuschung war Zhara nicht im Blauregenhof, als er und Xu dort eintrafen. Die Kurtisane war allein in ihrem Gemach, in dem ein heilloses Durcheinander herrschte. Papiere, Bücher, Pinsel, Tusche und leere Schachteln, in denen sich offensichtlich Essen von Straßenhändlern befunden hatte, lagen überall verstreut, als hätte ein Taifun gewütet.

»Ihr seid keine Lieferjungen«, knurrte Jiyi, als sie eintraten. Sie saß an einem niedrigen Schreibtisch in der Mitte des Raums und schlürfte Schwarze-Bohnen-Nudeln mit einem solchen Heißhunger, dass Han nicht sicher war, ob sie die Mahlzeit überhaupt kaute. Oder beim Essen atmete. Soweit er sagen konnte, bestand der Prozess aus einem einzigen, langen Einsaugen der Nudeln. Jiyi war umgeben von etlichen Stapeln mit losen Blättern, die alle Gefahr liefen, Bekanntschaft mit Meister Xins berühmter Acht-Gewürze-Soße zu machen.

Xu rümpfte die Nase. »Wie es aussieht, gehen die Lieferjungen hier mittlerweile ein und aus.« Rings um die Kurtisane standen halb leere Kannen mit Tee und etliche abgebrannte Kerzenstummel, und angesichts ihrer zerzausten Haare und der zerknitterten Kleidung hatte sie wohl eine lange Nacht hinter sich und war eben erst aufgestanden. »Bekommt die Verehrte im Blauregenhof denn nichts zu essen?« Mit der Fußspitze schob Xu etliche schmutzige Tassen und Teller aus dem Weg, auf der Suche nach einem sauberen Sitzplatz.

Jiyi schnaubte, würgte und hustete dann. »Alles, was mir die Köche hier vorsetzen«, sagte sie mit rauer Stimme, »ist gegarter Tofu und Gemüse, und als Nachtisch wundervoll angerichtete Obstschnitten.« Sie schluckte und runzelte die Stirn. »Ich tanze nicht mehr für die Gäste, was interessiert es sie also, ob ich aufgehe wie ein Kloß? Ich kann trotzdem meine Gedichte schreiben, auch wenn ich dabei auf einem dicken Hintern sitze und mich kein Stück bewege.« Die Kurtisane funkelte Han und Xu an und rülpste dann vernehmlich. »Wo ist Zhara? Ich hatte gehofft, sie würde mir ein paar von den Cassava-Küchlein von den Docks mitbringen. Ich liebe Cassava-Küchlein.«

»Sie kommt bestimmt gleich.« Xu nahm sich ein paar Sitzkissen aus einem Regal in der Ecke und räumte auf dem Boden eine Stelle frei. »Du hast uns in der Stunde der langen Schatten hergebeten und sieh,« – Xu deutete zu der Spätnachmittagssonne, die durch die Reispapierschirme vor den Fenstern fiel – »es ist immer noch die Stunde der langen Schatten.«

Jiyi grunzte. »Ich kann mich nicht erinnern, dir gestattet zu haben, mich so formlos anzusprechen«, sagte sie zu Xu. »Und du«, fuhr sie, zu Han gewandt, fort. »Warum bist du so groß. Setz dich hin. Ich kriege Nackenschmerzen, wenn ich den Kopf so hochheben muss.«

Han gehorchte bereitwillig und ließ sich zwischen dem dreckigen Geschirr auf dem Boden nieder, die Hände im Schoß gefaltet. Die Kurtisane erinnerte ihn an Anyang, wenn sein kleiner Bruder übermüdet war – launisch, reizbar, schnippisch und stur. Die Haut unter Jiyis Augen war dunkel von den Schatten des Schlafmangels, aber die Augen selbst strahlten hell vor Aufregung und zu vielen Tassen Oolong-Tee. Mit den Fingerspitzen trommelte sie hektisch auf die Tischplatte, während sie wieder und wieder ihre Notizen durchging. Sie bebte buchstäblich vor nervöser Energie, aber Han konnte nicht sagen, ob die Kurtisane besorgt war oder es nicht erwarten konnte, ihnen ihre Erkenntnisse mitzuteilen. Zu dritt saßen sie schweigend da und warteten auf Zhara. Die Anspannung wurde immer größer und größer, bis Jiyi es nicht mehr aushielt.

»Es-reicht-ich-kann-nicht-mehr-warten«, platzte sie heraus, und ihre Worte prallten gegeneinander wie die Teilnehmer eines Wettrennens, die sich gegenseitig auf die Füße treten. »Ich erzähle es Zhara noch mal, wenn sie kommt.« In freudiger Erwartung wiegte sie sich vor und zurück und klatschte in die Hände, um sich der Aufmerksamkeit von Han und Xu zu versichern. »Wir haben«, verkündete sie mit theatralischer Stimme, »ein Heilmittel gegen die Verwandlung von Magiern in Monster gefunden.«

Stille.

In Jiyis Augen lag ein wilder, fast irrer Ausdruck, der im ersten Moment an ihrer Verkündigung zweifeln ließ. Als ihre Worte nicht die erstaunte oder begeisterte Reaktion hervorriefen, die sie erwartet hatte, schnaubte Jiyi und versuchte es erneut.

»Habt ihr nicht gehört, was ich gesagt habe?«, fragte sie, halb ärgerlich, halb verlegen. »Ich sagte, wir haben ein Heilmittel gegen die Verwandlung von Magiern in Monster.«

»Ja, wir haben die Verehrte gehört«, bestätigte Xu mit ruhiger Stimme. »Wir warten bloß noch auf die Erklärung, was genau es ist.«

»Oh.« Jiyi räusperte sich. »Das Heilmittel«, sagte sie, hob die Hände und schaute zur Decke, »ist die Hüterin des Feuers.«

Noch mehr Stille.

»*Argh*, das ist der Grund, warum ich Auftritte hasse«, beklagte sich Jiyi. »Niemand reagiert so, wie ich es möchte. Schreiben ist viel besser.«

»Ähm, wie sollen wir denn reagieren?«, fragte Han höflich. »Ich meine, es ist allgemein bekannt, dass der Hüter des Feuers die

Gabe besaß, Scheusale wieder in Menschen zu verwandeln. – Was denn?«, fragte er angesichts Xus überraschtem Gesicht. »Ich kann schließlich lesen.«

»Können wir bitte wieder zur Sache kommen?«, verlangte Jiyi. »Die Hüterin des Feuers! Wir sind im Besitz des Heilmittels für die befallenen Magier in der ganzen Stadt!« Sie schaute von Han zu Xu und wieder zurück. »Freut ihr euch denn gar nicht?«

Xu schüttelte den Kopf. »Womöglich würde es uns mehr freuen, wenn der Hüter des Feuers nicht bloß ein Märchen wäre.«

»Oh, aber die Hüterin des Feuers existiert«, sagte Jiyi. »Sie ist mitten unter uns.«

»Die Hüterin?« Xu nahm eine Teetasse und schaute hinein. »Was hat die Verehrte getrunken? Ist sie sicher, dass es bloß Tee war?«

Han kaute auf seiner Unterlippe. Als Kind hatten die Minister immer behauptet, die einzige Heilung für Monster sei der Tod. Der einzige Grund, warum das Reich des Morgens die Seuche losgeworden war, läge in der Tatsache, dass alle Magier während des Gerechten Kriegs und in der Reinigung des Reichs danach ausgelöscht worden waren. Aber seine Begegnungen mit Monstern hatten nicht mit deren Tod geendet. Es war das Leben, in das sie zurückkehrten, in ihre menschliche Gestalt, offenbar erlöst von jeder Besessenheit. Er dachte an das Monster in der Höhle unter dem Mount Zanhei, an das Feuer, das bei Zharas Berührung seinen Körper scheinbar verbrannt hatte und dabei alles zerstörte, was unnatürlich war, um den verängstigten kleinen Jungen im Inneren freizusetzen. Die Erkenntnis durchzuckte Han und ließ sein Blut aufbrodeln.

»Es ist Zhara«, sagte er leise. »Zhara ist die Hüterin des Feuers, nicht wahr?«

Jiyi wirkte fast beeindruckt. »Sieht so aus, als hättest du nicht nur Nudeln im Kopf«, sagte sie. »Ja. Ja, du hast recht.«

»Moment mal.« Xu hob die Hand. »Ich dachte, Zhara sei ein Mensch.«

»Ist sie auch«, sagte Jiyi.

»Und wie kann sie dann gleichzeitig ein Elementarkrieger aus einer uralten Legende sein? Ich dachte, die Hüter der Morgenröte seien mächtige, unsterbliche Wesen, nicht eine Apothekengehilfin vom Markt in Zanhei.« Xu schüttelte den Kopf. »Wenn Zhara wirklich die Hüterin des Feuers wäre, wäre sie mindestens zweitausend Jahre alt.«

»Nirgends in den alten Geschichten wird erwähnt, wie die Hüter aussahen«, gab Jiyi zurück, »nur, dass sie erscheinen, wenn der Sonnenstrahlkrieger sie ruft.«

Han sagte nichts. Er hörte kaum zu, wie die Kurtisane und Xu über die Art von Zharas Existenz debattierten. Wenn er an Zhara dachte, war sie für ihn nicht das leuchtende Mädchen in jener Nacht, als er zum ersten Mal ein Monster gesehen hatte. Er dachte an Miss Brandy mit ihren sehnsuchtsvollen Augen und dem herzförmigen Gesicht, das Mädchen, das neben ihm auf einem Hügel gesessen und auf das Vergnügungsviertel hinabgeschaut hatte, während Wunschlaternen in den Nachthimmel flogen. Das Mädchen, dem er seine Erinnerungen anvertraut, seine Verletzlichkeit gezeigt – und das er beinahe geküsst hatte. Ob Zhara die Hüterin des Feuers war, spielte für ihn keine Rolle. Was immer für außergewöhnliche Fähigkeiten sie auch haben mochte, sie war auch ein ganz gewöhnliches Mädchen.

»Wenn Zhara hier wäre«, sagte er leise, »würde sie uns vermutlich daran erinnern, dass sie ein lebendiger, atmender Mensch ist, mit Gedanken und Gefühlen, der mit dieser Situation klarkommen muss.«

Nach seinen Worten schwiegen Xu und Jiyi mit verlegenen und zerknirschten Mienen. »Nun, ja«, sagte die Kurtisane dann brüsk, um ihr Unbehagen zu überspielen, »wo wir schon von Zhara sprechen – es sieht ihr gar nicht ähnlich, sich so zu verspäten.«

Die Schatten waren länger geworden, seit Xu und Han eingetroffen waren, und immer noch keine Spur von dem Mädchen. »Vielleicht wurde sie von Lehrerin Hu aufgehalten«, sagte Xu. »Im Sommer schließen die Läden doch später.«

Das war zwar eine vernünftige Erklärung, trotzdem blieb ein nagender Zweifel. Seit Prinzessin Yulanas Ankunft waren deutlich mehr Falken in den Straßen unterwegs, und unwillkürlich schlich sich das Bild der verschwundenen Magier in Hans Gedanken, die tot in den Särgen unter dem Mount Zanhei lagen. »Ihr glaubt doch nicht, dass sie in Schwierigkeiten steckt?«, fragte er und schaute von Xu zu Jiyi.

Alle drei wechselten nervöse Blicke. »Ach nein«, sagte Xu. »Sie ist ein kluges Mädchen, unsere Miss Brandy. Sie wurde wahrscheinlich nur aufgehalten.«

»Nicht zu vergessen: Sie ist die Hüterin des Feuers«, setzte Jiyi hinzu. »Sie kann alle Schwierigkeiten überwinden, die sich ihr in den Weg stellen.«

»Die Kurtisane scheint sich dieser Sache sehr sicher zu sein«, bemerkte Xu und knüpfte damit an ihre vorherige Debatte an. »Wieso ist sie so davon überzeugt, dass Zhara die Hüterin des Feuers ist?«

»Weil wir miterlebt haben, wie sie ein Monster wieder in einen Magier verwandelt hat«, sagte Han. »Das ist die Macht der Transformation in ihrer reinsten Form.« Er hob die Hand und zählte an seinen Fingern ab. »Umformung, Umgestaltung, Umwandlung. Der Hüter – oder die Hüterin – des Feuers kann angeblich alles in alles andere verwandeln – Luft in Materie, Steine in Gold, selbst gewöhnliche Menschen in Magier oder Magier in gewöhnliche Menschen, indem die Natur des jeweiligen Ki verändert wird. Die Seele.«

Xu schüttelte den Kopf. »Ich gebe zu, dass Miss Brandy in der Lage ist, schier Unmögliches zu vollbringen, aber nur weil sie eine außerordentlich mächtige Magierin ist, bedeutet das doch nicht, dass sie auch eine Elementarkriegerin aus alten Zeiten ist. Es sei denn … es sei denn, sie ist *besessen* von dem Geist des Hüters des Feuers.«

»So ähnlich wie ein Magier von einem Dämon besessen ist?«, sagte Jiyi nachdenklich und pulte zwischen ihren Zähnen. »Das klingt einleuchtend.«

»Aber ich dachte, besessene Magier verwandeln sich in Scheusale«, wandte Han ein.

»Nicht unbedingt. Es gibt viele Geschichten über besessene Magier, die sich ihre menschliche Form und Erscheinung bewahrten.« Die Kurtisane zog einen Speiserest aus einem Zahnzwischenraum und schnippte ihn weg. Xu, von dem Geschoss getroffen, kreischte angeekelt auf. Jiyi streckte die Hand nach ihren Notizen auf dem Boden neben sich aus und blätterte die Seiten durch. »Niemand weiß, was eine Besessenheit auslöst, aber Li Er-Shuans Aufzeichnungen deuten an, dass dabei die Essenz eines Menschen in die eines Dämons verwandelt wird. Je mächtiger der Dämon, desto weniger monströs ist das Ergebnis.«

»Wieso?«, fragte Han.

Jiyi zuckte mit den Schultern. »Je mächtiger der Dämon, desto stärker ist seine Kontrolle über die Leere und seine Manifestationen, nehme ich an.

»Ich wusste nicht, dass es eine Hierarchie gibt, die Dämonen entsprechend ihrer Macht klassifiziert.«

»Ich auch nicht, aber hier«, sagte Jiyi und deutete auf einen Textabschnitt, »steht etwas über die vier Könige von Tiyok, die einzigen Dämonen, abgesehen von der Mutter der Dämonen, die über einen Titel verfügen.« Sie stieß ein frustriertes Knurren aus.

»Der Rest der Notizen bezieht sich auf eine andere Stelle im *Lied von Ordnung und Chaos*, aber ohne den Ausgangstext komme ich nicht weiter.« Stöhnend warf sie ihre Arbeit beiseite und klappte suchend die Deckel von einigen Teekannen auf. »Li Er-Shuans Werk zu entziffern ist wie der Versuch, Tanzschritte nachzuvollziehen, zu denen du die Musik nicht kennst. Die Hälfte von dem, was man braucht, fehlt.«

Han stand auf und ging zu dem Fenster, das auf einen wunderschönen, schattigen, umfriedeten Garten hinter dem Haus hinausging. Eine erwachsene Person und ein Kind fütterten die Mondkarpfen in einem glitzernden Teich. »Was glaubst du, ist mit Onkel Li und Cousine Ami geschehen?«, fragte er leise. »Denkst du, sie sind noch am Leben?« Er dachte an den Kreis aus steinernen Särgen, in denen die Leichen der vermissten Magier lagen. Wäre es nicht vielleicht eine Erleichterung gewesen, wenn der Cousin seiner Mutter unter ihnen gewesen wäre?

»Han«, setzte Xu an, wurde aber von Jiyi unterbrochen.

»Ja«, sagte sie unverblümt. »Wenn Li Er-Shuan und seine Tochter tot wären, hätten wir das *Lied von Ordnung und Chaos* mittlerweile gefunden.«

»Wieso?«, fragte Xu stirnrunzelnd.

»Glaubst du, die Hüter der Morgenröte sind die Einzigen, die nach dem Buch suchen?«, fragte die Kurtisane. »Überall im Reich des Morgens gibt es Menschen, die das *Lied von Ordnung und Chaos* nur zu gern in die Finger bekommen würden, einschließlich des Warlords und seiner Friedensstifter. Auf dem Schwarzmarkt würde es ein Vermögen einbringen, aber dort wird es nicht angeboten. Das wissen wir, weil wir entsprechende Kontakte haben. Wenn es aufgetaucht wäre, hätte der Falkner das Buch mit viel Brimborium verbrennen lassen.«

Ein Schreck durchzuckte Han, als er sich an seine Begegnung

mit Prinzessin Yulana in der Palastbibliothek erinnerte. Sie war ihm so verstohlen und ausweichend vorgekommen, wie sie da mit diesem blauäugigen Vogel auf der Schulter gestanden und behauptet hatte, sie suche nach einem Buch über Astrologie. War sie in Wahrheit hinter dem *Lied von Ordnung und Chaos* her? Und wenn ja – warum?

Xu stieß einen Pfiff aus. »Und ich dachte, *Geschichten aus dem Tiefen Tal* sei das begehrteste verbotene Buch im Reich des Morgens.

Jiyi verzog das Gesicht. »Ich verstehe nicht, warum die Leute diese Geschichten so mögen«, murmelte sie. »Ich habe zum Schreiben bloß einen halben Tag und ein paar Kannen grünen Jasmintee gebraucht. Seitdem habe ich viel bessere Gedichte geschrieben.«

Xu verschluckte sich und kreischte, alle Förmlichkeiten vergessend: »Du? Du hast *Geschichten aus dem Tiefen Tal* geschrieben?«

Die Kurtisane zuckte mit den Schultern. »Was denkst du denn, habe ich geschrieben?«

»Keine Ahnung«, antwortete Xu. »Romantische Gedichte? Liebesromane?«

»Hat hier gerade jemand Liebesromane gesagt?«, fragte Han begierig.

»Fang nicht schon wieder an«, warnte Xu, während Jiyi die Augen verdrehte.

»Also, was genau steht im *Lied von Ordnung und Chaos*?«, wollte Han wissen. »Und warum sind alle hinter dem Buch her?«

Die Kurtisane spielte nervös mit den Enden ihrer Schärpe. »Es wird gemunkelt«, sagte sie so leise, dass man sie kaum verstehen konnte, »dass nur im *Lied von Ordnung und Chaos* die Rituale zum Beschwören, Binden und Verbannen von Geistern erklärt werden.«

»Geistern?«, wiederholte Han. »Also Dämonen?«

Jiyi schürzte die Lippen. »Dämonen können als eine Art von Geist durchgehen, würde ich meinen, aber alle Wesen, die mit dem Reich des Unbegreiflichen zu tun haben, werden als Geister angesehen, einschließlich der Hüter der Morgenröte – die legendären Krieger, nicht wir«, setzte sie hinzu.

Xu kratzte sich am Kopf. »Warum sollte jemand einen Geist beschwören wollen? Was, wenn man dabei unabsichtlich einen Dämon erwischt und ihn auf die Welt loslässt?«

»So funktionieren Beschwörungsrituale nicht«, sagte die Kurtisane. »Vorausgehen muss eine Absicht, und der Geist, der beschworen wird, muss beim Namen genannt werden, bevor man ihn an einen Zweck binden kann. Wenn dieser Zweck erfüllt ist, muss er entlassen oder verbannt werden.«

»Aber wenn man bereits über Magie verfügt«, hakte Han nach, »warum sollte man überhaupt einen Geist beschwören?«

Wieder zuckte die Kurtisane mit den Schultern. »Aus verschiedenen Gründen, denke ich. Wissen, materielle Vorteile. Geister wirken im Reich des Chaos, und anders als bei Menschen ist ihre Magie nicht an die Regeln der Ordnung gebunden. Geister benötigen ein Gefäß, um Magie auf dieser Existenzebene ausüben zu können. Es gibt Geschichten von verzauberten Waffen oder anderen Gegenständen, die von einem Geist besessen sind. Aber wenn ein Geist in einen Magier fährt, dann …« Sie verstummte.

»… wird der Magier zum Monster«, sagte Han grimmig.

»Macht«, flüsterte Xu. »Es geht doch immer um Macht, nicht wahr? Auch wenn man dabei seine Menschlichkeit opfert.«

Jiyi nickte. »Das ist der Grund, warum das *Lied von Ordnung und Chaos* der begehrteste verbotene Text im Reich des Morgens ist. Selbst die Mugungs ließen alle Exemplare zerstören. Der Text lädt zum Missbrauch ein, weshalb diese Praktiken verboten wurden.«

Han dachte an Yao in der Höhle und daran, wie sich die Haut des Jungen gekräuselt hatte, wie drahtiges Fell hervorgesprossen war, wie er den Kopf in den Nacken gelegt und vor Schmerzen geschrien hatte, während er zum Monster wurde. Er war erst zehn Jahre alt, genau wie Anyang, und er war Anyangs Freund. »Aber was ist mit Thanh und Yao?«, fragte er. »Sie sind bloß Kinder und wurden doch zu Monstern. Ich glaube nicht, dass sie da draußen auf den Hängen des Mount Zahnhei irgendwelche Beschwörungsriten durchführten. Sie ließen sich nicht freiwillig mit einem Dämon ein.«

»Nein«, bestätigte Jiyi. »Aber ich glaube, es hat etwas mit dem Kreis aus Särgen in der Höhle zu tun. Aber den genauen Zweck der Steine habe ich noch nicht herausgefunden.« Sie fuhr mit den Fingern durch ihre verknoteten Haare, während gleichzeitig ein mächtiges Gähnen ihr Gesicht in zwei Hälften teilte. »Ich arbeite an der Übersetzung der Glyphen, die wir abgepaust haben, indem ich sie mit meinen Wörterbüchern und Li Er-Shuans Notizen vergleiche, aber ich bin mir ziemlich sicher, dass das, was wir dort oben unter dem Vulkan gesehen haben, die Worte für ein Beschwörungsritual sind.«

»Ein Beschwörungsritual wofür?«, fragte Han.

»Sollten wir nicht lieber fragen, *wer* die Beschwörung durchführt?«, gab Xu zu bedenken.

Jiyi schüttelte den Kopf. »Nein«, sagte sie und gähnte wieder. »Vergesst nicht, dass alle Geister mit ihrem Namen gerufen und an einen Zweck gebunden werden. Das Wer spielt weniger eine Rolle«, fügte sie dunkel hinzu, »sondern eher das Warum.«

Kapitel 31

Alles in allem verlief das Treffen mit Lord Chan zufriedenstellend.

Die Zweite Ehefrau strahlte über das ganze Gesicht, während sie sich mit ihrem zukünftigen Schwiegersohn unterhielt, und Meister Cao schrieb die letzten Details von Suzhans Ehevertrag nieder. Zhara versuchte, den Blick des kleinen Buchhändlers einzufangen, und überlegte, ob sie Gelegenheit haben würde, mit ihm zu sprechen, wenn das Treffen vorbei war. Sie wusste, dass Meister Cao an der Universität die Gesetze studiert hatte, bevor er einen Buchladen eröffnet hatte, aber sie hatte keine Ahnung gehabt, dass er immer noch als Notar tätig war. Hatte er gewusst, dass Zhara hier sein würde? Hatte er sie warnen wollen? Oder war das alles nur ein Zufall?

In ihrem Kopf kreisten unzusammenhängende Gedanken, und in ihren Adern kreiste furchtsam die Magie. Wenigstens war Yuli, der Nicht-Geist, verschwunden, sobald die anderen auftauchten. Zhara hielt ihre Hände fest in ihrem Schoß verschränkt und den Kopf gesenkt, während Meister Cao die Vereinbarungen des Ehevertrags vorlas.

»Der Brautpreis wird der Mutter als jährliche Zuwendung ausgezahlt«, las der Buchhändler, »entweder in Form von zehntausend Münzen oder entsprechend zehn Hundertgewichten Silber, alle zwölf Monate für die Dauer von sechzig Jahren, für das Geschenk von Xiao Suzhans Hand, oder bis zu dem Zeitpunkt, in dem das Geld aufgrund des Ablebens der Mutter nicht länger erforderlich ist.«

Zhara staunte über die große Geldsumme, die Lord Chan ihrer Stiefmutter zahlen wollte. Das Gehalt, das sie jeden Monat in Lehrerin Hus Apotheke verdiente, belief sich auf weniger als hundert Kupfermünzen, und wenn nicht die Hälfte davon jeden Abend als Wein in den Gläsern der Zweiten Ehefrau landete, hätte Zhara sie drei bequem davon ernähren können. Oder zumindest hätten sie genug für die Miete gehabt und ihre Bäuche füllen können, und es wäre noch etwas übrig geblieben für kleine Vergnügungen. Sie dachte an die weißen Seidenschuhe mit der herrlichen Stickerei. Ein kleines Vergnügen.

»Seine Eminenz ist großzügig«, sagte die Zweite Ehefrau schmeichlerisch. Zhara wand sich innerlich, weil sich ihre Stiefmutter so unterwürfig benahm, so begierig, so … verzweifelt. Sie wusste nicht, was schlimmer war: die Anfälle von boshafter Grausamkeit ihrer Stiefmutter oder die Verwandlung in eine kriechende, anhängliche Matrone.

»Für die Stiefschwester der Braut«, fuhr Meister Cao fort, während sein Blick kurz zu Zhara hochzuckte und dann wieder auf das Papier zurückkehrte, »werden alle Maßnahmen für ein gutes Leben getroffen, einschließlich Arrangements für eine zukünftige Heirat, vorausgesetzt«, sagte der Buchhändler und räusperte sich, »dass sie Teil des Haushalts von Lord Chan wird, als Gefährtin und Zofe seiner Braut.«

»Nicht als Konkubine«, beeilte sich Lord Chan zu versichern. »Nicht als Dienerin. Als Gefährtin meiner liebreizenden Gemahlin, in der Gewissheit, dass ich sie behandeln werde, wie ein Vater es tun würde, einschließlich der Gewährung einer Mitgift für einen zukünftigen Ehemann.«

Lord Chan schenkte Zhara ein Lächeln, das beruhigend wirken sollte, sie aber unwillkürlich an einen aufgeblähten kleinen Frosch erinnerte. Der Mann besaß die glatten, irgendwie schleimigen Züge einer Amphibie – ein zu breiter Mund, leicht hervorquellende Augen, ein feuchter Film aus Schweiß auf der Haut. Jetzt, da sie ihn kennengelernt hatte, verstand sie, warum Suzhan behauptete, der Mann sei innerlich leer. Sie hatte noch nie jemanden getroffen, der so ausdruckslos war, so farblos, so ohne jede Persönlichkeit. Sein schlaffes Gesicht war abstoßend, und in Kombination mit seiner Blässe machte Lord Chan den Eindruck eines fremdartigen Geistes, der in einen Leichnam gefahren war. Alles, vom Ton seiner Stimme bis zu seiner Haltung, war so beschaffen, dass er sich in keiner Weise angreifbar machte, und während einiges davon sicher auf seine Position als Palastbeamter zurückzuführen war, der vor seiner Zeit als Regent Unterwürfigkeit an den Tag hatte legen müssen, konnte Zhara nicht umhin zu glauben, dass es sich dennoch zu einem großen Teil um eine tückische Täuschung handelte, um etwas zu verschleiern, etwas … Dunkles. Ein unausgesprochenes Motiv oder eine Ambition, obwohl sie keine Ahnung hatte, was das sein konnte.

»Lord Chans Großherzigkeit ist unvergleichlich«, gurrte die Zweite Ehefrau. »Nicht wahr, Jin Zhara?«

Zhara war unbehaglich zumute, weil Lord Chans Aufmerksamkeit einmal mehr auf ihr lag. Sie hielt den Blick auf ihre Hände in ihrem Schoß gerichtet und tat ihr Bestes, um unverdächtig zu wirken, unbedeutend, unsichtbar. Seit sie in den Raum geführt worden waren, hatte Lord Chan sie beinahe unverwandt angeblickt – nicht mit einem Ausdruck der Lüsternheit, sondern irgendwie wachsam, wartend … als würde er sich etwas wünschen. Unter dem Tisch konnte sie das blitzhafte Flackern ihrer Macht in ihren Adern leuchten und pulsieren sehen. Sie zog an den zu kurzen Ärmeln ihrer zu engen Tunika.

»Also, Kind«, richtete Lord Chan das Wort an Zhara, »sag mir: Wie alt bist du? Wann wurdest du geboren?« Sie wusste, dass er freundlich sein wollte, aber der Mangel an Ausdruck in seiner Stimme ließ die Magie unter ihrer Haut zucken und zappeln.

Sie schaute zu Suzhan, die ebenfalls den blicklosen Blick von ihrem zukünftigen Ehemann abgewendet hatte.

»Mach schon«, drängte die Zweite Ehefrau. »Du kannst ihm ruhig antworten, Kind.«

Zhara schluckte. »Ich bin fast siebzehn«, flüsterte sie rau. »Ich wurde in der siebten Nacht des siebten Monats im Jahr des Tigers geboren.«

Lord Chan rutschte auf seinem Platz hin und her und seine Finger trommelten aufgeregt auf das Tischtuch. »Gut, gut«, murmelte er. »Der Zeitrahmen passt.«

Zhara schaute verwirrt auf, aber der Blick von Lord Chan ging in die Ferne. Er schien im Stillen etwas nachzurechnen.

»Sind wir uns also einig?«, fragte die Zweite Ehefrau, die die zitternde Gier in ihrer Stimme nicht verhehlen konnte. »Ist dieser neue Vertrag beschlossene Sache?«

Suzhan bewegte sich auf ihrem Sitzkissen, und die scharfen Schulterblätter stachen grotesk durch ihr neues, elegantes Gewand. Der Stoff ihres Oberteils aus Seide und Ramie hatte noch Bügelfalten. Zhara merkte, dass ihre Schwester von diesem neuen Heiratsangebot genauso wenig begeistert war wie von dem zuvor, aber sie wagte nicht, sich ein zweites Mal zu widersetzen. Lord Chans Großzügigkeit ließ sich nur schwerlich abschlagen, besonders weil er einen privaten Zitherlehrer engagiert hatte, als er von der Leidenschaft seiner Braut für die Musik erfuhr.

»Suzhan?«, fragte die Zweite Ehefrau ungeduldig.

»Ja, Mama«, antwortete sie kaum hörbar. »Ja, Mama, ich bin einverstanden.«

Bei ihrer Zustimmung holte Meister Cao eine kleine blau-weiße Porzellanschale hervor, in der er ein Stück Zinnober zermahlte, um daraus Tinte herzustellen. Nachdem er damit fertig war, verschwendete die Zweite Ehefrau keine Zeit, sondern tauchte ihren Zeigefinger hinein und drückte ihn dann auf das Papier, während Lord Chan ein kleines Jadesiegel aus einem Beutel an seinem Gürtel zog und damit das Emblem seines Rangs auf die Seite stempelte.

»Jetzt du, mein Juwel«, forderte die Zweite Ehefrau ihre Tochter auf.

Suzhans Augen zuckten durch den Raum. Ihr Blick fuhr über die Gesichter der Anwesenden, so leicht wie ein Schmetterlingsflügel, ehe er auf der kleinen Pfütze roter Tinte kleben blieb, die sich grell von der weißen Innenseite der Porzellanschale abhob. Zhara spürte die Nervosität ihrer Schwester und auch ihr Zögern, und nachdem sie mit großer Mühe ihre widerspenstige Magie unterdrückt hatte, nahm sie Suzhans Hand. »Willst du unterschreiben?«, fragte sie flüsternd.

Suzhan schluckte. Zhara sah die widerstreitenden Gefühle in der Miene ihrer Schwester: der Wunsch, zu gefallen; die Angst vor dem Zorn ihrer Mutter; und die Ratlosigkeit über die Absichten ihres zukünftigen Ehemanns. »Was ist mit dir, Nene?«, erwiderte sie flüsternd. »Willst *du* unterschreiben?«

»Natürlich will sie«, sagte die Zweite Ehefrau. »So ein gutes Angebot bekommt sie nie wieder.« Ihr Lächeln war selbstzufrieden und triumphierend. »Wirst du unterschreiben, Jin Zhara?«

Zhara dachte an Han, an Xu und an Jiyi, die nur ein paar Meter weiter im Gemach der Kurtisane saßen. *Ich nehme dich mit. Ich nehme dich mit zum Fest in der Nacht der Sieben.* Das Mädchen, das sie war, bevor sie Han an jenem schicksalhaften Tag auf dem Markt getroffen hatte, hätte nie geglaubt, dass sie jemals vor Zanheis Regenten sitzen würde, der ihr anbot, sie in seinen Haushalt aufzunehmen. Sich um sie zu kümmern. Der ihr versicherte, er würde sie kleiden, ernähren und schützen und sogar eines Tages in ferner Zukunft einen Ehemann für sie suchen. Das Mädchen, das sie gewesen war, hätte nie gewagt, um mehr zu bitten. Sie hätte gar nicht gewusst, wie sie um mehr bitten sollte.

Du willst geliebt werden, Nene, hatte Suzhan gesagt.

Liebe war ihr früher für jemanden wie sie unmöglich vorgekommen. Eine Waise von gemischter Abstammung – und eine Magierin – konnte sich glücklich schätzen, jemandem ihre Geheimnisse anvertrauen zu können, ganz zu schweigen davon, jemanden zu finden, der die Last für sie trug. Liebe bedeutete für jemanden wie sie keine Sicherheit. Es machte sie verwundbar. Liebe und Müßiggang waren den Privilegierten vorbehalten, und Zhara hatte Mühe, sich selbst als jemanden zu sehen, dem mehr als eine kurze Atempause vom Leid vergönnt war. Mädchen ihres Standes durften nicht auf mehr hoffen. Eine Magierin nicht einmal darauf.

Und doch … mit Han *hoffte* sie unwillkürlich auf mehr.

Sie hoffte zu *leben*, nicht bloß zu überleben.

Zhara schaute die Zweite Ehefrau an. »Das ist nicht meine Entscheidung«, sagte sie leise.

»Aber natürlich, meine Liebe«, sagte Lord Chan glatt. »Ich würde niemals jemanden gegen seinen Willen zu einer Unterschrift zwingen. Einigkeit ist von äußerster Wichtigkeit.«

Wieder schienen seine Worte, sein Ton, seine Haltung – alles an ihm – nur darauf ausgerichtet, sie zu beruhigen. Doch Zhara wurde immer nervöser. Sie spürte den Blick ihrer Stiefmutter. »V-vielen D-Dank, Lord Ch-Chan«, stammelte Zhara.

Er neigte den Kopf in der perfekten Imitation eines gnadenreichen Nickens, wobei seine hervorquellenden Augen sie durchgehend fixierten. In seinem Ausdruck lag eine Kälte – keine Gefühllosigkeit, sondern eine körperliche Kälte. Zhara überlief ein Schauder, als hätte sich die Sommerhitze in einen kalten Wintertag verwandelt, als würde die Wärme aus ihren Knochen gesaugt. Ihre Magie schien zu flackern und gegen eine unsichtbare Brise anzukämpfen, und Zhara wusste nicht, ob sie die Flammen anfachen oder auslöschen sollte.

»Nun?«, drängte die Zweite Ehefrau. »Mach schon.«

»Hilf mir, Nene«, sagte Suzhan leise und tippte mit ihrem Finger in die Richtung der roten Tinte auf dem Tisch. »Ich werde unterschreiben.«

Mit zitternden Händen schob Zhara die blau-weiße Porzellanschale zur Hand ihrer Schwester. »Bist du sicher?«, murmelte sie. »Was ist mit deinem Versprechen?«

Zhara wagte nicht, offen von dem Pakt zu sprechen, den sie geschlossen hatten – ihre jeweiligen Wahrheiten auszuleben –, aber Suzhan verstand sie auch so. »Die Zither«, erwiderte ihre Schwester leise und zupfte mit ihren Fingern an unsichtbaren Saiten auf dem Tisch.

»Also gut, Mimi.« Trotz ihres unguten Gefühls half Zhara ihrer Schwester, die Spitze des Zeigefingers in die Schale zu tauchen, und führte sie dann zu der richtigen Stelle auf dem Vertrag.

»Aiyo.« Suzhan zischte und riss ihre Hand weg, wobei ein verschmierter Fleck auf dem Vertrag zurückblieb. »Etwas hat mich gestochen.«

Zhara ließ sofort ihre glühenden Hände unter den Tisch fallen, aber sie fühlte Lord Chans fragenden Blick. Nein, nicht fragend. Hungrig.

»Jetzt du«, sagte die Zweite Ehefrau und schob Zhara die Tinte zu. »Schließen wir den Vertrag ab und feiern, solange es draußen noch hell ist. Darauf müssen wir anstoßen, meint Ihr nicht auch,

Lord Chan?« Sie winkte dem Diener, der an der Tür bereitstand, und bestellte eine Flasche mit Reiswein.

Zhara starrte auf die Stelle des Papiers, wo ihr eigener Fingerabdruck hingehörte, als der Diener den Schnaps und Gläser brachte. Obwohl der Reiswein, den man im Blauregenhof servierte, zu den besten in ganz Zanhei gehörte, war sie nicht sicher, ob sie irgendetwas Alkoholisches vertrug. Die Erinnerung an das letzte Mal, als sie gezwungen gewesen war, mit ihrer Stiefmutter zu trinken, kehrte zurück, zusammen mit dem Bild eines riesigen Blutergusses auf Suzhans Wange. Damals hatte sie trinken müssen, weil Suzhan Lord Chan abgewiesen hatte, heute musste sie trinken, weil sie ihn als ihren Gemahl akzeptierte. Die Ironie des Ganzen wäre lustig, wenn das ihr Sinn von Humor gewesen wäre.

»Mama«, sagte Suzhan leise, als der Diener ihr ein kleines Glas einschenkte. »Ich glaube nicht, dass ich das trinken kann.«

»Unsinn«, sagte die Zweite Ehefrau. »Du bist alt genug, um eine erste Kostprobe des Erwachsenseins zu nehmen, Liebes.« Sie beugte sich vor und legte die Finger ihrer Tochter um das Glas. »Jetzt trink aus!«

Suzhan war bleich, als sie das Glas, in dem die Flüssigkeit hin und her schwappte, an ihre Lippen hob. Sie rümpfte die Nase, als sie den Alkohol roch, und versuchte, nicht zu würgen. Ehe sie wusste, was sie tat, umfasste Zhara das Glas ihrer Schwester und verwandelte den Wein in Wasser.

»Langsam, Mimi«, sagte sie. »Der erste Schluck ist der schlimmste, sagt man.«

Suzhan nippte. Als sie schluckte, flatterten ihre Wimpern überrascht. »Das schmeckt wie Wasser!« Stirnrunzelnd setzte sie das Glas ab und wandte sich dann zu Zhara. »Hast du etwas damit gemacht, Nene?«

»N-natürlich nicht!«, empörte sich Zhara nervös. Bei den gestotterten Worten ihrer Schwester verengte Suzhan die Augen, sagte aber nichts.

»Mach schon, Kind«, sagte die Zweite Ehefrau ungeduldig. »Noch dein Fingerabdruck, und unser Geschäft ist abgeschlossen.«

Zhara tauchte ihren Finger in die rote Tinte, doch sie zögerte und ließ ihre Hand über dem Papier schweben. Die Tinte sammelte sich in den Rillen ihrer Fingerspitze und tropfte rot auf den Tisch.

Wo sie sich in klare Flüssigkeit verwandelte.

Leben, nicht nur überleben.

»Ich … ich kann nicht.« Mit ihrer sauberen Hand schob Zhara den Vertrag zurück zu Lord Chan. »Bitte nehmt meine demütige Entschuldigung entgegen, aber ich … ich kann nicht unterschreiben.«

Er betrachtete sie mit einem unergründlichen Ausdruck in seinen Froschaugen. War es Wut? Neugier? Oder Gleichgültigkeit?

»Nein!« Die Zweite Ehefrau packte Zharas Handgelenk und zwang ihre Hand auf die Seite. »Sei doch nicht dumm, Mädchen!« Zharas Finger hinterließ eine rote Schmierspur, die verschwand, sobald sie auf das Papier traf. Das rote Pigment löste sich zu Wasser auf. Die Zweite Ehefrau schrie auf, als sie von Zharas Magie gestochen wurde, und starrte fassungslos auf die roségoldene Verbrennung in ihrer Handfläche, die sich ebenso wie die rote Tinte sofort wieder auflöste.

»Es ist schon gut, meine Liebe«, sagte Lord Chan mit ruhiger Stimme. »Ich werde niemanden gegen seinen Willen zu einer Vereinbarung zwingen. Aber ich werde natürlich den Vertrag mit meiner geliebten Verlobten erfüllen«, sagte er mit einem höflichen Nicken in Suzhans Richtung. Suzhan allerdings betrachtete nach wie vor eingehend das Glas in ihren Händen und nippte immer wieder stirnrunzelnd daran. »Ich hatte lediglich die Absicht, für eine mutterlose Waise zu sorgen, aber ich werde niemandem meine Großzügigkeit als Wohltätigkeit aufdrängen.«

Die Zweite Ehefrau hatte Lord Chans Gelassenheit offenbar nicht erwartet und beeilte sich nun, ihre Haltung seiner anzupassen. »Gewiss, gewiss«, sagte sie. »Ich dachte nur, dass unser Arrangement …« Sie brach ab und ihre Augen, die sich auf ihre Stieftochter richteten, wurden zu kleinen Nadelspitzen aus Abneigung.

»Unser Arrangement ist gültig«, sagte Lord Chan zu der Zweiten Ehefrau. Er wandte sich an Zhara, nahm ihre immer noch glühende Hand und zog sie über den Tisch, ehe sie etwas dagegen tun konnte. Entsetzen raste ihren Rücken entlang, während sie sich für den unweigerlichen Schmerzensschrei oder den Ausruf von Überraschung bereit machte, aber nichts geschah. Stattdessen fühlte sie sich merkwürdig entleert durch seine Berührung, als ob ihre Magie aus ihr herausgezogen würde. Sie hatte so etwas schon einmal gefühlt – in der Mitte des Kreises aus Steinsärgen auf dem Mount Zanhei. Ihr Kopf ruckte hoch und ihr verwirrter Blick fing den von Lord Chan ein. Er war kein Magier, aber seine Berührung war in jedem Fall … unheimlich.

Hüterin des Feuers … da bist du ja …

Zum ersten Mal, seit sie ihn kennengelernt hatte, spürte Zhara noch etwas anderes unter dieser flachen Freundlichkeit. Etwas rührte sich tief in Lord Chans Augen, eine Dunkelheit, die so vollkommen war, dass sie ihre eigene Substanz hatte, ein Loch, eine Leere. Ihre Nackenhaare stellten sich auf, als sie an die fremde Präsenz dachte, die ihr aus Thanhs Augen entgegengestarrt hatte. Erschrocken wurde ihr klar, dass sie den Blick des Mannes ihr gegenüber kannte.

Es war der Blick, der ihr aus jedem befallenen Magier entgegengesehen hatte.

Der Blick eines Dämons.

Kapitel 32

Die letzten Sonnenstrahlen verschwanden hinter dem Horizont, und immer noch war Zhara nicht gekommen.

»Seine Gnaden glaubt doch nicht, dass ihr etwas geschehen ist, oder?«, fragte Xu mit besorgter Stimme. »Diese ganzen verschwundenen Magier, und dann die Falken in der Stadt. Was, wenn …?«

»Ich bin sicher, es geht ihr gut«, sagte Han kurz angebunden und hielt den Blick fest auf das Spielbrett gerichtet. Er spielte eine Partie »Spatz« mit seinem Lieblingsmenschen, um sich die Zeit zu vertreiben. Jiyi lag auf ihrem Bett in der Ecke und schlief, den Arm über ihrem Gesicht, während lautes, wenig damenhaftes Schnarchen den Raum erfüllte.

»Es ist nicht ratsam, noch länger zu bleiben«, sagte Xu leise, zog einen Spielstein und nahm einen anderen vom Brett. »Wir können nicht ständig die Nachtwachen bestechen, um Stillschweigen zu bewahren. Früher oder später werden Gerüchte in den Palast vordringen – und zu meinem Vater – und unsere Ausflüge in die Gruben und das Vergnügungsviertel werden ans Licht kommen.«

Han nahm einen Spielstein von dem Haufen und hielt ihn zögernd in der Hand, ohne ihn wirklich anzusehen. »Nur noch bis zur Stunde des Sonnenuntergangs«, sagte er und nahm irgendeinen Stein vom Brett. »Dann gehen wir zurück.«

»Aber das dauert noch eine ganze Weile«, sagte Xu und schaute aus dem Fenster in den Himmel. Je näher die Sonnenwende rückte, desto später brach die Stunde des Sonnenuntergangs an, eine Tatsache, die Han ausnutzen wollte. »Und wir können Anyang nicht so lange allein lassen.«

Han zuckte zusammen, als sich sein Inneres vor Scham verkrampfte. »Ich tue das für Anyang«, sagte er, »diese Sache mit den Hütern der Morgenröte.«

Xu betrachtete ihn, während er einen Spielstein zog und einen anderen wegnahm. »Wirklich? Oder tust du das, um mehr Zeit mit Miss Brandy zu verbringen?«

Han schwieg, während er seinen Zug ausspielte. Die Stille wurde nur unterbrochen von dem Klicken der Spielsteine auf dem Tisch, begleitet vom Schnarchen der Kurtisane auf dem Bett.

»Han«, sagte Xu sanft, »du bist …«

»… verlobt, ich weiß.« Der Gedanke an Prinzessin Yulana verursachte Han Bauchschmerzen. Trotz allem mochte er seine zukünftige Frau. Oder besser gesagt: Er respektierte sie. In einem anderen Leben, einer anderen Welt hätten sie sogar Freunde sein können. Der Schaukampf auf dem Übungsplatz hatte Spaß gemacht, und er konnte sich vorstellen, dass es mindestens genauso viel Spaß machen würde, mit ihr die Blumenstadt zu besuchen, aber ihr Großvater war ein enormes Hindernis für jede Art von Vertraulichkeit oder Vertrauen zwischen ihnen.

Xu schüttelte den Kopf. »Ich wollte eigentlich sagen, dass du nicht bei der Sache bist, weil du die falschen Steine ausspielst.«

Han schaute auf die Steine vor sich auf dem Tisch und schob sie weg. »Ich habe Kopfschmerzen«, sagte er. »Machen wir eine Pause.«

»Und ich war so kurz davor, zu gewinnen«, sagte Xu klagend, schob die Spielsteine zusammen und stapelte sie für die nächste Runde ordentlich auf. »Willst du stattdessen ›Blumen‹ spielen?« Xu zog ein Kartenspiel aus einer Tischschublade.

»Nein, ich habe schon einen Krampf vom langen Sitzen.« Han stand auf und dehnte sich, beugte sich nach unten und berührte mit den Fingerspitzen die Zehen.

»Es ist nicht so, dass ich den Anblick nicht zu schätzen wüsste«, sagte Xu hinter ihm, »aber man gewinnt den Eindruck, dass Seine Gnaden hirnlose Bewegungen ausführt, um sein Hirn daran zu hindern, sich zu bewegen.«

»Nicht!«, sagte Han. »Nenn mich nicht ›Seine Gnaden‹. Nicht, wenn andere es hören könnten.«

Xu warf einen Seitenblick auf die schlafende Kurtisane, aus deren weit offenem Mund ein bisschen Speichel und die lauten Schnarchgeräusche kamen, und sagte dann: »Du meinst, wenn Zhara es hören könnte.«

Han beugte sich noch tiefer, umfasste seine Knöchel und fühlte die Dehnung von seinem unteren Rücken über die Rückseite seiner Oberschenkel bis zu den Waden. »Miss Brandy ist nicht hier«, sagte er anstelle einer Antwort auf die eigentliche Frage.

Xu seufzte. »Irgendwann musst du ihr die Wahrheit sagen. Und ich glaube, es ist besser, wenn sie es von dir hört, als wenn sie auf andere Weise herausfindet, dass du der Thronerbe bist. Zum Beispiel durch diese Verlobungsplakate.«

»Ich glaube, da können wir ganz beruhigt sein«, schnaubte Han. »Die sehen mir nicht im Mindesten ähnlich.«

»Das ist nicht der Punkt«, sagte Xu streng. »Der Punkt ist, dass du mit diesem Doppelleben nicht weitermachen kannst. Der Preis wäre zu hoch. Entweder Anyang oder die Prinzessin oder Miss Brandy – irgendjemand wird darunter leiden, und je länger du diese Täuschung aufrechterhältst, desto schlimmer werden die Konsequenzen sein.«

Han rollte sich langsam wieder nach oben, stellte seine Beine schulterbreit auseinander und beugte sich mit dem Kopf in Richtung seines rechten Knies. »Ich weiß«, sagte er. »Es ist nur so, dass …«

Er hatte Angst. Er hatte Angst, das Licht in ihren Augen könnte erlöschen, wenn sie ihn ansah. Er hatte Angst, dass sie nicht länger ihn sehen würde, sondern die Krone. Für Zhara war er einfach nur Han, und dies zu verlieren ängstigte ihn mehr als alles andere.

Mit einem Mal wurden die Türen zu Jiyis Gemach ruckartig zur Seite geschoben und schlugen mit einem lauten Knall im Rahmen an. Eine zerzauste und aufgewühlte Zhara stand auf der Schwelle, während Han mitten in der Dehnung verharrte.

»He«, krächzte die Kurtisane vom Bett aus. »Es gibt Leute, die brauchen dringend Schlaf.«

Aber Zhara achtete gar nicht auf sie. »Meine Schwester und ich müssen die Stadt verlassen«, sprudelte sie mit panischer Stimme hervor. »Und zwar sofort.«

Han richtete sich so unvermittelt auf, dass er befürchtete, sich seine Nackenmuskeln gezerrt zu haben. »Was?«, fragte er entgeistert. »Die Stadt verlassen? Warum?«

»Weil«, sagte Zhara mit wildem Blick, »der Ehemann meiner Schwester von einem Dämon besessen ist.«

Han erkannte allmählich, dass eine Ehe eine durch und durch dämonische Angelegenheit war, egal, wer daran beteiligt war.

Es dauerte eine ganze Weile, ehe Zhara sich so weit beruhigt hatte, dass sie die ganze Geschichte erzählen konnte. Sie war aufgehalten worden, sagte sie, weil sie zur gleichen Zeit, in der sich die Hüter der Morgenröte hier getroffen hatten, an einer Besprechung mit dem zukünftigen Ehemann ihrer Schwester hatte teilnehmen müssen. Für einen kurzen Moment dachte Han, Zhara hätte gesagt, dass sie *ihren* zukünftigen Ehemann kennengelernt hatte – dass auch sie ein Geheimnis um ihre Verlobung machte –, und die Erleichterung, dass nicht nur er etwas vortäuschte, fühlte sich sowohl unerwartet als auch süß an. Dann erkannte er seinen Fehler, und er wurde von einer abgrundtiefen Selbstverachtung ergriffen.

Seine Schuldgefühle, merkte Han, machten aus ihm einen schlechten Menschen.

»Woher weißt du, dass der Verlobte deiner Schwester besessen ist?«, fragte Jiyi. Als Zhara das Wort »besessen« ausgesprochen hatte, hatte Jiyi alle Schläfrigkeit vergessen und war aus dem Bett gesprungen. Sie war mit einem Schlag wach und aufmerksam – eine beeindruckende Fähigkeit, fand Han, der vor seiner morgendlichen Tasse Tee kaum zwei Worte zusammensetzen konnte. »Ich vermute doch mal, dass der Mann sich nicht vor deinen Augen in ein Monster verwandelt hat, noch dazu hier in diesem Teehaus. Dann hätten wir nämlich ganz bestimmt davon erfahren.«

Zhara schaute auf ihre Hände, die im schwindenden Licht matt glühten. Han dachte an den Moment unter dem Mount Zanhei, als ihre Finger in Flammen gestanden hatten, und streckte seine Hand nach ihr aus, ehe er innehielt und zurückwich. Xu musterte ihn neugierig, während Han seine Hand wieder in den Schoß legte und vor Verlegenheit rot wurde.

»Ich … ich weiß nicht genau«, sagte Zhara. »Lord Chan kam mir anders vor als die anderen Magier, denen ich bislang begegnet bin, anders als Thanh oder der kleine Junge, den wir in den Höhlen unter dem Vulkan gerettet haben. Tatsache ist, dass ich eigentlich gar nichts über ihn sagen kann.« Sie runzelte die Stirn. »Es war seltsam. Meine Schwester hatte mir gesagt, der Mann sei innerlich leer, und ich hatte nicht verstanden, was sie meinte, bis ich ihm begegnet bin.« Sie erschauderte, und ein Aufflackern von Feuer fuhr ihre Silhouette entlang, ehe es wieder verschwand. »Aber … aber als er meine Hand nahm, war es, als bestünde er aus nichts weiter als aus der Leere. Aus einem tiefen, tiefen Abgrund, der mir meine Magie entzog.«

Jiyi verengte die Augen. »Das klingt nicht nach einem besessenen Magier, das klingt nach …« Sie brach ab. Als hätte sie ein Geistesblitz getroffen, durchwühlte sie die auf dem Boden verstreuten Zettel und Blätter.

»Irgendwas stimmt nicht mit ihm«, flüsterte Zhara. »Ich habe Angst.«

»Besteht die Möglichkeit, dass deine Schwester ihn abweist?«, fragte Xu mitfühlend. »Dass die Hochzeit abgesagt wird?«

Zhara schüttelte den Kopf. »Suzhan hat bereits ihren Fingerabdruck unter den Vertrag gesetzt.«

Xu kratzte sich am Kinn. »Lord Chan …« Ein nachdenkliches Stirnrunzeln. »Ich frage mich, ob wir verwandt sind. Chan ist zwar kein ungewöhnlicher Familienname, aber es gibt nicht viele Chans unter den hochgestellten Familien des Südens.«

»Lord Chan ist«, sagte Zhara, »ein hochrangiger Palastbeamter.« Sie dachte angestrengt nach, wobei sich zwischen ihren Augenbrauen eine winzige Falte bildete. »Aber ich kann mich nicht an seinen genauen Titel erinnern.«

Xu, der Han am Tisch gegenübersaß, war unter der Schminke aschfahl geworden. »Es ist nicht zufällig der Kanzler von Zanhei, oder doch?«

Zhara zog überrascht die Augenbrauen hoch. »Ich glaube doch«, sagte sie. »Woher weißt du das?«

»Weil«, sagte Xu erstickt, »der Kanzler mein Vater ist.«

Fassungsloses Schweigen senkte sich über Jiyis Zimmer.

»Dein Vater ist der Regent von Zanhei?«, fragte die Kurtisane ungläubig. Sie war gerade dabei gewesen, ein dickes Buch mit dem

Titel *Der erste Tiyok-Krieg* durchzublättern, und hatte mitten in der Bewegung innegehalten. Xu nickte benommen und mit elender Miene. »Und warum wussten wir das nicht?« Sie wandte sich an Han. »Und was ist mit dir? Willst du uns auch etwas mitteilen? Ist dein Vater zufällig der Fürst von Zanhei? Und bist du zufällig der Thronerbe?«

Han zuckte zusammen. Er fühlte, wie ihm angesichts dieser Anschuldigungen alles Blut aus dem Gesicht wich, aber Jiyi war zu verärgert, um irgendetwas zu bemerken.

»Na toll«, brummte sie. »Jetzt habe ich vollkommen vergessen, wonach ich gesucht habe.« Sie schlug das Buch zu und warf es über ihre Schulter nach hinten. »Ist Lord Chan ein Magier?«, fragte sie Zhara. »Ein Magier in einer hohen Stellung im Palast könnte nämlich Wunder für unsere Organisation bewirken.«

Abwesend rieb sich Zhara über ihren Handrücken, als versuchte sie, die Erinnerung an eine Berührung loszuwerden. »Ich … ich weiß nicht«, sagte sie. »Ich glaube nicht. Er fühlte sich jedenfalls nicht wie ein Magier an.« Sie schaute zu Han. »Oder wie ein Anti-Magier.«

»Wie fühlte er sich denn an?«, fragte Xu leise, immer noch mit blassem Gesicht, obwohl in die Wangen ein wenig Farbe zurückgekehrt war.

»Wie … nichts.«

»Nichts?« Han runzelte die Stirn. »Was meinst du damit?«

Mit glasigen Augen starrte Zhara vor sich hin. »Ich meine … nichts. Er fühlte sich nicht wie ein Mensch an, auch nicht wie ein Magier, eigentlich überhaupt nicht … lebendig.« Sie spielte mit den ausgefransten Säumen ihrer Hose und zupfte, ohne es zu merken, an den losen Fäden. »Nur … ein leerer Körper.«

»Das klingt ganz nach meinem Vater«, sagte Xu reumütig. »Ein schwarzes Loch, ohne jedes Gefühl.«

Han versuchte, den Blick seines Lieblingsmenschen einzufangen, aber Xu schaute betont zur Seite. Er wusste, dass Xus oberflächliches Getue oft nur eine Maske war, unter der sich die wahren Gefühle verbargen.

»Oh!« Jiyi sprang auf und rannte zu dem Buch, das sie hinter sich geworfen hatte. »Jetzt weiß ich wieder, wonach ich gesucht habe! In der Zwischenzeit«, setzte sie hinzu, während sie hektisch das Buch durchblätterte, »überlegen wir, wie wir dich und deine Schwester aus Zanhei herausschaffen.«

»Das kannst du?«, fragte Han überrascht.

»Lehrerin Hu sagte, dass die Hüter der Morgenröte ständig irgendwelchen Geflüchteten helfen«, sagte Zhara. »Für gewöhnlich werden sie in die Gebiete im äußersten Westen geschickt.«

Die Gebiete im äußersten Westen – irgendetwas an den Worten löste in Han eine Erinnerung aus, wie Herbstlaub, das zu Boden fällt. Der Geruch nach Äpfeln, süß und scharf und säuerlich in seiner Kehle, stieg in ihm auf. Essig. Unsichtbare Tinte. Onkel Li.

»Flüchten alle Magier dorthin?«, fragte Han. Er dachte an die verschwundenen Schreiber von Meister Cao und dass der Buchhändler sich geweigert hatte, zu verraten, wohin die flüchtigen Magier gegangen waren.

»Die meisten«, sagte Jiyi. »Warum fragst du?«

»Glaubst du, Onkel Li und seine Tochter könnten sich auch dort verstecken?«

Die Kurtisane dachte kurz nach. »Möglich«, sagte sie. »Dort gibt es so viele Stämme und Clans, es könnte Jahre dauern, einen verschwundenen Astrologen und seine kluge Tochter zu finden. Und das Land ist so weitläufig, es wurde nie richtig kartografiert. Allerdings«, setzte sie nachdenklich hinzu, »wenn Li Er-Shuan dorthin geflohen ist, wundert es mich, dass er den Hütern der Morgenröte nichts davon erzählt hat. Wir hätten ihm helfen können.«

»Wie?«, fragte Zhara. »Wie schmuggelt ihr Leute aus Zanhei heraus?«

»Auf verschiedene Arten«, sagte Jiyi. »Das hängt ganz von der Situation ab. Die Hüter der Morgenröte haben im Laufe der Jahre gelernt, erfinderisch und flexibel zu sein. Die nächste Karawane mit Geflüchteten wird in der Nacht der Sieben die Stadt verlassen.«

Han fühlte einen Stich der Enttäuschung. Er hatte Zhara zu den Festlichkeiten in den Palast mitnehmen wollen.

»Oh.« Er spürte, wie Zhara wehmütig in seine Richtung schaute, und wusste, dass sie das gleiche Bedauern empfand wie er. »Schon so bald?«

»Nun, in der Nacht der Sieben sind die Bangtan-Brüder in der Stadt«, sagte Jiyi. »Dank ihnen gelingt es den Hütern der Morgenröte, Magier in Sicherheit zu bringen.«

»Die Bangtan-Brüder?«, riefen Zhara und Xu wie aus einem Mund, ehe sie einander verdutzt anblickten.

Xu grinste und fing an zu singen, begleitet von einem ausgestreckten Zeigefinger. »*Ich bin du.*«

Sie berührte die ihr entgegenkommende Fingerspitze mit ihrer eigenen. »*Du bist ich*«, sang sie mit einer Stimme, die einnehmend rauchig war, allerdings völlig schief klang.

»Bäh«, sagte die Kurtisane angewidert. »Was ist das?«

»Eine Zeile aus einer ihrer Balladen«, erklärte Xu. »Aber sag mal, seit wann arbeiten die Bangtan-Brüder für die Hüter der Morgenröte?«

»Seit ein paar Jahren«, antwortete Jiyi. »Die Jungs sind alle Magier.«

»Wirklich?«, rief Zhara aus. »Kein Wunder, dass ihre Bühnenshow aussieht wie Magie!«

»Dienen ihre Vorstellungen als Tarnung für ihre Unterstützung der Hüter der Morgenröte?«

»Ja und nein«, sagte die Kurtisane. »Soweit ich weiß, stehen die Bangtan-Brüder wirklich gern auf der Bühne. Aber wichtiger ist, dass sich niemand darüber wundert, dass eine fahrende Schauspieltruppe überall im Reich unterwegs ist, und sie benötigen auch keine kaiserlichen Pässe. Sie sind absolut unauffällig.«

»Das würde ich nicht sagen«, murmelte Xu. »Die Bangtan-Brüder sind alles andere als unauffällig. Sie sind die beliebtesten Schauspieler im Reich des Morgens.

Jiyi runzelte die Stirn. »Wie darf ich das verstehen?«

»Na ja«, sagte Xu, »ihre letzte Vorstellung war so überfüllt, dass man Leute an der Kasse abweisen musste.«

Zhara schürzte die Lippen. »Ich würde auch sagen, dass sie ziemlich beliebt sind«, sagte sie. »Es gibt viele Leute, die regelmäßig an den Anschlagbrettern nachsehen, wann sie das nächste Mal in Zanhei gastieren. Wenn jemand Wind davon bekommt, dass sie in der Stadt sind, werden die Leute Schlange stehen, um Karten für den Maskenball zu bekommen.«

Die Kurtisane kaute geistesabwesend auf dem Stiel ihres Pinsels. »Hmmm, diese zunehmende Popularität könnte ein zweischneidiges Schwert sein«, murmelte sie. »Wir haben sie angewiesen, sich so bedeckt wie möglich zu halten, damit niemand etwas von ihrer Verbindung zu uns mitbekommt.«

»Ein solches Talent bleibt kaum unbemerkt«, sagte Zhara. »Noch heute reden die Leute über ihre Darbietung von *Ein Gedicht über die kleinen Dinge* unten in den Gruben.«

»Man stelle sich vor«, stöhnte Xu, »da arbeiten wir die ganze Zeit mit den Bangtan-Brüdern zusammen, und niemand sagt uns etwas davon! Ich will seit Ewigkeiten ein Autogramm dieses Hübschen, seit ich ihn als romantischen Helden in *Die schönsten Augenblicke im Leben* gesehen habe.«

»Sind sie nicht alle hübsch?«, fragte Han verwirrt. Er hatte die

Truppe im vergangenen Jahr gesehen, mit der Vorstellung des Sonnenkreis-Zyklus, aber er konnte sich nicht an ihre Gesichter erinnern, außer dass sie alle überwältigend und einschüchternd schön gewesen waren. »Ich dachte, sie alle wären attraktiv.«

»Bei der Mutter der Dämonen«, sagte Jiyi gereizt. Dann wandte sie sich an Zhara. »Nun, die gute Nachricht ist, dass wir eine Möglichkeit haben, dich und deine Schwester aus Zanhei herauszuschmuggeln. Die schlechte Nachricht ist, dass es unter den Augen der ganzen Stadt in der Nacht der Sieben geschehen wird. Aha.« Sie tippte mit dem Finger auf eine Seite in dem Buch, in dem sie geblättert hatte, und riss sie heraus. »Da ist es.«

»Was denn?«, fragte Zhara. »Wonach hast du gesucht?«

»Nach einer Beschreibung der Besessenheit durch einen großen Dämon.«

»Einen großen Dämon?«

»Ja.« Jiyi überflog die Seite, die sie in der Hand hielt. »Hier steht, dass Besessenheit durch einen der Könige von Tiyok die heimtückischste Form der Verderbnis ist, weil der große Dämon seine Gestalt im Körper eines Menschen verstecken kann, anstatt seinen Wirt in etwas Unheiliges und Abstoßendes zu verwandeln.«

»Die Verehrte will also damit sagen«, hauchte Xu, wieder totenbleich geworden, »dass eine Person von einem sogenannten König von Tiyok besessen sein kann, ohne dass irgendjemand es merkt?«

Die Kurtisane nickte. »Nur die Berührung eines Hüters der Morgenröte kann zum Vorschein bringen, was er wirklich ist.« Sie warf Zhara einen vielsagenden Blick zu. »Ein leerer Körper.«

Xu machte den Mund auf und dann wieder zu. »Bitte entschuldigt mich einen Moment. Ich glaube, ich brauche etwas frische Luft.« Hans Lieblingsmensch stand auf, öffnete die Türen zu Jiyis Zimmer, zog die Schuhe an und verschwand durch den Gang.

»Kann ich irgendetwas tun?«, fragte Zhara.

Han stand ebenfalls auf. »Überlass das mir«, sagte er. »Das ist ein ziemlicher Schlag, wenn man herausfindet, dass der eigene Vater nicht nur im übertragenen Sinn, sondern wirklich und wahrhaftig ein Dämon ist.«

Kapitel 33

Das letzte Tageslicht malte Streifen über den Abendhimmel, als Han schließlich ohne Xu den Blauregenhof verließ.

»Kommt Xu zurecht?«, fragte Zhara besorgt. Sie hatte im Empfangssalon des Teehauses gewartet, nachdem Jiyi sie aus ihrem Gemach verbannt hatte, weil sie dringend schlafen musste.

»Ich glaube schon«, sagte Han. »Ich hoffe es.«

»Könnte ein Freund oder eine Freundin helfen?«

Han schüttelte den Kopf. »Xu möchte allein sein.«

»Ist die Situation nicht gefährlich?«

Han dachte nach, bevor er antwortete. »Ich glaube nicht«, sagte er. »Xu ist ziemlich geschickt. Ich habe nicht umsonst so lange überlebt.« Er zeigte seine Grübchen, aber das Lächeln drang nicht bis zu seinen Augen vor. »Auf jeden Fall werde ich dich nach Hause begleiten, Miss Brandy. Es ist ein wunderschöner Abend, und es wäre eine Schande, ihn allein zu verbringen.«

Obwohl es schon spät war, wimmelte es in den Straßen von Kauflustigen und Touristen aus allen Teilen des Reichs, die durch die Geschäfte zogen, solange noch ein einziger Schimmer Tageslicht den Himmel erhellte.

In der Luft hing sirupartig die klebrige Feuchtigkeit des Sommers, aber die sengende Hitze hatte sich verzogen, und zurück blieb eine angenehme, fast sinnliche Atmosphäre, als Han und Zhara durch den Markt mit den Luxusartikeln zurück in Richtung Stadt schlenderten. Die Straßenbeleuchtung ließ die Umgebung, die sich mit dem Lavendel und dem Gold des Sonnenuntergangs mischte, weich und verträumt wirken.

Zhara betrachtete die gut gekleideten Kunden und war sich ihres schmutzigen und schäbigen Aussehens überdeutlich bewusst, mit dem sie hervorstach wie Unkraut zwischen wilden Blumen. Was man in diesem Teil des Marktes sah, roch und spürte war Geld. Nein, nicht Geld – Reichtum. Selbst die Luft hier war reicher, irgendwie leichter und gleichzeitig vielschichtiger als ein paar Straßen weiter – dezent parfümiert mit Räucherwerk, Sandelholz, Ylang-Ylang und Jasmin. Der schwere Geruch nach gebratenen Zwiebeln, Fett, Reis und gesottenem Fleisch wagte sich nicht weit weg von den Imbissläden und Restaurants, als würde er sich schämen, die Menschen an so profane Dinge wie Nahrungsaufnahme zu erinnern. Zhara lief das Wasser im Mund zusammen, und sie verspürte ein angenehmes Ziehen im Magen, das nichts mit Hunger, aber alles mit Sehnsucht zu tun hatte.

»Also«, sagte Han und räusperte sich. »Hast du dir überlegt, was du zum Maskenball in der Nacht der Sieben tragen wirst?«

»Gehen wir denn hin?«, fragte Zhara überrascht. »Ich dachte, meine Schwester und ich würden die Stadt in der Nacht der Sieben zusammen mit den Bangtan-Brüdern verlassen?«

»Ach ja, richtig«, sagte er verlegen. »Ich vergaß. Es ist nur … ich sagte, ich würde mit dir auf den Maskenball gehen, und ich wollte mein Versprechen halten.«

Eine Wärme, die nicht von der Hitze des Sommers oder von ihrer Magie kam, sondern von den Gefühlen, die sie für Han empfand, brannte in Zharas Brust. »Ach, na ja«, sagte sie und gab sich alle Mühe, das Hübsche-Leute-Kichern zu unterdrücken, »vielleicht haben wir Zeit für *einen* Tanz.«

Er schenkte ihr ein schiefes Grinsen, das sein linkes Grübchen tiefer machte als sein rechtes. »Weißt du«, sagte er, »ich habe mich bislang noch nie wirklich auf den Maskenball gefreut.«

Zhara senkte den Blick und spürte, wie das Kichern drohte, sie zu überwältigen. »Und ich war noch nie dort«, sagte sie. »Aber ich freue mich darauf, mit dir hinzugehen, Meister Pflaumenblüte.«

Seinem Spitznamen entsprechend überzog ein leuchtendes, dunkles Pink Hans Wangen, das in der zunehmenden Dunkelheit fast lila wirkte. »Also«, sagte er noch einmal und stieß ungeschickt mit einem Fuß gegen den anderen, während sie weiter über den Markt schlenderten. »Hast du dir schon ein Kostüm überlegt?«

»Ein Kostüm?«

»Es ist ein Maskenball«, sagte er. »Alle kommen kostümiert, auch wenn es nur ein Bettlaken ist, das du dir über den Kopf ziehst und dich damit als Geist verkleidest.«

»Ich … ich habe noch nicht darüber nachgedacht«, gestand Zhara. »Ich vermute, ich habe nicht damit gerechnet, dass es jemals wahr werden würde.«

Han legte die Hand auf sein Herz. »Du kränkst mich, Miss Brandy.«

Sie schüttelte den Kopf. »Es ist nicht so, dass ich an deinem Wort gezweifelt habe«, sagte sie leise. »Nur … nur habe ich nie zu hoffen gewagt, dass irgendeiner meiner Träume jemals wahr werden würde.«

Sein Gesicht wurde weich und er schaute sie aus diesen großen, runden Augen mit einem sanften und offenen Blick an. »Warum nicht?«

Zhara versuchte, seinem Blick standzuhalten, versuchte, den Mut aufzubringen, sich nicht von seiner unverhohlenen Güte abzuwenden. »Weil ich lange Zeit überhaupt nicht wusste, dass ich träumen *darf*«, sagte sie. »Dass ich mir Dinge wünschen darf, mich sehnen darf, über die alltäglichen Bedürfnisse hinaus: ein Dach über dem Kopf, Kleider am Leib, Essen in meinem Bauch.«

Er schwieg eine ganze Weile. »Weißt du«, sagte er dann ganz leise, »warum du mir an jenem ersten Tag vor Meister Caos Buchladen aufgefallen bist?«

Sie war überrascht, dass er sich überhaupt an ihre erste Begegnung erinnerte. Zhara wusste nicht mehr genau, welchen ersten Eindruck sie von ihm gehabt hatte. »Nein«, sagte sie. »Was war es denn?«

»Du hast die Bücher mit einem Ausdruck von solcher … Sehnsucht betrachtet«, sagte er, und Zhara merkte, dass seine Ohren sogar noch röter waren als der Rest seines Gesichts. »Und es traf mich bis ins Mark. Ich habe mir nie etwas wirklich gewünscht«, sagte er schnell. »Außer vielleicht, ein ganz normaler Junge zu sein. Es war diese Sehnsucht, die dir in meinen Augen Schönheit verlieh. Dein Verlangen machte die Welt größer, eine Welt voller Möglichkeiten.«

Etwas Leichtes und Luftiges flatterte in Zharas Rippenbögen, ein kitzelndes, beinahe süßes Gefühl. Sie wollte lachen, sie wollte weinen, sie wollte beides gleichzeitig tun. »Oh«, sagte sie mit zitternder Stimme. »Nun, Meister Pflaumenblüte, ich fürchte, ich kann dergleichen nicht behaupten, da ich mich kaum an Einzelheiten unserer ersten Begegnung erinnere, bis auf die Falken und das Buch über Magie natürlich.«

»Ja, das …« Nervös fuhr er mit der Hand über seinen Nacken. »Das war wohl ein echter Dämpfer.« Er hüstelte. »Aber um noch mal auf dein Kostüm zu sprechen zu kommen: Wir könnten etwas kaufen. Hier gibt es doch jede Menge Läden, die Kostüme anbieten. Ich könnte … ich könnte mit dir einkaufen gehen, wenn du möchtest. Dich vielleicht … beraten.«

Zhara lächelte. »Es wäre mir eine Ehre, Meister Pflaumenblüte.«

Und so stöberten die beiden in aller Ruhe durch die Bekleidungsgeschäfte. Ein hübsches, weiß-rosa Ensemble, bestehend aus Oberteil und Rock, erregte Zharas Aufmerksamkeit, und Han, der ihr Interesse bemerkte, ermutigte sie, die Verkäuferin zu fragen, ob sie es anprobieren könne. Anfangs war die Verkäuferin nicht gewillt, sie zu bedienen, doch das änderte sich, als sie das Silbernugget aus ihrer Tasche zog. Sofort war die Dame die Unterwürfigkeit und Freundlichkeit in Person.

Als Zhara Rock und Oberteil anzog, schloss sie die Augen, um ganz in dem Genuss der glatten, fast schlüpfrigen Seide auf ihrer Haut aufzugehen. In diesem Luxus. Sie fragte sich, wie es wohl sein mochte, jeden Tag solche Stoffe zu tragen. Ihre Sachen bestanden aus grob gesponnenem Leinen, das durch das viele Tragen und Waschen weich geworden war. Sie hatte schon lange nicht mehr die kratzige Oberfläche einer neuen Tunika oder einer neuen Hose gespürt, hatte schon vor langer Zeit aufgehört, wegen ihrer schäbigen Kleidung verlegen zu sein. Würde sich auch das luxuriöse Gefühl der Seide nach einer Weile abnutzen, wenn sie solche Stoffe ständig tragen würde?

»Wunderschön«, gurrte die Verkäuferin und steckte Zhara eine weiße Seidenorchidee in die Haare. Dann zog sie sie zu einem großen Spiegel aus Bronze. »Wie gut dieser Rosaton dem dunklen Teint der Kundin schmeichelt!«

Mit einem Mal wurde Zhara mit Komplimenten überschüttet – über die herrliche Farbe ihrer Haut, über ihre runden Augen, ihre wilden, dichten Haare, über jedes Detail ihres Aussehens, das in der Vergangenheit stets schlechtgemacht worden war.

Aber es waren nicht die seidenen Gewänder, von denen Zharas Augen angezogen wurden. Es war ihr Gesicht. Sie hatte zwar hin und wieder in einem ruhigen Teich oder in einem Brunnen einen Blick auf sich erhascht, aber sie hatte sich noch nie wahrhaftig so gesehen, wie andere sie wahrnahmen. Das Mädchen, das ihr aus dem Spiegel entgegensah, bewegte sich wie sie, blinzelte wie sie, legte wie sie den Kopf schräg. Aber Zhara konnte die Person, die sie vor sich sah, nicht mit dem Bild, das sie in ihrer Vorstellung von sich selbst hatte, in Einklang bringen. Sie hatte sich stets als Teil der Menge gesehen, so wie all die anderen Menschen: klein, farblos, dunkel, langweilig. Aber das Mädchen im Spiegel war völlig anders.

Das Mädchen im Spiegel war hübsch.

Sie war hübsch.

Zhara fing Hans Blick im Spiegel ein, und wie ein Blitz durchfuhr sie die Erkenntnis, dass sie ihr Spiegelbild nicht gebraucht hätte, um zu wissen, dass sie schön war. Sie hätte nur in Hans Augen sehen müssen, in den ehrfürchtigen, leicht erschrockenen Ausdruck in seinem Gesicht. Unter seinem Blick wurde ihr klar, dass sie sich schon seit geraumer Zeit hübsch fühlte, ohne sich selbst je wirklich gesehen zu haben. Aber in Hans Augen hatte sie es erkannt.

»Gefällt es der Kundin?«, fragte die Händlerin eifrig. »Wenn nicht, habe ich noch viele andere Kostüme, die ihr hervorragend stehen würden!«

»Nein, es ist wunderbar«, sagte Zhara mit rauer Stimme, doch in Wahrheit sprach sie zu Han im Spiegel, nicht zu der Verkäuferin neben ihr.

Erfreut berechnete die Verkäuferin die Kosten und Zhara bezahlte den Preis, ohne weiter darüber nachzudenken. Zu ihrer Überraschung bekam sie eine große Börse mit Münzen zurück – Wechselgeld, sagte die Verkäuferin, etwas, das sie vorher noch nie erlebt hatte. Sie hatte nicht gewusst, dass man mehr Geld haben konnte, als eine Sache wert war. Die Verkäuferin erklärte, dass die Änderungen an dem Gewand in zwei Tagen fertig sein würden. Dann könnte Zhara die Sachen abholen.

»Jetzt noch eine Maske«, sagte Han. »Immerhin ist das der wichtigste Teil bei einer Verkleidung.«

Sie kamen an einem Laden vorbei, wo handgeschnitzte Masken verkauft wurden, als eine kleine, plumpe Händlerin mittleren Alters mit glatten Wangen und einem breiten Lächeln aus dem hinteren Bereich des Geschäfts auftauchte. »Willkommen, verehrte Kunden, willkommen!«, sagte sie fröhlich. »Willkommen in Madame Wens magischem Warenhaus!«

Bei dem Wort »magischem« lief ihnen beiden ein Schauder über den Rücken, aber Han und Zhara lächelten die Händlerin höflich an, die eine bunte Mischung verschiedener Waren und Schmuckstücke anbot. Hier zu stöbern war wie ein Abenteuer: Wohin sie sich auch wendeten, sie entdeckten ständig etwas Neues.

»Dieser Laden ist unglaublich«, murmelte Han. »So viele Dinge, von denen ich bis heute nicht wusste, dass ich sie brauche.« Er nahm einen kleinen Schirmhut und setzte ihn auf. »Genial! Wenn es regnet, habe ich beide Hände frei!«

Zhara lachte. »Willst du als Regenschirm auf den Maskenball gehen?«

Han betrachtete den Hut mit kritischem Blick. »Das wäre nicht das schlimmste Kostüm, das zu tragen man mich je gezwungen hat«, sagte er. »Einmal kam meine Mutter auf die Idee, mich und meinen kleinen Bruder als Reiskuchen mit Hüten aus Bananenblättern zu verkleiden. Sie fand es süß.«

»Das klingt hinreißend!«

»Das war es«, sagte er trocken. »Zumindest mein kleiner Bruder sah hinreißend damit aus. Ich dagegen war schon zehn.«

Sie schwiegen eine Weile, während sie die Sammlung von Madame Wen durchsahen. Die Händlerin lauerte derweil dicht hinter ihnen, für den Fall, dass ihnen etwas gefiel.

»Oh, was ist das?« Han zog ein schmales Buch aus dem Regal

und schlug es auf. »*Die sechsunddreißig Positionen von Blüte und Stempel*«, las er laut. »Poesie?«

Zharas Lippen zuckten: »Pornografie.«

»Ach ja? Nun, ich habe *Geschichten aus dem Tiefen Tal* gelesen«, prahlte Han. »Das kann nicht annähernd so … *Ach du meine Güte!*« Er klappte das Buch zu und warf es voller Panik quer durch den Laden. »So was … so was lässt man einfach herumliegen, sodass jeder es lesen kann?«

»Ich habe gehört, dass erotische Schriften in den schicken Gegenden der Stadt der letzte Schrei sind«, neckte sie. »In den Gemächern des Thronerben im Palast gibt es doch bestimmt einige beeindruckende Exemplare davon.«

»Ha!«, bellte Han. »Von wegen!«

Nachdem sie noch eine Weile herumgekramt hatten, fand Zhara eine Maske, die zu ihrem Gewand passte. Sie war aus Holz geschnitzt und weiß bemalt, mit einem Muster aus rosa und gelben Seerosen. Sie winkte die Händlerin herbei, um die Maske zu bezahlen, und während sie auf die Rechnung wartete, betrachtete sie eine Auslage mit Ohrringen, die im Lampenlicht glitzerten.

»Oh ja«, sagte Madame Wen, die die Chance auf weiteren Profit sah. »Die Kundin hat Gefallen an diesen Ohrringen gefunden. Ein ausgezeichneter Geschmack! Man sagt, dass eine Halskette die Kleidung schmückt, aber Ohrringe schmücken das Gesicht. Und was für ein liebreizendes Gesicht das ist!«

Zharas Hände fuhren zu ihren Ohren. »Oh n-nein«, stammelte sie. »Ich habe keine Ohrlöcher.« Unwillkürlich musste sie daran denken, wie die Zweite Ehefrau sie gezwungen hatte, eine kleine, kreischende, sich windende Suzhan festzuhalten, während ihre Stiefmutter ihr unbarmherzig eine glühende Nadel durch die Ohrläppchen stach. Sie überspielte ihr Schaudern mit einem Lächeln.

»Wartet.« Madame Wen schnappte sich ein paar Jadeohrringe und nahm ihre Hand. »Wenn die Kundin ein Paar kauft, steche ich ihr umsonst Ohrlöcher!«

Es dauerte eine Weile, ehe sich Zhara aus den Klauen der übereifrigen Händlerin befreien konnte. Beladen mit Einkäufen und einer dafür umso leichteren Geldbörse gingen sie und Han in Richtung der Lotusbrücke, die nach Zanhei führte. Mittlerweile war es Nacht geworden und Touristen ließen ihre gekauften Wunschlaternen in den Himmel steigen.

»Warte mal«, sagte Zhara, als sie an dem Laden mit den weißen Seidenschuhen vorbeikamen, die sie so gerne gekauft hätte. Sie waren immer noch da. Die weiße Seide wurde vom Licht der Straßenlaternen mit einem warmen Schimmer überzogen.

»Ha, da bist du ja wieder«, brummelte der Händler. »Wenn du sie anfasst, musst du sie kaufen.«

»Wie viel?«, fragte sie auch diesmal und griff nach ihrer Geldbörse, in der sich das Wechselgeld von ihrem Silbernugget befand.

»Dreihundert Münzen.«

Zhara fielen angesichts dieser horrenden Summe Hand und Kinnlade herab. »Dreihundert?« Das war viel mehr, als sie übrig hatte, viel mehr, als das Silbernugget selbst wert gewesen war.

»Hier«, sagte Han, der eine schwere Börse aus seiner Schärpe zog. Er warf einen kleinen Goldbarren auf den Tresen.

»Oh Han«, sagte sie, »das ist wirklich nicht …«

»Meine Dame benötigt Schuhe für ihr Kostüm!« Als sie erneut widersprechen wollte, hob er die Hand. »Bitte«, sagte er leise. »Ich konnte dir kein Exemplar von *Die Maid, die vom Tod geliebt wurde* schenken. Lass mir wenigstens diese Freude.«

Tränen brannten in Zharas Augen, und sie blinzelte schnell, um sie zurückzuhalten. Niemand hatte ihr je zuvor etwas geschenkt, und die Freude darüber war fast genauso schmerzvoll wie ein Verlust. Han kniete sich hin und schob ihre Füße in die neuen Schuhe. Dann blickte er zu ihr hoch – sah sie.

»So.« Er lächelte mit Fältchen um die Augen, Grübchen in den Wagen und einer gekräuselten Nase. »Wunderschön.«

Sie bezweifelte, dass er die Schuhe meinte.

Sie gingen weiter über den Markt, und Zhara fühlte sich, als würde sie auf Wolken schreiten, sowohl wortwörtlich in ihren neuen Schuhen als auch im übertragenen Sinne in ihrem Herzen. Der süße Duft von Eiergebäck, Zuckerwatte und anderen Leckereien zog von den Imbissbooten herbei, die am Rand der Kanäle lagen, während auf anderen Barken bemalte Halbmasken und brennende Wunderkerzen verkauft wurden und allem eine festliche Atmosphäre verliehen. Die Vorfreude auf die Nacht der Sieben. Zhara schaute zu, wie sich einige junge Leute um einen Händler versammelten, der Wunschlaternen und passende Teelichter verkaufte. Sie kritzelten ihre Wünsche außen auf das Papier der Laternen, gingen dann auf den Anleger hinaus und ließen sie fliegen. *Reichtum*, stand auf einer. *Ein glückliches Leben*, auf einer anderen. *Heirat mit einem gut aussehenden Mann. Gesundheit für meine Großmutter. Gute Noten in meiner nächsten Prüfung.*

»Soll ich dir einen Wunsch kaufen, Miss Brandy?«, murmelte Han ihr ins Ohr.

Zhara erschrak, weil sie nicht bemerkt hatte, dass er ihr so nahe gekommen war. »Was?«, sagte sie leicht außer Atem, gefangen zwischen dem Instinkt, zurückzuweichen, und dem Verlangen, noch näher zu rücken.

»Ich habe gesehen, dass du kürzlich nachts die Wunschlaternen beobachtet hast, die in den Himmel zogen«, sagte er. »Und ich dachte, ich könnte dir helfen, dass einer deiner Wünsche in Erfüllung geht.«

Sie biss sich auf die Lippe, während sie über dieses Angebot nachdachte. Es war eine schlichte, freundliche Geste, ein Akt der Großzügigkeit von jemandem, der sowohl befangen als auch unbefangen war. Und doch zögerte sie. Die Erinnerung an ihren Beinahe-Kuss verfolgte sie noch immer, und ihr wurde klar, dass sie Angst hatte. Nicht Angst, verletzt zu werden, sondern Angst vor seiner Freundlichkeit. In dieser Freundlichkeit könnte sie sich verlieren. Sie könnte sich verlieren in der Hoffnung, dass es mehr als Freundlichkeit war.

»Nein, schon gut. Es ist nicht wichtig«, sagte Zhara und lachte leicht wegwerfend. »Ich wüsste nicht einmal, was ich mir wünschen sollte.« Sie dachte an das Versprechen, das sie Suzhan gegeben hatte – dass sie ihre Wahrheit leben würde. Dachte an ihren Traum, geliebt zu werden. Es kam ihr wie ein unbedeutender und frivoler Wunsch vor, und doch wie etwas, das sie sich von Herzen wünschte.

»Wirklich?« Han schaute dem Strom an Wünschen nach, die davonzogen, ein Fluss aus Sternen im Himmel. »Ich wüsste eine ganze Menge.«

Sie betrachtete ihn aus dem Augenwinkel. Die Kontur seines Profils, das von dem weichen Leuchten der schwebenden Laternen überzogen wurde, stand scharf und klar vor der Dunkelheit, aber der Blick, mit dem er in den Himmel schaute, war sanft. »Und was würdest du dir wünschen, Meister Pflaumenblüte?«, fragte sie.

»Nur *ein* Wunsch?«

Sie nickte. »Nur einer.«

Er drehte sein Gesicht zu ihr hin. Seine dunklen Augen waren ernst. Ausnahmsweise stieg kein Hübsche-Leute-Kichern in ihrer Kehle hoch; es erstarb unter seinem intensiven Blick. Der auf ihr lag. »Ich wünschte«, flüsterte er, »ich wünschte, dass ich in jener Nacht, in der ich dich zum ersten Mal nach Hause begleitet habe, den Mut gehabt hätte, dich zu küssen.«

Scharf sog Zhara die Luft ein. Er blickte sie unverwandt an, fragend, nach einer Antwort suchend, die sie nicht kannte. Er stand so nah, das Gesicht dicht über sie gebeugt. Sie zitterte, und ihr ganzer Körper schmerzte von dem, was sie wollte. Alles tat weh. Sie erkannte, dass es die Hoffnung war, die den größten Schmerz verursachte. Han rückte näher und näher und immer noch näher, und ihr war, als würde er für immer und ewig näher kommen, sie aber nie erreichen.

Dann berührten sich ihre Lippen, leicht, zögernd, scheu.

Nach einem Moment drückte sie sich an ihn und in den Kuss hinein. Seine Hände legten sich auf ihre Taille, und sie wusste nicht, ob er sie an sich ziehen oder von sich stoßen wollte. Er war so schüchtern, so sanft, dass ihr Herz vor Zärtlichkeit zerfloss. Sie aber war gierig. Sie wollte mehr. Sie wimmerte und packte den Kragen von Hans Gewand mit ihren Fäusten. Er schlang die Arme um sie und drückte sich an sie.

Als Zhara schließlich die Augen öffnete, sah sie, dass er sie anstarrte, mit einem leicht benommenen, etwas dümmlichen und schiefen Grinsen auf dem Gesicht. Seine Grübchen waren kaum zu sehen, aber nachdem sie ihn noch einmal geküsst hatte und wieder zurückgewichen war, kräuselte sich seine Nase und seine Grübchen zeigten sich in ihrer ganzen Pracht.

»Woah«, hauchte er.

»Ja«, flüsterte sie, und dann schoss zu ihrem Entsetzen mit einem Mal das Hübsche-Leute-Kichern in ihr hoch, wie aus einem unsichtbaren Quell der Glückseligkeit.

»Ähm«, sagte Han und blinzelte verwirrt. »Was ist denn so lustig?«

»N-nichts«, sagte Zhara und versuchte, das Lachen zu unterdrücken. »Es ist n-nur, d-dass …« Wieder sprudelte das Kichern aus ihrem Mund. »Ich … ich muss immer k-k-kichern, wenn hübsche Jungs in der Nähe sind.«

Han machte ein selbstzufriedenes Gesicht, als er sich vorbeugte und ihr eine Haarsträhne von der Wange strich. »Ach, tatsächlich?«, sagte er. Seine Lippen waren nur eine Haaresbreite von ihren entfernt. »Ich fühle mich geschmeichelt.« Sein Blick wurde ganz weich. »Du weinst ja«, sagte er ehrfürchtig und wischte ihre Tränen mit seinem Daumen weg.

Zu ihrer Überraschung erkannte sie, dass er recht hatte. »Ja«, flüsterte sie. »Ich weine.«

»Warum?«

Sie stieß ein wässriges Lachen aus. »Weil ich zum ersten Mal lebe, statt nur zu überleben.«

Han stieß ein leises Keuchen aus, als er seine Hände von ihren Wangen nahm.

»Was ist los?«, fragte sie. Er zeigte ihr seine Handflächen.

In Hans Händen lagen schimmernd im Mondlicht und im bunten Licht des Feuerwerks, das am Himmel explodierte, ein Dutzend Süßwasserperlen, jede einzelne tropfenförmig, erschaffen aus reinem Glück.

Teil 3

Die Nacht der Sieben

Kapitel 34

Es war schon weit nach Mitternacht, als Zhara schließlich zu Hause ankam. Kein Licht brannte in dem kleinen, armseligen Haus, was bedeutete, dass die Zweite Ehefrau entweder nicht zu Hause oder schon schlafen gegangen war. Ein Hochgefühl stieg in Zhara auf, während sie durch das Hoftor huschte und mit ihren Einkäufen in den Armen in die Küche ging. Nicht einmal die Tatsache, dass sie in wenigen Stunden schon wieder aufstehen und das Frühstück zubereiten musste, konnte ihre Freude trüben. Nein, die Morgendämmerung bedeutete, dass sie der Nacht der Sieben wieder einen Tag näher gekommen war, einen Tag näher an den Rest ihres Lebens. Morgen würde sie Suzhan sagen, dass sie Lord Chan nicht heiraten musste, dass ihre Nene eine andere Möglichkeit gefunden hatte, wie sie beide ihre Wahrheit leben konnten.

»Nene.«

Erschrocken ließ Zhara ihre Päckchen fallen. Suzhan saß in völliger Dunkelheit auf ihrem Schemel vor dem Herd. Ihre groß gewachsene, etwas unbeholfen wirkende Silhouette war in dem dünnen Silberschein der Mondsichel, der durch das Küchenfenster drang, kaum zu sehen.

»Mimi? Warum sitzt du hier im Dunkeln?« Schnell lief Zhara zu ihrer Schwester, aber Suzhan wehrte sie mit einer untypisch steifen Geste ab.

»Die Dunkelheit macht mir nichts aus«, sagte sie mit einer seltsam hohen Stimme. Ihre Worte klangen erstickt, dünn und zischend, als ob sie nach Atem ringen würde. »Aber das weißt du ja.«

Zhara runzelte die Stirn, und ihre Euphorie ebbte ab. »Ist irgendwas passiert, Mimi? Geht es dir gut?« Sie legte ihre Hand auf Suzhans Stirn, aber die Haut ihrer Schwester war kühl und trocken.

»Fass mich nicht an.« Suzhans Ton klang rau, brüsk und ohne ihre übliche neckende Wärme. »Magierin.«

Zhara fühlte das Wort wie einen Schlag ins Gesicht. »Ich bin keine … Woher weißt du …? Wann …?« Ihr war klar gewesen, dass sie Suzhan ihre Macht gestehen musste, bevor sie ihr von den Hütern der Morgenröte erzählen konnte, aber sie hatte gedacht, dass ihr mehr Zeit bliebe. Zeit, um die Sache langsam anzugehen, um ihrer Schwester schonend beizubringen, über welche Fähigkeiten sie – Zhara – verfügte, und ihr zu versichern, dass sie immer noch die Nene war, die ihr über die Haare strich und ihr Gutenachtgeschichten erzählte. Zhara hatte gedacht, dass sie die Kontrolle über dieses Gespräch haben würde.

Aber die Gelegenheit war vorbei. Gestohlen.

»Du leugnest es also nicht.«

Das konnte sie nicht. Und das würde sie auch nicht. »Hat Madame es dir erzählt?«, fragte Zhara kleinlaut.

Sie fragte sich, ob dies die Rache der Zweiten Ehefrau war, weil sie Lord Chans Angebot, für sie zu sorgen, abgelehnt hatte. Ob ihr damit das Einzige geraubt worden war, auf das sie sich stets verlassen hatte: das Vertrauen darauf, dass ihre Stiefmutter Zharas Geheimnis bewahren würde, auch wenn es ihr Umstände bereiten würde. Weil sie der Zweiten Ehefrau … etwas bedeutete. *Was für eine Mutter hält das Wissen über die Magie ihrer Tochter wie ein Fallbeil über ihren Nacken?* Ein Kloß bildete sich in Zharas Kehle, als ihr klar wurde, wie dumm sie gewesen war.

»Sie weiß davon?« Es war die größtmögliche Fassungslosigkeit und die Erschütterung über den Verrat in Suzhans Stimme, die Zhara das Herz brach. »Du … du hast es Mama erzählt … und mir nicht?«

Zhara schloss die Augen. Also hatte die Zweite Ehefrau ihr Geheimnis doch gehütet. Aber diese Erkenntnis war nun mit keinerlei Hoffnung mehr verbunden, sondern zerschlug nur jede Möglichkeit, dass dieses Gespräch ein gutes Ende nehmen würde. »Ich habe es Madame nicht erzählt«, sagte sie leise. »Sie hat es schon immer gewusst.«

Suzhan stieß ein leises Hicksen der Wut und der Trauer aus. »Ich verstehe«, sagte sie. Nach einer Weile fragte sie leise: »Und warum ist es dir nie in den Sinn gekommen, es *mir* zu sagen?«

Es gab so viele Gründe, aber keiner davon schien angesichts der Kränkung, die ihre Schwester empfand, plausibel zu sein. Zhara hatte Suzhan beschützen wollen. Sie hatte sie vor den Falken bewahren wollen. Sie hatte Angst gehabt. Ihr wurde klar, dass sie sich vor Suzhans Reaktion gefürchtet hatte, weil sie keine Ahnung hatte, wie Suzhan über Magie dachte. Sie hatten niemals über den Gerechten Krieg gesprochen, wenn sie gemütlich in Zharas Küche saßen, hatten nie Jin Zhanlong erwähnt und wie er gestorben war, hatten nicht geklärt, warum Suzhan vor Jahren eines Morgens blind erwacht war.

»Weil«, sagte Zhara leise, »ich mich geschämt habe.«

Zunächst erwiderte Suzhan nichts darauf, und die Stille drückte auf Zharas Brustkorb, sodass ihr das Atmen schwerfiel. Es war die einzig ehrliche Antwort, die sie ihrer Schwester geben konnte, denn sie sagte alles – und nichts – aus.

»Hast du dich geschämt für das, was du bist?«, fragte Suzhan. »Oder für das, was du getan hast?«

Schuld und Angst schossen durch Zharas Magen, und sie fragte sich, ob Suzhan den Grund für den Unfall, der sie ihres Augenlichts beraubt hatte, ahnte oder sogar kannte. »Beides«, sagte sie zögernd. »Das Reich hat wegen der Magie einen Krieg geführt, Mimi. Ich habe mich lange Zeit für das geschämt, was ich bin.«

Suzhan schüttelte den Kopf. Es war zu dunkel, um ihr Gesicht erkennen zu können, aber Zhara wagte es nicht, eine Kerze anzuzünden oder das Feuer im Herd zu entfachen. In der Dunkelheit besaß Suzhan Macht; hier hatte sie einen Vorteil gegenüber anderen. Und Zhara wusste, dass ihre Schwester diesen Moment und diesen Ort nicht grundlos ausgewählt hatte. »Sich für einen Unfall zu schämen oder für eine Laune der Natur ist ebenso dumm wie sinnlos«, sagte Suzhan. »Du bist, wer du bist, Nene. Darin liegt keine Schande.«

Das war etwas, das Suzhan in jeder anderen Situation gesagt hätte, um Zhara zu trösten, aber ihr Ton war immer noch distanziert und kühl. Früher wäre Zhara in der Lage gewesen, mit einer lustigen Bemerkung eine Brücke zu ihrer Schwester zu bauen, aber sie spürte, dass Lachen sie jetzt nur noch weiter voneinander entfernen würde.

»Aber sich wegen seiner Taten zu schämen«, fuhr Suzhan mit eisigem Ton fort, »ist etwas ganz anderes.

In diesem Moment erkannte Zhara, dass Suzhan doch die Tochter ihrer Mutter war, denn die harte Bitterkeit in ihrem Ton schmerzte Zhara ebenso, als käme sie aus dem Mund der Zweiten Ehefrau.

»Also«, sagte ihre Schwester. »Was hast du getan, dessen du dich schämen müsstest, Jin Zhara?«

Jin Zhara. Nicht *Nene*. Zhara fühlte sich, als stünde sie am Rand eines bodenlosen Abgrunds, in dem der Sturm heulte, und würde mit ausgestreckten Armen nach etwas greifen, das sie für immer verlieren könnte, würde sie die Wahrheit sprechen. »N-nichts«, sagte sie und verfluchte sich für ihre ehrliche Zunge.

Suzhan verschränkte die Arme. »Du lügst.«

Zhara konnte es nicht leugnen. »Ja«, flüsterte sie. »Wie …?« Sie befeuchtete die Lippen mit der Zunge. »Wie hast du es herausgefunden?«

»Also wirklich«, höhnte ihre Schwester. »Ich bin zwar blind, aber nicht blöd.«

Zhara zuckte zusammen.

»Ich glaube, ich habe es schon immer gewusst«, sagte Suzhan. Ihre Stimme war zwar leiser geworden, aber nicht freundlicher. »Da war immer irgendetwas an dir, was … anders war. Ein merkwürdiges Glühen, das sogar ich manchmal sehen konnte.« In der Ecke raschelte es leicht, als sie aufstand, gefolgt von dem leichten *Tap-Tap-Tap* ihres Stocks. »Aber nach unserem Treffen mit Lord Chan wusste ich es genau.«

Als Zhara den Wein in Wasser verwandelt hatte.

»Durch ihre Berührung«, zitierte Suzhan, »erkennen wir das Böse in einem Magier.« Sie schwieg kurz. »Ich habe das nicht verstanden, bis ich begriff, dass es deine Berührung war, die mich verletzt hat.«

»Mimi«, setzte Zhara an, »ich wollte niemals –«

»Wusstest du«, fuhr Suzhan unbeirrt fort, »dass der Heiler, zu dem mich Mama brachte, als ich noch klein war, meinte, dass es keine Behandlung, kein Mittel gäbe, das mein Sehvermögen zurückbringen könnte?«

Die Dunkelheit zwang Zhara, laut zu antworten, da ihre Schwester Gesten nicht sehen und sie für Schweigen halten könnte. »Ja.«

»Und weißt du, was er als Grund dafür nannte?«

Zhara schüttelte den Kopf und zwang dann das Wort über ihre Lippen: »Nein.«

»Dass meine Augen keine Augen seien. Statt Linsen und Gewebe und Flüssigkeit und Blut seien diese Dinger in meinen

Augenhöhlen nicht aus Fleisch und auch nicht aus Glas, sondern aus einer unnatürlichen und daher unheiligen Mischung aus beidem.«

Die Beschreibung, die so unverblümt und gefühllos dargebracht wurde, drehte Zhara den Magen um. Galle stieg in ihrer Kehle auf, und sie hatte Angst, sich übergeben zu müssen.

»Ganz offensichtlich wurde ich nicht so geboren«, sprach Suzhan unerbittlich weiter, »weshalb der Heiler meine Mutter fragte, welcher Magier mich verflucht hätte, denn diese Art von Augen konnten keinen natürlichen Ursprung haben.« Sie war so weit vorgetreten, dass Zhara den Atem ihrer Schwester auf ihren eigenen Lippen fühlen konnte. »Und jetzt weiß ich, dass du diese Magierin warst.«

»Ja«, flüsterte Zhara wieder. Mehr konnte sie dazu nicht sagen.

»Warum?« Suzhans Stimme brach bei dieser Frage. »Warum hast du mich verflucht? Hast du mich verabscheut? Warst du eifersüchtig auf die Aufmerksamkeit, die Mama mir schenkte?«

»Nein, Mimi«, sagte Zhara. »Es war ein Unfall. Ich schwöre dir, es war ein Unfall.«

Sie hatte ihre Schwester nicht verletzen wollen. Sie wollte nur helfen. Sie hatte schon lange davor im Geheimen Magie praktiziert, hatte Knöpfe in Münzen verwandelt, Blumen in Bänder, Holz in Stein. Zhara war zuversichtlich gewesen, hatte keinen Zweifel daran gehabt, dass sie mithilfe ihrer Magie die Kurzsichtigkeit ihrer Schwester korrigieren könnte. Schon als Kind war Suzhans Sehvermögen mit jedem Tag schlechter geworden, und die dicken Brillengläser, durch die sie früher noch hatte sehen können, nutzten bald nichts mehr.

»Ich wollte nur helfen«, sagte Zhara, mehr zu sich selbst als zu ihrer Schwester.

Es war bestimmt ganz einfach, hatte sie geglaubt, die Augen

ihrer Schwester zu verändern, sie sich unversehrt und gesund vorzustellen. Suzhan mit scharfem und klarem Blick, so wie früher, bevor sie ihre erste Brille bekommen hatte. Und als Suzhan sich eines Nachts wieder zu Zhara in die Küche schlich, legte Zhara die Hände auf den Kopf ihrer Schwester, nachdem diese eingeschlafen war, und träumte davon, dass Suzhan mit perfekten Augen wieder erwachen würde.

Stattdessen war sie blind aufgewacht.

»Ich wusste nicht«, stammelte Zhara, »ich wusste nicht, was ich tat, aber … ich dachte, ich könnte dich reparieren.«

»Mich *reparieren?*« Suzhans Mund verzog sich vor Abscheu. »Als ob ich eine kaputte Puppe wäre, die man flicken muss?«

»Nein!«, rief Zhara. »Mit dir war alles in Ordnung. Aber … aber Madame …« Sie konnte den Satz nicht beenden, aber das war auch nicht nötig.

»Mama dachte, dass ich beschädigt wäre.« Suzhan wandte den Kopf zur Seite. »Und sie ließ ihre Wut an mir aus.«

»Ja.« Als Zhara das Wort aussprach, drang ihre Magie an die Oberfläche und erhellte die Küche. »Ich hätte alles getan, um dir diese Schmerzen zu ersparen.«

Suzhan wich zurück. »Ist das … ist das deine Magie?« Ihre Augen zuckten in dem Versuch, sich auf die Lichtquelle zu fokussieren.

»Ja«, sagte Zhara mit rauer Stimme. Ihre Schwester streckte voller Staunen die Hand aus, um ihre zu berühren, aber Zhara zog sie schnell weg. »Nein, nicht«, sagte sie erschrocken. »Ich will dir nicht wehtun.«

»Mir wehtun?« Suzhan lachte freudlos. »Aber du hast mir bereits wehgetan, Nene. In vielerlei Hinsicht. Was für einen Unterschied macht da so ein bisschen Magie?«

In dem schwachen Schein von Zharas Macht wirkte Suzhans

Gesicht hart und ihre Züge verzerrt von Schmerz. »Du warst der Grund, warum Mama mich geschlagen hat«, sagte sie mit gequälter Stimme. »Der Grund, warum ich es ihr nicht recht machen konnte. Der Grund, warum ich an den Meistbietenden verschachert werde wie eine preisgekrönte Kuh auf dem Markt.«

»Ich weiß, Mimi, ich weiß.« Sie wünschte, es gäbe andere Worte, die sie sagen könnte, andere tröstliche Plattitüden.

Suzhan schnaubte. »Mehr hast du dazu nicht zu sagen?«

»Was soll ich denn sagen? Was willst du von mir hören, Mimi?«, murmelte Zhara. »Ich tue alles, sage alles, damit du mir vergibst.«

»Als ob man Vertrauen so leicht mit Worten flicken könnte wie Wunden mit Magie«, sagte Suzhan zornig. »Ich will nichts hören, Nene, nur eins: Dass es dir leidtut.«

»Es tut mir leid«, flüsterte Zhara. »Ich weiß, das ist nicht genug, aber es tut mir so unendlich leid.«

Suzhan ließ die Schultern hängen. »Du hast recht, es ist nicht genug.« Sie verstummte kurz. »Aber es muss vermutlich reichen.«

Erleichterung schwappte in großen Wellen durch Zhara und ertränkte die Flammen unter ihrer Haut, woraufhin die Küche wieder in vollkommene Dunkelheit getaucht wurde. Sie wusste, dass ihr Verhältnis zu Suzhan nicht mehr das gleiche war und vielleicht nie mehr das gleiche sein würde, aber wenigstens war es nicht unwiederbringlich verloren. Sie hatte das Vertrauen und die Liebe ihrer Schwester verraten, aber das hieß nicht, dass beides nicht wieder aufgebaut werden konnte. Sie musste sich nur bewähren. Sie musste alles wieder geradebiegen, was geradegebogen werden konnte. Zhara fiel auf die Knie und drückte die Stirn gegen den Boden, und obwohl Suzhan sie nicht sehen konnte, wusste sie, dass ihre Schwester spüren konnte, dass sie sich vor ihr in den Staub geworfen hatte.

»Lass es mich wiedergutmachen, Mimi«, sagte sie leise. Ihre

Worte wurden fast von dem aus festgetretener Erde bestehenden Boden verschluckt. »Gib mir die Möglichkeit, Buße zu tun.«

»Und wie willst du das anstellen, Nene?«, fragte Suzhan müde. Und obwohl in ihrer Stimme keine Zuneigung lag, spürte Zhara dennoch das Echo der Liebe darin. »Was geschehen ist, ist geschehen.«

Zhara schluckte. »Ja, aber was, wenn ich dir sagen würde, dass du Lord Chan nicht heiraten musst?«

Suzhan erstarrte. »Du machst Witze.«

Zhara schüttelte den Kopf, ehe sie sich daran erinnerte, dass sie sprechen musste. »Nein, Mimi«, sagte sie leise. »Was, wenn ich dir sage, dass es mir todernst damit ist?«

»Aber … wie?« In diesem Augenblick klang Suzhan wie das Mädchen, das sie noch war – jung, hoffnungsvoll, noch nicht zynisch oder hart geworden gegenüber der Welt um sie herum. »Aus welchem Grund?«

Zhara zögerte und überlegte, wie sie es am besten formulieren sollte, damit sie weder wie ein altes Weib klang, das Märchen erzählte, noch wie eine Schurkin dastand, weil sie ihrer Schwester noch mehr verheimlicht hatte. *Dein zukünftiger Ehemann ist von einem Dämon besessen* ließ sie als geistesgestört dastehen, während *Ich bin Mitglied in einer geheimen Hilfsorganisation, von der ich dir nichts erzählt habe* klang, als würde sie ihre Schwester als Baby betrachten. »Es gibt«, sagte sie, »noch andere Magier auf der Welt. Auch im Reich des Morgens.«

Suzhan dachte nach. »Das klingt logisch«, sagte sie. »Obwohl ich nicht glauben kann, dass mir das noch nie in den Sinn gekommen ist.«

»Viele dieser Magier und ihre Verbündeten arbeiten seit dem Ende des Gerechten Krieges zusammen«, fuhr Zhara fort, »um sich gegenseitig, aber auch anderen magischen Familien und ihren

Lieben Hilfe und Unterstützung anzubieten.« Bei dem Wort Lieben zuckte Suzhan zusammen. »Die Hüter der Morgenröte haben sich bereit erklärt, uns zur Flucht in die Grenzbezirke des Reichs zu verhelfen, wo wir beide frei von den Gesetzen und Verordnungen des Warlords sein können.« *Und frei von der Zweiten Ehefrau*, wollte Zhara sagen, aber sie brachte die Worte nicht heraus. Sie laut auszusprechen wäre eine zu große Hoffnung für jede von ihnen.

»Warum solltest du das tun, Nene?«, fragte Suzhan stirnrunzelnd. »Warum würdest du das … für mich tun?«

Weil du ansonsten einen Dämon in Menschengestalt heiraten müsstest. »Weil ich dich liebe, Mimi«, sagte Zhara, »und weil ich dich nie im Stich lassen würde.«

Aber statt freudig erregt zu sein, schwieg Suzhan merkwürdigerweise. »Es stimmt, dass es mir lieber wäre«, sagte sie schließlich, »wenn ich Lord Chan nicht heiraten müsste.«

Ihre Schwester würde mitkommen. Zharas Schultern entspannten sich. »Oh, gut«, sagte sie, »ich habe nämlich einen Plan, Mimi. Einen Plan, wie wir aus Zanhei rauskommen können – weg von Lord Chan und weg von … Madame. Wir müssen uns nur bereit machen, in der Nacht der Sieben aufzubrechen.«

Suzhan runzelte wieder die Stirn. »Mama sagt, dass ich zusammen mit meinem zukünftigen Ehemann an dem Maskenball teilnehmen soll, um den Thronerben und seine Braut zu begrüßen. Es gehört zu meinen Pflichten als Gemahlin des Kanzlers.«

Zhara biss sich auf die Lippe. »Aber du musst doch nicht die ganze Nacht an Lord Chans Seite sein, oder?«

»Nein, vermutlich nicht.«

»Gut. Dann werde ich mich im Palast mit dir treffen und wir werden gemeinsam fliehen.«

Wieder dieses merkwürdige Schweigen. »Gemeinsam«, sagte

Suzhan schließlich langsam, rollte die Worte auf ihrer Zunge hin und her, als ob sie verschiedene Geschmacksrichtungen herausfinden wollte. Ihre Finger zuckten und zupften unsichtbare Saiten.

»Ja, Mimi«, sagte Zhara. »Gemeinsam.« Langsam und vorsichtig hob Zhara ihre glühende Hand, um Suzhans Gesicht zu erhellen. Der Ausdruck in der Miene ihrer Schwester war unergründlich.

»Ein braves Mädchen durch und durch«, murmelte Suzhan. »Das bist du doch, Nene, nicht wahr?« Die Augen auf das Licht vor ihr geheftet, streckte sie ihre eigene zitternde Hand nach Zhara aus, aber sie berührte sie nicht. »Ich sehe dich, Nene«, sagte sie mit rauer Stimme. »Zum ersten Mal glaube ich wahrhaftig, dass ich dich sehen kann.« Sie schüttelte den Kopf und stieß ein abgehacktes Lachen aus. »Aber ich glaube, mir ist es lieber, wenn wir beide im Dunkeln sind.«

Zhara zog ihre Magie unter ihre Haut zurück und ließ wieder die Nacht niedersinken, wie eine Decke. Sie streckte die Arme aus und tastet nach den knochigen Schultern ihrer Schwester, zog sie in eine Umarmung. »In der Nacht der Sieben«, sagte sie. »In der Nacht der Sieben beginnt unser neues Leben.«

»Ich hoffe es«, sagte Suzhan leise. »Ich hoffe es.«

Kapitel 35

Eine Abfolge von Klopfgeräuschen und Rufen schreckte Han aus dem Schlaf.

»Wach auf!«, zischte eine Stimme. »Es geht um Anyang! Beeil dich!«

Er schoss aus dem Bett, während sich sein Geist noch aus dem Kokon des Schlafs zu befreien versuchte, in dem er sich verheddert hatte.

»Xu, bist du das?«, fragte er mit belegter Stimme und blinzelte zu der Gestalt vor seinem Fenster. Han suchte nach einem Gewand oder einem Schal, irgendetwas, das er über sein Nachthemd werfen konnte, und schob den Laden aus Reispapier auf. Sein Lieblingsmensch stand mit zerwühlten Haaren, verschmiertem Make-up und schief sitzendem Gewand im Hof.

»Wer sonst?«, fragte Xu gereizt und legte den Kopf schräg. »Oder hat Seine Gnaden jemand anderen erwartet? Vielleicht eine gewisse Maid mit runden Augen, die mit bloßen Händen Feuer anzünden kann?«

»Halt die Klappe.« Han rieb sich die Augen. »Was ist nun mit Anyang?«

»Der Zweite Erbe ist nicht in seinen Gemächern.«

»Was?« Angst peitschte durch Hans schlaftrunkenes Gehirn, und mit einem Mal war er hellwach. »Wo ist er? Sollen wir die Hüter der Morgenröte benachrichtigen?« Er dachte an die Leichen, die sie unter dem Mount Zanhei gefunden hatten. »Was sollen wir tun?«

»Sch-sch, ganz ruhig«, sagte Xu besänftigend. »Ich habe ihn gefunden. Er ist im Garten der Meditation.« Eine kurze Pause. »Han«, fuhr Xu fort, ohne die übliche formelle Anrede, »irgendwas stimmt nicht.«

Han sprang durch das offene Fenster in den Hof und zuckte zusammen, als er mit nackten Füßen auf dem Kies landete. »Gehen wir.«

»Was ist mit den Wachen?«

»Zum Henker mit den Wachen«, knurrte er. »Außerdem kennst du doch die Patrouillengänge in- und auswendig, so oft wie du in irgendwelche fremden Betten schlüpfst.«

Xu schniefte. »Ich nehme das mal als Kompliment für meine überlegene Beobachtungsgabe, und nicht als Vorwurf bezüglich irgendwelcher verbotener nächtlicher Aktivitäten.«

Han verdrehte die Augen und packte Xus Hand. »Los jetzt!«

Die zwei humpelten und huschten über den Hof und verließen dann die Residenz der Männer. Han duckte sich hinter Xu, als sie sich zwischen zwei Gebäuden hindurchschoben, und achtete darauf, immer im Schatten zu bleiben. Sie ließen die verschachtelten Residenzen hinter sich und kamen zu dem weitläufigen offenen Areal hinter den Palastgebäuden, deren vergoldete Giebel im Mondlicht trüb schimmerten.

»Runter!«, zischte Xu und warf sich auf Han. Ein Trupp gewöhnlicher Palastwachen marschierte vorbei, ohne die beiden menschlichen Gestalten zu bemerken, die sich gegen die Mauer drückten.

»Ich weiß nicht, ob ich erleichtert oder besorgt sein soll, dass sie uns nicht gesehen haben«, murmelte Han, als die Luft wieder rein war.

»Sei jetzt erleichtert, später besorgt.« Xu musterte ihn von oben bis unten mit gerunzelter Stirn. »Hättest du dir nicht etwas Unauffälligeres anziehen können?

Han schaute auf seinen Morgenmantel, der selbst in der Dunkelheit weiß erstrahlte. »Es war das Erste, was ich finden konnte«, brummte er.

Mit einem ergebenen Seufzen zog Xu das eigene Gewand aus dunkelblauem Stoff aus, das in der tiefschwarzen Nacht kaum zu sehen war. Unter der Seide und dem Schleierstoff kam ein erstaunlich praktisches Outfit zum Vorschein, bestehend aus einem dunklen Hemd und einer dunklen Hose – viel mehr dazu geeignet, sich nachts in den Schatten herumzuschleichen, als damit im Vergnügungsviertel herumzustolzieren. Han nahm Xus Kleidung mit einer verlegenen Verbeugung entgegen und schlüpfte schnell aus seinem hellen Morgenmantel. Als er Xus Oberteil anzog und die Nähte an den Schultern krachend platzten, zuckte er zusammen.

»Xu«, setzte er an.

»Vergiss es«, lautete die knappe Antwort. »Kauf mir irgendwann ein neues.«

Sorge breitete sich in Hans Magengrube aus. Wenn Xu keinen Gedanken an Kleidung verschwendete, musste die Sache ernst sein.

Gemeinsam spähten sie um die Ecke des Versammlungssaals. »Da drüben«, sagte Xu und deutete zu einem Pavillon. »Da habe ich den Zweiten Erben gesehen. Wir sollten uns beeilen.«

Die beiden jagten über die Zickzackbrücke, die zu dem Mondpavillon führte, aber die Aussichtsplattform war leer.

»Wo ist Anyang?«, keuchte Han, dem die Panik die Luft aus den Lungen quetschte. Hektisch suchte er mit den Augen das dunkle Wasser des Zierteichs ab, der den Pavillon umgab. Als Kind war er einmal durch das Geländer gerutscht und ins Wasser gefallen, und weder er noch sein Bruder konnten schwimmen.

»Noch mehr Wachen!« Xu packte Han am Ärmel und riss ihn

mit aller Kraft zu Boden. Wenn er nicht so viel Angst um Anyang gehabt hätte, hätte sich Han über Xus Kraft gewundert. »Da!«

Er blickte in die Richtung, in die der ausgestreckte Finger deutete, zu einer Gruppe Trauerweiden auf der anderen Seite des Teichs. Dort schlenderten zwei Gestalten Seite an Seite unter den Bäumen. Der Mond verwandelte das Wasser in einen Spiegel, und sowohl im Teich als auch unter den Weidenzweigen konnte man bei beiden Gestalten den Feder-Haarschmuck der Falken erkennen. Auf einer steinernen Meditationsbank ein Stück weit entfernt saß eine dritte Gestalt – eine kleine, vertraute Gestalt.

Anyang.

Sofort sprang Han auf, ignorierte Xus Protest und sprintete zu den Büschen. Er ließ sich auf alle viere nieder und kroch zu seinem Bruder und zu den Raubvögeln des Falkners. Han hörte Xu »Euer Gnaden!« zischen, während er sich durch das Farnkraut schob, und dann ein leises Aufprallen, als Xu ihm folgte.

»Ich versuche doch bloß, ihn heil bis zur Volljährigkeit zu bringen«, murmelte Xu klagend. »Sechs Monate, nur noch sechs Monate …«

Die Falken näherten sich der Bank, auf der Anyang saß, und Han bezweifelte, dass er seinen Bruder noch rechtzeitig erreichen würde. Allmählich wurden seine Finger gefühllos, während er sich über Sand und Erde schob; die Erinnerung an den Tag, an dem seine Mutter weggeschleppt wurde, kehrte mit aller Macht zurück. Der Geschmack von Asche erfüllte seinen Mund und fast musste er würgen. Er hatte schon einmal jemanden verloren, den er geliebt hatte; er wusste nicht, ob er es ertragen könnte, noch jemanden an die Justiz des Warlords zu verlieren. Wenn er aufstehen würde, könnte er losrennen, Anyang packen und …

Zu spät. Die Falken hatten den Zweiten Erben erreicht. Einer von ihnen – eine groß gewachsene, spindeldürre Person – streckte die Hand aus, um Anyang an der Schulter zu fassen, aber der andere, klein und stämmig, hielt ihn zurück.

»Warte«, warnte der Falke. »Der Kanzler gibt uns Bescheid, wenn wir den Jungen wieder ins Bett bringen sollen.«

Han spürte, dass Xu sich neben ihm versteifte, und erinnerte sich daran, wie das Gesicht unter dem Make-up blass geworden war, als Zhara ihnen erzählte, dass der Kanzler nicht der war, der er zu sein vorgab, sondern ein Dämon in Menschengestalt. Seine Lippen setzten zu einer stummen Frage an – *Alles in …?* –, aber Xu bedeutete ihm mit einer wilden Handbewegung, zu schweigen.

Anyang saß mit geschlossenen Augen völlig still auf der Meditationsbank. Sein Atem ging regelmäßig, als würde er tief und fest schlafen. Einige Sekunden vergingen, in denen Han sich abmühte, die Luft anzuhalten, um das Geräusch seines rasenden Herzens daran zu hindern, ihr Versteck preiszugeben.

Dann hob Anyang den Kopf und schlug die Augen auf.

Und die Welt verstummte.

Es war, als wäre Han unter Wasser getaucht worden. Die Luft war dick und das Atmen fiel schwer, aber das Beunruhigendste war die vollkommene Stille. Keine Grille zirpte. Kein Frosch quakte. Auch vom Teich kam keinerlei Geräusch, nicht einmal ein Blubbern, wenn ein Fisch auf der Jagd nach Fliegen an die Oberfläche schwamm.

Totenstille.

Anyang beugte sich vor und hob etwas vom Boden auf, drückte es an seine Brust und streichelte es. Es dauerte einen Moment, bis Han erkannte, was es war: ein Vogel.

Ein plötzliches Knacken schoss durch die Stille, als sein kleiner Bruder dem Vogel das Genick brach. Han stopfte sich seine Faust in den Mund, um einen Schrei zu unterdrücken. Die beiden Falken wichen erschrocken zurück.

»He«, sagte der größere der beiden. »Das ist unheimlich.«

Der untersetzte Falke zischte, er solle still sein.

Langsam und mit steifen Bewegungen öffnete Anyang die Hand, auf der das tote Tier lag, dessen Kopf in einem unnatürlichen Winkel abstand. Mit sanften Atemstößen plusterte er die Federn des Vogels auf, und nach einem kurzen Moment fingen plötzlich die Flügel und Krallen an, sich zu bewegen. Sie zuckten. Sie zappelten. Sie flatterten. Anyangs Hände zuckten im Rhythmus der Bewegungen mit, als hingen an seinen Fingerspitzen unsichtbare Schnüre.

Der Vogel flog in die Luft.

»Was …?«, keuchte der größere Falke.

Das war falsch, ganz und gar falsch. Der Vogel war immer noch unverkennbar tot – der Hals gebogen, die Augen glasig –, und doch flatterten seine Flügel abgehackt und schafften es irgendwie, den Körper in der Luft zu halten. Han hatte das Gefühl, als würden kleine Krallen über seine Haut gezogen, und er musste an die toten Ratten denken, die durch die Straßen des Markts geströmt waren, und an die Welle aus Horror und Abscheu, die das Monster ausgelöst hatte – das gleiche unheilvolle und unheimliche Gefühl, das ihn in der Höhle unter dem Mount Zanhei befallen hatte.

Sein Magen drehte sich um und beinahe hätte er sich ins Gebüsch übergeben. »Nein«, murmelte er. »Nein.«

Magie, die aller Vernunft, aller Ordnung und aller Logik zuwiderlief. Er kannte die Hüter der Morgenröte jetzt lange genug, um zu wissen, was das bedeutete.

Besessenheit.

Xu packte ihn fester am Bein, aber Han hatte nicht vor, irgendwohin zu gehen. Die Angst lähmte ihn; er wollte nicht hinsehen, konnte aber auch den Blick nicht abwenden. Er wollte die letzten Momente erleben, in denen sein kleiner Bruder sein kleiner Bruder war, kein Monster.

Kein Scheusal.

Anyang ließ die Arme sinken.

Und der Vogel fiel zu Boden.

»Ein mächtiger Magier«, sagte Anyang. »Er ist ein bisschen jung, aber wenn ich mich in dieser Welt manifestiere, habe ich dann umso mehr Zeit, während der Körper erwachsen wird.«

Die Falken des Warlords blickten verblüfft drein. »Ist das der werte Kanzler?«

»Natürlich«, sagte Anyang gereizt. »Ich sagte euch doch, dass er es sein würde.«

Der Gesichtsausdruck des kleinen Jungen veränderte sich, während er den Falken Befehle gab. Sein Lächeln war leer und seine Augen schienen im Mondlicht hervorzutreten. Es war, als ob jemand sich Anyangs Haut wie eine Maske übergestreift hätte. Die Wangen erschlafften, trotz der fremdartigen Intelligenz, die seine Züge belebte. »Wir haben alle Elemente für das Ritual, außer dem Opfergefäß. Dieser Junge ist ein mächtiger Magier; hoffen wir, dass er stark genug ist.«

»Stark genug wofür, Mylord?«, fragte der größere Falke.

Anyangs Lächeln war nicht sein eigenes. »Das soll euch nicht kümmern. Sorgt nur dafür, dass in der Nacht der Sieben alles bereit ist. Das Ritual muss in dieser Nacht vollendet werden.«

Han und Xu wechselten einen entsetzten Blick.

Ritual?, formte Xu stumm mit den Lippen.

Han schüttelte den Kopf.

»Was ist mit diesem Opfergefäß, Euer Eminenz?«, fragte der andere Falke. »Wofür ist es da?«

Anyang grunzte. »Tut, was ich euch befohlen habe, und stellt keine Fragen. Ich muss gehen; solange das Ritual nicht abgeschlossen ist, habe ich keine dauerhafte Kontrolle über diesen Körper. Ich werde morgen mit euch sprechen.« Ganz plötzlich entspannten sich Anyangs Muskeln, und sein Körper sackte zu Boden wie eine Marionette, deren Schnüre gekappt wurden.

Der größere Falke stupste den Jungen mit seiner Stiefelspitze an. »Ist er tot?«

Der kleinere kniete sich hin und drückte einen Finger seitlich an Anyangs Hals. »Nein. Der Puls ist schwach, aber ruhig. Ich glaube, er schläft einfach nur tief und fest. Komm schon.« Der Falke warf sich den Zweiten Erben über die Schulter und trottete in Richtung der Männerresidenz des Palastes. »Bringen wir ihn ins Bett, bevor jemand merkt, dass er weg ist.« Dann gähnte er herzhaft. »Ich weiß nicht, wie viele solcher Nächte ich noch aushalte – oder der Junge.«

»Da sagst du was«, brummte der größere Falke, der dem anderen aus dem Meditationsgarten hinaus folgte. »Wenn das alles vorbei ist, werde ich tagelang schlafen.«

Han hielt den Atem an, während er zusah, wie die Falken seinen bewusstlosen Bruder in sein Gemach zurückbrachten. Als die Luft rein war, stand er auf, doch in dem Moment entdeckte er etwas Dunkles und Rotes, das durch die Büsche huschte, rot wie Blut im Schein des Mondes.

Sie waren nicht allein.

»Mein Prinz«, flüsterte Xu und deutete in die Richtung.

»Ich sehe es«, murmelte Han. Die Bewegung war irgendwie flüchtig und fahrig, als ob es ein Geist oder ein überirdisches Wesen wäre, das durch das Laub schwebte, eine Spiegelung aus der Welt jenseits des Schleiers. Geräuschlos durchquerte es den Garten, aber Han hatte den Eindruck, eine menschliche Gestalt zu erkennen, als die Erscheinung durch die Schatten sowohl verborgen als auch enthüllt wurde. *Ist das der Froschdämon?*, fragte er sich. Langsam, quälend langsam, schob er sich durch das Gebüsch, um die Gestalt besser sehen zu können.

Es war Prinzessin Yulana.

Entsetzen und Panik durchzuckten ihn, als ihm klar wurde, dass die Enkelin des Warlords lange genug dort gelauert haben musste, um die Szene zwischen dem offenbar besessenen Anyang und den Falken mitangesehen zu haben. Er konnte sie nicht entwischen lassen. Er konnte nicht zulassen, dass sie zu ihrem Großvater oder dem Falkner rannte und … Er konnte nicht …

»Ha!« Han sprang aus dem Gebüsch, stürzte sich auf sie …

… und fiel durch sie hindurch flach auf den Bauch.

»Euer Gnaden!«, schrie Xu, alle Vorsicht und Heimlichkeit vergessend, und trampelte durch das hohe Gras zu ihm.

Stöhnend rollte sich Han auf den Rücken und blickte in das verdatterte Gesicht seiner Verlobten. »Also, wenn das nicht Prinz Reiskuchen ist«, sagte sie freundlich. »Du bist also auch hier. Ich würde dir ja aufhelfen, aber …« Sie bückte sich und griff nach seiner Hand, aber Han konnte nichts spüren, als ihre Hand durch seine fuhr.

»W-was …? W-wie …?«, stammelte er. »Wie ist das möglich?«

Yulana verdrehte die Augen. »Ich bin nicht hier«, sagte sie. »Das ist doch offensichtlich.«

»Was heißt das, du bist nicht hier?«, wollte er wissen. Er streckte die Hand nach der Prinzessin des Nordens aus, aber wieder glitten seine Finger durch sie hindurch, als wäre sie aus Nebel oder Dunst gemacht.

Sie lächelte.

»Du … du bist eine Magierin«, sagte Han erstaunt.

»Gut erkannt.« Die Prinzessin – oder ihr Abbild – verschränkte die Arme vor dem Körper. »Habt ihr Südländer etwa alle nicht nur träge Körper, sondern auch träge Gehirne?«

»Nein, nur ich, fürchte ich.« Er betrachtete sie von oben bis unten. Jetzt, da er wusste, dass die Prinzessin nicht wirklich vor ihm stand, sah er, dass sie leicht verschwommen war, als ob die Ränder ihrer Silhouette von einer ungeschickten Hand verschmiert worden wären. »Was für eine magische Kraft ist das?«, fragte er.

»Meine«, antwortete sie gereizt. »Ich habe sie seit meiner Geburt.«

»Ja, aber …« Han verstummte, während er sich all das ins Gedächtnis zu rufen versuchte, was Jiyi ihm über die Gesetze der Magie erzählt hatte. »Bist du … bist du ein Scheusal?«

»Sehe ich aus wie ein Scheusal?«

»Keine Ahnung«, gab er zurück. »Ich weiß nicht, wie Scheusale gewöhnlich aussehen – außer scheußlich.«

»Ich nehme das mal nicht als Kommentar zu meinem Aussehen«, bemerkte Yulana trocken. »Aber nein, ich bin kein Scheusal. Ich bin …« Sie zögerte. »… besonders.«

»Das sehe ich«, sagte Han. »Aber bitte verzeih, wenn das als Erklärung für das, was hier vorgeht, nicht ausreicht.«

Yulana seufzte. »Ich bin«, sagte sie nach einer Weile, »die Hüterin des Windes.«

Zunächst war er nicht sicher, ob er sie richtig verstanden hatte. »Entschuldigung – sagtest du *Hüterin des Windes*?«

»Hast du jetzt zu allem Überfluss auch noch einen Hörschaden?«, fragte die Prinzessin aus dem Norden und schüttelte den Kopf. »Aber … ja. Ja, das sagte ich. Und weißt du, was?« Sie musterte ihn mit schief gelegtem Kopf. »Du siehst nicht so schockiert oder ungläubig aus, wie ich es angesichts dieser Enthüllung vermutet hätte.«

»Na ja, du bist nicht die einzige Hüterin der Morgenröte, der ich diese Woche begegnet bin«, sagte er. »Genauer gesagt bin ich gerade heute einer weiteren begegnet.«

Yulana zog die Augenbrauen hoch. »Da bin ich aber neugierig, Prinz Reiskuchen.«

Han zwickte sich in den Nasenrücken. »Ich will es mal so ausdrücken: Die letzten Wochen waren außerordentlich ereignisreich.« Dann runzelte er die Stirn. »Aber warte mal – eins nach dem anderen: Wie kannst du die Enkelin des Warlords sein?«

»Ganz einfach«, erwiderte sie trocken. »Der Warlord ist der Vater meiner Mutter, also bin ich seine Enkelin.«

Die Tatsache, dass sie nicht wirklich hier war, half ihm dabei, seinen Impuls zu unterdrücken, sie an den Schultern zu packen und sie zu schütteln. »Du weißt, was ich meine.«

Yulana verzog das Gesicht. »Ja, na schön. Mein Obaji weiß nicht, dass ich eine Magierin bin.«

»Wie um aller Welt ist das möglich?«

Sie zuckte mit den Schultern. »Es ist ganz leicht, wenn allein schon die Vorstellung, dass dein eigen Fleisch und Blut magisch veranlagt ist, eine Unmöglichkeit darstellt.« Die Prinzessin lachte freudlos. »Es ist leicht, sich selbst zu betrügen, wenn du einfach nicht glauben *willst*, dass dein liebstes Enkelkind mit dem Fluch beladen ist. Du erfindest alle möglichen Ausreden.« Mit ernster Miene fuhr sie fort: »Und du siehst nur das, was du sehen willst.«

Han verengte die Augen. »Und warum hat dann der Warlord unsere Verlobung arrangiert? Ich dachte, der Grund läge darin, dass du auf Frauen stehst und dein Großvater davon nicht begeistert ist.«

»Ach das.« Yulana machte eine wegwerfende Handbewegung. »Obaji hat sich nie darum gekümmert, wen seine Kinder lieben oder nicht lieben. Nein, diese Vermählung war meine Idee.«

»*Deine?*« Han war verblüfft. »Warum? Und warum ich?«

»Nun, aus zwei Gründen«, sagte sie. »Erstens hast du den Ruf, ein bisschen schwer von Begriff zu sein, und ich dachte, ein dummer Ehemann wäre von Vorteil, besonders weil ich meine Magie geheim halten will. Und zweitens« – sie biss sich auf die Lippe –

»suche ich nach einem Buch über Dämonen. Das *Lied von Ordnung und Chaos*. Es heißt, dass sich das letzte Exemplar im Besitz des fürstlichen Astrologen von Zanhei befindet. Unglücklicherweise scheint es so, als sei das Buch zusammen mit ihm und seiner Tochter vor Monaten verschwunden.«

»Das ist also der Grund, warum Xu und ich dir in der Bibliothek begegnet sind«, sagte Han. »Du hast nach Onkel Lis Buch gesucht.«

»Ja«, sagte sie. »Oder nach irgendetwas anderem über Dämonen und Dämonologie. Im Norden haben wir nicht so viele Quellen zu diesem Thema, wie du dir vorstellen kannst.«

Han dachte an die Seiten, die er und Xu aus dem Mülleimer im Archiv gerettet hatten, und daran, wie sorgfältig Jiyi ihren Inhalt katalogisiert hatte. »Wozu brauchst du ein Buch über Dämonologie?«, fragte er.

»Nein.« Yulana hob die Hand. »Das waren genug Fragen. Jetzt bin ich dran.«

»Na schön«, gab Han nach. »Ich werde mein Bestes geben, deine Fragen zu beantworten, aber ich warne dich: Die Gerüchte, dass dein Verlobter ein bisschen schwer von Begriff sei, könnten sich als wahr erweisen. Er ist außerdem ein ausgemachter Dickschädel.«

Sie schnaubte, aber Han glaubte, ein winziges Lächeln wahrzunehmen. »Wer ist Jin Zhara?«

Han zuckte zusammen. »Zhara?« Er straffte die Schultern. »Du kennst sie?«

»Ja, wir sind uns vor ein paar Tagen begegnet«, sagte die Prinzessin aus dem Norden. »Sie ist süß, finde ich. Nicht mein Typ, aber trotzdem süß.« Yulana grinste. »Wusstest du, dass sie kichern muss, wenn sie jemanden attraktiv findet? Das ist einfach hinreißend.«

Das wusste Han, aber er wusste nicht, was er von der Tatsache halten sollte, dass auch seine Verlobte Zharas Hübsche-Leute-Kichern zu hören bekommen hatte. Er stellte sich die Leichtigkeit vor, mit der die Prinzessin mit Zhara flirten konnte, und empfand einen Stich der Eifersucht angesichts Yulanas selbstbewusstem Charme. »Was willst du über sie wissen?«, fragte er.

»Wer ist sie?«, wiederholte Yulana. »Oder besser gesagt: *Was* ist sie?«

»Was meinst du damit?«, erkundigte sich Han, obwohl er ahnte, worauf die Prinzessin hinauswollte.

Yulana streckte Han ihren Arm entgegen. »Sie ist die einzige Person, die mich in meinem Astralzustand berühren kann. Von allen, denen ich begegnet bin, ist sie die Einzige andere, die … besonders ist. So wie ich.« Sie schaute ihn aufmerksam an. »Sie ist auch eine Elementar-Hüterin, nicht wahr?«

Han schwieg. Obwohl seine Verlobte ihm ohne zu zögern ihre Identität als Hüterin des Windes anvertraut hatte, glaubte er nicht, dass es ihm zustand, Zharas Identität preiszugeben. »Sie ist auf jeden Fall etwas Besonderes«, sagte er stattdessen und dachte an die tropfenförmigen Perlen, die sie in der Nacht geweint hatte, als er sie im Schein der Wunschlaternen geküsst hatte. Er hatte die Perlen dem Palastjuwelier gebracht und gebeten, man möge sie in ein Armband aus zartem Rosenquarz einarbeiten, damit er sie ihr in der Nacht der Sieben als Geschenk zurückgeben konnte.

Er räusperte sich. »Sie ist außerdem ein Mitglied der Hilfsorganisation, die sich Hüter der Morgenröte nennt.«

»Eine Hilfsorganisation?«, wiederholte Yulana überrascht. »Ich dachte, das wäre eine terroristische Vereinigung.«

»*Was?* Nein! Wer behauptet das?«

Yulana runzelte die Stirn. »Im Norden habe ich Gerüchte gehört über eine geheime Widerstandsbewegung, die unter dem

Banner des vierflügeligen Drachen eine Revolte anheizt und den letzten Mugung-Erben wieder auf den Sonnenthron setzen will. Sie nennen sich die Hüter der Morgenröte.«

Han dachte nach. Jiyi hatte erzählt, dass es in den westlichen Grenzgebieten immer gefährlicher wurde, weil sich Rebellen unter dem Banner des vierflügeligen Drachen versammelten. Die Kurtisane hatte diese Rebellen als Hitzköpfe abgetan und Zhara lediglich gewarnt, dass ihre Reise in das Land des Qirin Tulku nicht einfach werden würde. »Ich vermute mal, dass ein Teil der Hüter politische Ziele verfolgt«, gab er zu, »aber sie deswegen als Terrororganisation zu bezeichnen, ist lediglich Propaganda, die darauf abzielt, die Dinge so zu belassen, wie sie sind. Besonders, da es die *Magier* sind, die unterdrückt und ausgerottet werden.«

»Stimmt«, sagte Yulana. Ihre Kontur begann im Licht des Mondes zu zerfasern, als sie herzhaft gähnte. »Wenn du mich jetzt entschuldigen würdest, Euer Gnaden. Es ist spät, und ich bin erschöpft. Es ist ziemlich anstrengend, mich für euch sichtbar zu halten, und es wäre einfacher, wenn wir uns morgen von Angesicht zu Angesicht weiterunterhalten würden.«

»Einverstanden.« Auch in ihm stieg ein mächtiges Gähnen hoch und schnitt ihm das Wort ab. »Hör mal, warum kommst du nicht einfach mit zum nächsten Treffen der Hüter der Morgenröte? Da gibt es jede Menge Gelehrte und Historiker, die deine Fragen viel besser beantworten können als ich.«

Yulana schürzte nachdenklich die Lippen. »Klingt vernünftig. Obwohl …«, setzte sie dann mit einem neckenden Zwinkern hinzu. »Was wird wohl dein hinreißendes Kicher-Mädchen sagen, wenn du deine Ersatz-Verlobte mitbringst?«

Und erst da erkannte Han, dass er bis zum Hals im Schlamassel steckte.

Kapitel 36

Zhara wusste nicht, worauf sie sich mehr freute: dass sie Han auf den Maskenball im Palast begleiten oder dass sie die Bangtan-Brüder in der Nacht der Sieben kennenlernen würde. Leibhaftig. Und zwar so, dass die Brüder möglicherweise sogar ihren Namen erfuhren. Oder wer sie war.

»Hörst du mir überhaupt zu?« Jiyi schnippte mit den Fingern vor Zharas Gesicht.

»Ja«, behauptete Zhara und konzentrierte sich wieder auf die Angelegenheit, über die sie gerade gesprochen hatten, nämlich die Einzelheiten von ihrer und Suzhans Flucht aus Zanhei. »Die Bangtan-Brüder werden mich auf dem Maskenball ansprechen. Sie tragen das Sonnenmedaillon der Mugung-Dynastie, und dann werden Suzhan und ich uns zu der Prozession der Tiere gesellen, und zwar als Elstern verkleidet.«

Der Plan war ganz einfach. Han würde Zhara eine Einladung zum Maskenball besorgen. Sie würden sich ein paar Stunden unter die kostümierten Gäste mischen, ehe die Bangtan-Brüder auftauchen und die Schwestern mitnehmen würden. Sie versuchte, nicht allzu viel darüber nachzudenken, was als Nächstes geschehen würde. Die Welt jenseits von Zanhei war für sie noch nicht greifbar. Wo würden sie und Suzhan leben? Wie würden sie ihren Lebensunterhalt bestreiten? Würde sie je lernen, diese seltsame Magie zu kontrollieren, die in ihr steckte, die aber nicht zu der Leere gehörte? Würde man von ihr erwarten, sich dem politischen

Teil der Hüter der Morgenröte anzuschließen? Und wer würde sich um Sajah kümmern? So viele offene Fragen, und wenn Zhara sich mit ihnen beschäftigte, schlug eine Welle aus Angst über ihr zusammen. Sie musste schwimmen, musste den Kopf über Wasser halten und sich auf die nahe liegende Zukunft konzentrieren.

Genauer gesagt, auf die Nacht der Sieben.

Ihr siebzehnter Geburtstag.

Plötzlich schob jemand die Türen zu Jiyis Zimmer mit einem Ruck auf, sodass sie gegen die Wand knallten.

»Kann denn niemand meine Türen anständig öffnen?«, schrie die Kurtisane dem Neuankömmling entgegen. »Warum musst du ständig einen so dramatischen Auftritt hinlegen?!«

»Jiyi, ich brauche deine … Oh.« Han stand in der Tür, aber die Gestalt hinter ihm war nicht Xu. Es war jemand anderes, gekleidet nach der Mode des Nordens, mit einer spitz zulaufenden Mütze. »Ich sehe, du bist nicht allein«, sagte er unsicher. Sein Blick zuckte zwischen Zhara und der Kurtisane hin und her.

»Wann habe ich dir erlaubt, mich so dermaßen informell anzureden?«, knurrte Jiyi. »Also schön, komm rein.« Angesichts der fremden Person hinter Han legte sie den Kopf schräg. »Wer ist das?«

Han und seine Begleitung wechselten einen Blick. »Yuli?«, fragte Zhara ungläubig.

Das Nicht-Geist-Mädchen zwinkerte ihr zu. »So sieht man sich wieder, Jin Zhara.« Sie wandte sich an Jiyi. »Und das ist die Eisprinzessin aus der Blumenstadt, nehme ich an«, sagte sie, während sie sich mit der rechten Faust in dem traditionellen Gruß des Nordens gegen die Brust klopfte. »Sie ist noch schöner, als die Dichter besingen.«

»Verehrte, diese junge Dame hier ist, ähm …« Han räusperte sich und musterte das Mädchen neben sich unsicher. »Wie möchtest du vorgestellt werden?«

Han sprach den Rotschopf merkwürdig distanziert und gestelzt an; sein Ton war formell, während seine Worte vertraulich klangen.

»Einfach nur Yuli, das reicht.« Die Zähne der Prinzessin strahlten weiß gegen ihre sonnengebräunte Haut, als sie der Kurtisane ein kokettes Lächeln zuwarf. »Obwohl diese wunderschöne Dame mich nennen darf, wie es ihr beliebt.« Zu Zharas Überraschung und Entzücken nahm Jiyis Gesicht unter der Charmeattacke des Mädchens aus dem Norden einen ungewöhnlichen Farbton an, der an Apfelblüten erinnerte.

Die Kurtisane hüstelte. »Nun, es ist schön, Yuli kennenzulernen«, sagte sie brüsk, obwohl ihre Wangen immer noch rosig angehaucht waren. »Wie kann ich helfen?«

»Prinz Reiskuchen hier meinte, dass die Verehrte wüsste, wo ich das *Lied von Ordnung und Chaos* finden kann«, sagte der Rotschopf unverblümt.

»Ich sagte nicht, dass wir wüssten, wo –«, setzte Han an.

»Das *Lied von Ordnung und Chaos*?«, sagte Jiyi überrascht. »Woher weiß sie …?«

»Prinz Reiskuchen?«, fragte Zhara stirnrunzelnd.

Yulanas kupferbraune Augen zuckten in ihre Richtung, und für einen kurzen Moment glaubte Zhara, etwas wie ein Schuldgefühl in der Miene des anderen Mädchens aufflackern zu sehen. »Ach«, sagte sie, »bloß ein Spitzname, der mir in den Sinn kam, als ich ihn zum ersten Mal sah«, sagte sie. »Ich mache das ständig, Blubber«, setzte sie hinzu und zwinkerte wieder. »Leuten Spitznamen zu geben, meine ich.«

»Blubber?«, fragte Zhara.

»Du blubberst, wenn du lachst«, sagte die Rothaarige.

Und wie zum Beweis, bekam Zhara wieder einen Anfall des Hübsche-Leute-Kicherns. Han machte ein Gesicht, als hätte er gerade einen Fisch verschluckt, und verzog den Mund zu einem eifersüchtigen Strich. Wieder musste Zhara kichern, aber diesmal aus einem anderen Grund.

»Würdet ihr bitte alle mal aufhören zu flirten und zur Sache kommen?«, meldete sich Jiyi zu Wort. Sie deutete mit dem Finger auf Yuli. »So, meine Liebe«, sagte sie, »was genau hast du mit dem *Lied von Ordnung und Chaos* zu schaffen?«

Yuli lehnte sich mit verschränkten Armen und Beinen gegen den Türrahmen. »Mir wurde, glaube ich, noch kein Platz angeboten. Ich weiß ja nicht, wie die Dinge hier im Süden so laufen, aber wo ich herkomme, ist Gastfreundschaft das oberste Gebot.«

Die Kurtisane stieß einen Laut aus, irgendetwas zwischen einem angewiderten Schnauben und einem Quietschen, wobei ihre Wangen noch röter wurden und sie rasch einen Platz an dem niedrigen Tisch in der Mitte des Zimmers freischaufelte, damit der Rotschopf sich setzen konnte. Mit einer nachlässigen Geste deutete Jiyi auf das freie Sitzkissen, konnte Yuli aber nicht in die Augen blicken.

Das Mädchen aus dem Norden ließ sich grinsend im Schneidersitz nieder. »Vielen Dank«, sagte sie mit einem leichten Nicken zu der Kurtisane.

»Das *Lied von Ordnung und Chaos*«, sagte Jiyi gereizt. »Die junge Dame sucht danach?«

»Du kannst die Formalitäten sein lassen, Verehrte«, sagte Yuli. »Wir im Norden bleiben nicht auf Distanz zu jenen, denen wir nahekommen wollen.« Sie wurde ernst. »Ja, ich suche nach dem *Lied von Ordnung und Chaos*. Ich suche schon sehr lange danach.«

»Warum?«, wollte Jiyi wissen.

Yulis Blick huschte zu Zhara. »Weil«, sagte sie leise, »ich nach einem Schutz gegen die Besessenheit suche.«

Han, der hinter dem Rotschopf stand, saugte hörbar die Luft ein. »Das hast du mir nie erzählt«, sagte er anklagend.

Das Mädchen aus dem Norden schaute ihn böse an. »Warum sollte ich? Du läufst ja auch nicht herum und erzählst völlig Fremden, dass dein Bruder von einem Dämon besessen ist, oder?«

Han wurde totenbleich. Das gesunde, goldene Leuchten seiner Haut wurde grau vor Angst. Zhara erinnerte sich an die Nacht, in der er sie huckepack nach Hause getragen hatte. Damals hatte er ihr anvertraut, dass eine seiner größten Sorgen darin bestand, dass die Magie seines kleinen Bruders verdorben sein könnte. Sie streckte die Hand nach ihm aus, aber Han blieb stocksteif stehen.

»Moment, Moment, Moment«, sagte Jiyi. »Wollt ihr zwei damit sagen, dass hier Monster frei herumlaufen? Monster, von denen wir noch nichts wissen?«

Han schüttelte den Kopf. »Nein«, sagte er. »Mein Bruder hat sich nicht in ein Monster verwandelt, aber ...« Er verstummte unsicher.

»Aber was?«, drängte Jiyi.

»Ich glaube ... welcher Dämon auch immer in den Kanzler gefahren ist, versucht nun, auch meinen kleinen Bruder in seine Gewalt zu bringen.«

»Ein größerer Dämon?«, flüsterte Zhara.

Han nickte unglücklich.

»Es gibt vier Könige von Tiyok«, sagte Yuli und starrte vor sich hin. »Den Froschdämon von Gift und Pestilenz, den Heuschreckendämon der Hungersnot, den Mottendämon der Zwietracht, und den Uralten. Euer Kanzler ist einer davon, aber ich weiß nicht, welcher.«

»Woher weißt du das?«, fragte Jiyi, die sowohl beeindruckt als auch verärgert und gleichzeitig entzückt war.

Yuli schaute die Kurtisane an. »Weil jemand, der jemandem wichtig war, den ich liebe, ebenfalls von einem großen Dämon besessen war. Und ich würde alles dafür tun, wirklich alles, um zu verhindern, dass sie das nächste Gefäß für seine Monstrosität wird. Das ist der Grund, warum ich nach dem Buch suche.«

Jemand, der jemandem wichtig war, den sie liebt, dachte Zhara. Aber nicht direkt jemand, dem das Mädchen aus dem Norden in Liebe zugetan war.

»Ein Schutz vor Besessenheit«, sagte Jiyi nachdenklich. Sie schaute Zhara an. »Wenn wir eine Heilmethode haben, haben wir auch einen Schutz davor.«

Zhara hatte keine Ahnung, warum die Kurtisane und Han sie so interessiert musterten. Sie zog den Kragen ihrer Tunika enger um ihren Hals, weil sie sich wie unter einer Lupe fühlte. Verletzlich. Yuli folgte den Blicken der anderen und starrte Zhara ebenfalls an. Ihre Augen waren durchdringend wie die eines Falken.

»Warum … warum schaut ihr mich alle so an?«, fragte Zhara.

Jiyi grunzte. »Du hast es ihr nicht gesagt?«, fragte sie Han.

»Mir was gesagt?«, wollte Zhara verwirrt wissen.

»Dass du die Hüterin des Feuers bist.«

Zhara blinzelte. Die Worte wurden ihr vor die Füße geworfen wie Steine in einen See, woraufhin sich Wellen in alle Richtungen kräuselten. Aber die anderen schienen von diesen Worten nicht im Mindesten überrascht zu sein. »Der … Elementarkrieger aus der Legende?«, fragte sie mit schwacher Stimme.

»Ja«, sagte die Kurtisane und warf Han einen verärgerten Blick zu. »Die Kriegerin, die Magier in Monster und wieder in Menschen verwandeln kann.« Sie verschränkte die Arme vor der Brust. »Du hast es ihr wirklich nicht gesagt?«

»Ich war … ähm, mit etwas anderem beschäftigt«, sagte Han verlegen und wurde pflaumenrot. Zharas Lippen kribbelten, als sie sich an die Berührung seines Mundes erinnerte, anfangs sanft, dann immer drängender, und irgendwann genauso fordernd wie sie selbst. Sie fühlte, wie ihre Wangen ebenfalls rot wurden.

»Aber … wie ist das möglich?« Zhara schaute auf ihre Hände, unter deren Haut das unversiegbare Feuer lauerte. Sie dachte an die Stimme in ihrem Hinterkopf, die jedes Mal, wenn sie einer dämonischen Präsenz begegnete, *Hüterin des Feuers* zischte – bevor Thanh sich in ein Monster verwandelt hatte, und dann wieder, als sie dem Kanzler im Teehaus begegnet war, zusammen mit Suzhan, der Zweiten Ehefrau und Meister Cao.

»*Argh*, ich bin das doch schon mit Xu durchgegangen.« Frustriert warf Jiyi die Hände hoch.

Von der gegenüberliegenden Seite des Tischs schenkte ihr Yuli ein schiefes Lächeln. Es war weich und sanft, wollte trösten, nicht verführen. »Wenn größere Dämonen in die Körper von Magiern fahren und sich völlig unerkannt unter uns bewegen, ist es doch nicht weiter verwunderlich, wenn die Hüter der Morgenröte – die echten, nicht diese Hilfsorganisation oder was immer das auch ist – das Gleiche tun.« Das Mädchen aus dem Norden schien kein bisschen überrascht oder überwältigt oder auch nur erstaunt darüber, dass die Elementarkrieger aus den Legenden unter ihnen wandelten.

Immerhin, hörte Zhara Yulis Stimme in ihrem Geist, *bin ich die Hüterin des Windes, also muss es irgendwo auf der Welt auch die Hüter des Feuers, des Holzes und des Wassers geben.*

Zhara erschrak und starrte den Rotschopf an, der ganz ruhig und mit einem ernsten Gesicht vor ihr saß. »W-wie …?«

Jiyi verengte die Augen. »Was geht hier vor?«, verlangte sie zu wissen.

Ich wusste schon, als wir uns das erste Mal begegneten, dass du etwas Besonderes bist, fuhr Yuli fort. Ihr Grinsen wurde breiter. *Es ist ein schönes Gefühl, nicht länger allein zu sein.*

Nicht länger allein. Diese Worte schlugen eine vertraute Saite in Zhara an, tiefer als das Gefühl der Zusammengehörigkeit bei der

Berührung eines anderen Magiers. Auch Yuli kannte die Einsamkeit, und Zhara sah in den kupferbraunen Augen des Mädchens aus dem Norden dieselbe Isolation, die auch sie ertragen hatte, ohne dass eine von ihnen den Grund dafür gekannt hätte.

»Du«, hauchte Zhara.

Der Rotschopf lächelte, aber es war ein trauriges Lächeln. »Ich«, sagte sie bestätigend.

»Würde mir bitte mal jemand erklären, was um alles in der Welt hier vorgeht?«, herrschte Jiyi die beiden Mädchen an.

Doch Yuli ignorierte die Kurtisane. »Ist das deine Macht, Blubber?«, fragte sie leise. »Kann die Hüterin des Feuers einen Magier von seiner Besessenheit heilen?«

Zhara dachte an die Male, in denen sie Monstern von Angesicht zu Angesicht gegenübergestanden hatte: zunächst Thanh und dann Yao. Sie erinnerte sich nur schemenhaft an die Kämpfe mit den Monstern, aber sie wusste noch genau, wie es sich angefühlt hatte, als ihre Magie die Fäulnis wegbrannte, das Verdorbene in der Magie der anderen, wie ihr Licht die Schatten des Chaos verjagt hatte. »Ja«, sagte sie voller Staunen. »Ja, das kann ich.«

Das Mädchen aus dem Norden seufzte erleichtert auf. »Wenn das möglich ist, dann musst du auch in der Lage sein, einen Magier vor der Besessenheit zu bewahren.« Sie schaute zu Han. »Wir sollten das an deinem kleinen Bruder ausprobieren.«

»Was ausprobieren?« Han schaute von der einen zur anderen. Seine runden Augen waren vor Verwirrung noch größer als sonst.

»Aber ich wüsste gar nicht, wie ich das anstellen sollte«, gab Zhara zu bedenken, bevor Jiyi wieder die Stimme erhob.

»Würde mich *bitte* jemand in dieses Gespräch einweihen?«, sagte sie wütend. »Da ich die einzige Person hier bin, die Kenntnisse von der Sprache der Blumen, der Geschichte der Magie und überhaupt allem habe!«

»Es gefällt dir gar nicht, nicht die klügste Person im Raum zu sein, nicht wahr, Eisprinzessin?« Yuli warf der Kurtisane ein weiteres Lächeln zu, diesmal eindeutig mit der Absicht, sie zu entwaffnen. Zhara staunte, über wie viele Arten des Lächelns das andere Mädchen verfügte, und beneidete sie darum.

»Vergangene Nacht«, sagte Han bedrückt, »haben Xu und ich meinen kleinen Bruder im Garten des Palasts gefunden. Er war in Trance und stand ganz eindeutig unter dem Einfluss einer dämonischen Macht.«

»Da bin ich ihnen begegnet«, sagte Yuli. »Ich bin dem Kanzler gefolgt, weil ich den Verdacht hatte, er könnte ein König von Tiyok in Menschengestalt sein.« Eine Sorgenfalte kräuselte ihre Stirn. »Es hat den Anschein, als ob dieser größere Dämon schon eine Weile versucht, von dem Jungen Besitz zu ergreifen, seit er herausgefunden hat, dass er ein Magier ist. Er hat schon einen Teilerfolg erzielt, braucht aber eine Art Ritual, um den Prozess zu beenden.«

»Das muss die Funktion der Steine in der Höhle unter dem Mount Zanhei sein«, hauchte Jiyi.

»Welche Steine?«, fragte Yuli. »Und welche Höhle?«

Während Han leise von der wenig vergnüglichen Vergnügungsfahrt flussaufwärts erzählte, stellte die Kurtisane ihr Zimmer auf den Kopf: Sie zog sämtliche Schubladen aus den Kommoden, schaute unter Kissen und hinter Bücherregale. Überall da, wo sie suchte, fand sie stapelweise Papiere. »Aha!« Jiyi zog eine lose Seite aus einem Buch und klatschte sie auf den Tisch. »Seht ihr das?« Sie hatte eine Skizze von der Szenerie in der Höhle unter dem Vulkan angefertigt, zusammen mit einer Art Karte, wo sich die Steinsärge in Relation zu den Himmelsrichtungen befanden, mit der Steinplatte im Zentrum und der Position des leuchtenden Sees. »In Li Er-Shuans Notizen steht, dass dies eine alte Technik ist, um unmenschliche Mächte heraufzubeschwören.«

»Ich dachte, wir wären uns bereits einig gewesen, dass sich im Mount Zanhei der Ort für das Beschwörungsritual befindet«, sagte Zhara.

»Ja.« Die Kurtisane nickte aufgeregt. »Aber was wir unter dem Mount Zanhei gefunden haben, war kein gewöhnlicher Beschwörungskreis.« Sie kramte wieder in ihren Notizen und zog ein anderes Blatt hervor. »Das hier«, sagte sie und tippte mit dem Finger auf das Zeichen, »dieser Zauberspruch, der ist neu. Ich habe eine Weile gebraucht, um ihn zu entschlüsseln, aber es ist das Zeichen für *Seele*, modifiziert durch einen *Feuer*-Stamm.«

Ratlose Gesichter schauten der Kurtisane entgegen.

»*Argh.*« Jiyi verdrehte die Augen. »In früheren Zeiten, ehe die Sprache der Blumen entstand, nahm das Zeichen für *Feuer* unterschiedliche Bedeutungen an, besonders, wenn es als Modifikator einem anderen Zauber zugefügt wurde.« Als auch diese Erklärung keinerlei Verstehen hervorrief, warf die Kurtisane frustriert die Hände hoch. »Was passiert, wenn man Erde in Feuer wirft? Sie wird zu Metall. Oder wenn man Wasser kocht? Man erzeugt Dampf. Luft. Feuer ist die Essenz der Transformation.«

Yuli atmete langsam aus. »Ein Zauber, um Seelen zu transformieren«, flüsterte sie. »Von Mensch … zu Dämon?«

Han runzelte die Stirn. »Ich verstehe es immer noch nicht.«

Die Kurtisane warf ihm einen beinahe mitleidigen Blick zu. »Natürlich nicht. Dein Hirn liegt ja offensichtlich auch in deinen Oberschenkelmuskeln. Die sind nämlich größer als dein Kopf.«

»Tja, da steckt auch viel Arbeit drin«, sagte Han und klopfte sich stolz auf die besagten Körperteile, ehe er den Kopf schüttelte und wieder auf das Thema zurückkam. »Nein, das Was oder Wie verstehe ich. Ich verstehe nur nicht das Warum.« Er deutete mit der Hand auf die Zeichnungen. »Wer hat diese Magier entführt? Und aus welchem Grund?«

Darauf wusste Jiyi keine Antwort.

»Als wir in der Mitte des Beschwörungskreises standen«, sagte Zhara langsam, »hatte ich das Gefühl, als ob etwas meine Energie anzapft.« Sie dachte an den Marmorstein im Höhlenboden, das geheimnisvolle Siegel, in das ihre Energie abgeflossen war wie in einen Abgrund. »Als würde jemand meine Macht stehlen, um sie selbst zu benutzen.«

Die Kurtisane runzelte die Stirn. »Magie als eine Art Energiequelle vielleicht«, murmelte sie. »Als unterschiedliche Energieformen.« Dann fiel ihr offenbar etwas ein, und sie durchwühlte wieder ihre Unterlagen. »Da ist es.« Offenbar hatte sie Mühe, ihre eigene Schrift zu entziffern, denn sie las langsam und stockend vor: »*Rituale, Bindungen, Beschwörungen und Verbannungen sind ein und dasselbe, und die Anzahl der Magier, die für jeden Zauber nötig sind, muss der Macht der entsprechenden Kräfte jenseits des Reichs von Ordnung und Vernunft angemessen sein. Ein einzelner Magier genügt für einen geringeren Dämon, aber es braucht vermutlich mehrere Magier, um es mit einem Dämon aufzunehmen, der von mächtigerer Herkunft ist. Der Preis sind wie immer die Seelen derer mit einer Gabe.*« Sie machte eine Pause und blickte auf. »Das ist ein anderes Wort für Magier«, erklärte sie.

Stille senkte sich über die Gruppe, und Zhara wusste, dass sie alle darüber nachdachten, was die Verschleppung einer so großen Menge an Magiern für eine Beschwörung bedeutete.

»*Wenn Tiyok wieder zum Leben erwacht*«, sang Han leise, mehr zu sich selbst als zu den anderen, »*kommen Dunkelheit und Chaos an die Macht.*«

Ohne nachzudenken sang Zhara die letzte Zeile des Wiegenlieds. »*Sommer, Herbst, Winter, Frühling – Hüter, erhebt euch, Gerechtigkeit, sing!*« Mit großen Augen schaute sie die anderen an. »*Hüter, erhebt euch …*«

Entsetztes Verstehen machte sich breit.

»Wenn«, flüsterte Han, »Zhara die Wiedergeburt des Hüters des Feuers ist und Yulana die Hüterin des Windes, heißt das dann, dass …« Er verstummte.

Jiyi schluckte. »Dass die Mutter der Zehntausend Dämonen erwacht ist?«

Keiner von ihnen wagte zu antworten. Und obwohl in Zharas Kopf die Angst umging und sie das, was diese Vermutung bedeutete, nicht losließ, stolperten ihre Gedanken doch immer wieder über eine Sache: Han hatte Yuli anders genannt. Er hatte einen Namen ausgesprochen, den sie auf den Verlobungsankündigungen in der Stadt gelesen hatte.

»Yuli«, sagte Zhara langsam, »ist das die Kurzform von … Yulana?«

Das Mädchen aus dem Norden zuckte zusammen und schaute zu Han, der zur Salzsäule erstarrt war. »Ja«, sagte der Rotschopf widerstrebend. »Das ist der Spitzname, den mir mein Obaji gab, als ich noch klein war.«

Zhara schloss die Augen. »Obaji«, sagte sie, »ist dies die Koseform für ›Großvater‹ bei euch im Norden?«

Nach einem kurzen Zögern antwortete Yuli: »Ja.«

»Und ist dieser Großvater zufällig der Warlord, der Große Bär des Nordens und der augenblickliche Kaiser auf dem Sonnenthron?«

Diesmal dauerte das Zögern noch länger. »Ja.«

Zhara schaute Han an, der den Blick abgewandt hatte und ihr nicht in die Augen sehen konnte. »Prinz Reiskuchen«, murmelte sie. *Prinz.* Sie wusste jetzt, warum Han und Yuli so steif und angespannt miteinander umgingen.

Sie waren verlobt.

Han war der Thronerbe von Zanhei.

Kapitel 37

Han wusste genau, in welchem Augenblick Zhara die Wahrheit erkannte.

Während des restlichen Treffens besprachen sie, wie genau Zhara in den Palast kommen sollte, um Anyang von der Besessenheit zu heilen – oder diese Besessenheit zu verhindern –, damit der größere Dämon, der den Körper des Kanzlers bewohnte, seinen kleinen Bruder nicht als Gefäß benutzen konnte. Aber Han war nicht in der Lage, sich auf die Details zu konzentrieren; für ihn gab es nur Zharas Gesicht, das blass und gezeichnet aussah, ohne den üblichen lebhaften Ausdruck.

Jiyi und die Prinzessin stritten sich heftig über die Natur von Beschwörungskreisen (oder vielleicht flirteten sie auch, er konnte es nicht sagen), aber Zhara saß ganz still und schweigend da. Unter ihrer Haut konnte er die Blitze aus Emotionen sehen, die durch ihre Adern zuckten, schwach, aber sichtbar für jeden, der wusste, wonach er suchen musste. Sie hatte ihre Gefühle noch nie gut verbergen können, und die bemerkenswerte Tatsache, dass sie sich in eine lebende Flammensäule verwandeln konnte, machte die Sache nicht einfacher.

Aber was ihn bis ins Mark traf, war der Ausdruck in ihren Augen. Diese Augen, die in ihm einst einen Jungen, einen gewöhnlichen Jungen, gesehen hatten, blickten ihn nun an, als wäre er ein Fremder. Er wusste nicht, wen er mehr verfluchen sollte – sich selbst, weil er versehentlich Yulanas vollen Namen benutzt hatte, oder Zhara, weil sie so klug war und den Hinweis aufgeschnappt hatte.

Irgendwann, noch während die Planung in vollem Gange war, stand Zhara leise auf und ging zur Tür hinaus.

Han überließ Jiyi und seine Verlobte ihrem zänkischen Werben, betrat den Flur und sah, wie Zhara um die Ecke bog. Ohne seine Schuhe anzuziehen, folgte er ihr auf besockten Zehenspitzen.

Han entdeckte sie am Meditationsteich, wo sie mit den Fingern leicht durch das dunkle Wasser strich und das Spiegelbild des Mondes sich silbern kräuseln ließ. Goldene Karpfen kamen hin und wieder hoch und knabberten an ihren Fingerspitzen, weil sie es gewöhnt waren, von den Kunden des Blauregenhofs gefüttert zu werden.

»Tut mir leid, ihr Fischlein«, murmelte sie. »Ich habe nichts für euch.«

Han blieb zurück, weil er sie nicht stören wollte. Zhara stand auf, schüttelte die Wassertropfen von ihren Fingern und legte den Kopf in den Nacken, um in den Nachthimmel zu blicken. Sie ließ ihr Gesicht vom Licht des Schimmernden Flusses bescheinen, diesem breiten Band aus Sternenhaufen, das in einem Bogen über den Himmel verlief. An den beiden Enden des Schimmernden Flusses sah er die strahlend hellen Lichtpunkte – den Feenprinzen und die Tochter des Holzfällers, die liebenden Elstern, deren Wiedervereinigung sie in drei Tagen feiern würden.

»Ich weiß, dass Seine Gnaden da ist«, sagte Zhara leise. »Und ich finde es ziemlich unheimlich, dass er mich wortlos anstarrt.«

Verlegen löste sich Han aus dem Laubengang und trat in den Hof hinaus. Sie sprach ihn formell an, und ihre Distanziertheit schmerzte ihn. Es war ihm nicht bewusst gewesen, wie sehr er sich an die Vertrautheit zwischen ihnen gewöhnt hatte, an das Gefühl, dass sie mehr waren als Altersgenossen: Gleichgesinnte und sogar … Freunde. »Zhara«, setzte er an, aber dann wusste er nicht weiter.

Die beiden standen lange Zeit schweigend da und betrachteten den goldenen Karpfen, der unter dem Sternenhimmel schwamm. »Hatte Seine Gnaden die Absicht, mir jemals die Wahrheit zu sagen?«, fragte sie schließlich.

Han presste die Lippen zusammen. »Ja.« Dann: »Nein.« Dann: »Ich weiß es nicht.«

»Warum nicht?« Sie hielt den Blick abgewandt, sodass er nur die Wölbung ihrer Wange und ihre Halslinie im Mondschein sehen konnte. Er hätte sie so gern berührt, hätte so gerne seine Fingerspitzen an die Ader an ihrem Hals gelegt, um zu fühlen, wie ihre Herzen im Einklang schlugen.

Aber er hielt sich zurück. »Weil … weil ich es nicht wollte«, sagte er dann.

Als sie ihn schließlich anschaute, waren ihre Augen traurig, und er musste an die Nacht denken, in der er sie zum ersten Mal nach Hause gebracht hatte, als sie gemeinsam auf dem Hügel gesessen und die Wunschlaternen betrachtet hatten. Die Wünsche hatten sich wie Sterne in ihren Augen gespiegelt.

»Warum nicht?«

Weil er es liebte, wie sie ihn ansah. Nur ihn, nicht den Thronerben oder Seine Gnaden oder den künftigen Herrscher von Zanhei. Weil er für sie nur Meister Pflaumenblüte war, nur irgendein Junge. Und das hatte ihm gefallen. Es hatte ihm zu sehr gefallen.

»Weil ich dann nicht *er* sein musste«, flüsterte Han.

»Er?«

Han drehte den Kopf zur Seite. »Der Thronerbe.«

Er fühlte Zharas fragenden Blick, aber er wagte nicht, sie anzublicken, weil er die Enttäuschung auf ihrem Gesicht nicht sehen wollte. »Aber Seine Gnaden *ist* der Thronerbe.«

Er schüttelte den Kopf. »Ich bin nur … ich. Han. Ein ganz gewöhnlicher Junge, der gerne trainiert, Gedichte schreibt und Liebesromane liest.«

Es dauerte eine Weile, bis sie wieder etwas sagte. »Aber er ist auch der Erbe des Throns von Zanhei.«

»Ja.« Das konnte er nicht abstreiten. »Aber ich will den Thron nicht«, sagte er heftig. »Ich hab ihn nie gewollt.«

Stimmte das? Die ganze Zeit war er so damit beschäftigt gewesen, seinen Bruder zu behüten, das Geheimnis über Anyangs Magie zu bewahren, dass er sich keine Zeit genommen hatte, um über sein eigenes Leben nachzudenken. Jedes Mal, wenn die Vorstellung, dass er einmal über Zanhei herrschen würde, in ihm auftauchte, hatte Han sie beiseitegeschoben, um sich irgendwann später damit zu beschäftigen, weil er sich nichts mehr wünschte als einen Moment der Ruhe, ein bisschen Zeit für sich selbst. Und nur sich selbst.

Und diese Momente waren ihm gewöhnlich nur dann vergönnt, wenn er auf dem Übungsplatz schwitzte.

Oder wenn er bei Miss Brandy war.

»Es spielt keine Rolle, was Seine Gnaden will oder nicht will«, sagte Zhara leise. »Er ist, wer er ist, genau wie ich bin, die ich bin. Ein Waisenkind, eine Magierin … und die Hüterin des Feuers.«

»Bitte«, sagte er, »Han. Nenn mich Han.«

Aber Zhara schüttelte den Kopf. »Es schickt sich nicht für ein Mädchen meines Rangs, jemanden, der so weit über mir steht, auf diese Weise anzusprechen.«

Und genau das war der Grund, warum er ihr seine wahre Identität verschwiegen hatte, wollte er schreien. Er hasste es, in seinem Turm zu sitzen, hoch über der Welt, isoliert durch seine Herkunft und durch die förmliche Anrede von jenen, die ihm wahre Vertrautheit bieten könnten. Nicht einmal Xu, seinem Lieblingsmenschen, fiel es leicht, sich zu diesen Höhen aufzuschwingen. Obwohl Han immer wieder bat, mit seinem Namen und nicht mit seinem Titel angesprochen zu werden, war dies ein schwierigeres Unterfangen, als Xu nach einer langen, wilden Nacht in der Blumenstadt aus dem Schlaf zu rütteln.

»Das ist doch egal«, begehrte Han auf. »Das kümmert mich nicht.«

Zhara schloss die Augen. »Seine Gnaden vielleicht nicht, aber den Rest der Welt schon.« Sie schlang die Arme um ihren Körper, als ob sie sich warm halten wollte, obwohl die Nacht mild war. »Der Rest der Welt betrachtet jemanden wie Prinzessin Yulana als ebenbürtig.«

»Ja, aber ich …«

»… liebe sie nicht?« Zum ersten Mal an diesem Abend stahl sich ein kaum merkliches Lächeln in Zharas Mundwinkel. »Ja, es sieht ganz so aus, dass ihre Zuneigung nicht dem männlichen Geschlecht gilt.«

Han dachte an die Kurtisane und die Prinzessin des Nordens, die immer noch in dem Zimmer im Blauregenhof saßen, und fragte sich, ob sie von ihrer Streiterei abgekommen und sich einer angenehmeren Beschäftigung zugewandt hatten. »Ja.« Er hüstelte.

»Es spielt dennoch keine Rolle«, flüsterte sie, »ob du sie liebst oder nicht. Wichtig ist nur, dass sie würdig ist, deine Frau zu sein.«

Es entging ihm nicht, dass sie wieder in die vertrauliche Anrede gewechselt war, möglicherweise, ohne dass es ihr bewusst war. Hoffnung glomm in seiner Brust auf, eine kleine, aber stetige Flamme. »Nicht würdiger als du«, hauchte er.

Zhara hob den Blick und schaute wieder in die Sterne. »Aber ich war nicht würdig genug, die Wahrheit zu erfahren, richtig?«

Er wusste nicht, wie er darauf antworten sollte. Ob er antworten sollte. »Du … du kommst doch immer noch mit mir in den Palast, nicht wahr?«, fragte Han. »In der Nacht der Sieben?«

Sie schwieg lange Zeit. »Ich werde in den Palast kommen, weil ich versuchen will, zu verhindern, dass dein kleiner Bruder Opfer eines Dämons wird. Der Zweite Erbe«, murmelte Zhara, als würde ihr in diesem Moment erneut bewusst, wer Han wirklich war.

»Das meinte ich n… – doch natürlich, es wäre wundervoll, wenn du Anyang helfen könntest, aber …« Die Worte versickerten im Nichts angesichts von Zharas vorwurfsvollem Blick.

»Das wäre wohl nicht angemessen«, sagte sie leise. »Jetzt nicht mehr.«

Eine Weile standen sie in unbehaglichem Schweigen nebeneinander.

»Lass mich dich nach Hause bringen«, bat Han schließlich. *Lass mich dich noch einmal – ein letztes Mal – nach Hause bringen*, dachte er.

Es dauerte einen Moment, bis sie antwortete. »Also schön«, sagte sie leise.

Diesmal durchquerten sie den Markt auf dem Weg nach Zanhei schweigend. Kein Huckepack-Ritt, kein vertrauliches Händchenhalten. Sie wahrten einen angemessenen Abstand, wie es sich für einen unverheirateten Jungen und ein unverheiratetes Mädchen ohne Anstandsperson gehörte.

Als sie über den Platz vor dem Tempel der Unsterblichen gingen, sah Han den Anschlag mit der Verkündigung seiner Verlobung, zusammen mit seinem Konterfei. Dies war keine billige Kopie, angefertigt von einem von Meister Kongs Assistenten. Dies war ein Bild, das der Hofporträtist höchstselbst gemalt hatte, einschließlich sämtlicher Grübchen.

Zhara blieb vor dem Plakat stehen. »Das bist du«, sagte sie leise.

Er konnte es nicht abstreiten. »Ja.«

Und dann gab es nichts weiter zu sagen.

Kapitel 38

Zu Zharas Überraschung wartete Suzhan bereits in der Küche neben dem Herd auf sie, als sie nach Hause kam.

»Mimi?«, sagte sie fragend. Das Feuer war heruntergebrannt, und in der Küche war es vollkommen dunkel, bis auf das Licht der Mondsichel, das durch das Fenster fiel. »Was machst du hier?«

Keine Antwort. Zhara konnte die Silhouette ihrer Schwester in der Dunkelheit nur undeutlich erkennen, die zusammengesunken auf ihrem üblichen Schemel saß und sich auf den Bambusstock stützte, den sie immer mit sich führte.

»Mimi?«, sagte sie noch einmal. »Ist alles in Ordnung?« Sie streckte die Hand aus und berührte die Schulter ihrer Schwester.

Bumm! Zhara wirbelte herum und sah, dass die schwere Holztür zur Küche zugeschlagen worden war. Dann hörte sie das Knarren und Kreischen des Riegels und schließlich ein Klicken, als die Tür verschlossen wurde. Die Gestalt unter ihrer Hand sackte in sich zusammen und verwandelte sich zu Reissäcken, die man aufgestapelt und mit einem Tuch bedeckt hatte.

»Mimi?«

»Es tut mir leid«, hörte sie ein unterdrücktes Schluchzen von der anderen Seite der Tür. »Es tut mir leid, es tut mir leid, es tut mir leid.«

»Suzhan!« Zhara eilte zur Küchentür und versuchte sie zu öffnen. In den acht Jahren, in denen sie in der kleinen Wohnung lebten, hatte sie die Tür nie geschlossen oder gar verriegelt, weil die

Eisenbeschläge zu schwer waren, um sie allein betätigen zu können. Zwischen der unteren Kante der Tür und der hohen Schwelle auf der anderen Seite befand sich ein handbreiter Spalt, durch den Zhara zwei unterschiedliche Schatten wahrzunehmen glaubte. »Madame?«

Einer der Schatten entfernte sich, der andere blieb.

»Es tut mir so leid, Nene«, sagte der Schatten. »Bitte, bitte vergib mir.«

Zharas Nackenhaare stellten sich auf. »Lass mich raus, Mimi«, sagte sie und klopfte leicht mit dem Handballen gegen die Tür. »Was ist hier los?«

»Ich kann dich nicht rauslassen«, flüsterte Suzhan. »Ich kann dich nicht rauslassen.«

Zhara klopfte fester. »Mimi? Was tust du da?«

Das einzige Geräusch von der anderen Seite der Tür war gedämpftes, gequältes Schluchzen. »Es tut mir leid, Nene«, stieß Suzhan erstickt hervor. »Es tut mir so leid.«

Zhara ließ sich auf Hände und Knie fallen und versuchte, durch den Spalt unter der Tür hindurchzuschauen. Sie konnte zwar von ihrem Blickwinkel aus das Gesicht ihrer Schwester nicht sehen, aber sie glaubte, hinter ihr im Hof eine kleine, schmale Gestalt wahrzunehmen, die auf Suzhan wartete. Die Gestalt war zu zierlich, um die Zweite Ehefrau zu sein.

»Mimi?« Sie schob die Hand durch den Spalt und streckte sie nach ihrer Schwester aus. »Lass mich raus.«

»Ich kann nicht«, sagte Suzhan verzweifelt. Sie kauerte sich neben die Tür und tastete nach dem Spalt. »Es tut mir leid«, war alles, was sie sagte. »Es tut mir so unendlich leid.«

Zhara packte die Finger ihrer Schwester. »Warum?«, fragte sie mit rauer Stimme. »Warum, Mimi?«

Es dauerte eine Weile, ehe Suzhan antwortete. »Erinnerst du

dich«, sagte sie mit belegter Stimme, »dass ich dich gebeten habe, mir nicht zu folgen? Dass ich nicht mein eigenes Glück für dich opfern würde?«

Zhara schloss die Augen. »Ja«, flüsterte sie und fühlte, wie heiße Tränen über ihre Wangen liefen.

»Erinnerst du dich an das Versprechen, das wir einander gegeben haben?«

Der Kloß in ihrer Kehle machte das Sprechen schwer. »Dass wir … dass wir unsere eigene Wahrheit leben würden?«

»Ja.« Suzhan packte Zahras Hand fester. »Und genau das tue ich jetzt.«

»Aber den Kanzler zu heiraten, kann unmöglich deine Wahrheit sein!«

»Ist es auch nicht.« Ein leises Hicksen, dann ein Schniefen. »Aber die Akademie in Jingxi ist es.«

Die renommierteste Musikschule im Reich des Morgens. Dorthin würde Suzhan gehen, genau wie sie es gesagt hatte. »Aber wie ist das möglich?«, fragte Zhara.

Die Stille sprach Bände. Dann sagte Suzhan: »Lord Chan hat versprochen, die Schulgebühr zu bezahlen und mir eine Eskorte nach Jingxi zur Verfügung zu stellen. Wenn …« Sie beendete den Satz nicht.

Wenn sie Zhara verriet. »Wie schlimm waren die Schläge?«, fragte Zhara leise.

Suzhan stieß ein verzweifeltes Lachen aus. »Sagen wir mal so: Wenn ich nicht schon blind gewesen wäre, wäre ich es jetzt ganz bestimmt.«

Zhara schloss die Augen. »Oh Mimi«, sagte sie. Sie weinte jetzt ungehemmt. »Oh Mimi.«

»Es tut mir so leid.« Mehr vermochte ihre Schwester nicht zu sagen. »Es tut mir so unendlich leid.«

Und wie Suzhan zu ihr gesagt hatte: Ihr Bedauern war nicht genug.

Es war erstaunlich, wie schnell und wie langsam die Tage vergingen, wenn es nichts zu tun gab und man nirgends hinkonnte.

Zhara markierte die Stunden mit Kreidelinien auf dem Herdstein. Dämmerung, Tagesanbruch, Vormittag, Mittag, früher Nachmittag, Nachmittag, Stunde der langen Schatten, Sonnenuntergang, Abendrot, Dämmerung, Einbruch der Nacht, Mitternacht – immer wieder und wieder, bis sie es aufgab.

Was würde in der Nacht der Sieben geschehen? Würde sie ihren siebzehnten Geburtstag zusammen mit den Mäusen und der Todestafel ihres Vaters an der Wand feiern?

Nein, dachte Zhara. Sie würde zumindest das Feuerwerk im Palast sehen, wie so viele Male als Kind, genau von dieser Küche aus, in der sie eingeschlossen war.

Wenigstens hatte sie genug zu essen, und auch an Zeitvertreib mangelte es nicht. Die vergilbten Liebesromane, die in der Ecke aufgestapelt waren, hatten ihr auch früher schon oft Gesellschaft geleistet. Der *Klassiker der Zehntausend Zeichen* allerdings war eine ständige Quelle der Enttäuschung, weil jeder Zauber, den sie versuchte, fehlschlug.

»Was nutzt es, eine Magierin zu sein«, wandte sich Zhara stöhnend an die Todestafel ihres Vaters, »wenn ich Magie nicht ausüben kann?« Sie warf den Pinsel, den Jiyi ihr geschenkt hatte, zu Boden und vergrub das Gesicht in ihrem Kissen. »Es ist alles deine Schuld, Baba«, schluchzte sie und schrie dann in ihr Bettzeug.

Nach einer Weile hob sie den Kopf und schaute böse zu der hölzernen Plakette an der Wand.

»Es ist alles deine Schuld, Baba«, wiederholte sie mit leiserer Stimme. »Es ist deine Schuld, dass du tot bist und mir nichts und niemand geblieben ist, an den ich mich wenden könnte.« Der Gedanke an Suzhan versetzte ihr einen Stich ins Herz, und Zhara schloss vor Schmerz wieder die Augen. Sie hoffte, dass wenigstens ihre Schwester glücklich und mittlerweile auf dem Weg nach Jingxi war. »Die Einsamkeit ist am schwersten zu ertragen.«

Zhara stand auf und nahm die Todestafel von der Wand. Sie fuhr mit den Fingern leicht über die eingravierten Buchstaben, die den Namen ihres Vaters bildeten. Ihre Mutter hatte keine solche Tafel bekommen, denn sie wurde eingeäschert und ihre Asche verstreut, wie es Brauch war in ihrem Volk.

»Ich wusste schon immer, dass ich anders bin«, sagte sie und hängte die Tafel wieder auf. »Also habe ich alle auf Abstand gehalten, weil ich Angst hatte, dass sie mich verlassen würden, wenn sie die Wahrheit wüssten.« Sie drehte das Gesicht zur Seite. »So wie du mich verlassen hast, Baba.«

Sei brav, kleines Elstermädchen, mahnte die Stimme ihres Vaters in ihrem Kopf. *Sei brav und sei ehrlich.*

»Sei brav«, sagte Zhara bitter. »Ich *war* brav, Baba, und schau, wohin es mich gebracht hat. Eingeschlossen in meiner eigenen Küche von meiner Stiefmutter, verraten von meiner Schwester. Also hätte ich vielleicht nicht so brav sein sollen, sondern vielmehr ehrlich.«

Sie setzte sich auf Suzhans niedrigen Schemel und fing an zu weinen.

»Wenn ich ehrlich zu mir gewesen wäre, anstatt zu versuchen, immer brav zu sein, hätte ich die Stadt in dem Moment verlassen, in dem ich herausfand, dass Lord Chan ein Dämon ist«, murmelte Zhara. »Meine Schwester ist sich selbst treu geblieben, und jetzt fährt sie zur Akademie in Jingxi, um Zitherspielen zu lernen und eine berühmte Musikerin zu werden.« Trotz allem musste sie lächeln. »Gut gemacht.«

Ein Klingeln, und dann blinzelten zwei goldene Augen sie aus dem Schatten an.

»Sajah?« Zhara wischte sich die Tränen ab. »Bist du das?«

Der rote Kater tapste auf leisen Pfoten zu ihr hin und drückte ihr liebevoll das Köpfchen in die Hand. Zhara hob ihn hoch und vergrub ihr Gesicht in seinem Fell, trotz seines lautstarken Protests. »Du hast mich nicht verlassen«, sagte sie immer wieder in seinen weichen, weißen Bauch. »Du hast mich nicht verlassen.«

Mrrrau, sagte der Kater gereizt und drehte und wand sich, um ihrem Griff zu entkommen.

»Wie bist du überhaupt hier reingekommen?«, fragte Zhara und hielt Sajah dicht vor ihr Gesicht. »Hier ist doch nirgends eine Öffnung, die groß genug für eine Katze wäre.«

Sajah warf ihr einen nachsichtigen Blick zu – und dann verwandelte er sich blitzschnell in eine winzige Maus mit einem roten Schwanz.

Kreischend ließ Zhara den Nager fallen, der daraufhin vor ihren Augen wieder zu Sajah wurde. »W-was …?«

Tapp-tapp-tapp!

Ein sanftes Klopfen an der Küchentür scheuchte Sajah in den Schatten. Zhara hatte keine Ahnung, ob er sich wieder in irgendetwas Kleines verwandelt hatte, aber sie sah seine goldenen Augen in der Dunkelheit leuchten.

Tapp-tapp-tapp-tapp!

»Ich bin es, Kind«, hörte sie eine vertraute Stimme, schrill und zischend. »Meister Cao.«

Alles in Zhara wurde still und starr. Endlich setzten sich die Puzzlestücke zusammen. Das Gespräch zwischen der Zweiten Ehefrau und dem Fremden, das sie belauscht hatte. Warum sie das Gefühl gehabt hatte, die Stimme zu kennen. Der Grund war, dass sie sie tatsächlich kannte.

»*Deine Tochter hat andere Vorzüge*«, murmelte sie.

»Wie war das?«

Zhara gab keine Antwort, sondern beobachtete nur das Spiel der Schatten unter der Küchentür.

»Ich habe dir etwas zu essen mitgebracht«, sagte der Buchhändler, der mit einem Mal nervös klang. »Hier, ich schiebe es dir unter der Tür durch.«

»Wo ist meine Stiefmutter?«, fragte Zhara. Ihre Stimme klang nicht wie sonst. Sie war merkwürdig ruhig, gefasst, kühl.

Eine Pause. »Fort«, sagte Meister Cao.

»Fort?«, wiederholte Zhara entgeistert. »Wohin?«

»Ich weiß es nicht«, erwiderte der Buchhändler. »Aber sie hat das Geld genommen, das mein Meister ihr gegeben hat, und hat Zanhei verlassen.«

Sein Meister. »Wie kannst du nur?«, fragte Zhara zornig und ließ jede Höflichkeit gegenüber dem Buchhändler fahren. »Wie kannst du nur für Lord Chan arbeiten, wenn du doch weißt, wer er ist?«

»Der Regent von Zanhei?«

»Ein Dämon«, gab Zhara zurück. »Und zwar ein größerer Dämon.«

»Ah.« Die Schatten von Meister Caos Füßen bewegten sich hin und her. »Nun ja, ich wusste nicht, dass Lord Chan der Froschdämon von Gift und Pestilenz ist. Das habe ich erst später herausgefunden.«

Zhara verdrehte die Augen. »Aber du wusstest doch, dass er ein Dämon ist, nicht wahr?«

Es dauerte eine Weile, bis der Buchhändler antwortete. »Er hat mir versprochen, dass ich vor der Besessenheit geschützt wäre, wenn ich für ihn arbeite.«

Die Begründung kam so unerwartet, dass Zhara zunächst nicht wusste, was sie dazu sagen sollte. »Hast du wirklich solche Angst davor, ein Scheusal zu werden?«, fragte sie dann.

»Besessenheit ist unheilbar«, sagte Meister Cao mit harter Stimme. »Ich habe es selbst erlebt, bei meinem eigen Fleisch und Blut. Bei meinem älteren Bruder.«

Zhara schwieg.

»Weißt du, was das Schlimmste daran ist, ein Monster zu werden?«, fuhr er fort. »Es ist das Wissen. Das menschliche Bewusstsein lebt in dieser abscheulichen Gestalt weiter, und man ist auf ewig in seiner eigenen Macht gefangen. Ich konnte meinen Bruder noch in den Augen des Monsters sehen, in das er sich verwandelt hatte, und es war unerträglich. Zu wissen und gleichzeitig machtlos zu sein. Ich habe alles versucht, um ihn zurückzubringen. Jeden Zauber, den ich kannte. Aber zum Schluss war der Tod die einzige Heilung.«

Bis die Hüterin des Feuers auftauchte. Die Adern in Zharas Händen glühten rosig. »Ich hätte dich geheilt«, sagte sie leise, »auch wenn du es nicht verdienst.«

Meister Cao lachte, aber es war ein freudloses Lachen. »Das wusste ich damals noch nicht. Niemand von uns wusste es. Also habe ich in den Handel eingewilligt und muss jetzt damit leben. In dem Moment, in dem ich die Vereinbarung mit Lord Chan breche, werde ich mich in ein Monster verwandeln.«

»Ich könnte dich trotzdem zurückbringen«, sagte Zhara. Sie stand auf und ging zur Tür, legte ihre Hand gegen das hölzerne Türblatt. »Wenn du diese Tür öffnest, wenn du deinen Eid gegenüber Lord Chan brichst, dann verspreche ich, dass ich dich von deiner Besessenheit heilen werde. Bitte.«

»Das geht nicht«, sagte der Buchhändler mit ehrlichem Bedauern. »Du darfst meinem Meister bei dem Ritual morgen Nacht nicht in die Quere kommen.«

»Bei dem Ritual?«

»Es hat irgendetwas mit dem Zweiten Erben zu tun«, sagte Meister Cao. »Ich vermute, dass mein Meister einen jüngeren Körper in Besitz nehmen will.«

»Was ist morgen Nacht?«

»Die Nacht der Sieben.«

In Zharas Kopf überschlugen sich die Gedanken. Sie war zwei Tage lang in der Küche eingesperrt gewesen.

»Bitte«, sagte sie und schob all ihren Stolz beiseite. »Bitte, lass mich raus.« Sie dachte an Han und an ihr Versprechen, seinen kleinen Bruder vor der Besessenheit zu beschützen. Sie musste hier raus. Sie musste es versuchen.

»Es tut mir leid«, sagte Meister Cao. »Ganz ehrlich.«

Und dann war er fort.

Zhara wusste nicht, wie lange sie fassungslos schweigend dasaß, aber nach einer Weile tauchte Sajah mit einem leisen Klingeln wieder aus dem Schatten auf.

Niang, sagte er und rieb sein Gesicht an ihren Schienbeinen.

Sie schaute auf ihre Hände. Ihre Adern leuchteten immer noch, und Zhara fragte sich, ob sie irgendwie ihre Fähigkeiten als Hüterin des Feuers nutzen konnte, um zu entkommen.

Sie drückte ihre Handflächen gegen die Küchentür und dachte an Eis, an geschmolzenes Wasser, an …

… Stein.

Zhara trat einen Schritt zurück und betrachtete unglücklich ihr Werk. Wo eben noch eine Holztür gewesen war, stand jetzt eine Mauer aus Granit, mit einem kleinen Spalt zwischen Unterkante und Türschwelle.

»Verflixt«, murmelte sie. »Was nutzt es mir, die Hüterin des Feuers zu sein, wenn ich diese Fähigkeit nicht auch *benutzen* kann?« Sie seufzte. »Ich frage mich, wie Yuli gelernt hat, ihre Gabe zu kontrollieren.« Sie keuchte auf. »Yuli!«

Zhara wandte sich Sajah zu, der sie fragend ansah. »Kannst du Prinzessin Yulana eine Botschaft in den Palast bringen? Sie kann doch deine Gedanken lesen, oder?«

Der Kater legte den Kopf schräg und peitschte mit dem Schwanz.

»Ist das ein Ja?«, fragte Zhara unsicher.

Sajah blinzelte einmal langsam.

»Sag Yuli, dass ich in meinem Haus gefangen bin und dass der Zweite Erbe unter allen Umständen beschützt werden muss. Die Hüter der Morgenröte sind von einem ihrer eigenen Leute verraten worden: Meister Cao, der Buchhändler. Er steht in den Diensten eines größeren Dämons, der an dem Jungen morgen Nacht eine Art Ritual durchführen will. In der Nacht der Sieben. Hast du das verstanden?«

Wieder blinzelte Sajah einmal.

»Gut.«

Und schon war er wieder eine Maus.

»Wie … wie machst du das bloß?«, staunte Zhara.

Sajah, die Maus, blickte sie leicht genervt an. Und dann verwandelte er sich in ein Monster.

Allerdings in ein wunderschönes Monster, nicht zu vergleichen mit den Scheusalen, denen sie bisher begegnet war. Nein, aus Sajah war eine mächtige, löwenähnliche Kreatur geworden, so groß wie ein Pony, mit einer Mähne aus Feuer, einem Pfauenschwanz und zwei kleinen, gebogenen Hörnern auf der Stirn. Sein Fell schimmerte golden, scharlachrot, zinnober und orange, und aus der Unterwolle zuckten kleine Blitze.

»Sajah?«, fragte Zhara ungläubig.

Das Katzentier verdrehte die goldenen Augen und peitschte den Pfauenschwanz in ihre Richtung, wobei das Glöckchen klingelte. Das Glöckchen, das sie um Sajahs Hals gebunden hatte, als er noch ein kleines Kätzchen gewesen war, zum Zeichen, dass er ihr gehörte.

»Sajah«, sagte sie staunend und fuhr mit der Hand leicht über einen der Hornansätze auf seiner Stirn. »Du … du bist der Löwe des Südens.«

Seufzend stieß er den Atem aus.

»*Der Löwe des Südens kann jede Form und Gestalt annehmen, denn seine Macht – wie die Macht seines Gebietenden – liegt in der Transformation*«, murmelte Zhara. »Meine Macht. Die Macht der Hüterin des Feuers.« Jetzt wusste sie, warum der Kater ausgerechnet zu ihr gekommen war, und sie erkannte, dass Sajah immer auf sie aufgepasst hatte, in unterschiedlichen Gestalten.

Sajah blickte sie aus seinen leuchtend goldenen Augen ungeduldig an.

»Schon gut, schon gut«, sagte sie. »Ich lasse dich ja schon gehen.«

Sofort verwandelte er sich wieder in eine Maus und huschte durch den Spalt unter der Tür. Dann flog ein roter Vogel mit einem Glöckchen um den Hals an ihrem Fenster vorbei und steuerte mit kräftigen Flügelschlägen auf den Palast zu.

Ein donnernder Schlag und ein gleißendes Licht schreckten Zhara auf. Sie sprang aus dem Bett.

»Zhara?«, ertönte eine klare, vertraute Stimme. »Zhara, bist du da drin?«

Der Ursprung des Schlags und des Lichts lag auf der anderen

Seite der Tür. Ein leuchtendes Zeichen fraß sich durch die massive Steintür, rot glühend wie eine Flamme. Ein Zauber. Sie konnte das Zeichen nicht entziffern, aber sie wusste sofort, was es war: die Sprache der Blumen.

»Xu?«, fragte Zhara mit krächzender Stimme.

»Ja, ich bin's! Wir holen dich da raus!«

»Bleib zurück«, kam eine andere Stimme. »Wir werden die junge Dame befreien, aber es könnte ein bisschen was … ähm, kaputtgehen.«

»Aber nur, weil du die ungeschickteste Person bist, die ich kenne, Junseo«, hörte Zhara eine dritte Stimme, die tief und ruhig klang.

Zhara runzelte die Stirn und versuchte, die Schatten unter der Tür zu zählen. »Wer seid ihr?«

»Bleib zurück!«, warnte die Person mit Namen Junseo. »Dieser Zauber kann manchmal …«

Kabumm! Krach! Zhara duckte sich und warf die Arme über den Kopf, um sich vor den umherfliegenden Trümmern der Tür zu schützen. Es regnete Steinbrocken und Staub.

»… explodieren«, beendete Junseo den Satz hustend.

Zhara hob den Kopf und blinzelte die Gestalten an, die durch das Licht hinter ihnen eingerahmt wurden. Es waren insgesamt acht. »Xu?«

Die schlanke Gestalt kniete sich neben Zhara und half ihr auf. »Zu deinen Diensten, meine Liebe.«

»Wie … wie hast du mich gefunden?«

»Na ja«, sagte Xu und strich sich über das Kinn. »Ich habe eine sehr interessante Botschaft von einer sehr interessanten Person im Palast bekommen, die von einem sehr interessanten Vogel übermittelt wurde.«

Sie runzelte die Stirn. »Was redest du denn da?«

Xu grinste. »Yuli hat deine Nachricht bekommen.«

Tränen brannten in Zharas Augen. »Ich bin froh!«

»Ich auch«, sagte Xu. »Jetzt komm, deine Kutsche wartet.«

»Wo fahren wir hin?«

»Zum Blauregenhof. Du musst dich für den Maskenball fertig machen, wenn ich mich nicht irre.«

Ein Gefühl, halb Freude, halb Bedauern, regte sich in Zharas Brust. Es kitzelte und schmerzte zugleich. »Muss ich?«

»Du musst«, erklärte Xu und deutete mit einer Handbewegung in Richtung der sieben jungen Männer: »Denn diese großartigen Kerle sind deine Eskorte.«

Der größte von den sieben lächelte sie an und wedelte dann mit dem Pinsel in Richtung seiner Gefährten. »Auf drei! Eins, zwei und …!«

Alle sieben verbeugten sich gleichzeitig. »Hallo! Wir sind die Bangtan-Brüder!«

Zhara machte große Augen. »*Was?*«

Xu lächelte. »Heute ist offensichtlich dein Glückstag.«

Kapitel 39

Zhara fragte sich, ob die Bangtan-Brüder immer so chaotisch waren oder ob es nur am Lampenfieber lag.

In Jiyis Gemächern herrschte heilloses Durcheinander: sieben Jungen – oder besser gesagt: junge Männer – waren dabei, sich für die Nacht der Sieben herauszuputzen. Während sie sich ankleideten und schminkten, stibitzten sie sich gegenseitig das Essen vom Teller, spielten Spiele und Streiche mit- und gegeneinander und benahmen sich allgemein wie sieben ungezogene Brüder und nicht wie sieben professionelle Schauspieler.

Natürlich half es kein bisschen, dass Xu von einem zum nächsten flatterte und alle dazu bewegen wollte, den Seidenfächer zu signieren.

»Würdet ihr bitte mal alle die Klappe halten!«, brüllte die Kurtisane irgendwann, als das Schreien und Singen und Lachen so laut wurde, dass man sich selbst nicht mehr denken hören, geschweige denn die Dienerschaft unter Kontrolle halten konnte, die einen Anfall nach dem nächsten bekam vor lauter Aufregung, dass die Bangtan-Brüder den Blauregenhof mit ihrer Anwesenheit beehrten. »Xu, lass die Jungs in Ruhe und hilf mir, Zhara anzukleiden.«

»Nur noch einen Moment«, wiegelte Xu ab und klimperte mit den Wimpern in Richtung des zweitgrößten Bruders. »Ich brauche nur noch ein Autogramm von dem Hübschen.« Bohyun, so lautete wohl sein Name, wenn Zhara sich richtig erinnerte. Der Älteste. Dessen Ohren rot wurden bei Xus hemmungsloser Flirterei, obwohl er bereitwillig ein unleserliches Gekritzel aus Tusche auf Xus unglaublich teurem Fächer aus Wulin-Seide hinterließ.

»Chan Xuhei!«, schrie Jiyi. »Hör auf zu schäkern und schieb deinen Hintern hier rüber! *Argh!*« Sie warf die Hände hoch und verdrehte die Augen. »Warum machen bloß alle so einen Aufstand?«, fragte sie angesäuert. »Es gibt viele attraktive Menschen auf der Welt. Ich begreife einfach nicht, warum die Leute ausgerechnet wegen *diesen* Jungs fast in Ohnmacht fallen.«

Insgeheim vermutete Zhara, dass Jiyi hauptsächlich deswegen immun gegen den Charme »dieser Jungs« war, weil sie deutlich mehr von Personen wie Prinzessin Yulana eingenommen war, aber sie sagte nichts. »Ich finde sie süß«, meinte sie lächelnd und errötete leicht, als einer von ihnen – Mihoon, dachte sie – ihr einen Teller mit azureischem Melonenkürbis reichte, den er selbst geschält und in Stücke geschnitten hatte. Er schien der ruhigste der Brüder zu sein und zeigte am wenigsten Interesse an den ungestümen Ritualen der Kostümierung und des Schminkens. Er war mehr der Typ, der sich mit einem Buch in eine stille Ecke verzog. »Vielen Dank.«

Schließlich ließ Xu von den Bangtan-Brüdern ab und widmete sich Zhara, die auf dem Boden des Zimmers saß und bereits den rosa-weißen Zweiteiler trug, den sie mit Han zusammen gekauft hatte. Das Gewicht der Jacke, die aus Seide und Ramie bestand, war sowohl beruhigend als auch einengend, und sie war sich überdeutlich der Tatsache bewusst, dass sie in einem Kostüm steckte und so tat, als wäre sie jemand anderes.

»Mach nicht so ein trübes Gesicht«, sagte Xu und kämmte Zharas Haare. »Heute ist die romantischste Nacht des Jahres, und du gehst mit sieben der attraktivsten Männer im Reich des Morgens auf einen Maskenball. Was könnte sich ein Mädchen mehr wünschen?«

Zhara versuchte sich an einem Lächeln, aber ihre Mundwinkel waren ungewöhnlich schwer. Obwohl alles, wovon sie je geträumt hatte, wahr wurde, lag ein bleischwerer Klumpen in ihrem Magen und betäubte nach und nach ihre Adern. Sie schaute neben ihre Füße, wo die weißen Schuhe standen, die Han – der Thronerbe – ihr geschenkt hatte, und das Taubheitsgefühl nahm zu.

»Zhara?« Die Hände, mit denen Xu ihre widerspenstigen Locken entwirrte, waren sanft. »Ist alles in Ordnung?«

»Xu«, sagte sie leise, »warum hast du es mir nicht gesagt?«

Die Finger an ihrer Kopfhaut lagen still. »Dir was gesagt?«, fragte Xu gleichmütig, aber sie spürte das Zögern, das Zucken in Erwartung dessen, was sie sagen würde.

Zhara zog die Beine an ihre Brust. »Das mit dir und Han. Wer du bist – und wer er ist.«

»Ah.« Xu spielte eine Weile wortlos mit ihren Haaren. »Er hat es dir also gesagt.«

Sie schüttelte den Kopf und fühlte, wie Xu leicht an ihren Haaren zupfte, damit sie stillhielt. »Ja«, sagte sie und korrigierte sich gleich darauf. »Nein. Er hat sich verraten.«

»Ich verstehe.« Xu arbeitete Mandelöl in ihre Haarsträhnen, um sie für das heiße Frisierwachs vorzubereiten. »Wie?«

Sie schloss die Augen und ließ sich von den zarten, gleichmäßigen und rhythmischen Strichen der Bürste in eine Art Trance versetzen, wenn auch nur kurz. »Er hat Yuli Yulana genannt.«

Xu seufzte. »Ja, das sieht ihm ähnlich. Ich hoffe inständig, dass mein Prinz seine Volljährigkeit noch erlebt.« Ein Diener brachte eine Schale und zwei Stäbe mit warmem Frisierwachs. »Zhara«, sagte Xu zögernd, »Han liebt sie nicht …«

»Die Prinzessin?«, sagte Zhara. »Ich weiß.« Etwas Heißes lief ihr über das Gesicht, und sie merkte erstaunt, dass sie weinte. Sie fühlte gar nichts – keine Trauer, keine Enttäuschung, keine Kränkung –, und doch bahnten sich die Tränen heiß und brennend ihren Weg über ihre Wangen.

»Du weißt es?«

Sie nickte wieder und erntete einen weiteren gezischten Tadel. »Es geht gar nicht um die Verlobung«, sagte sie, obwohl sie durch ihre Taubheit spürte, dass dies eine Lüge war. Die Erinnerung an seine großen und sehnsuchtsvollen Augen, als er sich im Mondlicht vorgebeugt hatte, um sie zu küssen, verfolgte sie wie eine Geistererscheinung. »Es ist nur …« Sie biss sich auf die Lippe.

»Er hat dich angelogen«, beendete Xu leise ihren Satz.

Ihre Kehle wurde eng, während die Tränen schneller über ihre Wangen liefen. »Ja.«

»Ach Zhara«, sagte Xu, und die Freundlichkeit in diesen Worten ließ den Damm brechen. Sie vergrub das Gesicht in den Händen, während sich die Taubheit in einer Flut aus Tränen auflöste.

»Es ist dumm, ich weiß«, sagte sie, während sich ihr Atem in ihrer Kehle verhakte. »Ich weiß ja, warum er es tat. Er hat gelogen, um den Zweiten Erben zu beschützen. Seinen Bruder.« Anyang. Ihr wurde klar, dass sie nicht einmal die Namen der Herrscherfamilie von Zanhei gekannt hatte, genau wie die meisten Bürger in der Stadt und in den Gruben. Zhara versuchte, sich von der Vorstellung von Fürst Wonhus jüngerem Sohn als einem behüteten, verwöhnten kleinen Jungen in einem goldenen Palast zu lösen und ihn so zu sehen, wie Han ihr seinen kleinen Bruder beschrieben hatte: weichherzig, sensibel, ein bisschen bockig und voller überschwänglicher Zuneigung für jeden, der ihm auch nur das kleinste bisschen Liebe schenkte.

»Ja«, sagte Xu, »das stimmt. Seine Mutter, die Fürstengemahlin, ist durch die Hand des Falkners einen furchtbaren Tod gestorben. Er wollte nicht riskieren, dass seinem Bruder das gleiche Schicksal droht.«

»Das weiß ich ja«, sagte Zhara. »Es ist nur …« Sie schaute sich in Jiyis Gemach um, wo sie, Xu und Han so viel Zeit miteinander verbracht, miteinander gescherzt und gelacht hatten. »Ich habe euch allen vertraut«, sagte sie. »Ich habe euch meine Geheimnisse anvertraut, auch diejenigen, die meinen Untergang bedeuten könnten. Und das tat ich, weil ich dachte … weil ich glaubte … dass ich bei euch sicher bin. Bei euch allen.«

Sie spürte die Bürstenstriche, mit denen das Mandelöl in ihre Haare eingearbeitet wurde. »Vertrauen ist kein Fluss, der nur in eine Richtung fließt«, sagte Xu nach einer Weile leise. »Man kann nichts nehmen, ohne etwas zurückzugeben.«

Vertrauen. Der Geist jenes Kusses suchte sie wieder heim und flüsterte ihr Zweifel ein. Was bedeutete Intimität ohne Vertrauen? Ohne Vertrauen war es lediglich Verlangen, ein flaches, flüchtiges Ding, das leicht von etwas Hübscherem, Lustigerem abgelöst werden konnte, von etwas Attraktiverem. Sie dachte an Hans runde, unschuldige Augen, die immer groß geworden waren, wenn sie ihn neckte, wie sich seine Nase kräuselte, wenn er lächelte, an seine Grübchen, die auftauchten, wenn er glücklich oder verärgert war. Sie war noch nie einem so gut aussehenden Jungen begegnet, und seine Anziehung wurde noch verstärkt, weil er lieb war und freundlich und nur ein ganz kleines bisschen schwer von Begriff. Ihr Herz schmerzte vor Zärtlichkeit, wenn sie an ihn dachte, weil er ihr etwas bedeutete. Weil sie ihm vertraut hatte. Und jetzt war nur noch der Geschmack nach Asche in ihrem Mund geblieben.

Seufzend steckte Xu die Hälfte ihrer Haare zu einem Knoten als Krone auf ihrem Kopf fest und schlang den Rest in eleganten Bögen und Schlingen darum. »Ich wollte es dir sagen. Ich fand es blödsinnig, dass du die Letzte bist, die es erfährt, besonders wenn man bedenkt, wie nahe wir uns gekommen sind – was besonders für euch beide gilt. Aber …« Xu zögerte kurz, eine der Blumenspangen aus Perlmutt und Seide in der Hand haltend, die Zharas Frisur vervollkommnen sollten. »… manchmal kann man einen anderen Menschen nicht zu etwas zwingen, zu dem er selbst noch nicht bereit ist.« Ungebeten tauchte das Bild ihrer Schwester vor ihrem inneren Auge auf, ihr gläserner, tränenverschwommener Blick. Jahrelang hatte sie ihre Magie vor Suzhan geheim gehalten und sich eingeredet, dass sie es ihr nicht deshalb verschwieg, weil sie Suzhan nicht vertraute, sondern weil sie sie beschützen wollte.

Aber stimmte das? Im Licht von Suzhans unerwartetem Verrat fragte sich Zhara, ob sie sich nicht in ihrer Schwester getäuscht hatte. Dass es keine Rolle spielte, wie sehr zwei Menschen einander lieben – ohne Vertrauen gab es keine Sicherheit.

»Ich weiß«, sagte sie kleinlaut. »Aber ich dachte, dass … ich dachte, ich wäre … ich wäre … es wert.«

Xus Hände hielten kurz inne, ehe sie ihre Arbeit wieder aufnahmen. »Du *bist* es wert, Zhara«, versicherte ihr die sanfte Stimme.

»Wirklich?« Sie dachte an ihre zerstörten Beziehungen, an Suzhans gequälte Stimme, als Zhara gestand, dass sie für die Blindheit ihrer Schwester verantwortlich war. »Und warum fühle ich mich dann so wertlos?«

Darauf kam keine Antwort. Stattdessen half Xu ihr schweigend, sich für den Ball fertig zu machen: Ihr Gesicht wurde mit zarten Bewegungen geschminkt – Rouge auf die Lippen und Wangen, dunkle Kohlestriche auf Brauen und Wimpern und eine kleine Lotusblume aus Lippenrot auf ihrer Stirn.

»So.« Xu setzte ihr die Maske auf. »Du siehst wunderschön aus. Du wirst das hübscheste Mädchen auf dem Ball sein, und Han wird es bitter bereuen, dir je wehgetan zu haben.«

Die Spiegel waren alle von den Bangtan-Brüdern belegt, die sich um den besten Platz rangelten, aber das spielte keine Rolle. Es spielte keine Rolle, ob jemand sie heute Nacht ansah, denn die eine

Person, von der sie sich das wünschte, durfte sie nicht ansehen. Sie hatte immer gewusst, dass es kein Happy End für sie beide geben würde, aber das machte die Realität nicht weniger schmerzhaft.

»Danke, Xu«, sagte sie.

Xu machte eine wegwerfende Handbewegung. »Nicht der Rede wert.«

»Nein, nicht nur dafür«, sagte sie und deutete auf ihre Haare und ihr Make-up. »Sondern für deine Freundschaft.«

Xu tätschelte ihr den Rücken und reichte ihr die weißen Seidenschuhe, die Han in jener Nacht für sie gekauft hatte, in der sie sich zum ersten – und vermutlich auch zum letzten – Mal geküsst hatten. Die Schuhe fühlten sich immer noch leicht und bequem an, als ob sie gar nichts an den Füßen tragen würde.

»Die Tanzschuhe sind bereit.« Xu lächelte. »Und jetzt geh und amüsiere dich.«

Und trotz der schrecklichen Situation, in der Zhara sich befand, amüsierte sie sich prächtig.

Der Maskenball in der Nacht der Sieben war genau so, wie sie ihn sich als Kind immer vorgestellt hatte. Die Dachtraufen und Säulen des Palastes waren mit Lampions und Lichterketten dekoriert – mit kleinen Kerzen, die in winzigen Schalen steckten. Das flackernde Licht warf einen goldenen Schein auf das Glasmosaik an den Wänden der Kolonnaden und ließ sie lebendig wirken. Die Muster, die in das Papier der Lampions geschnitten waren, tanzten schattenhaft über die Szenen aus dem Leben des Affenkönigs, dem Urahn des Hauses Wonhu, der Zanhei gegründet hatte, während die Lichterketten wie zur Erde gefallene Sterne durch die Dunkelheit leuchteten.

Aber es waren die Menschen – oh, diese Menschen! –, die Zhara am meisten faszinierten. Obwohl sie in den Gruben mit allen möglichen Kulturen und Hautfarben in Berührung kam, war es doch überwältigend, diese Gesichter und ihre unterschiedlichen Züge aus allen Ecken und Winkeln des Reichs des Morgens an einem Ort versammelt zu sehen, besonders wenn sie so wunderschön gekleidet waren. Gewänder aus Seide und Chiffon wechselten sich ab mit Roben aus Brokat und Tüll, mit Westen und Hosen aus Leder, vergoldeten Rüstungen und Juwelen. Obwohl es ein Maskenball war, kamen nicht alle maskiert. Manche hielten ihre Maske in der Hand und sahen darin eher ein modisches Accessoire oder einen Fächer. Wieder andere hatten ihre Gesichter mit herrlichen Mustern in Gold und Silber und vielen anderen Farben bemalt.

»Pass auf, dass dir nicht die Augen aus dem Kopf fallen«, neckte Taeri, einer der beiden Akrobaten der Truppe. Er saß zusammen mit Zhara, Jiyi und Mihoon, ihrem künstlerischen Leiter, auf dem bemalten Wagen mit den Requisiten, den Kulissen und den Instrumenten. Es war kinderleicht gewesen, in den Palast zu kommen. Junseo, ihr Anführer, hatte den Wachen am östlichen Tor einfach ihren Auftrittsschein gezeigt, und die Wachmänner – die entweder zu beschwipst oder zu leichtsinnig waren – hatten sie ohne weitere Kontrolle durchgewunken. Es war die romantischste Nacht des Jahres, und alle waren viel mehr damit beschäftigt, sich zu vergnügen, als damit, die Ordnung aufrechtzuerhalten.

»Wie schade, dass wir heute gar nicht richtig auftreten«, sagte Sungho, der andere Akrobat, der gleichzeitig auch Clown und Regisseur war, bedauernd. Er betrachtete den riesigen Palasthof mit glänzenden Augen, in denen sich die glitzernden Lichterketten spiegelten. »Ich wollte schon immer mal an einem Ort wie diesem für mein Publikum spielen.«

»Irgendwann wird es so sein«, sagte Junseo, »wenn die Welt für Menschen wie uns endlich sicher ist.«

Die Brüder murmelten zustimmend, während sie die letzten Vorbereitungen für die heutige Nacht trafen.

»Haltet euch an den Plan, Jungs«, sagte Jiyi und sprang vom Wagen. Man merkte ihr die Jahre als Tänzerin im Blauregenhof an: Sie war als Himmlische Jungfer gekleidet, in einem durchscheinenden weißen Gewand, das sie umfloss wie Wasser in einem plätschernden Bach, mit langen, schleppenartigen Ärmeln, die ihre Hände bedeckten. »Die Familie Ha, die Chu-Zwillinge und die Lok-Schwestern sind als Elstern verkleidet und tragen Sonnenanhänger um den Hals. Mischt euch unter die Dienerschaft und haltet Ausschau nach ihnen. Versucht, nicht aufzufallen. Wir treffen uns wieder hier, wenn die Glocke Mitternacht schlägt, und machen uns dann auf und davon.«

Einer nach dem anderen verbeugten sich die Bangtan-Brüder vor der Kurtisane und verschmolzen dann mit der Menge, auf der Suche nach den Geflüchteten, die es aus Zanhei herauszuschmuggeln galt. Zhara sah ihnen mit einem merkwürdigen Stechen im Herzen nach. In einer anderen Welt wären sie und Suzhan zwei der Geflüchteten, die Zanhei verließen, um in den Grenzgebieten im Westen ein neues Leben unter den Freien Völkern zu beginnen. In einem anderen Leben hätte Zhara hier neben Han stehen und gemeinsam mit ihm in der Menge nach Magiern und ihren Familien suchen können, hätten sie heimlich einen oder zwei Küsse getauscht, während sie auf das Feuerwerk warteten. Genau wie in der Nacht, in der sie von dem Hügel über der Stadt die Wunschlaternen in den Himmel hatten steigen sehen.

Aber dieses Leben war eine Lüge. Es war von Anfang an eine Lüge gewesen.

»Zhara!«, zischte Jiyi. »Hör auf zu trödeln und folge mir. Es wird nicht einfach sein, in die Nähe der Fürstenfamilie zu kommen, besonders weil wir keinen Passierschein haben, der uns erlauben würde, zu dem Podest vorzutreten, auf dem sie sich befindet.«

Die beiden Mädchen schoben sich am Rande des großen Hofes entlang und nahmen den längstmöglichen Weg zur Halle der Himmlischen Weisheit im Zentrum des Palastes. Schon von Weitem konnte Zhara das Podest sehen, das am oberen Ende der Treppe zu der Halle aufgebaut war, wo der Fürst und seine Erben unter einem mit Fransen besetzten Baldachin ihren Regierungsgeschäften nachgingen. Dort standen vier Stühle – einer für Fürst Wonhu, zwei für seine Söhne und ein kleinerer Hocker zu Füßen des Herrschers für den Kanzler. Im Moment waren die Stühle noch leer, da sich die Mitglieder der fürstlichen Familie erst bei Sonnenuntergang zeigen würden, um die Festlichkeiten mit der Prozession der Tiere zu eröffnen.

Zhara rückte ihre Maske zurecht und machte sich auf den Weg zum Podest.

Plötzlich ertönten scheppernde Gongs und rhythmische Trommelschläge im Palasthof. Stille senkte sich über die Menge, als die Fackeln gelöscht und Lampen angezündet wurden und Kerzenflammen flackernd zum Leben erwachten.

Das Werk von Magie oder geniale Bühnenkunst?, fragte sich Zhara. Beides war möglich bei den Bangtan-Brüdern, vor allem da sie jetzt wusste, dass sie alle Magier waren.

Durch das offene Südtor kam eine Prozession von Kreaturen aus der jenseitigen Welt. Zhara zählte sie – es waren mindestens zwölf, was bedeutete, dass es den Brüdern gelungen war, alle Geflüchteten zu finden, die sie aus der Stadt eskortieren sollten. An der Spitze der Prozession wirbelten Taeri und Sungho, die beiden besten Akrobaten der Truppe, mit wehenden Ärmeln die Promenade entlang. Zhara konnte nicht erkennen, welcher Bruder sich unter welcher der identischen Geistermasken verbarg. Sie waren weiß bemalt und stellten Kreaturen aus der Anderswelt mit übertriebener Mimik dar. Ein hoch gewachsener Darsteller in einem gefleckten Hirschkostüm und einem hölzernen Geweih führte die Prozession vom Tor aus an, während eine einsame Gestalt in Blau und Braun die Stufen vor der Halle der Himmlischen Weisheit herabstieg und ein riesiges Banner aus silberner Seide hinter sich herzog. Zhara konnte keinen der beiden erkennen.

»Der Feenprinz«, murmelte die Menge anerkennend. »Und die Tochter des Holzfällers!«

Zhara sah zu, wie die beiden Hauptfiguren der Geschichte auf gegenüberliegenden Seiten des Seidenbanners tanzten und versuchten, sich über den Schimmernden Fluss hinweg zu erreichen, der die Welt der Menschen von der Welt der Geister trennte. Zwei weitere Schauspieler, diesmal in Schwarz und Weiß mit Vogelmasken über den Köpfen, sprangen über das silberne Banner hin und her – Elstern, die den Abgrund zwischen Sterblichen und Feen überwinden konnten. Es mochten vielleicht zwei der Geflüchteten sein, denn sie bewegten sich steif und ungeschickt, offensichtlich nervös und nicht gewöhnt an einen Auftritt vor einem so großen Publikum.

Die Türen zur Halle der Himmlischen Weisheit öffneten sich mit einem lauten Gong, und aus dem Schatten des Gebäudes trat eine Gestalt in herrschaftlichem Rot hervor, begleitet von zwei in royalem Blau und einer dritten in kaiserlichem Gold. Selbst von ihrem entfernten Standpunkt aus erkannte Zhara Han sofort. Seine Größe und seine breiten Schultern unter dem blauen Seidengewand mit dem Muster aus goldenen Affen verrieten ihn. Er trug kein Kostüm, es sei denn, man würde das Zeremoniengewand des Thronerben von Zanhei mit dem hohen Kopfschmuck und dem Perlenvorhang vor dem Gesicht als Verkleidung betrachten. Als Zhara näher trat, stellte sie fest, dass der Kanzler nicht mit dem Rest der fürstlichen Familie auf dem Podest saß; der vierte Stuhl, den sie für Lord Chans Platz gehalten hatte, gehörte in Wirklichkeit der rothaarigen Prinzessin aus dem Norden, die eine kaiserliche, mit schwarzem Pelz besetzte goldene Robe trug, die viel zu heiß und zu schwer war für die Sommernacht.

Zhara verstand nicht, warum es ihr wehtat, Yuli auf dem Podest neben Han zu sehen. Sie wusste, dass sie keine Liebe füreinander empfanden, dass ihre Verbindung nur arrangiert war, doch die Tatsache, dass die Prinzessin des Nordens mitgeholfen hatte, die Wahrheit vor ihr zu verbergen, tat weh. Ihr war klar, dass Yuli an dem, was passiert war, keine Schuld trug, aber ihre Gefühle waren genauso unberechenbar und chaotisch wie ihre Magie, die manchmal nach Belieben aufbrauste und wieder erlosch.

Als hätte sie Zharas Gedanken gehört (was durchaus möglich war), drehte die Prinzessin den Kopf und fing Zharas Blick über die Menge hinweg ein.

Blubber, sagte die kühl amüsierte Stimme in ihrem Kopf.

Zhara winkte, aber Yuli schüttelte nur leicht den Kopf.

Falken. Selbst der mentale Tonfall der Rothaarigen war düster. *Heute Abend in Zivil. Und versuch nicht, mit mir zu kommunizieren; ich kann dich nicht hören. Ich kann nur mein eigenes Bewusstsein in deins projizieren. Nicke, wenn du mich verstanden hast.*

Zhara nickte kaum merklich.

Gut, sagte die Prinzessin aus dem Norden. *Ich weiß nicht, wo der Kanzler ist, aber Han und ich glauben, dass er sich noch vorbereitet. Es wird einige Zeit dauern, von hier aus auf den Mount Zanhei zu gelangen, also muss er ziemlich bald versuchen, an den Zweiten Erben heranzukommen, wenn er es bis Mitternacht auf den Vulkan schaffen will, um das Ritual zu vollenden. Komm her zu uns, und wir werden einen Vorwand finden, um uns am Fuß des Podests mit dir zu treffen. Dann kannst du deine Hände auf den Jungen legen, um diese Hüterin-des-Feuers-Sache mit ihm zu machen. Nicke, wenn du mich verstanden hast.*

Sie nickte erneut.

»Oh, bitte um Verzeihung.« Magisches Erkennen zuckte in Zharas Rückgrat hoch, als eine große Gestalt in einem Bärenkostüm mit ihr zusammenstieß. Einer der anderen Geflüchteten? Aber die Person trug keinen Sonnenanhänger. Stattdessen sah sie zu ihrem Entsetzen schwarze Flügel auf der Schulter des Bärenkostüms aufgestickt.

Ein Falke.

Ein Falke, dessen Berührung jenes Gefühl der Vertrautheit in ihr auslöste wie bei Thanh, bei Yao und … und bei Han. Ein Magier – und gleichzeitig kein Magier.

Plötzlich begriff sie, wie der Falkner in all den Jahren mit solcher Leichtigkeit Magier hatte ausfindig machen können.

Die Falken waren Anti-Magier.

»Packt sie«, hörte Zhara eine Stimme rechts von ihr. Sie wirbelte herum und sah Meister Cao als Elster verkleidet dort stehen. Zwei weitere Gestalten in Bärenkostümen hatten sich rechts und links von ihr postiert, und als sie ihre Haut berührten, erkannte sie, wer sie waren.

Die Friedensstifter des Warlords.

»Es ging nie um den Zweiten Erben oder um deine Schwester«, erklärte Meister Cao, und seine Stimme klang beinahe traurig. »Es ging immer nur um dich, Jin Zhara. Nur um dich.«

Mit einer pfeilschnellen Bewegung, der sie mit den Augen kaum folgen konnte, hatte der kleine Buchhändler den Pinsel gezückt und malte ein Zeichen vor ihrem Gesicht in die Luft, das eine Spur aus lavendelfarbenem Licht hinter sich herzog. Ganz langsam begann das Bewusstsein aus Zharas Körper zu schwinden.

»Nein«, sagte sie noch, aber ihre Lippen schienen mit einem Mal geschwollen und ihre Zunge lag doppelt so dick in ihrem Mund. Sie konnte nicht mehr sprechen.

»Tut mir leid«, sagte Meister Cao, und das Bedauern in seiner Stimme klang echt. »Es tut mir wirklich, wirklich leid. Aber du wirst an den Hängen des Mount Zanhei erwartet, und wir dürfen uns nicht verspäten.«

Yuli! Sie wollte mit ihrem Geist die Prinzessin des Nordens um Hilfe rufen, aber dann erinnerte sie sich, dass der Rotschopf sie nicht hören konnte. *Yuli!* Zhara kämpfte mit aller Macht gegen die Umklammerung der Falken an, aber Meister Caos Zauber zeigte Wirkung und sie verlor das Bewusstsein.

Und während alle nur Augen für die spektakuläre Show der verkleideten Bangtan-Brüder hatten, schmuggelten Meister Cao und die Falken Zhara aus dem Palast. Zurück blieb nur ein einzelner blütenweißer Seidenschuh.

Kapitel 40

Die Vorstellung der Bangtan-Brüder neigte sich dem Ende zu, aber Zhara war nirgends zu sehen.

»Bist du sicher, dass du die Nachricht korrekt weitergegeben hast?«, murmelte Han dem Rotschopf an seiner Seite zu. »Sie hat dich ganz bestimmt gehört?«

Ich bin sicher. Der leicht gereizte Klang von Yulanas Stimme in seinem Kopf hätte beinahe dazu geführt, dass er vom Stuhl gekippt wäre. Das Gefühl, dass jemand in seinem Geist hockte, war sowohl beunruhigend als auch aufdringlich, als wäre seine Verlobte in sein Zimmer gekommen, während er sich ankleidete. Er fragte sich, ob sie seine Gedanken lesen konnte, und bemühte sich, sie zu verbergen, so wie er auf dem Weg vom Bad in sein Gemach seinen Körper mit einem Gewand bedecken würde.

Nein, ich kann keine Gedanken lesen.

Han zuckte zusammen.

Aber deine Gedanken stehen dir ins Gesicht geschrieben.

Das Gefühl, dass jemand Fremdes in seinem Kopf lachte, kitzelte ihn irgendwie. Beinahe hätte er niesen müssen.

Vom Boden des Palasthofs unterhalb des Podests, auf dem Han mit seinem Bruder und Prinzessin Yulana stand, gingen ein paar bunte Feuerwerkskörper hoch. Die Show war offiziell vorbei.

»Gogo«, sagte Anyang und zog an der Hand seines großen Bruders, »hast du nicht gesagt, es würde jemand kommen und den Froschdämon aus meinem Kopf werfen?«

»Schhh«, warnte Han. Yulana hatte ihm gesagt, dass verkleidete Falken sich unter die Ballgäste gemischt hatten. »Ja, sie müsste irgendwo in der Menge sein.«

»Wo denn?« Sein kleiner Bruder reckte den Hals. »Wie sieht sie aus?«

»Hübsch«, sagte Prinzessin Yulana. »Sie ist ziemlich hübsch.«

Han versuchte, keinen Schmollmund zu ziehen. »Stimmt genau.«

BUMM!

Der gesamte Palasthof zitterte und bebte, und sämtliche Glocken und Windspiele an den Säulen und Dachfirsten schepperten und klirrten ohrenbetäubend.

»War das … war das ein Erdbeben?«, fragte Yulana stirnrunzelnd.

BUMM!

Rufe und Schreie tönten aus der Menge, aber Han konnte nicht erkennen, was den Tumult auslöste. Die Erde bockte und wölbte sich unter ihren Füßen, und Han warf sich auf Anyang, um ihn vor herunterfallenden Trümmern zu schützen.

»Monster!«, keuchte Fürst Wonhu. Hans Vater war kreidebleich geworden und sein dunkler Backenbart hob sich kratzig und hart von seiner blutleeren Haut ab.

»Wo …?«, wollte Han fragen, als wieder ein Schrei aus der Menge schallte.

Etliche groteske Gestalten schälten sich aus Elsternkostümen, während sich ihre Körpergröße verdreifachte. Kleidersäume und menschliche Haut zerrissen.

»Mein Prinz!« Xu kam keuchend die Treppe zum Podest hochgerannt, obwohl die Wachen das verhindern wollten. »Sieh doch!« Beim Anblick des kleinen weißen Gegenstands in Xus Hand wurde Han das Herz schwer, denn er erkannte einen der Seidenschuhe, die er Zhara in der Nacht gekauft hatte, als sie sich küssten. Zhara war hier gewesen. Und jetzt war sie fort.

»Das ist ein Beschwörungskreis!«, schrie Jiyi, die hinter Xu die Treppe hochkam. »Der ganze Palasthof ist ein Beschwörungskreis.«

Von ihrem erhöhten Standpunkt aus konnte Han die steinernen Konstruktionen sehen, die er für Dekorationen gehalten hatte. Sie bildeten einen Kreis, in dessen Mitte jede Person mit Magie im Blut zuckte und zappelte und unter Qualen Kleidung und Haut von sich schleuderte, während aus Wirbelsäulen stachelige Zacken hervortraten, Reißzähne, Fell und Federn aus Körpern wuchsen und das Geräusch von brechenden und knackenden Knochen von den Mauern des Palastes widerhallte.

Wieder ein entsetztes Kreischen, und dann stürmte ein weiteres monsterartiges Wesen durch das Tor – das Fell voller Blitze, mit einer Löwenmähne aus Flammen und einer winzigen Glocke um den Hals.

Han nieste.

»Sajah?«, fragte er erstaunt.

Die große, löwenartige Chimäre drehte stirnrunzelnd den Kopf zu Han. Der seufzte. Kein Zweifel, das war Sajah.

»Der Löwe des Südens«, hauchte Yulana ehrfürchtig.

»Woher weißt du das?«, fragte Xu.

»Alle Hüter der Morgenröte haben einen Gefährten«, sagte die Prinzessin aus dem Norden.

»Ja, klar, das ist ja alles gut und schön, aber wir können doch nicht einfach hier herumstehen und gaffen.« Han duckte sich, als ein großes Geröllstück über seinem Kopf zerplatzte. »Es dauert Stunden, bis wir am Mount Zanhei sind.« Er schaute sich in dem Chaos um – die Scheusale zerfetzten den Palast, als ob die Steine und Balken nichts weiter als weicher Tofu wären, die Bangtan-

Brüder wirbelten mit ihren Pinseln und beschworen Schutzzauber herauf, während das Wesen, das er als Sajah kannte, den Monstern mit mächtigen Hieben seiner Pranken zu Leibe rückte. »Was sollen wir tun?«

»Glücklicherweise weiß ich Rat«, sagte Yulana. Sie legte den Kopf in den Nacken, wandte das Gesicht dem Himmel zu und schloss die Augen, während sie die Arme über den Kopf hob.

Die anderen warteten.

Und warteten.

Und warteten.

»Ähm … geht es ihr gut?«, fragte Xu Jiyi im Flüsterton.

Die Prinzessin des Nordens drückte die Handflächen gegeneinander und zog beide Hände langsam nach unten. Dann berührten ihre Daumen erst ihre Stirn, dann ihre Lippen, ihre Kehle und ihr Herz, ehe sie wieder die Augen öffnete. Ihre kupferbraunen Pupillen strahlten mit einem Mal blassblau, sodass sie fast weiß wirkten. Xu stieß einen überraschten Schrei aus, packte Jiyi an den Schultern und schob sich ängstlich hinter die Kurtisane. Jiyi stieß Xu beiseite, um ihre Arme schützend um Anyang zu legen.

»Was ist das?«, schrie sie. »Han!«

Han stellte sich vor seinen Bruder, die Hand über dem Zeremoniendolch schwebend, den er am Gürtel trug, aber er glaubte nicht, dass Yulana ihnen schaden wollte. Er sah zu, wie die Prinzessin in dieser Position verharrte und mit ihren blau-blinden, weitsichtigen Augen einen Punkt fixierte, den keiner von ihnen sehen konnte.

Dann durchschnitt ein scharfer Schrei die Nachtluft.

Sie rissen die Köpfe hoch, und Han entdeckte eine schemenhafte, vogelähnliche Gestalt, die über ihnen kreiste. Er blinzelte und rieb sich die Augen, wobei er sich fragte, ob er doppelt sah oder ob der Vogel tatsächlich zwei Flügel auf jeder Seite hatte. Er schaute zu Yulana, deren Augen wieder ihre normale Farbe angenommen hatten. Sie bemerkte seinen Blick, lächelte und zwinkerte ihm zu. Dann wies sie mit einer Kopfbewegung nach oben zum Himmel.

Anfangs hatte er geglaubt, einen Raubvogel vor sich zu haben – einen Adler oder vielleicht einen Falken –, aber jetzt war er nicht mehr so sicher. Zwei lange Bänder trudelten wie die Schwänze eines Flugdrachen hinter dem Vogel her, und der lange Hals wirkte fast wie der einer Schlange, als er im Sturzflug zur Erde schoss. Aber was Han die Sprache verschlug, war seine Größe. Er war riesig … und wurde immer größer und größer, je näher er kam.

Han nahm die Arme hoch, um seine Augen vor den Staubwolken zu schützen, die der Vogel mit seinen mächtigen Schwingen aufwirbelte. So eine Kreatur hatte er noch nie gesehen. Doch dann schaute er hinter sich auf die große, leuchtende Löwengestalt, die sie vor den Monstern abschirmte.

»Sagt Hallo zu Temur, dem Adler des Nordens«, sagte Yulana. Furchtlos trat sie vor und strich dem Wesen liebevoll über den Schnabel. Han sah nun, dass der Vogel so groß war wie ein Pferd, mit elfenbeinfarbenen Federn, gesprenkelt mit Bronze, Silber und Gold. Das Wesen hatte den Kopf und den Schnabel eines Adlers, Körper und Schwanz eines Pfaus mit zwei langen, wehenden Bändern, und zwei Paar Falkenflügel. »Ich sagte doch, dass alle Hüter Gefährten haben. Temur ist stets an meiner Seite, nicht wahr, meine Gute?«

»Ich würde ja nie wagen, Euer Hoheit der Lüge zu bezichtigen«, sagte Han, »aber wir hätten es doch wohl gemerkt, wenn eine riesige, geflügelte mythologische Gestalt der Prinzessin auf Schritt und Tritt folgt …« Er verstummte, denn er hatte in die himmelblauen Augen des Vogels geblickt. Es waren dieselben Augen wie die des Falken, der gewöhnlich auf ihrer Schulter saß.

Yulana tätschelte ihm den Rücken. »Ich sehe, du begreifst allmählich, Prinz Reiskuchen.«

»Ist Temur ein … ein Phönix?«, flüsterte Anyang ehrfürchtig.

»Temur ist einzigartig«, sagte Yulana und strich dem Wesen über die Brust. Han blinzelte, als es anfing, sich zu putzen. »Ich vermute, die Phönixe aus den Märchen wurden nach ihrem Vorbild erschaffen, aber soweit ich weiß, gibt es nur eine Temur, und sie ist echt.«

»Ich unterbreche ja diese rührende Szene nur ungern«, sagte Jiyi, »aber die Prinzessin hat uns noch nicht gesagt, wie genau diese … diese Temur das Problem lösen soll, rechtzeitig zu Zhara zu kommen. Von dem hier« – und dabei deutete sie auf die Zerstörung ringsum – »mal ganz abgesehen.« Ein Blitz aus magischem Licht durchschlug einen der Wachtürme an der Palastmauer, und alle zuckten zusammen.

»Ist das nicht offensichtlich?«, gab die Prinzessin zurück. »Han und ich werden auf Temur zum Mount Zanhei reiten.«

»Ich soll *was?*«, japste Han.

»Und was ist mit dem Rest von uns?«, fragte Xu panisch. »Wir brauchen hier alle magische Hilfe, die wir kriegen können, bis Zhara zurückkommt und die Monster wieder in Menschen verwandelt. Die Bangtan-Brüder und dieses Biest hier« – Xu deutete zu Sajah – »können sie nicht ewig in Schach halten. Draußen im Hof fingen zwei weitere Personen an zu zucken und zu zappeln, und dann wuchsen ihnen Schuppen, Klauen und Reißzähne.

Hin- und hergerissen biss sich Yulana auf die Lippe. »Han und Temur könnten vermutlich vorausfliegen«, sagte sie. »Ich bleibe hier und kämpfe mit euch …«

»Denk bloß nicht, dass ich mich allein auf diese Höllenkreatur setze!«, begehrte Han auf. Temur zwickte ihn mit dem Schnabel in den Ellbogen. »Aiyo! Lass das!« Der mächtige Vogel zwickte ihn noch einmal. »He!«

»Entschuldige dich bei Temur«, verlangte Yulana. »Dann wird sie aufhören.«

Der Vogel starrte ihn erwartungsvoll aus einem riesigen himmelblauen Auge an und biss ihn der guten Ordnung halber noch ein drittes Mal.

»Also schön!«, rief Han. »Es tut mir leid, dass ich dich eine Höllenkreatur genannt habe. Können wir jetzt bitte weitermachen?«

Yulana zögerte. »Temur kann bis zu sechs Personen tragen, aber je weniger, desto schneller kann sie fliegen.«

»Die Pläne des Kanzlers zu durchkreuzen ist wichtiger, als gegen Monster zu kämpfen«, entschied Jiyi. »Wir müssen das Übel an der Wurzel packen, um das alles zu beenden.«

»Hört eigentlich niemand zu, wenn ich etwas sage?«, rief Han mit vor Panik schriller Stimme. »Ich soll also zum Mount Zanhei fliegen? Und was dann? Gegen den Kanzler und seine dämonischen Helfershelfer kämpfen? Mit welcher Armee? Und mit welchen Waffen?«

»Mit mir«, sagte Yulana mit der Entschlossenheit einer Generalin, die es gewohnt ist, auf dem Schlachtfeld schnelle Entscheidungen zu treffen. »Ich bin die Waffe. Ich bin eine Magierin und noch dazu die Hüterin des Windes. Wenn irgendjemand einen größeren Dämon aufhalten kann, dann ich.«

»Und warum muss ich dann mit?« Han wusste, dass er herumjammerte, aber die Vorstellung, auf einem gigantischen Vogel über Zanhei zu fliegen, verursachte ihm Übelkeit.

»Weil ich etwas brauche, um den Dämon abzulenken, während ich mir überlege, wie ich ihn vernichten kann. Außerdem –«, setzte Yulana mit einem Grinsen hinzu, »wenn du überlebst, Prinz Reiskuchen, belohnt Blubber deinen Mut bestimmt mit einem Kuss.«

»Das ist jetzt wirklich nicht der richtige Zeitpunkt!«, schrie er.

»Han.« Xu legte die Hände auf seine Schultern. »Ich weiß, dass du Angst hast. Und ich habe Angst um dich. Aber uns läuft die Zeit davon. Je eher ihr aufbrecht, desto größer sind eure Chancen, sie aufzuhalten, bevor sie den Mount Zanhei erreichen.«

Han schloss die Augen. Er wusste, dass Xu recht hatte. Er wusste, dass er sofort losmusste. Aber sein Zögern resultierte nicht nur aus der Furcht vor dem, was ihn an den Hängen des Vulkans erwartete. Es war auch die Angst, was mit Anyang geschehen würde, wenn er nicht da war, um ihn zu beschützen.

Er schlug die Augen auf und schaute seinen Bruder an. Anyang erwiderte seinen Blick mit so viel Liebe und Vertrauen, dass ihm das Herz wehtat.

»Ich glaube an dich, Gogo«, sagte Anyang leise. »Und du kannst an mich glauben.« Er hob die Hände. Seine Fingerspitzen schimmerten leicht lila, als er seine Macht anrief. »Ich schaffe das. Und du schaffst es auch.«

Han nickte mit einem Kloß im Hals. »Na schön«, sagte er rau. »Dann los.«

Yulana erklärte ihm, wie er auf den Rücken des Vogels klettern musste, wo er sitzen und sich festhalten konnte. Han versuchte sein Bestes, ihren Anweisungen zu folgen, ohne herunterzufallen. Als er die Federn packte, zitterten seine Hände so heftig, dass er Angst hatte, sie auszureißen.

»Ich vermute nicht, dass Temur einen Sattel trägt, oder?«, sagte er schwach.

»Zu viel Gewicht«, antwortete Yulana, während sie hinter ihm auf den Rücken des Vogels sprang. »Keine Sorge, Prinz Reiskuchen, ich halte dich fest.« Sie zwinkerte und schob ihre Arme unter seinen hindurch nach vorne und packte die Federn an Temurs Nacken. »Du brauchst wirklich keine Angst zu haben. Sie hat noch nie jemanden fallen gelassen.« Yulana grinste. »Jedenfalls bisher noch nicht.« Sie verlagerte leicht ihr Gewicht, sodass Han sicher in ihren Armen lag. »Also schön, mein Mädchen«, sagte sie zu dem Vogel. »Los geht's.«

Mit einem mächtigen Satz stieß sich Temur vom Boden ab und stieg mit kräftigen Schlägen ihrer vier Flügel in die Höhe. Han kniff die Augen zu, während der Wind in seinen Ohren pfiff. Er betete und klammerte sich mit aller Macht fest.

»Das ist vermutlich kein guter Zeitpunkt, um zu erwähnen, dass ich Höhenangst *haaaaaaaaa...!*«

Kapitel 41

Es war der durchdringende und überwältigende Gestank nach Schwefel, der Zhara aus ihrer Bewusstlosigkeit holte. Einen Moment lang fragte sie sich, ob sie ein paar Eier zu lange auf dem Feuer gelassen hatte, während sie sich bemühte, ihre schläfrigen Lider zu öffnen. Sie hatte einen üblen Geschmack im Mund und ihr Kopf tat weh – ein heftiges Pochen in den inneren Augenwinkeln und in ihren Schläfen, das denken fast unmöglich machte. Bilder eines Maskenballs, von Tanzenden in fantastischen Tierkostümen aus der Anderswelt und von einem Feuerwerk über einem goldenen Dach zogen in ihrem Geist vorbei, wie die Überbleibsel eines Traums, den sie bewahren wollte.

Dann sah sie Suzhan. Ihre Schwester lag gefesselt, geknebelt und bewusstlos neben ihr.

Entsetzt fuhr Zhara hoch und merkte, dass sie selbst an Händen und Füßen mit Ketten gefesselt war. »Suzhan!«, schrie sie und musste würgen wegen der Dämpfe ringsum. Sie rollte sich auf den Bauch und schob sich über Schotter und Felsen zu ihrer Schwester hin. »Suzhan, Mimi, wach auf!«, flehte sie und rüttelte das Mädchen an der Schulter. »Bitte wach auf.«

Suzhan stöhnte und rührte sich leicht. »Nene?«, sagte sie benommen. Sie versuchte die Augen zu öffnen, doch sie rollten wieder in ihren Hinterkopf und ihre Lider senkten sich.

Hektisch tätschelte Zhara Suzhans Wangen. »Nein, nein, Mimi. Nicht wieder einschlafen. Bleib bei mir. Du darfst nicht …«

»Lass sie ruhig«, sagte eine glatte Stimme hinter ihr. »Die Dosis war ziemlich hoch. Sie wird eine Weile weggetreten bleiben.«

Zhara rollte sich auf den Rücken und sah den Kanzler – Lord Chan – mit gefalteten Händen vor ihr stehen, das froschähnliche Gesicht zu einem ernsten kleinen Lächeln verzogen. »Was hast du mit meiner Schwester gemacht?«, fragte sie.

»Meiner geliebten Braut geht es gut«, sagte er mit einer wegwerfenden Handbewegung. »Der Buchhändler hat ihr ein Betäubungsmittel in den Tee gegeben. Sie wird irgendwann wieder aufwachen, gesund und munter.«

Aber Suzhan hätte schon vor Tagen nach Jingxi aufbrechen sollen. »Die Akademie war also eine Lüge«, sagte sie leise.

»Natürlich«, erwiderte der Kanzler. »Sie musste dich aufgeben, also habe ich ihr alles versprochen, was sie haben wollte.«

Zorn loderte in Zhara auf und entzündete die Macht in ihren Adern. Die Ketten um ihre Hand- und Fußgelenke wurden weißglühend vor Hitze, und sie schrie vor Schmerzen auf, als das Metall ihre Haut verbrannte.

»Faszinierend«, murmelte der Kanzler-Dämon. »Die Hüterin des Feuers ist also tatsächlich wieder erwacht.«

Tränen strömten über Zharas Gesicht, als die Haut an ihren Armen und Beinen Blasen schlug. »Bitte«, schluchzte sie. »Ich weiß nicht, was du willst, aber ich verspreche, ich werde brav sein. Bitte. Bitte!« Sie streckte ihm weinend und schreiend die Arme entgegen.

»Manchmal vergesse ich, wie empfindlich menschliche Körper sind«, seufzte er.

Auf ein Fingerschnippen hin fielen die Eisenfesseln von ihr ab, aber der Schmerz ließ nicht nach – im Gegenteil, er wurde so unerträglich, dass Zhara glaubte, den Verstand zu verlieren. Der Kanzler bückte sich und schlang seine Finger erst um ihre Hand-

und dann um ihre Fußgelenke. Sogleich kühlte das Feuer ab, genau wie ihre Magie, die erlosch, als hätte jemand Wasser über Flammen gegossen. Als er die Hände wegzog, sah sie, dass sich die Brandwunden geschlossen hatten und zu einem gefleckten Narbenmuster geworden waren.

»So«, sagte er. »Jetzt können wir reden.«

Zhara schluckte ein Schluchzen hinunter und versuchte gleichmäßig zu atmen. »Was willst du von uns?«, flüsterte sie.

»Von ihr?« Er schaute die noch immer bewusstlose Suzhan an. »Nichts.« Dann richtete er seine hervorquellenden Augen auf Zhara. »Von dir?« Seine Zungenspitze zuckte über seine Oberlippe wie bei einem Frosch, der eine Fliege fängt. »Alles.«

Angst überflutete sie, aber ihre Magie reagierte nicht. Sie fühlte sich träge an, benommen, verwirrt, als ob auch ihre Macht betäubt worden wäre. »Was hast du mit mir gemacht?«, krächzte sie.

»Ich fürchte, meine Fähigkeiten und deine sind einander genau entgegengesetzt, obwohl sie sich auf eine gewisse Art wiederum sehr ähnlich sind«, sagte der Kanzler. »Wie Magneten, die sich entweder anziehen oder abstoßen, je nachdem, welche Seiten einander zugewandt sind. Als ich mit meiner Magie deine Wunden geheilt habe, wurden unsere Mächte ein bisschen … geschwächt. Das geht vorbei.«

Als sich ihr Herzschlag verlangsamte, konnte Zhara ihre Umgebung besser wahrnehmen. Sie befanden sich offenbar auf einem ziemlich schmalen Vorsprung auf dem Gipfel eines Berges. In der Ferne konnte sie einen riesigen See sehen, in dem sich die Mondsichel spiegelte, und hinter ihr … einen brodelnden Feuersee.

Sie waren auf dem Gipfel des Mount Zanhei.

Zhara keuchte und kroch vom Rand weg, als der Krater rülpste und den Gestank von Schwefel ausstieß. »Warum hast du mich hierhergebracht?«, krächzte sie.

»Ich dachte, das sei offensichtlich«, sagte der Kanzler. »Du, mein liebes Mädchen, wirst eine Opfergabe sein. Ein Opfer für Tiyok, die Mutter der Zehntausend Dämonen, damit sie in diese Welt eintreten kann, indem sie deinen Körper als Gefäß benutzt.«

»Ein Gefäß? Du meinst … Besessenheit?«

»Nicht so etwas Vulgäres«, sagte er und winkte mit seiner plumpen, juwelenbesetzten Hand ab. »Ich meine, damit sie deine Essenz – deine Seele – verzehren und deinen Körper bewohnen kann.«

Trotz der sengenden Hitze des Vulkankessels überlief Zhara ein kalter Schauder. »Ist es das, was du mit Lord Chan gemacht hast?«, flüsterte sie. »Seine Essenz verzehrt, damit du in seinem Körper leben kannst?«

»Ah«, grinste der Kanzler und sein schleimiges Lächeln wurde noch breiter. »Nicht ganz. In meinem Fall ist es in der Tat Besessenheit, aber als größerer Dämon weiß ich, wie ich die ursprüngliche Gestalt meines Wirts beibehalten kann.« Er plusterte sich auf. »Ich bin der Erste König von Tiyok, der Froschdämon von Gift und Pestilenz.«

Er sah sie an, in Erwartung einer ehrfürchtigen oder überwältigten Reaktion.

»Das wusste ich schon.« Sie seufzte. »Meister Cao hat es mir gesagt.«

»Wer?«, fragte der Kanzler verwirrt.

»Der Buchhändler.« Zhara ballte die Fäuste. »Der Verräter.«

»Ach, der«, sagte der größere Dämon. »Dieser kleine, nussbraune Mann. Ja, richtig, das war sein Name.«

Ein plötzliches Unbehagen überkam sie. »Was hast du mit ihm gemacht?«

Der Kanzler zuckte mit den Schultern. »Er hatte ausgedient, also habe ich mich seiner entledigt.«

Furcht ließ Zhara unwillkürlich die Nackenhaare zu Berge stehen. »Wo ist er?«

Der Dämon deutete auf den Feuersee hinter ihr. Ihr Herz krampfte sich vor Mitleid über das Schicksal des kleinen Buchhändlers zusammen. Er hatte solche Angst vor der Besessenheit gehabt, dass er bereit gewesen war, sich mit einem König von Tiyok einzulassen. Sie starrte in die Tiefe des brodelnden Kraters, mehrere Hundert Fuß unterhalb des Randes, auf dem sie standen.

»Fühlt sich das nicht ein bisschen wie eine Heimkehr für dich an?«, fragte der Froschdämon und trat neben sie. »Immerhin heißt es, der Mount Zanhei sei die Ruhestätte des Hüters des Feuers.«

Zhara starrte immer noch in die glühende Grube aus geschmolzener Lava. »Nicht wirklich«, sagte sie. »Ich war bisher nur einmal hier.«

»Du erinnerst dich nicht, oder?« Der Kanzler warf ihr einen sonderbaren Blick zu, halb mitleidig, halb sehnsüchtig. »Ihr müsst keine Körper in Besitz nehmen; ihr werdet in ihnen wiedergeboren.«

»Wenn die Welt aus dem Gleichgewicht gerät, werden die Seelen der Hüter der Morgenröte wiedergeboren, sagt man«, murmelte sie. »Ach, armer Meister Cao.«

»Ich muss zugeben, ich bin ein bisschen neidisch«, sagte der Dämon. »Vollkommen menschlich zu sein und gleichzeitig die Hüterin des Feuers, das ist wahrlich ein großes Geschenk. Du *bist* Jin Zhara. Ich trage nur das Gesicht von Chan Gobu.«

Zhara drehte sich um und sah ihn an. »Warum hast du das getan?«, fragte sie. »Dir den Kanzler untertan gemacht, meine ich.«

»Chan Gobu hat mich beschworen«, korrigierte der Dämon sie. »Nun, eigentlich wollte er *dich* beschwören, aber es lief nicht ganz so wie geplant, denn ihr Hüter könnt nicht beschworen werden.«

»Warum hat er versucht, die Hüterin des Feuers zu beschwören?«

»Um die Wahrheit zu sagen, er und drei seiner Magierfreunde wollten euch alle vier beschwören – Feuer, Holz, Wind und Wasser –, aber stattdessen haben sie mich und meine Geschwister bekommen.« Die Gesichtszüge des Kanzlers schienen von Sekunde zu Sekunde immer froschähnlicher zu werden. »Denn du musst wissen, dass sich in den letzten ungefähr hundert Jahren das Gleichgewicht zwischen Ordnung und Chaos wieder einmal zu Yans Gunsten verlagert hat. Das passiert, wenn es in eurem Reich der Sterblichen zu Ungerechtigkeit kommt. Wenn sich die Wohlhabenden an den Armen bereichern, wenn die Mächtigen die Stiefel auf die Nacken der Machtlosen stellen, wenn die Menschen das Land, das sie ernährt, vergiften und verwüsten. Dann regiert das Chaos. Und wo Chaos regiert, erstarkt Tiyok.«

Zhara erkundete den Brunnen aus Macht in ihr. Fast. Fast. Sie wusste nicht, was sie tun würde, wenn ihre Magie wieder zu voller Stärke erwacht war, aber wenigstens war sie dann nicht mehr völlig hilflos.

»Tiyok erstarkt, und damit wächst auch die Präsenz von Dämonen im Land. Euer Kaiser – nicht der Warlord, der andere – wurde zufällig von einem meiner unternehmungslustigeren niederen Geschwister besessen. Leider verwandelt die Besessenheit durch niedere Dämonen Menschen in Monster.«

»Und der Warlord hat alle Magier des Reichs ermorden lassen.« Zhara seufzte. »Noch mehr Chaos.«

Der Kanzler grinste. »Dem Warlord liegt wirklich nur das Wohl des Reichs am Herzen. Er hat lediglich den wahren Grund für die Probleme nicht erkannt. Er dachte, es läge an der Magie, nicht an der Ungerechtigkeit.«

»Und Chan Gobu? Was ist mit ihm?«

»Oh, er und seine Freunde kannten den eigentlichen Grund, aber sie haben die falschen Mittel angewendet. Als sie versuchten, die Hüter der Morgenröte zu beschwören, öffneten sie stattdessen versehentlich ein Portal nach Tiyok. Und«, sagte der Dämon gut gelaunt, »hier bin ich.«

Ein schwaches Kribbeln setzte an Zharas unterer Wirbelsäule ein. Sie brauchte nur ein wenig mehr Zeit. »Du sagtest, dass diese vier Magier dich und deine Geschwister gerufen haben, als sie versuchten, die Hüter der Morgenröte zu beschwören. Wer sind sie?«

»Die Könige von Tiyok.«

»Nein.« Sie schüttelte den Kopf. »Das meine ich nicht. Wer sind sie als Menschen? Und wo?«

Der Froschdämon zuckte mit den Schultern. Seine Haut hatte eine blaurote Farbe angenommen und seine vorgewölbten Augen wanderten langsam zu beiden Seiten seines Kopfs. »Sie sind hier und dort«, sagte er gleichgültig. »Der Mount Zanhei ist nicht das einzige Portal nach Tiyok, das geöffnet wurde. Chan Gobu und seine Freunde haben versucht, alle vier Hüter zu beschwören, und jeder von ihnen hat einen anderen Ruheplatz. Ich weiß nicht, welche Gestalten meine Geschwister angenommen haben, aber ich bin mir sicher, dass sie versuchen, das bestmögliche Gefäß für unsere Mutter zu finden. Aber meins ist unübertroffen.« Er plusterte sich auf. »Denn mein Geschenk an sie bist du.«

»Könnte Tiyok jeden in Besitz nehmen?«, fragte Zhara. Das Kribbeln unter ihrer Haut war mittlerweile fast wieder so stark wie ursprünglich. Bald konnte sie ihre Magie wieder nutzen.

»Ja, solange diese Person über Magie verfügt. Aber natürlich ist es besser, wenn diese Person so mächtig wie möglich ist. Weißt du«, sagte der Dämon, »ursprünglich hatte ich geplant, den Zweiten Erben als Gefäß zu benutzen. Der Junge wird einmal ein ziemlich mächtiger Magier werden, so ähnlich wie seine Mutter. Bei ihr habe ich es auch versucht, aber sie hat sich dazu entschlossen, ihre Macht den Falken zu offenbaren und sich lieber hinrichten zu lassen, als mir gefügig zu sein. Starrsinniges Mädchen.«

Die Fürstengemahlin. Armer Han.

»Was ist mit den Magiern in der Höhle unter dem Berg?«, fragte sie und versuchte verzweifelt, ihn zum Reden zu bringen. »Wozu sind sie da?«

»Ach die.« Der Dämon winkte ab. Zwischen seinen Fingern wuchsen jetzt Schwimmhäute. »Futter. Nahrung. Energie. Ihr magisches Ki hält das Portal offen.«

Zhara sammelte die Magie in ihren Händen und machte sich zum Kampf bereit. Nur noch ein bisschen.

»Nun«, sagte der Froschdämon und schaute hinauf in die Sterne. »Es wird allmählich Zeit. Ich habe meine Mutter noch nie in der physischen Welt gesehen. Es wird aufregend sein, mitzuerleben, wozu sie fähig ist.«

»Was geschieht jetzt?«, fragte sie.

Er deutete zu dem See aus Feuer unter ihnen. »Du wirst natürlich hineinspringen, was sonst?«

»Wieso denkst du, dass ich das freiwillig tun werde?« Ein Schatten zog am Mond vorbei, und Zhara schaute hoch. Über ihr flog ein bleiches, schlangenartiges Wesen mit Flügeln, und sie glaubte, jemand schreien zu hören.

»Tja, da kommt deine Schwester ins Spiel.« Der Dämon lächelte. Sein Mund dehnte sich bis zu den Ohren und gab den Blick frei auf mehrere Reihen kleiner, gelber Zähne. Er zerrte die immer noch bewusstlose Suzhan am Arm herbei und schob sie zum Rand des Kraters. »Wenn du nicht hineinspringst, opfere ich stattdessen deine Schwester.«

»Nein …« Sie machte einen Schritt vorwärts und blieb dann wieder stehen. »Ich dachte, das Gefäß müsse über magische Kräfte verfügen.«

»Das stimmt. Aber das bedeutet nicht, dass meine Mutter einen kleinen menschlichen Snack verschmähen würde. Nicht-magisches Ki ist nicht so sättigend, aber zur Not wird es gehen.«

»Wieso glaubst du, dass es mich kümmert, was mit ihr geschieht? Sie ist ja nicht einmal mit mir verwandt.«

»Ach, komm schon«, höhnte der Dämon. »Als ich mit deiner Schwester verlobt war, konnte ich sehen, dass du um ihretwillen Berge versetzen würdest. Du liebst sie. Ich verstehe es zwar nicht, aber vermutlich kommt es daher, dass du als Mensch wiedergeboren wurdest. Man ist gezwungen, all diese weichen Menschengefühle zu ertragen. Und damit kann man so leicht manipuliert werden.«

»Warum muss ich springen?«, fragte sie. »Du könntest mich doch genauso gut einfach hineinwerfen.«

»Das ist richtig«, sagte er. »Aber so macht es mehr Spaß.«

Das Schreien wurde lauter. Diesmal blickte auch der Froschdämon nach oben und sah einen riesigen weißen Vogel mit vier Flügeln, der geradewegs auf sie zugeschossen kam. Auf dem Rücken des Vogels saß jemand, der voller Panik aus Leibeskräften brüllte.

»*Miss Brandyyyyyyyyyyyyyyyyyyyy!*«

»Han?«, sagte sie verblüfft.

Der weiße Vogel stoppte kurz vor dem Rand des Kraters abrupt ab und Han sprang von seinem Rücken. Dabei riss er den Froschdämon zu Boden. Zhara machte ebenfalls einen Satz nach vorn, fing Suzhan auf, bevor sie fallen konnte, und rollte sie beide vorsichtig in Sicherheit. Hinter ihr rangen Han und der Froschdämon miteinander, während der Vogel wieder nach oben stieg und sich für einen neuerlichen Sturzflug bereit machte. Es saß noch eine zweite Gestalt auf seinem Rücken. Han keuchte, während er mit dem Dämon kämpfte.

»Yuli!«, rief er mit erstickter Stimme.

Der riesige weiße Vogel flog geradewegs auf den Froschdämon zu, und ein Pfeil sirrte durch die Luft und bohrte sich in die Schulter des Kanzlers. Knurrend wandte er sich seinem neuen Angreifer zu – Prinzessin Yulana, deren rote Haare wie eine Fahne hinter ihr herwehten, während sie einen zweiten Pfeil anlegte und abschoss.

Diesmal traf er den Froschdämon in den Hals. Mit einem Grollen warf er Han zur Seite, als wäre er leicht wie eine Feder, und riss den Pfeil heraus. Statt rotem, menschlichem Blut quoll eine dickliche, schwarze Flüssigkeit aus der Wunde. Yuli sprang vom Rücken des Vogels, rollte sich bei der Landung elegant ab, riss mit der Bewegung das Bein hoch und trat dem Froschdämon gegen den Kopf. Er taumelte ein paar Schritte rückwärts, doch dann schoss sein Arm vor, er packte Yuli unter dem Kinn und warf sie zur Seite.

»So so, was haben wir denn hier?«, sagte der Froschdämon, dessen Stimme durch die Halswunde verzerrt und undeutlich klang. »Sieht so aus, als wäre uns eine weitere Hüterin ins Netz gegangen.« Er packte die Prinzessin des Nordens an den Haaren. »Wer genau bist du, Feuerkopf?« Er hob den Blick zu dem Vogel, der über ihnen kreiste. »Der Wind?«

»Yuli!« Ihr Feuer beschwörend, stürzte sich Zhara auf den Dämon und schlang ihre brennenden Hände um seine Kehle.

»Ist das alles, was du kannst?«, lachte der Froschdämon, und das Geräusch blubberte und gurgelte durch das zerrissene Fleisch an seinem Hals. »Du hast noch nicht einmal ansatzweise das ganze Ausmaß deiner Möglichkeiten erkannt, nicht wahr, Jin Zhara?«

Blitzschnell streckte er die Hand aus und packte Zhara an der Kehle. Ihre Magie stotterte und starb, ertrank in der Flutwelle seiner Verderbtheit. Ihre Hände krallten sich in seine, während sie nach Luft rang und vergeblich gegen seine Brust trat.

»Als ich das letzte Mal gegen dich kämpfte«, knurrte der

Froschdämon, »hast du die Welt nach deinen Wünschen gestaltet. Du hast allem, was du berührt hast, einen Teil deines Feuers geschenkt und dadurch das Gewöhnliche in etwas Magisches verwandelt. Du konntest eine Klinge verzaubern, um Besessenheit zu heilen. Du konntest einen sterblichen Menschen mit Kräften ausstatten und sie denjenigen wegnehmen, die damit geboren worden waren. Du konntest sogar deine eigene Gestalt verändern, wie dein Freund, der Löwe, der nicht von deiner Seite wich. Aber du bist nicht mehr die Kriegerin von früher, an die ich mich erinnere. Du bist nur noch ein kleines Mädchen.«

In diesem Moment stürmte Han von der Seite heran und überraschte den Froschdämon unvorbereitet. Zhara hustete und rang nach Atem, während sie gegen das Gift in ihrer Magie ankämpfte – und gegen das Gift in seinen Worten. Sie versuchte, ihre Magie zu beschwören, das Feuer, von dem er gesprochen hatte, aber sie wusste nicht, wie.

Sie war nur ein Mädchen. Sie war noch nicht die Hüterin des Feuers.

»Das reicht.« Der Froschdämon packte Suzhan und hob sie vom Boden hoch. »Es wird Zeit, der ganzen Sache ein Ende zu machen«, sagte er. Und damit warf er Suzhan über den Rand des Kraters in den See aus Feuer.

»Nein!«, schrie Zhara und rannte, ohne nachzudenken, zum Krater.

»Miss Brandy!«, rief Han und wollte nach ihrer Hand greifen.

Doch es war zu spät.

Zhara sprang.

Und dann war sie fort.

Kapitel 42

Der Sturz dauerte schier endlos.

Die Luft war heiß – zu heiß – und versengte Zharas Lungen, als sie Atem holte. Sie konnte spüren, wie ihre Magie versuchte, sich durch die Fesseln zu kämpfen, die der Froschdämon ihr auferlegt hatte. Zhara wollte sie herbeirufen, wollte die ganze Kraft ihrer Angst und Verzweiflung einsetzen, um sie zum Leben zu erwecken. Geist über Magie. Sie konnte es schaffen. Sie konnte es.

Aber all ihre Versuche scheiterten. Die Angst war keine Motivation, sondern unterdrückte alles und lähmte sie.

Sei brav und sei ehrlich.

Ich habe es versucht, Baba, dachte sie. *Ich habe versucht, sowohl brav als auch ehrlich zu sein, aber jetzt spielt es keine Rolle mehr.*

Als sie den Tod akzeptierte, legte sich eine Art Frieden über sie. Zum ersten Mal bedeutete die Erkenntnis, dass sie machtlos war, nicht das Ende der Welt, denn das Ende ihrer Welt war bereits da. Und mit diesem Frieden kamen Klarheit. Gelassenheit. Kontrolle.

Ihre Magie flackerte auf.

Hoffnung durchflutete ihre Meridian-Linien und befreite sie von dem Gift des Froschdämons. Zhara schloss ihre Augen und dachte an kühlende Gewässer, an Schneefall, an Eis. Sie dachte an den Unendlichen Fluss, der sich vom Süßen Meer zum Glänzenden Meer schlängelte, an den Schimmernden Fluss der Sterne am Himmel.

Um sie herum begann das Feuer zu erkalten.

Zhara dachte an Federn, Wolken, an Kissen. Sie dachte an die Küche, an ihr Lager vor dem Herd, an ihre Schwester, die sich an sie kuschelte, während sie ihr vor dem Schlafengehen vorlas. Sie dachte an Sajahs weiches Fell, an das schlüpfrig glatte Gefühl von Seide unter ihren Fingern, an Hans blütenzarte Lippen auf ihren.

Ihr Fall verlangsamte sich und wurde durch die allmählich dichter werdende Luft um sie herum abgefedert.

Sie dachte an die Glocke aus Feuchtigkeit, die das Ewige Flussdelta zu dieser Jahreszeit bedeckte, und stellte sich vor, wie es sich in Nebel verwandelte. Ein zarter Dunst umgab sie, der immer dicker wurde, bis sie nicht mehr erkennen konnte, wo oben und wo unten war. Es schien, als ob sie nicht mehr fallen würde, sondern in einer gestaltlosen Leere schwebte. Ein Schwindelgefühl überkam sie, und sie wusste plötzlich nicht mehr, wo sie war. Befand sie sich in einem Traum? Lag sie im Sterben? Oder war das hier real?

Zhara hielt sich die Hand vor ihr Gesicht. Magie erleuchtete ihre Haut mit einem roségoldenen Schimmer. Der Froschdämon hatte gesagt, die Hüterin des Feuers könne die Welt nach ihren Wünschen gestalten. Sie griff in die Leere und begann, sie zu formen: die groben Konturen eines Schemels, einer Pritsche und eines Buches. Langsam verfestigten sich die Umrisse, und ringsum entstand die Küche in der Wohnung ihrer Stiefmutter.

Sie sah sich in ihrer neuen Umgebung um. Die Details waren perfekt, von der Todestafel ihres Vaters an der Wand bis zu dem leichten Aschestaub auf der Matratze vor dem Herd. Zhara fragte sich, warum sie nicht fassungslos vor Staunen war, aber da sie immer noch nicht wusste, ob sie tot war oder träumte, nahm sie diese neue Realität vorläufig einfach hin.

»Warum habe ich ausgerechnet diesen Raum gewählt?«, fragte sie mit rauer Stimme. Der Schmerz in ihren verbrannten Lungen deutete darauf hin, dass sie noch am Leben war, aber sie ignorierte ihn und erkundete stattdessen die Küche. Ihre Schürze hing an ihrem üblichen Platz neben der Tür, und als Zhara die Gedenktafel für ihren Vater von der Wand nahm, fand sie die lackierte Holzschatulle, die seine Habseligkeiten enthielt, an ihrem üblichen Platz versteckt. Neben ihrer Matratze lag ein Exemplar von *Die Maid, die vom Tod geliebt wurde* – der zweite Band, zu dessen Lektüre sie nie gekommen war. Sie nahm das Buch in die Hand, blätterte es aufgeregt durch, musste aber enttäuscht erkennen, dass die Seiten unbeschrieben waren.

»Du hast es nie gelesen, deshalb ist es leer.«

Zhara wirbelte herum und sah die Zweite Ehefrau auf dem niedrigen Faltschemel sitzen, der normalerweise Suzhans Platz war. Ihre Stiefmutter trug ihren eleganten, aber fadenscheinigen Morgenmantel und hatte die Haare im Nacken zu einem lockeren Pferdeschwanz zusammengebunden.

»Dein Verstand kann die Seiten nicht füllen, auch wenn er den Titel beschwören kann«, sagte sie und erhob sich von ihrem Platz.

»Was …?«, sagte Zhara heiser und wich zurück. »Was macht Madame hier?«

»Dies ist deine Welt, Hüterin des Feuers«, sagte die Zweite Ehefrau. »Du bist diejenige, die sie erschaffen hat.« Sie schaute sich interessiert um. »Die Menschen sind seltsam. Eure kleinen, weichen Gefühle sind so lustig. In den Momenten vor deinem Tod ist dies das Beste, was dein begrenzter kleiner Verstand hervorzaubern kann?«

»Du bist nicht die Zweite Ehefrau«, sagte Zhara, der die Erkenntnis dämmerte. »Du bist …« Sie konnte ihren Gedanken nicht zu Ende führen.

»… die Mutter der Zehntausend Dämonen.« Die Zweite Ehefrau – oder besser gesagt: der Urdämon, der ihr Gesicht trug –

legte die Handflächen vor der Brust zusammen und verbeugte sich. Wenn Zhara bislang nicht gewusst hätte, dass sie entweder träumte oder tot war, so wäre ihr dieser Umstand spätestens jetzt klar gewesen, denn ihre Stiefmutter hatte ihr nie einen solchen Respekt entgegengebracht.

»Bin ich also tot?«, fragte Zhara. »Hast du mir meine magische Essenz ausgesaugt?«

Die Mutter der Zehntausend Dämonen schüttelte den Kopf. »Noch nicht.«

»Warum nicht?«

Ihre Stiefmutter verzog den Mund. »Nun, du hast die Dinge ziemlich kompliziert gemacht, Hüterin des Feuers.«

»Habe ich das?«

»Das hast du«, bestätigte die Zweite Ehefrau sarkastisch – Zhara bekam es einfach nicht in ihren Kopf, dass sie *nicht* die Zweite Ehefrau war. »Als du den Feuersee« – mit einer Armbewegung beschrieb sie ihre Umgebung – »in das hier verwandelt hast, hast du es geschafft, auf der physischen Ebene zu bleiben. Du stehst an der Schwelle zu meinem Reich, und ich kann sie nicht überschreiten, um in deins zu gelangen.«

»Das verstehe ich nicht.«

Ihre Stiefmutter seufzte. »Manchmal vergesse ich, wie begrenzt das menschliche Vorstellungsvermögen ist, wenn es um Dinge jenseits der physischen Ebene geht. Sagen wir mal so: Du bist ins Herz des Chaos gefallen, aber du hast das Chaos in Ordnung verwandelt.«

Zhara nahm die vertraute, beruhigende Umgebung und die Gerüche der Küche in sich auf – das Gefühl des festen Bodens unter ihren Füßen, das Knistern des Feuers im Kamin, das sanfte, musikalische Klimpern der bunten Glasperlen, die sie vor das Fenster gehängt hatte, um den Raum ein wenig zu verschönern. Sie fuhr mit ihren Händen über die splitterige Oberfläche des Küchentisches und spürte, wie ihre Fingerspitzen an den aufgerauten Planken hängen blieben. Als sie mit den Fingerknöcheln auf die hölzerne Tischplatte klopfte, hörte sie das vertraute, solide *Tock-Tock-Tock*. Es war alles so greifbar, so real. »Bin ich in Tiyok?«, fragte sie unsicher.

»Ja«, antwortete die Zweite Ehefrau. »Und nein.«

»Das verstehe ich nicht«, sagte Zhara noch einmal.

Ihre Stiefmutter stieß einen ungeduldigen Laut aus.

»Tiyok ist kein Ort. Es ist eine Idee. Ein Zustand der Existenz. Oder Nicht-Existenz, wenn man so will.« Sie schaute sich in der Küche um.

»Einst war hier nichts als Chaos. Nichts als Leere. Doch du hast es geschafft, aus dem Nichts etwas – wie nennt ihr Menschen es? – etwas Reales zu machen.«

»Etwas Reales«, murmelte Zhara. Sie fuhr mit den Fingern über die fleckigen Narben an ihren Handgelenken, spürte das Fieber unter ihrer Haut, die Verbrennungen in ihren Lungen.

Sie war hier, sie war wirklich hier. »Also ist das kein Traum.«

»Nun«, sagte die Zweite Ehefrau, »dies ist auch *nicht* kein Traum. Im Moment sind wir an einem Ort dazwischen, in einem Grenzbereich. Wir sind dort, wo Ordnung auf Chaos trifft, wo sich Vernunft und Träume vermischen.«

Zhara blickte zu der offenen Küchentür, hinter der nichts zu sehen war, nur eine undurchdringbare Leere. »Kann ich hier hinausgehen? Was ist da draußen?«

»Mein Reich«, sagte die Zweite Ehefrau. »Dort draußen wäre ich in der Lage, dich in Besitz zu nehmen.«

»Ich verstehe.« Sie ließ sich auf dem Schemel vor dem Herd nieder. »Wir sitzen also hier fest.«

»Ja. Nun, du bist die Hüterin des Feuers«, sagte ihre Stiefmutter. »Ich kann kommen und gehen, wie es mir beliebt, aber sobald du einen Fuß über die Türschwelle setzt, werde ich deine magische Essenz verschlingen.« Die Zweite Ehefrau sah sich erneut in der Küche um und betrachtete das ärmliche Lager vor dem Herd, die abgenutzten Decken und die schäbigen Regale. »Warum hast du diesen Ort gewählt?«, fragte sie neugierig. »Die meisten Menschen hätten sich wahrscheinlich eine Art Palast oder ein prächtiges Landgut oder so etwas in der Art erschaffen.«

Zhara dachte an den Maskenball in der Nacht der Sieben, an die Kostüme, das Feuerwerk, den Prunk, das Vergnügen. Sie dachte an den Blauregenhof mit seinen polierten Ebenholzwegen, dem spiegelglatten Teich, den Lavendelblüten, die wie Schnee ins Wasser fielen. Dann sah sie auf die Todestafel ihres Vaters, das Buch an ihrer Seite, die Schale mit frischen Seerosen, die sie am Flussufer gesammelt hatte, und das Spiel des farbigen Lichts an der Wand gegenüber dem Fenster. »Wahrscheinlich, weil es mein Zuhause war«, sagte sie leise.

»Dein Zuhause.« Die Zweite Ehefrau war überrascht. »Dieser Ort, an dem deine Stiefmutter dich so lange benutzt und misshandelt hat?«

Das Wort »misshandelt« traf Zhara an einer empfindlichen Stelle, von der sie bislang nichts geahnt hatte. »Ich würde es nicht misshandeln nennen.«

»Ach nein?« Der Urdämon legte den Kopf schräg und musterte Zhara. »Diese Frau, die immer nur deine sanfte Natur ausgenutzt hat, dein Bestreben, gut zu sein, deine Liebe zu deiner Familie, ohne dir etwas dafür zu geben? Diese selbstsüchtige Person, die sich deiner Magie bediente, wenn es ihr nutzte, und dich dann weggeworfen hat, wenn sie keine Verwendung für dich hatte?«

Zhara zuckte zusammen. Ihre Seele suchte die Schatten, als ob sie dadurch der Wahrheit entkommen könnte. »Sie gab mir ein

Dach über dem Kopf«, flüsterte sie. »Sie gab mir zu essen. Sie hat mich gekleidet. Sie beschützte mich, obwohl sie mich wegen meiner Magie an die Falken hätte ausliefern können. Sie hat mich beschützt, weil sie …« Sie verschluckte sich, unfähig, den Satz zu beenden.

»Dich geliebt hat?« Die Stimme der Zweiten Ehefrau war merkwürdig sanft, und diese Sanftheit war irgendwie schlimmer als ihre übliche eisige Verachtung, die unverhohlene Gleichgültigkeit und die heftigen Wutausbrüche zusammengenommen.

Zhara konnte nicht antworten, denn sie kannte die Antwort bereits. Seit sie ein Kind war, seit die Falken ihr den Vater genommen und sie als Waise zurückgelassen hatten, klammerte sie sich an die einzige Person, die ihr Schutz geboten hatte. Die einzige Person, die keine Angst vor ihren Kräften zu haben schien, die einzige Person, die sie nicht für ein Ungeheuer hielt. Aber sie wusste – und hatte es immer gewusst –, dass Toleranz nicht automatisch Akzeptanz bedeutete. Es war keine Liebe, und doch hatte sie nach den kleinen Häppchen der Anerkennung gehungert, aus Angst, nie wieder satt werden zu können. Heiße Tränen brannten in Zharas Augen, als sie sich dem Dämon zuwandte, der das Gesicht ihrer Stiefmutter trug.

»Warum?«, fragte sie mit erstickter, flehender Stimme. »Warum hast du mich nicht geliebt? Warum konntest du mich nicht lieben?«

Die Zweite Ehefrau betrachtete sie eine Weile. »Weil dich niemand lieben kann«, sagte sie dann leise.

Zhara brach zusammen.

Sie vergrub ihr Gesicht in den Händen und fiel schluchzend von dem Schemel auf die Knie. Schmerz breitete sich in ihrem Körper aus, als sie den Verlust der liebenden Stiefmutter betrauerte, die es nie gegeben hatte, als sich Liebe und Trauer vermischten und sich ihre Magie erhob, um dem überwältigenden Ansturm der Gefühle zu begegnen, die sie durchströmten. Aber sobald die Trauer verflog, folgte ein Gefühl der Ruhe. Frieden. Akzeptanz.

»Interessant«, sagte die Zweite Ehefrau, als Zharas Tränen versiegt waren. »Das war das Letzte, was du aus dem Munde deiner Stiefmutter hören wolltest. Und trotzdem hast du mich dazu gebracht, es zu sagen.«

Zhara blickte überrascht auf. »*Ich* habe dich dazu gebracht, diese Worte auszusprechen?«

Die Mutter der zehntausend Dämonen zuckte mit den Schultern. »Hier drin bin ich nur eine Vorstellung, die das Gesicht deiner Stiefmutter trägt. Ich habe keinen Körper, keine Substanz.« Zum Beweis für ihre Worte versuchte sie, das Buch mit dem Titel *Die Maid, die vom Tod geliebt wurde* hochzuheben. Ihre Hand glitt durch das Buch wie ein Geist. »Du bist die Herrin dieser kleinen Insel der Ordnung im Chaos. Ich bin hier nur eine Besucherin.«

Zhara blickte zu dem niedrigen Schemel in der Ecke. »Wenn ich die Herrin über diesen Ort bin«, sagte sie leise, »wo ist dann meine Schwester?«

Die Zweite Ehefrau wies mit dem Kopf auf die Matratze, und sofort erschien die bewusstlose Gestalt von Suzhan vor dem Herd.

»Mimi!«, rief Zhara und eilte zu ihrer Schwester. »Ist sie am Leben?«

»Vorerst.«

Suzhan murmelte und bewegte sich. Sie stieß ein ersticktes, gurgelndes Husten aus, und Zhara drehte sie auf die Seite. »Wach auf, Mimi«, flehte sie. »Wach auf.«

»Sie wird nicht aufwachen«, sagte die Zweite Ehefrau. »Ihr Körper mag hier sein, aber der Rest von ihr – ihre Gedanken, ihre Gefühle, ihr Geist – ist bei mir.«

»Nein!« Zhara nahm ihre Schwester in die Arme und beschwor

ihre Magie. Suzhan zuckte, als Zharas Macht die Meridian-Linien ihrer Schwester durchdrang, aber es gab keine Verderbtheit, die sie hätte wegbrennen können, keine Magie, die auf ihre eigene ansprach.

Ihre Stiefmutter beobachtete die beiden mit einem Blick, der fast an Mitleid grenzte. »Das Mädchen ist nicht besessen«, sagte sie. »Sie ist verloren.«

Zhara legte Suzhan sanft zurück auf die Matratze. Tränen liefen ihr über das Gesicht. »Was kann ich tun, um sie zu retten? Was kann ich dir geben, um ihre Seele zu retten?«

Die Zweite Ehefrau zuckte mit den Schultern. »Du kennst die Antwort darauf bereits.«

Das tat sie. »Du willst meinen Körper in Besitz nehmen«, flüsterte sie.

»Das ist etwas vulgär ausgedrückt, aber ja, das trifft es recht gut.«

Zhara blickte auf ihre Schwester hinunter. »Wenn ich dir erlaube, meinen Körper zu übernehmen«, sagte sie, »versprichst du dann, Suzhan unversehrt in die Welt der Ordnung zurückzubringen?«

Die Zweite Ehefrau machte eine ungeduldige Geste. »Jaja, natürlich.«

»Woher weiß ich, dass du dein Wort halten wirst?«

»Das weißt du nicht.« Die Zweite Ehefrau legte den Kopf schräg. »Aber das gilt für jeden, Hüterin des Feuers, nicht nur für die Mutter der Zehntausend Dämonen. Ich nehme an, du musst einfach *glauben.*«

Es war merkwürdig, dieses Wort aus dem Munde eines Dämons zu hören, aber aus dem Mund ihrer Stiefmutter klang es noch seltsamer. Die Zweite Ehefrau hatte sich nie auf Glauben oder Gebete verlassen; sie war immer ihren eigenen Weg gegangen. Sie hatte gekämpft und gekämpft und gekämpft, und dann hatte sie getobt und getobt und getobt, wenn die Dinge nicht so liefen, wie sie es wollte.

»Wenn ich mich auf meinen Glauben verlassen soll«, sagte Zhara, »dann musst du mir im Gegenzug eine Geste des Glaubens anbieten. Zeig mir Suzhans Seele.«

Wieder zuckte die Zweite Ehefrau mit den Schultern. »Wie du willst.«

In der Leere draußen vor der offenen Küchentür zeichnete sich eine schemenhafte Gestalt ab, die sich allmählich verfestigte, länger und dünner wurde, bis sich schließlich die Silhouette eines jungen Mädchens aus dem Dämmerlicht schälte. Gesichtslos und vage blieb sie vor der Tür stehen.

»Mimi?« Zhara stand auf und trat zur Türschwelle.

Die Gestalt sagte nichts, aber aus irgendeinem Grund wusste Zhara, dass es der Geist ihrer Schwester war. Sie spürte die vertraute Mischung aus Frustration, Wut, Bitterkeit, Ablehnung, Angst und Sorge an der Oberfläche, die beinahe die Entschlossenheit, Treue und Herzensgüte überlagerte, die sich in ihrem Kern befanden. Zhara drehte sich zu dem bewusstlosen Körper auf der Matratze vor dem Herd um. Leib und Seele gehörten beide Suzhan, und waren gleichzeitig doch nicht sie.

»Ich weiß nicht, warum du so begierig darauf bist, deiner Schwester das Leben zu retten«, sagte die Zweite Ehefrau. »Denn wenn ich deinen Körper übernehme, herrsche ich über die Welt der Sterblichen.«

Zhara strich die wehenden Haarsträhnen ihrer Schwester glatt. »Wenn sie stirbt, sobald du von mir Besitz ergriffen hast, dann kehrt zumindest ihre Seele an den Ort zurück, wo alles beginnt und alles endet, um neu geboren zu werden.« Sie strich Suzhan über die Stirn. »Das bin ich ihr schuldig.«

»Du bist tatsächlich ein Mensch.« Die Mutter der Dämonen

klang fasziniert. »Selbst wenn diese Sache nicht gut ausgehen *kann*, beharrst du dennoch auf diesem fehlgeleiteten Edelmut.«

»In diesem oder im nächsten Leben gibt es kein Ende, wenn es Liebe gibt«, zitierte Zhara ihre Lieblingszeile aus *Die Maid, die vom Tod geliebt wurde.* »Meine Schwester und ich werden weiterkämpfen. Vielleicht werden wir in unserem nächsten Leben unser glückliches Ende schreiben.«

»Aber es gibt kein nächstes Leben für dich, Jin Zhara.« Die Zweite Ehefrau schüttelte den Kopf. »Du hast keine gewöhnliche Seele. Dein Geist und dein Körper mögen menschlich sein, aber im Gegensatz zu anderen Menschen wurde deine Seele nicht an dem Ort geboren, wo alles beginnt und alles endet. Du bist die Hüterin des Feuers. Dir ist keine Seele beschieden, die im Kessel des Universums aufgelöst und neu erschaffen wird; deine Seele ist dazu bestimmt, in den Flammen zu warten, bis du wieder gebraucht wirst. Nur wird das dieses Mal nicht geschehen. Ich werde deine Seele verzehren, und niemals wieder werden du und die anderen Hüter der Morgenröte mich unter der Erde einkerkern.« Sie hielt kurz inne. »Metaphorisch gesprochen.«

Keine Wiedergeburt, nur Vergessenheit. Zhara dachte an den Schmerz, den sie ihrer Schwester zugefügt hatte, und fragte sich, ob dieses Schicksal ausreichen würde, um für ihre Sünden zu büßen.

»Was wirst du tun«, fragte sie, »nachdem du meinen Körper übernommen hast?«

Ihre Stiefmutter grinste. »Chaos stiften natürlich. Im Gegensatz zu den Menschen ist das meine Natur. So hat Yan mich geschaffen. Sobald ich die Welt der Sterblichen betreten habe, endet der ewige Kampf zwischen Ordnung und Chaos. Und das Chaos gewinnt.«

Das Ende der Welt. Am liebsten hätte Zhara gelacht. Das klang so melodramatisch wie etwas, das der Bösewicht in einem Stück der Bangtan-Brüder sagen würde. Und doch wusste sie, dass es die Wahrheit war.

»Ich verstehe«, sagte Zhara. »Es spielt also keine Rolle, ob du Suzhan rettest. Sie mag am Leben bleiben, aber das Leben, wie sie es kennt, wird es nicht mehr geben.«

Die Zweite Ehefrau zuckte ein weiteres Mal mit den Schultern. »Es ist, wie es ist.«

Zhara schloss die Augen und nahm Suzhans Körper in ihre Arme. Ihre Schwester war einen halben Kopf größer als sie, aber sie war dünn und wog kaum etwas. Mühsam schleppte sie sich Schritt für Schritt zur Tür, wo auf der anderen Seite der Geist ihrer Schwester geduldig wartete.

»Was tust du da?«, fragte die Zweite Ehefrau.

Sie drehte sich um, sah ihrer Stiefmutter ohne Scheu in die Augen und sagte die Worte, die auszusprechen sie sich immer gewünscht hatte.

»Ich schreibe mein Happy End.«

Und dann trat sie ins Leere.

Draußen im Nichts musste Zhara darum kämpfen, ihren Körper zusammenzuhalten. Sie musste sich an ihr physisches Dasein erinnern, durfte nicht vergessen, dass sie Augen hatte und Lippen und Lungen und Haut. Auch wenn es wehtat. Auch wenn überall Schmerzen waren. Das rief ihr ins Gedächtnis, dass sie am Leben war, dass die Dämonen sie nicht kriegen würden. Ansonsten würde sie sich aufgeben, würde sich auflösen und aufgehen in der Vergessenheit.

Das Portal, sagte eine Stimme, die keine Stimme war. Es war die

Vorstellung von einer Stimme, die Idee von Klang, Worten, Bedeutung, aber nichts Greifbares. *Du musst es schließen.*

Zhara versuchte zu antworten, aber sie wusste nicht mehr, was ein Mund war oder Worte oder Sätze. Dann riss sie sich zusammen – seelisch und körperlich – und fragte: »Wo ist das Portal?«

Überall um dich herum, sagte die Stimme, die keine Stimme war. *Das Nichts ist das Portal. Verwandle Chaos in Ordnung, dann versiegelst du das Portal, Nene.*

»Suzhan?«

Der Geist ihrer Schwester tauchte neben ihr auf. *Ich bin hier. Du musst das Portal nach Tiyok verschließen. Jetzt.*

»Das kann ich nicht«, sagte Zhara hilflos. »Ich bin nur ein Mädchen.«

Du kannst es, sagte Suzhan. *Du bist die Hüterin des Feuers.*

Die Hüterin des Feuers, deren Macht die Verwandlung war. Sie war sowohl eine Elementarkriegerin als auch Jin Zhara, war ein Mädchen und zugleich eine Hüterin der Morgenröte. Aber so sehr sie es auch versuchte, sie konnte diesen Funken in sich nicht finden.

Lass mich dir helfen, Nene.

Suzhan schlang ihre schwerelosen Arme um Zhara. Der Geist war die Vorstellung einer Person, so flüchtig wie ein Gedanke, aber trotzdem fühlte sie die Liebe ihrer Schwester und ihre drahtige Kraft wie etwas Materielles. Suzhans Geist verfügte über Entschlossenheit, Sehnsucht und Wut, und sie gestattete Zhara, bis in den hintersten Winkel ihrer Seele einzutauchen.

Mit dem Körper ihrer Schwester in den Armen dachte sich Zhara in die Leere hinein und stellte sich vor, wie sich der gestaltlose Nebel sammelte, zusammensetzte und zu Tau wurde. Zu Regentropfen. Zu Pfützen. Zu Seen. Kleine Rinnsale aus Wasser liefen über ihre Haut.

Ja, Nene, ja!

Zharas Konzentration ließ nach, und das Wasser verdampfte. Sie spürte, wie Suzhans Geist sie noch fester hielt und ihr noch mehr Kraft einflößte. Zhara sammelte erneut ihre Macht und konzentrierte sich noch einmal mit mehr Intensität darauf, das Nichts um sie herum in *etwas* zu verwandeln. Nebel zu Tau – zu Regen – zu Wasser. In ihrer Konzentration konnte sie spüren, wie sie die letzten Reserven ihrer Magie aufbrauchte; dieser enorme Kraftakt raubte ihr nicht nur ihre Macht, sondern auch ihr Leben, ihr Ki.

Nene, flüsterte Suzhans Geist in ihr Ohr, *halt dich fest.*

Wasser überzog ihre Hände wie eine Blase, dehnte sich ihre Arme entlang nach oben zu ihren Schultern aus, zu ihrer Brust, ihrem Bauch, um Suzhans Körper, ihre Beine hinab. Die Blase wuchs und wuchs und wuchs, bis sie ihren Hals umschloss, ihren Mund, ihre Augen, und sie vollkommen eingetaucht war.

Nicht aufhören.

Sie konnte nicht aufhören. Jenseits der Leere fühlte sie die Form des Kraters, in den sie gefallen war. Sie hatte ihn fast erreicht. Sie schmeckte Blut, aber sie machte weiter und weiter und weiter und weiter, bis auch das letzte bisschen Nichts verschwunden war und sich in Wasser im Herzen des Mount Zanhei verwandelt hatte.

Das Portal nach Tiyok war geschlossen.

Zhara brach zusammen, und Suzhans Körper glitt aus ihren Armen. Sie streckte die Hand aus und nahm die ihrer Schwester, mühte sich zur Oberfläche. Das Licht der Mondsichel war wie ein Leuchtturm über ihrem Kopf, und sie war so nah, so nah …

Mit einem Keuchen brach sie durch. Ihre Lungen brannten, versengt von der Hitze des Vulkans und von der Anstrengung, so lange die Luft anzuhalten. Sie schaute sich nach einem Platz um, wo sie sich ausruhen konnte, aber da war nichts. Nur eine riesige, glatte Fläche aus dunklem Wasser ringsum. Zhara war erschöpft – körperlich, seelisch, magisch –, aber trotzdem schloss sie die Augen und stellte sich einen Stuhl vor, eine Bank, ein Boot. Das Wasser in ihrer Nähe fing an zu blubbern, als sich die Flüssigkeit in etwas Festes verwandelte, aus dem schließlich Holz wurde. Ein Floß.

Mit letzter Kraft hievte Zhara Suzhan auf das Floß und kletterte schließlich selbst darauf. Mit dem Gesicht nach unten fiel sie auf das raue Holz und schloss die Augen. Sie wollte nur noch hier liegen bleiben, für immer, und nie mehr aufstehen, doch sie zwang sich, zu ihrer Schwester zu kriechen und ihren Puls und ihre Atmung zu überprüfen. Suzhan war am Leben – gerade so. Zhara wusste nicht, welcher Art ihre Verletzungen waren oder ob sie überhaupt überleben konnte, aber im Augenblick reichte ihr die Gewissheit, dass ihre Schwester nicht tot war. Und die Gewissheit, dass sie selbst auch nicht tot war.

Sie hatten überlebt.

Zhara rollte sich auf den Rücken und starrte in den Himmel. Der Krater war fast kreisrund, wie ein Spiegel oder ein Teller, und durch diesen Ausschnitt konnte sie die Sterne sehen. Die Mondsichel der liebenden Elstern stand genau im Mittelpunkt, und Zhara fand, dass er aussah wie Maras Zeichen – ein Kreis mit einem Punkt in der Mitte, die Verkörperung des allsehenden Auges des Siebten Unsterblichen Wesens. Sie betete nur selten, aber sie verstand jetzt besser, was die Gläubigen meinten, wenn sie ihr Schicksal einer höheren Macht überantworteten. Sie hatte alles getan, was sie konnte. Der Rest lag in der Hand der Götter. Sie hatte den Kampf ums Überleben satt. Sie wollte sich ausruhen.

Als Zhara ihren Geist auf Wanderschaft schickte, sammelten sich schattenhafte Bilder am Rand ihres Blickfelds. Laternen, die einen Strom aus Wünschen in den Himmel schickten. Regenbogenlichter auf der Küchenwand, wenn die Morgensonne durch die bunten Glasperlen vor dem Fenster schien. Die knisternden weißen Seiten eines neuen Liebesromans. Die Bänder an den Ärmeln der Bangtan-Brüder, die bei den artistischen Einlagen ihrer Vorstellung im Palast wirbelten und flogen.

Zhara blinzelte. Sie sah vor sich einen schlangengleichen Schatten, etwas Großes und Weißes, das über ihr kreiste. Ein Vogel. Ein Vogel mit vier Flügeln, der langsam niedertrudelte und mit jeder Runde größer wurde. Während die Dunkelheit ihre Gedanken auslöschte, kehrte ihr Geist ein letztes Mal zu Han zurück. Sie sah seine großen, runden Augen vor sich und sein Grübchen-Lächeln. Sie glaubte ihn sogar leibhaftig zu sehen, auf dem Rücken dieser himmlischen Kreatur, wie er die Arme nach ihr ausstreckte.

»Miss Brandy!«

Sie meinte, seine Stimme zu hören, als die Welt ringsum verblasste, fühlte, wie sich seine kräftigen Arme um sie schlangen, mit einer Berührung, die sowohl das Feuer in ihr auslöschen als auch entfachen konnte. Eine Schwerelosigkeit durchdrang ihre Knochen, und sie fühlte sich, als würde sie schweben, während der Wind ihr die Haare zerzauste und ihre Haut kühlte.

»Zhara.« Wieder war da Hans Stimme, ganz nahe jetzt. Er flüsterte in ihr Ohr. »Ich habe dich. Du bist in Sicherheit.«

In Sicherheit. Aber Sicherheit bedeutete ihr nichts mehr. Sie hatte sich der Mutter der Zehntausend Dämonen entgegengestellt und überlebt. Wenn sie es schaffte, wenn sie am Leben blieb, dann würde sie mehr wollen. Sie schwor sich, dass sie ehrlich zu sich sein würde.

»Wird sie wieder gesund?«, fragte Han ängstlich.

Zharas Lider öffneten sich flatternd, und sie war umgeben von der endlosen, mit Sternen gespickten Nacht. Dann schob sich ein gut aussehendes Gesicht in ihr Blickfeld. Eine lange Nase, ein kantiges Kinn, große Augen und lächelnde Grübchen. Ein überschwängliches, blubberndes Gefühl stieg in ihrer Kehle hoch, und sie fing an zu kichern.

»Ach, ich denke schon«, hörte sie eine andere Stimme. Ein nördlicher Akzent, belustigt und ironisch. Yuli. »Sie kann schon wieder kichern.«

Epilog

Erst an dem Tag, an dem sie Zanhei verlassen wollten, wich die Feuchtigkeit aus der Luft.

»Bist du bereit, Nene?«, fragte Suzhan.

Zhara schaute sich in dem Gemach im Blauregenhof um, das in den vergangenen sechs Wochen ihr Zuhause gewesen war. In gewisser Weise hatte sich die Welt seit der Nacht der Sieben grundlegend verändert, doch in gewisser Weise war auch alles beim Alten geblieben. Nachdem sie im Krater des Mount Zanhei das Portal nach Tiyok geschlossen hatte, hatten sich alle Scheusale in der Stadt wieder in ihr menschliches Selbst verwandelt, und niemand hatte eine Erinnerung daran, was geschehen war. Der Palast lag in Trümmern und das Reich des Morgens stand am Rand eines Krieges, da nun für alle sichtbar offengelegt wurde – wieder einmal –, dass es Magie gab. Und Magier. Die Falken waren aus den südlichen Provinzen abgezogen worden und die Allianz zwischen dem Haus Wonhu und dem Kaiser war zerbrochen, einschließlich Hans und Yulanas Verlobung.

Zhara hatte von alledem nichts mitbekommen. Nach ihrer Konfrontation mit der Mutter der Zehntausend Dämonen hatte sie fast zwei Wochen lang nur geschlafen. Eine Zeit lang hatten alle Angst gehabt, dass sie Zhara verlieren würden, erzählte Jiyi. Dass sie die Hüterin des Feuers verlieren würden.

Die Hüterin des Feuers.

Die Hüter der Morgenröte hatten sogar einen magischen Heiler aus Mingnan geholt, einer der Grenzstädte am Rand des äußersten Westens, aber er meinte, er könne nichts für ihr magisches Ki tun. Man könne nur warten.

Also warteten sie, während der Kanzler verurteilt wurde – zumindest das, was von ihm übrig war. Der Froschdämon von Gift und Pestilenz war verschwunden, ebenso wie die anderen Scheusale, und hatte den ausgelaugten, zerschlissenen Körper des Magiers zurückgelassen, den er zwanzig Jahre lang kontrolliert hatte. Der Kanzler lebte gerade noch so lange, um sich von seinem Kind zu verabschieden. Dann wurde er für seine Verbrechen an dem Haus von Wonhu zum Tode verurteilt und geköpft. Jetzt herrschte wieder der Fürst über Zanhei. Kein Regent mehr. Kein Verstecken mehr in einer Welt aus Kummer.

Als Zhara schließlich die Augen aufschlug, erwachte sie in einer anderen Realität.

Magie war nicht länger verboten in Zanhei, und sie war bereit, ihr Leben so zu leben, wie sie wirklich war.

»Ja«, sagte sie leise. »Ich bin bereit.« Sie drehte sich zu Suzhan mit ihren unsteten Augen um und schaute dann die Zither in den Armen ihrer Schwester an, sorgsam eingepackt in einen wunderschönen Holzkasten mit Schnitzereien von Wolken und einem Fluss. »Und du, Mimi?«

Suzhan verlagerte ihr Gewicht von einem Fuß auf den anderen und fummelte am Verschluss des Kastens herum. »Ja«, flüsterte sie. »Ich glaube schon.«

Die Musikakademie in Jingxi hatte Suzhan als Studentin aufgenommen und sich auch bereit erklärt, auf die Schulgebühren zu verzichten, nachdem ein fahrender Meister sie geprüft und für die Akademie empfohlen hatte. Es war eine Chance, wie sie sich nur einmal in einem Leben bot, und die Erfüllung eines lang gehegten Traums, aber Suzhan wirkte nicht überglücklich, sondern ängstlich.

»Freu dich doch«, sagte Zhara, schob ihrer Schwester sanft die Haare aus dem Gesicht und zwickte sie leicht in die Nase. »Ist es nicht genau das, was du immer wolltest?«

Suzhan verzog das Gesicht. »Ja, schon«, sagte sie. »Es ist nur …« Sie verstummte.

»Nur was, Mimi?«

Suzhan wandte das Gesicht ab. »Ich dachte, es würde nie geschehen. Schon gar nicht nach dem, was ich dir angetan habe.«

Schweigen legte sich über die Schwestern, als die Erinnerung an die Nacht der Sieben zurückkehrte. Das Knarren eines Schlüssels, der im Schloss umgedreht wurde. Der Klang des Verrats. Einige Wunden waren noch nicht verheilt.

»Vergangen ist vergangen«, sagte Zhara freundlich. »Wir können nicht zurückgehen, nur vorwärts.« Sie fuhr mit den Fingerspitzen leicht über die Wangenknochen ihrer Schwester und verharrte vor Suzhans blicklosen Augen. »Was ich dir vor so vielen Jahren angetan habe, tut mir leid«, sagte sie leise. »Und … willst du, dass ich dich heile? Dass ich dir deine Augen zurückgebe, so wie sie einst waren?«

Suzhan schwieg eine Weile. »Wir können nicht zurück, nur vorwärtsgehen«, sagte sie dann. Sie lächelte. »Wie meine Augen früher auch waren, es ist nicht zu leugnen, dass ich ohnehin erblindet wäre.« Sie legte ihre Finger um Zharas. »Du kannst mich nicht heilen. Ich will nicht geheilt werden. Ich bin Suzhan. Und ich bin blind.«

Die Mädchen saßen nebeneinander auf den Stufen vor dem Blauregenhof und warteten auf ihre jeweiligen Kutschen. Zhara würde zusammen mit den Bangtan-Brüdern und Han in die Grenzgebiete des äußersten Westens reisen und nach Li Er-Shuan und dem *Lied von Ordnung und Chaos* suchen, während Suzhan von Meng Kam, einem der älteren Urenkel der Buri-Matriarchin zum Hafen begleitet werden sollte, wo sie ein Boot besteigen und flussaufwärts nach Jingxi fahren würde.

»Ich vermute«, sagte Suzhan leise, »dass wir letztendlich unseren eigenen Wahrheiten folgen, nicht wahr?«

Zharas Kehle war eng, sodass ihr das Sprechen schwerfiel. »Das stimmt«, sagte sie mit rauer Stimme. »Wir halten die Versprechen, die wir einander gaben.«

»Ich werde dich vermissen, Nene.«

»Ich werde dich auch vermissen, Mimi.«

So viel. So viel wäre noch zu sagen gewesen, und so wenig Zeit war übrig. Und so schlang Zhara ihren Arm um die Schulter ihrer kleinen Schwester und zog sie an sich. Suzhan war so viel größer als sie, aber trotzdem fühlte sie sich klein und schmächtig an in ihrer Umarmung. Als Meng Kam pfeifend mit einer Rikscha die Straße entlangtrabte, ließ Zhara ihre Schwester los.

»Ich schreibe dir«, sagte sie, während der Buri-Junge Suzhan beim Einsteigen half.

Suzhan lächelte. »Du musst mir in deinen Briefen Geschichten erzählen, Nene.«

Zhara lächelte zurück. »Ich fürchte, ich kenne nur Liebesgeschichten.«

»Noch besser«, rief ihre Schwester, als Meng Kam sich schon auf den Weg in Richtung des Hafens machte. »Solange es *deine* Liebesgeschichten sind.«

Andere Abschiede waren leichter und zugleich schwieriger.

Da es in Zanhei nun von Magiern nur so wimmelte – junge und alte, aber meistens junge –, die alle dringend Unterweisung und Hilfe brauchten, hatten die Hüter der Morgenröte alle Hände voll damit zu tun, Schulen zu gründen und in den Provinzen nach weiteren Jungmagiern zu suchen. Die Schule in der Stadt unterstand selbstverständlich Jiyi, die schon bald für ihre Strenge berühmt und berüchtigt war. Trotzdem beteten die Schülerinnen und Schüler sie an, was die ehemalige Kurtisane für nicht verwunderlich hielt. In früheren Zeiten hatte es etliche Kunden gegeben, die horrende Summen für das zweifelhafte Vergnügen ausgaben, von ihr herumkommandiert zu werden.

»Ich hasse Abschiede«, hatte die Kurtisane an jenem Morgen gesagt, bevor sie zu der neu erbauten Schule am Kanal aufbrach. »Weshalb ich auch nicht Lebewohl sage, sondern euch lediglich eine schöne Zeit wünsche, bis wir uns wiedersehen.«

»Wann wird das wohl sein?«, fragte Zhara.

Jiyi schenkte ihr ein ehrliches Lächeln – eine Seltenheit. »Schneller, als du glaubst.«

Viele der Magier waren durch den Gerechten Krieg zu Waisen geworden, also musste neben den Schulen auch für Unterkunft und Verpflegung gesorgt werden. Hunderte strömten aus dem ganzen Reich des Morgens nach Zanhei und bereicherten die Stadt mit den unterschiedlichsten Akzenten, Geschmäckern und Kulturen. Hunderte kamen, aber Zhara ging fort.

»Sei vorsichtig da draußen«, warnte Jiyi. »Viele unserer Karawanen werden auf den Straßen überfallen, von Banditen, die behaupten, unter dem Banner des vierflügeligen Drachen zu kämpfen.«

Das Kriegsbanner der Mugungs.

»Aber ich dachte, alle Mitglieder der Mugung-Dynastie wären tot«, sagte Zhara. »Die letzte Prinzessin war noch ein Baby, als der Warlord den Kaiserpalast dem Erdboden gleichmachte. Alles, was sie in den rauchenden Ruinen gefunden haben, waren ein paar Knochen und Reste von Haaren.

»Aber nicht den Stern des Lichts«, sagte Jiyi leise. »Das Kaiserjuwel befand sich nicht in den Trümmern.«

»Ist das von Bedeutung?«, fragte Zhara.

»Das Kaiserjuwel ist das Herz und die Seele des Landes, das Gründungsartefakt des Reichs des Morgens«, erklärte die Kurtisane. »Ohne dieses Juwel werden wir nie wirklich vereint sein.«

»Warum nicht?«

»Die Freien Völker des Westens erkennen niemanden außer den Einhornkönig an, und der Qirin Tulku schwört demjenigen die Treue, der den Stern des Lichts in Händen hält.« Jiyi seufzte. »Aber vor allem ist es ein Symbol unseres Reichs.«

»Ich frage mich, warum der Warlord nicht einfach irgendeine Kopie aus Kristall anfertigen ließ und behauptete, dies sei der Stern des Lichts«, sagte Zhara nachdenklich.

Die Kurtisane zuckte mit den Schultern. »Angeblich verfügt das Juwel über ein eigenes, sehr mächtiges Ki, das unverkennbar ist und durch keine menschliche Kunstfertigkeit erschaffen werden kann. Ich weiß nicht, ob das stimmt. Aber auf jeden Fall ist dies der Beweis für die Kraft einer guten Geschichte. Ein mystischer Edelstein, der die Mächte der Dunkelheit besiegte und über Generationen in der Familie der Mugungs weitervererbt wurde? Der Stern des Lichts verfügt wahrhaft über eine große Macht, aber nur weil die Menschen ihm Bedeutung verleihen.«

Zhara sagte nichts. Sie lebten wahrhaftig in politischen Zeiten.

»Das Wichtigste ist das *Lied von Ordnung und Chaos*«, sagte Lehrerin Hu, die aus der Tür des Blauregenhofs trat. »Lass dich nicht von Gerüchten über den Stern des Lichts ablenken. Wir müssen mehr über die Könige von Tiyok erfahren, wo sie sein könnten und wie wir sie von dieser Existenzebene verbannen können.«

Der Abschied von Lehrerin Hu war auf eine andere Art und Weise schwer und leicht zugleich.

»Bist du sicher, dass du nicht bleiben kannst, Kind?«, fragte sie und zog Zhara in eine selten erlebte Umarmung.

In Zharas Hals steckte ein Kloß. »Du weißt, dass das nicht geht, Tantchen«, sagte sie. »Ich bin eine Hüterin der Morgenröte, auf mehr als eine Art. Ich muss die anderen finden und sie vor den Königen von Tiyok warnen.

»Ich weiß.« Die Apothekerin seufzte. »Ich will bloß, dass du überlebst.«

Zharas Lächeln war traurig. »Und ich will *leben*«, sagte sie.

Ein paar Stunden später traf Han im Blauregenhof ein. Er hatte alle Angelegenheiten im Palast erledigt, um sich mit Zhara und den Bangtan-Brüdern auf Reisen begeben zu können. Er würde mit ihnen in den Westen fahren, um nach dem *Lied von Ordnung und Chaos* und nach Li Er-Shuan zu suchen. Ausnahmsweise hatte Jiyi Mitleid mit ihm und sprach ihn nicht auf seine rot geränderten Augen und seine triefende Nase an, und auch nicht auf die Tränen, die ihm nach dem Abschied von Anyang immer noch über die Wangen liefen.

»Kannst du nicht bleiben, Gogo?«, hatte der Zweite Erbe mit quengelnder Stimme gefragt. »Ich will nicht, dass du weggehst.«

Han legte seinem kleinen Bruder die Hände auf die Schultern. »Ich weiß, Didi«, sagte er. »Und ich will dich auch nicht verlassen.« Er zog den Jungen an sich. »Aber ich muss gehen. Onkel Li wird nur mich erkennen. Außerdem«, flüsterte er in Anyangs Haare, »muss jemand auf unseren Vater aufpassen, während ich weg bin.«

Fürst Wonhu hatte nach dem Tod seines Regenten die Trauerzeit beendet und widmete sich wieder den Regierungsgeschäften.

Xu hatte eine Arbeit im Innenministerium aufgenommen und unterstützte den Fürsten bei seiner Arbeit.

»Ich wünschte, ich könnte euch begleiten«, sagte Xu bedauernd, »aber meine neue Arbeit verlangt meine ganze Aufmerksamkeit.«

Han hatte seinen Lieblingsmenschen liebevoll angelächelt. »Verantwortung steht dir«, neckte er. »Vielleicht werde ich dir die Regentschaft übertragen, wenn ich den Thron besteige.«

Zu seinem Entsetzen sah er, wie sich Tränen in Xus Augen sammelten. »Oh«, sagte Xu mit zitternder Stimme, »was wird Seine Gnaden nur ohne mich anstellen? Wie wird er nur jemals seine Volljährigkeit erreichen?«

»Ach, das kriege ich schon hin«, sagte Han. »Es sind ja nur noch zwei Monate.«

»In zwei Monaten kann viel passieren«, sagte Xu düster – und schlang im nächsten Moment die Arme um Hans Hals und drückte ihn an sich. »Kommt gesund wieder, mein Prinz.«

»Werde ich«, sagte Han. »Versprochen. Aber lass mich jetzt bitte wieder los, oder ich ersticke, bevor ich meine Volljährigkeit erreiche.«

Endlich waren sie zum Aufbruch bereit.

Die Bangtan-Brüder beluden ihren bunt bemalten Wagen und spannten Wolke davor, ihr Pferd, das von Alyosha, einem der jüngeren Brüder, gelenkt wurde.

»Wir haben eine Art Ritual, bevor wir auf Reisen gehen«, erklärte Junseo ein bisschen verlegen. »Ein Ruf, der uns Mut machen soll. Ihr könnt mitmachen, wenn ihr wollt.«

Zu siebt stellten sie sich zu einem Kreis auf, und Han und Zhara gesellten sich dazu. Dann streckten alle den rechten Arm aus, sodass die Hände sich in der Mitte berührten. »Bangtan, Bangtan«, riefen sie, »Bang-Bangtan!«

»Gute Reise«, sagte Yuli leicht belustigt. »Wir treffen uns bald wieder. Wenn nicht leibhaftig, dann kommt mein Geist zu euch.«

Die Prinzessin des Nordens hatte ihnen versprochen, sich mindestens einmal pro Woche bei ihnen blicken zu lassen, während sie unterwegs ins Land des Qirin Tulku waren und sie selbst mit ihrem Gefolge nach Urghud zurückkehrte. Um Neuigkeiten auszutauschen – aber auch aus Freundschaft.

»Ich werde euch Weicheier aus dem Süden vermissen.« Sie grinste und zauste Zhara durch die Haare. »Ich habe euch lieb gewonnen.«

Zhara lächelte ebenfalls. »Wir werden dich auch vermissen, Yuli.« Dann runzelte sie die Stirn. »Was wirst du deinem Großvater wegen der geplatzten Verlobung erzählen?«

Yuli zuckte mit den Schultern. »Das wird Obaji nicht interessieren. Aber ich darf euch versichern, dass es in meinem Clan einige Leute gibt, die nicht erfreut darüber sein werden, dass sie in der Nachfolge zum Gommun Kang wieder einen Platz nach hinten rutschen werden.« Sie zwinkerte. »Zu schade. Ich glaube, Prinz Reiskuchen und ich könnten viel Spaß miteinander haben.«

»Was?«, fragte Han erschrocken.

Zhara und Yuli lachten. »Passt aufeinander auf«, sagte die Prinzessin und umarmte Zhara.

»Werden wir«, sagte Zhara. »Was ist mit dir? Wartet zu Hause eine hübsche junge Dame auf dich?«

Yulis kupferbraune Augen blickten traurig. »Das war einmal.« Sie schüttelte den Kopf. »Nicht wichtig. Ihr solltet aufbrechen«, sagte sie, »damit ihr vor Einbruch der Nacht die nächste Stadt erreicht.«

Zhara und Han lehnten das Angebot ab, im Wagen der Bangtan-Brüder mitzufahren, aber Sajah hatte für so etwas kein Verständnis. Der Kater – der Löwe des Südens – machte es sich in Hans Bettrolle inmitten ihres Gepäcks auf dem Wagen gemütlich. Han stand eine sehr unruhige Nacht bevor.

Um die Mittagszeit machten sie Rast, um etwas zu essen, und Han nahm Zhara zur Seite.

»Hier«, sagte er und reichte ihr eine kleine Schatulle aus Perlmutt in Form einer Muschel. Als sie die Schatulle öffnete, lag darin ein Armband aus Rosenquarz, in das sieben schimmernde Süßwasserperlen in Tropfenform eingearbeitet waren. »Ich wollte warten, bis wir ein bisschen Zeit für uns haben, um dir das zu geben.«

Ihre Tränen aus der Nacht ihres ersten Kusses.

»Oh«, sagte Zhara leise und spürte, wie sich in ihrer Brust ein Hicksen bildete. »Ich …«

»Das war dein Geburtstagsgeschenk, das du in der Nacht der Sieben hättest bekommen sollen«, sagte Han verlegen. »Nur … na ja. Jetzt ist es ein Entschuldigungsgeschenk.«

»Eine Entschuldigung?«, fragte sie überrascht. »Wofür denn?«

»Für zwei Dinge«, sagte er. »Zum einen – und eigentlich am wichtigsten: Weil ich dich angelogen habe. Darüber, wer ich bin.« Er nahm das Armband aus der Muschelschatulle und legte es um Zharas Handgelenk. »Ich mag zwar in guter Absicht gehandelt haben, aber trotzdem habe ich dir wehgetan, und das tut mir leid. Ich verspreche, dass ich dich nie wieder anlügen werde.«

Sie hielt seinem Blick stand. Ihr Herz war übervoll.

»Zweitens … na ja, ich habe dir nie ein Exemplar von *Die Maid, die vom Tod geliebt wurde* geschenkt.«

Zhara lachte und verschluckte sich ein bisschen an ihrem Schluchzen. Dann warf sie die Arme um Hans Hals, stellte sich auf die Zehenspitzen und drückte ihre Lippen auf seine. Der Kuss schmeckte umso süßer wegen der Bitterkeit, die sie zuvor hatte kosten müssen.

»Oh, sieh mal«, sagte Han, als sie sich voneinander lösten, und hielt ihr eine weitere Handvoll Perlen hin. »Wenn du jedes Mal Perlen weinst, sobald ich dir etwas verspreche, muss ich dir wohl in Zukunft noch viele Versprechen geben.«

Sie kicherte und küsste ihn noch einmal. »Das stimmt«, sagte sie, »das musst du.«

»Oooh, das Hübsche-Leute-Kichern«, sagte Han. »Du scheinst mich wirklich zu mögen.«

»Das stimmt«, sagte sie erneut. »Das tue ich.«

Vor ihnen lag ein langer, ungewisser Weg, und was sie an seinem Ende erwartete, wussten sie nicht. Aber als Zhara und Han dem Wagen der Bangtan-Brüder folgten, gingen sie Hand in Hand auf die untergehende Sonne zu. Auf das Morgen. Und auf den Rest ihres Lebens.

Im Äußersten Westen …

Die ganze Nacht lang waren die Gebete erklungen.

Von seinem Posten auf den Zinnen der Burg Dzong aus beobachtete der alte Soldat Okonwe mit verschränkten Armen und grimmigem Gesicht die Zeremonien. Der Qirin Tulku stand inmitten der Menschen auf dem großen Platz der Stadt – wenn man in dieser abgelegenen Gegend von »Stadt« sprechen konnte –, sang Beschwörungen und bot Trankopfer für die Säule an, um das Land zu reinigen. Der Schamanenkönig ließ sich nur selten außerhalb des Palastes sehen, und es geschah noch seltener, dass er die alten, längst vergessen geglaubten Rituale vollzog. Eine dunkle Vorahnung fuhr Okonwe über den Rücken, und der alte Soldat erschauderte.

»Alles nur Schwindel«, sagte eine heisere Stimme hinter ihm. »Dieses Geschwätz wird nicht das Geringste nutzen.« Eine schlanke, jugendliche Gestalt trat an Okonwes Seite und schaute mit verschränkten Armen auf das, was auf dem Platz vor sich ging. Die Haltung war typisch für sie. Der alte Soldat schüttelte den Kopf und musste ein Lächeln unterdrücken. *Kinder*, dachte er nachsichtig. Sie beide waren der beste Beweis, dass nicht alle Familien auf Blutsbanden aufbauten.

»Ach ja?«, sagte Okonwe leise. »Und wieso ist Euer Gnaden da so sicher?«

Die Gestalt drehte das Gesicht nach Osten, zum Licht der aufgehenden Sonne. Die Morgenröte erhellte die schreckliche

Brandnarbe auf der linken Gesichtsseite – ein Überbleibsel aus der Vergangenheit. Okonwe wusste, dass die Narben der Grund waren – einer von vielen –, warum man sein Mündel »Biest« nannte. Er hatte versucht, diesen Beschimpfungen einen Riegel vorzuschieben, aber Biest hatte ihn daran gehindert. *Lass die Leute reden. Sollen sie mich nennen, wie sie wollen – solange sie meinen wahren Namen nicht kennen.*

»Weil«, sagte Biest, »der Qirin Tulku selbst es mir gesagt hat.«

Der alte Soldat sagte nichts, sondern legte seinen Daumen an die Lippen, um die bösen Mächte abzuwehren. Es gingen Gerüchte über Dämonen um, und obwohl Okonwe nicht unbedingt an sie glaubte, schadete es nicht, auf der Hut zu sein.

Die Gestalt neben ihm musterte ihren Mentor mit ihrem guten Auge. »Ich hätte dich nicht für abergläubisch gehalten, Okonwe. Wie ungewöhnlich.«

»Es sind ungewöhnliche Zeiten, Euer Gnaden.«

Biest zog die Arme auseinander und blickte nach unten auf die behandschuhten Hände. »Das stimmt, mein Freund.« Auf der offenen Handfläche lag eine verfluchte Blume, deren Stängel aus einem seltsamen, lebendigen Stein wuchs und deren Blüten bizarren Polypen ähnelten, mit einer Öffnung in der Mitte wie eine Wunde. In letzter Zeit sah man diese unheiligen Pflanzen, bei deren Anblick Okonwe seine Abscheu nicht verbergen konnte, häufiger. »Das stimmt wahrhaftig.« Biest zog den Arm zurück und warf die Blume über den Rand der Brüstung. Dabei erhaschte der alte Soldat einen Blick auf braun-schwarz gefleckte, schuppige Haut zwischen dem Saum des Ärmels und dem Rand des Handschuhs.

»Euer Gnaden«, zischte er und packte die Hand seines Gegenübers. Biest wehrte sich gegen seinen Griff, aber Okonwe war um etliches schwerer und älter, ganz abgesehen von seiner größeren

Erfahrung im Ringkampf. Behutsam schob er den Ärmel nach oben und entblößte einen Arm, der von derselben Krankheit wie die Blume befallen war. »Du hast es versprochen«, sagte Okonwe, der aus elterlicher Sorge die Höflichkeit beiseiteließ. »Du hast versprochen, du würdest mir Bescheid sagen, wenn es schlimmer wird.«

Biest riss sich aus dem Griff seines Mentors los. »Ich habe es unter Kontrolle!«

Okonwe hörte Trotz und Abwehr in der Stimme seines Mündels, und er wusste, dass die Worte eine Lüge waren. »Wirklich?«

Biest gab keine Antwort – und das war Antwort genug.

Die Klänge des Rituals und der Gesang versiegten, als die Sonne über dem Horizont aufging und das Dorf und das Tal unter ihnen beschien. Okonwe schaute auf die Pilger, die aus allen Ecken des ungezähmten Westens gekommen waren, um zu beten, zu bitten und Erlösung zu erflehen. Jenseits der Stadtmauern lag ein Elendsviertel mit baufälligen Hütten, das mit jedem Tag wuchs. Mehr und mehr Menschen flohen vor den Gesetzen des Warlords und kamen in den Westen. Er hörte das *Tock-Tock-Tock* ihrer Bettelschalen um Aufmerksamkeit rufen, während sich die Pilger ihren Weg durch die Straßen bahnten.

»Es reicht nicht«, sagte Biest leise.

Okonwe warf seinem Mündel einen scharfen Blick zu. »Was reicht nicht?«

»Alles. Nichts.« Mit im frühen Morgenlicht glitzerndem Auge fuhr Biest fort: »Es gibt nicht genug Nahrung. Nicht genügend Häuser. Einfach nicht genug.« Biest ballte die Fäuste. »*Ich* bin nicht genug.«

Trauer und Stolz schlangen schmerzvoll ihre Finger um Okonwes Herz. »Es ist nicht deine Aufgabe.«

»Ach nein?« Biests Blick wurde hart.

Okonwe sagte nichts mehr, denn die Worte, die schwer auf seiner Brust lagen, konnte er nicht aussprechen. *Du kannst nicht vor deinem wahren Namen weglaufen und gleichzeitig sein, wer du sein solltest, Kind.*

Stattdessen legte er einfach seine dunkelhäutige Hand auf die Schulter seines Mündels. »Der Qirin Tulku und seine Kleriker werden einen Weg finden.«

Biest sah zu, wie die Weisen in ihren salbeigrünen Gewändern wieder die achthundertachtundachtzig Stufen zur Burg Dzong hinaufstiegen. »Bist du sicher?«, fragte Biest bitter. »Die Hände wagen nicht einmal, den Menschen mitzuteilen, dass die Säule stirbt.«

Okonwe zuckte zusammen. Hinter ihnen im Burghof wuchs ein riesiger, knorriger und wettergegerbter Baum aus den Felsen. Die Säule. Der heiligste Ort im ungezähmten Westen, vielleicht in allen Ländern der aufgehenden Sonne. »Die Hände wälzen jedes Buch über Magie und Geschichte, das in der Bibliothek steht«, sagte der alte Soldat. »Sie finden bestimmt ein Heilmittel.«

Biest schnaubte höhnisch. »Was sie brauchen, ist ein Buch, das seit Tausenden von Jahren verschwunden ist.« Und mit einem Kopfschütteln: »Nein, wir brauchen keine Magie. Wir brauchen ein Wunder.«

Okonwe betrachtete die Geflüchtetenlager außerhalb der Stadt. »Wir brauchen noch mehr Augenpaare.« Sein Mündel folgte seinem Blick.

»Glaubst du, dass wir dort Menschen finden, die die Sprache der Blumen lesen können?«, fragte Biest skeptisch. »Der Warlord hat mehr als Bücher verbrannt; er hat auch alle verbrannt, die sie lesen können.«

»Das können Euer Gnaden nicht wissen.«

»Das sagst du immer«, brummte Biest und winkte ab. »Na

schön. Ich werde den Einhornkönig bitten, uns Zutritt zur Bibliothek zu gewähren, wenn wir einen neuen Übersetzer gefunden haben.«

Der alte Soldat nickte. Nur den Priestern und jenen mit einer Sondererlaubnis von Qirin Tulku höchstpersönlich war der Zutritt zur Burg Dzong gestattet. »Ich fange gleich heute mit der Suche an.«

Biest warf einen Blick zur Wurzel der Säule. Eine Schuppenkrankheit breitete sich vom Hof über den Stamm bis zu den Ästen aus. Die braun-schwarz gefleckte Rinde sah genauso aus wie die Haut auf Biests Arm.

»Geh«, sagte Biest leise zu Okonwe und zog dabei unwillkürlich den Ärmel nach unten. »Sei diskret. Und beeil dich.« Mit einem Blick auf die einzige weiße Blüte in Form eines Sterns ganz oben in dem heiligen Baum sagte Biest: »Ich fürchte, uns läuft die Zeit davon.«

Danksagung der Autorin

Eine Danksagung zu schreiben ist schwieriger, als ein Buch zu schreiben.

Und ein Buch zu schreiben ist schon sehr, sehr schwer.

Es ist die Aufgabe von Schreibenden, die Tiefe und Bedeutung menschlicher Erfahrung mit Worten zu beschwören, zu erfassen oder zu beschreiben, doch ich versage jedes Mal, wenn ich mich hinsetze, um eine Danksagung zu verfassen. Mit Worten umzugehen ist mein Geschäft, aber so sehr ich mich auch bemühe, ich finde nie die richtigen Worte, um die Intensität und das Ausmaß meiner Dankbarkeit gegenüber den Menschen zu verdeutlichen, die mich auf dem Weg zur Veröffentlichung dieses Buches begleitet haben. Dennoch versuche ich mein Möglichstes, und ich hoffe, dass die folgenden Personen wissen, dass meine Gefühle viel tiefer und größer sind, als ich hier niederschreiben kann.

Zunächst geht mein Dank an meine Lektorin, Eileen Rothschild, und meine Agentin, Katelyn Detweiler. Noch nie hat jemand mit so viel Güte und Unerschütterlichkeit und Geduld gekämpft. Ihr beide habt mir bei jedem Entwurf und jeder Version dieses Buchs die Hand gehalten, mich ermutigt, wenn ich Zuspruch brauchte, und mir einen Schubs gegeben, wenn ich wieder auf den Boden der Tatsachen kommen musste. Ihr habt euch um mein geistiges Wohlbefinden gekümmert und mir Raum gegeben, um die richtige Geschichte zu finden, egal wie lange es dauerte, und dafür stehe ich für immer in eurer Schuld.

Ein großer Dank geht auch an Denise Page und Sam Farkas von Jill Grinberg Literary und Lisa Bonvissuto, Rivka Holler, Meghan Harrington und Brant Janeway sowie das gesamte Team von Wednesday Books, die mir geholfen haben, dieses Buch aus meinem Kopf hinaus in die Welt zu tragen.

Danke an Lemon, Renée und Rosh. Es gibt Freundschaften, die aus einem bestimmten Grund geschlossen werden, für eine kurze Weile oder für ein Leben, und eure Freundschaft dauert ein Leben lang und darüber hinaus.

Und – last but not least – ein Dank an meine Familie. An meine Eltern Sue Mi und Michael, an meinen kleinen Bruder Taylor, der immer mein sicherer Hafen war. An Bear, der Mensch an meiner Seite, White Harps Spielgefährte und Spaß-Elternteil von Castor und Pollux. Ich liebe dich.

Über die Autorin

Sarah Jae-Jones (kurz JJ) ist Künstlerin, Adrenalinjunkie und New-York-Times-Bestsellerautorin. Sie ist in Los Angeles geboren und aufgewachsen, lebt jetzt aber in North Carolina. Wenn sie nicht gerade schreibt, arbeitet JJ an ihrem nächsten schwarzen Gürtel, bastelt an ihrem BTS-Schrein oder widmet sich ihrer liebsten Beschäftigung: dem Sammeln neuer Hobbys.